教育部特色专业建设点
安徽师范大学汉语言文学专业系列教材

文艺学美学研究导论

主　编　陈文忠
编写者　(以姓氏笔画为序)
乔东义　李　平
李　伟　陈文忠
侯宏堂

安徽师范大学出版社

图书在版编目（CIP）数据

文艺学美学研究导论/陈文忠主编；乔东义等编. —芜湖：安徽师范大学出版社，2011. 2
（2019. 8 重印）
ISBN 978-7-81141-194-2

Ⅰ. ①文…　Ⅱ. ①陈…②乔…　Ⅲ. ①文艺美学—研究　Ⅳ. ①I01

中国版本图书馆 CIP 数据核字（2011）第 024921 号

文艺学美学研究导论
陈文忠　主编

责任编辑：胡志恒
装帧设计：桑国磊

出版发行：安徽师范大学出版社
芜湖市九华南路 189 号安徽师范大学花津校区　　邮政编码：241002
发 行 部：0553-3883578　5910327　5910310（传真）　E-mail：asdcbsfxb@126. com
经　　销：全国新华书店
印　　刷：江苏凤凰数码印务有限公司
版　　次：2011 年 2 月第 1 版
印　　次：2019 年 8 月第 2 次印刷
规　　格：787×960　1/16
印　　张：25. 5
字　　数：442 千
书　　号：ISBN 978-7-81141-194-2
定　　价：45. 00 元

编写说明

1. 编写宗旨

本书是为中国语言文学专业高年级学生的专业方向课“文艺学美学研究导论”课程编写的教材；同时也可以作为文艺学、美学硕士研究生专业基础课教材。“文艺学美学研究导论”属于学术研究性课程，是文艺学教研室原有系列专业基础课的提高和延伸，旨在让学生由“学习”进入“研究”，了解本学科的学术发展，掌握本学科的学术特点，形成自觉的学术意识，培养初步的学术研究和学术写作能力。课程内容主要是向本专业学生系统介绍文艺学和美学各学科分支的学科性质、学术沿革、研究范围、研究方法和研究意义，以及本学科学术论文的写作思路和写作方法等问题，以期为中文系高年级学生毕业论文的写作以及今后的进一步深造打下基础；而通过学术范文的精读揣摩，切实有助于学生学术能力的获得和写作水平的提高。

2. 编写体例

本教材由“绪论”和七章构成。每一章介绍文艺学、美学领域一个学科分支的学术特点和研究方法，依次是“文艺学基本理论研究”、“中国古代文学批评研究”、“西方文艺理论研究”、“美学基本原理研究”、“中国古代美学思想研究”、“西方美学思想研究”和“中西文艺美学比较研究”。

每一学科分支学术特点和研究方法的介绍，由“学科概述”、“论文精读”、“文献链接”和“选题示例”四部分构成。

“学科概述”：提纲挈领性地叙述本学科的性质意义、学术沿革、研究范围、选题思路、学术方法诸问题，让学生对本学科的学术史和研究方法有一个总体了解。

“论文精读”：从不同角度精选本学科现当代学者的学术论文 3~4 篇。选文以学术质量为第一，力求为学生的学术研究和学术写作提供可借鉴的典范。每篇选文前撰有 500 字左右的“引言”，说明所选论文在论题、思路、方法、结构、表述诸方面的特点。每篇选文后附有“阅读思考”，拟出2~3个题目，以加深学生对选文的理解。“阅读思考”题的拟写根据选文特点而定，或兼顾论题与论证，或兼顾文本与延伸，或直接提问，或通过材料提问。

“文献链接”：提供能体现本学科研究特色和学术成就的论文与著作目录各约10部（篇），其中包括一篇本学科的“学术综述”。这是延伸性和提高性阅读，旨在多角度地提供学术范例，进一步扩大学生的阅读面和学术视野。

“选题示例”：每章拟出10个左右的论文选题，论题范围大小适中，研究角度具体明确，既可供课后的学术练习使用，也可为本科生毕业论文选题提供参照。

上述四个部分，包括了学科概况、学术范例、延伸阅读和学术练习，构成一个有机的教学整体，对学生学术知识的获得和学术能力的培养，缺一不可。

3. 本书特色

从全书篇幅看，各学科现代学者撰写的具有较高学术价值和典范意义的“论文精读”构成全书的主体。编者力求为学生提供一部文艺学、美学各分支学科的“学术范文精选本”。因此，以具有典范意义的“论文精读”作为主体，是本教材的特色之一。

目前面向大学文科学生的“研究型课程”教材，大致有两种类型：一类是学术史介绍；一类是专题资料类编。20世纪80年代天津教育出版社出版的“学术研究指南丛书”和近年福建人民出版社推出的涵盖文史哲三大领域的“二十世纪中国人文学科学术研究史丛书”，属于前者；近年南京大学出版社出版的“大学研究型课程专业系列教材”中的《文学理论研究导引》，属于后者。这本书“选择文学活动中的十四个基本问题为章节结构全书”，全书主体由编著者摘录的古今中外文艺理论家关于十四个理论问题的经典性段落构成。“辨章学术，考镜源流”的学术史是进入学术研究的基本前提，而著名学者的学术观点和精辟见解可以启发学生的学术思维。因此，上述两类教材也是西方大学同类文科教材编撰的通例。英国学者拉曼·塞尔登编著的《文学批评理论——从柏拉图到现在》（刘象愚、陈永国等译、北京大学出版社版），就是一部“专题资料类编型”教材的经典之作。

本书以具有典范意义的“论文精读”作为主体，主要着眼于当前本科学生学术研究和学术写作的实际情况。根据我们近年指导学生学术论文写作的经验，如何让学生写好一篇完整、规范、有特色的学术论文，比之指导他们了解学术史和搜集资料更为迫切。因此，本书选材以完整规范的学术论文为主，试图通过具有典范意义的学术论文的精读，让学生掌握本学科学术论文的写作规范和写作方法。本课程的教学也将以各分支学科的“学术范文”的精读和讲解为主。在教师的引导下，学生通过对范文的精读和揣摩，领会文艺学和美学各学科领域学术研究的奥秘，逐步形成学术思维、学术判断、学术选题和学术写作的能力。

古罗马伟大的演说家和演说学家西塞罗在《论公共演讲的理论》一书中写道：“演讲者应当拥有开题（invention）、布局（arrangement）、文体（style）、记忆（memory）、表达（delivery）的能力。……所有这些能力我们都可以通过三种途径获得：理论、模仿、实践。所谓理论指的是一套规则，能够提供一种确定的方法和讲话的秩序。所谓模仿推动着我们按照某种研究过的方法去获得某些讲活模式的有效性。所谓实践就是勤奋地进行演讲训练，从中获取经验。”[①] 同演说能力的获得一样，文艺学美学研究能力的获得，同样必须通过这三种途径：理论、模仿、实践。全书每一章的内容就是依次按照这三个方面编写的：“学科概述”，侧重于讲述理论规则；“论文精读”和“文献链接”，就是提供模仿的范本；“选题示例”，旨在引导实践训练。然而，归根结底在实践，在训练；离开了实践，没有勤奋训练中获得的经验，一切都会落空。

4. 学习要求

随着社会生活和学术研究的发展，学科划分越来越细，学术分支越来越多。然而，正如钱锺书先生所说：“人文科学的各个对象彼此系连，交互映发，不但跨越国界，衔接时代，而且贯串着不同的学科。由于人类生命和智力的严峻局限，我们为方便起见，只能把研究领域圈得愈来愈窄，把专门学科分得愈来愈细。此外没有办法。所以，成为某一门学问的专家，虽在主观上是得意的事，而在客观上是不得已的事。”[②] 本书把文艺学、美学划分为七个分支学科，而按目前的课程设置尚不止七个，此外还可以加上“马克思主义文艺理论”、“文艺美学”、“文艺心理学”等等。然而正如钱锺书先生所说，一方面这些分支学科各有自己的研究对象和研究方法，另一方面它们又“彼此系连，交互映发”，难以截然分开。因此，本书行文风格或各具特点，而在内容上，包括“学科概述”在内的各部分不免有所交叉。

---

① 《西塞罗全集·修辞学卷》，人民出版社，2007年，第3—4页。

② 钱锺书：《七缀集》，上海古籍出版社，1985年，第113页。

从课程学习看，我们希望并期望学生“由合而分，由分而合”，既了解各分支学科的学术特点，又看到各分支学科相互联系，最后融会贯通，形成学术研究的“整体意识”。歌德说：“人是一个整体，一个多方面的内在联系着的能力的统一体。艺术作品必须向人这个整体说话。”① 同样，以人为对象的人文学术和人文学者，也必须具备“整体意识”，向人这个整体说话。德国著名古典学家维拉莫威兹说：“由于我们要努力探询的生活是浑然一体的，所以我们的科学方法也是浑然一体的。把古典学划分为语言学和文学、考古学、古代史、铭文学、钱币学以及稍后出现的纸草学等等各自独立的学科，这只能证明是人类对自身能力局限性的一种折中办法，但无论如何要注意不要让这种独立的东西窒息了整体意识，即使专家也要注意这一点。”② 维拉莫威兹所说的“整体意识”，不只为古典学者所当有，也为一切人文学者和文艺学美学研究者所应有。

5. 编写分工

本教材是集体智慧的成果。根据学校课程建设的精神原则和文学院“专业方向课”教材编写的具体要求，主编提出初步的编写思路，经集体讨论后确定编写细则，各位编写者分头执笔，最后由主编统理全稿。除编写者外，参加编写提纲讨论并提出建设性建议的还有：杨柏岭教授、江守义教授、丁云亮副教授、章池副教授。

以全书章节为序，各章执笔者分别如下：

陈文忠教授：绪论“人文学科与人文关怀”；

陈文忠教授：第一章“文艺学基本理论研究”；

李平教授：第二章“中国古代文学批评研究”；

陈文忠教授：第三章“西方文艺理论研究”；

李伟博士：第四章“美学基本原理研究”；

侯宏堂教授：第五章“中国古代美学思想研究”；

乔东义副教授：第六章“西方美学思想研究”；

陈文忠教授：第七章“中西文艺学美学比较研究”。

为本科生开设“专业方向课”，在文学院历史上尚无先例。本教材的编写倾注了全体编写者和参与者的心血，实际效果将在教学实践中检验。一部理

---

① 歌德：《搜藏家和他的伙伴们》（第5封信），转引自《朱光潜全集》第7卷，安徽教育出版社，1991年，第85页。

② 维拉莫威兹：《古典学的历史》，生活·读书·新知三联书店，2008年，第1—2页。

想教材的诞生，无不经过几代学人的持续努力。我们将在教学实践中听取各方面的意见和建议，在今后的修订中努力使之不断完善。

本书“论文精读”所选论文，均为各学科前辈学者和当今时贤的优秀之作，在此特向他们表示最崇高的敬意和最热切的谢忱；所选论文的格式，除技术性处理外一仍其旧。安徽师大文学院领导支持、关心本教材的编写工作，并提出了指导性意见。安徽师范大学出版社及时安排出版，编辑胡志恒先生工作细致周密，有效提高了本书的编校质量。在此，谨向他们致以深切谢意。

编　者

2011 年 1 月 20 日

目　　录

绪论　人文学科与人文关怀

一、人文学科的性质意义

【引言】

“有两样东西，我们愈经常愈持久地加以思索，它们就愈使心灵充满始终新鲜不断增长的景仰和敬畏：在我之上的星空和居我心中的道德法则。”这是体现了康德哲学精髓的康德名言，出自康德《实践理性批判》；“精神的伟大和力量是不可以低估和小视的。那隐蔽着的宇宙本质自身并没有力量足以抗拒求知的勇气。”这是体现了黑格尔哲学精髓的黑格尔名言，出自黑格尔《在柏林大学的开讲辞》。

黑格尔《在柏林大学的开讲辞》，哲理与激情融为一体，是黑格尔的哲学宣言，也是一篇著名的人文宣言，阐述了以文史哲为中心的人文学科的性质和意义。哲人的哲理与激情曾给无数人文学者以力量和勇气，并以毕生精力献身崇高的人文事业。中国现代著名学者王元化就是其中一位。他在《读黑格尔的思想历程》一文中谈到阅读黑格尔《小逻辑》的心情时写道：“我曾经几遍几遍重读书前所载黑格尔在柏林大学授课前向听众所做的《开讲辞》：‘精神的伟大和力量是不可以低估和小视的。那隐蔽着的宇宙本质自身并没有力量足以抗拒求知的勇气。对于勇毅的求知者，它只能揭开它的秘密，将它的财富和奥妙公开给他，让他享受。’我每次读《开讲辞》这几句结束语，都会感到心情激荡，它体现了文艺复兴以来对人和人的思想充满信心的那种坚毅的人文精神。在那些愁苦的岁月中，它增加了我的生活勇气，使我在隔离中不致陷于绝望而不可自拔。从那时到现在已经有数十年过去了。虽然我这些年不再像过去一样，怀有对于理性主义那种近似宗教式的热忱，但我仍牢记黑格尔所说的‘精神的伟大和力量是不可以低估和小视的’这句话。”

“认识你自己”，这是德尔斐阿波罗神庙上用金字镌刻的一句名言。“认识你自己”，这也是人文学科的本质意义之所在。近代以来许多著名的人文学者曾用不同语言阐释对人文学科这一本质意义的认识。意大利维柯说："人文教育"的最高目标是培育人的"智慧"，而"一切智慧都包含在这三件最卓越的事之中——去确实地知、正当地行、高贵地说。"① 美国白壁德在回答"什么是人文主义"时指出："相对于人道主义而言，人文主义者感兴趣的是个体的完善，而不是全人类都得到提高那种伟大蓝图"；而"人之完美杰出的真正标记，是它协调自身对立之德行的能力，以及他占有这些德行之间所有空间的能力。人通过这种融合自身相反品质的能力来显示其人性以及高于所有其他动物的优越本质"。② 海外中国学者林毓生认为，人文学科的基本任务有二：一是肯定人的价值，探寻人的意义；二是使人活得更有尊严，使人生、社会与时代变得更丰富而有意义。③ 德国哲学家卡西尔《人论》第一句写道："认识自我乃是哲学探究的最高目标"；全书最后总结道："作为一个整体的人类文化，可以被称之为人不断自我解放的历程。语言、艺术、宗教、科学，是这一历程中的不同阶段。在所有这些阶段中，人都发现并且证实了一种新的力量——建设一个人自己的世界、一个'理想'世界的力量"；总之，人类文化的"每一种功能都开启了一个新的地平线并且向我们展示了人性的一个新方面"。④

世界是由"人"和"物"这两样东西构成的。人类的学问因此可以分为"人的学问"和"物的学问"两类。人文学科作为人的学问、生命的学问、心灵的学问，其使命就是传播人文精神，培育人文心灵，给人以人文关怀。"人"不同于"物"："人应尊敬他自己，并应自视能配得上最高尚的东西。"这是人文学科不同于自然科学和社会科学的性质之所在，也是人文学科存在的意义之所在。黑格尔把这一崇高的使命赋予"青年的精神"：因为，"青春是生命中最美好的一段时间，尚没有受到迫切需要的狭隘目的系统的束缚，而且还有从事于无关自己利益的科学工作的自由"；因为，"一个有健全心情的青年还有勇气去追求真理。真理的王国是哲学所最熟习的领域，也是哲学所缔造的，通过哲学的研究，我们是可以分享的"。

中国人文的重建，同样需要这样的"青年的精神"。

---

① 维柯：《论人文教育》，上海三联书店，2007年，第126页。
② 白璧德：《文学与美国大学》，北京大学出版社，2004年，第7—17页。
③ 林毓生：《中国传统的创造性转化》，生活·读书·新知三联书店，1988年，第276页。
④ 恩斯特·卡西尔：《人论》，上海译文出版社，1985年，第3、288页。

在柏林大学的开讲辞

（1818 年 10 月 22 日）

黑格尔

诸位先生：

今天我是奉了国王陛下的诏命，初次到本大学履行哲学教师的职务。请让我先说几句话，就是我能有机会在这个时刻承担这个有广大学院效用的职位，我感到异常荣幸和欣愉。就时刻来说，似乎这样的情况已经到来，即哲学已有了引人注意和爱好的展望，而这几乎很消沉的科学也许可以重新提起它的呼声。因为在短期前，一方面由于时代的艰苦，使人对于日常生活的琐事予以太大的重视，另一方面，现实上最高的兴趣，却在于努力奋斗首先去复兴并拯救国家民族生活上政治上的整个局势。这些工作占据了精神上的一切能力，各阶层人民的一切力量，以及外在的手段，致使我们精神上的内心生活不能赢得宁静。世界精神太忙碌于现实，太驰骛于外界，而不遑回到内心，转回自身，以徜徉自怡于自己原有的家园中。现在现实潮流的重负已渐减轻，日尔曼民族已经把他们的国家，一切有生命有意义的生活的根源，拯救过来了，于是时间已经到来，在国家内，除了现实世界的治理之外，思想的自由世界也会独立繁荣起来。一般讲来，精神的力量在时间里已有了如此广大的效力：即凡现时尚能保存的东西，可以说只是理念和符合理念的东西，并且凡能有效力的东西必然可以在识见和思想的前面获得证明。特别是我们现在所寄托的这个国家，由于精神力量的高度发展，而提高其重量于现实世界和政治事件中，就力量和独立性来说，已经和那些在外在手段上曾经胜过我国的那些国家居于同等地位了。由此足见教育和科学所开的花本身即是国家生活中一个主要的环节。我们这个大学既是大学的中心，对于一切精神教育，一切科学和真理的中心，哲学，必须尊重其地位，优予培植。

不仅是说一般的精神生活构成国家存在的一个基本环节，而是进一步说，人民与贵族阶级的联合，为独立，为自由，为消灭外来的无情的暴君统治的伟大斗争，其较高的开端是起于精神之内。精神上的道德力量发挥了它的潜能，举起了它的旗帜，于是我们的爱国热情和正义感在现实中均得施展其威力和作用。我们必须重视这种无价的热情，我们这一代的人均生活于、行动于、并发挥其作用于这种热情之中。而且一切正义的、道德的、宗教的情绪皆集中在这种热情之中。——在这种深邃广泛的作用里，精神提高了它的尊严，而生活的浮泛无根，兴趣的浅薄无聊，因而就被彻底摧毁。而浅薄表面的识见和意见，均被暴露出来，因而也就烟消云散了。这种精神上情绪上深刻的认真态度也是哲学的真正的基础。哲学所要反对的，一方面是精神沉陷在日常急迫的兴趣中，一方面是意见的空疏浅薄。精神一旦为这些空疏浅薄的意见所占据，理性便不能追寻它自身的目的，因而没有活动的余地。当人们感到努力以寻求实体性的内容的必要性，并转而认为只有具实体性内容的东西才有效力时，这种空疏浅薄的意见必会消逝无踪。但是在这种实体性的内容里，我们看见了时代，我们又看见了这样一种核心的形成，这核心向政治、伦理、宗教、科学各方面广泛的开展，都已付托给我们的时代了。

我们的使命和任务就是在这青春化和强有力的实体性基础上培养起哲学的发展。这种实体性的内容的青春化现在正显示其直接的作用和表现于政治现实方面，同时进一步表现在更伟大的伦理和宗教的严肃性方面，表现在一切生活关系均要求坚实性与彻底性方面。最坚实的严肃性本身就是认识真理的严肃性。这种要求——由于这要求使得人的精神本性区别于他的单纯感觉和享受的生活——也正是精神最深刻的要求，它本身就是一普遍的要求。一方面可说是时代的严肃性激动起这种深刻的要求，一方面也可说这种要求乃是日尔曼精神的固有财产。就日尔曼人在哲学这一文化部门的优异成果而论，哲学研究的状况、哲学这个名词的意义即可表示出来。在别的民族里哲学的名词虽还保存着，但意义已经改变了，而且哲学的实质也已败坏了，消失了，以致几乎连对于它的记忆和预感一点儿也都没有存留了。哲学这门科学已经转移到我们日尔曼人这里了，并且还要继续生活于日尔曼人之中。保存这神圣的光明的责任已经付托给我们了，我们的使命就在于爱护它、培育它，并小心护持，不要使人类所具有的最高的光明，对人的本质的自觉熄灭了，沦落了。

但就在德国在她新生前一些时候，哲学已空疏浅薄到了这样的程度，即哲学自己以为并确信它曾经发现并证明没有对于真理的知识；上帝，世界和精神的本质，乃是一个不可把握不可认知的东西。精神必须停留在宗教里，宗教必须停留在信仰、情感、和预感里，而没有理性知识的可能。知识不能涉及绝对和上帝的本性，不能涉及自然界和精神界的真理和绝对本质，但一方面它仅能认识那消极的东西，换言之，真理不可知，只有那不真的，有时间性的和变幻不居的东西才能够享受被知的权利。——一方面属于知识范围的，仅是那些外在的，历史的偶然的情况，据说只有从这里面才会得到他们所臆想的或假想的知识。而且这种知识也只能当作一种历史性的知识，须从它的外在方面搜集广博的材料予以批判的研究，而从它的内容我们却得不到真诚严肃的东西。他们的态度很有些像拜拉特①的态度，当他从耶稣口里听到真理这名词时，他反问道：真理是什么东西？他的意思是说，他已经看透了真理是什么东西，他已经不愿再理会这名词了，并且知道天地间并没有关于真理的知识。所以放弃对真理的知识，自古就被当作最可轻视的、最无价值的事情，却被我们的时代推崇为精神上最高的胜利。

这个时代之走到对于理性的绝望，最初尚带有一些痛苦和伤感的心情。但不久宗教上和伦理上的轻浮任性，继之而来的知识上的庸俗浅薄——这就是所谓启蒙——便坦然自得地自认其无能，并自矜其根本忘记了较高兴趣。最后所谓批判哲学曾经把这种对永恒和神圣对象的无知当成了良知，因为它确信曾证明了我们对永恒、神圣、真理什么也不知道。这种臆想的知识甚至也自诩为哲学。为知识肤浅、性格浮薄的人最受欢迎，最易接受的也莫过于这样的学说了。因为根据这个学说来看，正是这种无知，这种浅薄空疏都被宣称为最优秀的，为一切理智努力的目的和结果。

不去认识真理，只去认识那表面的有时间性的偶然的东西，——只去认识虚浮的东西，这种虚浮习气在哲学里已经广泛地造成，在我们的时代里更为流行，甚至还加以大吹大擂。我们很可以说，自从哲学在德国开始出现以来，这门科学似乎从来没有这样恶劣过，竟会达到这样的看法，这样的蔑视理性知识，这样的自夸自诩，这样的广泛流行。——这种看法仍然是从前一时期带过来的，但与那真诚的感情和新的实体性的精神却极为矛盾。对于这种真诚的精神的黎明，我致敬，我欢呼。对于这种精神我所能做的，仅在于此：因为我曾经主张哲学必须有真实内容，我就打算将这个内容在诸君前面发挥出来。

但我要特别呼吁青年的精神，因为青春是生命中最美好的一段时间，尚没有受到迫切需要的狭隘目的系统的束缚，而且还有从事于无关自己利益的科学工作的自由。——同样青年人也还没有受过虚妄性的否定精神，和一种仅只是批判劳作的无内容的哲学的沾染。一个有健全心情的青年还有勇气去追求真理。真理的王国是哲学所最熟习的领域，也是哲学所缔造的，通过哲学的研究，我们是可以分享的。凡生活中真实的伟大的神圣的事物，其所以真实、伟大、神圣，均由于理念。哲学的目的就在于掌握理念的普通性和真

① 拜拉特（Pilatus）罗马总督，审讯耶稣基督的官长。——译者

形相。自然界是注定了只有用必然性去完成理性。但精神的世界就是自由的世界。举凡一切维系人类生活的，有价值的，行得通的，都是精神性的。而精神世界只有通过对真理和正义的意识，通过对理念的掌握，才能取得实际存在。

我祝愿并且希望，在我们所走的道路上，我可以赢得并值得诸君的信任。但我首先要求诸君信任科学，相信理性，信任自己并相信自己。追求真理的勇气，相信精神的力量，乃是哲学研究的第一条件。人应尊敬他自己，并应自视能配得上最高尚的东西。精神的伟大和力量是不可以低估和小视的。那隐蔽着的宇宙本质自身并没有力量足以抗拒求知的勇气。对于勇毅的求知者，它只能揭开它的秘密，将它的财富和奥妙公开给他，让他享受。

（选自黑格尔《小逻辑》，贺麟译，商务印书馆，1982 年）

【阅读思考】

1. 结合黑格尔的《开讲辞》和近代人文学者的相关论述，谈谈你对人文学科的本质和使命的认识。

2. 在《开讲辞》中，黑格尔说：“我要特别呼吁青年的精神，因为青春是生命中最美好的一段时间，尚没有受到迫切需要的狭隘目的系统的束缚，而且还有从事于无关自己利益的科学工作的自由。——同样青年人也还没有受过虚妄性的否定精神，和一种仅只是批判劳作的无内容的哲学的沾染。一个有健全心情的青年还有勇气去追求真理。”在《逻辑学·导论》中，黑格尔又说：“同样一句格言，在完全正确理解它的青年人口中，总没有在阅历很深的成年人的精神中那样的作用和范围，要在这种成年人的阅历中，那句箴言里所包含的内容的全部力量才会表达出来。”你是如何理解黑格尔这两段话的？

【阅读文献】

1. 维柯：《论人文教育》，上海三联书店，2007 年。

2. 费希特：《论学者的使命·人的使命》，商务印书馆，1984 年。

3. 卡西尔：《人论——人类文化哲学导论》，上海译文出版社，2004 年。

4. 白璧德：《文学与美国大学》，北京大学出版社，2004 年。

5. 林毓生：《中国人文的重建》，《中国传统的创造性转化》，生活·读书·新知三联书店，1988 年。

6. 李维武：《人文科学概论》，人民出版社，2007 年。

二、人文学科的学术原则

【引言】

"学无新旧也，无中西也，无有用无用也。""无"者，无禁区、无偏见、无功利之心也。这是王国维揭示的学术原则，也是人文学科的普遍原则和人文学者应有的学术境界。王国维指出："凡立此名者，均不学之徒。即学焉，而未尚知学者也。"陈寅恪《清华大学王观堂先生纪念碑铭》论王国维学术精神曰："先生之学说，或有时而可商。惟此独立之精神，自由之思想，历千万祀，与天壤而同久，共三光而永光。"王国维的"三无"说，正是其"独立之精神，自由之思想"在学术研究中的体现。

在"三无"学术原则中，无新旧、无中西，世之通人率知其不然。钱锺书所谓"东海西海，心理攸同；南学北学，道术未裂"；而文化人类学和比较文学的兴盛，更彻底拆除了新旧、中西的藩篱，"打通"新旧，"打通"中西，已成为现代学者的学术共识。"惟有用无用之论则比前二说为有力"，亦即人文学科"有用无用"的功能价值问题，比之研究对象和研究领域的新旧、中西的问题，更为令人困惑，也更为难以阐释清楚。王国维指出："余谓凡学皆无用也，皆有用也。"换言之，用急功近利的眼光看，"凡学皆无用也"；而从人生的终极意义看，"凡学皆有用也"。"学"之"用"，主要体现在两个方面：一是从"学"与"术"的关系看，"一切艺术悉由一切学问出，古人所谓'不学无术'，非虚语也"。后来梁启超在《学与术》一文中，对"学"与"术"的辩证关系作了更为系统深入的阐释。没有学问的进步，哪有技术的创新？所谓"学者术之体，术者学之用，二者如辅车相依而不可离。学而不足以应用于术者，无益之学也；术而不以科学上之真理为基础者，欺世误人之术也。"二是从宇宙人生的整体和生命的终极意义看，玄远超然之"学"，皆有益于对生命真谛的认识，"皆有裨于人类之生存福祉"；"故深湛幽渺之思，学者有所不避；迂远繁琐之讥，学者有所不辞焉"。学术史证明，一个学者只有具有非功利的心态和超然深远的眼光，才能做出真正的学问，才能写出真正的"传世之作"。

《国学丛刊》序

(1911)

王国维

学之义不明于天下久矣！今之言学者，有新旧之争，有中西之争，有有用之学与无用之学之争。余正告天下曰：学无新旧也，无中西也，无有用无用也。凡立此名者，均不学之徒。即学焉，而未尚知学者也。

学之义广矣！古人所谓学，兼知行言之。今专以知言，则学有三大类：曰科学也，史学也，文学也。凡记述事物而求其原因，定其理法者谓之科学；求事物变迁之迹而明其因果者，谓之史学；至出入二者间而兼有玩物适情之效者，谓之文学。然各科学有各科学之沿革，而史学又有史学之科学（如刘知几《史通》之类)。若夫文学则有文学之学（如《文心雕龙》之类）焉，有文学之史（如各史《文苑传》）焉。而科学、史学之杰作亦即文学之杰作。故三者非斠然有疆界。而学术之蕃变，书籍之浩瀚，得以此三者括之焉。凡事物必尽其真，而道理必求其是，此科学之所有事也；而欲求知识之真与道理之是者，不可不知事物道理之所以存在之由，与其变迁之故，此史学之所有事也；若夫知识道理之不能表以议论，而但可表以情感者，与夫不能求诸实地而但可求诸想象者，此则文学之所有事。古今东西之为学，均不能出此三者。惟一国之民，性质有所毗，境遇有所限，故或长于此学，而短于彼学；承学之子，资力有偏颇，岁月有涯涘，故不能不主此学而从彼学；且于一学之中又择其一部而从事焉。此不独治一学当如是，自学问之性质言之，亦固宜然。然为一学，无不有待于一切他学，亦无不有造于一切他学。故是丹而非素，主入而奴出，昔之学者或有之，今日之真知学、真为学者，可信其无是也。

夫然，故吾所谓学无新旧、无中西、无有用无用之说，可得而详焉。何以言学无新旧也？夫天下之事物，自科学上观之，与自史学上观之，其立论各不同。自科学上观之，则事物必尽其真，而道理必求其是，凡吾智之不能通，而吾心之所不能安者，虽圣贤言之，有所不信焉；虽圣贤行之，有所不慊焉。何则？圣贤所以别真伪也，真伪非由圣贤出也；所以明是非也，是非非由圣贤立也。自史学上观之，则不独事理之真与是者，足资研究而已，即今日所视为不真之学说，不是之制度风俗，必有所以成立之由，与其所以适于一时之故。其因存于邃古，而其果及于方来，故材料之足资参考者，虽至纤悉，不敢弃焉。故物理学之历史，谬说居其半焉；哲学之历史，空想居其半焉；制度风俗之历史，弁髦居其半焉；而史学家弗弃也。此二学之异也。然治科学者，必有待于史学上之材料，而治史学者，亦不可无科学上之知识。今之君子，非一切蔑古，即一切尚古。蔑古者出于科学上之见地，而不知有史学；尚古者出于史学上之见地，而不知有科学；即为调停之说者，亦未能知取舍之所以然。此所以有古今新旧之说也。

何以言学无中西也？世界学问，不出科学、史学、文学。故中国之学，西国类皆有之，西国之学，我国亦类皆有之；所异者，广狭疏密耳。即从俗说，而姑存中学西学之名，则夫虑西学之盛之妨中学，与虑中学之盛之妨西学者，均不根之说也。中国今日，实无学之患，而非中学西学偏重之患。京师号学问渊薮，而通达诚笃之旧学家，屈十指以计之，不能满也；其治西学者，不过为羔雁禽犊之资，其能贯串精博，终身以之如旧学家者，更难举其一二。风会否塞，习尚荒落，非一日矣。余谓中西二学，盛则俱盛，衰则俱衰，风气既开，互相推助。且居今日之世，讲今日之学，未有西学不兴，而中学能兴者；亦未有中学不兴，而西学能兴者。特余所谓中学，非世之君子所谓中学；所谓西学，非今日学校所授之西学而已。治《毛诗》、《尔雅》者，不能不通天文博物诸学。而治博物学者，苟质以《诗》《骚》草木之名状而不知焉，则于此学固未为善。必如西人之推算日食，证梁虞刿唐一行之说，以明《竹书纪年》之非伪。由《大唐西域记》以发见释迦之支墓，斯为得矣。故一学既兴，他学自从之，此由学问之事，本无中西。彼鳃鳃焉虑二者之不能并立者，真不知世间有学问事者矣！

故新旧、中西之争，世之通人率知其不然，惟有用无用之论，则比前二说为有力。余谓凡学皆无用也，皆有用也。欧洲近世农工商业之进步，固由于物理、化学之兴。然物理化学高深普遍之部，与蒸汽电信有何关系乎？动植物之学所关于树艺畜牧者几何？天文之学，所关于航海授时者几何？心理社会之学其得应用于政治教育者亦尠。以科学而犹若是，而况于史学、文学乎？然自他面言之，则一切艺术悉由一切学问出，古人所谓“不学无术”，非虚语也。夫天下之事物，非由全不足以知曲，非致曲不足以知全。虽一物之解释，一事之决断，非深知宇宙人生之真相者，不能为也，而欲知宇宙人生者，虽宇宙中之一现象，历史上之一事实，亦未始无所贡献。故深湛幽渺之思，学者有所不避焉；迂远繁琐之讥，学者有所不辞焉。事物无大小，无远近，苟思之得其真，纪之得其实，极其会归，皆有裨于人类之生存福祉。己不竟其绪，他人当能竟之；今不获其用，后世当能用之。此非苟且玩愒之徒所与知也。学问所以为古今中西所崇敬者，实由于此。凡生民之先觉，政治教育之指导，利用厚生之渊源，胥由此出，非徒一国之名誉与光辉而已。世之君子，可谓知有用之用，而不知无用之用者矣！

以上三说，其理至浅，其事至明。此在他国所不必言，而世之君子犹或疑之，不意至今日而犹使余为此哓哓也。适同人将刊行国学杂志，敢以此言序其耑。此志之刊，虽以中学为主，然不敢蹈世人之争论。此则同人所自信，而亦不能不自白于天下者也。

（选自《观堂别集》卷四）

【阅读思考】

1. 王国维在《论哲学家与美术家之天职》中说："天下有最神圣、最尊贵而无与于当世之用者，哲学与美术是已。天下之人嚣然谓之曰无用，无损于哲学、美术之价值也。至为此学者自忘其神圣之位置，而求以合当世之用，于是二者之价值失。"请结合本篇谈谈王国维人文学科的功能观。

2. 王国维在《〈国学丛刊〉序》中说："然自他面言之，则一切艺术悉由一切学问出，古人所谓'不学无术'，非虚语也。"你是如何理解"学"与"术"的关系的？

【阅读文献】

1. 王国维：《论哲学家与美术家之天职》，《静庵文集》，辽宁教育出版社，1997 年。

2. 梁启超：《清代学术概论》，上海古籍出版社，1998 年。

3. 钱锺书：《〈谈艺录〉序》，《谈艺录》，中华书局，1984 年。

4. 刘梦溪：《学术独立与中国现代学术传统》，《传统的误读》，河北教育出版社，1996 年。

三、人文学科的研究方法

【引言】

学术方法是学术对象的客观延伸物。人文学科有自己的学术方法，包括研究方法、表述方法和评价方法等。而人文学科与自然科学的"真理与方法"有着本质的差异。如果说自然科学的"真理"是客观的规律，那么人文学科的“真理”则是主观的意义；如果说自然科学的“方法”是实证和实验，那么人文学科的“方法”则是阐释和理解。伽达默尔在《真理与方法》中对上述差异作了精辟而深入的论述。但是，如何进行经典的阐释，阐释的步骤是怎样的？传统在向现代的转换中怎样做出新的理解？伽达默尔的《真理与方法》似乎并不能满足我们这方面的要求，而傅伟勋所提出的“创造的诠释学模型”则可以给我们很大的启发。

1983年，傅伟勋发表了学术自传性长文《哲学探求的荆棘之路》，文章回顾了自己的学术历程，总结了自己的哲学研究方法，初次提出了“创造的解释学”思想。他说：“过去十年我在哲学探求的一大创获，是高层次的哲学方法论反省；我在几篇出版过的论文所逐步发展且应用的所谓‘创造的解释学’，可为例示。创造的解释学共分五个辨证的步骤或程序，中间不可任意越级。”① 1992年，傅伟勋在《从德法之争谈到儒学现代诠释学课题》一文中，把“创造的解释学”的“五个辨证步骤”进一步提炼为“五谓”说，并通过儒学经典古今诠释实例的分析，对“儒学诠释学暨思维方法的建立发展”提出了富于启示性的见解。

陈康先生的《哲学方法》主要是讲研究方法和学术论证方法的。陈康是著名古希腊哲学史家，柏林大学博士，历任北大、台大及美国多所大学的哲学教授。柏拉图《巴曼尼得斯篇》的“译注”是陈康的代表作之一。

陈康先生学风严谨，文不苟作；凡有所作，皆遵循严格的逻辑原则。晚年自述一生为文，建议读者注意他的“构思和写作方法”。以为自己的“每一结论，无论肯定与否定，皆从论证推来。论证皆循步骤，不作跳跃式的进行。分析务必求其精详，以免混淆和遗漏。无论分析、推论或下结论，皆以其对象为依归，各有它的客观基础。不作广泛空洞的断语，更避免玄虚到使人不能捉摸其意义的冥想，来饰智惊愚。”（《陈康哲学论文集》“序”，台湾联经出版公司）本文所说的“哲学方法”就是其学术研究方法的具体体现。他把这种“哲学方法”概括为“六个步骤”：（一）叙述现象，（二）陈述问题，（三）讨论问题，（四）检讨假设，（五）尝试解答问题，（六）进一步的探讨。然后，以《性质团结问题和本质概念》一文为例，逐一说明六个步骤的特点和关联。“哲学方法”是人文学科的共同方法。因此，这里所说的“哲学研究方法的六个步骤”，对文、史、哲学术论文的写作具有普遍指导意义。

傅伟勋的“创造的诠释学模型”着眼于经典的阐释思路，陈康的“哲学

① 参阅傅伟勋：《从西方哲学到禅佛教》，生活·读书·新知三联书店，1989年，第51—52页。

方法”着眼于论文的写作步骤；从经典的诠释到论文的写作，前后衔接，互为补充。不过，谈方法的，方法论对他已无用；学方法的，方法论对他却无效。这是方法论的尴尬，也是教师的苦恼。人文学科的方法是范导性的，而不是规定性的。因此只有在学术训练中不断揣摩，不断回味，才可能使理论化为能力，知识转成智慧。

从德法之争谈到儒学现代诠释学课题[①]

傅伟勋

高达美（大陆通译“伽达默尔”[②]）的诠释学理论与德希达（大陆通译“德里达”）的（基本上当做革命性思维方法论的）解构理论之间，其实可以建立互补相成的契接点。以下我试用自己构想的“创造的诠释学”，藉以说明高达美与德希达的契接点，同时举例说明，创造的诠释学对于儒学诠释学暨思维方法论所能提供的（同时可望稍获抛砖引玉之效的）思维资粮。[③]

创造的诠释学模型

做为一般方法论模型的创造的诠释学，分成五个辩证的层次：“实谓”、“意谓”、“蕴谓”、“当谓”与“创谓”（原作“必谓”）[④]。在“实谓”层次，我们探问：“原作者（或原典）实际上说了什么？”这基本上关涉到原典校勘、版本考证与比较等等校雠学课题。在“意谓”层次，我们改问：“原作者（或原典）想要表达什么，他的真正意思是什么？”我们于此层次，通过语意澄清、脉络考察、逻辑分析、传记研究等等，设法尽量“如实客观地”理解诠释原典的内在意义或原作者所意向着的原原本本的意思。我们于此层次，相信原典有其客观意义，通过一番忠实的诠释工夫，当可获致原原本本的“意谓”。在“蕴谓”层次，我们便进一步探问：“原作者可能想说什么？”或

---

① 【编者按】傅伟勋《从德法之争谈到儒学现代诠释学课题》全文四部分：一、当代德法诠释学争论，二、创造的诠释学模型，三、儒学诠释学暨思维方法论的建立发展，四、结语。本书选录了文章的后三部分。

② 本书选文中括号内小五号楷体，均为编者所加。

③ 关于较详细的创造的诠释学立论，请参照拙著《从创造的诠释学到大乘佛学》首章《创造的诠释学及应用——中国哲学方法论建构试论之一》（台北：东大图书公司，1990年）。

④ 1991年12月下旬，我应香港法住学会会长霍韬晦教授之邀，为“安身立命”研讨会主讲一场，事后又另外演讲三场，其中一场涉及创造的诠释学。韬晦兄听后建议，把最高一层的“必谓”，改为“创谓”，更能表达其中旨趣。我当时感到，他的用词建议很有道理，故即改为“创谓”。——原注

"原典可能蕴涵哪些意思意义?"这就涉及种种思想史的理路线索、语言表达的历史积淀累积、已出现过的种种（较为重要的）原典诠释、原思想家与后代继承者之间的前后思维连贯性的多面探讨等等。通过此一较有诠释开放性的探讨方式，一方面能够破除"如实客观"的诠释学独断论调，另一方面又能超克"意谓"层次上可能产生过的诠释片面性或诠释者个人的主观臆断。在"当谓"层次，我们还得更深一层地发问："原作者（本来）应该指谓什么，意谓什么?"（或不如说："我们诠释者应该为原作者说出什么?"）于此第四层次，我们必须设法在原作者教义的表面结构底下，探查掘发（原作者自己也看不出来的）深层结构，据此批判地考察在"蕴谓"层次所找到的种种可能义蕴（meanings）或蕴涵（implications），从中发现最有诠释理据或强度的深层义蕴或根本义理出来。这就需要我们自己的诠释学洞见（hermeneutic insight），已非"蕴谓"层次只见种种可能诠释方式的平排凑合，而无任何诠释学评断准则分出各别诠释高低优劣的情况可比，也同时更批判地超克了"意谓"层次的表面分析或平板而无深度的"客观"诠释（所谓"依文解义"，而非"依义解文"）。到了最高的"创谓"层次，创造的诠释者必须发问："为了救活原有思想，或为了突破性的理路创新，我必须践行什么，创造地表达什么?"第四层次与第五层次的基本分辨是在，前者只要"讲活"原典或原有思想，停留在"批判地继承"（继往）阶段；后者则要"救活"原典或原有思想，批判地超克原思想家的教义局限性或内在难题，而为原思想家解决他所留下来未能完成的思想课题，亦即"创造的发展"（开来）。当然，如果原有思想（或原有传统）的内在难题太多太深，已经无法继承，遑论发展，这就需要一番德希达所说的解构工夫了。无论如何，从创造的诠释学观点去看，"当谓"与"创谓"，或"批判的继承"与"创造的发展"，乃是一体两面："当谓"仍属诠释学范域，"创谓"已有突破诠释学范域，而转移到思维方法论范域的趋向。也就是说，创造的诠释学既是创造性的，自然不可能停留在"当谓"层次，势必进升"创谓"层次。如此，创造性诠释与创造性思维应不可避免地"一时并了"。（编者按：以下"说明高达美与德希达的契接点"部分省略。）

儒学诠释学暨思维方法的建立发展

现在让我谈谈创造的诠释学五大层次模型，对于儒学诠释学暨思维方法的建立发展，如何能予提供一些思维资粮。首先在"实谓"层次，中国儒学史上虽然有过宋明理学所重义理之学与清代朴学所重考据之学的分辨，但现在儒学研究者皆有儒学典籍的理解诠释必须假定“实谓”研究的扎实完备这个共识。但是，由于秦始皇的焚书坑儒，先秦文献散佚甚多，有关古代儒家典籍的“实谓”研究，仍须继续下去，仍需一批现代学者从事于此项基层工作。

举例来说，我们知道，朱熹与王阳明对于《大学》一篇的“实谓”结论有所不同，也就引起两者对于整个原典意义或义理的诠释殊异，甚至涉及“性即理”与“心即理”的二说孰是孰非的儒学公案，这可以说是儒学诠释学史上最值得令我们注目的一件大事。在“实谓”层次，阳明评斥朱熹擅改《大学》原有经文，谓：“《大学》古本乃孔门相传旧本耳。朱子疑其有所脱误，改正补缉之，在某则谓其本无脱误，悉从其旧而已矣……旧本之传数千载矣，……亦何所按据而断其此段之必在于彼？彼段之必在于此？与此之如何而缺？彼之如何而补？”（《传习录》中《答罗整庵少宰书》）朱熹依程颐的看法，认为旧本颇有错简，故因程颐所定而更考经文，为之分章断句，将前七段当做曾子述孔子言的“经”，其余十章，看成门人记曾子意的“传”；同时又将“经”中“大学之道……在亲民”的“亲”字，改成“新”字。阳明则认为，《大学》古本系真正原典，据此阳明重新诠释《大学》的“意谓”说：“‘致知’云者，非后儒所谓充广其知识之谓也；致吾心之良知焉耳。……格者正也，正其不正，以归于正之谓也。……盖身心意知物者，是其工夫；所用之条理，虽亦各有其所，而其实只是一物；格致诚正修者，是其条理所用之工夫，虽亦有其名，而其实只是一事。”（《大学问》）

上述阳明具旧本（“实谓”）而去理解原典本义（“意谓”），即在致良知，只是诚意，这从创造的诠释学观点去看，只不过是表面说法而已。另一方面阳明又说：“此只是在文义上穿求，故不明。……须于心体上用功，凡明不得，行不去，须反在自心上体，当即可通。盖四书五经不过说这心体。”（《传习录》上）又云：“六经非他，吾心之常道也。”（同上）由是可知，对于创造的诠释学家阳明来说，《大学》的“实谓”（古本）与“意谓”（原意）不是根本问题，真正的“依义解文”课题是，如何发掘儒家思想的深层义理（“当谓”）。用高达美的说法，阳明是站在“当谓”立场，带有一种实存的“成见”去理解诠释《大学》意义的。《大学》古本如何（“实谓”）或《大学》本义如何（“意谓”）并不是关键所在，虽然包括《大学》在内的经书仍有相当程度的真理性、权威性。

我们可以更进一步说，阳明证成“《大学》功夫，只是诚意”（《传习录》上）此一“当谓”的哲理根据，是他循着孟子一路开展出来的“心即理”或

"致良知"说（"创谓"）。换句话说，阳明是以创造的诠释学家（亦即开创性思想家）身分，自"创谓"出发，而以"创谓"证成"当谓"，然后才去批判朱熹私改《大学》古本且违背古本原意的。因此，环绕着《大学》古本及其本义的朱王孰是孰非问题，不是本质问题。

关于"意谓"争论的一个佳例是，何炳棣教授《"克己复礼"真诠——当代新儒家杜维明治学方法的初步检讨》一文所引发出来的诠释学问题。何教授认为，"克己复礼"的真诠（即"意谓"）应是："'克己'就是克制自己的欲望，恪守周礼，不能越轨。……克己是复礼的前提，不克制生活上的侈靡、政治上的僭越，就无法恢复到礼乐有序、天下有道的局面。克己复礼主要是对统治阶级说的，即要求统治阶级提高遵周礼、行仁政的道德自觉性。"① 何氏据此"真诠"，大大批评维明兄等同"克己"与"修身"，过分强调积极方面的修养修身之余，完全忽略消极压抑的"克己"原义。他接着又批评说："由于他自始即要把具有顽强约制性的礼迟早化为类似仁的发自于内的道德及精神力量，所以在理论上才感到'紧张'。等到他把礼的主要约制面完全不顾，从'修身'方面推到'自我完成'之后，仁和礼才取得统一，礼才成为孔子仁说的外形化。从历史发展程序看，他的这个申论肯定是错误的。"

对于何氏的苛评，维明兄回答说："其实，何先生坚持'克己'的真诠应是'克制自己'种种僭越无礼的欲望言行，我并不反对。我要指出的是……孔子这一概念不是意指人应竭力消灭自己的物欲，反之，它意味着人应在伦理道德的脉络内使欲望获得满足。事实上'克己'这个概念与修身的概念密切相接，它们在实践上是等同的。……当然，我所担心的误解是把'克己'理会成宗教意义上的'禁欲主义'。"②

我们从上述何、杜二位环绕着"克己复礼"真诠问题的争论，可以看出，何氏坚持"意谓"层次的原典"如实客观"的本义，且只许他所提出的"真诠"为唯一"如实客观"而不可推翻的"意谓"。维明兄一方面并不承认"克己复礼"只许独一无二的"意谓"，另一方面已有自"意谓"层次转至"蕴谓"层次的用意，探索"克己复礼"的种种可能义蕴、蕴涵。而维明兄特别强调"克己"的积极"修身"意义或蕴涵，甚至等同二者的诠释学用意，似又暗示着，他为了讲活"克己复礼"对于现代人的切身意义，实不得

① 《二十一世纪》总第 8 期（1991 年 12 月），第 141 页。

② 杜维明：《从既惊讶又荣幸到迷惑而费解——写在敬答何柄棣教授之前》，《二十一世纪》总第 8 期，第 140—150 页。

不带有现代学者的一种（高达美所云）“成见”，点出“克己复礼”的“当谓”，乃以为“自我完成”的“修身”之义为远胜于何氏所坚持的“克制”之义。从创造的诠释学观点予以评衡，则可以说，何氏只单纯地固守“意谓”一层，也没有体谅维明兄涉及“意谓”→“蕴谓”→“当谓”进展的诠释学用意了。①

对于儒家经典的理解诠释，历代产生过无数的注疏，据此不难理会，从“意谓”层次进升“蕴谓”层次的必要性。光就四书言，朱熹的《四书集注》乃至赵顺孙的《四书纂疏》收录各种不同的前人诠释，足以例证历代儒者对于“意谓”到“蕴谓”的诠释联贯性都有相当的了解。其中较偏重诠释“客观性”的注疏家，想从各种“蕴谓”之中探索选定较合原典本义（“意谓”）的注解出来。我们在这里可以看到一种诠释的循环：正因对于“意谓”没有定论，他们才去收集历代有过的种种注疏，从“意谓”转到“蕴谓”；但又由于过分相信有所谓“意谓”的纯客观性，他们又想在已收集的种种“蕴谓”之中寻找唯一正确的“意谓”答案。可是寻找的准则是甚么？如何判定？

注疏家之中较有创造的诠释学头脑的，如朱熹，就懂得跳出这个诠释的循环，不从“蕴谓”转问“意谓”，但从“蕴谓”再进一步转至“当谓”层次。于此层次设法定立诠释学的抉择准则，决定最有道理强制性的诠释方式。而这里所谓“道理强制性”或“诠释殊胜性”，又得依据更高层次（“创谓”）的义理工夫与思维方法。也就是说，不但“意谓”到“蕴谓”有其诠释学联贯性，“蕴谓”→“当谓”→“创谓”也是联贯不断，构成（创造的）诠释学的必需进路。我们依此创造的诠释学去重新考察朱子的《四书集注》，就可以发现，朱熹在收录各类“蕴谓”之时，心中已有“当谓”准则，特别偏重程颐之言，其他注疏则多半变成附庸而已。而他所以偏重程子之言，且自有“当谓”定论，乃是由于他已自“当谓”进升“创谓”层次，于此层次完成“性即理”的哲学理论，依此证成他的“当谓”定论的缘故。举例来说，朱熹对于孔子所云“克己复礼为仁”的“仁”，解为“仁者本心之全德，仁者所以全其心之德也，盖心之全德，莫非天理”，又解“礼”为“天理之节文”，已不再去推测孔子的“意谓”，但依“性即理”的“创谓”观点，证成孔子此语之中有关“礼”与“仁”二字的自认为是的“当谓”定论。

---

① 关于何教授所引发的“克己复礼”诠释争论，在《二十一世纪》一直继续数期，有关的文章包括刘述先：《从方法论的角度论何柄棣教授对“克己复礼”的解释》（第 9 期，第 140—147 页）；何柄棣：《答刘述先教授——再论“克己复礼”的诠释》（第 10 期，第 150—155 页）；刘述先：《再谈“克己复礼”真诠——答何柄棣教授》（第 11 期，第 148—150 页）；以及何柄棣：《原礼》（同期，第 102—110 页）。

不但朱熹的诠释学进路是如此，王阳明更是如此。阳明批评朱熹说："圣人惧人之求之物外也，而反复其词。旧本析而圣人之意亡矣。是故不务于诚意，而徒以格物者，谓之支。"（《大学古本序》）这里所说的"圣人之意"决不可能是"意谓"，而是阳明自认为是的"当谓"，即解"格物"之义应当是"格其心之物也，格其意之物也，格其知之物也"（《传习录》中《答罗整庵少宰书》）；而阳明此一"当谓"定论的终极理据，则来自他的"心即理"或"致良知"说，亦即他的"创谓"证成他的"当谓"定论，反之非然。阳明岂不尝云："夫道，天下之公道也。学，天下之公学也。非朱子可得而私也；非孔子可得而私也。"（《传习录》中）这里所谓"公道"、"公学"即不外是心学，儒家传统的开创者孔子的"意谓"如何，已非问题所在，问题只在谁抓到了此一"公道"、"公学"。也就是说，儒学诠释学的根本问题是在"创谓"层次，于此层次创造的诠释学工夫转化而为一套思维工夫或思维方法论。

依我的看法，在儒家传统里自孟子至王阳明的心学一系思想家，最有批判地继承并创造地发展儒家传统的突破性、开创性精神。也就是说，他们特重思维工夫，采取自上而下的进路，以"创谓"为根基，证成"当谓"，然后依此考察较下层次的诠释学课题。自下至上的治书、治学工夫远不及自上而下的思维工夫重要。孟子故云："尽信书，不如无书"，并为孔子仁义之道开创了性善论的哲理奠基，证成仁义之道。陆象山亦云："自古圣贤发明此理，不必尽同。如箕子所言，有皋陶之所未言；夫子所言，有文王周公之所未言；孟子所言，有吾夫子之所未言，理之无穷如此。"（《陆九渊集·语录上》）又云："昔人之书不可以不信，亦不可以必信，顾于理如何耳。盖书可得而伪为也，理不可得而伪为也。"（同集《拾遗》）象山三十七岁时，在鹅湖之会批评朱熹之教人为支离，且"更欲与元晦辩，以为尧舜之前何书可读?"（见《年谱》）由是可见，象山秉承孟子的思维工夫，以"知本"为重，"六经皆我注脚"，颇有大胆"解构"经书原义之为不确定的倾向。王阳明也说："夫学贵得之心。求之于心而非也，虽其言之出于孔子，不敢以为是也，而况其未及孔子者乎。求之于心而是也，虽其言之出于庸常，不敢以为非也，而况其出于孔子者乎。"（《传习录》中）不过心学一系的象山与阳明并未"解构"经书或传统到永破不立的地步，他们心目中存在着天下之公理、公道（亦即心学），因此有其积极正面的真理"创谓"，非德希达只破不立、无有自己一套哲学真理的把握可比。

结　语

依据上面的诠释学考察，我认为传统儒学的诠释学在“实谓”（如校雠学）、“意谓”（如训诂学）、“蕴谓”（如《四书集注》、《四书纂疏》）等三个层次已具学问的楷模。现代儒学一方面仍须继承此类传统儒学的学问成果，另一方面亦应引进日常语言分析、语意学、结构主义、后结构主义、解构理论等等西方（特重分析的）哲学方法论，以便补充本身诠释学的细节工夫之不足。同时，现代儒学研究者更应关注探讨，涉及“当谓”与“创谓”两层的诠释学与思维方法论课题。在当代儒学的老前辈之中，能予承继发扬心学一系的哲理开创性精神，而於“当谓”与“创谓”两大层次建立种种新说的，独推牟宗三先生一人。问题是在：如说牟先生的儒学成就已臻登峰造极，则现代儒学在牟先生之后岂非不太可能有更进一步的发展吗？还是现代儒学在诠释学与思维方法论许有大大发展的余地？我们在这里千万不可忘记上述象山那句很有鼓舞作用的话：“自古圣贤发明此理，不必尽同。……孟子所言，有吾夫子之所未言，理之无穷如此。”

现代儒学研究者在“当谓”层次，必须把孔孟乃至宋明理学家之言，放在日益民主自由化、多元开放化的现代社会去重新理解诠释，重新探问：孔子如仍活在今日人间，他应当如何澄清他在《论语》的一些令现代人颇觉困惑的话语，譬如“三年无改于父之道，可谓孝矣”、“君子不器”、“攻乎异端，斯害也已”、“未知生，焉知死”、“民可使由之，不可使知之”、“天下有道则见，无道则隐”、“去食，自古皆有死，民无信不立”、“父为子隐，子为父隐，直在其中矣”、“唯女子与小人难养也，近之则不孙，远之则怨”等语，在现代社会“当谓”甚么？

事实上，在现代社会如要讲活上引孔子之语，势必涉及我们现代人的问题意识、新观点、新的历史境况、新的理解方式等等。这就引导我们不得不从“当谓”层次进升“创谓”层次，设法救活孔子的思想，因为在现代社会无法救活他的思想，也就不可能又不必要讲活他的思想了。我在第一届研讨会上建议过，为了现代儒学的未来发展，我们必须充分开发动用内外资源。我认为，经过牟先生等老前辈的思维工夫，内在资源（尤其孟子以来的心学）几乎动用殆尽，此后如无大量有益的外来资源吸进儒学之中，恐怕很难真正建立发展现代儒学的诠释学理论与思维方法论。当代儒家仍然执守内圣外王之道，然而如果不去探讨儒家能否与曾促进过民主、自由、人权等等的西方政治理论（如社会契约论、功利主义、自由主义等）衔接，能否引进某些西方有关民主的理论，充实儒家的政治思想，或是否只坚持内圣之道，只以仁义概念当做一种世俗政治体制的规导原理，而非构成原理等等问题，而在“创谓”层次谋求适予解决之道，则不论如何高唱“内王外圣”，恐怕多半流于空谈，不会有何成效可言。

1992年10月7日下午
在飞往加州的联合航空机舱

（选自《从德法之争谈到儒学现代诠释学课题》，《二十一世纪》，1993年4月号）

哲学方法

陈　康

从一方面言，一切学科（Wissenschaft），无论其为数理科学、自然科学、社会科学或是哲学，所用的方法皆是相同的；从另一方面言，它们所用的方法皆是不同的。所谓相同乃指符合论理学的规则；所谓不同乃指在这符合论理学的规则范围以内，各门学科自有其特殊的方法。方法的不同乃由于研究对象的各殊和问题性质的差异。这是普遍的情形。哲学方法和科学方法的异同也正如一种科学所用的方法和另一种科学所用的方法的异同一样。然而在哲学一方面却有一点和其它学科不同，即是在其它任何一种学科里方法是一致的；但是在哲学范围之内，方法上的一致至今尚未一见。因此讲论哲学方法只有两途：或者从历史上叙述各种不同的方法；或者哲学家自述其所用的方法。我们现在不讲哲学方法史，只叙述一种方法。

严格讲来，方法只存于运用中，它不是空口谈论的。高谈游泳法，却不入水，人皆知其不值一笑。哲学方法也是如此。它的意义我们只能从它的运用里去领会；它的价值我们也只能从它的运用中去衡量。我们这里所要叙述的一种哲学方法包括六个步骤：（一）叙述现象，（二）陈述问题，（三）讨论问题，（四）检讨假设，（五）尝试解答问题，（六）进一步的探讨。以下我们就着这方法的运用解说这六个步骤。

（一）叙述现象和（二）陈述问题　任何一种理论皆是问题的解答，先有问题，然后才有理论。因此若无问题，本不应当有理论。但是事实上我们常常听到或读到成套的理论，然而人莫知其问题之所在。无病下药，谬误可知！在哲学上问题乃是始祖。

问题不是从天上掉下来的。这是说：在客观存有里根本无问题，那里只有 ὅτι 无有 διότι，问题产生于客观存有和当前认识之间的某种关系。这种关系乃是当前的认识和客观存有的不配合。客观存有的内容是如此如此，当前的认识只及其一部分，未知其它部分。当一人以其当前的认识为基础发现其自身无知时，这里乃发生了问题。然而已知的部分和未知的部分其间有一定的关系，这关系丝毫不受认识或不认识的影响。因此在客观存有里无有问题。

问题虽不存于客观存有里，但它却以客观存有里已知部分为背景。因此我们必先看清客观存有里的这一部分，我们方可发现问题。这已知的部分对于我们乃是现象。（“现象”在这里我们（1）不仅指呈现于感觉之前的，同时也指呈现于高级认识机能之前的；（2）不作本体的表层甚至幻象解。它在这里仅指我们所认知的。）因此我们必先将现象叙述清楚，然后才能发现问题，才能将问题明白地陈述出来。我们且从运用中解释这两个步骤：叙述现象和陈述问题（以下节录《性质团结问题和本质概念》，《大陆杂志》第三卷第五期）。

我们日常生活中随时接触到的是个别的人和个别的事物。“所谓一个人，譬如赵大，现象方面所给与的只是许许多多性质，然而我们却认他是一个人。所谓性质呢，譬如能言语、会计数、能设置目的，以及那些寻人广告上所常见的：面白、无须、身高、体瘦一类的性质。但是，这些通常为人所注意到的，以及此外那些很少为人所注意到的性质，如何不只是许多个别的性质，却团结成为一个个体，成为一个人？这个统一性从何处而来。”这里由于现象的叙述提出了一个问题。这些现象乃是我们日常所经验到的性质，所提出的问题乃是这些性质如何团结成为一个个体。

（三）讨论问题　问题陈述了以后，次一个步骤是讨论问题。因为问题的含义经过讨论始得明显，所谓讨论应从正反两方面入手。实际运用的情形我们可从以下录自同一篇文章的另一段看出来：

“这统一性也不能由于固定的、完整的身体。第一，人的身体并不固定，我们不必懂得生理学上讲的新陈代谢，只要一个男人每天早晨刮胡子，他就可以知道他的身体在不停地变化之中。这里也许有人会讲以下一类话来反对我们：身体的各部分诚然在不停的变化之中，但是即在这个变化之中已有某种固定性。即就刮胡子言，当人一刀方将长出皮外的部分刮去，就在那时候胡根上又长出微细到人不能用触觉辨别的部分来。方生即刮，方刮即生，这是流动；但是如若这人的健康维持到某种程度，他永远有胡子，这是固定的。因此身体方面这一类的变化可名为部分的流动固定性。个体的统一即基于这身体部分的流动性上，但是这一流动的固定性只存在于时间的绵延里，每一变化垂直于时间的一单位；因此在时间的横切面上，这里所谓的固定性却不存有。……”

（四）检讨假设 这一步骤事实上乃是结算历史方面的旧账。所提出的问题如若不是完全新颖的，在我们讨论了它以后，不可即忙于给它一个解答。反之，我们必须先在历史里寻找前人——至少是第一流的哲学家——对于它的直接的解答或前人的学说里有关于本问题的解答的部分。这些寻找了出来以后，我们再进一步察看它们可否确能解答这一问题，它们自身有无困难。这一个步骤是不可缺少的。因为对于一问题如若前人已有圆满的解答，我们即接受它，无须别出心裁，另求解答。解答问题决非闹意气，因此这里只有是非，并无人我。而且真理只有一个。如若前人对这问题的解答已经圆满，我们对同一问题却另求其它的解答，结果乃将我们自己迫入歧途。但是如若前人的解答有困难，我们须指明其困难之所在，因而可知此路不通。我们且再节录上述一文以具体解明方法中的这一步骤。

“西洋哲学史上第一个人应用物质概念去解答性质团结问题的是亚里士多德，他就是这个概念的创造者。……物质是本质，因此人的本性，譬如有理性、政治性等等，所以团结乃由于物质本质；偶性，譬如白的、受过教育的等等，所以互相团结乃由于个体的人做它们的托子。但在个体的人里，他的本性以及特性皆以物质本质为托子已经团结了；于是再以同一物质本质为托子又和偶性团结。这是对于我们当前问题历史上所给的最初的一个解答。”简言之，依照亚里士多德的意见，“性质是这样团结成为一个个体的：由于它们所有的一个共同本质来托着它们。本质在这里乃是复杂的统一原理。”

和亚里士多德的解答在历史上对立的乃是康德的解答。“康德在哲学里将认识的重心由对象移转到主体。在认识关系里不是认识者以对象为依归，如自古以来哲学家所主张的；乃是认识对象依赖认识主体。‘可能经验’的对象乃是范畴的产品，所谓范畴乃是思想方式。感性的给与只是些芜杂的素材；范畴的功用即在综合它成为‘可能经验’的对象。本质在从亚里士多德以来所讲的哲学里是客观的、不依赖认识而存有的基体，经过了哥白尼式的革命变成范畴（思想方式）之一了。……这样，由感性所得的素材经过了本质范畴的综合成为个体。这是康德的范畴论给与我们当前问题的一个解答。”

亚里士多德的物质和本质皆只是概念，并非事实。因此他的学说在这一方面一经经验派的攻击即不能撑持。“……因为人不能知道所谓本质究竟是什么，因此洛克叫它混乱的观念、不清晰的观念等等。既然无人知道所谓本质究竟是什么，因此……洛克的后继贝克莱、休谟即将它整个取消。休谟认为……本质完全是个捏造。”

至于康德的解答如何呢？“本质范畴乃十二范畴之一，此外还有十一范畴。‘可能经验’的对象，不仅依靠范畴，而且也依赖直观的形式：时、空。芜杂的素材先经时、空的综合，再经范畴的综合，始成为‘可能经验’的对象。直观两形式、十二范畴乃认识主体的工作机能。这里我们的老问题：性质团结问题，在另一形式下又产生了。这次它不产生于和认识对立的方面，乃产生于认识的后面了！问题是：直观形式和范畴如何团结成为一个认识主体？……”

（五）尝试解答问题　检讨假设的结果即使是消极的，如我们在以上所举的例子中所见，我们的检讨也非徒劳；因为这个消极的结果并不缺乏积极的价值。它的功用乃在缩小了对于当前问题可能解答的范围，它隐隐地指示着解答这问题的方向。欲了解这些语句的意义，我们仍须借助于具体的说明。

关于性质团结一问题，我们检讨了亚里士多德和康德的解答。这两个解答从一方面看，它们是对立的；从另一方面看，它们是相同的。所谓对立乃是如此：亚里士多德在性质的后面假设了一个本质做一个支持它们的托子，康德在性质的对面假设了一个统摄它们的认识主体。所谓相同乃是如此：亚里士多德和康德皆根本承认性质不能由于它们自己互相团结；它们的团结必须借助于另一主体。这个玄学概念——主体——或是一个托子潜伏于性质下面支持着它们，或是认识主体转立于性质的对方统摄它们成为一个个体。检讨这两种假设所得的否定结果，告诉我们以一个主体为统一原理以解答性质团结问题：这样一种方式根本不能胜任。因此这一问题的解答必须向其它方向寻求。所谓其它方向究竟何在？亚里士多德和康德所以不能解答这个问题乃由于“主体”的困难。“主体”是一个玄学概念；我们不但不能直接指证它，而且它自身引进了其它的困难。因此欲解答当前问题必不可再假设任何一个异于性质的主体。但是如若不假设一个主体，而欲解答这一个问题，唯一可能乃是假定：性质自身可以直接互相团结。然而这个假定是否可以直接指证出来？

我们在过去的十年中已有两次机会可以尝试作这样一个指证了，但皆故意避去。现在为了具体地解说方法如何应用，且举一隅，聊当样本。

无论性质，无论个体，无论任何一个存有（Seiendes），皆有“有”（Sein）一性质；此即是它何以是存有的。任何一个存有皆是同的。所谓同有两种方式，或是自同或是它同。自同乃是和自己相同，它同乃是和其它的相同，无论和自己相同或和其它的相同，皆预先肯定（voraussentzen）数。它同牵涉两个或两个以上的存有：自同乃以一个存有作为两个或两个以上的存有……

在自同里虽然只是一个存有，但作为两个：同者和所同。同者和所同既然是两个，它们即不只是一个。在绝对的一里无有异；一个存有所以能作为两个，乃以异为基础。因此无论同于己的或同于它的皆也是异于己的或异于它的。……

从这里我们约略看出有、同、数、异迳由它们之间必然关系相互团结成为一个性质集团。这一个集团并不需要一个本质做这些性质的托子支持它们，也不需要一个认识主体来统摄它们。因此至少从原则言，性质由于它们的相互蕴涵（gegenseitige Implikation）可以直接团结成为个体。

（六）进一步的探讨　所谓进一步的探讨，事实上即是新问题的发现。如若对于一个问题我们所给的解答，其中不含有任何不可解的部分或牵涉到尚待解释的部分，那么这个解答即是圆满的，然而事实往往与此相反。一个解答时常引进须要进一步探讨的成分来，这些成分即是新的问题。譬如在以上所提出解答性质团结问题的尝试里即含有须要进一步探讨的成分。我们现在且举出以下两点来：

（1）万有种类各殊——从它们的结构里，我们可以辨别它们的高下层次。所谓高下指结构的复杂和简单。譬如运动的皆是有形的和可数的；形和数却无一个是运动的。有机体皆可运动；运动的不必皆是有机体。……假设：我们以上所提出的那个对于性质团结问题的解答不错，个体确是由于普遍的性质，如有、同、数、异……的相互蕴涵团结而成。但是个体出现于一切高下不同的层次里。结构较复杂的层次以结构较简单的层次为基础，而且此外另增了新的成分。因此属于层次高下不同的两个个体不能是相同的普通性质的集团。因为属于较高层次的个体不但具有属于较低层次的个体所有的一切性质，而且此外它还另有新的性质。这个新的成分从何而来？如若这新的成分和旧有的成分也有相互蕴涵关系，在那情形下，如何会有不同的层次？

（2）实际世界中含有不同的层次——属于同一个层次中的不同个体相互之间仍有差异，譬如“赵大”和“赵二”。这里的差异又从何而生？

这是两个新问题，由于以蕴涵关系解答性质团结问题而产生的新问题。前者可名为新成分的问题（Problem des Novums），后者乃是历史上闻名的个体化的问题（Problem des Individualisierung）。方法的前两个步骤在这里事实上又重复应用了。哲学研究是向前进行的。问题唤起解答，解答引出问题，因此方法的六个步骤循环不已地应用。

（选自《陈康：论希腊哲学》，商务印书馆，1995 年）

【阅读思考】

1. 傅伟勋的“创造的诠释学”包含哪些内容？他对“儒学诠释学暨思维方法的建立发展”的看法意义何在？

2. 陈康的“哲学方法”包含哪些内容？试用陈康的“哲学方法”草拟一篇论文提纲。

3. 傅伟勋的“创造的诠释学”和陈康的“哲学方法”，各自从什么角度来说的？对学术研究各自具有怎样的指导意义？

4. 学术研究中的“创造的诠释学”与文学欣赏中的“创造性的想象”有何区别？

【阅读文献】

1. 洪汉鼎：《诠释学——它的历史和当代发展》，人民出版社，2001 年。

2. 伽达默尔：《真理与方法——哲学诠释学的基本特征》，上海译文出版社，1999 年。

3. 陈康：《学与思》，《陈康：论希腊哲学》，商务印书馆，1995 年。

4. 韦卓民：《浅论科学研究的方法》，《韦卓民学术论著选》，华中师范大学出版社，1997 年。

四、走向学者之路

【引言】

“研究旁人的创造发明方法是成为成功的创造者的前提”，这是莱布尼兹在 1714 年给布尔格的一封信中总结的一条学术原则。他写道：

> 笛卡尔想要使我们相信他没有读过什么书，那未免太过分了。可是研究旁人的创造发明的方式如果能使我们见出那些创造发明的来源，使那些创造发明仿佛成为我们自己的，这毕竟是件好事。所以我想望作家们肯告诉我们他们的创造发明的历史，告诉我们他们如何一步一步地达到了那些创造发明。如果他们没有当心这样源源本本地说出来，我们就必须把那些步骤探求出来，这样才能使人从他们的作品中得到更多的益处。批评家们在评介书籍中如果能替我们这样做，他们就会对群众做了

一件大有益的事。①

那么，如何成为一个学者？如何成为一个人文学术的研究者？从中外著名学者的学术经历和“他们的创造发明的历史”看，大致可以分为五步走，不妨称为“走向学者之路”的“学术五步曲”：

第一步：“进入一个领域”：确立学术基地，获得学术身份；
第二步：“抓住一位大家”：突出学术重心，形成学术专长；
第三步：“精读一部经典”：训练学术思维，发现学术问题；
第四步：“钻透一个问题”：确定学术课题，力求学术创新；
第五步：“形成双重能力”：严密的思辨能力，熟练的写作能力。

上述五步，环环相扣，循序渐进，步步深入。如果你能创造性地遵循上述步骤进行学术训练，那么一个学术论题形成之时，便也是一个人文学者诞生之日。

孙康宜是美国著名华裔汉学家，普林斯顿大学文学博士。现任耶鲁大学东亚语文系文学教授。著有中英文学术著作多种。主要汉学著作有：《词与文类研究》(1980)、《陈子龙柳如是诗词情缘》(1992)、《晚唐迄北宋词体演进与词人风格》(1994)、《古典与现代的女性阐释》(1998)、《文学的声音》(2001)、《抒情与描写：六朝诗概论》(2001)以及《文学经典的挑战》(2002)等。《叩问经典的学旅》一文叙述了作者从大学学士论文的写作到成为耶鲁文学教授的学术旅程；而孙康宜的“叩问经典的学旅”也可视为20世纪中期以后海外华裔学者“走向学者之路”的缩影。

经典是学术的起点。经典研读是人文学术的基础。“叩问经典的学旅”，也是走向人文学者之路。一个学者既要“叩问经典”，又要有“叩问的方法”；换言之，一要有自己的学术领域，二要有自己的学术方法。从孙康宜“叩问经典的学旅”看，她的学术领域颇为广阔，从西洋文学到中国文学，从古典文学到现代文学，从文学史到文艺理论，并且在每一个领域都取得了突出的成就。同时，她又极为重视研究方法，并对方法有一种清醒的认识。她写道：“回忆这二十年来，我基本上是跟着文学批评界的潮流走过了结构主义、后结构主义（即解构主义）、符号学理论、文学接受理论、新历史主义、女性主义批评、阐释学等诸阶段。但不管自己对这些批评风尚多么投入，我

① 转引维柯：《新科学》，人民文学出版社，1987年，第610页。

都一直抱着‘游’的心情来尝试它们的。……对于不断变化着的文学理论潮流，我只希望永远抱着能入也能出的态度——换言之，那就是一种自由的学习心态。”从容自由的学术心态，是成熟学者的基本心态。

为什么要研读经典？哈罗德·布鲁姆说得好：“没有经典，我们会停止思考。”如何研读经典？孙康宜的导师 Anne Cochean 提出的“细读原则”具有普遍意义：“你要养成细读的习惯，就会终身受用不尽。只有通过细读，你才可能在一本书中找出从前人没看出来的意义。细读是一种纯属个人的阅读经验，是你自己找寻思考人生意义的好机会。凡是通过细读而获得的灵感是属于你自己的财产，是别人偷不去的。”确实，作为心灵的智慧，你所真正得到的，不是在课堂上听到的，而是在经典的慢读细思中悟到的。

叩问经典的学旅

孙康宜

不久前北大的欧阳哲生教授要我写一篇有关我自己多年来治学经历的长文，对于这样一个严肃的要求，我竟然一口就答应了下来。后来才发现，这一类文章十分难写，其难度与写自传不相上下。当然若从篇幅的长短来看，写一篇有关自己治学经验的文章和写一部庞大的自传有很大的不同，但对我来说，其必须严肃检视自己过去经验的过程却是一致的。这是因为，我一向把求学的经验视为生命中的主要内容，今日在我回头检阅自己大半生的经历时，我不知不觉产生了一种感触，那就是，离开了“学”便无所谓人生的乐趣。

19 世纪美国著名诗人佛洛斯特（Robert Frost）曾在他题为《一条没走过的路》（“The Road Not Taken”）的诗中写道：“在黄叶林中我看见有两条分岔的路；可惜我不能同时走这两条路。”这首诗通常被解释成为人生的隐喻——在人生的旅途中，人们或许会偶然停下脚步问道：“如果当初我选择的是另一条路，不知今日会是如何？”佛洛斯特自己说，他所选择的是那条偏僻而较少人走过的路，而那个选择也就决定了他来日的人生方向。遗憾的是，一个人不能同时走两条路。

但我认为我一直只有一条路。而那条假想中的“没走过的路”对我来说是不存在的；只要是没走过的，没经历过的，那就不算一条路。

我的那条路就是读书求知的路，那是一条永远走不完的遥远的路。也许因为幼年就遭遇到苦难的缘故，我从很小的年纪起就学会独自一人埋头于书中——在那个书本的世界里，我找到了心灵的归宿。记得我九岁那年住在林园乡下，每天下了课之后几乎都在阅读从大人那儿借来的世界名著中译本——我读荷马的《伊利亚特》和《奥德赛》两部史诗，我也读塞万提斯的《堂吉诃德》、薄伽丘的《十日谈》、笛福的《鲁滨孙漂流记》、大仲马的《基督山恩仇记》、雨果的《悲惨世界》等。当时读了亚米契斯的《爱的教育》一书深受感动。全书以一个意大利学生的日记形式串联起来，尤以《寻母三千里》那段故事特别感人。后来，我十二岁那年在一个偶然的机会里，开始阅读《圣经》，那本书决定了我往后的人生观和对人性思考的兴趣。

以上只是关于我幼年时期的阅读和思想习惯的一个简介，还说不上有什么治学经验。真正的治学要到大学时代才开始。我在求学的道路上一向运气不错，初中保送高中，高中保送大学，所以从来不觉得有准备升学考试的压力，这样我暑假期间也就随心所欲地读课外书了。我之所以进东海大学外文系，主要是想向美国教授学习如何阅读西方经典作品（当时东海大学外文系里的教师全是美国人，其中有些是传教士）。不知怎么，我自幼特别喜欢英文，我有生以来的第一篇长文竟然是用英文写的——记得当时上初一，我特别欣赏我的英文老师，她说一口漂亮的英语。她不但在课堂上鼓励大家说英语，而且下了课还单独教我写英文作文。而且，当时我上的中学正巧在一座修女院的对面，每天放学回家之前，我总是过街去找修女们用英语聊天。同时，在修女院我还学会了初级法文。这种种因素都使我后来决定上东海大学外文系。

1965 年，二十一岁那年，我开始埋头努力撰写毕业论文。我选的题目是《美国 19 世纪的作家麦尔维尔（Herman Melville，1819—1891）》。当初之所以选择这个题目，完全是一种巧合：一个好学的青年在开学的前夕送给我一本麦尔维尔的小说 *Moby Dick*（《白鲸》）。那本书的设计十分引人注目，蓝底封面配着白色的“Moby Dick”两个大字，封底还印着出版社极力推荐的一句话：“这是顶尖的世界名著。”（“The best of the world’s best books.”）我读了书的开头一段，就立刻被它深刻的语言给抓住了，所以第二天就决定拿这本小说作为我的论文题目。然而问题是，该书一向以其阅读的难度而出名，尤其是整本书中大量使用了《圣经》的典故。我的指导教授 Anne Cochean 怕我无法应付，所以当初并没有立刻批准我的论文题目。几天之后，她决定给我一个有关《圣经》内容的考试，看我是否有资格研究这部充满了《圣经》典故的小说《白鲸》。没想到那个《圣经》测验第一次带领我入了学术研究的门。那天，Anne Cochean 教授阅完试卷，看我每题都答对了，高兴得把我请到她的办公室去，接着就开门见山地说道："我看你真是做学问的材料，以后就走这条路吧……"她完全没想到，我幼年起就开始阅读《圣经》了。但她再一次向我强调，若想精通西方文学，首先非要熟读《圣经》不可，而且必须反复地读，因为那是所有西方人公认的一部最伟大的经典，也是最重要的典故出处。

果然，小说《白鲸》的第一句话"Call me lshmael"就把我拉回到了《圣经》的世界里。据《圣经·创世纪》的记载，以实马利（lshmael）为希伯来人祖先亚伯拉罕和女奴夏甲所生，后来以实马利和母亲一起被亚伯拉罕的正妻撒拉所逐，被迫离开迦南，所以他后来就成为西方文化里典型的流浪者之象征。在某种程度上，麦尔维尔是借着他的小说《白鲸》来描写他身为一个流浪者的心灵自传。当书中的主人公开门见山地说，"就喊我作以实马利吧"，读者很自然地就会想起《圣经》里的那个令人难忘的流浪故事。唯一不同的是，《白鲸》里的以实马利是自我放逐，而非被迫放逐——他说："这陆地对我既然没有什么特别的乐趣，那么就让我出去航海，看看那片海洋的世界吧。"诚然，小说家麦尔维尔的一生正代表着苦闷的近代人那种选择自我放逐（下海）的悲剧。麦尔维尔于1819年生于纽约，自幼有一段坎坷的命运。他十三岁时父亲去世，之后被迫退学，到纽约一家银行里去做小工，十八岁以后开始当水手，到世界各处流浪，几年之内又多次上了捕鲸船，一直到二十五岁才回到故乡，从此开始了他的写作生涯。

《白鲸》主要写的是叙述者以实马利登上捕鲸船"斐奎特"号之后，目睹船长亚哈不断追捕白鲸莫比·迪克的经过。我当初阅读这部小说，最喜欢该书的百科全书式的叙事章节。虽然整个故事看来颇为简单——说穿了就是一连串的巡捕、追逐、冒险加上最后全船沉没的大灾难——但每节内容之丰富、语言之生动，及该书象征意义之感人，令我在阅读之中不得不全神贯注。这样，我就把大四那年仅有的一些时间和精力全投入在论文的写作上了。经过几个月的研究和广泛地阅读，我发现，大部分有关《白鲸》的二手材料都专注于船长亚哈如何疯狂地追捕白鲸莫比·迪克的问题上——那就是，讨论亚哈为何把一个捕鲸之旅转为个人的复仇之旅的心理因素和前因后果。① 然而我却把解读该小说的重点放在流浪者以实马利的个人救赎上——以实马利是书中的惟一生还者。在小说的末尾，以实马利眼看着亚哈和"斐奎特"号沉没在南太平洋里；在大船下沉的时候，以实马利差一点也被卷入了那个致命

① 参见曾宣毅《〈白鲸〉导读》，《白鲸》（台北：桂冠图书公司，1994年），邓欣扬译，第11页。

的轴心。但后来以实马利靠着海上漂来的一只棺材（即船上好友魁魁格的那只棺材）而得救。他趴在棺材上，在海上漂来漂去，整整过了一天一夜。第二天，一条船（即先前恳求亚哈放弃追逐白鲸莫比·迪克的“拉吉”号）偶然驶了过来，把漂流在海中的以实马利捞了起来。初读《白鲸》，我就觉得故事结尾的场景特别感人，特别富有联想的视觉效果。因此，三十多年之后，当我看到电影《铁达尼克》的结尾时，我就不知不觉地想起了《白鲸》——虽然两部作品的故事题材并不相同。

回忆60年代，当时正值“新批评”盛行的年代，我的指导老师Anne Cochran特别教给我凡事细读（close-reading）的治学原则。她说：“你要养成细读的习惯，就会终身受用不尽。只有通过细读，你才可能在一本书中找出从前人没看出来的意义。细读是一种纯属个人的阅读经验，是你自己找寻思考人生意义的好机会。凡是通过细读而获得的灵感是属于你自己的财产，是别人偷不去的……”例如，她很喜欢我用细读的方法读出了《白鲸》里的救赎之意。她说，她很高兴我能以《圣经》的典故为基础，加上自己的想像和分析，对麦尔维尔的作品产生了独到的见解。那是我平生第一次用严谨的做学问的方法写出的第一篇论文。

60年代末我移民到了美国。在美国我继续努力研究英美文学中的经典作品。我广泛涉猎了弥尔顿的《失乐园》、浪漫诗人布莱克的诗与画、王尔德的戏剧、哈代的诗与小说《苔丝姑娘》、弗吉尼亚·伍尔夫的《灯塔行》等小说、叶芝和艾米莉·狄金森等诗人的作品。70年代初，我的硕士论文写的是有关19世纪英国散文大家卡莱尔（Thomas Carlyle）的英雄主义论，同时也对卡莱尔的名著《法国革命史》等书作了较为彻底的研究。我当时的指导教授Jerry Yardbrough的想法特别先进，他一方面要我注意德国作家歌德所谓的“世界文学”的重要性，一方面也鼓励我进一步把文学和文化现象结合起来研究。他说：“凡是长久以来的经典名著，必有其永恒而根深蒂固的文化价值，你只管朝那个方向走去，绝对没错。”他介绍我看著名学者Erich Auerbach的《模仿》一书，使我大开眼界。在那本书中，我学到了一个研究文学经典的秘诀：那就是，如何从文本的片段中看到整体文化意义的秘诀，是一种由小见大的阅读方法。在文学研究的范围内，这种批评的方式一向被称为stylistics（文体研究）。据我看，Auerbach的最大贡献就是把文学经典中所用的语言——哪怕只有几句话——落实到了广义的文化层面上。Auerbach这种分析文本的方法后来深深地影响了美国的文学和文化批评。例如，著名的新历史主义（New Historicism）学家Stephen Greenblatt就在他的有关文艺复兴的许多著作中用类似的方法来阐明文学与文化的新意义，但不同的是，Auerbach以阅读文学经典为出发点，但新历史主义学家们则较偏重对边缘文化的重新阐释。①

回忆60年代末期，我自己也很受Auerbach的研究方法的启发。我尝试用他的文体论的分析方法来广泛地阅读世界文学。奇妙的是，70年代初正当我较深入地学习西洋文学和文化时（当时我已获得了两个硕士学位），心中突然被一股强大的寻根欲望所笼罩着，久久无法平静。我很后悔自己从前只全身心努力研究西洋文学史，整个脑子只有但丁、莎士比亚、弥尔顿、歌德等人的影子，却完全忽视了屈原、陶渊明、李白、杜甫、苏东坡等中国古代的伟大作家。我突然恍然大悟：若不能深切了解自己的文化根源，将来是无法严肃地从事比较文学的。所以，当时我一有机会就到普林斯顿的东方图书馆里去埋头苦读中国文学，几个月下来很粗略地涉猎了自《诗经》以来的不少经典著作。（多年之后我竟然当上了该东方图书馆的馆长之职，命运真不可思议，此为后话。）但我发现，中国古籍浩瀚如海，愈往里头钻就愈感到自己的不足；愈不足就更有求知的欲望，也愈对历史悠久的中国文化肃然起敬。有些作品是从前在中学里就熟读过的，但现在重新阅读却有另一种完全不同的领会，这使我大为惊奇。例如，看到《诗经》里的诗歌和充满了儒家气息的《毛诗注》，就立刻会想到《圣经》里的《雅歌》，在脑海里对两种文化的不同产生了有趣的比较。但这种比较的角度是从前小时候所没有的。我发现，愈对中国文学和文化有所认识，就愈可能有举一反三的阅读乐趣。后来读钱锺书先生的《谈艺录》，对他那种将中西文化融会贯通的态度，感到既佩服又向往。尤其是，钱著十分精彩，精辟的见解俯拾即是。记得我当时正在赶写一篇有关法国美学家戈蒂埃（Theophile Gautier，1811—1872）的报告，正在寻求新的灵感，突然读到钱锺书先生所写的有关这一方面的讨论，一时感到欣喜若狂。钱先生把戈蒂埃的文体和唐代诗人李贺相比。他说：

> 戈蒂埃（Gautier）作诗文，好镂金刻玉。其谈艺篇（L'Art）亦谓诗如宝石精镠，坚不受刃（le bloc résistant）乃佳，故当时人有至宝丹之讥（le matérialisme du style）……近人论赫贝尔（F. Hebbel）之歌词、爱伦坡（E. A. Poe）之文、波德莱尔（Baudelaire）之诗，各谓三子好取金石硬性物作比喻……窃以为求之吾国古作者，则长吉或其伦乎。如《李凭箜篌引》之“昆山玉碎凤凰叫”，“石破天惊逗秋雨”……②

① 参见Frank kermode，“Art Among the Ruins”，New York Review of Books（July 5，2001），p. 60.

② 钱锺书《谈艺录》补订本（北京：中华书局，1984年），第48页。

这对我真是“石破天惊逗秋雨”的心灵经验。我把钱锺书先生看成是一种难得的文学现象，是把中国文化带到世界舞台的新现象。他对文学的热情和他对中西文化了如指掌的修养，给了我很大的启示。我因而也看到自己从小所受西洋文学教育的盲点：我一味地追求那个文化上的“他者”，多年来简直把英文法文当成了母语（至少是写作上的母语）。但所付出的代价却是对自己真正母语的逐渐遗忘。于是，我痛定思痛，毅然决定从头专攻中国文学，终于在 1973 年秋季进了普林斯顿大学的东亚研究系的博士班。

在普林斯顿求学期间，我主修中国古典文学，当时我的指导教授就是以研究唐诗著称的高友工教授。在研究汉学方面，我也深受 Andrew Plaks（浦安迪）和 Frederick Mote（牟复礼）两位师长的启迪。同时，我也旁修比较文学，当时我在比较文学系的两位指导教授是 Ralph Freedman 和 Earl Miner（厄尔·迈纳）。前者以《抒情小说》（*The Lyrical Novel*）一书著称；后者以《比较诗学》（*Comparative Poetics*）一书著名。[①] 当时我的博士论文写的是有关文类（genre）的问题；我选的题目是《词的演进》，主旨在分析词体发展与词人风格的密切关系。我在论文中强调：一个伟大词人的个人风格经常会发展为后来的词体成规（即词人之所以为一独特的 genre 之成规）；反之，次等的词人则只能萧规曹随，跟着词体的成规随波逐流了。我到今天还很感激我的老师 Earl Miner 教授，因为他在我刚完成论文初稿之时（也就是尚未毕业拿学位时），就把它推荐给普林斯顿大学出版社，可以说是他的极力推荐和鼓励才催生了《晚唐迄北宋词体演进与词人风格》（*The Evolution Chinese Tz'u Poetry: From Late T'ang to Northern Sung*）书的早日出版与问世。后来我转到耶鲁大学工作时，有一次和我的同事布鲁姆（Harold Bloom）教授聊天，才发现我所谓的“伟大词人”与他的“强者诗人”有极相通之处。[②] 不过，从本质上看，拙作更代表了 20 世纪 70 年代后期北美文学研究所流行的“文类研究”的诠释方法；那种由小见大的阅读方法也间接地受了 Auerbach 等人的问题研究的影响。

我的第二本专著《六朝诗研究》（*Sxi Dynasties Poetry*）写的是有关诗中的“表现”（expression）和“描写”（description）的问题。其实这也是一种“文

---

① 参见 Ralph Freedman, *The Lyrical Novel: Studies in Hermann Hesse, Andre Gide, and Virginia Woolf* (Princeton: Princeton University Press, 1963)；Earl Miner, *Comparative Poetics: An Intercultural Essay on Theories of Literature* (Princeton: Princeton University Press, 1990)。后者中译本见《比较诗学》（北京：中央编译出版社，1997 年），王宇根、宋伟杰等译。

② 参见 Harold Bloom, *The Anxiety of Influence* (London: Oxford University Press, 1973)。中译本见《影响的焦虑》（北京：三联书店，1989 年），徐文博译。

体研究”。我之所以选择这两种文体作为检验个别诗人风格的参照点，主要因为在 80 年代初期的美国文学批评界中，“描写”正是许多批评家所探讨的重点。在逐渐走向后现代的趋势中，人们开始对视觉经验的诸多含义产生了新的关注。而这种关注也就直接促成了文学研究者对“描写”这一概念的兴趣。但从某一程度看来，这种对“描写”的热衷乃是人们对此前的 60 年代、70 年代间太偏重情感“表现”问题的文化思潮的一种反动。然而，在我的《六朝诗研究》一书中，我是把“表现”和“描写”当成两个互补的概念来讨论的。这样，我一方面既能配合现代美国文化思潮的研究需要，另一方面也能借着研究六朝诗的机会，把中国古典诗歌的特征介绍给西方的读者。现代西方人所谓的“表现”，其实就是中国古代诗人常说的“抒情”，而“描写”即六朝人所谓“状物”和“形似”。

这二十多年来，我开始关注文学里的各种不同的“声音”（voices）。“声音”是非常难以捕捉的——有时近在眼前，有时远在天边；有时是作者本人的真实的声音，有时是寄托的声音。解构主义告诉我们，作者本人想要发出的声音很难具体化，而且文本与文本之间的关系十分错综复杂，不能一一解读，因而其意义是永远无法固定的。而且，语言是不确定的，所以一切阅读都是“误读”（mis-reading）。另外，巴特的符号学则认为，作者已经“死亡”，读者的解读才能算数，在知识网络逐渐多元的世界里，读者已经成为最重要的文化主体，因此作者的真实声音已经很难找到了。但近年以来，Stanley Fish 所主导的文学接受理论虽然继续在提高读者的地位，但却不断向经典大家招魂，使得作者又以较复杂的方式和读者重新见面。同时，新历史主义者和女权主义者都分别从不同的方面努力寻找文学以外的“声音”，企图把边缘文化引入主流文化。而最近以来逐渐发展出来的“全球化”（globalization）研究，其实就是这种企图把边缘和主流、“不同”和“相同”逐渐会合一处的进一步努力。

自从 1982 年我到耶鲁大学任教以来，由于面临现代文学批评界的前沿阵地（耶鲁大学一直是现代各种文学批评的发源地），我一方面感到十分幸运，另一方面也给自己提出了警告——千万不要被新理论、新术语轰炸得昏头昏脑，乃至于失去了自己的走向。我喜欢文学，喜欢听作者的声音，就让我继续寻找那个震撼心灵的声音吧。回忆这二十年来，我基本上是跟着文学批评界的潮流走过了结构主义、后结构主义（即解构主义）、符号学理论、文学接受理论、新历史主义、女性主义批评、阐释学等诸阶段。但不管自己对这些批评风尚多么投入，我都一直抱着“游”的心情来尝试它们的。因为文学和文化理论的风潮也像服装的流行一样，一旦人们厌倦了一种形式，就自然会有更新的欲望和要求。然而，我并不轻视这些时过境迁的潮流，因为它们代表了我们这一代人的心灵文化。对于不断变化着的文学理论潮流，我只希望永远抱着能入也能出的态度——换言之，那就是一种自由的学习心态。记得多年前一位朋友曾对我说过："自由就是自由地退出进入的地方，以免它成为自己的陷阱。"我一直把这句话当成了座右铭。

于是，这些年来，我就持这种自由自在的态度陆续编写了不少学术专著，希望能捕捉文学里的各种各样的声音。在《陈子龙柳如是诗词情缘》（*The Late Ming Poet Ch'en Tzu-lung: Crises of Love and Loyalism*）一书中，我讨论情爱与忠国的隐喻和实际关系，我曾借用 Erich Auerbach 的"譬喻"（figura）的概念来阐释明末诗人陈子龙的特殊美学。后来，与 Ellen Widmer（魏爱莲）合编的《明清女作家》（*Writing Women of Late Imperial China*）[①] ——共收录了美国十三位学者的作品——则侧重于妇女写作的诸种问题。不久前与 Haun Saussy 合编的一部庞大的选集《中国传统女性诗歌和评论集》（*Women Writers of Traditional China: An Anthology of poetry and Criticism*）——共收录了六十三位美国汉学家的翻译——则又注重中国古代妇女的各种角色与声音。我总是希望通过翻译与不断阐释文本的过程，让读者重新找到中国古代妇女的声音。同时，我也盼望能借此走进世界性的女性作品"经典化"（canonization）行列，从而把中国女性文学从边缘的位置提升到主流的地位。

此外，在研究各种文学声音的过程中，我自己也逐渐发现了中国古典作家的许多意味深长的"面具"（mask）美学。这种面具观不仅反映了中国古代作者由于政治或其他原因所扮演的复杂角色，也同时促使读者们一而再、再而三地阐释作者那隐藏在面具背后的声音。所以，在中国文学批评史上，解读一个经典诗人总是意味着十分复杂的阅读过程——那就是，读者们不断为作者戴上面具、揭开面具、甚至再蒙上面具的过程。在有关陶渊明、《乐府补题》、吴伟业、八大山人、王士祯和阅读情诗等几篇论文的近作里，我曾先后对这个问题作了不同程度的探讨。

所以，从捕鲸船上一路走来，我发现自己在经过千山万水的颠沛经历之后，终于找到了自己的声音和方向。诚然，做学问犹如捕鲸，那是一种献出生命的努力，也是不断从事自我教育的过程。《白鲸》的作者麦尔维尔就说过："我的捕鲸船就是我的耶鲁与哈佛。"（"A whale ship is my Yale College

---

① 参见 Erich Auerbach and Kang-I Sun Chang, eds., *Writing Women in Late Imperial China* (Stanford: Stanford University Press, 1997)。

and Harvard.")

但与伟大的麦尔维尔相比，我只是一个渺小的读者，一个喜欢不断阅读经典作品的读者。在此，我要特别把这个论文集献给我丈夫张钦次，因为他就是那个三十六年前送给我那本小说《白鲸》的青年。

写于耶鲁大学

2001 年 6 月

（选自孙康宜《文学经典的挑战》，百花洲文艺出版社，2002 年）

【阅读思考】

1. 试总结孙康宜"叩问经典的学旅"过程中有哪些具体收获？

2. 孙康宜的"叩问经典"对于人文学者的学术研究有无普遍的意义？

【阅读文献】

1. 王国维：《三十自序·自序二》，《静庵文集》，辽宁教育出版社，1997 年。

2. 顾颉刚：《〈古史辨〉第一册自序》，《古史辨》第 1 册，上海古籍出版社，1982 年。

3. 傅伟勋：《哲学探求的荆棘之路》，《从西方哲学到禅佛教》，生活·读书·新知三联书店，1989 年。

4. 余英时：《怎样读中国书》，《钱穆与中国文化》，上海远东出版社，1994 年。

5. 王元化：《读黑格尔的思想历程》，《九十年代反思录》，上海古籍出版社，2000 年。

第一章　文艺学基本理论研究

一、学科概述

（一）学科性质

所谓“学科性质”或“学科性能”，也就是学科的“特性”和“功能”问题。就“文艺学”而言，何谓文艺学？文艺学基本理论的研究有何意义？这是阐述文艺学的特性和功能首先要回答的两个问题。

1. 文艺学的性质

“文艺学”，顾名思义就是关于文学艺术的学问或学说。我们这里所说的“文艺学”有特定的含义。一般地说，文艺学是从多方面研究文学和艺术的诸学科的统称，在德语中又称“文艺科学”（Literaturwissenschaft）。因此严格地说，文艺学包括文学学和艺术学两大学科体系。不过，文学既是艺术的一种，又处于一切艺术之首，它与其他艺术具有多方面的共同性，因而通常把研究文学的诸学科称为文艺科学或文艺学。现在用“文艺学”代指“文学学”已约定俗成，并为人们普遍接受。

广义的“文艺学”或“文学学”，在长期的发展过程中逐渐形成三个各自独立又互相联系的分支，即文学理论、文学批评和文学史。这三个分支在研究的角度、对象、内容和任务诸方面各不相同。

文学史是以历史的眼光，动态地考察本民族和他民族文学历史发展状况和发展规律的学科。它的主要任务是梳理文学发展的历史过程和历史秩序；揭示文学演进的社会文化根源和艺术自身根源；科学评价在文学史上占重要地位的作家作品；总结文学的历史经验，为后代的文学发展提供有益的借鉴等。勃兰兑斯的《十九世纪文学主流》和刘大杰的《中国文学发展史》，都是中外文学史中的名著。

文学批评直接面对当代的读者和作者，它是以审美的眼光对当代最新的各种文学现象进行分析评价的学科。它的主要任务是分析评价作品的思想艺术成就，引导读者正确欣赏，培养读者的审美趣味，提高读者的鉴赏能力；研讨作家的成败得失，总结作家的创作经验和创作成就，启发和帮助作家提高创作水平，等等。李健吾的《咀华集·咀华二集》和梁宗岱的《诗与真·诗与真二集》，是中国现代文学批评中的名著。

文学理论则是以哲学思辨的方法，从理论上阐明文学和文学活动的本质特征、文学发展的历史规律和文学的分析研究方法的学科。所谓哲学思辨的方法，就是在掌握古今中外各种文学现象的基础上，通过理论思维科学地概括文学的本质、特征和规律，以概念、范畴和命题的方式，系统阐述文学创作和文学活动的本质规律。它的主要任务是从理论上阐明文学作为审美意识形态的本质特征，分析文学作品的结构层次和各种体裁种类的艺术特征，揭示文学创作和文学接受的独特规律和相互联系，探讨文学发生发展的多种根源和文学发展进步的复杂形态，等等，从而为认识文学和文学活动，进行文学的创作、鉴赏和研究提供理论上的启示和方法。亚里士多德《诗学》和刘勰《文心雕龙》是中西古代文艺学经典，韦勒克《文学理论》和弗莱《批评的剖析》则是西方现代文艺学名著。

在文艺学或文学学体系中，文学理论具有基础地位和“引论”性质，它为文学批评、文学教学和文学史研究提供系统的价值体系和方法论体系，因此又被称为“文艺学引论”或“文艺学导论”。本章所谓“文艺学基本理论”的研究，特指文艺学学科分支中的“文学理论”的研究。

2. 文艺学的功能

文学理论有什么用？“文艺学基本理论”或“文学理论”研究的意义何在？理论是灰色的，更是深刻的。文学理论是一种“有用之学”。具体地说，它具有双重意义和三种功能。

文学理论的双重意义，是指文学理论体系中的每一个概念、范畴和命题，既具有理论认识的意义，为人们提供关于文学的本质特征和文学活动规律的科学知识；同时又具有实践方法的意义，可以指导人们进行各种文学实践活动。文学理论的认识意义和实践意义的关系，从某种意义说也就是“学”与“术”的关系。梁启超在《学与术》一文中，对此曾有精辟的论述。在此文中，梁启超既反对学与术相混淆，对学术一词做了明晰的分疏；同时又反对学与术相分离，充分肯定西方学者的这种观点，即“学者术之体，术者学之用，二者如辅车相依而不可离。学而不足以应用于术者，无益之学也；术而不以科学上之真理为基础者，欺世误人之术也。”① 文学理论作为一种学术或

① 梁启超：《学与术》，《饮冰室合集》第3册，中华书局，1989年影印版，第12页。

人文社会科学的一个分支，其认识意义和实践意义，发明真理的意义和学以致用的意义，同样既不可相混更不可相离。

文学理论的功能目的与文学活动的主体需要密切相关。文学活动有三种最基本的形式，即创作、欣赏和批评；与此相联系，文学理论指导实践的作用也主要表现在三个方面，即引导创作，指导欣赏，规范批评。

其一，文学理论具有引导创作的功能。文学理论对文学的本质特征的揭示，对各种问题和惯例性规则的阐述，以及对创作规律和艺术技巧的总结等等，对文学青年和文学习作者具有积极的引导启发作用。中外文论史上最初的文论著作，无论是亚里士多德的《诗学》，还是刘勰的《文心雕龙》，都着意于文艺创作规律的探讨，试图为伟大的文学作品的创作提出最有效的方法。直至18世纪古典主义时期，《诗学》和古典主义理论家的种种“诗艺”著作，一直被奉为创作法则和艺术的教师。刘勰的《文心雕龙》，无论从命名、宗旨及体例，同样着眼于创作奥妙的揭示、创作规律的总结和文学家的培养。同时，深刻的文艺思想还有助于作家开阔视野，提高境界，超越个体的局限。巴赫金说：“作家是自己时代的囚徒，是他当时生活的囚徒。随后的时代把他从这一牢笼里解脱出来，而文艺学所负的使命就是促进这种解放。”① 当然，文学理论对文学创作只具有启发引导作用，而不具有强制性规范作用，更不能奉为准绳和固定为模式。没有一位诗人是“诗学”或“诗话”培养出来的，也没有一位小说家会在“小说作法”中获得真正的灵感。道理很简单，文学创作是一种最富个体创造性的艺术活动，最需要作家独特的艺术才能与想象和幻想的才能；这种才能和能力只有在生活实践和艺术实践中才能获得，创造性的艺术灵感也只有经过长久的艺术探索才会光顾。

其二，文学理论具有指导欣赏的功能。这是文学理论最基本的功能，也是学习文学理论最直接的收获。文学理论虽然不能直接帮助产生真正的艺术作品，却可以用这些理论来培养对艺术作品的判断力，特别是审美鉴赏力。关于文学理论与文学欣赏的关系，周作人在《文学论译本序》中曾以“喝茶”为例做过有启发的说明：“我平常觉得读文学书好像喝茶，讲文学的原理则是茶的研究，茶叶究竟如何只得从茶碗里去求，但是关于茶的种种研究，如植物学地讲茶树，化学地讲茶精或其作用，都是不可少的事，很有益于茶的理解。”②《批评的剖析》的作者弗莱说得更明确：“文学是不能够教授的，

---

① 巴赫金：《文本、对话与人文》，河北教育出版社，1998年，第368页。
② 周作人：《文学论译本序》，《看云集》，河北教育出版社，2002年，第83页。

文学批评才是能够直接教授的东西。”① 审美鉴赏力更多地涉及艺术形式和形式美。在艺术欣赏的过程中，常人往往偏向于艺术所表现的内容、境界与故事、生命的事迹，而不甚了解那创造的表现的形式。歌德曾说过：内容人人看得见，含义只有有心人得知，形式对于大多数人是一秘密。这表明艺术形式和形式美，对常人而言往往是微妙不可把握的神秘，至多也是心知其美而口不能言。所谓“外行看热闹，内行看门道”。倘若通过系统的理论学习，并在审美实践中培养真正的鉴赏力，那么就能把握微妙而神秘的形式之美，不仅心知其美，也能口言其美。

其三，文学理论是文学批评的科学方法论。如果说作家可以不理会文学理论，常人欣赏文学作品也可以满足于只看热闹不看门道，那么批评家离开文学理论就寸步难行。文学理论最本质的功能就是规范文学批评，为文学批评和文学研究提供系统的理论工具。荷兰学者佛克马在《二十世纪文学理论》的“导论”中开宗明义：“为了阐释文学作品和把文学当作人们一种特殊的传统模式来看待，我们必须掌握文学理论；不依赖于一种特定的文学理论，要使文学研究达到科学化的程度是难以想象的。”②

文学批评包含评价和阐释两个基本环节，文学理论作为文学批评和文学研究的科学方法论也相应地体现在两个方面，即提供系统的评价体系和方法论体系。

第一，提供文学评价的价值体系。美国学者格伦在《艺术和艺术批评》一书中指出：“它的价值是什么这个问题，必须预设它是什么这个问题。”一部文学理论就是从共时和历时的维度全面地讨论文学和文学活动是什么的问题。具体地说这一价值体系可分为两个层面：一是关于文学本质特征的概括，同时也揭示了文学最基本的普遍价值。因为文学的本质特征、社会效用和审美价值是密切地联系在一起的；它是什么？它有什么用？它有何种独特价值？这实质是一个问题的三种提法。二是关于文学作品的构成要素、文学的体裁、类型和形态等不同审美特征的概括，这是评价文学作品审美价值的更具体的价值体系。诗歌、小说、戏剧和影视文学，既具有审美本质的共同性，更具有艺术规律的特殊性。

第二，提供文学研究的方法论体系。文学理论作为文学研究的方法可以从两个层面来理解：一是任何文学理论都既具观念性又有工具性。文学理论

① 弗莱：《批评的剖析》，百花文艺出版社，1998 年，第 14 页。
② 佛克马、易布思：《二十世纪文学理论》，生活·读书·新知三联书店，1988 年，第 1 页。

的一套概念范畴，既带有学理的意义，又带有方法的意义。科学的文学理论决非“为理论而理论”的教条，而是提供进行文学研究的方法途径。从这个意义上说，一部文学理论就是一部批评原理或“元批评”。它对文学本质特征的讨论、文学作品结构即形态的分析、文学创作和文学发展规律的论述，同时就成为文学作品解读和文学史研究的方法和工具。二是在长期的文学批评实践中产生了多种多样的具体的批评方法。这些批评方法和批评模式的形成，或出于文学自身的特质，或从其他理论中获取思想资源和方法启迪。现代文艺学在阐明文学基本原理的同时，又对这些批评方法和批评模式作了必要的介绍。这为文学的审美分析和文学的跨学科研究提供了有效的理论工具。

总之，文学理论具有认识和实践的双重意义，学与术不可分离，学理性和工具性有机统一。而在引导创作、指导欣赏和规范批评的三种功能中，最主要的功能是作为文学批评的方法论，是为文学批评、文学教学和文学史研究提供系统的价值体系和方法论体系。清醒认识文艺学的功能，对文艺学研究具有重要的指导意义。文艺学的学习研究目的就是为了更好地实现和发挥文学理论的上述诸种功能。

（二）学科发展

中国古代有悠久的文学研究传统，即“诗文评”，也留下了丰富的文学思想和大量的文艺学著作，但是没有建立起具有自觉意识的“文艺学”学科。现代意义的文艺学形成于 19 世纪末的西方，它与西方现代大学文科教学体系的发展密切相关。20 世纪初文艺学作为“西学东渐”的组成部分传入我国，随后中国现代文艺学便在与西方文艺学的对话交流和在我国现代大学教育的推动下不断发展。20 世纪中国文艺学的发展过程，是古典形态的“诗文评”向现代形态的“文艺学”蜕变转化的过程，也是中国现代文艺理论知识体系的建构过程；与西方文艺学的对话交流、我国现代大学教育的发展以及文学研究的现代转型，是推动中国现代文艺学发展的主要动力。

文艺学研究由主体、问题和著作三要素构成，缺一不可。与此相联系，对文艺学学术史的描述，也可以有三种不同的思路：或者以作为研究主体的文艺学家为纲；或者以作为研究对象的文艺学问题为纲；或者以作为研究成果的文艺学著作为纲。大学的文艺学教材是文艺理论知识体系建构的成果，也是一个时期文艺学研究和文艺学发展水平的集中体现，可以作为文艺学学术史发展历程的标志。因此，不妨以重要的文艺学教材和著作为中心，展现文艺学学术史的发展进程。从 20 世纪初算起，我国大学开设现代意义的文艺理论课程已有近百年的历史，这也是中国现代文艺学学科发展的百年史①。从20世纪初迄今，文艺学学科的发展和文学理论教材的编写，可粗略分为三个阶段：即二三十年代；五六十年代；八九十年代以来。这三个阶段由于意识形态背景、接受外来影响、对文论传统的重视以及学科定性定位的不同，各个阶段出自不同学者之手的著作，既有鲜明的时代印记，又具有各自的学术个性，同时也显示了这一时期文艺学研究的特点和水平。下面按上述三个阶段，以文学理论教材编写为中心，对百年中国现代文艺学的发展历程作简要描述。

第一阶段：二三十年代。这一阶段经历了从传统到现代、从引进到自撰的过程。它大致可依次分为三种形态：一是传统文论的现代性转化，二是外国教材的直接借用，三是新文学家的尝试性建构。

首先出现了一批对传统文论进行现代性转换的著作。此前，姚永朴的《文学研究法》（1914）是五四之前第一部用具有现代意味的书名出版的文学理论著作。《文学研究法》与林纾的《春觉斋论文》（1916）都是桐城派学者在北大的讲义，二者都着眼于"古文写作"而非"文学研究"。但与后者相比，《文学研究法》不仅名称现代，全书结构也显然考虑到教学要求，是现代教学体制的产物。全书共四卷二十四篇。从全书内容看，多由古代文论家观点串联而成，著者略加点评。引述最多的除《文心雕龙》外，主要是桐城三祖的论著。因此，尽管当时西方文艺学已传入中国，姚永朴的《文学研究法》依然属于传统文论范式，名为"研究法"，实为"作文法"，着眼于传统的"文人"，而非现代的"学人"，是一部"新瓶装旧酒"的著作。真正自觉借用西方文艺学对传统文论进行现代性转换的著作，主要有刘永济、马宗霍、姜亮夫编著的三部，它们各具特色：刘永济的《文学论》（1922）是学衡派对中西文论的融合；马宗霍的《文学概论》（1925）是选学派与西方文论的并置；姜亮夫的《文学概论讲述》（1930）则是西式文学原理与中国传统文体论的结合。姜亮夫《文学概论讲述》的编写心态和全书体例最典型地体现了转换性教材的特点。在编写原则上，面对"诗文评"传统和当时传入的西方文艺学，姜亮夫拿不定主意："我实在不明白中等学校所要的《文学概论》的内容是怎样？是'述旧'呢？还是'说新'？是一般地说呢（即文学原理），还

① 关于"20世纪中国文艺学学术史"课题，已出版了多部研究专著，如毛庆耆、董学文、杨福生的《中国文艺理论百年教程》（广东高等教育出版社，2004年），程正民、程凯的《中国现代文学理论知识体系的建构——文学理论教材与教学的历史沿革》（北京大学出版社，2005年），杜书瀛、钱竞主编的《中国20世纪文艺学学术史》（中国社会科学出版社，2006年），朱立元主编的《新时期以来文学理论和批评发展概况的调查报告》（春风文艺出版社，2006年）等等。本节内容主要参考程正民、程凯《中国现代文学理论知识体系的建构——文学理论教材与教学的历史沿革》一书。

是限制地说（单讲中国文学）？……‘述旧’罢？只不过是‘古已有之’的囫囵吞枣的杂说。于人实在没有好处！‘说新’或‘普遍’地说文学原理罢？非乞灵于欧西不为功。”① 最后作者采用了折衷的办法，即“用中国的普通材料为材料，而用比较近于科学的方法分析说明”。与之相联系，全书由两部分组成：第一编“通论之部”即文学原理，杂采文学理论译著中的概念、观念和材料编撰而成；第二编“中国文学各论之部”即中国文体流变史，主要论述的是“诗”、“词”和“乐府”。姜亮夫“用中国的材料，作科学的分析”的原则，成为很长一段时间内文学理论编写的常见模式，即西方的理论与中国的例子的特定组合。

其次是直接借用外国的“文学概论”著作作为教材。据现存资料，中国第一部以《文学概论》命名并具备现代形态的文学理论教材，是1921年由广东高等师范学校贸易部出版的，作者署名伦叙，即伦达如。此书实际是根据日本大田善男的《文学概论》编译而成，共两编七章，上编“文学总论”阐述文学艺术的基本原理，下编“文学各论”论述诗、文诸文体特点。但因出版地偏僻，编者无名，此书似未产生多大影响。当时产生较大影响的外国文论教材译著主要有四种，即本间久雄的《文学概论》（1924）、厨川白村的《苦闷的象征》（1924）、温切斯特的《文学评论之原理》（1924）和韩德的《文学概论》（1935）。这四本书在宗旨、体例和观念上各具特色。本间久雄的《文学概论》体例完整，理论内容则更像是西方文论的分类摘编，在当时中国起到了间接引入西方文论的作用；温切斯特的《文学评论之原理》是一部体系严密的示范性教材，其结构框架和理论观念对中国文学概论的编写产生了长远的影响；韩德的《文学概论》具有自觉的学科意识，旨在为“高等学术机关”里的研究者提供文学研究的理论与方法。相比而言，厨川白村的《苦闷的象征》更像是一部阐述一家之言的学术专著，并不是一本结构严谨、内容全面的理想教材。但是鲁迅却直接用它作为讲授文学理论的教材，因为鲁迅发现了这本书的独特之处：“在目下同类的群书中，殆可以说，既异于科学家似的专断和哲学家似的玄虚，而且也并无一般文学论著的繁碎。作者自己就很有独创力的，于是此书也就成为一种创作，而对于文艺，即多有独到的见地和深切的会心。”② 简言之，这是一本揭示文学创作的真谛，为文学家而写的文学理论著作。

上述著作的翻译出版和直接进入大学课堂，对中国现代文艺学的发展至

---

① 姜亮夫：《文学概论讲述》，云南人民出版社，2000年，第1页。

② 厨川白村：《苦闷的象征·出了象牙之塔》（鲁迅译），人民文学出版社，1988年，第4页。

少有两方面意义：一是较系统地引入了西方现代文学观念和文学概论的写作框架；二是提供了文学理论的两种功能形态，即以韩德的《文学概论》为代表的为研究者而写的文学概论和以厨川白村的《苦闷的象征》为代表的为作家而写的文学概论。

再次是新文学家的尝试性建构，即由新文学家编写的“文学概论”。当时在地方性大学甚至中学中，有不少讲授文学概论的教授是新文学家，著名的如郁达夫、田汉、老舍、夏丏尊、许钦文等等，他们都出版了自己的《文学概论》教材。新文学家《文学概论》的教学和教材具有自己的鲜明特点：一是他们作为新文学家自觉负有传播现代文学新观念的使命，因此不愿采用传统的文章学式的文学论，而是或者直接使用日本、西方的翻译教材，或者依据翻译教材自己撰写新的《文学概论》；二是他们的书大都不是按研究者的思路来写的，更多是从创作者的角度出发阐述文学创作的规律，旨在给作家以思想观念上的支持。如郁达夫的《文学概论》就特别强调和维护作家的创作个性和创作自由；三是虽然身处社会大革命和革命文学、普罗文学大流行的年代，仍然坚定地强调和维护文学的独立性和独立价值。如老舍的《文学概论讲义》就特别体现了维护文学独立价值的倾向。四是运用现代文艺学观念对传统文论中的概念和命题进行辨析和阐释以实现现代转换。老舍《文学概论讲义》的第二、三讲是“中国历代文说”，旨在讨论“古今的重要文说”，评述历代重要的文学观念。这是在《文学概论》编写中以现代文艺学观念对传统文论作系统阐释的重要的尝试。20 世纪 60 年代以群主编的《文学基本原理》一书，也将“历来关于文学的基本性质与特点的见解”一节置于全书之首，可谓与老舍同一机杼。

第二阶段：五六十年代。这一阶段的特点可以概括为“一个源头，两个十年”。“一个源头”是指苏联文艺学教材在中国的主导地位和全面影响；“两个十年”是指 50 年代借用苏联模式编写的教材和 60 年代的统编教材。

首先是 50 年代初苏联文艺学教材在中国主导地位的确立。1951 年，中国高校文科进行文艺学教学大讨论，批判了文艺学教学中的资产阶级观点，于是此前从西方引进或自编的文艺学教材全部停止使用。与此同时，苏联的文艺学教材大量进入中国，并成为中国文艺学教学和教材编写唯一的思想资源和写作模式。在引入的苏联教材中，影响最大的主要有三本，即维诺格拉多夫的《新文学教程》（1952）、季摩菲耶夫的《文学原理》（1953）和毕达可夫的《文艺学引论》（1958）。其中，季摩菲耶夫的《文学原理》以作者的权威性和教材体系的完整性和独特性，对五六十年代的文艺学教学和教材的影响，尤为深广。苏联文艺学教材对中国文艺学发展，既有积极影响也有消极影响。其积极影响可概括为三大方面：一是提供了用马克思主义的观点来解释文学现象的方式方法；二是提供了一个相对完整系统的文艺学教材体系；三是阐明了一系列文艺学方面的重要理论观念，包括文学的本质特征及其在社会生活中的地位和作用、文学的特性和文学创作的原则、文学作品的构成及其内容和形式的关系、文学发展的基本规律以及分析评价文学作品的一系列重要范畴概念。[①] 无视这种影响是不客观的，新时期以来的文学理论教材，从深层内容看，实质是“艾布拉姆斯模式”和“季摩菲耶夫模式”的融合。

其次是50年代借用苏联模式编写的教材。借鉴的主要对象是季摩菲耶夫的《文学原理》和毕达可夫1954年在北京大学文艺理论研究班上的讲稿《文艺学引论》。这一时期编写的文艺理论教材又可以细分为两类：一类是直接用于各大学的文学理论教学。如刘衍文的《文学概论》、李树谦的《文学概论》、冉欲达的《文艺学概论》和霍松林的《文艺学概论》。这几本教材有三个共同点：同时初版于1957年；采用大致相同的“季摩菲耶夫式”的结构框架；采用基本相同的“苏联的理论，中国的例子”的论述方式。一类是借用季摩菲耶夫理论编写的介绍文艺学基础知识的普及性著作。如蒋孔阳的《文学的基本知识》、吴调公的《与文学爱好者谈创作》和《文学分类的基本知识》等等。上述作者还有一个共同点，即其中绝大部分人都是1954年毕达可夫北京大学文艺理论研究班上的学员，到了新时期他们又都成为各大学文艺学教学研究中的骨干和权威，这也不妨说是苏联文艺学对中国积极影响的一种表现。

再次是60年代文学概论的统编教材。60年代高校文科教材的编写，是在周扬主持下进行的。其中，周扬对文学理论教材的编写给予特别的关注，提出了编写原则和具体意见，还亲自编写过一份《文学概论》教材大纲。当时统编文科教材的原因有二：一是1958年“大跃进”所编的教材水平太低，无法使用；二是50年代搬用苏联模式的教材，已无法适应新的需要。在周扬的直接指导下，文艺学当时编了南北两本统编教材。南方的一本是以群主编的《文学的基本原理》，北方的一本是蔡仪主编的《文学概论》。两本教材同时于1961年5月开始编写，以群主编的《文学的基本原理》上下两册先后于1963、1964年出版，蔡仪主编《文学概论》直至1979年才正式出版。所以这一时期真正产生影响的是以群主编的《文学的基本原理》。研究文艺学学术史

---

① 参阅程正民、程凯：《中国现代文学理论知识体系的建构——文学理论教材与教学的历史沿革》，北京大学出版社，2005年，第126—129页。

的学者一致认为，比之50年代的教材，这两部书明显前进了一大步。就《文学的基本原理》而言，以其结构和体例的合理性、材料和观点的统一性、立论的明确性和知识的准确性，曾被学界称为“是新中国成立以后我们自己编写的最见水平的一部文艺学教科书”。而就教科书的逻辑结构而言，蔡仪主编的《文学概论》比《文学的基本原理》更见长处。

然而，统编教材作为“激进时代的大学文艺学教材”，学界认为依然存在“严重缺陷”。刘梦溪在《评五、六十年代流行的文艺学教科书》一文中，把它概括为“十大缺陷”：一是把文学等同于认识，难以全面把握文学的本质特征；二是简单化地看待文学的功能，局限了文学多方面价值；三是缠不清的文学与政治的关系，令人生畏而产生逆反心理；四是不讲或很少讲创作理论，对文艺学体系的构成是重大缺陷；五是抹煞创作主体的作用，很少涉及复杂的创作心理；六是忽视艺术形式，存在以内容代替形式的倾向；七是扩大了创作方法在文艺学教材体系中的作用；八是缺少对文学研究方法论的介绍和论述；九是把特定时期文艺的发展方针与文艺发展规律混为一谈；十是文学观念陈旧，没能及时吸收世界各国文艺学发展的最新成果。① 应当说，这些意见绝大部分都是中肯的，对后来文艺学教材的编写起到了重要的提示和启示作用。

第三阶段：八九十年代以来。这一阶段的特点可概括为从“沿袭”到“更新”，即经历了对老教材的沿袭折衷到更新教材的尝试推出的过程。

首先是对老教材的沿袭与折衷，从“文革”结束到1985年之前。1977年高校恢复招生，为满足教学急需，以群主编的《文学的基本原理》的“修订本”和蔡仪主编的《文学概论》于1979年同时出版，并成为各大学文艺学教学的首选教材。与此同时，在改革开放背景的感召和随之出现的“自考用书”编写热潮的推动下，南北许多大学的文艺学教师又开始尝试编写新教材。大致有两种情况：一种是在以、蔡二书基础上的改写或改进。当时欧美现代文艺学的引入刚起步，编写者可借鉴的编写范本和可利用的理论资源极为有限，因此大多数短期内编写出版的教材是对以群主编的《文学的基本原理》和蔡仪主编的《文学概论》的沿袭或折衷。1981年，由“十四院校”编写、上海文艺出版社的《文学理论基础》，实质是《文学的基本原理》的改写或改进；1977年至1984年，北京师范大学钟子翱、梁仲华和童庆炳编写出版的几本《文学概论》，则是蔡仪主编的《文学概论》的改写或改进。一种是试图超越

① 刘梦溪：《文艺学：历史与方法》，上海文艺出版社，1986年，第318—319页。

以、蔡模式，建构一种新的文艺学理论框架。1981 年，由郑国铨、周文柏、陈传才编著、中国人民大学出版社的《文学理论》，便作了这样的尝试。这本教材有两大特点：一是全书由“五论”构成，即本质论、创作论、鉴赏论、体裁论、发展论；二是针对以往文艺学教材的“缺陷”，突出了文艺的内部规律、创作规律和艺术形式的论述。前者“显”而后者“隐”，尤其“五论”模式，简捷明了，便于教学，因此对后来文学理论教材的编写产生了广泛的影响。如复旦大学吴中杰教授编撰的《文艺学导论》（1988），就采用了“五论”模式，只是将“鉴赏论”和“体裁论”的顺序作了调换，由“作品”到“鉴赏”，在逻辑上更为合理。

从 1985 年迄今的二十多年，中国文艺学进入一个新的发展时期，文艺学教材的编写也开始了“更新换代”的尝试。这一时期的特点，简单地说可以概括为两个方面：一是对西方文艺学的借鉴，由以苏联为中心的“东欧”转向以英美为主的“欧美”；二是教材编写的模式，由“季摩菲耶夫模式”转向“艾布拉姆斯模式”。

这一时期西方文艺学教材和著作的引进大致可以分为三个阶段。1977 年，由上海文艺出版社出版的苏联文艺理论家赫拉普钦科的《作家的创作个性和文学的发展》，是“文革”后引入的第一本文艺学著作，也是此次西方文论大规模输入我国的“前奏”。客观地说，这是一部具有国际视野的高水平的学术专著，迄今不为过时。1984—1985 年，韦勒克、沃伦的《文学理论》（1984）、沃尔夫冈·凯塞尔的《文艺学引论》（1984）、波斯彼洛夫的《文学原理》（1985）以及日本学者浜田正秀《文艺学概论》（1985），这四本文论教材的相继出版，属于第一阶段；1985 年被称为“方法论热”，此后，随着特里·伊格尔顿介绍 20 世纪西方文学理论流派的《文学原理引论》（1987）的出版，有关西方文学批评理论的译著和专著大量输入，是第二阶段；新世纪以来，西方文艺学教材和著作的引入，呈现出常态化和多样化，原版教材的出版也已极为普遍，这是第三阶段。显然，这一过程是由以苏联为中心的“东欧”向以英美为主的“欧美”转向的过程。

“更新换代”性教材的编写，是在以英美为主的“欧美”文艺学著作大量输入的背景下进行的。局部的“更新”，从吴中杰的《文艺学导论》就已开始，此书采用“五论”模式，但在“鉴赏论”部分增加了“文艺批评的方法”一章，从“印象主义”到“原型批评”对西方批评流派和批评方法作了系统介绍，这些内容是首次出现在文学理论教材中，因而受到学界好评。大规模、有系统的“更新”性教材的编写，当以王春元、杜书瀛、钱中文以及何西来集体编写的多卷本《文学原理》为标志。此书酝酿于80年代初，作了较充分的前期准备，“现代外国文艺理论译丛”就是为撰写这部《文学原理》所作的准备工作之一。1989年出版了五卷本中三本，即杜书瀛的《文学原理——创作论》、王春元的《文学原理——作品论》和钱中文的《文学原理——发展论》，原拟由何西来撰写的《文学原理——鉴赏论》和《文学原理——批评论》因故没有撰写出版。随之，畅广元等的《文艺学导论》(1991)、童庆炳主编的《文学理论教程》(1992)、陈传才、周文柏的《文学理论新编》(1994)、王先霈主编的《文学批评原理》(1999)等等，一批具有新观念和新内容的教材相继出版。这批教材的“新”，一般认为表现在三个方面：一是观念新，不仅将文学视为社会意识形态，而且突出它的审美意识形态性质，强调文学的自主性和自身规律。二是体系新，引进艾布拉姆斯的文学活动四要素说建构教材的体系框架，试图通过文学活动动态过程的把握，认识文学的特征和规律。三是内容新，多数教材一方面大量吸收当代西方文论有价值的理论话语和理论成果，另一方面又特别重视吸收中国古代文论有价值的概念范畴和理论命题。[①] 童庆炳主编的《文学理论教程》因观念新、体例新、材料新而被视为“换代教材”的代表作。不过，人文学科的“新”是相对的。细读这些“新教材”，仍可发现与“旧教材”千丝万缕的联系。一言以蔽之，这些教材大都是在艾布拉姆斯文学活动“四要素”的框架内，对季摩菲耶夫《文学原理》、韦勒克《文学理论》以及中国古代文论中的概念、范畴和命题，进行有序排列和系统组合的产物。对历史成果的系统综合，也是“文学理论”教材及一切教科书编写的普遍合理的做法。

历史是一条河。逝者如斯，不舍昼夜，首尾相连，古今相通。面向21世纪的文艺学新教材，都是20世纪生人编写的。21世纪的文艺学向何处去？体现21世纪新精神的新教材如何编写？这是人们期待的，也是我们应当努力探寻的。

（三）研究范围

文艺学的研究对象是“文学活动”的特殊规律；而文学活动是以文学作品为中心，创作与接受双向互动，历史与现实古今沟通的审美艺术活动。这一对象结构，构成了现代文艺学理论的体系框架，也划出了现代文艺学研究的对象范围。深入认识文艺学的对象范围，是从容进入文艺学研究的前提，

---

① 参阅程正民、程凯：《中国现代文学理论知识体系的建构——文学理论教材与教学的历史沿革》，北京大学出版社，2005年，第238页。

为此在这里阐述两个问题：一是文艺学研究范围的历史拓展；二是现代文艺学研究的基本问题。

首先，文艺学研究的对象范围，是随着文艺创作的发展和哲学思维水平的提高不断拓展，不断扩大的。朱光潜曾指出：文艺理论的产生通常须具备两个基本条件：第一须有一个艺术创作时代，有创作经验和作品做基础，才有可能提高到理论原则的经验事实，也才有批评的对象；其次须有一个哲学或科学的发展，才能对经验事实作分析与综合，才能确定文艺的本质与功用，把文艺放在全部人类文化活动里，确定它的位置。文艺创作的发展和哲学水平的提高，既是文艺理论产生的条件，也是文艺理论发展的动力。从亚里士多德《诗学》到黑格尔《美学》再到韦勒克《文学理论》，这三部具有集大成意义的著作标志了西方文艺学的发展，也体现了西方文艺学研究对象的不断扩展。亚里士多德《诗学》广泛涉及了文艺的本质功能、文艺的类型划分以及文艺的发生发展等问题，就其主体而言则是一部悲剧学，或者说一部悲剧创作论。黑格尔《美学》是亚里士多德之后西方两千年文艺学发展的集大成之作，由艺术美的本质、艺术美的发展和各门艺术的系统三大部分组成，研究的对象范围比之《诗学》极大地拓展，几乎探讨了此前西方文艺学中的所有问题。韦勒克《文学理论》是西方文艺学由创作论向批评论、价值论向方法论转向的产物，研究的对象范围也随之转向了文学批评和文学史研究的方法论。同样，从陆机《文赋》到刘勰《文心雕龙》再到刘熙载《文概》，则体现了中国文艺学的发展和文艺学研究对象的不断扩展。所谓《文赋》者，赋“才士之心”或“才士为文之心”，尽管《文赋》还涉及文学体裁、文艺风格、文艺功能等问题，但它主要是一部“文章创作论”。《文心雕龙》五十篇，是一部“体大思精”之作，在中国文艺学史上建构了一个结构最完整、内容最丰富的文艺学体系，广泛涉及了当时中国文艺学史上的几乎所有问题，并做了极为精辟的阐述。刘熙载的《艺概》是一部独特的“格言体”文艺学著作，缺乏《文心雕龙》式“体大思精”的结构体系，但是它所涉及的内容大大超出了《文心雕龙》。从研究对象看，《文心雕龙》主要是一部“诗文论”或“诗文创作论”，《艺概》则是一部真正意义上的“艺术概论”，由《文概》、《诗概》、《赋概》、《词曲概》、《书概》和《经义概》六部分组成，包括了除“画概”之外中国传统文艺学的所有领域。

当然，无论黑格尔《美学》与韦勒克《文学理论》，还是刘勰《文心雕龙》与刘熙载《艺概》，都没有囊括文艺学研究所有领域，更没有穷尽文艺学的所有问题。随着文艺创作的发展、哲学思维的变化和人文社会科学新学科的诞生，文艺学研究的对象范围一直在不断地拓展和扩大。

其次，现代文艺学研究的基本问题，构成了现代文艺学体系的基本内容，但不同的研究主体和不同的文艺学体系，对文艺学基本问题的理解和选择是各不相同的。

从研究主体看，由于各自的学术传统、学术个性和学术眼光的不同，他们对文艺学基本问题的认识和选择各有特点。如台湾姚一苇的《艺术的奥秘》是一部极见功力的文艺学专著，穷七年之功而成，全书共有十二个问题组成，即“论鉴赏”、“论想象”、“论严肃”、“论意念”、“论模拟”、“论象征”、“论对比”、“论完整”、“论和谐”、“论风格”、“论境界”、“论批评”，建构了一个“内容与形式为一”、“审美与创作为一”的独特的文艺学体系。王元化的《文心雕龙创作论》既是一部研究《文心雕龙》的学术名著，也是由作者所选择的八个问题构成的一部文艺学专著，这八个问题是：“关于创作活动中的主客体关系”、“关于艺术想象”、“关于风格：作家的创作个性”、“关于意象：表象与概念的综合”、“关于情志：思想与感情的互相渗透”、“关于创作过程的三个步骤”、“关于艺术结构的整体和部分”和“关于创作的直接性”。从著者的宗旨看，如果说姚一苇的《艺术的奥秘》企图将“艺术的鉴赏、创作与批评冶为一炉”，那么王元化的《文心雕龙创作论》主要着眼于创作规律的阐述。

从文艺学体系看，不同性质的文艺学体系的对象范围和问题序列，既有某种普遍性和共同性，也有各自的差异性和着重点。迄今见到的文艺学教材的体系，大致可以分为五种类型：一种是逻辑性结构，即按照理论问题的内在逻辑排列组合而成的文艺学知识体系。从郑国铨等的《文学理论》到吴中杰的《文艺学导论》为代表的“五论”模式，即属此类；一种是对象性结构，即根据文学活动的静态结构或动态过程形成教材的理论框架。童庆炳主编的《文学理论教程》就是根据作为研究对象的文学活动及四要素的结构关系建构全书的。文学活动的结构关系规定了文学理论的内容体例。《教程》除第一编“导论”外，从第二编开始，依次讨论文学活动的四个环节，即“文学活动”、“文学创作”、“文学作品”和“文学消费与接受”。一种是功能性结构，即根据文学理论特定的功能目的建立教材的理论框架。韦勒克的《文学理论》是典型的功能性结构，他是把《文学理论》作为文学批评和文学史研究的方法论来选择论题建构全书的。一种是流派史结构，即按照时间顺序依次介绍不同理论流派的学说观点，为文学研究者提供多样的研究方法和学术思路。特里·伊格尔顿的《文学原理引论》和佛克马的《二十世纪文学理论》便是此类著作的代表。以后者为例，全书依次评述了俄国形式主义、法国结构主义、马克思主义文学理论、接受美学以及作为未来发展的符号学等理论流派；一种是论题性结构，即选择中外文论史上反复讨论的问题组成一个松散而开放性的结构。如陶东风主编的《文学理论基本问题》即由中外文学理论史上反复讨论的七大问题组成，包括“什么是文学”、“文学的思维方式”、“文学与世界”、“文学的语言、意义和解释”、“文学的传统与创新”、“文学与文化、道德及意识形态”和“文学与身份认同”等等。

此外，从跨学科视野看，文艺学在与其他学科的交叉中又延伸出许多分支学科，诸如文学语言学、文艺心理学、文学社会学、文学传播学、文学文化学等等。由此可见，文艺学研究的范围是极为广阔的，文艺学的理论问题是极为丰富多样的。必须指出的是，文艺学的每一个基本问题，都是一个复杂的问题结构，都蕴涵了丰富的理论层次，可以派生出多种多样的具体问题。以文体论为例，第一个层次，可以分为抒情文学、叙事文学和戏剧文学三类；第二个层次，抒情文学可以分为抒情诗、抒情散文、抒情戏剧；第三个层次，抒情诗可以分为古体诗、格律诗、自由体诗；第四个层次，格律诗可以分为律诗、绝句、词、曲等等。每一个层次的理论问题都有不同的学术广度和学术深度。在理论研究中，既可以选择具有普遍意义的大问题，更应抓住具体问题作深入的探讨。进一步说，理论是概念的系统；文学理论在形式上是由一整套具有内在联系的概念、范畴和命题构成的逻辑体系，概念、范畴、命题是文学理论最基本的构成要素。因此，文学理论的研究也应当从作为理论元素的概念、范畴、命题入手，在此基础上逐步拓展，逐步深化。

（四）研究方法

在讨论文艺学的研究方法之前，有必要先考察一下现代文艺学体系形成的过程。事实上，文艺学的研究方法就蕴藏在文学理论和文艺学体系的形成过程之中。

文学理论作为一门理论科学，不是个别理论家凭空杜撰出来的，而是众多思想家和批评家通过对文学实践活动持续不断的探索思考，再由学者专家对有价值的学说观点不断进行汇集梳理逐渐形成的。具体地说从作为理论来源的文学实践到文学理论体系的形成，大致经历三个环节：首先，文学实践是文学理论的基础和来源，先有生生不息的文学实践活动，才有源源不断的文学理论的产生。文学的普遍原则和规律正是从具体的文学创作和文学作品中提炼出来的。其次，文学实践和文学作品不可能自动产生出文学理论，而必须经过思想家和批评家的中介。历史上，众多的思想家和批评家通过对文学活动规律的探索，不断提出新见解和新观点，这些新见解和新观点成为后人建构理论体系最基本的思想资源。最后，当思想家和批评家零星的理论思考积累到一定程度，再由人对这些理论观点按不同原则进行归纳整理，就产生出不同性质的文学理论体系。把自发的孤单见解纳入自觉的理论体系，既可以使理论得到深化，也有助于理论的传播。

黑格尔在《美学》中依循其正、反、合的辩证法，把“美和艺术的科学研究方法”概括为三种，即“经验作为研究的出发点”、“理念作为研究的出发点”和“经验观点和理念观点的统一”。① 从现代文艺学体系形成的历史过程和文艺学研究者的成功经验看，可以在黑格尔的基础上，把文艺学研究的方法和途径概括为如下几种：一是事中求理；二是史中出论；三是跨学科研究；四是跨文化研究。

所谓“事中求理”，就是黑格尔所说的“经验作为研究的出发点”，它从创作实践和经典作品出发，发现和探寻文学活动中的规律性问题，提出创作、作品、欣赏、批评中的新学说和新观点。实际上，文艺理论史上具有原创意义的理论问题，都是理论家在创作实践和经典作品中发现提出的。亚里士多德的“悲剧学说”、莱辛的“诗与绘画的界限”、别林斯基的“情志说”、巴赫金的“狂欢诗学”和“复调结构”等等，无不如此。王国维所谓：“沧浪所谓兴趣，阮亭所谓神韵，犹不过道其面目。不若鄙人拈出‘境界’二字为探其本也。”未尝不如此。歌德指出：“一部杰出的艺术作品包含了艺术的整体，而且每个人都可以在他力所能及的范围内从一部艺术作品的特殊事例中得到普遍的结论。”② 诚哉斯言。

所谓“史中出论”，就是从文学批评史和文学理论史出发，把古代文论家提出的“自发的孤单见解”，进行系统整理，阐释发明，在无序处引入秩序，把体验的转换成逻辑，实现古代文论的现代转化。钱锺书说得好：“自发的孤单见解是自觉的周密理论的根苗。”③ 王元化的《文心雕龙创作论》是这方面的典范。这本书所讨论的八个问题，其原始命题都取自《文心雕龙》，然后以现代文艺学为参照加以阐释发挥，从而把古代“自发的孤单见解”转换成现代的“自觉的周密理论”。王元化在总结自己的研究方法时说：“在阐释原著时，首先需要以实事求是的态度揭示它的底蕴（meaning），弄清它的本来面

---

① 黑格尔：《美学》，商务印书馆，1979 年，第 18—28 页。

② 歌德：《论文学艺术》，上海人民出版社，2005 年，第 26 页。

③ 钱锺书：《七缀集》，上海古籍出版社，1994 年，第 33 页。

目，并从前人或同时代的理论中去追源溯流，进行历史的比较和考辨，探其渊源，明其脉络。另一方面，又需要以今天更发展了的文艺理论对它进行剖析，揭示其义蕴（significance）。……按照这一方法，除了把原著去和传统理论进行比较和考辨外，还需要把它和后来更发展了的理论进行比较和考辨。"①这种先“底蕴”后“义蕴”的阐释思路，对“史中出论”的文艺学研究具有普遍的指导意义。

所谓跨学科研究，就是借助于与文学艺术活动有密切联系的相关学科理论来研究探讨文艺学的规律问题。19世纪中后期，随着自然科学和人文社会科学的发展，文艺学研究中的跨学科研究便开始了。丹纳的《艺术哲学》作为一部艺术社会学的经典著作，就是跨学科研究的成果。丹纳把“艺术”比作“植物”，把“艺术学”比作“植物学”；进而强调：“美学本身便是一种实用植物学，不过对象不是植物，而是人的作品。因此，美学跟着目前精神科学与自然科学日益接近的潮流前进。”② 以此类推，植物学研究植物的生长根源，艺术哲学便应研究艺术的起因和根源，于是他进而借用社会学和历史学的理论，提出了著名的艺术起源的“三动因”公式，即种族、环境和时代的理论。今天，这种研究更为普遍也更为深入，诸如文学语言学、文艺心理学、文学社会学、文学传播学、文学文化学等等，已成为相当成熟的文艺学分支学科。

所谓跨文化研究，在文艺学领域就是“比较文艺学”或“比较诗学”。跨文化的“比较文艺学”或“比较诗学”，在文艺学体系的建设过程中极为重要，不可或缺。因为，具有普世意义的文艺学的理论、命题、范畴和学说，都应当是也必然是跨文化比较研究的结果。正是在这个意义上，钱锺书特别强调进行“平行比较”的“比较诗学”在文艺理论研究中的重要性。他认为：比较文学的最终目的在于帮助我们认识总体文学（literature generale）乃至人类文化的基本规律，所以中西文学超出实际联系范围的平行研究不仅是可能的，而且是极有价值的。这种比较惟其是在不同文化系统的背景上进行，所以得出的结论具有普遍意义。③ 比较诗学的研究有三个层次，即互用、互明和互补④；只有达到第三个层次所形成的理论和得出的结论，才会真正具有普遍意义和普世价值。

---

① 王元化：《思辨随笔》，上海文艺出版社，1994年，第117页。

② 丹纳：《艺术哲学》，人民文学出版社，1981年，第11页。

③ 张隆溪：《钱锺书谈比较文学与“文学比较”》，《读书》，1981年第10期，第135页。

④ 详见本书第七章。

方法为人所用。人的研究能力是逐步形成的，是一个渐进的过程，不可能一蹴而就。韦卓民在谈论“科学研究的方法”时指出：“人们从事一门学科的研究都包含三种大不相同的活动：即学习、钻研和科学研究。……由学习发展到钻研，又由钻研发展为科学研究，是一个逐步升高、逐步深化的过程。”① 一般地说，从理论的学习到理论的研究再到理论的创新，大致要经历四步：一是理解掌握已成定论的理论知识；二是修正完善前人提出的理论观点；三是发现概括新颖独到的理论见解；四是创立建构自成一家的理论体系。只有在学习中打下扎实的理论基础，逐步培养自己的研究能力，方法才能为人所用，研究才能有所创新。

二、论文精读

文学的美

梁实秋

【引言】

这是一篇试图揭示文学的艺术特性并引起热烈争论的文章。文章开门见山，首先表明了作者对“文学的美”的态度：“我的态度是道德的。我不但反对‘唯美主义’，反对‘为艺术而艺术’的主张，我甚至感觉到所谓‘艺术学’或‘美学’（Aesthetics）在一个文学批评家的修养上不是重要的。”接着，梁实秋从自己的美学观出发，对“文学的美”的含义及限度阐述了自己的看法。梁实秋对“美”下了这样的定义：“所谓美，必是一件事物在客观上须具备美的条件，而欣赏者在主观上亦须具备审美的修养。有修养的人，遇见一个美的条件具备的物，美感的经验便可以发生。”这个定义包含三项要素：一是物的美的条件，二是人的审美修养，三是人与物接触后所产生的美感经验。在这三者中，认为“物的美的条件”是前提，离开“美的条件”，架空立说，不切实际。就文学的美而言，只能从“文字”上去找具体的例证。因为离开了文字，便没有文学。文字是有声音的，由此形成文学的音乐美；文字能在心里唤起一幅图画，由此形成文学的图画美。从文字着眼寻找文学的美，就不出图画美与音乐美两个方式。进而讨论文学的美的地位，认为文学里的音乐美和图画美都是有限度的。因为文学虽是艺术，而不纯粹是艺术，

① 《韦卓民学术论著选》，华中师范大学出版社，1997年，第326页。

文学除给人美感以外，还以给人更严肃更崇高的感动为目的。因此，文学里面有两项更重要的成分，那就是思想与情感。于是，美在文学里的地位是这样的：“他随时能给人一点‘美感’，给人一点满足，但并不能令读者至此而止；这一点点的美感只能提起读者的兴趣去做更深刻更严肃的追求。若是读文学作品而亦同样的停留在美感经验的阶段，不去探讨其道德的意义，虽然像是很‘雅’，其实是‘探龙颔而遗骊珠!’”这就是梁实秋关于“文学的美”的基本看法。这是一种形式论美学观，把“美”仅限于感性形式的音乐美和图画美。

梁实秋的文章发表后，朱光潜随即发表了《与梁实秋先生论“文学的美”》(1937 年 2 月) 一文，对梁实秋“专从物的美的条件去讲文学的美”的做法提出了批评，在同样“维护文学的道德性”的前提下，指出：“你所谓‘美’意义比较狭窄，专指文字所给的音乐和图画，所以你认为‘美’在文学中最不重要；我所谓‘美’涵义较广，指文字所传达的一切——连情感思想在内，所以我认为‘美’在文学中的重要不亚于其它艺术。”朱光潜从他的哲学心理学美学出发，强调“美”与“善”的统一性，指出“道德性”在文学中也可以成为美感观照的对象。

随之，李长之和周扬也参与了这场论辨。李长之发表了《我对于“美学和文艺批评的关系”的看法》(1937 年 3 月) 一文，从作家、读者和作品本身三个方面，肯定了美学对文艺批评的贡献。周扬发表了题为《我们需要新的美学——对于梁实秋和朱光潜两先生关于“文学的美”的论辩的一个看法和感想》(1937 年 6 月) 的长文。在他看来，梁实秋的形式论美学和朱光潜的观念论美学都是过了时的“旧的美学”，都有缺陷；进而指出：“关于‘文学的美’的争辩暴露了美学的弱点。要彻底克服旧的美学，我们必须努力于新的美学理论的建设，使我们已有了基础的科学的艺术理论更深入、更扩大和更发展。”这种“新的美学”就是“唯物论美学”，或者说是一种“科学的艺术学”，它把艺术看做现实的反映，从艺术对现实的真实反映中评价“文学的美”。

这场论争已过去七十多年了，但如何理解“文学的美”，依然没有一致的看法。细读这些论文，回顾这场论争，既可以引发我们继续探讨“文学的美”的兴趣，也可以训练我们如何在阅读中发现学术问题的能力。

一

“自亚里士多德以至于今日，文学批评发展的痕迹与哲学如出一辙，其运动之趋向与时代之划分几乎完全吻合。当然，在最古的时候，批评家就是哲学家，后来虽渐有分工之势，而其密切之关系不曾破坏。但是我们要注意，文学批评与哲学只是有关联，二者不能合而为一。即以文学批评对哲学的关联而论，其对伦理学较对艺术学尤为重要。艺术学是哲学的一部分，其对象是'美'。艺术学史即是'美'的哲学史。……一个艺术学家要分析'快乐'的内容，区别'快乐'的种类，但在文学批评家看来最重要的问题乃是'文学应该不应该以快乐为最终目的。'这'应该'两个字，是艺术学所不过问，而是伦理学的中心问题。假如我们以'生活的批评'为文学的定义，那么文学的批评实在是生活的批评的批评，而伦理学亦即人生的哲学。所以说，文学批评与哲学之关系，以对伦理学为最密切。"

这是我十年前发表的一段话。(见浪漫的与古典的第一二八——九页——见《文学批评辨》(二)——编者)，现在看来虽嫌简略笼统，但大致却说明了我对文学的态度，我的态度是道德的。我不但反对"唯美主义"，反对"为艺术而艺术"的主张，我甚至感觉到所谓"艺术学"或"美学"(Aesthetics)在一个文学批评家的修养上不是重要的。

美学是哲学的一部门，它起来得很晚，现在还没有达到十分成熟的阶段，因为派别分歧所以内容很庞杂，因为唯心主义的色彩太浓所以结论往往是很抽象空虚。(与实验心理学相结合而起的一派实验美学，亦尚在试验期间，没有什么重大正确的发现。)但是一般人总以为文学是艺术的一种，而美学正是探讨一般艺术原理的学问。所以美学的原理应该可以应用在文学上面。这是一个绝大的误解。所谓文学是艺术的一种，这原是很古老的说法，从柏拉图、亚里士多德到莱辛，有不少的批评家根据不同的原则给艺术划分为若干型类，给文学也留一个相当的位置。文学与图画音乐雕刻建筑等等不能说没有关系，亦不能说没有类似之点，但是我们也要注意到各个型类间的异点，我们要知道美学的原则往往可以应用到图画音乐，偏偏不能应用到文学上去。即使能应用到文学上去，所讨论到的也只是文学上最不重要的一部分——美。看一幅成功的山水画，几棵枯树，一抹远山，我们只能说"气韵生动"、"章法严肃"一类的赞美话，总而言之曰"美"。看一部成功的小说戏剧或诗，我们就不能拿"文笔犀利""词藻丰赡"这一类的话来塞责，我们不能只说"美"，我们还得说"好"。因此我们提出两个问题，①假如我们退一步承认美学的原则可以应用到文学上去，那么我们要问——文学的美究竟是什么？或者我们用较正确的术语来问，从文学里我们能得到什么样的“美感的经验”？②文学给了我们以“美感的经验”，是否就算是尽了他的能事？换言之，美在文学里占什么样的地位？

二

美是什么？是主观的还是客观的？是物的一种属性呢？还是欣赏者心里的一种经验呢？我们现在不须详细的剖析这个形而上学的永远纠缠不清的难题，我们根据常识判断就知道美是主观的并且也是客观的。若说完全是客观的，则莎士比亚的一出李尔王，何以雪莱认为是世界上最伟大的悲剧而托尔斯泰却斥为第二流以下的作品呢？若说完全是主观的，则天下应无根本不美之物，无论其为“自然”或“创造”，然而何以“自然”或“创造”中却尽有公认为天下不美的在？大概所谓美，必是一件事物在客观上须具备美的条件，而欣赏者在主观上亦须具备审美的修养（如由遗传得来的敏感，由教育得来的知识，由环境得来的习惯，都与审美的修养有关。）有修养的人，遇见一个美的条件具备的物，“美感的经验”便可以发生。欣赏者须具备审美的修养，这是不成问题的，至少不是我们现在所要讨论的；我们现在要问的乃是一件作品——尤其是文学作品——具备了什么条件才可称为美？换言之，什么是文学的美的条件？

近代美学家克鲁契（Groce）在一篇演讲里解说他所认为的艺术不是什么，他首先指陈艺术不是“物质的事实”（physical fact）。克鲁契是继承康德、希勒、黑格尔、尼采一般唯心主义者的哲学家。他认为艺术是直觉，美当然也不能在物质的媒介物（如颜色声音文字之类）里面去寻求。这种学说是极度的浪漫，在逻辑上当然能自圆其说，然而和其他唯心哲学的部门一般不免是搬弄一套名词，架空立说，不切实际。我们要讲文学的美，我们只能从“文字”上去找具体的例证。因为离开了文字，便没有文学。文字不是文学，文字是文学的形体，离开了形体文学便不能存在。中国画所谓“意在笔先”，所谓“胸有成竹”，那意思只是说在未动笔之前先有了一个大概的、整个的轮廓，或是雏形，非枝枝节节的临时补缀敷饰所能为功；我们不可解释做为在未落笔之先艺术作品便已在心里完成，所谓“腹稿”亦不过是历史上文思敏捷的一段美谈，并不是说一部文学作品在腹内都已经起了稿子。中国的绝句诗日本的俳句或者尚可在心里构成，篇幅稍长则“腹稿”即为不可能。作者在某期间灵机一动抓到一个“意象”或“概念”，这只能成为一篇作品的胚胎，如何使他发扬滋长，如何把它铺叙成篇，这些都需要艺术手段的安排。

“不著一字，尽得风流”，天下决没有这样的事。不要说文学作品的创作需要构思、布局、润饰等等的步骤，就是说欣赏也不是一刹那间就能把握到作品的意义，稍微分量重些的严肃的作品，其篇幅总是相当长的，读完一遍就需要相当的时间。把艺术看到一刹那间的稍纵即逝的一种心理活动，这只是一种浪漫的玄谈而已。我相信文学的本质不一定是“物质的事实”，但欲成为文学作品，则必须是经过文字的媒介而获得一个固定的形体，那就是“物质的事实”了。我们讨论什么是文学的美，只能从文字上着眼。

文字是一种符号，其本身无所谓美与不美。(中国的书法是一种特殊的艺术，是诗意与图案混合起来的东西，确有其特殊的美妙，此地且不谈。）文字这种符号，经过适当的选择与编排，便能产生意义，在读者心中可以发生几种不同的作用，至少有这几种：

①文字是有声音的。音在先，形在后。所以文字首先是音的符号。我们在读文学作品的时候。我们首先感觉到它的音节，例如字音的清浊、尖圆、平仄、急徐、宽窄，在我们的听觉上都有其各别的刺激。就作品的整个而论，其腔调节奏之抑扬顿挫，其韵脚、头音、双声、叠韵之重复和谐，亦均能给读者以一种听觉上的快感。凡此种种可称之为文学的音乐美。

②文字不仅是声音的符号，它还能在读者心里唤起一幅图画。王摩诘“画中有诗，诗中有画”，就是极言其一方面画里充满了诗的想象，一方面诗里充满了图画（尤其是山水风景）的描写。中国诗里图画的成分极多，所谓写景，所谓状物，都由文字来画图。西洋诗中所谓 Word Painting 所谓 Imagist School 都是向这方面的畸形发展。但是我们不否认图画成分在文学里的位置，亦不否认凭文字在心里唤起的图画也自有它的美。“玉露凋伤枫树林，巫山巫峡气萧森，江间波浪兼天涌，塞上风云接地阴”，这是杜甫秋兴八首的第一首，确实画出了满纸秋景，很衰飒，很悲壮，也很和谐。“红豆啄余鹦鹉粒，碧梧栖老凤凰枝，”引出多少无聊的注释，其实也不过是堆砌文字画出一幅绚烂的图画，就像印象派的画家用“碎点法”（Broken Colour）来拼凑出一个印象。总之，这叫做文学里的图画美。

③文字能使读者感受到音乐的美，图画的美，这能算尽了文字的能事吗？不。文字这种符号还有更伟大更严肃的效用，若经过适当的选择与编排，它能记载下作者的一段情感使读者起情感的共鸣，它能记载下人生的一段经验使读者加深对于人生的认识。它能记载下社会的一段现象使读者思索那里面含蕴着的问题，总之文学藉着文字能发挥它道德的任务，但是这与美无关。

文学作品的美当然是很复杂的，譬如小说的结构往往有建筑性的美；戏剧的布局也有其穿插错综之妙；甚至辞赋律诗八股其间排比对偶之处也颇有匠心，也颇能给人以相当的快感；外国文学中一时曾大量使用的“双关语”（pun）有时候也有其情趣；以至于一词一语，或则含蓄，或则旖旎，或则典雅，或则雄浑，或则隽逸，仪态万方，各有其致。文字是各个都有历史的，异于数学的符号，它能唤起各种各样的“联想”。但是归纳起来，我们若要在文学里寻美，大致讲来，不出图画美与音乐美两个方式。

三

我们且先谈谈音乐的美。

文学里的音乐美是很有限度的，因为文字根本的不是一个完美的表现音乐美的工具。艺术中的各部门，各有各的任务，其间可以沟通，但不容混淆。可是“型类的混淆”（Confusion of genres）正是近代艺术的一种不健全的趋势。培特（Pater）说一切艺术到了精妙的境界都逼近音乐，这句话被许多人称道引用。诗是大家公认为文学中最富音乐性的，我们且看看诗里能有多少音乐。

诗本来是和音乐有密切关系的。“诗三百篇孔子皆弦歌之”，汉时古诗歌谣称为乐府。自唐以后诗一方面随着音乐变迁而为词曲，一方面就宣告独立而与音乐分离。西洋文学也是有同样的经过，所谓抒情诗（lyric）本是有（lyre）伴着歌唱的，史诗（epic）浪漫故事（romance）也是由“行吟诗人”口头传播的，戏剧的诗也是含有大量的歌舞的，直到近代（自印刷术发明之后）诗才与音乐几乎完全分开。所以大致讲来，诗最初是“歌唱”的，随后是“吟诵”的，到现代差不多快成为“阅读”的了。当然“阅”诗是“阅”不出其中的音乐，至少我们须要“读”，甚至须要“朗诵”或“低吟”。低吟朗诵的结果，在音乐方面我们所能领略到的恐怕仍然只是一些粗线的平仄之类的把戏罢？希腊拉丁诗讲究长短音，英文诗讲究轻重音，同是一些粗线的节奏的美。至于韵脚，那更是一种野蛮的遗留，稍微有点音乐训练的人都知道韵（rhyme）不是音乐的要素。

Birkhoff 写过一部美的衡量（“Aesthetic Measure,”哈佛大学一九三三版），第八章是《诗里的音乐的成分》，他是用实验美学的方法来量衡“美”的，似乎是很科学的，比起我们中国《诗话》式的批评似乎来得精细些。他说欲估量诗里的音乐的成分，须用下列的公式：

$$m=\frac{O}{C}=\frac{aa+2r+2m-2ae-2ce}{c}$$

所谓 m 就是诗里的音乐的成分。要寻求 m，第一须先确定 c，c 者即是所有的各行的母音（Vowels）子音（Consonants）的数目的总和，外加每行两字间（word—junctures）因前后俱系子音之故以致不易连读的处所之数目。（譬如前一字以 m 终，后一字以 d 起，此 m 与 d 之间就算做添了一个音。）第一须确定 O 所包含的各项：aa 即双声（alliteration）与半谐音（Assonance）之总数；r 即韵（rhyme），2r 者因韵必有对之故；2m 即有音乐性之主音（如长音之 a u o）数目之总和的两倍；ae 即过渡的双声与半谐音之数目，ce 即过渡的子音之数目，此两项为负性的缺点故应减去。下面是一个具体的例：

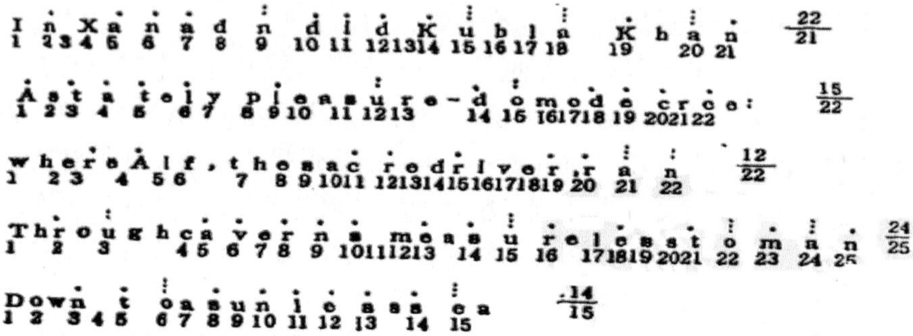

$$m=\frac{87}{105}=.83$$

这首诗是 Coleridge 的忽必烈汗的第一节，在英国诗中这是最著名的富于音乐美的几行，上面估量的结果算是打了八十三分。这种估量法，作者当初决没有考虑到，现在的读者也决没有采纳的可能。因为艺术原不能这样拆开来计算，它给人的印象原是整个的浑然不可支解的。这估量法是否合理，我们现在不管，我现在指出一点：忽必烈汗是大家公认的最富音乐美的诗，并且也是浪漫派诗中的杰作，但是我们若用同样的估量方法去应用到一些毫无价值的 nursery rimes 我们便可发现我们也可以给打上很高的分数。并且，我们根据上述的方式．我们可以很容易的制造出几行诗，其音乐成分尚可比忽必烈汗更高。Bliss Perry 教授曾举出过一个很奇特的例：有一部教科书“The Parallelogram of Forces”里面有一句话若是用诗的格式写出来是这样——

“And hence no force, however great,
Can draw a cord, however fine,
Into a horizontal line
which shall be absolutely straight.”

若放在英国诗人丁尼生的悼亡友诗“In Memoriam”里，在音乐这一点上，是并无愧色的。诗里的音乐美，不分析还好，与诗的内容相配和着的时候似乎还有其价值，若单独的提出来分析，其本相是非常简陋的。沈休文创八病之说，如平头上尾蜂腰鹤膝云云，好像是于声律一道辨晰毫厘，其实作诗、读诗、评诗的人奉此为准绳则适见其鄙。

把诗里的音乐成分看得太重要，是有弊的，因为对于诗的意义（Sense）这往往是一种牺牲。至少在修辞上文法上容易成为一种牺牲。为了拼凑音节，莎士比亚也写过这样的句子："I'gin to be aweary of the sun"（Macbeth V. 5）该短的他写得长了，该长的他写得短了。他的仲夏夜梦里面有许多浅薄无聊的歌辞，配上曼德宋的音乐才不显得太寒伧。音乐美其实是给诗遮丑的。音调铿锵可以遮盖空虚的内容。不过像史文朋（Swinburne）的诗，其音乐美虽然很丰富，还是遮不住他的内容的过度贫乏。多少晦涩的诗都假借音乐的名义而存在着！曾涤生说："凡作诗最宜讲究声调，须熟读古人佳篇，先之以高声朗诵，以昌其气，继之以密咏恬吟，以玩其味。"姚惜抱说："大抵学古文者，必须放声疾读，又缓读，祗久之自悟。"这种话在中国是被人奉为金科玉律的。要知道中国诗之贫弱，与"久矣夫千百年非一日矣……"一类的八股文正由于太重声韵而产生出来的恶果。其实欣赏音乐的美，为什么不直接了当的去听交响乐？

美国的诗人"Lanier"在一八八零年写过一本很重要的书"The Science of English Verse"。他是主张诗与音乐可以拿出来对比的，他说诗若朗诵起来，可以使耳朵感到纯粹的声音而与其联想的概念无涉。他说："造成音乐的声音关系，与造成诗的声音关系，是一样的。音乐与诗的主要分别，若以科学的准确来说，乃是音乐中所用的'音阶'（Scale of tones）与人的声音所用的'音阶'的区别。"这是一句重要的话。"音阶"的广狭繁简，使得诗与音乐发生程度上的绝大差异，假如不是种类的差异。固然有人以为音乐根本是从人的声音演变出来的。斯宾塞（Spencer：Origin and Function of Music，1857）就主张音乐起源于文字。文心雕龙论"声律"曰："夫声律所始，本于人声者也。声含宫商，肇自血气，先王因之以制乐歌。故知器写人声，声非学器者也。故言语者，文章神明，枢机吐纳，律吕唇吻而已。"音乐之始若何，姑不具论，但音乐已发展成为精妙之艺术，而文学自另有其任务，文学中之音乐的成分绝不能与正式音乐相提并论。

四

文学里的图画美也是有限度的。

中国画最讲究“意境”。谢赫六法首曰：“气韵生动”，黄钺二十四画品亦首列“气韵”。其实“气韵”即是“意境”之抽象的说法。意境高妙的画，必是“意在笔先”，画者胸中先有丘壑，并不拘于形迹，然后有笔有墨，以写其意。所谓士大夫的画，无不如此。中国诗原来也最讲究“意境”。司空图二十四诗品所列“雄浑”“纤秾”等等也无非是抽象的“意境”。“意境”可以抽象。但是我们要说明、描写、表现一种“意境”时，便不能不借重于具体的工具。所以“荒荒油云，寥寥长风”便是“雄浑”的写照，“碧桃满树，风日水滨”便是“纤秾”的写照了。诗里的意境是要藉着一幅图画来表达的。

但是艺术的“意境”是要用眼睛来看的，离开了视觉便无所谓“意境”。文字所构成的“意境”虽然是不可目睹，只在想象里存在，然而也是在心里构成一幅可目睹的印象。而文学根本是一种“时间的艺术”，用文字来表现“空间的艺术”的美，那是如何的勉强？意境是稍纵即逝的，若想用文字把它固定下来，只能用极少数的文字。所以讲意境者，只能称引短诗或摘句了。沧浪诗话有这样一段：

> “汉魏古诗，气象混沌，难以句摘。晋以还方有佳句。如渊明‘采菊东篱下，悠然见南山’，谢灵运‘池塘生春草，园柳变鸣禽’之类。”

中国诗里的“佳句”是多得很。但“摘句”是不是一个好的办法呢？摘下一个佳句，我们可以说这句里有一个“意境”或一幅图画，但是“佳句”是否即是全首诗的精华所在呢？是否即是诗人命意之所在呢？谁都知道“摘句”不是妥当的办法，但是为了要举出诗中的“意境”的例证，往往不得不“摘句”。“意境”只能用几个字勾画出来，像日本芭蕉的俳句——

> “古池呀——青蛙跳进去的水声！”

寥寥十余字，画出一个完美的意境，长了便不行。所以遇见长些的诗，只好摘取其中合用的一二句。摘句原无不可，不过摘句的人应该明白，他只是割取作品中的一小块，并且还要注意这一小块是否作品中最重要的部分。

一首诗整个的目的若是在表现一个“意境”，这首诗一定是很短的。篇幅稍微长些的作品，如其里面有一段故事。则故事是动的，是逐渐开展的，便不能仅仅表现一个静止的意境。如其里面含着一段情感的描写，则情感须附丽于动作，亦自有其开展的程序，亦便不能仅仅表现一个静止的意境。譬如说，莎士比亚伟大的悲剧哈姆雷特、马克白、李尔王，我们可以说里面含有人性的描写，情感的表现，甚至说含有哲理，但无论如何谈不到里面主要的是什么美，谈不到什么意境。顶多我们只可以摘句，说某某佳句有好的意境；若就整个的来讲，其意义当别有所在。一串一串的佳句，一串一串的意境，凑起来不能成为一部好作品，文学另有其他的更重要更严肃的内容。所谓佳句，所谓意境，在伟大作品里面永远是点缀而已。

讲到内容，文学和图画就不同。在图画里，题材可以不拘，一山一水一树一石，无不可以入画，只要懂得参差虚实，自然涉笔成趣。文学则不然，文学不能不讲题材的选择，不一定要选美的，一定要选有意义的，一定要与人生有关系的。“采菊东篱下，悠然见南山。”还可以画得出来一个老者，一道竹篱，一丛野菊，一抹远山，配搭起来也可以写出闲适幽雅之态。这实际上已不仅是图画美，因为闲适幽雅已经不仅是一种形相的美，而是多少牵涉到道德思想了。但是要画浮士德，要画失乐园，要画神曲，那就更不好办了。除非用连环木刻的办法，或画成若干幅册页。画出来的失乐园、浮士德、神曲其意义能和用文字写的作品相比拟么？可知文学图画各有藩篱，其理虽然可能，究竟性质不同，工具不同，内容不同，不能混淆。可惜这种混淆，从古时起到现今不曾完全澄清，莱辛的“Laokoon”还不够打破这种雾氛！Plutarch 就说：“诗是能言的图画，画是静默的诗”，近代的象征主义者，克鲁契派的美学者，唯心主义的心理学者，也还陷在这混淆的泥涸里而不能自拔！

五

那么美究竟在文学里有什么样的地位呢？我承认，文学里面有美，因为有美所以文学才能算是一种艺术，才能与别种艺术息息相通，但是美在文学里面只占一个次要的地位，因为文学虽是艺术，而不纯粹是艺术，文学和音乐图画是不同的。我这样说，并非是主观的以为文学应如此或不应如此便更进一步以为文学是如此或不是如此；我们试把一般公认为伟大或成功的古今中外若干文学作品摆在目前，客观的看一看，里面有几许是仅仅以给人美感为目的，有几许是除了以给人美感之外还以给人更严肃更崇高的感动（理智的与情感的）为目的，我们再归纳起来便可知道美在文学里的地位是不重要的了。

文学里面两项重要的成分，是思想与情感。文学的题材，严格的讲，是人的活动（man in action），其处置题材的方法是具体的描写，不是抽象的分析，所以文学异于社会科学，是想像的安排，不是各别的记载，所以文学异于历史。文学作者必先对于人事有所感或有所见，然后他才要发而为文，所以文学家不能没有人生观，不能没有思想的体系。因此文学作品不能与道德无关，除非那文学先与人事无关。与人事无关的文学作品，事实上是有的，西洋近代的所谓“纯粹诗”（Pure poetry）就是向着这方向的运动，至于“为艺术而艺术”的主张以为艺术与人事的关系应该割断自更不待言。象征主义者实际上也是把人事排出于艺术范围之外。但这只是一种堕落的趋向，只能在一些“小诗”或“佳句”里寻求例证罢了。从“美学”的出发点来看文学，也同样的容易忽略文学的道德性。

美在文学里的地位是这样的：他随时能给人一点“美感”，给人一点满足，但并不能令读者至此而止；因为这一点满足是很有限的，远不如音乐与图画，这一点点的美感只能提起读者的兴趣去做更深刻更严肃的追求。例如李后主的词，王渔洋的秋柳，单赏玩其中的辞句的绮丽，声调的跌宕，那是不够的，因为明明的里面有亡国之恨，不容你不去领会。例如杜工部的秋兴，单赏玩其中的“典丽”是不够的，因为明明的里面有一个抑郁不得志的人的牢骚，不容你不去领会。那亡国恨写得美，那牢骚写得美，我承认，但是读者读了之后决不会说一声“美呀！美呀！”就算完事，最足以打动读者的心的不是那美，是那做为题材的亡国恨和牢骚。欣赏音乐图画，可以用“无所为而为”的态度，可以采取适当的“距离”，若是读文学作品而亦同样的停留在美感经验的阶段，不去探讨其道德的意义，虽然像是很“雅”，其实是“探龙颔而遗骊珠！”

所以罗斯金（Ruskin）说得好，他说在欣赏艺术时有两种经验：一个叫做 Aesthesis 就是美感，即吾人对于愉快之本能的感受，一个叫做 Theoria，就是对艺术之崇高的虔敬的认识。罗斯金是能欣赏美的人，但他不以美感经验为满足。我们不必同情于他的宗教的情绪，至少他的道德的趋向是健全的，可惜他的门徒如培特、王尔德等辈只承袭了他对于艺术的爱好而没有接受他的学说之道德的严肃。托尔斯泰的艺术学说排斥历来美学的错误而主张“艺术是一个人于经历某一种情感之后有意的把那情感传达给人之一种活动”，是有见地的。我们不必同情于他的宗教的热狂，但他攻击美学之贫困及时下文艺之颓废，是合理的。

文学与人生既有这样密切的关系，批评文学的人就不能专门躲在美学的象牙之塔里，就需要自己先尽量认识人生，然后才能有资格批评文学。批评文学不仅是说音节如何美意境如何妙，是还要判断作者的意识是否正确，态度是否健全，描写是否真切。所以一个好的批评家不仅要充分了解作者的艺术，还要充分了解作者的思想体系与情感的质地。批评家如忽略美学与心理学诚然是很大的缺憾，但是若忽略了理解人生所必需的最低限度的论理学、政治学、社会学、经济学以及历史的智识，那当是更大的缺憾！

我并不同情于“教训主义”。“教训主义”与“唯美主义”都是极端，一个是太不理会人生与艺术的关系，一个是太着重于道德的实效。文学是美的，但不仅仅是美，文学是道德的，但不注重宣传道德。凡是伟大的文学必是美的，而同时也必是道德的。所以文学与音乐图画有同有异，适用于音乐图画的原则不尽适用于文学。

“起初上帝创造天地。地是空虚混沌，渊面黑暗，上帝的灵运行在水面上。上帝说，要有光，就有了光。上帝看光是好的。就要光暗分开了。……”（创世纪）有人曾指陈：上帝看光是好的，没有看光是美的，海、陆、植物、虫、鱼、鸟、兽陆续被创造出来，上帝也看是好的，没有看是美的。虽是神话，可深长思。

二十五年十二月九日，北平。

（原刊《东方杂志》第三十四卷第一号（1937），选自《梁实秋文集》第1卷，鹭江出版社，2002年）

【阅读思考】

1. 你是否同意梁实秋关于“文学的美”的看法？为什么？
2. 在一部文学作品中，“文学的美”和“道德意义”是一种什么关系？

“意境”杂谈

李泽厚

【引言】

这是一篇对传统文论范畴进行现代阐释的著名论文。依厄尔·迈纳“原创诗学基于基础文类”的理论，“意境”是基于中国古代诗歌传统，尤其是在唐人绝句和宋词的基础上提炼出来的中国固有的原创诗学范畴。到底何谓“意境”？古典诗学只有感性描述而缺乏学理性的分析。本文把“意境”置于古代诗学语境中，运用现代学术思维和逻辑分析方法，对意境的本质、内涵、形态以及与风格等相关概念的关系作了深入的诠释。

文章把“意境”视为“诗的生命”。关于意境的审美本质，指出“意境”有如“典型”一样，包含着两个方面：生活形象的客观反映方面和艺术家情感理想的主观创造方面；“意境”就是在这两方面的有机统一中所反映出来的客观生活的本质真实。关于意境的内在构成，认为意境由“境”和“意”构成，而“境”和“意”本身又是两对范畴的统一：“境”是“形”与“神”的统一；“意”是“情”与“理”的统一。在情、理、形、神的互相渗透、互相制约的关系中或可窥破“意境”形成的秘密。情合乎理，形造乎神，于是“意境”出现。关于意境的审美形态，依次考察了意境的时代差异性和多样性，意境的个体差异性和多样性，以境胜与以意胜的审美差异性以及意境与风格的关系；指出司空图《诗品》描述的二十四种风格，中国画论中所谓神品、妙品、逸品等等，正是所造意境之不同。此外，还对“以境胜与以意胜”与西方的“古典的和浪漫的”作了比较阐释。

本文的论述角度多样而全面：一是采用西方式的“长于抽象而精于分类”的分析方式；二是回到古代文艺学和古代诗画创作实践之中诠释意境内涵；三是与王国维、朱光潜等近现代学者进行学术对话；四是与西方文艺理论作比较阐释；五是结合艺术创作和理论批评中存在的问题来论说。而现代思维、古今对话、中西比较和回到实践，正是对古代文论范畴进行现代阐释的基本方法。本文的观点和研究方法分别对文学理论教材中的“意境”说和古代文论研究产生了显著影响。不过这是作者27岁时的论文，以前期美学的“美的客观社会性”为理论基础；其后期美学所主张的“人类学本体论美学”，与之有明显的区别。

一

……读一首诗，看一幅画，总之，欣赏艺术，常常是通过眼前的有限形象不自觉地捕捉和领会到某种更深远的东西，而获得美感享受。齐白石的画，在还不懂事的小孩眼中，不过是几只不像样的虫、虾；柴可夫斯基的音乐，在“非音乐的耳”中，最多也不过是一堆有节奏的音响。然而，也就在这虫、虾、音响之中，却似乎深藏着某种更多的东西，藏着某种超越这些外部形象本身固有意义的“象外之旨”、“弦外之音”。看齐白石的草木虫鱼，感到的不仅是草木虫鱼，而能唤起那种清新放浪的春天般的生活的快慰和喜悦；听柴可夫斯基的音乐，感到的也不只是音响，而是听到如托尔斯泰所说的“俄罗斯的眼泪和苦难”，那种动人心魄的生活的哀伤。也正因为这样，你才可能面对着这些看来似无意义的草木虫鱼和音响，而“低徊流连不能去云”了。艺术的生命、美的秘密就在这里。就在：有限的偶然的具体形象里充满了那生活本质的无限、必然的内容，“微尘中有大千，刹那间见终古”。艺术正是这样把美的深广的客观社会性和它的生动的具体形象性两方面，集中提炼到了最高度的和谐和统一，而用“意境”、“典型环境中的典型性格”这样一些美学范畴把它呈现出来。诗、画（特别是抒情诗、风景画）中的“意境”，与小说戏剧中的“典型环境中的典型性格”，是美学中平行相等的两个基本范畴（这两个概念并且还是互相渗透、可以交换的概念；正如小说、戏剧也有“意境”一样，诗、画里也可以出现“典型环境中的典型性格”）。它们的不同主要是由艺术部门特色的不同所造成，其本质内容却是相同的。它们同是“典型化”具体表现的领域；同样不是生活形象简单的摄制，同样不是主观情感单纯的抒发；它们所把握和反映的是生活现象中集中、概括、提炼了的某种本质的深远的真实。在这种深远的生活真实里，艺术家主观的爱憎、理想也就溶在其中。哲学家常喜欢说人生有各种“境界”。社会生活中常有各种不同的方面，各种不同的高度，从而有各种不同的“境界”。甚至对一个人来说，他的思想、行为、情感乃至一笑一颦，也都只是社会生活的产物，可以是一定生活境界的表现。鲁迅说：“只要在他头上戴上一顶瓜皮小帽，就失去了阿 Q。我记得我给他戴的是毡帽。”就在这个看来是毫不足道的外部衣着的细节的真实里，却表现着某种本质的东西，一顶瓜皮小帽就会破坏阿 Q 的形象，破坏作品所展示的社会生活境界，使阿 Q 失去农民的纯朴而带着某种可恶的市井的流氓味。一个细节如此，“意境”则更不用说。它也是人生和生活境界的集中和提炼，是它的典型的反映。所以，“意境”也可称作“境界”，如王国维《人间词话》的用法。但是，因为“意境”是经过艺术家的主观把握而创造出来的艺术存在，它已大不同于生活中的“境界”的原型，所以，比稍偏于单纯客观意味的“境界”二字似更准确。

二

“意境”和“典型环境中的典型性格”一样，是比“形象”（“象”）“情感“（“情”）更高一级的美学范畴。因为它们不但包含了“象”、“情”两个方面，而且还特别扬弃了它们的主（“情”）客（“象”）观的片面性而构成了一个完整统一、独立的艺术存在。所以，“意境”，有如“典型”一样，如加以剖析，就包含着两个方面：生活形象的客观反映方面和艺术家情感理想的主观创造方面。为简单明了起见，我们姑把前者叫做“境”的方面，后者叫做“意”的方面。“意境”是在这两方面的有机统一中所反映出来的客观生活的本质真实。

下面对“境”和“意”两方面加以分析。

“境”和“意”本身又是两对范畴的统一：“境”是“形”与“神”的统一；“意”是“情”与“理”的统一。在情、理、形、神的互相渗透、互相制约的关系中或可窥破“意境”形成的秘密。

“形—神”的问题实质上就是典型形象的问题

艺术最基本的单位是形象。“意境”的基础首先就是“形象”。要诗、画有“意境”，那最基本的要求就是“意境”必须通过“形象”出现。所以，王国维在提出“境界”说时，曾特别强调所谓“隔”与“不隔”的问题：

> ……“池塘生春草，空梁落燕泥”等二句，妙处唯在不隔，……“阑干十二独凭春，晴碧远连云，千里万里，二月三月，行色苦愁人”，语语都在目前，便是不隔；至于“谢家池上，江淹浦畔”，则隔矣。

锺嵘也早说过类似的话：

> ……至乎吟咏情性，亦何贵于用事，思君如流水，既是即目，高台多悲风，亦惟所见；清晨登陇首，羌无故实；明月照积雪，讵出经史；观古今胜语，多非补假，皆由直寻。(《诗品》)

锺、王二氏这里所说的实际上就是形象问题。有形象，生活的真实才能以即目可见、具体可感的形态直接展示在人们前面，使“语语都在目前”。这样，才能“不隔”，而所以“隔”，主要就是用概念、用推理替代了形象的原故（隔与不隔还有情感的问题，此处暂略）。所以，锺嵘、王国维都一致反对用代字（“桂华流瓦，境界极妙，惜以桂华代月耳”），反对用典故等等，就是这个道理。我们古代的艺术理论家早就懂得：“意境”必须依赖形象才能存在。

但是，这“意境”中的形象，是怎样的形象呢？

它应该是“形”与“神”的统一。这就是古代艺术家常常谈到的“形似”与“神似”的问题。

首先，要求“形似”：“意境”的真实首先“必求境实”，古典艺术要求形象必需基本上外部造型上忠实于生活中的原型，符合于、近似于生活的本来面目（现实主义与浪漫主义在外部造型的真实上有许多差异，另文再谈）。“山下尽似经过，即为实境”（笪重光）。“画无常工，以似为工；学无常师，以真为师”（白居易），“夫象物必在于形似”（张彦远），“未有形不似而反得其神者”（邹一山）。所以，学画必先模物写生，吟诗亦常咏物摹仿。这是一方面。另一方面，就要求在“形似”的基础上达到“神似”，不独外形像，而且精神像。要求形象传达出现实生活中更内在更深刻的东西，而这才能达到真正的所谓生活的真实。强调这一方面是中国美学思想的传统和特色所在，无论是在诗歌中绘画中，无论是在理论上实践上，反对自然主义、要求典型化的“神似”，中国古代艺术在这一点上是表现得十分鲜明强烈的。顾恺之早提出过“传神”，所谓“一象之明昧不如悟对之通神”，要求肖像画传达出人物的内在的精神面貌和思想品质。人们传说着，这位大画家特别重视于“点睛”。这就正是因为在人的形体中，眼睛是最能够细致深刻地表达出人们内在的品德情绪的，所谓“神在两目，情在笑容”也。以后中国画家讲求神趣韵味，讲求“气韵生动”，就都是这样一脉相承下来的：要求深入地真实表达出生活中的那种生动的本质。“苟似，可也；图真，不可及也……似者得其形，遗其气；真者气质俱盛”（荆浩《笔法记》）。“画之为用大矣，盈天下之间者万物，……而所以能曲尽者，一法耳，一者何也，曰传神而已……故画法以气韵生动为第一义。”（邓椿）画既如此，诗亦如之。《文心雕龙》说：“形在江海之上，心存魏阙之下，神思之谓也。文之思也，其神远矣，故寂然凝虑，思接千载，悄然动容，视通万里。”司空图说：“诗家之景，如蓝田日暖，良玉生烟，可望而不可置于眉睫之前也。象外之象，景外之景，岂容易可谈哉。”《沧浪诗话》说：“盛唐诸公惟在兴趣，羚羊挂角，无迹可求，故其妙处透彻玲珑，不可凑泊，如空中之音，相中之色，水中之月，镜中之象，言有尽而意无穷。”尽管这些说法里包含着许多唯心主义的神秘成分，但其中却也同样包含着许多值得我们去分析和吸取的宝贵的思想和发现。它们基本的特色都是或从创作过程（如《文心雕龙》）或从形象特色（如司空图、严羽）深刻地揭出了作品的真实在于“神似”，要求深刻地去反映生活。齐白石说，他的作品是“在似与不似之间”，歌德也说过美在“真与不真之间”。而所谓“景外之景，象外之象”，“水中月，镜中花”实际上就都只是“真与不真”“似与不似之间”的意思：它们不等同于生活里的形象原型，月已不是真正天上原来的月，花也不是真正可以“置于眉睫之前”的那朵真花，而是经过艺术家选择、集中、提炼了的更真实更具有普遍性的然而已不同于原来样子的“水月镜花”。但是，这种水月镜花，毕竟还是有月、有花。它仍然不能完全脱离、离异于生活中的原型。所以，“阿Q”一出，弄得许多人惶惶然，像骂自己又不像骂自己，镜中的“阿Q”很像自己而又不是自己。似与不似，真与非真，这就真正达到了形似与神似的高度统一了。而这，也就是恩格斯所说的“这一个”，只有在“这一个”——这“神似”的形象里，才可以包含住社会生活的深远的内容，才可以鉴照出社会生活的内在的本质。人们面对着这样的形象，就不会感到它只是普通生活中所遇到的形象和“个性”，而会透过这个有限的个性、有限的形象领悟出无穷的“景外之景，象外之象”。齐白石的草木虫鱼所以不仅仅是草木虫鱼，堂·吉诃德所以不仅是西班牙的某个堂·吉诃德，艺术之所以能成为人类反映世界改造世界的手段，其实质就都在此。通过艺术，人们认识的远远不只是“眉睫之前”的那个形象本身，而是获得对实际生活的感受。生活本身的深广的客观社会性质通过眼前的这个生动的具体形象展开出来了，生活的韵味通过这“神似”的形象传出来了。于是你才获得认识真理时的莫大的美感的喜悦，感到这艺术品有味道。其实，中国古代艺术理论所一再提出、强调的所谓“韵”、“味”，所谓“弦外之音”、“味外之致”以及王渔洋的“神韵说”等等，就都是虽然朦胧然而确切地捕捉了、点明了艺术生命的这种秘密。典型与意境的这种秘密：“以形写神”，在“形—神”的统一上反映出生活的神髓韵味——生动活泼的生活内在本质。于此，翁方纲解释得很好：

> ……其谓羚羊挂角，无迹可求；其谓镜花水月，空中之象，亦皆即此神韵之正旨也，非堕入空寂之谓也……然则神韵者是乃所以君形者也。（《神韵说》）

如果说，王渔洋的“神韵说”是从艺术作品的客观形象来着眼立论，那末，袁随园的“性灵说”就是从艺术家主观创作方面来提出和解释这同一问题的。如果说，前者主要涉及了“形”与“神”的问题，那末后者就恰恰涉及我们要讲的“情”与“理”的问题。“情”与“理”的问题，从研究艺术家主观创作情况着眼，构成了研究“意境”问题的另一方面。

明中叶以来的浪漫主义文学思潮在“性灵”理论中荡漾着最后的余波。袁枚所强调的，是从诗人主观的情感和感受的忠实抒发出发，来达到创造典型的境界，反映生活的风神。“心为大籁，诚中形外”，“鸟啼花落，皆与神通……但见性情，不著文字”……袁枚显然是看到了在真正美好的艺术意境中，充分灌注了、渗透了创作者的主观爱憎情感的这一特点。于是袁枚抓住了这一方面提出“有性情而后真”的理论。其实，袁枚所强调的这一方面正如王渔洋所强调的另一方面一样，也早就是中国古代美学思想一个很重要的传统。从“情动于中，故形于声”（《乐记》）“变风发乎情”（《诗序》）的古代起，中国美学一直强调情感是艺术的内在生命："诗缘情而绮靡"（陆机：《文赋》），"情者文之经"（《文心雕龙》），"非长歌何以骋其情"（《诗品》）。情感由外物的刺激而起（"人禀七情，应物斯感"），而又艺术地以外物为对象抒发出来，"情"与"物"就这样互相结合，融为一体。黄宗羲说："诗人萃天地之清气，以月露风云花鸟为其性情，其景与意不可分也"，"情者可以贯金石，动鬼神。古之人情与物相游而不能相舍……唯其有之（正因为艺术家有情感)，是以似之（于是其艺术作品才能真实于生活）"。很清楚，艺术的"意境"所以能是生活的"神似"的境界，正在于它不是生活境界的自然主义的复制，正在于这"意境"中包含着艺术家主观的情操性格，正在于这"意境"是通过积极能动的主观所反映、把握了的客观。也因为这艺术的客观中包含着艺术家的主观，由艺术家主观能动地创造出来的客观，才是最真实的最大的生活的客观。所以，由"形"而"神"的过程，典型意境的塑造过程，也就是艺术家主观情绪感受的表达过程；反映的过程，就是生产的过程；"神韵"的获得的过程，也就是"性灵"抒发的过程。它们是合而为一的。

这一问题是十分复杂的。它涉及美学主客观的根本问题。因为问题在于：艺术作品的力量是它能够最深刻地反映出真实的生活的客观。而要达到这一地步，又必须依赖于艺术家主观的能动作用。主观情绪爱憎愈强愈准的艺术家，就愈能创造出真实于生活的作品，这也就是鲁迅所说的"能爱能憎才能文"。正是在这种意义上，我们说，有"情"才能有"神"。列维丹所以优于施什金，石涛之所以优于四王，其道理就都在此。景中溶化着艺术家主观的强烈的情感，使景不只是自然物的外部形貌声色简单的复制，而变成能深刻反映客观社会生活的艺术。自然美本身也获得了深刻而新颖的揭示。

这里进一步的问题在于：既然"情"——艺术家主观的情趣爱憎是为了反映生活而抒发，那末，怎样的"情"才能起这样的作用呢？显然，并不是随便任何一种情感的抒发都能构成艺术的"意境"来反映生活的真实，这就正如并不是随便任何一个逻辑推论都能成为正确的理论来反映出生活的真实一样。艺术家的情感等主观因素必须有它的客观规定性，是与生活本质相一致相符合的主观。只有这样的主观，在艺术创作的意境塑造中才能起它可能起和应起的作用——忠实地去把握住客观，反映出客观，把握反映出那种深远的生活的本质、规律和理想。例如，在"新鬼烦冤旧鬼哭，天阴雨湿声啾啾"的阴暗的"意境"中，包含了诗人主观对这种不义战争的不满、愤怒和憎恶。诗人的这种正义的愤怒是生活真实的反映，是正确反映了客观的主观，正因为这样，这种主观积极的能动作用就更能够反过来帮助他的艺术作品去反映出真实的客观。这也就是说，诗人的感情愈强烈，对这种非正义战争愈愤恨，那他描写塑造出来的这个战争的形象就愈真实，它的诗篇就愈美好，愈动人。反之，如果是无动于心的客观主义的描写，或者是像法西斯诗人的嗜血的歌颂，那他的诗篇，不变得苍白贫弱，便将变得丑怪可怕。所以，要求艺术更深地去反映生活，去创造美的意境，不但不排斥艺术家主观因素的积极作用，而且还鼓励和积极发挥它的作用。问题只是在于艺术家主观情感究竟是怎样的情感。

在中国古代美学思想里，这就是所谓“情”与“理”的问题。中国古代美学指出：“情”不能是泛滥无归的“情”，而是合乎“理”、“止乎礼义”的“情”。“情”以“理”为准则、为规范。“缘情”不离乎“言志”，“言志”是为了“载道”……（“言志”与“载道”另文谈）。如果我们剥去封建主义加上去的伦常礼义的外衣，就仍可窥见其中对艺术家主观作用的正确认识。

“理”是什么？道理，规律，准范。一个东西所以是一个东西，生活所以是这样而不是那样，必有其道理在。“理者，成物之文也”。所以，“理”实际上就正是事物的内在的客观逻辑（规律）的正确的主观反映，也就是指思想、思想性。“理”、“思想”，探到了反映了客观事物的本质、规律。所以，“理”与“神”常常被连在一起谈到：“思理为妙，神与物游”（《文心雕龙》），“理字即神韵也”（翁方纲）。“造乎理者能画物之妙，昧乎理者则失物之精，……造其理者，能因性之自然究物之微妙，心会神溶，默契动静，察于一毫，投乎万象，则形质动荡，气韵飘然矣”（张放礼）。真正美好艺术的“情”，总是合乎思想的“情”。这样，才使艺术家通过自己的情感感受的抒发，可达到与理论家通过思想逻辑所论证的同样的生活的本质真实。艺术家正确情感在作品中抒发愈强烈，则作品的思想性也愈强。思想性不但不与情感矛盾，而且还正是它的内在的规律、准则。感情愈高尚愈忠实，则思想性愈强愈深，反映的生活也愈真实。“情”与“理”在这里是统一的。有“情”而无“理”，是主观任意的抒发，是违背生活真实的主观主义的艺术；有“理”而无“情”，就是光秃秃的道理，这种艺术就只能是失去生活真实的公式化、概念化的枯燥的推理论文。黄宗羲说得好：“文以理为主，然而情不至，则理亦郛郭耳。”所以，“情”、“理”一体而不可分。这不可分的整体就构成了作品和“意境”的“意”。所以，“意”不仅是“情”，也不仅是“理”，它可说是“情”化的“理”，也可说是蕴“理”的“情”。“意”（情理的矛盾统一）是艺术能达到神似，能创造典型和意境的主观创作方面的必要条件。庄子说："可以意致者，物之精也。"李翱说："义深则意远。"艺术正必须通过作家主观这种"情"、"理"的统一，通过主观的"意"，才能去把握和反映现实生活，才能达到创造"神似"与"形似"的统一的典型的艺术作品。情合乎理，形造乎神，于是"意境"出现。

"情"与"理"、"形"与"神"这两对中国美学的古老范畴，深刻概括了艺术创作的内容，对于我们今日创作诗的意境、典型仍具有理论意义。《文心雕龙·神思篇》赞曰："神用象通，情变所孕；物以貌求，心以理应。"这四句对创作"神思"的总结，也可以作为我们这里对艺术"意境"的分析的总结。因为它已把主观的"情""理"（"意"）与客观的"形"　"神"（"境"）的互相渗透制约的辩证关系精炼地概括了：生活的风神必须通过形象来表现，主观的情感在这里起了催生的作用；虽然对象仍必须根据事物的外部形貌塑造出来，但其深入的本质却已早为心灵所把握和领会。

朱光潜先生在《诗论》一书中有谈"诗的境界"的一篇，其中对诗的意境作了精辟的分析，提出了问题，揭开了现象，许多地方与本文作者所想到的是相同或近似的。但是，因为美学基本观点的歧异，使得许多地方常貌同而实异，甚至常有差以毫厘，失之千里的区别。在这里，只提出最重要的两点简单说明一下：

第一，朱先生从"直觉即表现"的克罗齐理论出发，认为意境是不含名理作用的直觉的结果。因牵涉到美学根本问题，这里不能多讲。但简言之，在我看来，"意境"不可能是直觉创造——"见出来的"结果。"意境"能成为完整自足的高级的艺术范畴，因为它是"情—理"、"形—神"的统一的结果。"意境"不可能是主观情趣对客观意象的一种任意的直觉式的把握、寄托或统一所能得到。朱先生在这里的主要问题在于：一是否认艺术的意境是生活境界的反映，二是否认艺术的意境是经由艺术家艰苦劳作的典型化的结果。我们认为，在艺术家捕捉到某一"意境"时，即使有时是一刹那间的灵感或直觉所致，看来似乎是"不落言筌，不涉理路"的"一味妙悟"所致，但这也正是长期搜寻积累的结果。所谓"非读书多参理，则不能极其至"，所谓"积学以储宝，酌理以富才，研阅以穷照，驯致以怿辞"皆是也。所以，在更多的时候，艺术意境的形成总是经过千锤百炼的。"新诗改罢自长吟"和一字一句的推敲，就都决不只是形式技巧的雕琢，而正是为了更精细深刻地提炼出艺术的"意境"。这一点也是朱先生所承认的。朱先生在书中承认了思考和联想对于创造诗的境界的重要。但这样，就实际上与朱先生自己所信奉的直觉即表现、意境为直觉所造的美学理论自相矛盾了。

第二，朱先生认为诗的境界是情趣与意象的契合而成，这就是所谓“即景生情，因情生景”的移情作用。我认为这也并不错，问题在于这种作用是如何产生的，诗的意境作为主观情趣移于客观意象的结果，如何可能？朱先生完全撇开形神和情理诸问题，没去分析是怎样的情、怎样的景才能构成诗的“意境”。根据朱先生的直觉理论，主观的任何情趣都可以造成“意境”而无分优劣。朱先生说：“辛弃疾在想到‘我见青山多妩媚，料青山见我应如是’时，姜夔在见到‘数峰清苦，商略黄昏雨’时，都见到山的美。在表面上意象（景）虽都似是山，在实际上都因所贯注的情趣不同，各是一种境界。我们可以说，每人所见到的世界都是他自己所创造的。”这样，好像辛词与姜词中的“意境”都只是各人的情趣不同而已，而实际上辛、姜之不同却是通过情趣所反映的生活真实的不同。“稼轩郁勃，故情深；白石放旷，故情浅”（《莲子居词话》），“白石有格而无情”（《人间词话》）。正因为稼轩怀着对祖国命运的炽热的关怀、忧虑和抑郁，它所达到的境界就比虽高洁而冷漠的白石词的境界，更忠实于生活些。稼轩的情是正义的情。白石“寡情”，也就使他不能深刻地去反映去表达当时那种国破家亡的深沉悲痛的社会生活的真实。所以朱先生的“情”，是没有经过“理”的规范的“情”，这样情景契合的诗的境界，没有客观生活境界作产生基础和衡量准则，从而可以脱离或违背生活的真实。

三

有各种各样的生活境界，有各种各样情感思想的境界，才能有各种各样的艺术中的境界。有“横刀立马”的英雄的战斗生涯，有“碧云天，黄花地”的小儿女的悲欢离合。即使对一个人来说，也常经历着各种不同的生活境界。而不论哪种境界，只要善于选择、集中和提炼，使之能深入地展示出某个方面的生活真实，就能给人以美感享受。王国维说：“境界有大小，不以是而分优劣，‘细雨鱼儿出，微风燕子斜’何遽不若‘落日照大旗，马鸣风萧萧’，‘宝帘闲挂小银钩’何遽不若‘雾失楼台，月迷津渡’也。”然而，生活中虽有各种境界，但它们却都只是一定时代、社会的境界。艺术意境所展示的生活真实，总是一定历史、社会的具体存在。诗画中的意境也常常带有时代特征，这与小说戏剧中的“典型环境中的典型性格”完全一样。中国古琴声里的意境多中和平易，即使是深重的哀伤，也都绝非近代浪漫主义那种狂热、粗犷和激烈。在“渡口只宜寂寂，人行须是疏疏”（《山水诀》）的中国古代山水画中，传出来的也是那种同样安宁平静的牧歌式的封建社会的气氛。“春水碧如天，画船听雨眠”，只能是闲散潇洒的封建士大夫独有的浪漫情调……所有这一切，都带着一定时代、社会的特征；如果我们今天的诗人、画家还要去复制这样的意境，那当然就只能是假古董了。因为它违反了生活的历史的真实。当然，即使在今天地覆天翻的伟大时代里，生活中也仍然有“渡口寂寂、人行疏疏”的时候，人们也仍然可能有听雨春眠的闲情逸趣。这就正如即使在爽朗明媚的春光里，也还常有寂寞凄清的风风雨雨……但是，所有这一切寂寞、宁静、听雨眠以至渡口的寂寂、人行的疏疏又都多么不同于古代啊！所以，即使当诗人或画家以此为对象而吟咏或描绘时，其透过完全近似的形象所塑造出来的“意境”就将完全不同于王维或韦庄了。画面上可以同样是寂静的渡口，诗题上可以同样是小舟春雨，然而，所造的意境却传达出各种不同的社会时代的生活，各种不同的思想情感，各种不同的历史氛围。正如今天描写战争的小说可以有极大的悲哀，然而那悲哀就决然不同于左拉《崩溃》里的悲哀，它不是宿命的困惑或绝望的苦痛，而是背负重担噙住眼泪，去创造下一代光辉的欢乐，它引起的就不是无可奈何的低沉而是震撼人心的激奋。鲁迅的《孤独者》的深重的感伤之不同于屠格涅夫《贵族之家》之类的感伤，也都如此。小说如此，诗也一样。“西风残照，汉家陵阙”与“萧瑟秋风今又是，换了人间”，同样的怀古，情调意境却不同，一则是感伤的凭吊，一则是豪壮的快语。而像“苍山如海，残阳如血”这样悲壮瑰丽的意境，也只能产生在激烈艰苦的现代战斗生活的体验中。此外，像唐诗与宋词，中国山水画与西方风景画，以至北宋与南宋的画，盛唐与晚唐的诗，它们所塑造的意境都因时代生活的不同而情调风趣各异。豪迈爽朗的盛唐诗不同于晦险秾丽的晚唐诗，浑厚纯正的北宋画不同于有霸悍激励之气的南宋画，更不要说富有亲切人间味的中国山水画之不同于近代西方的一些荒凉忧郁的风景画了……

即在同一时代里，由于作家的生活经验、思想情感、性格倾向等等的不同，他们所捕捉和所熟悉的生活境界也各有不同。这种不同造成了他们所塑造的艺术意境的不同，从而决定了他们作品风格的不同。所以，风格并不是一种虚无缥缈的东西，而是由许多具体的条件造成的。其中“意境”占着很重要的地位。司空图《诗品》曾形象地描述了二十四种风格，中国画论中也有所谓神品、妙品、逸品等等之分……其实这种分别所根据的就正是所造意境之不同。司空图《诗品》清楚地显出这一点：“寥寥长风，荒荒岫云”，雄浑的风格正是由于这种雄浑的意境；“采采流水，蓬蓬远春”，秀丽的风格就终决定于这种优美轻容的意境。王维与李白，董源与范宽，风格不同，而也由于所造意境有异之故。即使是极为近似的景物的描绘，所造意境也有不同。阮籍："夜中不能寐，起坐弹鸣琴，薄帷鉴明月，清风吹我襟。孤鸿号外野，朔鸟鸣北林，徘徊何所见，忧思独伤心。"苏轼："缺月挂疏桐，漏断人初静，时见幽人独往来，缥缈孤鸿影；惊起却回头，有恨无人省，拣尽寒枝不肯栖，寂寞沙洲冷。"虽然同样是清冷月夜的画面，同样是蔑视世俗的孤傲，然而一则是忧思重重，一则是绝对冷峭。其中仍然展示着阮籍时代和苏轼时代士大夫心理面貌的巨大的差异，而这差异归根结底又仍然是社会阶级和时代生活的差异，阮籍时代的愤世嫉俗与苏轼时代的对整个人生的空漠之感是大不相同的。

上节已说过，"意境"是"意"—"情""理"与"境"—"形""神"的统一，是客观景物与主观情趣的统一。在这统一中，由于两者的相互关系特别是显现形式不一样，产生所谓艺术"以境胜"、"以意胜"的问题。《人间词话》说："古今人词之以意胜者，莫若欧阳公；以境胜者，莫若秦少游。"若以上面两首词加以比较，可以见出这里所谓意境各有偏胜之说的意思：一则是豪放痛快，尽情倾吐；一则婉约曲折，言不尽意；各有所长，不能优劣：

> 樽前拟把归期说，未语春容先惨咽；人生自是有情痴，此恨不关风与月。离歌且莫翻新阕，一曲能教肠寸结；直须看尽洛城花，始共春风容易别。（欧阳修：《玉楼春》）

> 漠漠轻寒上小楼，晓阴无赖似穷秋，淡烟流水画屏幽。自在飞花轻似梦，无边丝雨细如愁，宝帘闲挂小银钩。（秦观：《浣溪沙》）

又例如，秦少游的"山抹微云"的著名慢词就是"以境胜"——以客观的景物来呈现情感的杰作；而欧阳修的"别后不知君远近，触目凄凉多少闷"等词，却又是"以意胜"——主观情感的明快抒吐的优秀代表。此外，在诗、画中，这类现象极多。例如温（庭筠）韦（庄）李（义山）杜（牧）之分，四王八怪之别，都在某种意义和某种程度上表现了这种情况（当然这一点又不能说死，不能机械地去硬套）。"意胜"或"境胜"，主要是体现着一定的创作方法和形象思维的特色问题。杜勃罗留波夫论小说时所说屠格涅夫与冈察洛夫两种创作风格和方法的不同，王国维讲到的有我之境与无我之境，罗斯金讲的荷马史诗中的自然与近代诗人中之自然之异，都在某种意义上与此有关——即所谓"意"与"境"的关系和配合问题。

这里紧连着的是所谓“古典的”与“浪漫的”问题。在各种艺术中，理论家常常喜欢区别它们二者。这里只简单提一下它与“意境”有关的地方。大略言之：“古典的”多意境浑成，不露痕迹，因而它表现为有节制、含蓄、沉郁、客观、含不尽之意等等特色，中国古代诗画多如此，大多属于这一范畴。浪漫主义则多“意”胜于“境”，表现为情感外露、强烈、激动、主观等等特色，它主要是伴随着近代资本主义个性解放的产物。在中国，除盛唐曾有一度高涨外，应该说直到明代中叶以来才大露光芒，作为一种时代潮流而出现。在创作上表现如《牡丹亭》、《西游记》；在理论上，如公安派、如石涛《画语录》。但以后随着时代生活的逆转而又消沉下去了。中国美学思想基本的和主要的则还是古典主义的美学思想，它所强调的是一唱三叹、言不尽意式的含蓄和沉郁。这主要是由历史条件所决定。为达到这一境界，中国美学还提出了许多具体的问题，例如在意境的创造中，就要求“以景结情”：以无情无知的客观景物来反衬出感触深重的主观情绪，“结构须要放开，含有不尽之意，以景结情最好”（《乐府指迷》），“词家多以情寓景”（《人间词话》）。相反的方法，“其专作情语而绝妙者，如牛峤之‘甘作一生拼，尽君今日欢’，顾敻之‘换我心为你心，始知相忆深’”（同上），即以“意胜”而近乎浪漫也。后面这种在中国古典艺术中是比较少的。

鲁迅的小说，明显继承了中国这种独特的“古典的”诗歌传统。即以上述例子说，鲁迅就极善于通过所谓“以景结情”的方法塑造出许多极为沉郁的“意境”：《祝福》里的漫天雪花和爆竹的无知的欢乐，分外地反衬出不幸者的悲苦和凄凉；《药》结尾的凄清画面把当时时代生活的沉重和先驱者的孤独，反映发掘得多么真实和多么深刻！

四

“意境”是中国美学根据艺术创作的实践所总结的重要范畴，它也仍然是我们今日美学中的基本范畴。可惜对这一问题我们一向研究极为不够。几年来没有研究这一问题的任何文章。因此，这篇文章所能谈到的一些，当然只能是抛砖引玉、极不成熟的杂谈了。系统的分析有待今后的努力：不但需要深入到中国古典艺术理论和作品的遗产中去追寻探索，而且还更需要结合今天艺术创作和理论批评工作中的许多问题来论说。例如，在今天各个艺术领域中，艺术家们显然还不善于去塑造壮美或优美的“意境”。在今天的作品里，常常并不是“以意胜”或“以境胜”或“意境浑成”，而是“以理胜”：美的客观社会性的内容以赤裸裸的直接的理性认识的形式出现。于是，作品就变成了公式化、概念化的说理：歌曲成了口号，漫画成了标语，诗歌成了政论……而不善于把“理”通过“情”而溶化在“神似”的形象之中，不善于把“形”“神”“情”“理”统一起来。同样，在艺术批评中存在着完全相同的毛病：理论家、批评家们不去从艺术所塑造的“意境”的特色出发，不去细致具体地分析它们所反映的客观生活的深广度和体现的作家主观的风格、手法等倾向，而只是停留在主题内容的逻辑的复述上，艺术的形象意境在这种教条主义的解剖刀下变成了毫无生气的“思想性”加“艺术性”的外在的凑合。不去分析作品的形象和意境的时代生活和个人情感的特色、风格和创作方法的特色，只是指出他们的作品都直接间接谈到了政治，谈到了国家大事和民生疾苦，因此就都直接间接是重要主题，似乎这么一来就保证和论证了这些诗词的内容和价值。把诗的生命——“意境”问题撇开或还原为主题思想的抽象简单的图解，这比起我们古代批评对诗的意境的生动细致的发掘，该多令我们惭愧。然而，这种文章在近来的《文学遗产》上就常常可以碰到。

当然，回过头来，又应该看到，今天无论创作或批评中的这种“以理胜”的普遍现象，它在一定时间内的现实存在，倒有其必然性。普列汉诺夫论民粹派的作品时提出过在某些文学新兴时期，常常是思想内容压倒了表现形式。这时的艺术家常常是“热诚的教导者”，他们首先在理性上、在逻辑思维上接受了新思想的热烈的鼓舞和感动，从而致力于去直接表现和宣传他们的这些思想主张。他们还不够熟悉生活，还不能深入细致地观察研究生活，感性具体地从生活本身中来提炼和表现出主题。因此，在他们那里，多半倾向于“席勒化”，不善于“莎士比亚化”。这种现象常是新时代诞生前后的新兴文学的特色。以后随着生活的发展，艺术家的这种时代的热情就将走向深沉的发展道路，艺术家们将跨过对时代生活的抽象理论的认识阶段，日益深入细致地来潜沉在广大的人民生活中。这样，对生活境界才日益有真正切身的把握、体验；这样，艺术家才逐渐不但能从理论信念上，而且还更能从感情上具体地来把握和了解生活；这样，艺术“意境”的百花齐放才能到来。

（原载《光明日报》，1957年6月9日、16日；选自《美学旧作集》，天津社会科学出版社，2002年）

【阅读思考】

1. 这篇论文是从几个方面阐释意境内涵的？其价值何在？

2. 这篇论文在写作思路上有哪些可供借鉴之处?

小说悬念的审美心理机制和若干基本模式

李庆西

【引言】

在树荫下听故事，是最原始的艺术活动，为抓住听众而设的悬念，是最古老的艺术技巧。什么是悬念？悬念的心理机制是什么？悬念是否等于“欲知后事如何，且听下回分解”的套语，还是具有多样的模式和形态？这些问题长期以来似乎无人深究，一般读者更是不甚了了。

这是一篇首次从心理学和形态学角度对小说悬念进行深入研究的论文。文章指出：情境的“反常”状态决定了悬念的前提和基本条件。悬念的形成，从心理上说，植根于审美主客体的对应关系，即一方面引导读者的想象活动朝一个既定方向循序渐进，另一方面又为读者审美思维提供了自由驰骋的广阔天地；从事理上说，它则以情境或势态发展的因果关系为依据，即提供有限的已知情境，激发读者想象无限的未知情境。悬念的解决，首先是控制时间，即那个“恰当的时候”出现，也即如何掌握未知情境转化的临界点。悬念的解决时机在很大程度上依赖于性格的铺垫。说到底这是主题的需要，因此技巧与思想是互为表里的东西。关于悬念的模式，可从两个维度考察：从交代顺序看，悬念有两种基本方式：A. 由因及果，B. 由果究因；从发展方向看，悬念有两种基本方式：a. 规定性，b. 不定性；经过整理，有这样四种程式：Aa 顺时规定式，Ba 逆时规定式，Ab 顺时不定式，Bb 逆时不定式。从创作实际和经典作品出发，以小说为研究的对象范围，采用心理学和形态学的方法，是本文最显著的写作特色。

本文是作者“小说家的艺术思考”系列论文中的一篇，其余四篇分别是《时间意味着什么?》、《空间处理的艺术效应》、《规定情境与非规定情境》、《论氛围》。这一组论文都是作者从创作实际出发，在细读中外经典作品的基础上，发现和提出的小说创作的艺术规律问题。它们不是现代叙事学对古代小说的简单移用，而是对艺术实践的理论升华；因此不仅对小说创作和小说欣赏具有指导意义，也是“事中出论”的文艺理论问题研究的极佳范例。

一般认为，悬念属于情节范畴，它的出现可以上溯到最早的一些叙事作品。在荷马史诗和欧里庇得斯的悲剧中，在庄子寓言和先秦神话中，就埋下了这一古老的艺术法则。《孟子·离娄下》记载一则"齐人有一妻一妾"的故事，说某位"齐人"向妻妾夸口，每日出入豪门大吃大喝。其妻久而生疑，于暗中侦察，发现丈夫原是去人家坟地讨吃祭余食物云云。据此可知，一个简单的故事也往往包含着悬念因素，古人大约在无意识中掌握了悬念的提出和解决。

一、"反常"的心理范畴

意大利美学家缪越陀里曾说："诗人所描绘的事物或真实之所以能引起愉快，或是由于它们本身新奇，或是由于经过诗人的点染而显得新奇。"① 另一位意大利人马佐尼也说："诗人和诗的目的都在于把话说得能使人充满惊奇感。"② 不光意大利人这样说，德国人莱辛在《汉堡剧评》的第一篇里就指出："要使充满英雄气概的思想引起人们的惊叹，作家切勿过多挥霍笔墨，因为经常见到或者见得多的东西，不会再引起人们的惊叹。……我们从各种各样人物的嘴里听得多了，因而也就失掉了应有的效果。"莱辛更具体地考虑到如何使作品获得令人惊叹的艺术效果。对这一问题，中国人也早有研究，李卓吾评《水浒》得出的结论是："天下文章当以趣为第一。既是趣了，何必实有是事并实有是人？"这里所谓的"趣"，首先是指反常的意蕴或情境。而这种艺术的"反常"往往与人们日常熟睹的生活真实不相契合，所以它能够在读者心中激起新奇和惊叹。

在最伟大的作家笔下可以看到最出色的"反常"的东西。

塞万提斯创造了与风车作战的堂吉诃德。歌德让浮士德跟魔鬼订合同。巴尔扎克的人物几乎无一不是世间的怪物，而象贝姨诸辈的人生不啻是斯芬克司之谜。莎士比亚的福斯塔夫爵爷也非等闲之人，评论家们至今还在为他拌嘴。托尔斯泰写了安娜，又写了聂赫留朵夫，两种人生的转机都使人难以逆料。中国小说，且不谈《西游记》的神魔世界，前人有曰："不读《水浒》，不知天下之奇。"其实说穿了并非"天下之奇"，而是艺术的想象力在读者心理上造成的离奇效果。詹姆斯在研究"反常"情境对艺术的积极意义后指出："艺术从公然反抗各种推定当中，得到很大一部分对它有益的运动。"③ 作为小说家的詹姆斯从创作实践中体会到"出奇制胜"的重要性。

当然，"反常"并不一定归结为悬念，它不是一种特定的程式。它是与

① 《论意大利诗的完美化》。

② 《为神曲辩护》。

③ 《小说的艺术》。

“真实”相对立而又统一的美学范畴，二者相辅相成规定了小说家的艺术思维与读者心理之间若即若离的对应关系。然而，正因为存在这种心理距离，一切“反常”的艺术表现，无不意味着某种未被发现的内在的思想或情势。

在巴尔扎克那里，当读者看到拉斯蒂涅那个乡巴佬似的外省青年，被引入鲍赛昂子爵夫人的沙龙，无形中预感到巴黎的一场风雨。这种“反常”的迹象表明，生活脱离了日常轨道，由此而来，事情便蕴含着无比丰富的可能性。但是，此刻尚且无法对拉斯蒂涅的命运，以及决定他命运的东西作出明确判断。

这里，情境的“反常”状态已经决定了悬念的前提和基本条件。如果说它还构不成一个完整的悬念，那只是缺少必要的提示而已。对此，巴尔扎克大概另有想法，这里不去说它。

然而，在雨果、狄更斯、霍桑、马克·吐温以及陀斯妥耶夫斯基那儿，这样的机会一般不会放过，当他们的人物面临命运考验之际，读者手心里大约是捏着一把汗的。霍桑是一位制造悬念的好手，最善于用简洁的方式提出问题。《红字》中的女主人公一登场就露出胸口上绣着的“A”字，这般不寻常的装饰无疑给读者心里投下一个问号。显然，作者的意图正是让人带着这样一个疑团进入书中，去推断情势的发展。这是利用好奇心激发读者审美思维活动的能动性，使他们作出种种猜测，试图弥合主体与客体联系中的断环。虽然读者在这里处于被动状态，但只要能作出某种判断（毋论正确与否），即获得超乎其上的主动性。

这是一种积极手段。小说家在创作前的准备工作中——当他从大量素材中提炼出什么东西来的时候——一定发现了可以利用的心理因素，并从中确立了某种美学价值，那就是作为艺术表现的客体对审美认识主体的作用力。然后在故事中，则利用灵活的技巧处理（即悬念的提出和解决的实际方法）将这种心理距离时而扩大时而缩小，造成波澜迭出的艺术层次，引导读者的感情向情节高潮处聚集，以产生强有力的爆发。

但是也有这样一种情况：当悬念在好奇心这一潜动力的作用下，迫使读者进入积极想象状态时，往往出现如下奇异现象：读者的判断力竟会等于零，除了惊骇、疑惧和惘然之外，丝毫不能决定自己的倾向。这是心理距离的最大有效限度。倘如越出这一界限，读者便对那个过分夸张的“反常”情境丧失兴趣，因为当情境发展的诸多可能性使读者决断不下之际，审美思维的被动性与主动性正好处于均衡水平。而一旦主动性被完全压倒，审美思维活动也就被窒息了。

由此得到的结论是，悬念设置以审美的主客体对应关系中保持某种适宜的心理距离为基本特征。悬念一方面引导读者的想象活动朝一个既定方向循序渐进，另一方面又为读者审美思维提供了自由驰骋的广阔天地。这两点规定了悬念运动坐标上的象限。从下文有关技巧处理的说明中，可以看到小说家是如何把握读者心理距离以及悬念运动的轨迹。

二、因果关系：已知情境与未知情境

从心理上说，悬念植根于审美主客体的对应关系。从事理上说，它则以情境或势态发展的因果关系为依据。这种因果关系在高尔斯华绥的小说《在前的和在后的》里有一条清晰、明了的线索：

小说开头，在阴郁的氛围中引出两个主要人物——王室律师顾问吉斯和他的弟弟劳伦斯。劳伦斯为一桩杀人案来找吉斯。作者很快交代了全部事由：被吉斯认为放荡堕落的弟弟劳伦斯爱上一个命运悲惨的女郎。就在他们沉醉于互相拯救和关怀的时刻，女人的丈夫——一个抛弃了她的粗野男人——像恶魔一样突然出现在她和劳伦斯之间。出于自卫，劳伦斯杀死了那个男人……所有这些已知情境，把劳伦斯的命运推到了悬崖边缘，读者的思绪已被导向与之相关的未知情境：作为王室律师顾问的吉斯是否会告发他的弟弟？他将如何处理这一直接关系到自身名誉的凶案？还有那柔弱的女郎可曾打算与劳伦斯共赴忧患？抑或在她感情冲动之际，会不会泄露劳伦斯的凶罪？——这一切，对可怜的劳伦斯来说，都是性命攸关的问题。悬念及此达到饱和状态，一切都带着问号提出来了，而一切都还悬空悠荡着。所谓已知情境与未知情境即以此为临界点，划出彼此分明而又相关的两个过程：前者规定了后者的发展逻辑，后者将完成前者的基本意念。但必须指出，这不是一种直线运动，二者有如跷跷板的两头，桔槔俯仰，此起彼伏。质言之，悬念的因果关系正体现为这种对立统一的相关性。

当然，并非每一部小说的悬念提出都是这般强烈、明了。在某些作品中，已知情境并不向你交代过多的东西，而只是隐隐约约提出暗示；或是有意收缩动作幅度，用某种“反常”氛围来触发读者的思路。犹太作家阿格侬的《逾越节的求爱》是这方面的典范。这是一个看起来很平常的故事，悬念在有意无意之间渗透出来；成了鳏夫的教堂执事米切尔和寡妇莎拉·丽隔着一扇窗户说话，两人对话就占了小说一大半篇幅。好奇的读者不能不对他俩那些含而不露的言谈发生兴趣。他（或她）为什么要这么说呢？这种含蓄的语态中隐蔽着何样的情感呢？莫非这里还有别的解释不成？尽管作者没有在一旁多嘴，读者的思路自然而然地上了轨道。

这种方式，有如电影镜头的“淡入”，不难获得自然、平易的艺术效果。有时候它比那种直接揭示的悬念更有魅力。大仲马的小说里，悬念推出迅速，节奏干脆利落，有时却给人一种做戏的感觉。

悬念的提出有种种方式，悬念的解决则有多方面的要求。首先是控制时间，也即如何掌握未知情境转化的临界点。英国剧作理论家威廉·阿契尔说：“真正的艺术在于懂得要在多长时间内保持沉默，又要在什么恰当的时候开始说话。”① 他提出的这个问题实际上是悬念处理中最棘手的一环。因为在不同作品中，那个“恰当的时候”出现在不同的地方，在欧·亨利那儿，悬念总是保持到最后，而有些作家习惯在半截腰上开始破谜，如加西亚·马尔克斯的许多短篇就有这种特点。也许是各人偏重不同的艺术效果，各有各的路数。但不能忽略的是，这里有一条相同的原则，那就是：悬念解决时机取决于前文铺垫程度。

作为铺垫的已知情境，不但包含一般容易理解的事态发展的外在条件（动作关系），而且应当体现某些内在依据，尤其是人物性格的逻辑层次。事实上，在许多作品中，最重要的未知因素的揭示往往摆在性格大体造就之后。小说家只是有意留下最后的一点空白，让悬念的谜底来填补它。否则，倘如单纯用悬念解决的瞬间来凸现人物性格，势必造成不自然的“超负荷”现象。批评家们经常说到某某作品结尾不可信，人物转变太突兀，等等，其症结盖于此端。从另一角度来说，这就是没有找准那个“恰当的时候”。如果说，在悬念处置上，高尔斯华绥的《在前的和在后的》是一出色的范例，那么其成功关键则是准确掌握了悬念解决的时机。如前例述，高尔斯华绥对吉斯和劳伦斯的性格都已作了大量铺垫，并且当以后的未知因素逐步转化为已知情境时，作者仍然揭示着性格的层次和矛盾：吉斯不得不瞻前顾后，企图利用一个醉汉充当他弟弟的替罪羊。及此，劳伦斯内心的冲突真正到了顶点，如果听凭吉斯的安排，那醉汉就得担当莫须有的罪责，反之，他自己性命不保。何往何从，务须当机立断。作者正是抓住这个火候，解决了劳伦斯的命运——结果，由于良心的责备，劳伦斯坦白地写下自首状，与他的情人一同自杀……其后还有一个小小的尾巴：劳伦斯的死其实并未免除那个无辜者的冤屈，因为吉斯为了保全自己的名誉，毁掉了弟弟的自首状。

整个结局十分丰满。由于吉斯要顾全两头，事情便复杂化了。这是悬念

① 《剧作法》。

的最后一层铺垫，舍此，劳伦斯不至于自杀，事情的因果关系也将转移方向。可见，悬念的解决时机在很大程度上依赖于性格的铺垫。而说到底，这也是主题的需要，技巧与思想是互为表里的东西。

三、悬念处理的基本模式

悬念的逻辑程序是：由原因推导结果，由已知情境测定未知情境。但这一程序不等于它的实际处理过程。

从交代顺序上讲，悬念处置有如下两种基本方式：

A. 由因及果，这是与逻辑程序一致的。悬念建立在读者对已知情境可能导致的结果的关注之上。梅里美的小说《塔曼果》里边，主人公和黑奴们被装上了那只大船，情势向读者预示着，这一事因正酝酿着一连串突变的危机。故事的结局如何，已在读者关注之中。

B. 由果究因，这是倒推过来的，跟逻辑程序正好相反。在这里，已知情境不是事因，而是结果。例如法国作家莫里亚克的《苔蕾丝》，开头就是女主人公苔蕾丝谋害丈夫未遂而受到指控，她丈夫贝尔纳却以被害者身份向法庭提供假证，使苔蕾丝被宣判"无罪释放"。然而，从整个事件过程来看，这不是开头，是结局。一个未能令人满足的结局。它给读者留下两个疑团：苔蕾丝为什么要谋害丈夫？贝尔纳又为什么要为妻子开脱？于是，作为究寻原因而成立的悬念提出来了。

在前一种方式中，读者急于看到的是情势发展的结果。而后一种方式则将读者思路往回引，看这一切究竟如何发展而来。需要说明，因果程序倒置的叙述方式并非适用于一切故事，其前提是，那个提前交代的结果必须是缺乏自足性的规定情境（或情节），否则它不能引起人们对事件起因的思考。

在具体作品中，上述两种基本方式往往掺和着使用，互相倚重，造成跌宕多姿的情节结构。《苔蕾丝》的前半截是由果究因，后半截便转为由因及果，显示了小说家的机敏。

除却叙述顺序，悬念还有另外两个基本属性，即悬念的规定性与不定性。这是从悬念的发展方向上说的。分叙如兹：

a. 规定性，其见诸情势发展的某一焦点。根据已知情境提供的线索，未知情境处于一定的判断范围之中，有待揭示的可能性只是正反两种或少数几种。逻辑上符合排中律，即：非 A 即 B，或，非 A 非 B 即 C……这就像一辆出现在十字路口的汽车，所要选择的前进方向在既定的有限范围之内。在这里，读者总是向自己表示某种明确的意愿，同时对可能出现的逆转又保持着意识和下意识的警觉。读杰克·伦敦的《热爱生命》一作，对于那个被死亡的自然力包围着的淘金者，读者总是有一种倾向明确的焦虑，祈愿主人公从荒野上挣扎出去。而这种倾向性的依据就是事态发展的规定性，因为命运集中在一个焦点上：生或死，没有别的选择。同样，《水浒》第三十六回“夜闹浔阳江”写穆家兄弟追缉宋江，一连“七追”，亦是扣住了性命交关的两种可能性。所以，金圣叹批道，“此篇节节生奇，层层追险。节节生奇，奇不尽不止，层层追险，险不绝必追。”

在规定性悬念处理中，一般是把影响情势的多元因素加以筛选，提炼出冲突力度最强的一对矛盾来组织线索。这种方法容易取得激动人心的惊险效果，但也容易失真，留下人为的痕迹。

b. 不定性，是指悬念提出时，情势还不能明确规定事态发展的方向以及冲突的焦点。这时候，已知情境只是提示（或暗示）将有某种突变，而读者尚无法把握未知情境的运动范围。这意味着，悬念发展的可能性无数。法国作家特罗亚的《最好的顾客》就是贯以此类线索的一篇杰作。此篇情节非常简单：一位陌生顾客来到厄泰尔普太太的花圈铺子，要把挂满店堂的每种花圈各买下一只。这一举动古怪得不可思议，使得读者跟厄泰尔普太太一样，顿即坠入五里雾中：难道这位先生一夜之间死去那么多亲属？当这一猜测被推翻之后，剩下来的可能性即是无数。最后，那位当事人临终前才把谜底揭出，原来他是个举目无亲的鳏夫，那些花圈是为他自己做丧事用的。为了掩饰孑然一身的孤寂景况，他要用众多的花圈在自己墓前组成浩浩荡荡的送葬队伍。

在这样的作品中，读者有充分发挥想象的天地，但却不容易把握情势发展的方向和范围，反倒常常处于惘然状态。这种使人犹疑的不定性在现代作品中非常明显，像福克纳的《献给爱米莉的最后一朵玫瑰》、《烧马棚》，莫拉维亚的《房屋与街道》等，都是按这种特点设计悬念的。它不像规定性悬念那么富于力度和紧张感，但具有深沉、潜在的魅力。

悬念的不定性还包括另一特殊内容：可逆性。这是一种能将读者的思路导向事实反面，造成突变效果的手段。为了说明问题，可以看一下格雷厄姆·格林的《沉静的美国人》。小说的角度是第一人称，借助这一点，读者对主人公傅勒（即“我”）的内心自白似的叙述毫无怀疑。他是驻越南的英国记者，跟一位美国人、年轻的派尔交上了朋友。派尔有一种腼腆、羞涩的天真表情，处处流露着坦率和纯真。可是，小说一开始作者就让他死了，而且死得不明不白。读者循着傅勒的回叙进入两位主人公的内心深处，竟意外发现，年轻的好人派尔正是被处处以自我为中心的傅勒杀害的。如果事情的实质表明这种杀人行为是罪孽，倒也顺理成章。然而，正当读者在寻究傅勒的“卑劣”动机时，小说揭出了派尔的残忍和虚伪，原来傅勒这样做是为了伸张正义。读者的同情于是骤然逆转，也像傅勒一样，不愿看到派尔再活着了。这就是具有可逆性的悬念运动，它以隐秘的逻辑力量造成读者判断上的南辕北辙，取得奇峭的艺术效果。

悬念是一种有规律的运动。其规律既见于因果关系，也反映为矛盾冲突的方向和范围。综合上述多元因素，可以归纳出悬念的基本模式，如下所示：

A 因—果（顺时）——a 规定性

B 果—因（逆时）——b 不定性（包括可逆性）

经过整理，有这样四种程式：

Aa 顺时规定式

Ba 逆时规定式

Ab 顺时不定式

Bb 逆时不定式

这里提出的基本模式能够代表任何叙事作品的悬念处理方式。不过在实际作品中，多种程式穿插、交替的情况也很常见，可以看作一种复合手段。

一九八三年五月杭州九溪

（选自李庆西《文学的当代性》，人民文学出版社，1988 年）

【阅读思考】

1. 本文是从哪些方面阐述小说悬念的心理机制和基本模式的？

2. 以本文提出的悬念理论，试分析一部古典小说或一部现代影视剧的悬念艺术。

三、文献链接

（一）论　文

1. 钱穆：《中国民族之文字与文学》，《中国文学讲演集》，巴蜀书社，1987 年。

2. 闻一多：《诗的格律》，《闻一多全集》第 2 卷，湖北人民出版社，1994 年。

3. 钱谷融：《论“文学是人学”》，《钱谷融文论选》，上海文艺出版社，2009 年。

4. 周谷城：《艺术创作的历史地位》，《史学与美学》，上海人民出版社，1980 年。

5. 钱锺书：《通感》，《七缀集》，上海古籍出版社，1979 年。

6. 李泽厚：《略论艺术的种类》，《美学论集》，上海文艺出版社，1980 年。

7. 焦菊隐：《豹头、熊腰、凤尾》，《焦菊隐戏剧美学论集》，上海文艺出版社，1979 年。

8. 孙绍振：《新的美学原则在崛起》，《诗刊》，1981 年第 4 期。

9. 刘再复：《论人物性格的二重组合原理》，《文学评论》，1984 年第 3 期。

10. 杨绛：《事实——故事——真实》，《文学评论》，1986 年第 1 期。

11. 孟繁华：《怎样评价这个时代的文艺批评》，《文艺研究》，2008 年第 2 期。

12. 钱锺书等著：《1949—2009 文论选》，人民文学出版社，2009 年。

（二）论　著

1. 拉曼·塞尔登《文学批评理论——从柏拉图到现在》，北京大学出版社，2000 年。

2. 韦勒克、沃伦：《文学理论》，生活·读书·新知三联书店，1984 年。

3. 瓦·叶·哈利泽夫：《文学学导论》，北京大学出版社，2006 年。

4. 拉尔夫·科恩主编：《文学理论的未来》，中国社会科学出版社，1993 年。

5. 朱光潜：《诗论》，上海古籍出版社，2001 年。

6. 王元化：《文心雕龙创作论》，上海古籍出版社，1979 年。

7. 刘再复：《性格组合论》，上海文艺出版社，1986 年。

8. 姚一苇：《艺术的奥秘》，漓江出版社，1987 年。

9. 龙协涛编：《鉴赏文存》，人民文学出版社，1984 年。

10. 陶东风主编：《文学理论基本问题》，北京大学出版社，2004 年。

11. 汪正龙等编著：《文学理论研究导引》，南京大学出版社，2006 年。

12. 程正民、程凯：《中国现代文学理论知识体系的建构——文学理论教材与教学的历史沿革》，北京大学出版社，2005 年。

四、选题示例

1. 如何理解“文学的美”
——从梁实秋、朱光潜“文学的美”的论争谈起

2. 试论文学艺术的审美功能
——“兴、观、群、怨”的现代阐释

3. 试论艺术创作中传统与创新的关系
——从艾略特的《传统与个人才能》谈起

4. 试论文体惯例在创作、欣赏、批评中的意义
——以诗歌、小说或戏剧为例

5. 试论抒情意境的审美特征
——以“唐人绝句”为例

6. 试论典型人物的审美特征
——以“红楼人物”为例

7. 试论悲剧美感的特点与根源
——以《俄狄浦斯王》或《雷雨》为例

8. 艺术欣赏为什么会出现“明知其假而宁信其真”的现象
——从文学人物的“以假为真”谈起

9. 试论“诗无达诂”的文本根源
——从《锦瑟》的多义性谈起

10. 试论文艺批评家的任务与使命
——以一位批评家为中心的研究

第二章　中国古代文学批评研究

一、学科概述

20 世纪中国文化建设的成就是令人瞩目的。从 20 世纪初开始，由于西学东渐的影响，一些中国学者开始用新的眼光对中国传统学术进行总结和整理，并将这种研究上升到了一种新的理论形态，为一些学科的建立和发展乃至成熟奠定了坚实的基础。中国古代文学批评研究也深深地烙下了这一世纪的印痕，她为 20 世纪的学术研究增加了特殊的光彩。

（一）学科性质

1. 中国古代文学批评的学科属性

《文心雕龙·知音》曰："夫缀文者情动而辞发，观文者披文以入情。"这就是说"文学"包括创作和批评两个部分，而且各有特点。刘若愚在《中国文学理论》一书中曾就这两个部分的研究范畴做了如下区分：

一、文学的研究
　A. 文学史
　B. 文学批评
　　1. 理论批评（Theoretical criticism）
　　　a. 文学本体（Theories of literature）
　　　b. 文学分论（Literary theories）
　　2. 实际批评（Practical criticism）
　　　a. 诠释（Interpretation）
　　　b. 评价（Evaluation）
二、文学批评的研究
　A. 文学批评史
　B. 批评的批评

1. 批评的理论批评（Theoretical criticism of criticism）
   a. 批评本论（Theories of criticism）
   b. 批评分论（Critical theories）
2. 批评的实际批评（Practical criticism of criticism）
   a. 诠释（Interpretation）
   b. 评价（Evaluation）①

刘氏的区分稍嫌复杂，其实，以作品为对象的文学活动大体包括文学创作、文学批评和文学理论三项。人类的文学活动是先有文学创作，然后才有文学批评。对文学创作与文学批评进行综合研究，就形成了所谓的文学理论。

中国古代文学批评这一学科在称谓上并不统一。1927 年，这一学科的第一部系统著作问世时，称为《中国文学批评史》，以后这一称谓一直沿用至今。现在高等学校的课程设置、学位授予也多沿用这一称谓。但是，严格地说，这一称谓不能包括这一学科实际研究的全部对象。中国文学批评史只分析中国古代文学批评的发展与流变，总结中国古代文学批评的规律与特色，中国古代不属于文学批评的文学理论著作（如司空图的《二十四诗品》、叶燮的《原诗》以及大量不涉及批评的单篇文学理论论著），则不应包括在内。正是因为这一称谓存在名实不符的问题，所以郭绍虞在 1959 年修改出版他的旧著《中国文学批评史》时，就改名为《中国古典文学理论批评史》，既涉及理论，又关乎批评。这一称谓为不少学者所采用。例如，敏泽 1981 年出版的《中国文学理论批评史》，蔡钟翔等 1987 年出版的《中国文学理论史》，张少康等 1995 年出版的《中国文学理论批评发展史》等，都沿用了这一名称。另外，1979 年在云南昆明召开了这一学科的第一次学术会议，成立的学会也定名为“中国古代文学理论学会”，出版会刊《古代文学理论研究》。可见，这样的称谓是贴切的，它既包括了古代的文学理论，也包括了古代的文学批评，文学批评本身也是一种理论形态。学界有时候又把这一称谓简称为“古代文论”②。实际上，无论作为一种学术研究活动，还是作为一个学科门类，“中国文学批评史”都与“古代文论”或“古代文学理论”相通，基本上可以互换，是指研究中国古代文学观念、文学思潮和文学批评的一门学问。

2. 中国古代文学批评的民族特色

中国古代文学批评的产生、发展和民族特色的形成，是离不开中国古代的社会形态、中华民族的文化背景与思维方式，以及中国文学的特点及其演

① （美）刘若愚：《中国文学理论》，江苏教育出版社，2006 年，第 2 页。
② 参见罗宗强等编著：《古代文学理论研究概述》，天津教育出版社，1991 年，第 1 页。

变发展等诸因素的影响的。

由于社会的农业性和宗法性，中国古代文学批评追求人与自然的和谐一致，重视道德实践，强调文学的社会内容及其教化作用。先秦道家的天人合一、顺应自然、法天贵真的宇宙观和审美观正是其产物。中国古代大量的山水诗、田园诗所追求和表现的人与自然的交融冥合而获得的意境情味，在古代文学批评中占有重要地位的"比兴说"、"物感说"、"意境说"、"神韵说"等等，无不与此相关。又由于中国古代的农业生产与社会活动是以家庭、家族和血缘氏族为单位，社会也就具有宗法性。因此，自商周以来早已形成一套由儒家总结的、以忠孝为核心、旨在维系家庭氏族的道德伦理观念和行为规范。受此影响，中国古代文学批评偏重强调文学的社会道德内容，强调"温柔敦厚"、"怨而不怒"，悲剧意识薄弱，强调发挥"经夫妇，成孝敬，厚人伦，美教化，移风俗"（《诗大序》）的作用，把文学视为教化工具，鼓吹"文以载道"。

受中国古代传统感悟式直觉思维方式和辩证法思想因素的影响，中国古代文学批评的概念、范畴往往是抽象与具体、概括与体验的统一，其内涵既有确定性，也有多义性。它所运用的一系列对立统一的范畴、概念，一方面能够深刻揭示文学现象的规律，包含丰富的艺术辩证法思想，令人读来具体、亲切，富有美感，但另一方面，概念、范畴意义不够明确，分析归纳逻辑不够严密。

受中国古代文学传统的影响，中国古代文学批评偏重于比兴之义，发展为以意境说和教化说为两大支柱的文学批评体系。中国文学批评中的比兴之义，它所代表的艺术精神和艺术特征与西方是很不同的。这种不同主要表现在对待和处理心与物（审美主体与审美客体）的关系上。摹仿说重自然，在艺术创造过程中，以物为主，心服从于物。比兴之义则重想象，表现自然时，可不受身观限制，不拘守自然原型，而取其神髓，借以唤起读者或观众的想象，去补充那些笔墨之外的空白。中国自古以来诗学特别发达。早在先秦已形成"诗言志"的传统，并总结出其偏重抒情言志的特征。其后，又从诗歌的实践发展中总结出意境说，与西方偏重于叙事文学以典型说为核心的文学批评体系相互辉映①。正所谓："意境理论是我国在诗歌与绘画中概括出来的，西方典型理论是希腊、罗马以来在戏剧与小说中概括出来的。"（王季思语）"意境理论本质上是一种东方品味理论，典型理论本质上是一种西方造像理

① 参见郁沅、蒋凡主编：《中国古代文论教程·绪论》，中国书籍出版社，1994年。

论。”（张潇华提出）。

3. 研究中国古代文学批评的目的

首先，研究中国古代文学批评可以获得批评原理与文学原理，进而指导文学创作。罗根泽说：“我们研究文学批评的目的，就批评而言，固在了解批评者的批评，而尤在获得批评的原理；就文学而言，固在藉批评者的批评，以透视过去文学，而尤在获得批评原理与文学原理，以指导未来文学。”① 朱自清也说过同样的话：“文学批评史不止可以阐明过去，并且可以阐明现在，指引将来的路，这也增高了它的趣味与地位。”② 这就明确提出了研究中国古代文学批评是为了获得批评原理与文学原理，用以指导未来的文学创作的主张。

其次，研究中国古代文学批评可以丰富我们的文化素养，提高我们的鉴赏力。中国古代文学批评材料丰富、形态多样、灵动活泼、富有美感，所以研究中国古代文学批评不仅可以陶冶情操，使我们获得丰富的美感享受，而且还能够纠正欣赏趣味的狭隘性，健全我们的审美鉴赏力。方孝岳曾比喻说：“文学作品，好像是食料，文学批评，好像是消化的胃口。人的胃口往往各有偏嗜……至于偏得太过的，就成了病态的胃口了。所以有的人欢喜有刺激性的文章，有的欢喜愁苦怨叹的文章，有的欢喜离奇怪癖的文章，有的欢喜妖冶佚荡的文章。这些癖嗜，都不能说他们没有病态。……所以我们研究古今来各名家的文学批评，对于我们这些病态的欣赏力，或者不无小补。”③

再次，研究中国古代文学批评有助于整理和继承中国传统文化遗产，建立具有中国民族特色的马克思主义文艺理论。贺敬之曾强调：“为建立具有民族特色的马克思主义文艺理论体系，为促进我国社会主义文艺的民族化，我们要做许多工作，而其中十分重要的一项，就是加强中国古代文学理论的民族特色及马克思主义文艺理论民族化问题。”④ 中国古代至近代和从古希腊古罗马至近代欧洲的东西两大思想文化体系，都蕴含丰富的文学批评遗产。由于长期以来欧洲文化中心论的影响，以及我们自身研究的不足，多年来中国古代文学批评理论可谓“养在深闺人未识”，是一座有待深入开掘的理论宝库。因此，对它的进一步深入研究，也就成了弘扬中华民族优良文化传统，丰富世界文学批评宝库，和建设具有中国特色的现代形态文学批评体系的刻

---

① 罗根泽：《中国文学批评史》，上海书店出版社，2003 年，第 7 页。

② 朱自清：《诗文评的发展》，《朱自清全集》（第 3 卷），江苏教育出版社，1993 年，第 24 页。

③ 方孝岳：《中国文学批评》。《中国文学八论》，中国书店，1985 年，第 3 页。

④ 贺敬之：《加强中国古代文论的研究工作》，《光明日报》1983 年 11 月 1 日。

不容缓的任务。

（二）学科发展

大致从东汉王逸《楚辞章句序》针对班固《离骚序》的批评起，到刘勰对于“魏文述典，陈思序书，应瑒《文论》、陆机《文赋》、仲治《流别》、弘范《翰林》”等一一作出评判（《文心雕龙·序志》），再到上世纪初刘师培、黄侃等对《文心雕龙》作专门的研究，实际上已存在着一个以“诗文评”为主要批评、研究对象的历史过程①。但是，作为一门独立的学科，中国文学批评史是从 20 世纪 20 年代开始形成的。

中国文学批评史学科诞生于 20 世纪 20 年代，并在三四十年代和八九十年代形成二次研究的高潮期，而中间五六十年代则为研究的低潮期。这二次高潮和一次低潮的出现，有着深刻的社会文化背景，并与 20 世纪中国学术思潮的整体发展一脉相承。

1. 20 世纪 20—40 年代中国文学批评史研究

1927 年，陈钟凡的《中国文学批评史》作为“文学丛书”第一种由上海中华书局出版，这是中国人自己撰写的首部批评史著作，标志着中国文学批评史这门学科的诞生。

到三四十年代，中国文学批评史的研究终于迎来了第一个高潮，郭绍虞、方孝岳、罗根泽、朱东润等人的批评史专著纷纷出版。正是这些颇有分量的批评史著作的陆续出版，奠定了中国文学批评史学科的坚实基础，使之成为一门众所公认的独立学科。这当中贡献最大、影响最广的无疑是郭绍虞和他的《中国文学批评史》。

郭著《中国文学批评史》上卷（先秦至北宋），1934 年由商务印书馆出版；下卷（南宋至清中叶）分两册，1947 年出版，由于战争的原因，上下卷前后相隔了十三年。朱自清在 1934 年为郭著上卷所写的书评中说：“郭君这部书，虽然只是上卷，我们却知道他已费了七八年工夫，所得自然不同。他的书虽不是同类中的第一部，可还得算是开创之作；因为他的材料与方法都是自己的。”② 郭著在材料与方法上确有自己的特点，视其为“开创之作”是毫不为过的。

朱东润的《中国文学批评史大纲》1944 年由开明书店出版，这是由作者

① 黄霖：《文心雕龙汇评》，上海古籍出版社，2005 年，第 1 页。

② 朱自清：《评郭绍虞〈中国文学批评史〉上卷》，《朱自清全集》（第 8 卷），江苏教育出版社，1993 年，第 196 页。

30年代初在武汉大学讲授中国文学批评史的讲义稿修改而成，本来1937年秋即已排印，由于抗战爆发耽搁下来。尽管如此，“这还是第一部简要的中国文学批评全史，我们读来有滋味的”①。因为陈钟凡的批评史只有七万余字，严格地说来还算不上“史”，郭绍虞的批评史下册当时还没有出版，罗根泽的批评史则是一部没有全部完成的书，而方孝岳的著作又不以“史”名。这样一来，朱东润的讲义稿虽不是“详密的中国文学批评史”，却也自有其特殊的贡献和地位。

朱自清认为：“中国文学批评史的出现，却得等到五四运动以后，人们确求种种新意念新评价的时候。这时候人们对文学取了严肃的态度，因而对文学批评也取了郑重的态度，这就提高了在中国的文学批评——诗文评——的地位。”诗文评地位的提高，导致批评史著作的相继问世，由此形成了批评史研究的第一个高潮。而这个高潮的出现又是与时代的需要息息相关的。“因为我们正在开始一个新的批评时代，一个重新估定一切价值的时代，要重新估定一切价值，就得认识传统里的种种价值，以及种种评价的标准；于是乎研究中国文学的人有些就将兴趣和精力放在文学批评史上。”②

这一时期的中国文学批评史研究，从总体上看存在着这样几个特点：第一，研究者大多能自觉地运用科学的逻辑的分析方法。受时代风气的影响，本期批评史研究主要是借鉴西方近代以来的科学观念和方法，以分析性、逻辑性的语言来解读传统文学批评的术语、范畴，对其命题、理论内涵和结构体系作出新的解释，这就超越了传统的诗话、评点的研究模式，使本期批评史的研究具有了近代意识。第二，研究者一般都能自觉地强调史学意识。受传统史学“究天人之际，通古今之变”的“会通”思想的影响，本期批评史研究一般都能从整体着眼，对中国古代批评史作“原始要终”的考察，即把研究的对象放到历史发展的总体中进行全面的分析，从中寻出众多材料背后所蕴涵的规律。这不仅是一种治学方法，也体现了批评史研究者的视野、胸怀和理论深度。第三，研究者的批评史著作中基本渗透了时代精神。受五四新文化运动和文学革命的影响，研究者时常运用新的文学观念，以现代意识为参照对传统诗文评的价值进行重新评估。如陈钟凡运用现代意识对批评的意义和派别的解释，郭绍虞对真善美三分法以及纯文学和杂文学二分法的运用，罗根泽认为“文学作品在表达情感”而“哲学论文在表达思想”的观点，朱东润所谓盛唐以后诗论大都可分为“为艺术而艺术”和“为人生而艺

① 朱自清：《诗文评的发展》，《朱自清全集》（第3卷），江苏教育出版社，1993年，第31页。
② 朱自清：《诗文评的发展》，《朱自清全集》（第3卷），江苏教育出版社，1993年，第24页。

术”二派的提法等等，都是充满时代气息的新观念。

2. 50—60 年代中国文学批评史研究

新中国成立后，随着政权的更替，意识形态的转换，人们的认识也在发生巨大的变化。学习马克思主义，改造自己的世界观，以便跟上时代的步伐，成了知识分子的当务之急。批评史研究者与其他学科的研究者一样，在学习了马克思主义的辩证唯物主义和历史唯物主义以后，逐渐萌发出一种渴望、一种自觉，就是包括批评史在内的全部中国历史，都需要重新研究，重新审视。过去写成的批评史，也要按新的指导思想，新的认识，去重新改写，以消除错误思想的影响，适应新的形势需要。正是在这样的背景下，郭绍虞着手对其旧著进行改写。

1959 年以后，中苏关系走向破裂，双方论战由暗而明。在“反修”的旗帜下，文艺界也开始要求肃清苏联文艺学的影响，从理论上摆脱苏联模式。与此相呼应，周扬倡议建设有民族特色的马克思主义文艺学，强调要继承借鉴民族的文学遗产，以便在自己民族历史文化的基础上去吸收世界文化的精华。为此他还着手抓高校的教材建设，将“中国文学批评史”和“古代文论”教材的编写工作提上了议事日程。这样，文学批评史的研究又有了新的进展。

首先是 1962 年黄海章的《中国文学批评简史》由广东人民出版社出版。黄著篇幅不大，只有十五万余字，但从先秦诸子一直到近代王国维的文论思想，都作了简单叙述，是一部比较完整的“简史”。

复旦大学成立了以刘大杰为主编的《中国文学批评史》编写组，并于 1964 编写出版了《中国文学批评史》上册。该册包括先秦两汉、魏晋南北朝和隋唐五代三编，每编都有绪论，分别概述该编的主要内容，然后再分章节详加叙述。该书的编写力求运用马克思列宁主义的观点，说明中国文学批评史的发展过程和文学理论斗争的实际情况。

从 1955 年到 1964 年的十年时间里，批评史著作实际上只有一部改写本和一部半新作，而且问题还不少，因此这一时期是批评史研究的低潮期。

3. 80—90 年代中国文学批评史研究

粉碎“四人帮”以后，文艺从长期的窒息禁锢中解放出来，迎来了中国的“文艺复兴”。新时期的文学在反思中突进，文学理论批评也在解放思想、拨乱反正、肃清极“左”路线的影响中向前迈进。这样，新时期的文学批评史研究终于走出低谷，从 80 年代开始进入第二个高潮期，并且一直持续到 90 年代。新时期中国文学批评史研究繁荣的标志主要有以下几个方面：一是数量多，各种批评史著作多达二十余部；二是种类多，除了一般的全史以外，还有通史、断代史、分体史等；三是篇幅大，除少数几种为一卷本外，从二卷本、三卷本到五卷本、七卷本，篇幅越来越大；四是质量高，本期批评史著作除了材料掌握得比较全面以外，理论分析上也较前期有所深入；五是范围广，本期批评史研究还开拓了一些新领域，不仅近代批评史受到重视，还出现了现、当代的文学理论批评史研究著作。

1981 年，敏泽的两卷本《中国文学理论批评史》由人民文学出版社出版。原由刘大杰主编的《中国文学批评史》上册，也于 1979 年由上海古籍出版社出了新版。同时，实际由王运熙、顾易生负责主编的中、下册，也于 1981 年和 1985 年分别出版。以上两套批评史出版后，在社会上产生了广泛而持久的影响，几乎成了青年学子研习古代文论必读的参考书。

1987 年北京出版社出版了由蔡钟翔、黄保真、成复旺三人撰写的《中国文学理论史》。该书一共五卷，近二百万言，是到目前为止除通史类外规模最大的批评史著作。

80 年代后期不仅出现了多卷本的批评史著作，而且中国文学批评通史的编写工作也在紧锣密鼓地展开。复旦大学中文系中国文学批评史教研室以其雄厚的实力，组建了以王运熙、顾易生为主编的七卷本中国文学批评通史的写作班子，并于 1989 年由上海古籍出版社首先推出王运熙、杨明撰写的《魏晋南北朝文学批评史》。其余各卷则在 90 年代陆续出版，至 1996 年已全部出齐，它们是：顾易生、蒋凡撰写的《先秦两汉文学批评史》(1990)，王运熙、杨明撰写的《隋唐五代文学批评史》(1994)，顾易生、蒋凡、刘明今撰写的《宋金元文学批评史》(1996)，袁震宇、刘明今撰写的《明代文学批评史》(1991)，邬国平、王镇远撰写的《清代文学批评史》(1995)，黄霖撰写的《近代文学批评史》(1993)。这套批评通史以其大、全、精的特点，把中国文学批评史的研究推向了新的阶段。

90 年代中后期，张少康和蔡镇楚在充分吸收他人研究成果的基础上，又分别推出了篇幅适中、便于教学且内容、观点均达到世纪之交学术水平的批评史著作。张少康、刘三富的《中国文学理论批评发展史》(上、下) 1995 年由北京大学出版社出版，这是作者近四十年从事古代文论教学和研究的心得之作，在诸多方面取得了突破性成绩。蔡镇楚的《中国古代文学批评史》1999 年由岳麓书社出版，这恐怕要算世纪末最后一部批评史著作了。因为后出，所以能博采众家之长，但同时又不失自己的特点。

新时期的批评史研究呈现出多元开放、齐头并进的格局。除了全史、通史类的批评史著作外，还有断代批评史研究著作，如许结的《汉代文学思想史》、罗宗强的《隋唐五代文学思想史》。另外，本期断代史研究不仅包括古代和近代，还延伸到现代和当代。现代部分有王永生主编的《中国现代文学理论批评史》、温儒敏的《中国现代文学批评史教程》等；当代部分则有古远清的系列著作《中国大陆当代文学理论批评史》、《台湾当代文学理论批评史》和《香港当代文学批评史》，此外还有古继堂的《台湾新文学理论批评史》，而黄曼君主编的《中国近百年文学理论批评史》则囊括了现、当代部分。除了断代批评史研究著作外，还出现了不少分体批评史研究著作，如陈良运的《中国诗学批评史》、萧华荣的《中国诗学思想史》、方智范等的《中国词学批评史》、陈谦豫的《中国小说理论批评史》、谭帆等的《中国古典戏剧理论史》以及蔡镇楚的《中国诗话史》等。

新时期的批评史研究从整体上看，大致有这样几个特征：①从简到繁，由博返约。本期批评史著作开始只是一卷本、二卷本，最多也是三卷本，如周勋初、敏泽和王运熙、顾易生主编的批评史，后来从蔡钟翔等人的多卷本开始，批评史著作越写越长，终于出现了七卷本、八卷本的通史。这标志着批评史研究越来越具体、细致。然而，认识的深入并不一定要表现为篇幅的增加。90年代中后期，一些批评史研究者在深入挖掘的基础上，注重探索批评史发展的共性与规律。于是批评史著作开始由博返约、执简驭繁，重新出现了二卷本、一卷本，如张少康、蔡镇楚的批评史著作。而且这种势头正方兴未艾，如张少康在原二卷本的基础上又经压缩修订改写，完成了近40万字的一卷本《中国文学理论批评史教程》，而多卷本批评史的始作俑者之一蔡钟翔也正酝酿着一卷本《中国文学理论史》的写作。②充实材料，扩大范围。本期批评史研究者大多注意充实、更新研究材料，从文本材料到背景、身世材料，尽量搜罗齐备，致使篇幅越来越大。随着材料的增加，研究范围也在不断扩大，早期被忽视的近、现代批评史和小说、戏曲理论，本期也都得到了较为充分的研究。③变换角度，更新方法。本期批评史研究呈现出多角度、多层次的立体交叉特色，有的批评史以杂文学批评贯穿始终，有的批评史则从纯文学的角度切入，在具体论述过程中，一般都能做到宏观与微观结合、背景与材料互证。方法上也不再局限于前期的社会分析和阶级分析，而是注意从哲学、美学、心理学、文化学等多层面进行综合分析研究。④解放思想，重新估价。本期批评史研究随着改革开放的深入发展，原先的禁区被一一突破，一些原来被视为形式主义、反现实主义的文论家基本上都得到了重新审视，庄学、玄学和禅学对古代文论的影响也得到了充分的重视。总之，中国文学批评史研究在反思中前进，在前进中反思，终于迎来了新的曙光。

（三）研究范围

中国古代文学批评的研究范围十分广泛，虽然以集部的“诗文评”为主，然经、子、史中涉及论诗、论文的材料，都包括在研究范围之内。

杂文学的文学批评理论，一直是中国古代文学批评的主要研究对象。随着时间的发展，研究对象的范围也在逐渐发生变化。初期的研究只包括诗论、文论和词曲理论，后来又包括了小说理论。而且研究的领域也在扩大，既有分体文学理论的研究，又有总体的文学理论的研究。分体文学理论的研究中，由于中国文学史上诗歌和散文占有特殊的位置，因此诗歌理论和散文理论具有更大的分量；总体的文学理论的研究中，既有研究理论范畴和理论体系的，也有研究文学理论批评的发展规律的①。

中国古代文学批评的研究对象，最重要的当然是那些具有系统性的理论专著和专论，如曹丕的《典论·论文》、陆机的《文赋》、刘勰的《文心雕龙》、钟嵘的《诗品》、司空图的《二十四诗品》、严羽的《沧浪诗话》、叶燮的《原诗》等。但是，由于独特的社会形态和思想文化背景，中国古代文学批评像上述专书、专论，数量并不多，所以研究对象的范围还必须包括如下几种表现形态：

（1）散见于子书中的某些章节、片断的文论。如庄子的“言不尽意”说、孔子的“兴、观、群、怨”说、孟子的“以意逆志”和“知人论世”说等等。又如王充的《论衡》对汉赋和学术界华伪不实、因循守旧、于世无补的时弊的批判，葛洪的《抱朴子》强调文章必须有益教化、文章与德行并重、文章今胜于古的思想。

（2）文人之间来往的书信和各种文集的序跋。如唐代陈子昂的《与东方左史虬修竹篇序》，不仅吹响了唐代诗文革新运动的号角，而且提出了“风骨”、“兴寄”两大诗歌创作原则。韩愈、柳宗元的古文运动的理论，也主要是体现于他们给朋友、门生和互相之间的书信之中，《答李翊书》（韩愈）和《答韦中立论师道书》（柳宗元）就是韩、柳阐述其古文理论的代表作。白居易的《与元九书》是作者被贬为江州司马时，写给他的好友元稹的“粗论歌诗大端”的论诗书信，信中作者提出了“文章合为时而著，歌诗合为事而作”等一系列创作原则，成为新乐府运动的纲领性文献。而萧统的《文选序》不

① 参见罗宗强等编著：《古代文学理论研究概述》，天津教育出版社，1991年，第3页。

但指出了文学由质朴走向华丽的发展趋势，而且提出“事出于沈思，义归于翰藻”的选文标准。殷璠的《河岳英灵集序》则在对大量作品进行博览精阅的基础上，总结了唐代诗歌经过长期实践努力，终于达到了“既闲新声，复晓古体，文质半取，风骚两挟”。黄庭坚的《山谷题跋》则在不少地方透露了中国古代诗文论坛由重在文道、文质的命题、范畴，逐渐转向法度技巧的探索、重视形式创新的信息和转机，等等。

（3）笔记体的诗话、词话。中国古代有许多笔记体的诗话、词话，数量众多，卷帙浩繁，仅以诗话为名者即有数百种，是一笔丰富的诗歌理论遗产。它们多用随谈录的方式，自由灵活，不拘一格。宋人诗话大多是以资闲谈的，但也出现了《岁寒堂诗话》（张戒）和《沧浪诗话》（严羽）等针砭时弊、理论性较强的著作。明清不少诗话都是有明确的诗论宗旨的。如明王世贞《艺苑卮言》标举汉魏盛唐，提出“格调说”；清王士祯《渔洋诗话》提倡“神韵说”；翁方纲《石洲诗话》倡“肌理说”。到了近代，更有王国维在继承传统诗学的基础上，融入西方审美理论而提出的“境界说”，等等。至于词话，早在北宋已有晁补之、李清照论词之作，南宋、元、明亦时而有之，至清而极盛。唐圭璋《词话丛编》共收60多种，其中清代占去40多种。

（4）小说（含戏剧）评点。评点是中国古代文学批评的一种重要形式，它发端于诗文、盛行于小说戏曲领域，这是中国古代富有民族特性的文学批评体式，在古代文学史、文学批评史、文学传播史上都产生了深远的影响。评点，包括对小说、戏剧的眉批、夹批、总评以及各种墨色、符号的“圈点”，最早运用的是南宋末年的刘辰翁。他曾对《老子》、《庄子》、《世说新语》及多家文集进行评点，并在评点中提出了一些关于人物塑造、语言运用的精辟见解。这一形式到了明代中叶为李贽、叶昼等继承和发展，至明末清初的金圣叹达到了高峰。其后毛宗岗的《三国演义》评点、张竹坡的《金瓶梅》评点以及脂砚斋的《红楼梦》评点，均取得了重大成就，并与金圣叹的《水浒传》评点一起称为中国古典小说四大评点①。

（四）研究方法

“通常所谓的理论‘方法’，至少包括这样两层涵义：一是指理论研究的工作方法，如考证方法、赏析方法、评论方法以至于社会学方法、心理学方法、语言学方法、自然科学方法等；另一是指研究工作者的思维方式，亦即

① 参见郁沅、蒋凡主编：《中国古代文论教程·绪论》，中国书籍出版社，1994年。

思想方法，如辩证方法、形而上学方法等。前者体现人们从不同角度、不同层次上去探究和把握文艺现象的趋向，它更多地与文艺本身的特性相关合；后者则构成认识主体对于客观世界总体的反映模式，从而更直接地与研究者的世界观相联系。"① 就理论研究的工作方法而言，每个学科都有各自的特殊方法论，但也有一些共通的方法。下面拟就综合研究的方法、比较研究的方法和历史与逻辑相统一的方法做一点说明。

1. 综合研究的方法

这里说的综合研究的方法主要是指文史哲结合的方法。理论研究的工作方法是与研究对象的特点相联系的，中国古代有文史哲不分的学术传统，特别是先秦诸子的文学批评思想基本上包含在他们的学术思想里，是和哲学、历史、政治、伦理杂糅在一起的。而他们的有些观点虽不是直接论述文学的问题，却涉及文艺的思维方式、批评方法和政治的或哲学的思想基础。如庄子的"言不尽意"说就涉及文学反映现实的思维方式；孔子的"反苛政"、主张"仁者爱人"，孟子的"民贵君轻"的民本思想，就成为我国古代关注现实人生的创作和理论的政治思想基础。这就要求我们对中国古代文学批评的研究要采用文史哲结合的综合研究方法。

王元化在《文心雕龙创作论·第二版跋》中说："我想在《文心雕龙》的研究方面作些新的尝试。我首先想到的是三个结合，即古今结合、中外结合、文史哲结合。尤其是最后一个结合，我觉得不仅对我国古代文论的研究，就是对于更广阔的文艺理论研究也是很重要的。我国古代文史哲不分，后来分为独立的学科，这在当时有其积极意义，可说是一大进步，但是今天在我们这里往往由于分工过细，使各个有关学科彼此隔绝开来，形成完全孤立的状态，从而和国外强调各种边缘科学的跨界研究的趋势恰成对照。我认为，这种在科研方法上的保守状态是使我们的文艺理论在各个方面都陷于停滞、难以有所突破的主要原因之一。"② 正是采用了三个结合的方法，特别是文史哲结合的综合研究方法，使得王元化的《文心雕龙创作论》在"龙学"研究上取得了多方面的突破，并给中国古代文学批评乃至整个文艺理论研究以深刻的启迪。

2. 比较研究的方法

王元化所谓的"古今结合"、"中外结合"，亦即比较研究的方法或对比研究的方法。他在《〈文心雕龙〉创作论八说释义小引》中说："我国古代文

---

① 陈伯海：《文艺方法论讨论中的一点思考》，《上海文学》，1985 年第 9 期。

② 王元化：《文心雕龙创作论》，上海古籍出版社，1984 年，第 311 页。

论具有自成系统的民族特色，忽视这种特殊性，用今天现有的文艺理论去任意比附，就会造成生搬硬套的后果。……但是，另一方面，如果把刘勰的创作论仅仅拘囿在我国传统文论的范围内，而不以今天更发展了的文艺理论对它进行剖析，从中探讨中外相通、带有最根本最普遍意义的艺术规律和艺术方法（如：自然美与艺术美关系、审美主客关系、形式与内容关系、整体与部分关系、艺术的创作过程、艺术的构思和想象、艺术的风格、形象性、典型性等），那么不仅会削弱研究的现实意义，而且也不可能把《文心雕龙》创作论的内容实质真正揭示出来。正如马克思在《政治经济学批判导言》中所说的：‘人体解剖对猴体解剖是一把钥匙。低等动物身上表露的高等动物的征兆，反而只有在高等动物本身已被认识之后才能理解。因此，资产阶级经济为古代经济提供了钥匙。’按照这一方法，我们除了把《文心雕龙》创作论去和我国传统文论进行比较和考辨外，还需要把它去和后来更发展了的文艺理论进行比较和考辨。这种比较和考辨不可免地也包括了外国文艺理论在内。”① 简单地说，我们的中国古代文学批评研究，需要把古与今和中与外结合起来，进行比较对照，分辨同异，进而找出在文学发展史上带有规律性的东西，这样才能达到研究的目的。

中国古代文学批评在长期的发展过程中形成了许多概念和范畴，如文气、韵味、风骨、意境、格调、神韵、风雅、比兴、阳刚、阴柔等等。这些概念和范畴包含着丰富的内容，但是如果我们不把它们与今天的文艺理论的概念和范畴联系起来，不用现代语言对它们进行科学的阐释，就很难理解、把握它们，更谈不上古为今用了。同时，中国古代文学批评是在特殊的历史条件下产生的，它有自己的特点和特殊的发展规律。为了研究它的特点和规律，我们有必要把它和外国的文艺理论相比较，以见出我国古代文学批评的特点和贡献。例如，中国古代文学批评中特别发展的“表情”说、“意境”论、“传神”论，是同中国古代的抒情艺术特别发达有关。西方文艺理论中特别发展的“模仿”说、“典型”论、“逼真”说，则是古希腊土壤上特别发达的造型艺术（如雕塑）和叙事作品（史诗、悲剧等）的理论概括。在不同土壤上生长出来的文论，同中有异，异中有同，互有优势，各有千秋。我们应该对中外文艺批评理论作比较研究，取长补短，建立有中国特色的现代文学批评理论②。

3. 历史与逻辑相统一的方法

① 王元化：《文心雕龙创作论》，上海古籍出版社，1984 年，第 95—96 页。

② 参见胡经之：《中国美学史方法论略谈》，《北京大学学报》，1980 年第 6 期。

恩格斯说："历史从哪里开始，思想进程也应当从哪里开始，而思想进程的进一步发展不过是历史过程在抽象的、理论上前后一贯的形式上的反映；这种反映是经过修正的，然而是按照现实的历史过程本身的规律修正的。"①这段话揭示了历史与逻辑的一致性。历史是指客观事物本身的发展过程，逻辑是指用概念、范畴对历史的概括，二者是辩证统一的关系。

历史与逻辑相统一的方法应该成为中国古代文学批评研究的基本方法。历史是逻辑的基础，逻辑是对历史的概括，逻辑的东西必须符合历史的东西。但是，逻辑又是对客观事物的本质及其规律的概括，它是通过概念、范畴、理论体系等逻辑的东西，揭示和把握历史的东西，也就是抓住事物发展过程中的主要的、本质的、规律的东西。一些中国文学批评史著作，就是运用历史与逻辑相统一的方法进行研究的。这些著作努力探索中国古代文学批评的发展规律，并尽可能把文学批评与其他社会思想背景联系起来，揭示其独特的本质。例如郭绍虞的《中国文学批评史》就是这样的著作。

要在研究中贯彻历史与逻辑相统一的方法，就要像马克思说的那样："研究必须充分地占有材料，分析它的各种发展形式，探寻这些形式的内在联系。只有这项工作完成以后，现实的运动才能适当地叙述出来。这点一旦做到，材料的生命一旦观念地反映出来，呈现在我们面前的就好像是一个先验的结构了。"②

资料的搜集和积累是学科建设的基础，在中国文学批评史这门学科的草创时期，史料的搜集与整理显得尤为重要，也格外困难。而第一个大规模搜集材料来写中国文学批评史的人，正是郭绍虞。早在 20 世纪 20 年代，郭绍虞就开始广泛搜罗各方面的材料。他搜集材料的一个特点是扩大了取材范围，除了传统的诗文评外，他还注意从史书的文苑传或文学传序以及笔记小说、论诗等中剔抉爬梳，提要勾玄。这就使郭著在材料的掌握上大大超越了前人。他搜集材料的另一个特点是：在整理、考订材料时尽量贴近古人，做到根柢无易其固；同时在分析、解释时又不失个人的见解，力求裁断必出于己。但在具体的材料辨析过程中，他又总是本着由考订而史述、由史述而论断的原则，以小见大，从现象观本质。在方法上，郭著的一个显著特点是注重从思想背景方面分析文学理论问题。他认为："文学批评又常与学术思想发生相互

---

① 恩格斯：《卡尔·马克思〈政治经济学批判〉》，《马克思恩格斯选集》第 2 卷，人民出版社，1995 年，第 43 页。

② 马克思：《〈资本论〉第一卷第二版跋》，《马克思恩格斯选集》第 2 卷，人民出版社，1995 年，第 111 页。

联带的关系，因此中国的文学批评，即在陈陈相因的老生常谈中也足以看出其社会思想的背景。"[①] 以这个方法为基础，他建立起全书的系统来。具体而言，郭著对中国文学批评史的分期以及全书的体例安排，都是与这一方法联系在一起的。体例方面，郭著主要是"以问题为纲"，因为这样编写容易旁及其他学科，并与思想史联系起来。如周秦部分述及孔孟墨庄荀诸子，注重从各派思想学术的特色入手；北宋文论一章时刻不忘与道学（理学）之瓜葛，开篇即论"统的观念"，且为道学家单列一节；明代以理学与心学之并峙交替为贯穿线索，论宋濂则引《宋元学案》以述其与朱子学说之渊源，叙陈献章薛瑄之诗风诗论则先指明其学术上潜在的"师心"倾向；对清人袁枚的性灵说，又揭示其与颜（元）、李（塨）学派之因缘，等等[②]。分期方面，郭著赖以划分批评史发展阶段的根本依据是文学观念的演变，而每一次文学观念的演变都蕴涵着一定的思想背景。作者说："大抵由于中国的文学批评而言，详言之，可以分为三个时期：一是文学观念演进期，一是文学观念复古期，一是文学批评完成期。"[③] 这样的划分着眼于文学与学术的分合，强调了从文学的自觉到批评的自觉的发展历程，即文学观念正—反—合的历史发展过程。

二、论文精读

中国文学批评史上文与道的问题

郭绍虞

【引言】

文与道的关系问题是中国古代文学批评中最核心的问题，正如郭绍虞所说："在中国全部文学批评史上彻头彻尾，都不外文与道的关系之讨论。"但是，由于各自观点立场不同，各家宗旨趣味互异，"同样的文道论中，自有其性质上的分别与程度上的差异"。本文就此"分别"与"差异"展开分析，立论高远，视野开阔，取精用弘，指示关节，通过审慎考辨，彰明学术源流，可谓以朴学立根基，以玄学致广大，新谊创见，层出不穷。

全文共分五节。第一节辨析文道论中，唐人主文以贯道，宋人主文以载道；贯道是道必藉文而显，载道是文须因道而成；贯道说成为古文家的文论，

① 郭绍虞：《中国文学批评史》（上卷），百花文艺出版社，1999 年，第 4 页。
② 王瑶主编：《中国文学研究现代化进程》，北京大学出版社，1996 年，第 339 页。
③ 郭绍虞：《中国文学批评史》（上卷），百花文艺出版社，1999 年，第 4 页。

载道说则成为道学家的文论。由此不仅可见唐人与宋人文学观之不同，亦可见古文家与道学家论点之互异。第二节指出北宋为贯道说与载道说之主张最明而纠纷最甚之时，文统与道统之建立，贯道说与载道说之完成，均在北宋时期，北宋的古文家与道学家由此演绎了中国文学批评史上最为精彩的一幕。第三节先点明三苏为北宋古文家文论的代表，三苏中又以苏轼为中心；继则着重论述欧阳修、曾巩论道局于儒，近于道学家；王安石论文偏于用，近于政治家。第四节分析三苏论文与欧阳、曾、王的不同点，即在其对文学之态度：三苏文论乃就文论文，只从风格上衡量文的价值，而不过于牵涉道的问题；欧阳、曾、王论文则不惟好其辞，亦好其道（或好其用），而道学家志于古者，更是只好其道而不好其辞，再进一步，遂有作文害道之说。最后一节详细论证了苏轼之所谓道与道学家不同，其性质盖通于艺，实则是“莫之求而自至”的天地万物自然之道，是“辞至于能达则文不可胜用”的行文之道。道的这一内涵乃出于苏洵，苏轼与苏辙本之以作文、论文，而又各有所得、各有所成——苏轼长于理，故论文妙处近于神；苏辙长于气，故论文精处重在气。

一

“中国文学批评中的主要问题，不是乌烟瘴气闹什么‘文以载道’的说法，便是玄之又玄玩一些论神论气的把戏。”

这是我在《中国文学批评史上之神气说》一文中所说的话。这二种问题，实是中国文学批评史上最重要的问题：由文的内容言，总不离一道字；由文的风格意境言，又总不外神与气。关于神与气之说，已曾论过；本文所述则专就文学批评中之“道”的问题言之。

粗粗看来，从前一般人的文学观似乎都以道为中心，在中国全部文学批评史上彻头彻尾，都不外文与道的关系之讨论。但是细细察去，则知同样的文道论中，自有其性质上的分别与程度上的差异。

我曾说过：“唐人主文以贯道，宋人主文以载道；……贯道是道必藉文而显，载道是文须因道而成：轻重之间，区别显然。”（《文学观念与其含义之变迁》）这即是所谓程度上的差异。后来贯道说成为古文家的文论，而载道说则成为道学家的文论，所以这不仅是唐人和宋人文学观之不同，实也是古文家与道学家论点之互异。盖所谓贯道与载道云者，由一方面言，由贯与载的分量上言，固似乎只是程度上轻重的分别；但在另一方面言，道何以能贯，道又何以能载，贯应有可贯之点，载也应有能载之理，则知所贯者与所载者其意义不尽相同，而更有性质上的分别了。朱子说得好："这文皆是从道中流出，岂有文反能贯道之理！文是文，道是道，文只如吃饭时下饭耳，若以文贯道，却是把本为末。以末为本，可乎?"（《朱子语类》）这段话便说明贯道与载道的分别。不过他所说的只能使吾人明了贯道说与载道说之异，却不能使吾人信仰他的话，因为他犹不足以折服贯道说的主张。盖朱子所言，是先戴上了载道的眼镜，所以说以文贯道是把本为末，若使吾人以贯道说为立脚点而言，则正未见其有先后本末之分。吾人须知文学批评中之道的观念，其大部分固是受儒家思想之影响；实则道的含义至不一致，有儒家所言之道，也有释老所言之道，各人道其所道，故昔人之文学观，其于道的问题，虽以儒家思想为中心，而也未尝不受释老言道之影响。此则所谓性质上的分别。

在此贯道说与载道说之主张最明而纠纷最甚的一幕，即在于北宋的古文家与道学家。后世文人欲"学行继程、朱之后，文章在韩、欧之间"（方苞语），欲合义理考据词章而为一（姚鼐说），于是壁垒不复森严而此种分别遂不复明显了。所以本文所论，又只重在北宋的古文家与道学家之文论。

二

北宋文论之于道德问题何以能如此壁垒森严，而成为文学批评史上最有精彩的一幕呢？则以（一）文统与道统之建立，（二）贯道说与载道说之完成。

宋人风气好立门户以为党争，所以即于文论之纷歧亦俨有党派的色彩。当时有洛、蜀二党互相攻讦，洛党以程颐为首，蜀党奉苏轼为魁，而洛党正可为道学家的代表，蜀党亦正可为古文家的代表。盖在于此时，道学家建立他们的道统而古文家亦建立他们的文统。道统之说，人所习知，实则北宋古文家的心目中似乎都有一个文统的观念。欧阳修《苏氏文集序》云："自古治时少而乱时多；幸时治矣，文章或不能纯粹，或迟久而不相及，何其难之若是欤！岂非难得其人欤?"曾巩与《王介甫第三书》云："是道也，过千载以来，至于吾徒，其智始能及之，欲相与守之，然今天下同志者，不过三数人尔。"这些话皆有文坛寂寞之感，皆有欲人主盟文坛，而隐隐又以斯文自任之意。此意在苏氏父子说得更明显。苏洵上《欧阳内翰第二书》云：

自孔子没百有余年而孟子生。孟子之后数十年而至荀卿子。荀卿子后乃稍阔远，二百余年而扬雄称于世，扬雄之死不得其继，千有余年而

> 后属之韩愈氏。韩愈氏没三百年矣，不知天下之将谁与也。

下文再有“洵一穷布衣，于四子者之文章，不敢冀其万一”云云，则可知其所言，是专指文统言者。李廌《师友谈记》中也有一则记东坡谈话云：

> 东坡尝言文章之任，亦在名世之士相与主盟，则其道不坠。方今太平之盛，文士辈出，要使一时之文有所宗主。昔欧阳文忠常以是任付与某，故不敢不勉。异时文章盟主，责在诸君，亦如文忠之付授也。

此又述当时之传授，也俨有“吾道南矣”的口吻。在此节中，所谓“异时文章盟主，责在诸君”云云，或不免李廌伪托东坡之言以自重，但所谓“欧阳文忠常以是任付与某”，则欧阳修固早已说过：“当放此人出一头地”，又曾说过：“更数十年后，世无有诵吾文者。”则知北宋古文家文统的观念，固不仅在继往，而也重在开来，正与道学家的道统说同一面目了。《孟子·尽心篇》谓由尧舜至于汤，由汤至于文王，由文王至于孔子，由孔子而来至于今云云，这已是道统说之滥觞；《论衡·超奇篇》云：“孔子曰：‘文王既没，文不在兹乎？’文王之文在孔子，孔子之文在仲舒，仲舒既死岂在长生（周）之徒与？”这又是文统说之滥觞。但宋人文统道统之说，其渊源似不出于此，其关键盖全在于韩愈。韩愈《原道》篇云：“尧以是传之舜，舜以是传之禹，禹以是传之汤，汤以是传之文、武、周公，文、武、周公传之孔子，孔子传之孟轲，孟轲之死不得其传焉。”这固是道统说之所本，而也是文统说之所出。盖韩公一生，学道好文，二者兼营（曾国藩《求阙斋读书录》语），所以斯文斯道一脉之传，便全集在韩愈身上。后来宋代的古文家与道学家则各得其一端，而复建立文统与道统以相互角胜，此所以壁垒森严，而各不相下也。

不仅如此，韩愈论文虽亦重在明道，但是他所谓道（一）泥于儒家之说，（二）即于儒家之道，亦仅得其粗迹而未阐其精义。所以他于学道好文二者兼营之结果，在道学家看来，不免讥之为倒学，（《二程遗书》卷十八：“退之晚年为文，所得处甚多。学本是修德，有德然后有言。退之却倒学了，因学文日求所未至，遂有所得。”）而在古文家说来也不免觉得儒家所言之道无当于行文，遂转变其所谓道的含义了。盖在韩愈以前，其阐明文与道的关系者有两种主张：其一则偏主于道者，如荀卿、扬雄便是。荀之言曰：“凡言不合先王，不顺礼义，谓之奸言。”（《非相篇》）扬之言曰：“委大圣而好乎诸子者，恶睹其识道也。”（《法言·吾子篇》）又云：“或问：‘君子言则成文，动则成德，何以也？’曰：‘以其弸中而彪外也。’”（《君子篇》）这些话都是偏重在道的方面，而所谓道又是只局于儒家之说者。其又一，则较偏于文，如刘勰便是。《文心雕龙·原道篇》云：“文之为德也大矣，与天地并生者何哉！夫玄黄色杂，方圆体分，日月叠璧，以垂丽天之象，山川焕绮，以铺理地之形，此盖道之文也。”又云：“故知道沿圣以垂文，圣因文而明道，旁通而无滞，日用而不匮。《易》曰：‘鼓天下之动者存乎辞。’辞之所以能鼓天下者，乃道之文也。”这些话又较重在文的方面，而所谓道又似不囿于儒家之见者。（黄季刚先生《文心雕龙札记》解此篇最妙，其言云：“物理无穷，非言不显，非文不传，故所传之道即万物之情也。”又云：“《序志篇》云：‘文心之作也本乎道。’案彦和之意，以为文章本由自然而生，故篇中数言自然。一则曰：‘心生而言立，言立而文明，自然之道也。’再则曰：‘夫岂外饰盖自然耳。’三则曰：‘谁其尸之亦神理而已。’寻绎其旨甚为平易。盖人有思想即有言语，既有言语即有文章。言语以表思心，文章以代言语，惟圣人为能尽文之妙。所谓道者如此而已。此与后世言‘文以载道’截然不同。”）论文而局于儒家之道，以为非此不可作，所以可以云“载”。论文而不囿于儒家之道，则所谓道者，“万物之所然也，万理之所稽也”，“圣人得之以成文章”（并《韩非子·解老篇》语）。此所以文与天地并生，而亦可以云“贯”。朱子局于儒家所言之道，所以说“岂有文反能贯道之理”。实则假使以所传之道为万物之情，则知所谓贯道云者，正即刘勰所言“心生而言立，言立而文明，自然之道也”。是故言文以明道，则可以包括贯道载道二者：言载道，则只成为道学家的文论；言贯道，也只成为古文家的文论。只可惜贯道之说虽始于唐人（李汉《韩昌黎文集序》云：“文者贯道之器也。”），而唐人之论道，总是泥于儒家之说，所以觉得模糊影响，似乎只以道为幌子，而不能与文打成一橛。至于苏轼，则在道学家看来，本以异端视之者，故其于文与道的观念，转很受庄与释的影响，于是文与道遂相得益彰，不复是离之则双美了。此所以载道说固始于北宋，而贯道说亦完成于北宋。载道说与贯道说同时建立而完成，此又所以壁垒森严而各不相下也。

不过，北宋之所谓古文家，亦多矣；然真能为当时古文家文论确立明显之主张者，则在于三苏。三苏之中，尤其以苏轼为中心。至于此外一般古文家，其见地都未能到此。早一些的，如柳开与穆修。柳开《应责》云：“古文者，非在辞涩言苦，使人难读诵之，在于古其理，高其意，随言短长，应变作制，同古人之行事，是谓古文也。”穆修《答乔适书》云：“学乎古者，所以为道，学乎今者，所以为名。”这些都是模糊影响之谈。其后欧阳修、曾巩、王安石则进乎此矣。然而欧、曾所言，论道而局于儒；王安石所言又论文而偏于用；都不是像三苏这样就文以论文者。

三

论道而局于儒，故欧、曾之论文转与道学家为近。欧阳修《答吴充秀才书》云：“夫学者，未始不为道，而至者鲜焉。非道之于人远也，学者有所溺焉尔。盖文之为言，难工而可喜，易悦而自足。世之学者，往往溺之，一有工焉，则曰：‘吾学足矣。’甚者至弃百事不关于心，曰：‘吾文士也，职于文而已。’此其所以至之鲜也。”又《送徐无党南归序》云：“今之学者，莫不慕古圣贤之不朽，而勤一世以尽心于文字间者，皆可悲也。”这些话俨然是道学家所谓玩物丧志的意思。其《答吴充秀才书》又谓：“圣人之文虽不可及，然大抵道胜者，文不难而自至也，……后之惑者，徒见前世之文传，以为学者文而已，故愈力愈勤而愈不至。”则又近于道学家所常称引的“有德者必有言”了。我们如果欲说明欧、曾所言文与道的关系与道学家不同之处，至多只能说：道学家于道是视为终身的学问，古文家于道只作为一时的工夫。视为终身的学问，故重道而轻文；作为一时的工夫，故充道以为文。盖前者是道学家之修养，而后者只是文人之修养。易言之，即是道学家以文为工具，而古文家则以道为手段而已。欧阳修《与乐秀才第一书》云：

古人之于学也，讲之深而信之笃。其充于中者足，而后发乎外者大以光。……今之学者或不然：不务深讲而笃信之徒，巧其词以为华，张其言以为大。夫强为则用力艰，用力艰则有限，有限则易竭；又其为辞，不规模于前人，则必屈曲变态，以随时俗之所好，鲜克自立。此其充于中者不足，而莫自知其所守也。（其《答祖择之书》亦云：“学者当师经，师经必先求其意，意得则心定，心定则道纯，道纯则充于中者实，中充实则发为文者辉光。”）

曾巩《南齐书目录序》云：

将以是非得失，兴坏理乱之故，而为法戒，则必得其所托，而后能传于久，此史之所以作也。然而所托不得其人，则或失其意，或乱其实，或析理之不通，或设辞之不善，故虽有殊功韪德非常之迹，将暗而不章，郁而不发，而梼杌嵬琐，奸回凶慝之形，可幸而掩也。尝试论之：古之所谓良史者，其明必足以周万事之理，其道必足以适天下之用，其智必足以通难知之意，其文必足以发难显之情，然后其任可得而称也。

下文再举二例：一是称其任者，以为二典所载，不独是唐虞治天下之迹，并与其深微之意而传之；一是不称其任者，以为司马迁虽是隽伟拔出之材，而其书蔽害天下之圣法，颇多是非颠倒，采摭谬乱之处，则由于圣贤之高致，迁固有不能达其情而见之于后者。这样说来，所以古文家之于道：不过是使充实于中有以卓然自立，不随时俗之所好；不过是重在明圣贤之高致而达其情，而传其深微之意：至其归宿所在则固重在发为文者辉光，固重在发难显之情，此所以仅仅以道为手段也。

论文而偏于用，故王安石之所言又转与当时政治家为近。政治家之文学观，其论旨本与道学家相似，惟以政治家之所谓道，是要见之于事功，不重在体之于身心，是要验之于当今，不重在修之于一己，所以政治家的主张，不过是道学家之重在致用者而已。王安石《与祖择之书》云：

治教政令，圣人之所谓文也，书之策，引而被之天下之民，一也。圣人之于道也，盖心得之；作而为治教政令也，则有本末先后，权势制义，而一之于极。其书之策也，则道其然而已矣。彼陋者不然，一适焉，一否焉，非流焉则泥，非过焉则不至。甚者置其本，求之末，当后者反先之，无一焉不悖于极。彼其于道也，非心得之也；其书之策也，独能不悖耶？故书之策而善，引而被之天下之民，反不善焉，无矣。二帝、三王，引而被之天下之民而善者也；孔子、孟子，书之策而善者也；皆圣人也，易地则皆然。

他以治教政令为文，正如司马光所谓："古之所谓文者，乃礼乐之文，升降进退之容，弦歌雅颂之声，非今之所谓文也。"（见其《答孔文仲司户书》。又李觏《上李舍人书》亦云："贤人之业，莫先乎文，文者岂徒笔札章句而已，诚治物之器焉。"与此意同，大抵政治家之论文，殆无不主此说者。）因此，故其论文又不主修辞，与古文家异趣。王氏《上人书》云：

尝谓文者，礼教治政云尔！其书诸策而传之人，大体归然而已；而曰"言之不文，行之不远"云者，徒谓辞之不可以已也，非圣人作文之本意也。……且所谓文者，务为有补于世而已矣。所谓辞者，犹器之有

> 刻镂绘画也；诚使巧且华，不必适用；诚使适用，亦不必巧且华。要之，以适用为本，以刻镂绘画为之容而已。不适用，非所以为器也；不为之容，其亦若是乎否也！然容亦未可以已也，勿先之其可也。

这又与司马光所谓“今之所谓文者，古之辞也。孔子曰：‘辞达而已矣’，明其足以通意斯止矣，无事于华藻弘辩也”云云相同（《答孔文仲司户书》）。盖他以为韩、柳虽尝语人以文，只是语人以辞，并不曾论作文之本意。（王氏《上人书》云：“韩子尝语人以文矣，曰云云，子厚亦曰云云。疑二子者徒语人以其辞耳，作文之本意，不如是其已也。孟子曰：‘君子欲其自得之也。自得之，则居之安；居之安，则资之深；资之深，则取诸左右逢其原。’孟子独谓之云尔，非直施于文而已，然亦可托以为作文之本意。”）古文家之论文，本只须语人以辞足矣；道学家与政治家则更要论作文之本意。欧、曾所论，近于道学家，王氏所论近于政治家，此所以足为古文家文论之代表者，惟在三苏也。

四

三苏论文，何以与欧阳、曾、王诸人不同呢？盖其不同之点，即在其对文学之态度。苏洵《上欧阳内翰第一书》自述其学文经历谓：

> 洵少年不学，生二十五岁，始知读书，从士君子游；年既已晚，而又不遂刻意厉行，以古人自期，而视与己同列者，皆不胜己，则遂以为可矣。其后困益甚，然后取古人之文而读之，始觉其出言用意与己大别。时复内顾，自思其才，则又似夫不遂止于是而已者。由是尽烧曩时所为文数百篇，取《论语》、《孟子》、《韩子》及其他圣人贤人之文，而兀然端坐终日以读之者七八年矣。方其始也，入其中而惶然，博观于其外而骇然以惊；及其久也，读之益精，而其胸中豁然以明，若人之言固当然者：然犹未敢自出其言也。时既久，胸中之言日益多，不能自制，试出而书之。已而再三读之，浑浑乎觉其来之易矣，然犹未敢以为是也。

此便与柳、穆、欧、曾诸人所持之态度不同。柳、穆、欧、曾诸人其所以学古人之文者乃所以求其道；即使于道无所得，表面上总不敢像苏洵这样大胆地宣言为文而学文。盖自韩愈说过：“愈之所志于文者，不惟其辞之好，好其道焉尔。”（《寄李秀才书》）所以后来古文家之言志于文者，总不敢直捷明白地说只是好其辞。但是苏洵则所取于《论语》、《孟子》、《韩子》及其他圣人贤人之文者，不是重其文而已，不过好其辞而已。他只是学其文而不是学其道，所以孔、孟、荀、扬、韩诸人在道学家以之建立道统者，在他却以之建立文统。又此文中更有评论昔人和时人的文章之处，谓：

> 孟子之文，语约而意尽，不为巉刻斩绝之言，而其锋不可犯。韩子之文，如长江大河，浑浩流转，鱼鼋蛟龙，万怪惶惑，而抑遏蔽掩，不使自露，而人自见其渊然之光，苍然之色，亦自畏避不敢迫视。执事之文，纡馀委备，往复百折，而条达疏畅，无所间断，气尽语竭，急言竭论，而容与闲易，无艰难劳苦之态。此三者皆断然自为一家之文也。惟李翱之文，其味黯然而长，其光油然而幽，俯仰揖让有执事之态；陆贽之文，遣言措意，切近的当，有执事之实：而执事之才又自有过人者。盖执事之文，非孟子、韩子之文，而欧阳子之文也。

此亦就文论文，只是论文的风格，不复论及文的内容。他只从作风品格上衡量文的价值，而不复拖泥带水牵及道的问题。这便是三苏文论重要的地方。

其在道学家则异是。道学家之所志于古者，只好其道而不好其辞。《二程语录》谓：“读《论语》、《孟子》而不知道，所谓虽多，亦奚以为!”（《二程遗书》卷六）正与苏洵所言持相反的态度。所以程颐说：

> 古之学者一，今之学者三，异端不与焉。一曰文章之学，二曰训诂之学，三曰儒者之学。欲趋道，舍儒者之学不可。（《二程遗书》卷十八）

又云：

> 今之学者有三弊：一溺于文章，二牵于训诂，三惑于异端。苟无此三者，则将何归，必趋于道矣。（同上）

盖他只以知道者为儒学，故摈文章于道学之外。于是，所志于古者，不必好其辞，而欲趋于道者，也不必求其工于文了。由是再进一步，遂有作文害道之说。程颐《答朱长文书》云：

> 向之云无多为文与诗者，非止为伤心气也，直以不当轻作尔。圣贤之言不得已也。盖有是言则是理明，无是言则天下之理有阙焉。如彼耒耜陶冶之器，一不制，则生人之道有不足矣。圣人之言，虽欲已，得乎？……后之人始执卷则以文章为先，平生所为，动多于圣人，然有之无所补，无之靡所阙，乃无用之赘言也。不止赘而已，既不得其要，则离真失正，反害于道，必矣。(或云明道先生之文)

又语录中云：

> 问作文害道否？曰："害也。凡为文不专意则不工，若专意则志局于此，又安能与天地同其大也。书云：'玩物丧志'，为文亦玩物也。吕与叔有诗云：'学如元凯方成癖，文似相如始类俳。独立孔门无一事，只输颜氏得心斋。'此诗甚好。古之学者惟务养情性，其他则不学；今为文者专务章句悦人耳目，既务悦人，非俳优而何！"曰："古者学为文否？"曰："人见六经便以为圣人亦作文，不知圣人亦摅发胸中所蕴自成文耳；所谓有德者必有言也。"曰："游、夏称文学，何也？"曰："游、夏亦何尝秉笔学为词章也？且如观乎天文以察时变，观于人文以化成天下，此岂词章之文也？"（《二程遗书》卷十八）

以作文为玩物丧志，这才是道学家的偏见。濂溪论文犹不废饰，（《通书·文辞》："文所以载道也，轮辕饰而人弗庸，徒饰也。况虚车乎？文辞，艺也；道德，实也。笃其实而艺者书之；美则爱，爱则传焉。"）至二程始以为"有德者必有言"，始主张无事于学文。一方面歧文与道为二，而以为学文则害道；一方面又合文与道为一，而以为明道则能文：于是才主张文不可学，亦不必学。所以当时古文家之论文，至三苏而趋于极端；而道学家之论文亦至二程而趋于极端。

五

明此，才可知三苏论文本不重在道，即偶有言及道者，但其所谓道，是道其所道，非惟不是道学家之所谓道，抑且不是柳、穆、欧、曾诸人之所谓道。同一道的观念，在道学家说来觉得朽腐者，在古文家说来便化为神奇。

《朱子语类》中有一节攻击苏氏所论文与道的关系，谓：

> 道者文之根本，文者道之枝叶，惟其根本乎道，所以发之于文皆道也。三代圣贤文章皆从此心写出，文便是道。今东坡之言曰，吾所谓文必与道俱，则是文自文而道自道，待作文时旋去讨个道来入放里面，此是他大病处。只是他每常文字华妙，包笼将去，到此不觉漏逗说出他根本病痛所以然处。缘他都是因作文却渐渐说上道理来，不是先理会得道理了方作文，所以大本都差。

实则此语丝毫不曾道着苏氏痒处。盖这一节的争论，仍是关于贯道说与载道说的一重公案。朱子所谓“惟其根本乎道，所以发之于文皆道也”，仍即是上文所引朱子语：“这文皆是从道中流出，岂有文反能贯道之理”的意思。这些话语，正是“文所以载道也”一语之绝妙注脚。至于东坡所谓文必与道俱云者则又是“文者贯道之器也”一语的转变。朱子处处在载道一方面说话，东坡处处在贯道一方面说话，所以东坡之所谓道，与道学家之所谓道，本不是指同一对象。东坡之所谓道，其性质盖通于艺，故较之道学家之所谓道，实更为通脱透达而微妙。其《日喻赠吴彦律》云：

> 世之言道者，或即其所能见而名之，或莫之见而意之，皆求道之过也。然则道卒不可求欤？苏子曰：“道可致而不可求。”何谓致？孙武曰：“善战者致人，不致于人。”孔子曰：“百工居肆以成其事，君子学以致其道。”莫之求而自至，斯以为致也欤！南方多没人，日与水居也。——七岁而能涉，十岁而能浮，十五而能没矣。夫没者岂苟然哉！必将有得于水之道者。日与水居，则十五而得其道；生不识水，则虽壮见舟而畏之。故北方之勇者，问于没人，而求其所以没，以其言试之河，未有不溺者也。故凡不学而务求道，皆北方之学没者也。

东坡之所谓道者如此，所以可以因文以求道，所以可以“文必与道俱”。彼之于道，实则是“莫之求而自至”，实在因于“日与水居则十五而得其道”，正与老泉所谓“浑浑乎觉其来之易矣”，是同样意思。彼又何尝临文时才去讨个道来入放里面呢？彼不过与世之言道者——或即其所见而名之，或莫之见而意之者，其方法不同而已。其即其所见而名之者，论道每泥于迹象；其莫之见而意之者，论道又入于虚玄。这才与扪烛扣槃无异。所以他主张学。学文可以得文中之道，学文又可以得行文之道。得文中之道，犹是昔人的糟粕，不足以言求道；得行文之道，才可以达其所明之道：这才是所谓致道。但此岂生不识水的北方勇者所能明其故哉！固宜朱子之讥为大本都差矣。我们且再看东坡《与谢民师推官书》。他谓：

> 孔子曰："言之不文，行而不远。"又曰："辞达而已矣。"夫言止于达意，疑若不文，是大不然。求物之妙，如系风捕影，能使是物了然于心者，盖千万人而不一遇也，而况能使了然于口与手者乎？是之谓辞达。辞至于能达，则文不可胜用矣。

东坡屡言为文主于辞达。其《答王庠书》亦谓："孔子曰：'辞达而已矣。'辞至于达，止矣，不可以有加矣。"但是他的所谓辞达，决不是道学家政治家之所谓辞达；盖达是欲使了然于心者，再能得了然于口与手。所以他之所谓辞达，也是"莫之求而自至"的辞达。道学家因主辞达而无须于文，政治家因主辞达而所须于文者只求其适于功利的用。故其所谓达，均不过是质言之的达，而不是文言之的达。质言之的达，只能达其表面，达其糟粕，而不能达其精微。至古文家则异于此者，必须先能体物之妙，了然于心，攫住其要点，捉到其灵魂，然后随笔抒写，自然姿态横生，常行于所当行，常止于所不可不止，而道也亦自然莫之求而自至的以寓于其间。这才尽文家之能事。这才是文言之的达。是又岂泥于格物致知者所能达其仿佛哉？要能得这样达了以后，才能使了然于一己者，更以之了然于人人。这才是所谓明道。这才尽文辞之用。所以说"辞至于能达，则文不可胜用矣"。但此所谓不可胜用者，又是无用之用，是自然的用，而不是功利的用，有目的的用。

这种意思，当时释惠洪庶几知之矣！《石门题跋》中有《跋东坡忱池录》云：

> 欧阳文忠公以文章宗一世，读其书，其病在理不通；以理不通，故心多不能平，以是后世之卓绝颖脱而出者，皆目笑之。东坡盖五祖戒禅师之后身，以其理通，故其文涣然如水之质，漫衍浩荡，则其波亦自然而成文。盖非语言文字也，皆理故也。自非从般若中来，其何以臻此！其文，自孟轲、左丘明、太史公而来，一人而已。

这种意思，后来李缯亦庶几知之矣！程洵《尊德性斋小集·钟山先生行状》中云：

> （李氏）尝曰："文者所以载道。言之不文，行之不远，而世儒或以为不足学，非也；顾其言于道何如耳！"每为学者诵眉山之言曰："物固有是理，患不能知之，知之患不能达之于口与手，辞者，达是理而已矣。"以为此最论文之妙。

辞所以达是理，何尝"文是文而道自道"？不过古文家之文，说理而不为理障；文学家之文，说理而堕于理窟：高下精粗，区别显然。此所以道学家只知求道而不明致道，而于论文，只知推崇欧、曾，而不能了解三苏也。张耒《答李推官书》云："夫文何为而设也？知理者不能言；世之能言者多矣，而文者独传。岂独传哉！因其能文也而言益工，因其言工也而理益明。"玩味此语，则苏门论文之旨昭然矣。

说理而堕于理窟，所以道学家以为"有德者必有言"，而欧阳修亦以为"道胜则文自至"，以为"道纯则充于中者实，中充实则发为文者辉光。"说理而不为理障，所以必须"胸中之言日益多，不能自制，试出而书之"（苏洵《上欧阳内翰书》）。此虽同样谓充于中以发于外，但其意义亦微有不同。观苏轼《江行唱和集叙》，即可知其异点所在。苏氏谓：

> 夫昔之为文者，非能为之为工，乃不能不为之为工也。山川之有云雾，草木之有华实，充满勃郁而见于外，夫虽欲无有，其可得耶？自闻家君之论文，以为古之圣人有所不能自已而作者，故轼与弟辙为文至多，而未尝敢有作文之意。

则知其所谓充满勃郁云者，已指一种兴会淋漓不可遏制的状态。此种兴会淋漓不可遏制的状态，未尝不因于道，也未尝不因于学；而道与学均所以积之于平时，至一时临文之顷，仍不得不有待于兴到而神来。此意人微，便非道学家之所能窥见了；而其意亦仍出于苏洵。苏洵《仲兄文甫说》云：

> 且兄尝见夫水与风乎？油然而行，渊然而留，渟洄汪洋，满而上浮者，是水也。而风实起之。蓬蓬然而发乎太空，不终日而行乎四方，荡乎其无形，飘于其远来，既往而不知其迹之所存者，是风也。而水实行之。今夫风水之相遭乎大泽之陂也，纡馀委蛇，蜿蜒沦涟，安而相推，怒而相凌，舒而如云，蹙而如鳞，疾而如驰，徐而如徊，揖让旋辟，相顾而不前，其系如縠，其乱如雾，纷纭郁扰，百里若一。汩乎顺流，至

乎沧海之滨，滂薄汹涌，号怒相轧，交横绸缪，放乎空虚，掉乎无垠，横流逆折，汶旋倾侧，宛转胶戾，回者如轮，萦者如带，直者如燧，奔者如焰，跳者如鹭，投者如鲤，殊然异态，而风水之极观备矣。故曰："风行水上涣。"此亦天下之至文也。然而此二物者，岂有求乎文哉！无意乎相求，不期而相遭，而文生焉。是其为文也，非水之文也，非风之文也。二物者非能为文，而不能不为文也；物之相使而文出于其间也。故此天下之至文也。今夫玉非不温然美矣，而不得以为文；刻镂组绣，非不文矣，而不可与论乎自然。故夫天下之无营而文生之者，惟水与风而已。昔者，君子之处于世，不求有功，不得已而功成，则天下以为贤；不求有言，不得已而言出，则天下以为口实。呜乎！此不可与他人道之，唯吾兄可也。

平常所了然于心者，是水；一时所动荡激发不得不使之了然于口与手者，是风。"是水也，而风实起之"，"是风也而水实行之"，这样风水相遭以备风水之极观者，这才成为天下之至文。而此天下之至文，却正是所谓不能自已而作者。

这种意思，其二子轼、辙本之以作文，本之以论文，各有所得，亦各有所成。《东坡题跋》中《书子由超然台赋后》云："子由之文词理精确有不及吾，而体气高妙吾所不及；虽各欲以此自勉，而天资所短，终莫能脱。"此言说得颇有分寸。词理精确与体气高妙云云，确能道着各人长处，并未溢美，也并非标榜。盖子瞻长于理，故论文妙处近于神；子由长于气，故论文精处重在气。

子瞻之文词理精确而能不堕理窟，盖以得于庄与释者为多。（钱谦益《读苏长公文》云："吾读子瞻《司马温公行状》、《富郑公神道碑》之类，平铺直序，如万斛水银随地涌出，以为古今未有此体，茫然莫得其涯涘也。晚读《华严经》称性而谈，浩如烟海，无所不有，无所不尽，乃喟然而叹曰：'子瞻之文其有得于此乎。'文而有得于《华严》，则事理法界开遮涌现，无门庭，无墙壁，无差择，无拟议，世谛文字固已荡无纤尘，又何自而窥其浅深，议其工拙乎。……苏黄门言少年习制举与先兄相后先，自黄州已后，乃步步赶不上。其为子瞻行状曰：'公读《庄子》，喟然叹息曰："吾昔有见于中，口未能言。今见《庄子》得吾心矣。"后读释氏书，深悟实相，参之孔、老，博辩无碍。'然则子瞻之文黄州已前得之于庄，黄州已后得之于释，吾所谓有得于《华严》者信也。"）惟其所得于庄与释者，并非如一般耽心玄学禅学者流，说得迷离恍惚，不可捉摸。他所得于庄与释者，不过能于道的观念，不局于儒家之见，看作万物自然之理而已。庄子言道在蝼蚁，在稊稗，在瓦甓，在屎溺，而佛家亦言佛法在行住坐卧处，着衣吃饭处，屙屎撒溺处，没理没会处，死活不得处。这般说法，即东坡所谓“物固有是理患不能知之者”。道学家所言格物，本也是想格万物之理，但是后来只局于儒家的经籍中间，于是所谓道者便不是“万物之所然”了。物固有是理而能知之，即所谓体物之妙而使之了然于心；日与水居则十五而得其道，则所谓行文之妙，而复使之了然于口与手。了然于心，所谓“深悟实相”了，然于口与手，又所谓“博辩无碍”也。能如是，横说竖说，虽是文的工夫而莫非道也，而莫非理也，此之谓辞达。能得这样辞达，即所谓神化的境界。子瞻有《文说》一篇自评其文，谓：

> 吾文如万斛泉源，不择地而出，在平地滔滔汩汩，虽一日千里无难。及其与山石曲折，随物赋形而不可知也。所可知者，常行于所当行，常止于不可不止，如是而已矣。其他，虽吾亦不能知也。

此即状神化妙境。所谓随物赋形云者，也即是风与水相遭而成为天下之至文。子瞻《琴诗》云：“若言琴上有琴声，放在匣中何不鸣？若言声在指头上，何不于君指上听？”妙语解颐。若以理言，则陈继儒所谓一卷《楞严经》也（见其所著《偃曝谈馀》）；若就论文见解言，则又即风水相遭之说也。

子由不能如子瞻之妙悟，所以只能在气字上致力。老泉论孟子之文谓其语约意尽而锋不可犯，论韩子之文谓浑浩流转而掩抑蔽掩，欧阳子之文纡馀委备而条达疏畅，并自为一家之文，于是子由本之遂以拈出气字。

论气，亦未尝不关于理。张耒《答李推官书》云：“理胜者文不期工而工，理诎者巧为粉泽而隙间百出：此犹两人持牒而讼，直者操笔，不待累累，读之如破竹，横斜反覆，自中节因；曲者虽使假词于子贡，问字于扬雄，如列五味而不能调和，食之于口，无一可惬，况可使人玩味之乎？”此即理直气壮之说。理直气壮则言之短长与声之高下皆宜。所以下文云：“江河淮海之水，理达之文也，不求奇而奇至矣；激沟渎而求水之奇，此无见于理，而欲以言语句读为奇之文也。”此文虽不言“气”，但颇能说明理与气的关系。子由既不能像子瞻这样天生妙悟，所以不能得之于理，只能求之于气。求之于理，重在体物而更须有了然如口与手的本领；求之于气，重在修养，而比较的易使言之短长与声之高下者皆宜。所以子由《上枢密韩太尉书》云：“辙生好为文，思之至深，以为文者气之所形，然文不可以学而能，气可以养而致。”一般人只晓得文可以学而能，至于气则“虽在父兄不能以移子弟”者（曹丕《典论·论文》语），而他却偏说“文不可以学而能，气可以养而致”，则又何也？盖子瞻、子由并用力于文字，而同时又均不敢有作文之意。其用力于文字，即老泉所谓“兀然端坐终日以读之者七八年”之意；其不敢有作文之意，又即老泉所谓“不求有言，不得已而言著”之意。盖此本苏门家学并得之于父教者。子瞻才高，能由文以致道，更能因道以成文。用力于文字，则所了然于心者，得以了然于口与手矣；不敢有作文之意，则所了然于口与手者，又莫非了然于心之流露矣。由理言，则不是语言文字而都是理；由文言，则如万斛泉源不择地而出，随物赋形而不可知。这是妙悟神化的境界，子由所不能到者。子由上不能如子瞻之入化境，而下又不敢有作文之意，不欲求工于言语句读以为奇，此所以谓“文不可以学而能”也。但神化妙境虽不可学，言语句读虽不屑学，而“生好为文”，癖性所嗜，未能忘情，于是不得不求之于气。盖理直则气壮，气盛则言宜，气是理与言中间的关键，于是想由气以进乎言语之域。言宜则庶几亦可以合乎理而近乎神。此又所以谓文是气之所形，而养气则文自工也。（辙孙籀所记《栾城遗言》谓：“公解《孟子》二十馀章，读至浩然之气一段，顾籀曰：‘五百年无此作矣！”’可知他着眼所在。）

这样讲理与气，便非道学家之所谓理与气。后来洛学至南宋而极盛，蜀学则并无传人，所以后世文论以道学家为中心，而所谓传统的文学观遂于焉确定。后来古文家又以慑于道学之权威，也主载道而不言贯道，其论文宗旨，又傅会韩、欧而不出三苏，于是此古文家与道学家之一重公案，遂不复为人注意了。此后惟袁中郎等学宗东坡，其论文见解间有相似之处，然而其所阐发者亦仅矣。文学批评史上文与道的问题，其最精采的一幕，不谓其竟中止于北宋也！

（选自《武汉大学文哲季刊》1930年第1卷第1期）

【阅读思考】

1. 为什么说中国文学批评史上文与道的问题最精彩的一幕在北宋时期？
2. “文以贯道”与“文以载道”有何区别？
3. 苏轼与苏辙文论思想有何差异？
4. 如何理解苏辙所言“文者气之所形，然文不可以学而能，气可以养而至”？

论古代文论研究的“三个结合”
——《文心雕龙创作论》第二版跋
王元化

【引言】

王元化的《文心雕龙创作论》（1979）是继黄侃《文心雕龙札记》以后《文心雕龙》义理阐释方面令人耳目一新的一部力作。作者把熊十力“根柢无易其固而裁断必出于己”的警句作为理论研究的指导原则，以“三个结合”（古今结合、中外结合、文史哲结合）为具体研究方法，凭借其深厚的国学修养和娴熟的现代美学理论知识，通过严谨细致的考证，全面深入的比较，将《文心雕龙》创作论上升到现代文艺理论的高度，作出了今天应有的科学“裁断”，真正实现了《文心雕龙》研究由传统向现代的转型。因此，该书不仅为《文心雕龙》研究，而且也为古代文论研究开辟了一条新的道路。

在《文心雕龙创作论》第二版跋中，作者分析总结了古今结合、中外结合、文史哲结合的研究方法。文章首先交代了《文心雕龙创作论》第二版的修订原则、内容和方式；其次指出《文心雕龙创作论》“是企图在《文心雕龙》的研究上（或者可以说，在我国古代文论的研究上），采用新方法，作出一点尝试”，并回顾了该书出版后在学界产生的影响；接着从正面阐述了“三个结合”研究方法的运用情况，及其学术价值和要注意的问题；然后强调了用科学的文艺理论去清理并阐明我国古代文论，需要在前人取得的成果上进行，既要继承乾嘉学派重考据、校勘、训诂的实学精神，又要超越前人的界线，在研究方法上开拓新境界；最后对第一版中的某些观点作了修订和补充，并重申了当时理论研究领域存在的“袭用”文风的危害性，主张对“这种文风必须痛加惩创，杜绝流传”。

本书重版时，我作了一些修订。我曾经说过，我不赞成章太炎晚年手定文集时一再刊落删定的办法。这是出于存真的考虑：一方面可以使作者在特定历史条件下所写的文字保留原有风貌，另一方面也可以使读者参照作者前后不同时期的文字以窥其思想演变之迹。同时，我也不赞成那种不断修改使自己变得一贯正确的办法。这本书是在“文革”前基本定稿的。一九七九年出版时我在《后记》中说，我没有做过什么修改。现在本书将印行第二版，我仍本初衷，除在少数文字上做了一些修订，所有的观点，纵使有错误，我也未动，让它们照原来样子重印。不过，在这三四年中，《文心雕龙》的研究取得了不小的进展，我的思想也有所发展，不可能仍停留在原处。凡某些必要加以补充或说明或纠正的，我都以“二版附记”的形式附于篇末。这也是仿照本书《小引》所举阎若璩《尚书古文疏证》的体例。

回顾四年多前，本书的一章先以单篇论文在杂志上发表时，虽然得到一些至今使我感念不已的默默支持，但也遭到不少苛刻的挑剔吹求。某些责难因其无理地上纲上线，戴帽穿靴，难以令人心折，可是由于没有击中要害，却也并不使我怎么懊丧。这本著作是企图在《文心雕龙》的研究上（或者可以说，在我国古代文论的研究上），采用新方法，作出一点尝试。为此，我曾经过多年的思考。当我让它走人世间与广大读者见面的时候，我是有充分心理准备的，对于我们文论研究领域内的因袭成见，我深有体会。对于我自己可能碰到的困难，我也并非茫然无知。我期待实践的检验，渴望听到读者的认真批评。纵使这批评是毫不容情的，我也将心悦诚服地用来进行自我反省，因为我知道这种批评出于真理的追求。但是，对于那种舆论偏见，或者如黑格尔所指摘的那种愈是空疏，愈是理智上衰竭无能，就愈显出一种压倒千古大哲的虚骄之气的评论，我觉得，我当以那些坚贞的理论工作者为楷模，无论是现在或将来，决不对之妥协让步。但我也不准备纠缠在无助于推动理论前进只是为了逞强好胜的无谓争论中。

近两三年来，这本著作逐渐得到了一些不怀偏见的评论。不少读者、同行和前辈来信给我勉励。报刊上除披载了几篇评论本书的专文外，有些文章虽不以本书为对象却附带涉及本书的观点和方法。同时，也有些文章和我进行认真的商榷。我感到欣慰的是，我提出的某些观点逐渐为人所探讨。例如，在论述刘勰身世问题时，我提出刘勰属于庶族（在此以前均称刘勰为士族）。季羡林同志于一九八一年曾来信表示赞同，并提出了进一步研究线索。他在信中说：“讲到刘勰身世，从士庶区别方面立论，很有卓见。我忽然想到陈寅恪先生在几篇文章中都谈到天师道的问题。看刘勰家世好像也信奉天师道。刘穆之、刘秀之，两辈都用‘之’字排行，与王羲之家及其他许多家相似。天师道对刘勰的思想是否也有关系？颇值得探讨。”天师道问题确实值得研究，它不仅关系到刘勰的家世（刘勰一支无排行之字者。范老曾注意这一点而未申论。倘进一步探讨，甚至可能推翻本传所述刘勰的世系）；而且也关系到刘勰的思想。但我因事冗少暇，对这一问题未加深究，而其他研究者也未论及。这里附带提一笔，希望这一问题可以得到注意。在此以前，关于刘勰属于庶族的看法，还得到了周振甫同志的肯定。一九七九年尾，他来信说：“大著论刘勰出身庶族，掌握极为丰富的材料，论证极为有力，使人信服，极好。”后来他和牟世金同志都在各自的著作中采纳了此说（前者见一九八一年人民文学出版社《文心雕龙注释》前言，后者见一九八二年齐鲁书社《文心雕龙译注》引论）。又如，我据一九六九年江苏句容出土的《刘岱墓志》在刘勰世系上增添了刘勰的远祖刘抚及其堂叔刘岱的名字，后来也被人采入自己的著作中。再如考定《灭惑论》撰于梁时并由此划分刘勰的前后期思想，这一论证虽至今尚存分歧，但也得到较多人的肯定，如李庆甲、李淼同志等均基本赞同拙说，并对我的一些论据加以补充，做出了比我更精确的论证。至于本书下篇创作论八说释义，更引起了较多的反响。这里就不一一赘举了。

我很高兴，学术界有些同志已经注意到本书试图采取的科研方法。一九八一年《读书》第二期赵毅衡同志撰文说：“一九七九年，或许是我国比较文学研究进入‘自觉期’的一年：钱钟书《旧文四篇》、《管锥篇》前四卷、杨绛《春泥集》、范存忠《英国文学语言论文集》、王元化《文心雕龙创作论》，这些新中国成立后出版物中中西比较文学内容最集中的书籍，都出现于一九七九年。”季羡林同志也是搞比较文学的，他在一九八一年给我的另一信中也说：“我常常感到中国古代文论有一套完整的体系，只是有一些名词不容易懂。应该把中国文艺理论同欧洲的文艺理论比较一下，进行深入的探讨，一定能把中国文艺理论的许多术语用明确的科学语言表达出来。做到这一步真是功德无量。你在这一方面着了先鞭，希望继续探讨下去。”

老实说，我对比较文学没有研究。在撰写本书时，我也没有想到采取比较文学的平行研究法。我自以为我采用的方法在本书《小引》中已经交代得十分清楚了。可是，除了钱仲联同志评论本书的那篇专文接触到这一点外，它很少被人谈到。我在六十年代的头一二年开始酝酿并撰写本书的时候，正是学术界自由探讨的空气比较活跃的时候，报刊上时或出现一些有关科研方法的文章。那时涉及马克思提出的由抽象上升到具体方法，有关规律理论，边缘科学、科学杂交、科研方法（类推法，向未知方面的设想法、对比法、归纳法）、文献和文物结合研究等等。其中大多数问题是长期被忽视、甚至被摈斥的，这种活跃的学术空气带来的清新气息，不仅给人鼓舞，也使人的头脑从僵滞狭窄的状态变得开豁起来。它打开我的思路，使我想在《文心雕龙》的研究方面作些新的尝试。我首先想到的是三个结合，即古今结合，中外结合，文史哲结合。尤其是最后一个结合，我觉得不仅对我国古代文论的研究，就是对于更广阔的文艺理论的研究也是很重要的。我国古代文史哲不分，后来分为独立的学科，在当时有其积极意义，可说是一大进步，但是今天在我们这里往往由于分工过细，使各个有关的学科彼此隔绝开来，形成完全孤立的状态，从而和国外强调各种边缘科学的跨界研究的趋势恰成对照。我认为，这种在科研方法上的保守状态是使我们的文艺理论在各个方面都陷于停滞难以有所突破的主要原因之一。文史之间难以分割是容易理解的，因为我国古代向来以文史并称。至于文学与哲学之间的密切关系，却往往被忽视。事实上，任何文艺思潮都有它的哲学基础。美学作为哲学的一个分枝，就说明两者关系的密切，但对这样简单的事实，我们却缺乏足够的认识。由于从事文艺理论工作的人，不在哲学基础上从美学角度去分析文艺现象，以至不能触及这些现象的根底，把道理说深说透。我们在阐述文学史的问题时，更很少从哲学方面去揭示它的思想根底，像车尔尼雪夫斯基论述果戈理时期俄国文学概况那样，揭示那一时代的文学理论家都和哲学有一定血缘关系。例如：波列伏依以法国的库靖的哲学为基础、纳杰日丁以德国的谢林哲学为基础、别林斯基以德国的黑格尔哲学为基础、而车尔尼雪夫斯基本人的文艺思想则是以费尔巴哈哲学为基础。对于上面这些问题的思考，逐渐使我产生了把文史哲结合起来的想法。

我最初想到把古与今结合起来，是萌生于马克思在《政治经济学批判导言》中所说的："人体解剖对猴体解剖是一把钥匙。低等动物身上表露的高等动物的征兆，反而只有在高等动物本身已被认识之后才能理解。因此，资产阶级经济为古代经济提供了钥匙。"这几句话给我极大启发。由此引申开来，就势必会引起这样的推想：对于萌芽形态尚未成熟的文学现象，只有用后来已经成熟的发达形态的文学现象才能加以说明。不过，这里涉及几个必须注意的问题：文学的范畴，概念，以至法则不是永恒的，而是变化的，但是作为文学最普遍最根本的规律和方法，都并没有随着时间的流逝而消亡。不过某些这类范畴和概念本身也在发展，并非停滞不变。例如从萌芽形态发展为成熟形态，从低级阶段发展到高级阶段，而且这种发展变化过程多半呈现了极为复杂的形式，有时甚至是难以辨察的。因此，一方面我们必须把那些随着历史进展而消亡的范畴、概念、方法、法则和最普遍最根本的范畴、概念、方法、规律严格地区别开来。另一方面又必须把后者的萌芽形态和成熟形态、低级阶段和高级阶段所变化了的形式与性质严格区别开来，而不能一律相绳，采取简单比附的办法。这样，我们就需要把古与今和中与外结合起来，进行比较对照，分辨同异，以便找寻出在文学发展上带有规律性的东西。最近，我在新出版的拙著《文学沉思录》中，曾把这种方法称作"综合研究法"。

(参见该书五十五页至六十一页) 我要再说一遍，我考虑到这种方法主要是受到上引《政治经济学导言》中马克思说的那段话的启示。

关于季羡林同志在上引来信中说的，通过中外文艺理论的比较，“一定能把中国文艺理论的很多术语用明确的科学语言表达出来”。我觉得这话很重要。自然，我们不应把它简单地理解作用现在术语去硬套古代术语，而应理解作像人体解剖是猴体解剖的钥匙那样，即通过成熟形态的剖析，以之为借鉴，进而去探讨尚未获得充分发展的萌芽与胚胎。这样不仅可以使我们清晰地认识那些本来模糊不清难以索解的一些问题，而且还可以使我们的研究工作取得新的突破。我曾在一篇文章中举我国具有古老传统并积累了丰富临床经验的针灸为例，说明倘使我们运用有关机制研究方面的现代科学（包括神经生理学、心理学、生物化学等）去探讨，就可以把一直搞不清的道理解释明白，从而取得研究上的飞跃。不过，这种见解在我国古代文论研究领域内并不是完全可以被人接受或正确理解的。有人以维护我国古代文论的民族的和时代的特殊性为借口，反对以今天更发展了的文艺理论对它进行剖析，从中探讨古往今来中外相通、带有最根本最普遍意义的艺术规律和艺术方法，区别其萌芽形态与成熟形态，探索其发展进程，同时并由此去辨同异，以揭示我国传统文论的民族风格。我以为，拘泥于以古证古的办法，往往不免陷入以禅说禅的困境，而永远不能用今天科学文艺理论之光去清理并照亮古代文论中的暧昧朦胧的形式和内容。持这种主张的人有一种根深蒂固的偏见，以为只有以古证古才不会产生比附之弊，殊不知，以古证古同样会出现比附。这不仅在目前可以找到大量例证，就是在前人这类文章中也可以同样找到不少例证。可是这类明明是生搬硬套的比附，难道仅仅由于它们采取了以古证古的形式，就不应受到指摘么？这是很不正常的现象。除了把它视为一种偏见之外，还有什么理由可以解释呢？自然，目前有大量以今论古的文章，我除了读到报刊上发表的这类论文外，也收到一些嘱我提意见的论文。确实其中很多都有比附的毛病。这一事实是不容掩饰的，我认为，无论出于什么原因，比附总是要反对的。

用科学的文艺理论去清理并阐明我国古代文论，首先需要在前人取得的成果上进行。这里特别指的是版本的考据和校勘，以及文字的训诂和注释。由于过去我们对考据和训诂采用轻蔑态度，一概斥为繁琐哲学，这给我们的古典文学研究带来很大灾害。近几年学术界已重新肯定了清人的考据训诂之学的重要性。很难想象倘使抛弃前人在考据训诂方面做出的成果，我们在古籍研究方面将会碰到怎样的障碍。在这种情况下，有人甚至提出“回到乾嘉学派去”。确实，多年以来我们对乾嘉学派迄未作出应有的评价（我认为对乾嘉学派人物的思想上的评价尤为不足）。目前有些运用新的文学理论去研究古代文论的人，时常会有望文生解、生搬硬套的毛病，其原因就是由于没有继承前人在考据训诂上的成果而发生的。但是，另一方面我认为我们的研究工作也不能止于乾嘉学派，那就是绝不越逾前人的考据训诂之学，甚至在治学方法上也亦步亦趋，墨守成规。前人批评李善注《文选》释事不释义，已经感到不去阐发内容底蕴，只在典章文物名词术语上作功夫是一种偏向。事实上，自清末以来，如王国维、梁启超等，他们一面吸取了前人考据训诂之学，一面也超越了前人的界线，在研究方法上开拓了新境界。就《文心雕龙》的研究来说，我觉得纵使在较早时期出现的一些著作如：黄侃《文心雕龙札记》、范文澜《文心雕龙注》、刘永济《文心雕龙校释》等也不是墨守考据训诂的传统方法。这些作出了新贡献的著作较前人向前跨出一大步。我觉得，在古代文学研究方面存在着一种惰性作用，有些文学史和不少作家作品研究大都是用知性分析方法写成的，以庸俗社会学顶替科学理论，但年深日久，习惯成自然，竟然没有人指出这种阻挠古典文学研究前进的严重缺陷，甚至连一两句批评也听不到。相反，浅见者反奉之为圭臬。这是值得重视并需加以纠正的。

此外，对于本书内容方面还有一点话要说。我在第一版《后记》中曾经说，我在阐述刘勰思想时未涉及佛家因明学对《文心雕龙》的一定影响。后来，我在《文学理论体系问题》一文中，曾提到西域三藏吉迦夜与昙曜所译的《方便心论》及三藏毗目智仙共瞿昙流支所译的《回诤论》，都是阐发古因明学的著作，并认为刘勰会读到这些著作。这里，我想顺便作些说明和更正。据《出三藏记集》著录，《方便心论》于北魏孝文帝（元宏）延兴二年（四七二）译出。此书译出时刘勰尚在少年，因此刘勰很可能读到此书。至于《回诤论》，系龙树所造，于东魏孝静帝（元善见）兴和三年（五四一）译出。此时刘勰已殁。这是需要修订我在拙文《文学理论体系问题》中所述两书产生于同一时代之误的。不过，这里必须打破因明学仅在唐时方输入中土的错误论断。因明为印度五明之一，源远流长。据上所述，至少在南北朝时释家因明学的专著已传人中土，并有汉语译本，它对我国学术不可能不产生一定影响。（且不说当时还有大量佛书，虽非因明专著，但在因明学的熏染下所显示的重逻辑精神和理论的体系化和系统化的特点，也会对当时学术发生潜移默化的作用。）我在第一版《后记》中还说过，我认为刘勰撰《文心雕龙》是恪守儒学的立场风范的。有些论者用刘勰后来站在佛学立场所写的

《灭惑论》中的某些概念和观点来注释《文心雕龙》，我认为是牵强的。可是，如果说作为当时儒释道三家并衡的时代思潮对刘勰撰《文心雕龙》竟未产生过任何影响，那也未免太偏颇。上述这些意见，我至今不变。我只是想再作些补充，把我的看法说得更清楚一点。

魏晋南北朝时代，虽然战乱频仍，政局动荡，但在学术思想上却打破了两汉定儒家于一尊的局面，儒释道家诸家蜂起，亦产生了以思辨为特点的玄学，呈现了诸子争鸣的活跃局面。学术文化有其自身相对独立发展的规律，任何新的体系都不能离开前代和同时代思想家所提供的思想资料。但是，决定思想家属于哪一学派却是被他的思想体系所决定。我们必须从其论著中分析他的主导思想，而不是由于他运用了同时代不同学派的思想资料，就率尔判定其间必有渊源关系。在《文心雕龙》中，刘勰曾据王弼解《易》的大衍之数，定其框架。(共五十篇，取“其用四十有九，其一不用。”）还涉及玄学中的言意之辨、有无之辨等。尽管刘勰运用了这些思想资料，但从其思想体系看，从其主导思想看，《文心雕龙》仍属儒家思想。须知儒学本身也在发展，在发展过程中也会吸取其他思想学派的某些成分融化于自身之内。倘使我们今天在分析某一思想家的时候，不问其思想体系和主导思想如何，仅根据他融化了某些其他思想学派的某些成分，或者运用了前人或同时代人某种不同流派的思想资料，就将其划入某种学派，这种简单化的办法是不符合研究工作的科学态度的。可是，今天有些文章在分析《文心雕龙》的思想内容的时候，往往采取了比这还要简单的如刘凌同志所指出的语汇对比法，那似乎就未免过于牵强了。以上问题由于这几年我在从事一些行政事务性工作，无法潜心钻研，倘有同志在这方面写出自己的心得，那对《文心雕龙》的研究将会起着推进的作用。

末了，我想顺便谈谈当前文风中的一个问题。这个问题我在拙著《文学沉思录》曾经提到过，但没有得到什么反响，所以这里不惮辞费，再申述一遍。我曾经说，我们时或可以看到，有人提出一种新观点或新论据，于是群起袭用，既不注明出自何人何书，以没其首创之功，甚至剽用之后反对其一二细节加以挑剔吹求，以抑人扬己。这种学风必须痛加惩创，杜绝流传。我们应该学习马克思，像他写《资本论》那样，对古往今来提出任何一种新见解的理论家，都在正文和脚注中一丝不苟地予以说明。我们必须培养这种学术道德风尚。(见《文学沉思录》六十页）为了遵守《资本论》所留给我们的治学楷模，我在自己的文章里不敢掠人之美，凡别人先我提出的值得参考的观点或论据，我都一一注明出自何人何书。这一点，我相信细心的读者是会体察我的用心的。

一九八三年六月六日记于上海

（选自《社会科学战线》1983 年第 4 期）

【阅读思考】

1. 如何理解“人体解剖对猴体解剖是一把钥匙。低等动物身上表露的高等动物的征兆，反而只有在高等动物本身已被认识之后才能理解”这段话？

2. 谈谈你对“三个结合”——古今结合、中外结合、文史哲结合研究方法的认识。

重新发现中国古代文化的作用

——用《文心雕龙》“六观”法评析白先勇的《骨灰》

黄维樑

【引言】

近年来，黄维樑力主将《文心雕龙》推向世界，古代文论要与西方对话，提倡“古为今用”，均具有积极的现实意义。本文所引用的《文心雕龙》“六观”理论，出自《知音》篇。《文心雕龙·知音》曰：“是以将阅文情，先标六观：一观位体，二观置辞，三观通变，四观奇正，五观事义，六观宫商。”本文即据此六种批评方法，评析白先勇的短篇小说《骨灰》，是一篇典型的“古为今用”的文学批评论文。

“五四”新文化运动以来，由西方新理论衍生的各种文学批评方法，较多地运用到中国古代作品和文论的研究中，也取得了不少成绩。但是，中国古代文学批评的理论与方法，如何应用在现当代作品的研究中，做到“古为今用”，则乏善可陈。本文可谓开榛辟莽，导夫先路，印证了古代文论照样契合现代作品，照样可以有效地进行现当代作品的批评分析。

本文以《文心雕龙·知音》篇的“六观”说为理论基础，先解释六观的含义，然后据此一一分析白先勇的《骨灰》。全篇的重点放在六观说“位体”的运用上，认为“位体”就是“设情以位体”，就是主题，就是情，也包含体裁、形式、结构等意义。并且将这些含义综合起来作整体分析，对“位体”做了理论与实际两个层面的考虑，是全篇最有价值的部分。篇末，作者还大力提倡六观法虽是土药秘方，却可以用来衡量古今中外各种作品，具有普遍性价值，因而主张应该重新发现中国古代文化的作用。

一、释“六观”

刘勰的《文心雕龙》成于公元五、六世纪之交，其中有一篇名为《知音》，讨论的是批评的理论和方法。刘勰理想中的批评态度是“平理若衡，照辞如镜”，为此，他提出批评时要注意的六个方面如下：“一观位体，二观置辞，三观通变，四观奇正，五观事义，六观宫商。”刘勰认为用这六观法去析评作品，就能分别其高下——“斯术既形，则优劣见矣”。

《文心雕龙》涉及的文类很多，但主要的是诗歌和散文两大类。《文心雕龙》是一千五百年前的文学批评专著，刘勰写作此书时，心中并没有我们今天所谓的小说。用《文心雕龙》的六观法来析评20世纪80年代的小说，譬如说白先勇的《骨灰》吧，行得通吗？能显出作品的优劣吗？中国这个古代的理论，能应用于现代的作品吗？

历来学者对“六观”的解释，不若对“原道”、“风骨”那样众说纷纭，不过，也不是没有歧见的。例如，大家对“位体”的理解，就颇有分别。笔者综合各家的解说，加上自己的意见，尝试用现代的词汇，来说明“六观”。为了方便讨论，且看起来更为合理，笔者大胆地把“六观”的先后次序，加以调整，于是形成了这样一个“现代化”了的六观说：

第一观位体，就是观作品的主题、体裁、形式、结构、整体风格①；

第二观事义，就是观作品的题材，所写的人事物等种种内容，包括用事用典等；

第三观置辞，就是观作品的用字修辞；

第四观宫商，就是观作品的音乐性，如声调、押韵、节奏等；

第五观奇正，就是通过与其他作品的比较，以观该作品的整体手法和风格，是正统的，还是新奇的；

第六观通变，就是通过与其他作品的比较，以观该作品的整体表现，如何继承与创新。

《知音》篇对于六观，只举出名称，而不加解释。不过，在《文心雕龙》其他篇章里，我们可以找到很多与六观有关的文字：

一、《情采》篇论及情，即主题；《熔裁》、《附会》、《章句》诸篇论及结构；《定势》论及整体风格；此外《文心雕龙》全书有二十篇左右论及各种

---

① 论者以“中心思想”、“体裁”、“风格”、“布局”等说明“位体”的含义。请参看黄维樑《精雕龙与精工瓮——刘勰和“新批评家”对结构的看法》一文的注④；此文刊于《中外文学》1989年12月号，第4—20页。

诗文体裁。

二、《事类》篇论及用典、用事。

三、《章句》、《丽辞》、《比兴》、《夸饰》、《练字》、《隐秀》、《指瑕》论及用字修辞。

四、《声律》篇论及音乐性。

五、《定势》、《辨骚》篇论及正统与新奇。

六、《通变》、《物色》、《辨骚》篇论及继承与创新。

以上所举篇名，只就其重要者而言，实际上不止这些。此外要说明的是，第二、三、四观，可合成一大项目，以与第一观对照。这个大项目就是局部、组成部分、局部肌理（local texture），以与第一观的全体、整体大观、逻辑结构（logical structure）对照①。刘勰论文，非常重视局部细节与整体全部的有机性配合；事实上，“置辞”与“事义”息息相关，而此二者，加上“宫商”，乃构成整篇作品的“位体”。我们也可以反过来说，“位体”决定了“事义”、置辞”和“宫商”。第一至第四观，乃就作品本身立论；第五观奇正，第六观通变，则通过比较来评论该作品，用的是文学史或比较文学的角度了。向来解释“奇正”的，多不能使人惬意。“奇正”与“通变”二者，分辨起来，又颇不容易。也许我们大可不必强为划分，就把它们当作用比较、用透视的方法来衡量作品的整体风格和成就好了。

二、《骨灰》的位体、事义、置辞、宫商

白先勇是位量少而质高的小说家，他的作品在海内外众口交誉。他的短篇小说，三十年来共发表了三十多篇。80 年代的短篇，只得一个，就是 1986 年 12 月发表于《联合文学》的《骨灰》②。

《骨灰》写两代中国人的故事，空间横跨大陆、台湾和美国。故事的叙述者罗齐生，是个工程师，在纽约的一间美国公司工作，年纪四十多岁。他的哥哥在上海。他的堂哥及堂嫂，也住在美国。上一代的人物主要有三个：罗齐生之父罗任平，原为上海交通大学的数学教授，文革期间劳改，1976 年初去世。罗齐生的大伯（即任平的弟弟）罗任重，原为国民党军官，1949 年到了台湾，70 年代初与妻子到了美国，先住在儿子家里，后来搬出来自己住。此外，还有罗齐生的表伯龙鼎立，年轻时是“中国民主同盟”健将，后来是

① 可参考《精雕龙与精工瓮——刘勰和“新批评家”对结构的看法》一文。

② 本文引述时，根据的是白先勇著《骨灰——白先勇自选集续编》（香港：华汉，1987）一书。

优生学名教授，1957 年被打为右派，以后受尽折磨，最近来了美国。

故事发生在三藩市罗任重的家里。罗齐生从纽约坐飞机到三藩市，准备再飞上海，参加交通大学为其父亲开的追悼会。他在三藩市停留一夜，乃为了探望大伯。在大伯家里，罗齐生见到了刚从上海来此，拟转赴纽约的龙鼎立表伯。罗齐生的父亲，死后多年才被找到了骨灰，不久将举行安放仪式。大伯年纪老迈，说将来自己死后，要齐生把他的骨灰统统撒到海里去。龙鼎立表伯这次来美国，身边带着刚去世的妻子的骨灰，要在美国找个安息的地方，而他本人也要在纽约好好找一块地，以备百年归老时之用。骨灰，骨灰，骨灰，成为了这篇小说的话题，也构成了它的主题。内战、革命、斗争，罗任重经历过这些，目睹了这些，抚今伤昔，感到“我们大家辛苦了一场，都白费了——”上一代的这几个人，死的死，老的栖身异国，行将死于斯，有国而不归，年轻时都是热血沸腾的爱国者啊！由此我们看到了《骨灰》这篇小说的思想。它有两个主题：一个是表现中华民族近半世纪的革命和战争，另一个就是对中国传统文化“落叶归根，入土为安”的乖离现象的控诉①。所言甚是。而两个主题，其实关系密切，前者为后者之因，说二者实为一个，并无不可。

上面说过，第一观“位体”，就是“设情以位体”，就是主题，就是情。《情采》篇说，“情者文之经”，《附会》篇说“以情志为神明”，可补充解释情就是主题的意思。《骨灰》这个主题所流露的情，是沉郁、沉痛的。《时序》篇论及某个时代的文风，说“世积乱离，风衰俗怨”，这可借为《骨灰》的形容。《物色》篇的“阴沉”“矜肃”秋冬之气，也可用来帮助说明《骨灰》的调子。

“位体”也包含体裁、形式、结构等意义。《骨灰》在体裁上属短篇小说，就其叙述观点而言，则属于第一身戏剧式手法。刘勰的《文心雕龙》，讨论的是诗文；小说在那时的中国，尚在萌芽阶段，刘勰根本不可能怎样去注意，更不可能有什么叙述观点（point of view）这样的理论——西方也要到 20 世纪才产生②。至于结构，其重要性则是刘勰所大书特书的。《文心雕龙》多处论及结构，《附会》篇说：

> 总文理，统首尾，定与夺，合涯际，弥纶一篇，使杂而不越者也。

---

① 引自《骨灰》一书胡菊人所写的代序。

② 笔者认为《文心雕龙·知音》篇的“蕴藉”和“浮慧”二者，可借来形容叙述观点中的“客观呈现法”和“夹叙夹议的全知”。请参阅黄维樑《中国文学纵横论》（台北：东大，1988）一书中《蕴藉者和浮慧者——中国现代小说的两大技巧模式》一文。

若筑室之须基构，裁衣之待缝缉矣。

《章句》篇则有“外文绮交，内义脉注”之语，与西方的“有机统一体”（organic unity）说法，若合符节①。上文曾经指出：第一观与第二、三、四观关系密切，我们应该分析《骨灰》的事义、置辞等，看看它们怎样和这篇小说的主题配合，看看整篇小说的结构严谨与否。

《骨灰》的素材、事件、情节非常丰富，包括抗日、内战、学潮、大陆易手、反右、文革、平反，以至罗任重的在台湾坐牢、在美国潦倒，龙鼎立的晚年去国，以及罗齐生那一辈的“保钓”运动等等。夏志清多年前指出，白先勇的小说不啻是一部民国史②。我们可以说，加上较后期的白氏小说《夜曲》和《骨灰》，则白先勇的小说足以构成中国的现代史，或者说，中国现代史的缩影。《知音》篇的“事义”，还包括用典。《骨灰》中的罗任重和龙鼎立，都有文化修养，后者且是名教授。罗任重用练字来修身养性，曾书写陆游的诗句“夜阑卧听风吹雨，铁马冰河入梦来”。龙鼎立来到美国与罗任重重叙，对着后者引陈与义“此身虽在堪惊”的词句，来表示感慨。陆游和陈与义的诗词，写的都与国难时艰、民族苦痛有关，白先勇所用的典故，显然切合人物身份和经历，切合作品反映的历史时代，也切合作品要表达的主题。

《骨灰》的“事义”，异常丰富，这里不可能一一引述和分析。不过，有一个情节，是非讨论不可的，那就是小说结束前罗齐生所做的梦：

老人细颤、飘忽的声音戛然而止。黑暗中，一切沉静下来，我仰卧在沙发上，房中的寒意凛凛的侵了过来，我把毯子拉起，将头也蒙上。渐渐的酒意上了头，我感到愈来愈昏沉，朦胧中，我仿佛来到了一片灰暗的荒野里，野地上有许多人在挖掘地坑，人影幢幢，一齐在挥动着圆锹、十字镐。我走近一个大坑，看见一个身材高大的老人站在坑中，地坑已经深到了他的胸口。他抡着柄圆锹，在奋力的挖掘。偌大的坑中，横着、竖着竟卧满了累累的死人骨头，一根根枯白的。老人举起圆锹将那些枯骨剷起便往坑外一扔，他那柄圆锹上下飞舞着；一根根人骨纷纷坠落地上，愈堆愈高，不一会儿便在坑边堆成了一座白森森的小山。我定神一看，赫然发觉那个高大的老人，竟是大伯，他愤怒地舞动着手里

① 请参阅《精雕龙与精工瓮——刘勰和“新批评家”对结构的看法》一文。

② 请阅夏志清《文学的前途》（台北：纯文学，1974）一书中《白先勇早期的短篇小说》一文，第164页。

的圆锹，发狂似地在挖掘死人骨头。倏地，那座白森森的小山哗啦啦倾泻了，根根人骨滚落坑中，将大伯埋陷在里头，大伯双手乱招，狂喊道：

“齐生——”

这个梦十分耐人寻味，把它放在全篇作品中来看，笔者觉得它有下面的含义：

一、坑很大，死人骨头累累，可堆成一座小山；换言之，死的人很多。死的人或死于自然，或死于迫害、战争等，若属于后者，自然不无“一将功成万骨枯”之意。

二、人死了，却入土而不能安，其骸骨被人乱挖乱掘，这实在乖离让死者安息的传统思想①。

三、掘坑者愤怒地、发狂地挖，他大概为自己被迫做此事而愤愤不平，也可能为死人感到不值，代他们生气。（正如龙应台说的：“中国人，你为什么不生气！”②）

四、种种战争、斗争的结果，是累累的死人骨头，这已是徒劳无功；挖坑堆起来的骨头，那座小山哗啦啦倾泻了，这项工作也是一场空。徒劳，徒劳！

五、骨山倾泻，滚落坑中，埋陷了掘坑者。这大概意味着个人及其努力，被历史所淹没。

六、现实中，挖坟的人原为龙鼎立，那是文革时期；梦境里，挖骨的却是罗任重。在40年代龙、罗二人因为政治立场不同而敌对，龙甚至骂过罗是“刽子手”。然而，龙在梦中却成了罗，其身份的混淆或者逆转，使人有啼笑皆非之感。

总括而言，这个梦隐含之意，是徒劳、荒谬、可哀、可笑。用西方现代的批评术语来说，这个梦是意义丰富深刻的象征。用《文心雕龙》的话来说，它是“兴”，是“隐”。《比兴》篇说“兴者，起也”，“兴之托谕，婉而成章”，“比显而兴隐”；《隐秀》篇说“隐也者，文外之重旨”，“隐以复意为工”，“隐之为体，义主文外”，“深文隐蔚，余味曲包”。由此可见在一千五百年前，刘勰已有象征这个概念，已非常重视象征这个手法。

龙鼎立和罗任重年轻时敌对，在齐生的梦中，二人的身份却混淆了，这

① 中国传统文化重视人死后的安葬。例如，《晋书》祖逖传谓祖逖“克己务施，……又收葬枯骨，为人祭醊，百姓皆感悦”。

② 这句话是龙著《野火集》（台北：圆神，1985）一书第一篇文章的标题。

实在乖谬可笑，对此上文已有析论。龙鼎立报身共产党，后来却被打成右派，身心备受摧残；罗任重在文革时因有海外关系而被打为反革命分子，如今海外关系却为他带来平反的机会，至少是加快带来此机会；龙鼎立和罗任重年轻时是健将，是壮士，如今却羸弱衰残，“顶天立地”、“任重道远”的美名，空余歔欷感叹；……凡此种种，我们称之为“反讽”。假如刘勰起于九泉之下，读《骨灰》，“披文入情”，体会到以上这些现象背后的无奈与荒谬，他会怎样形容呢？大概会用刚才引用过的“重旨”、“复意”、“余味曲包”等词吧。象征与反讽，靠的都是“言外之意”。

六观法的第三观是置辞。置辞与事义与位体关系密切，上文已提到。笼统来说，大凡在交代事件和人物的核心元素之外，作者在文字上所花费的功夫，可纳入“置辞”的范围。如果用《文心雕龙》的比喻，则“事义为骨髓，辞采为肌肤”。辞采即置辞。《骨灰》的文字，称得上肌肤细腻，试看看对罗任重和龙鼎立的描写。先看罗部分：

> 大伯南人北相，身材魁梧，长得虎背熊腰，一点也不像江浙人，尤其是他那两刷关刀眉，双眉一耸，一双眼睛炯炯有神，颇有慑人的威严。后来大伯上了年纪，发胖起来，眼泡子肿了，又长了眼袋，而且泪腺有毛病，一迳泪水汪汪的，一双浓眉也起了花白，他那张圆厚的阔脸上反而添了几分老人的慈祥。

下面写的是龙：

> 在灯光下，我看清楚老人原来是个驼背，而且佝偻得厉害，整个上身往前倾俯，两片肩胛高高耸起，颈子吃力的伸了出去，顶着一颗白发苍苍的头颅；老人身子十分羸弱，身上裹着的一件宽松黑绒夹袄，好像挂在一袭骨架子似的，走起路来，抖抖索索。

端的是工笔细绘。“置辞”的功夫，还可见于作品中对专有名词的安排。罗任重和龙鼎立两个名字，都具反讽意味，不是随便取的，这一点上文已有论及。“置辞”还可包括对气氛的营造。《骨灰》写的是十二月下旬一个晚上，三藩市罗任重家中，几个人物的晤谈。白先勇这样细细描摹当时当地的景象：

> 旧金山傍晚大雾，……整个湾区都浸在迷茫的雾里，一片灯火朦胧。

……加利福尼亚街底的山坡，罩在灰濛濛的雾里，那些老建筑，一幢幢都变成了黑色的魅影。爬上山坡，冷风迎面掠来，我不禁一连打了几个寒噤，赶忙将风衣的领子倒竖起来。……旧金山的冷风夹着湿雾，当头罩下，竟是寒恻恻的，砭人肌骨。

季节是冬天，时分是夜晚，雾大风寒，魅影幢幢，濛濛恻恻，这样的景物气氛，正好衬托出篇中罗、龙两个老人的年迈体衰，衬托出小说的悲剧调子。如果用佛莱（Northrop Frye）的“基型论”（archetypal criticism）来理解，则《骨灰》显然属于悲剧或讽刺诗文类型，写的是英雄的死亡或解体，相当于一年中的秋冬，一日中的昏夜。《文心雕龙》没有“基型”体系，不过，《物色》篇所说的秋之“阴沉”和冬之“矜肃”，却与佛莱的基型论相通①。

从以上所说，我们知道《骨灰》运用的种种细节，其选辞择事，都为作品的主题服务，气氛首尾一致。至于第四观宫商，这里略作说明。在各种文学体裁中，诗的音乐性最强，评诗的时候，自然不能忽视其音乐性。至于小说作品，缀字成句，积句成段，组段成篇，字词的声调，句子的长短，固然有其音乐性，但到底难以由首至尾，逐字逐句分析，似乎也无此必要。也许我们可转而谈小说整篇的节奏。《骨灰》主要用内心独白和对话交代情节，谈话时，人物不过三个，时间是一个晚上，故事发展的节奏，非常舒缓；然而，由于整篇《骨灰》涉及的人物多，时间长，空间阔，事件和情节的密度是很高的。以乐曲为喻，则《骨灰》好比是一个众多乐器交响并奏而速度缓慢的乐章。

三、《骨灰》的奇正、通变

第五观奇正，其准确含义似乎不易说明。《定势》篇说：“旧练之才，则执正以驭奇；新学之锐，则逐奇而失正，势流不反，则文体遂弊。”《辨骚》篇说：“酌奇而不失其贞，玩华而不坠其实。”如果说“正”是正统、正宗，则“奇”应该是新奇、新潮、标奇立异一类的东西。不过，奇与正大概是相对的。就以小说技巧而言，詹穆士式的叙述观点、意识流手法、魔幻写实主义手法、法国新小说手法这些，刚刚出现的时候，都是“奇”的，后来，有些已经变成“正”的，或可能变成“正”的了。又以小说中的性爱描写而言，在20世纪初期的西方，在《尤利西斯》和《查泰莱夫人的情人》被禁的

① 请参阅《中国文学纵横论》中《春的豫悦与秋的阴沉》一文。

年代，性爱描写是不正统的，后来却成为不新奇的事物了。20世纪是文化艺术思想多元化发展的时代，正统与否，有时很难确定，即使能够确定，意义似乎也不很大。说回白先勇的《骨灰》。我们知道，这篇成于80年代中期的小说，在技巧方面，是“正统”的，比起魔幻写实小说、新小说、反小说，它简直保守极了。在内容方面，也一点不离经叛道。《骨灰》与别的小说相比，情形有如上述。如果以它和白先勇从前的小说如《冬夜》等相比，它也是“正统”的——《骨灰》在思想和艺术上，保留了白氏多数作品的特色。

评论白先勇小说的，自夏志清、欧阳子以降，都觉察到白氏作品中深沉的国家、民族、时代、文化思考，它具有一种忧患意识①。白氏的兴衰今昔之感、人生无常无奈之慨，也为论者所体会到。《骨灰》秉承的，恰恰是白氏自己这样的传统。若有与前不同的话，则是白氏这种忧患意识更深更强了。《骨灰》中的主角，对政党和政治并没有严词斥责，然而，罗任重对龙鼎立所说的一句“我们大家辛苦了一场，都白费了——”，包含了多少悲哀和辛酸！1988年3月，白先勇在香港与胡菊人对谈，白氏说：“我觉得我们中国人在20世纪很失败。”② 这段心声，和《骨灰》中罗任重的，可说完全一样。

在技巧上，白先勇一向对人物容貌服饰，对场景摆设，其工笔摹状手法，《骨灰》一仍其旧。他喜用的象征、反讽笔法，《骨灰》承袭之。在小说艺术上，从60年代到80年代，白先勇还有一共通点。《游园惊梦》的故事，由钱夫人在窦公馆门口下车走入屋里开始；《梁父吟》由朴公下车回寓所开始；《冬夜》由余嵚磊在门口等待吴柱国开始；《骨灰》则由叙述者下飞机后到罗宅开始（不过在飞机上他有一番颇长的回忆）。这四篇小说，实际的时间都只有短短的数小时，而主要故事内容都是由角色的对话交代的。这是戏剧式小说，是白氏小说的一个模式。

第六观通变，乃论继承与创新。《通变》篇说：“设文之体有常，变文之数无方。……文辞气力，通变则久。”《物色》篇说：“古来辞人，异代接武，莫不参伍以相变，因革以为功。”《辨骚》篇说：“《楚辞》者，体宪于三代，风杂于战国，乃雅颂之博徒，而辞赋之英杰也。观其骨鲠所树，肌肤所附，虽取熔经意，亦自铸伟辞。”合起来，足以说明继承与创新的道理。综览文学史，我们知道即使才高八斗的作家，也不可能一无依傍，完全白手兴家。作

① 请参阅夏志清《文学的前途》，及欧阳子《王谢堂前的燕子——〈台北人〉的研析与索隐》（台北：尔雅，1976）一书的《白先勇的小说世界》一文及书内其他文章；又：《骨灰》中胡菊人的代序，及书末戴天所写的代跋。

② 引自白先勇《第六只手指》（香港：华汉，1988年），第175页。

家多方吸收营养，转益多师，是自然且必要的事情。白先勇从早年阅读小说开始，即已受各家影响，已上通于中外的文学传统①，简单来说，在广阔多样的中外古今文学中，《红楼梦》的工笔写法，亨利·詹穆士以降的小说叙述观点理论，弗洛伊德的心理分析学说，以至象征、反讽和中国古典诗词的凝练修辞等技巧，对白先勇的小说，影响最为深远。所谓创新，往往只是采摘、继承各家之长所新形成的综合体。白先勇在小说技巧上的创新，正是上述诸家之长的综合。技巧上这个综合体，加上白先勇的忧患意识，他写出来的形形色色悲欢离合的人物故事，他细意经营的一个个象征、反讽，合起来就是白氏小说的特色、成就、个人风格和创新表现。“白氏小说者，体宪于中外，而风杂于当世，乃说部之新变，而现代之英杰也。观其骨鲠所树，肌肤所附，虽取熔经意，亦自铸伟辞。”我们可改动《辨骚》篇的字眼，借它来形容白先勇小说的“通变”。而《骨灰》“白风”明显，是当代一篇沉郁耐读的上乘之作。

四、“重新发现中国古代文化的作用”

20世纪是理论林立、批评发达的时代。西方的文学批评，有五花八门的种种学说，一千五百年前的《文心雕龙》，就和任何20世纪之前的中西文学批评经典一样，虽然了不起，却不可能预开本世纪的百花。《文心雕龙》有原道宗经之说，但它没有马克思主义文论；它强调情理的重要，如《情采》篇说的“情者文之经，辞者理之纬”，但它没有心理分析学说；它注意到《离骚》的神话成分，觉察到四季变迁物色感人的现象，但它没有一套神话理论或佛莱式基型论②。它认为文学作品有其体裁上的要求和作品本身的规律，但它没有结构主义理论或解构理论；它了解到不同读者对作品不同反应，但它没有森严的一套“接受美学”。然而，《文心雕龙》有很多精见卓见，有很多中庸而高明的理论，有的可以发展成为圆融宏大的理论体系，六观法就是其

① 可参阅陆士清《白先勇的世界白先勇的梦》一文，刊于《文汇报》1988年1月10日及17日文艺版。

② 《辨骚》篇是一篇很好的实际批评文章，笔者撰有《现代实际批评的雏形——〈文心雕龙·辨骚〉今读》一文，1989年12月在香港大学的《中国学术研究的传承与创新》研讨会上宣读，拙文提到刘勰对神话、夸诞事物（这些都是“异乎经典”的）的兼容并包。当然，刘勰并无对神话作系统式的研究，不像20世纪初期费雷沙（J. G. Frazer）的《金枝》（The Golden Bough）那样；正因为如此，《楚辞》的神话传统成分，乃成为本世纪学者自闻一多以至陈炳良（其《神话·礼仪·文学》一书（台北：联经，1985）中有《圣与俗——〈九歌〉新研》一文，很有启发性）的研究课题。无论如何，刘勰对神话夸诞素材的并蓄精神，显示他是个博大的批评家。

中之一。六观法是析评作品艺术、衡量作品成就的一个理论架构；西方“新批评”（The New Criticism）及其以前的种种技巧分析理论，基本上都可以纳入六观法的体系里面。如何实际地析评作品，《文心雕龙》的六观法，提供了一个可以放诸四海而皆准的方法学典范。

笔者向来推崇《文心雕龙》的体大虑周，极高明而道中庸，多年来又深爱白先勇小说的沉郁精深、忧时感世，现在讨论其《骨灰》，尝试以古法证论新篇，这也可算是刘勰“通变”说的一项实验。白先勇在叹息现代中国失败之余，对中国传统文化是有信心的。《冬夜》的余嵌磊说：“有时候，洋法子未必奏效，还得弄帖土药秘方来治一治。”[①]《骨灰》中的罗任重，悲慨之余，就靠练书法，写陆游诗句“夜阑卧听风吹雨，铁马冰河入梦来”，以修心养性。而白氏本人也认为应该来一个中国文化复兴，“重新发现中国古代文化的作用”[②]。笔者这里以六观法析评《骨灰》，只用了一个例子。六观法是可以用来衡量古今中外各种作品，极具普遍性实用价值的。洋法有洋法的好处，中国人向来大抵都学习、借鉴，且往往不遗余力。不过，我们应该“重新发现中国古代文化的作用”，且向外国介绍，以期对世界文化有所贡献，同时治疗一下近代以来饱受摧残的民族自尊。

——一九九二年

（选自黄维樑《中国古典文论新探》北京大学出版社 1996 年版）

【阅读思考】

1. 试运用《文心雕龙》六观法分析一首你喜欢的现当代作品。

2.《文心雕龙》一书除了六观法，还有哪些文学批评方法。试举例说明之。

---

① 引自《白先勇自选集》（香港：华汉，1986 年），第 232 页。

② 引自白先勇《第六只手指》（香港：华汉，1988 年），第 176 页。

三、文献链接

（一）论　文

1. 钱锺书：《诗可以怨》，《文学评论》，1981 年第 1 期。

2. 张少康：《六朝文学的发展和“风骨”论的文化意蕴》，《中国文化研究》，1998 年夏之卷。

3. 周勋初：《梁代文论三派述要》，《中华文史论丛》，1964 年第 5 辑。

4. 李平：《〈神思〉创作系统论》，《文艺研究》，1989 年第 5 期。

5. 邓国光：《唐代诗论抉原：孔颖达诗学》，《中华文史论丛》，1998 年第 56 辑。

6. 王梦鸥：《试论皎然〈诗式〉》，《中华文化复兴月刊》，1981 年第 14 卷第 3 期。

7. 王运熙：《晚唐文学批评三题》，《文学遗产》，1992 年第 5 期。

8. 顾易生：《苏轼的文艺思想》，《文学遗产》，1980 年第 2 期。

9. 朱东润：《沧浪诗话探故》，《中国文学论集》，中华书局，1983 年。

10. 蔡锺翔：《明代哲学情性论的嬗变与主情论文学思潮》，《中国哲学史》，1996 年第 3 期。

11. 章培恒：《李梦阳与晚明文学新思潮》，《安徽师范大学学报》，1986 年第 3 期。

12. 王达津：《说方苞义法》，《古代文学理论研究》，第 12 辑。

13. 周振甫：《〈人间词话〉初探》，《〈人间词话〉及评论汇编》，书目文献出版社，1983 年。

14. 李平：《20 世纪中国文学批评史研究综论》，《文艺研究》，2003 年第 4 期。

15. 汪涌豪：《中国古代文论范畴的统序特征》，《文学评论》，2000 年第 3 期。

16. 吴承学：《辨体与破体》，《文学评论》，1991 年第 4 期。

17. 叶朗：《说意境》，《文艺研究》，1998 年第 1 期。

18. 蒋寅：《至法无法：中国诗学的技巧观》，《文艺研究》，2000 年第 6 期。

19. 敏泽：《中国古典意象论》，《文艺研究》，1983 年第 4 期。

（二）论　著

1. 郭绍虞：《中国文学批评史》，百花文艺出版社，1999年。
2. 王运熙等：《中国文学批评通史》，上海古籍出版社，1996年。
3. 郭绍虞：《中国历代文论选》，上海古籍出版社，1979年。
4. 徐复观：《中国艺术精神》，春风文艺出版社，1987年。
5. 叶维廉：《中国诗学》，人民文学出版社，2006年。
6. 黄维樑：《中国古典文论新探》，北京大学出版社，1996年。
7. 刘若愚：《中国文学理论》，江苏教育出版社，2006年。
8. 张少康：《中国古代文学创作论》，北京大学出版社，1983年。
9. 黄侃：《文心雕龙札记》，中华书局，1962年。
10. 王元化：《文心雕龙讲疏》，上海古籍出版社，1992年。
11. 叶嘉莹：《王国维及其文学批评》，广东人民出版社，1982年。
12. 程千帆：《文论十笺》，黑龙江人民出版社，1983年。
13. ［美］宇文所安：《中国文论：英译与评论》，上海社会科学院出版社，2003年。
14. 郭绍虞：《照隅室古典文学论集》，上海古籍出版社，1983年。
15. 毛庆其：《台湾学者中国文学批评论文选》，人民文学出版社，1986年。
16. 邝健行等：《香港中国古典文学研究论文选粹》（文学评论篇），江苏古籍出版社，2003年。
17. 罗宗强等：《古代文学理论研究概述》，天津教育出版社，1991年。
18. 李春青等：《20世纪中国古代文论研究史》，山东教育出版社，2008年。

四、选题示例

1. 孔子文艺思想对中国文学现实主义传统有哪些积极影响
2. 庄子崇尚自然的文艺思想在中国文学史上产生哪些积极影响
3. 司马迁的“发愤著书”说对后代文学理论批评有何影响
4. 《毛诗序》对诗歌抒情的认识与规范及其在后代文学史上所产生的积极与消极的影响
5. 试述《典论·论文》“文以气为主”的内涵及其在文学理论和文学批评史上的重要意义
6. 陆机《文赋》与刘勰《文心雕龙》创作思想比较研究

7. 试述钟嵘“滋味”说的内涵及其对后世文学理论的影响

8. “比兴”说的具体内涵在不同时期各有侧重，请结合有关文论予以论述

9. 试比较韩愈的“气盛言宜”说和孟子“养气”说之异同

10. 试析司空图“韵味”说对钟嵘“滋味”说的继承、发展和深化

11. 试述欧阳修“诗穷而后工”说的内涵，并比较其与韩愈“不平则鸣”说的异同

12. 如何理解苏轼注重自然天成的文艺思想

13. 试述李清照的词“别是一家”的词论观点的内涵，以及你对这一观点的理解

14. 《沧浪诗话·诗辨》曰：“盛唐诗人惟在兴趣”。请结合盛唐诗人的诗歌创作实践，简述“兴趣”的含义

15. 结合诗歌欣赏，评述谢榛“诗有可解、不可解、不必解，若水月镜花，勿泥其迹可也”这段诗论的内涵和意义

16. 试述李贽“童心”说的内容及其理论意义和影响

17. 试述公安派“独抒性灵，不拘格套”说的内涵、理论意义及其对袁枚“性灵”说的影响

18. 试评金圣叹关于小说人物性格塑造的理论

19. 试评王夫之情景理论的内涵及其意义

20. 为什么说叶燮的《原诗》是《文心雕龙》之后理论性和体系性最强的一部文学理论著作

第三章　西方文艺理论研究

一、学科概述

（一）学科性质

所谓“西方文艺理论研究”，它同“中国古代文学批评研究”一样，属于文艺理论史或文艺批评史的范畴，所不同的是研究对象为西方的文艺理论和文艺批评。西方文艺理论有什么特点？我们研究西方文艺理论的意义何在？这是研究者必须首先明确的两个问题。

1. 西方文艺理论的特点

一般所说的“西方文艺理论”，主要是指渊源于古希腊并传播到欧洲各国以及近代以来欧美各国发展起来的文艺理论。与中国古代文论相比，它在历史进程和理论形态诸方面具有自身的鲜明特点。

其一，西方文论的历史进程。从古希腊到20世纪的西方文艺理论，按其自身的内在发展逻辑，可以分为五个阶段。

一是古希腊罗马时期的文艺理论，属于西方文论的“奠基期”。柏拉图的《理想国》、亚里士多德的《诗学》、贺拉斯的《诗艺》和朗吉努斯的《论崇高》，是这一时期最重要的文艺理论著作。古希腊是西方文化史上的“轴心期”，也是西方文论史上的“轴心期”，柏拉图和亚里士多德则是西方文艺理论的总源头。黑格尔说：“哲学之作为科学是从柏拉图开始而由亚里士多德完成的。他们比起所有别的哲学家来，应该可以叫做人类的导师。”① 在西方文论史上，柏拉图和亚里士多德同样如此，他们是西方理想主义和现实主义两大文艺思潮、哲学美学和艺术哲学两大理论形态的总源头。英国诗人柯尔律治说得好：“一个人生来不是柏拉图派，就是亚里士多德派。”②

---

① 黑格尔：《哲学史讲演录》，第2卷，商务印书馆，1960年，第151页。

② 转引自朱光潜：《诗论》，《朱光潜全集》第3卷，安徽教育出版社，1987年，第138页。

二是中世纪文艺理论，这是西方“两希文明”的形成期，也是西方文化和文论的“增殖期”。《圣经》的诞生是这一时期最伟大的文化事件，它成为这一时期包括文艺美学在内的一切精神文化的源头。中世纪没有留下专门的文艺理论著作，文艺思想散见于各时期神学家的神学著作中。中世纪的文艺思想与古希腊有密切联系，形成两种颇为对立的倾向：一种是基督教神学文艺思想，以奥古斯丁和托马斯·阿奎那为代表，其理论渊源于新柏拉图主义，对世俗文艺持否定态度；一种是反基督教神学的文艺思想，以厄里根纳和阿伯拉尔为代表，强调文艺的独立性和独特价值，肯定世俗文艺的积极作用。

三是文艺复兴和新古典主义文艺理论，这是古希腊古典文论的复兴期。15 世纪末，随着亚里士多德《诗学》的重新发现，开启了人文主义者对古希腊罗马文论著作研究的热潮，他们把亚里士多德《诗学》、贺拉斯《诗艺》和朗吉努斯《论崇高》，称为“诗艺的永恒立法者”，发表了大量阐释性著述。16 世纪意大利维达的《论诗艺》、17 世纪法国新古典主义者布瓦洛的《诗的艺术》和 18 世纪初英国蒲伯的《论批评》，则被称为古典主义“三法典”。新古典主义文论并未完全过时，韦勒克指出：“新古典主义批评便在今日仍然可予以辩护”，因为“它力图发现文学、文学创作、文艺作品的结构以及读者反响这几方面的原理或‘规律’”，这种努力“是正确合理的”①。

四是近代文艺理论，这是西方文论的多元发展期，也是西方文论自古希腊以后最具理论深度也最具世界影响的时期。韦勒克指出：“十八世纪中叶至十九世纪三十年代的文学批评史是十分明确地提出我们现今依然尚未解决的所有基本问题的时候。”② 西方近代文论是伴随西方近代文学的多元发展而形成的。18 世纪以后的西方近代文学史基本上是由相继出现的一系列文学思潮构成的，如启蒙主义、感伤主义、浪漫主义、现实主义以及象征主义等等。与此相联系，西方近代文论也可以分为启蒙主义文论、浪漫主义文论、现实主义文论以及象征主义文论等派别。法国的伏尔泰和狄德罗，德国的康德和黑格尔，英国的华兹华斯和柯尔律治，俄国的别林斯基、车尔尼雪夫斯基和杜波罗留波夫，以及歌德、雨果、巴尔扎克、左拉、托尔斯泰等西方文豪，是这一时期最伟大的文艺理论家，也是对 20 世纪中国影响最大的文艺思想家。

五是 20 世纪以来的西方文论，这是西方文论的转折期。所谓“转折”，是指由创作论向批评论的转折，由价值论向方法论的转折，由人文精神向科

① 雷纳·韦勒克：《近代文学批评史》，第 1 卷，上海译文出版社，1987 年，第 15 页。

② 雷纳·韦勒克：《近代文学批评史》，第 1 卷，上海译文出版社，1987 年，第 1 页。

学理性的转折。从总体看，20世纪的西方文论，是“批评的时代”的“批评的理论”。上世纪60年代，韦勒克在描述“20世纪文学批评的主要趋势”时指出：“18世纪和19世纪都曾被人称为‘批评的时代’，然而把这个名称加给20世纪却十分恰当”；并进而评述了六种批评理论：（1）马克思主义的文学批评，（2）心理分析的文学批评，（3）语言学和文体学的文学批评，（4）新的机体主义的形式主义，（5）以文化人类学所取得的成就和荣格的思想为基础的神话文学批评，（6）受存在主义及其类似的世界观的启发而形成的新的哲学性质的文学批评。[①] 从今天看，20世纪的西方文评远远超过了上述六种，而且从卢卡奇到萨义德、从胡塞尔到德里达的各种批评理论，都在当代中国学术界和文学评论界产生了广泛的影响。

其二，西方文论的理论形态。西方文论理论形态的特点表现在两个方面，即理论形式的特点和理论内容的特点。

先说西方文论的形式特点。文论著作的形式特点根源于思维方式的特点。关于中西理论思维的差异，王国维有一段名言：“抑我国人之特质，实际的也，通俗的也；西洋人特质，思辩的也，科学的也，长于抽象而精于分类，对世界一切有形无形之事物，无往而不用综括及分析之二法。”[②] 中国古代文论的写作形态是多种多样的，如诗话、词话、文话、序跋、书信、笔记等等，但是除了“体大而虑周”的《文心雕龙》之外，大都是体验性的评点和不作论证的格言。西方文论的写作形态同样是多种多样的，除了大部分的论述体外，还有戏剧体文论和诗体文论等等。贺拉斯的《诗艺》、朗吉努斯的《论崇高》、布瓦洛的《诗的艺术》和蒲伯的《论批评》，便是西方四大诗体文论著作。但无论采用何种形式，西方文论家无不“长于抽象而精于分类”，文论著作大都形成论证严密、结构严整的逻辑体系。

再说西方文论的内容特点。西方文论家尤其是近代以来的理论家，他们撰写文论著作时大都具有较为明确的理论追求和功能目标，从而形成了文论著作不同的功能类型。一般地说，西方文论著作大致可以分为三种功能类型。一是“诗学”，即文艺创作的技艺学，专门讨论各种艺术门类的创作技艺。如亚里士多德《诗学》之于“戏剧学”、达·芬奇《画论》之于“绘画学”、华兹华斯《抒情歌谣集序言》之于“抒情诗学”、罗丹“艺术论”之于“雕塑学”以及福斯特《小说面面观》之于“小说学”等等。二是“批评学”，即文学批评和文学史研究的方法学，主要阐述文学研究的方法和文学评价的标

---

① 雷纳·韦勒克：《批评的概念》，中国美术学院出版社，1999年，第326—327页。

② 刘刚强编：《王国维美论文选》，湖南人民出版社，1987年，第78页。

准等等。蒲伯的《论批评》、莱辛的《汉堡剧评》、丹纳的《艺术哲学》以及韦勒克的《文学理论》等，是各时期这一领域的代表作。三是“艺术哲学”，即有关文学艺术问题的完整的知识体系，它们大都从特定的哲学体系出发阐述艺术的本质特征和诸种规律，自圆其说，自成一家之言。如谢林的《艺术哲学》、黑格尔作为“美的艺术的哲学”的《美学》以及苏珊·朗格的《情感与形式》等，这些都是以特定的哲学思想为基础建构的艺术理论体系。

孙子曰：“知彼知己者，百战不殆。”充分认识西方文论的历史特点和理论特点，是研究西方文论的基本前提。

2. 西方文论研究的意义

为什么要研究西方文论？这不仅对这个学科至关重要，而且对每个研究者至关重要，它关系到每个学者的每篇论文为何而写。不明意义，论文的写作就会失去目标，就可能无的放矢。对于中国学者来说，西方文论的研究大致有四重目标，四方面的意义。

其一，深化西方文学史的认识。一个作家总在某些社会条件下创作，也总在某种文艺风气和文艺思潮里创作。这个风气和思潮会影响到他对题材、体裁、风格的去取，给予他以机会，同时也限制了他的范围；而西方文论是西方文艺风气和文艺思潮的理论概括和思辨形态。因此，要了解一个作家的成就，要了解一国一代文学的成因和特色，就有赖于熟知这个时代的文艺理论，熟知这个作家和他的同时代人所认为是艺术基础的批评学说。事实上，批评史和文论史的研究不应当成为一项纯粹古籍研究性的课题，它应当阐明和解释文学的现状，从而有助于对文学创作和文学史的理解。

其二，深化文学基本理论的认识。“论从史出”，现代文艺学或文学理论的知识体系，是中西文论史上零星孤单的理论观点和概念命题的概括化和系统化。中西文论史上自发的孤单见解是现代自觉的周密理论的思想根苗和理论资源。中国现代文艺学知识体系对西方文论的借鉴是双重的，既直接借用概念命题，也直接借鉴思维模式。因此要深化文学基本理论的认识，不仅要研究中国古代文论史，更要研究西方文论史。

其三，掌握多样的批评方法。一部文论史，既是一部文学艺术的审美观念史，也是一部文艺研究的方法论史。在20世纪这个“批评的时代”，更是出现了众多批评流派和批评方法。西方现代的批评理论和批评方法是学术理性和科学理性的产物，具有高度的普遍性和指导性。20世纪初，中国学者关注西方文艺理论的最初动机，就是为了引进西方的批评理论和批评方法，改造传统的训诂式、评点式的批评方式。今天，了解和借鉴西方现代的批评理论和批评方法，同样有助于推进文学研究，深化对中国文学的认识。

其四，中西文论史的相互照明。“对话”是文化理解的基本方式。巴赫金说得好：“在文化领域中，外位性是理解的最强大的推动力。一种文化只有在他种文化的视野中才能较为充分和深刻地解示自己。”① 通过不同文化之间的对话，一种涵义在与另一种涵义、他人涵义相遇交锋之后，就会显现出自己的深层底蕴；同时，既可以给别种文化提出它自己提不出的新问题，也可以在别种文化中寻找出自己对此类问题的答案。正是在这个意义上，王元化说：“研究中国文化不能以西学为坐标，但必须以西学为参照。”② 文化史研究是如此，文论史研究同样如此。西方文论是理解中国文论的强大动力，也是照亮中国文论的重要参照。

（二）学科发展

学术动机是学术史发生发展的内在动力。20 世纪中国学者对西方文论的研究有三大动机：在创作领域，研究西方文学观念以推进文学创作的现代转型；在学术领域，研究西方批评方法以改造传统的文学研究方式；在大学教育中，开设西方文论课程以完善大学文科的课程体系和知识体系。

从学术史看，20 世纪以来，伴随“西方文论的三次大规模输入”③，对西方文论的研究也相应地可以分为三个阶段：第一阶段，五四前后至二三十年代；第二阶段，20 世纪五六十年代；第三阶段，20 世纪 70 年代末以来。在研究的动机与对象、目的与任务诸方面，每一个阶段都有自己的一些特点；同时每一个阶段在不同的研究领域和方向上，都产生了代表性的研究者。

第一阶段：五四前后至二三十年代，以欧洲古典文论的译介和研究为中心。这一阶段以五四为中心点，又可以细分为三段。

五四之前对西方文论的关注，是与翻译文学密切相连的。西方文论的输入是“西学东渐”的有机组成部分。西学最初的传入者是西方来华的传教士，不过传教士传播的西学中，文学作品所占分量很小，文艺理论几乎没有。中国学者对西方文论的关注，始于翻译小说及西方学者的小说评论。据阿英编《清代文学丛抄（域外文学卷）》考证，我国翻译西洋小说始于乾隆年间的

---

① 巴赫金：《文本、对话与人文》，河北教育出版社，1998 年，第 370 页。

② 王元化：《九十年代反思录》，上海古籍出版社，2000 年，第 20 页。

③ 代迅：“大致说来，本世纪曾经有过三次大规模的外来文论输入中国。而每一次的性质、特点与方向不尽相同”：“‘五四’时期”是第一次，“建国初期”是第二次，“新时期以来”是第三次，云云。（《西方文论在中国的命运》，中华书局，2008 年，第 4—6 页。）

1740年前后。不过，西洋文学的大量输入是19世纪末至20世纪初的事。施蛰存指出："从1890年到1919年这三十年间，是迄今为止，介绍外国文学最旺盛的时期。我们把这一现象，突出地标举为近代文学在接受外国文学方面的第一项特征。"① 随着以小说、戏剧为主体的西方文学的大量输入，西方的文学观念、文学批评和文艺理论也纷至沓来。1905年，《新民丛报》从第十二号起连载了由法国学者维朗撰写、蒋智由翻译的《维朗氏诗学论》。1913年至1914年，《小说月报》连载了孙毓修撰写的《欧美小说丛谈》，这是我国第一部系统评价西方小说戏剧的专著。1914年，黄远生在《小说月报》上发表了《新剧杂论》，试图对西方戏剧理论作较系统的介绍。这是中国学者对西方文论的最初接触，也是我国西方文论研究的滥觞。

五四时期对西方文论的研究，是与当时"文学革命"论和新文学运动密切联系的。陈独秀倡导"文学革命"，心目中的理想典范便是文艺复兴以来"今日庄严灿烂之欧洲"②，其重心则是19世纪欧洲的批判现实主义文学思潮。胡适的新文学建设的主张可归结为两点：一是"赶紧多多翻译西洋的文学名著做我们的模范"；二是学习和掌握西方的文学观念和文学方法指导我们的文学创作。于是，他不仅发表了直接在西方文艺思想影响下写作的《文学改良刍议》、《历史的文学观念论》等重要文章，而且在《建设的文学革命论》、《文学进化观念与戏剧改良》、《论短篇小说》等文章中，结合传统中国文学的创作实际，对西方的悲剧观、"三一律"和文学创作的"经济原则"作了精辟阐述。其中，胡适在《文学进化观念与戏剧改良》一文中对"悲剧的观念"的三点论述，迄今依然是中国学者对西方悲剧观最精炼、最全面的概括。

二三十年代的西方文论研究，由文学创作转向文学研究，并以"改造我们的学术界"，改造传统的文学研究方式为直接目的。与此相联系，西方近代的文学史家和文学批评家成为重要的研究对象。郑振铎、朱光潜、傅雷和梁实秋是这一时期重要的西方文论研究者，各自发表了系列论文或研究专著。郑振铎在《圣皮韦的自然主义批评论》（1922）引言中写道："中国人的文学批评，还在因袭的法则的束缚之下，许多年来，儒学的批评论，支配一切，没有人敢违背他的固定的主义的。……现在虽已把这种传袭的主张打破，而新批评观念，尚未成立。所以我们觉得介绍欧洲近代的文学批评，实有不可一日缓之势。欧洲的近世批评，始于圣皮韦，泰尼继之于法，亚诺尔（Arnold）继之于英。其余如配德（Patey）之快乐批评，法郎士（A France）之

① 《中国近代文学大系（翻译文学集1）》，"导言"，上海书店，1990年，第18页。

② 《独秀文存》，安徽人民出版社，1987年，第95页。

印象批评，等等，亦皆导源于圣皮韦。现在先介绍圣皮韦之批评。一则以圣皮韦为近代批评之祖，二则因自然主义的批评，在中国现在似乎有介绍的必要。”这段话可视为二三十年代西方文论研究的“导言”，对当时研究者共同的目的宗旨、对象重心和现实意义作了简明扼要的阐述。梁实秋则是这一时期最重要的西方文论研究者，也是这一时期唯一“西洋文学批评”科班出身的学者，曾在哈佛大学研究院从白璧德“研究西洋文学批评”①。他先后出版了《浪漫的与古典的》（1927）、《文学的纪律》（1928）和《文艺批评论》（1934），对从亚里士多德《诗学》到弗洛伊德精神分析批评的欧洲文论作了较全面的介绍。在《文艺批评论》的“编辑范例”中，梁实秋说：“本书各章系按历史之顺序，故虽非文艺批评史，而读者亦可略窥西洋文艺批评思想进展之大势。”② 从今天看，梁实秋的《文艺批评论》可以说是中国学者撰写的第一部“西方文艺理论简史”。

第二阶段：20 世纪五六十年代，以俄苏文论的译介和研究为中心，具有较鲜明的政治功利主义色彩和意识形态宣传意味。实际上，20 世纪中国学者对俄苏文论的译介和研究可以追溯到 30 年代前后左联时期。从左联时期、到延安时期、再到新中国成立后的 50 年代，对俄苏文论的译介和研究也可以细分为三段。

左联时期，主要是对以普列汉诺夫为中心的俄苏文伦的译介和研究。20 世纪 20 年代苏联文艺界普遍认为，马克思主义美学和文艺理论的最大权威是普列汉诺夫，正是普列汉诺夫奠定了马克思主义文艺学的基础。由于普列汉诺夫在当时苏联的特殊地位，20 年代末和 30 年代初，中国以左联为中心的无产阶级革命文学运动，把普列汉诺夫的文艺思想作为自己的思想理论武器。普列汉诺夫的文艺理论名著《论艺术（没有地址的信）》、《艺术与社会生活》等等，被反复翻译介绍进来，并得到鲁迅、冯雪峰、瞿秋白等人的研究和推介。苏联文艺理论家弗里契以普列汉诺夫的学生自居，试图在普列汉诺夫文艺思想基础上建构一个马克思主义文艺理论体系，出版了《欧洲文艺发展史》和《艺术社会学》两本著作。弗里契也被中国学者视为优秀的马克思主义艺术学者，他的两本著作在当时也不止一次被翻译成中文。

延安时期，主要是周扬对马克思主义经典文论的研究和对俄国“唯物主

① 梁实秋《浪漫的与古典的》“序言”：“我借这个机会要特别表示敬意与谢忱的，是哈佛大学法国文学教授白璧德先生，若不从他研究西洋文学批评，恐怕永远不会写出这样几篇文章。”（《梁实秋文集》第 1 卷，鹭江出版社，2002 年，第 33 页。）

② 《梁实秋文集》（第 1 卷），鹭江出版社，2002 年，第 226 页。

义的美学”别、车、杜文艺思想的译介。马克思主义经典文论研究的直接成果，是周扬在40年代编辑的《马克思主义与文艺》。此书选辑了马克思、恩格斯、普列汉诺夫、列宁、斯大林、高尔基、鲁迅及毛泽东有关文艺的论述，按内容分为五辑：一、意识形态的文艺，二、文艺的特质，三、文艺与阶级，四、无产阶级文艺，五、作家，批评家。贯彻全书的一个中心思想是：文艺从群众中来，必须到群众中去；而编辑此书的目的，则是“证实了毛泽东同志文艺理论的正确”。与此同时，为了给毛泽东文艺思想寻找更深的古典思想渊源，周扬还翻译了车尔尼雪夫斯基的美学名著《艺术与现实的审美关系》，书名译为《生活与美学》，并撰写了长篇论文《唯物主义的美学——介绍车尔尼舍夫斯基的美学》。周扬的一编一译一文，对建国后中国文艺思想界产生了深刻影响，也直接奠定了译介西方文论的基调。

五六十年代，西方文论的研究逐渐回归学院，转向大学，与当时大学文科课程体系的建设密切相关。它有两个阶段性的特点。一是从50年代初开始，在以苏为师、全面苏化的背景下，大学文科的文艺学或文学理论教学直接搬用苏联的理论体系，影响最大的是季摩菲耶夫的《文学原理》，被称为“季摩菲耶夫体系”。从建国初到1958年之前出版的文艺学或文学概论教材，大都是“季摩菲耶夫体系”的“中国化”改写本。二是从50年代末到60年代初，由于中苏关系的变化、政治环境的相对宽松和大学教育发展的需要，中国学界又重新开始关注西欧古典文艺理论和欧美现代文艺理论。这一阶段的译介和研究成果主要体现在两大方面：一是出版了系统介绍西方文艺理论的译文丛书和文论选。如《文艺理论译丛》（1957—1958年，共6册）、《古典文艺理论译丛》（1962—1966年，共11册），“外国文艺理论丛书”从柏拉图《文艺对话集》到车尔尼雪夫斯基《生活与美学》十余种，以及“外国文学研究资料丛刊”中的两部专题资料选编《外国理论家作家论形象思维》（1979）和《欧美古典作家论现实主义和浪漫主义》（1980），也属于当时的译介出版计划；二是在高校文科开设“西方文论史”课程，为此出版了伍蠡甫主编的作为“高等学校文科教材”的《西方文论选》（上下卷·1964年），并酝酿编写“西方文艺理论史”的教材。20世纪80年代出版的缪朗山先生的遗著《西方文艺理论史》，就是当时作为教材编写而未及出版的著作。朱光潜、伍蠡甫、罗念生、缪朗山以及钱锺书和杨绛等学者，在这一时期的译介和研究中做出了重要贡献。这一时期尽管以译介为主，但为后来的西方文论研究提供了较系统的资料基础，也培养了一批研究人员。

第三阶段：20世纪70年代末以来，以欧美的批评观念和批评方法的译介和研究为中心。这一阶段的特点主要表现在三个方面。

从地域取向看，如果说五六十年代以俄苏为主的东欧文论为主流，以西欧古典文论为陪衬，那么这一时期则以欧美现代文艺理论为主流，以俄苏与东欧文论为陪衬。俄苏文论中只有俄国形式主义以及什克洛夫斯基、巴赫金和赫拉普钦科等少数流派和学者受到中国学者的关注。《别林斯基选集》（六卷本）、《车尔尼雪夫斯基论文学》（上、中、下三卷本）、《杜波罗留波夫选集》（二卷本）以及匈牙利著名马克思主义文艺理论家卢卡契的《卢卡契文学论文集》，虽然在这一时期或隆重出版或重新出版，但始终没有成为关注的热点。

从研究内容看，随着20世纪西方文论由创作论向批评论的转向、由价值论向方法论的转向，中国学者也主要关注西方现代的批评观念和批评方法。从作者系统的心理分析，到读者系统的接受美学，再到作品系统的新批评和结构主义，以及社会文化系统的文化研究和西方马克思主义批评等等，一个个批评流派像走马灯似地在眼前晃动，一种种新奇学说不断地成为学术的兴奋点。

从焦点变迁看，从70年代末至今的30年又出现了三次转向。王一川在《外国文论在中国六十年（1949—2009）》一文中，把外国文论在中国的60年历史概括为“四次转向”。第一次转向为1949—1977年，此后的三次转向便是这30年。略谓：第二次转向是1978—1989年西方前期现代文论范式主导期。国家实行开放政策，过去一度被禁锢的西方生命美学、直觉主义文论、心理分析批评、新批评、结构主义批评、现象学批评和存在主义批评等理论资源，蜂拥而至，给中国现代文论以极大的冲击和启示；第三次转向是1990至1999年间的西方后期现代文论范式主导期。以“符号学”、“后现代”、“文化研究”和“后殖民”为代表的西方后期现代文论成为中国学者关注热点；第四次转向是进入21世纪以来，以全球消费文化等为热点的新近西方文论范式为主导，带有明显的跨学科话语特征。①

这三十年是西方文论研究真正意义上繁荣发展的三十年，视野开阔，思想自由，方法多样，成果丰硕。然而，在众多的“文论史”、“分体史”和“观念史”著述中，张隆溪的《二十世纪西方文论述评》（1986）、赵一凡的《西方文论讲稿》（2007）和《西方文论讲稿续编》（2009）以及赵一凡主编的《西方文论关键词》（2006），以其深思熟虑、融会贯通和深入浅出的文风，

---

① 王一川：《外国文论在中国六十年（1949—2009）》，《当代文坛》，2009年第5期。

体现出这一时期中国学者研究20世纪西方文论的实绩。

（三）研究范围

1. 研究范围与研究对象

西方文论的研究范围取决于研究对象自身的内在构成。所谓西方文论或西方文论史，就是西方历代人文学者关于文学艺术的本质规律和各个艺术门类审美规律的反思史；而任何一种反思活动都包含三个要素，即反思主体、反思对象和反思主题。与此相联系，西方文论的内在构成也包含上述三个方面。从反思主体看，西方文论的研究者主要由哲学家、艺术家、批评家和“文学教授”四大部分的人员构成；从反思对象看，西方文论广泛涉及建筑、雕塑、绘画、音乐和文学诸艺术门类，在文学中又广泛讨论了史诗、戏剧、叙事诗、小说等文体，而不像中国古代文论以“诗”为中心；从反思主题看，西方文论深入讨论了现代文艺学所包含的所有基本问题，诸如文学艺术的审美本质，文艺创作的独特规律，文艺作品的审美结构，各门艺术的种类和系统，文艺鉴赏的规律和过程，文艺批评的标准和方法，以及文学艺术的发生发展等等，从而为现代文艺学体系的建构累积了丰富的思想资源。

西方文论的内在构成决定了西方文论的研究范围和研究思路。从大的方面看，西方文论研究似可从三条思路展开：一是以反思主体为中心的西方历代文艺思想家和批评家的研究；二是以反思对象为中心的西方各艺术门类的分体文艺美学研究；三是以反思主题为中心的西方文论对文学艺术诸本质特征和审美规律的研究。一部西方文论史，实质就是由历代西方文论家史、西方分体文艺学史和西方文论的范畴史、命题史和观念史构成的。

2. 研究课题的具体选择

具体地说，一部西方文论史是由范畴命题、名著名篇、理论大家、分体理论、理论流派、理论思潮以及批评观念、批评方法等内容构成的；与此相对应，西方文论研究课题的具体选择也包括上述诸方面。

概念、命题和范畴是理论体系最基本的元素，也是理论研究最基础的课题。如罗念生的《卡塔西斯笺释——亚里士多德论悲剧的作用》、王柯平的《哲学与诗歌为何而争》、钱中文的《“复调小说”及其理论问题》以及赵一凡主编的《西方文论关键词》，都属于概念、命题和范畴的专题研究。理论经典是历史的实体，也是学术的重心所在。罗念生的《亚里士多德的〈诗学〉》、钱锺书的《读〈拉奥孔〉》、王春元的《评威勒克和沃伦的〈文学理论〉》以及王柯平的《〈理想国〉的诗学》，都是对名篇名著的专题研究。文论家是历史的主体，也是历史的直接创造者和推动者。因此，文论史研究绝对离不开对文论家的研究。朱光潜的《欧洲近代三大批评学者—圣伯夫、阿诺德、克罗齐》、梁实秋的《白璧德及其人文主义》，以及近年出版的陈中梅的《柏拉图诗学和艺术思想研究》、苏文菁的《华兹华斯诗学》、刘燕的《现代批评之始——T. S. 艾略特诗学研究》和支宇的《批评的批评——韦勒克文学理论研究》等专著，都是西方文论家研究中取得的成果。此外，如朱光潜的《悲剧心理学》、程孟辉的《西方悲剧学说史》、殷企平等的《英国小说批评史》和史忠义的《20 世纪法国小说诗学》等等，属于西方文论中的分体文论史；由王岳川主编、多人撰写的“20 世纪西方文论研究丛书”，包括《“新马克思主义”文论》、《精神分析文论》、《形式主义文论》、《现象学与解释学文论》、《存在主义文论》、《接受反应文论》、《女权主义文论》等等，则属于理论流派、理论思潮以及批评观念和批评方法的综合性研究。

在专题性研究基础上推进一步，就可以进入文论史的研究。梁实秋的《文艺批评论》作为中国学者撰写的第一部“西方文艺理论简史”，就是作者在《浪漫的与古典的》、《文学的纪律》两本文集中大量专题性研究成果的基础上完成的。此后，缪朗山的《西方文艺理论史纲》和伍蠡甫的《西方文论简史》，则是作者依据西文第一手资料完成的具有原创意义的文论史专著。近三十年，随着西方文论研究的繁荣和深化，不仅出版了大量西方文论的通史，而且还撰写了一批西方文论的国别史和断代史。如王焕生的《古罗马文艺批评史纲》(1998)、陆扬的《欧洲中世纪诗学》(2000)、盛宁的《二十世纪美国文论》(1994)、刘宁的《俄国文学批评史》(1999)，以及张隆溪的《二十世纪西方文论述评》(1986)、张首映的《西方二十世纪文论史》(1999)、郭宏安等的《二十世纪西方文论研究》(1997)、赵一凡的《西方文论讲稿》(2007) 和《西方文论讲稿续编》(2009) 等等。这些研究成果极大地拓展了中国学者的学术视野，影响了人们的思维方式，推动和促进中国文论的现代转型。

(四) 研究方法

对象与方法是学术研究两个基本要素，学术研究就是运用方法透视对象的过程。选择了研究课题，进一步就要考虑研究方法。而方法又不脱离对象，研究方法是研究对象的类似物和延伸物；换言之，不同的对象采用不同的方法，研究者应当从特定的研究对象出发，根据特定的研究任务，采用相应的研究方法。根据文论研究特定的对象和任务，常见的有如下几种研究方法。

一是经典细读，包括经典著作和经典论文。各类“外国文艺理论译丛”为我们提供了经典著作阅读和研究的对象，各类“西方文论选”为我们提供了经典论文阅读和研究的对象。经典是思想的载体，也是历史的实体。思想史实质是经典的序列史。因此，文论史的研究应当从经典入手，从经典的细读入手。问题是如何进行经典细读？学术经典不同于文学经典，学术经典的细读有自己的原则。简言之，可概括为四条思路：一是经典产生的思想资源和学术背景；二是经典文本的结构体系和理论意义；三是经典在统一文化传统中的传播与影响；四是经典对他种文化的影响与启示。其中，对经典文本的深入解剖是读透经典的关键所在。只有解剖了经典的结构，才能把握经典的精髓。虽然西方学者大多“长于抽象而精于分类”，但因心性习惯和思维方式各具特点，著作的表述和形态也各不相同：有的结构严整而体系分明，如亚里士多德《诗学》、黑格尔《美学》和韦勒克《文学理论》，可称典范；有的则结构松散而体系隐晦，如柏拉图《理想国》、贺拉斯《诗艺》和泰纳《艺术哲学》，大抵如此。对于后一类著作尤其需要细心阅读，深入解剖，方能把握真谛。恩格斯谈到学术研究时曾说：“一个人如果想研究科学问题，首先要在利用著作的时候学会按照作者写的原样去阅读这些著作，首先要在阅读时，不把著作中原来没有的东西塞进去。”[①] 这也就是中国古人所说的读书时的“居敬状态”，它是成功的经典细读所绝不可少的。

二是专题研究，包括概念、范畴、命题的专题研究。一般来说，概念、范畴、命题的专题研究，可以有两种思路，一是逻辑的分析，一是历史的考察。按照历史与逻辑相统一的原则，逻辑分析和历史考察是不可分的，但在具体研究中可以各有侧重。对概念、范畴、命题的逻辑分析，必须同时兼顾四个方面：一是理论内涵，即通常所说的定义；二是具体所指，即与概念相关的客观事实；三是语义演变，即术语的本义、转义和引申义；四是逻辑关系，即在概念系统中的位置。赵一凡主编《西方文论关键词》中的八十余篇论文，大体是按照上述思路撰写的，值得细心揣摩。对概念、范畴、命题的历史考察，就是观念史研究。让概念、命题跃出文本，穿行于历史的长河之中，考察它的来龙去脉，观看它的波澜起伏，从而见出审美趣味的变迁和艺术观念的演化。波兰学者塔塔尔凯维奇的《西方六大美学观念史》、朱光潜《西方美学史》中“关于四个关键性问题的历史小结”，均属于概念、范畴、命题的历史考察。罗念生的《卡塔西斯笺释——亚里士多德论悲剧的作用》

---

① 《马克思恩格斯全集》，第25卷，人民出版社，1972年，第26页。

也是西方文论观念史研究的典范之作。文章以较大篇幅评述了文艺复兴以来西方学者对卡塔西斯的各种解释，其中持“净化说”的有三派，持“宣泄说”的有四派；在系统评述了西方学者的观点后，作者又提出了自己的见解，真正做到了历史与逻辑的统一。

三是文论家和批评家研究。韦勒克在谈到《近代文学批评史》的撰写方式时写道：“有些东西只能归之于个人的首创精神和那些特定时间内将其思维致力于特别问题的天才人物的机缘。”① 因此，韦勒克的八卷本《近代文学批评史》基本上是由一个个文论家和批评家的思想评传组成的。中国学者在西方文论研究中也对文论家和批评家表现出极大的兴趣。以20年代为例，陈嘏的《布兰兑司》(1920)、郑振铎的《圣皮韦的自然主义批评论》(1922) 和《丹麦现代批评家勃兰特传》 (1923)、张闻天的《托尔斯泰的艺术观》(1921)、华林一的《安诺德文学批评原理》(1922) 以及朱光潜的系列论文《欧洲近代三大批评学者——圣伯夫》、《欧洲近代三大批评学者——阿诺德》、《欧洲近代三大批评学者——克罗齐》(1927)，都是对文论家和批评家的研究。如何进行文论家和批评家的研究？思想产生于独立自由的心灵，思想的花朵离不开社会的土壤和气候，而真正伟大的思想又会对后人产生深远的影响。因此，对一个思想家全面完整的研究，必须从三个方面入手：即思想起因的探寻，思想个性的辨析和历史影响的考察。朱光潜的《欧洲近代三大批评学者——圣伯夫》一文为之提供一个可以借鉴的范例。这篇文章可分为三大部分。首先，简要介绍了圣伯夫的一生行迹，生动有趣地展现出圣伯夫复杂多样的个性特点。其次，在与传统的“判断的批评”的比较中，揭示了圣伯夫“诠释的批评”的特点和四大原则，指出文学作品的研究应解决相互关联的四个问题。最后，简要介绍了圣伯夫对西方近代文学研究的深刻影响。指出从阿诺德、泰纳到法朗士，近代西方的文学批评家和文学史家几乎无人不或直接或间接地受圣伯夫的影响。当然，在思想起因、思想个性和思想影响诸方面的研究中，思想个性的辨析或思想贡献的评价是最为重要的，也最能见出研究者的眼光和识力。

四是跨文化比较研究，亦即“中西文艺美学比较研究”或“中西比较诗学”。钱锺书在《谈中国诗》中说：“说起中国诗的一般印象，意中就有外国人和外国诗在。这立场是比较文学的。”② 同样，研究西方文论，意中也有中国文论在。这立场是比较诗学的。至于“中西比较诗学”研究的具体方法，

① 雷纳·韦勒克：《近代文学批评史》，第1卷，上海译文出版社，1987年，第10页。
② 《钱锺书集·写在人生边上的边上》，生活·读书·新知三联书店，2001年，第55页。

将在第七章作专门论述。

二、论文精读

卡塔西斯笺释

——亚里士多德论悲剧的作用

罗念生

【引言】

卡塔西斯（katharsis）是亚里士多德在《诗学》中提出的有关悲剧美感功能的重要范畴，也是亚里士多德美学思想的核心概念。自文艺复兴以来，西方人对卡塔西斯的解释众说纷纭，《诗学》传入中国以后，中国学者对它的理解也各不相同。本文旨在通过卡塔西斯的笺释，进而阐明亚里士多德的悲剧功能观。

全文可分五个层次。首先，介绍了卡塔西斯说提出的理论背景，指出它既是亚里士多德对柏拉图攻击诗人、挑战文艺的回答，也是对艺术功能的辩护。其次，说明卡塔西斯这一术语在《诗学》中的基本性质，认为卡塔西斯在古希腊既是一个宗教术语，也是一个医学术语，而在《诗学》中则是一个医学术语，这是从文艺复兴到19世纪西方学者普遍认同的看法。其三，弄清“怜悯与恐惧”的含义和它们的相互关系，因为悲剧的功能就是“借引起怜悯与恐惧来使这种情感得到卡塔西斯”；并认为在亚里士多德看来，怜悯与恐惧是互相依存的，悲剧所应唤起的情感也只限于这两种。其四，以较大篇幅评述了文艺复兴以来西方学者对卡塔西斯的各种解释，其中持“净化说”的有三派，持“宣泄说”的有四派。其五，在系统评述了西方学者的观点后，本文作者提出了自己的观点。认为“卡塔西斯作为医学术语，除了‘宣泄’的意思外，还有‘求平衡’的意思”，即求生理上的平衡和求情感上的平衡；而观众通过悲剧的观赏，以养成很大的忍耐力，从而“能控制自己的情感，使它们发生得恰如其分，或者能激发自己的情感，使它们达到应有的适当的强度”，这就是卡塔西斯作用。最后，文章还简要讨论了卡塔西斯与悲剧快感的关系问题。

罗念生先生既是一位著名的古希腊文学研究家，也是一位著名的文艺理论家。全文材料翔实而分析精要，史论结合而史中出论，学识渊博而见解独到，是一篇20世纪中国学者研究西方文论范畴的典范论文。

本文[①]所要解释的是古希腊文艺理论家亚里士多德在他的《诗学》[②] 中提出的悲剧的卡塔西斯（katharsis）作用。亚里士多德在《诗学》第六章给悲剧的性质下了个定义：

> 悲剧是对于一个严肃、完整、有一定长度的行动的摹仿；它的媒介是语言，具有各种悦耳之音，分别在剧的各部分使用；摹仿方式是借人物的动作来表达，而不是采用叙述法；借引起怜悯与恐惧来使这种情感[③]得到卡塔西斯。

定义中的最后一个词（即卡塔西斯）自从文艺复兴以来，曾引起许多争论。这个词涉及悲剧的作用，在亚里士多德的美学思想中是个带关键性的字，而悲剧的作用则是美学中重要问题之一。我们谈美学，必须对亚里士多德的这个学说有比较正确的解释，才能看出他如何驳倒柏拉图对文艺的作用提出的反动学说。

《诗学》中的两大问题是针对柏拉图的哲学思想和美学思想而提出的。第一个是文艺对现实的关系问题。柏拉图认为客观世界的事物（例如木匠制造的床）只是理念[④]世界的事物（例如床的原型）的摹本，而艺术作品（例如画家画的床）则是理念世界的事物的摹本（即客观世界的事物、木匠制造的床）的摹本；文艺所摹仿的客观世界既然不真实，那么文艺作品也就不真实，更谈不上文艺的认识作用了。亚里士多德则认为文艺所摹仿的对象是人、人的生活、人的行动和感受；他在哲学上肯定了客观世界的真实性，也就在美学上肯定了文艺的真实性和认识作用。

第二个问题是文艺的社会功用问题。柏拉图在他的对话《理想国篇》第10卷把情感及附带的快感当作人性中“卑劣的部分”、“无理性的部分”。他攻击诗人“逢迎人性中卑劣的部分”，“逢迎人心的无理性的部分”，“摧残理性”，使它失去控制情感的作用。他攻击诗人想要餍足听众的“哀怜癖”。他指出：“如果我们拿旁人的灾祸来滋养自己的哀怜癖，等到亲临灾祸时，这种哀怜癖就不易控制了。”根据上述种种理由，柏拉图对诗人下了一道逐客令，

---

① 本文一部分资料和一些论点采自豪斯（H. House）的《亚里士多德的诗学》（Rupert Hart-Davis，1956）。

② 《诗学》有傅东华译本，商务印书馆，1936年，有天蓝译本，东北书店牡丹江书店，1948年（后来又有新文艺版），还有人民文学出版社译本，1962、1982年。

③ 或解作“这两种情感”。

④ 一译“理式”，比较符合希腊原文的意思。

但准许诗人作一篇诗来辩护，作为他回到理想国的条件。他并且借苏格拉底的嘴这样说：

> 我们也可以准许她（按：指诗）的卫护者，就是自己不做诗而爱好诗的人们，用散文替她作一篇辩护，证明她不仅能引起快感，而且对于国家和人生都有效用。我们很愿意所一听。因为如果证明了诗不但是愉快的而且是有用的，我们也就可以得到益处了①。

亚里士多德的卡塔西斯说就是对柏拉图的挑战的回答。但是卡塔西斯是什么意思呢？亚里士多德在《政治学》第8卷第7章答应给我们解释，他说："我们现在对卡塔西斯不加解释，等讨论诗时再详细说明。"（这个术语需要详细说明，可见用于文艺理论，意思不简单。）可是现存的《诗学》抄本和阿拉伯文译本对这个术语并无解释，若不是解释这个字的文字已残缺②，便是亚里士多德根本没有在《诗学》中加以解释。

这个词在现存的《诗学》中出现过两次。第一次出现在第六章③。第二次出现在第十七章，原话是：

> 但须注意各个穿插须联系得上，例如俄瑞斯忒斯的疯狂（他因此被逮捕）和卡塔西斯（按：指净罪礼）（他因此得救）。

欧里庇得斯的悲剧《伊菲革涅亚在陶洛人里》的女主人公伊非革涅亚（俄瑞斯忒斯的姐姐）在该剧第三场对国王托阿斯说，客人们（指被俘的俄瑞斯忒斯和他的朋友皮拉得斯）犯了杀人罪，手上有"血污"，须先用海水给他们举行净罪礼，然后才能把他们杀来祭神。托阿斯因此让伊菲革涅亚把客人带到海边去举行净罪礼，他们三人就趁机会逃走了。很明显，卡塔西斯在第17章是个宗教术语，指"净化"作用。

卡塔西斯并且是个医学术语。在希波革拉第④学派的医学著作中，这个词指"宣泄"作用，即借自然力或药力把有害之物排出体外。至于把有益而多

① 见《柏拉图文艺对话集》第82页（朱光潜译，人民文学出版社，1959年）。参看该书第76到83页。

② 有人认为亚里士多德可能在《诗学》第二卷中谈起悲剧的卡塔西斯作用，但该卷已失传。

③ 见第163页（指罗念生《论古希腊戏剧》一书；以下只注页码的，同此——编者）。

④ 古希腊最著名的医学家，约生于公元前460年，约死于公元前357年。

余之物排出体外，则叫做刻诺西斯（kenosis）作用[①]。

一般讨论卡塔西斯的人不是把卡塔西斯解作“净化”，便是解作“宣泄”；其实作为医学术语，这个词还有别的意思。

卡塔西斯在《诗学》第六章到底是宗教术语还是医学术语？最早认为是医学术语的人是文艺复兴时期的意大利批评家，例如十六世纪的明屠尔诺（Minturno）和斯开诺（Scaino），但主张最力的是十九世纪的淮尔（H. Weil）和柏内斯（J. Bernays），拜瓦特（I. Bywater）和布乞尔也同意这个说法。亚里士多德《政治学》第八卷第七章中讨论音乐时，把卡塔西斯作为“医疗”的同义语[②]，可见这个问题是个不成问题的问题，然而直到最近，还有许多人把悲剧定义中的卡塔西斯作为宗教术语，把它译为“净化”。

现在先把怜悯与恐惧的意思和它们的相互关系弄清楚。亚里士多德在《诗学》第十三章说：“怜悯是由一个人遭受不应遭受的厄运而引起的，恐惧是由这个这样遭受厄运的人与我们相似而引起的。”所谓“怜悯”，是指怜悯剧中英雄人物遭受不应遭受的厄运。所谓“恐惧”，是指观众害怕自己遭受剧中英雄人物遭受的厄运。但也有少数人（例如拜瓦特[③]）认为是替剧中英雄人物担心害怕。

亚里士多德在《修辞学》第二卷第五章给恐惧下了个定义：“一种由于想像有足以导致毁灭或痛苦的、迫在眉睫的祸害而引起的痛苦或不安的情绪。”他在同一章说：“所以在宜于使听众感到恐惧的时候，必须使他们认为他们也会受害，必须告诉他们，比他们强大的人都受过害，与他们相似的人都在受害或受过害，祸害是出自意想不到的人，方式和时间都是意想不到的。”由此可见，他所谈的恐惧是指听众（陪审员们）为自己可能冒同样危险而发生的情绪，并不是指替别人担心害怕。剧场里的观众也是为自己可能冒同样危险而发生恐惧之情的。

亚里士多德并且在《修辞学》第二卷第八章给怜悯下了个定义：“一种由于落在不应当受害的人身上的毁灭性的或引起痛苦的、想来很快就会落到自己身上或亲友身上的祸害所引起的痛苦的情绪，因为，很明显，一个可能发

---

① 参看布乞尔（S. H. Butcher）的《亚里士多德的诗与艺术的理论》（Macmilian，1920）第253页注1。二世纪医学家格林（Galenos）在他的《论生理的机能》一书中处处谈到卡塔西斯作用，例如勒布本第101页中谈到肾脏的卡塔西斯（宣泄）作用。

② 见第170—171页。

③ 参看拜瓦特的《亚里士多德的诗艺》（牛津本，1909）第211页。拜瓦特在该处批评莱辛在《汉堡剧评》第75篇持相反的看法。

生怜悯之情的人，必然认为自己或亲友会遭受某种祸害，如定义中提起的这种祸害或与此相似的或几乎相同的祸害。”

亚里士多德并且认为无恐惧即无怜悯，我们之所以怜悯别人，是因为看见别人的祸害，感觉自身也可能遭受同样的祸害。因此怜悯并不是一种纯粹利他的无私的情感。剧中人物须是善良的，须和我们相似或较我们为好，这样的人物遭受祸害才能引起我们的怜悯之情。太坏的人遭受祸害是活该，他们的遭遇不能引起我们的怜悯之情。太好的人遭受祸害，只能使人厌恶，不能引起我们的怜悯之情。① 亚里士多德在说明什么是怜悯之后，进而指出怜悯与恐惧的关系。他在《修辞学》第二卷第八章继续说：“所以那些完全绝望的人不能发生怜悯之情，因为他们认为自己已经受尽人世间的祸害，不会再有祸害临头了；② 那些认为自己非常幸福的人，也不能发生怜悯之情，他们很傲慢，认为自己享受着一切幸福，显然不可能有祸害临头，……”亚里士多德并且在第二卷第五章这样说：“一般说来，一切正在或即将发生在别人身上而引起怜悯的事，都是可怕的。”也就是说，足以引起恐惧之情。到了第二卷第八章，亚里士多德又说：“一切我们害怕会落在自己身上的祸害，如果落在别人身上，就都能引起怜悯之情。”可见怜悯和恐惧是互相依存的。亚里士多德甚至在第八章进而指出怜悯可以转化为恐惧，如果发现被怜悯的人原来是自己的亲人。他说：

> 人们所怜悯的人是他们所熟识的人，还要这种人同他们的关系不太密切；太密切了，他们就会觉得这种人的祸害将成为他们自己的了。③ 由于这个缘故，据说阿马西斯看他的儿子被带去处死，他没有哭，可是看见他的朋友行乞，他却哭了；因为后一种情形引起怜悯，前一种情形引起恐惧；恐惧和怜悯不同，它会把怜悯赶走，往往使人发生相反的情绪。

因此亚里士多德总是把怜悯和恐惧并提④。他大概还认为悲剧所应唤起的情感

---

① 参看《诗学》第十三章。

② 他们只想到自己的祸害，认为别人的祸害不及自己的重，所以不发生怜悯之情。

③ 因为，据亚里士多德说（见同一章），一个人的父母、妻子、儿女是他“自身的一部分”。

④ 亚里士多德在《诗学》中提怜悯必提恐惧（“怜悯与恐惧”），提恐惧必提怜悯（“恐惧与怜悯”）。只是第十一章提到一次“怜悯或恐惧”，该处是论某种发现的特殊效力，不是论悲剧的整个效力。又第十三章提到三次“怜悯或恐惧”，一次“恐惧或怜悯”，该四处是说某一些情节既不能引起这两种情感之一，更不能同时引起这两种情感。

只限于这两种。

现在简述对卡塔西斯的各种不同的解释，这些解释可以分为两大类。第一类是净化说。持此说的人大致分三派。

第一派认为悲剧的卡塔西斯作用是在净化怜悯与恐惧中的痛苦的坏因素，好像把怜悯与恐惧洗干净，使心理恢复健康①。但所谓痛苦的坏因素究竟是什么，持此说的人始终没有讲清楚。亚里士多德并不是认为怜悯与恐惧中有痛苦的坏因素②，而是认为“怜悯”本身是一种“痛苦的情绪”，“恐惧”本身是一种“痛苦或不安的情绪”。③ 如果要净化它们，就得把它们整个化掉，这就等于把亚里士多德的学说抛掉。

第二派④认为悲剧的卡塔西斯作用在于净化怜悯与恐惧之情里面的利己的因素，使它们成为纯粹利他的情感，换句话说，在于使观众忘掉自我，对全人类的共同命运发生怜悯与恐惧之情。根据上面所说的、亚里士多德的意见，无恐惧即无怜悯，所以，如果把利己的恐惧之情化为利他的恐惧之情，那么怜悯之情也就不可能发生了。再则，恐惧是由于感觉自己可能遭受剧中英雄人物所遭受的苦难而发生的情绪，并不是为英雄人物担心害怕⑤，所以这种恐惧之情不可能化为利他的恐惧之情。

第三派认为悲剧的卡塔西斯作用在于净化凶杀的罪孽，这一派以厄尔斯（C. F. Else）为代表。厄尔斯认为亚里士多德的意思是说，悲剧通过一连串足以引起怜悯与恐惧之情的情节以促成这些凶杀行动的净化，意即主人公见事不明，犯了错误，后来认识了对方是自己的亲人而未加以杀害，因此没有犯杀人罪，等于净化了这一行动，或者认识了对方是自己的亲人，发现了自己的错误，但他杀死对方是出于无心，并且表示后悔，因此这一行为也被净化了。⑥ 这个说法只能应用到《俄狄浦斯王》与《伊菲革涅亚在陶洛人里》两剧（这两出剧占现存希腊悲剧百分之六）上面，而亚里士多德却是在给一般悲剧下定义。厄尔斯自己也承认这个说法与亚里士多德在《政治学》第八卷第七章对音乐与悲剧的作用的解释⑦不合，他认为那是亚里士多德最初的看

---

① 我国有一些学者同意这一派的说法。

② 恐惧之类的情感中有痛苦的因素是柏拉图的说法，见《非勒玻斯篇》。

③ 见第 167 页。

④ 以布乞尔为代表。

⑤ 参看第 166 页。

⑥ 参看厄尔斯的《亚里士多德的诗学：论证》（E. J. Brill 与衣阿华州立大学联合出版，1957）第 224 到 232 页、第 423 到 452 页。

⑦ 参看第 170—171 页。

法，亚里士多德后来经过研究，提出新的学说。总之，这一派的净化说没有足够的说服力。

第二类是宣泄说。持此说的人大致分四派。

第一派[①]认为卡塔西斯的作用是在宣泄怜悯与恐惧中的痛苦的坏因素。这一派的说法与净化说第一派的说法完全相同，只是所用的术语（宣泄）不同。反驳他们的理由也如上述。

第二派认为卡塔西斯的作用是以毒攻毒，持此说的人最多[②]，他们认为怜悯与恐惧是病态的情感，需要采用“致病医病疗法”[③] 来医治。这一派以亚里士多德的《政治学》第八卷第七章中一段话为根据：

> 某些哲学家把乐调分为影响性格的乐调、刺激行动的乐调和激发热情的乐调；[④] 他们并且认为各种乐调各有一种和它的性质相近的音调。我们赞成这样分类，但我们认为音乐的功效不应从一个方面而应从几个方面去探讨。它有教育功效、卡塔西斯功效（我们现在对卡塔西斯不加解释，等讨论诗时再详细说明），此外它还可以化紧张为松弛或休息。显而易见，各种音调都可以使用，但各有各的用处。要达到教育的目的，应采用表现性格的音调；若开音乐欣赏会，则采用刺激行动和激发热情的音调；因为情感，例如怜悯、恐惧以及宗教狂，虽然在某些人身上是强烈的，一般人也都有一些，不过强弱不同。有些人容易受宗教狂支配，我们可以看见他们听了那种使灵魂激动的音调[⑤]，在神圣的乐调的影响之下恢复正常状态，仿佛受到了一种医疗，即卡塔西斯作用。至于那些容易受怜悯、恐惧和其他情感支配的人也应当受到类似的医疗；其余的人由于受情感支配强弱不同，也应当受到不同程度的医疗。上面这两种人都可以受到某种卡塔西斯作用，由于感到快感，他们的情感也就变温和了。那种具有卡塔西斯作用的乐调也同样可以给人一种无害的快感。[⑥]

---

① 我国有一些学者同意这一派的说法。

② 包括英国诗人弥尔顿。

③ 比如用健康的人吃了会患痢疾的药医治患痢疾的病人。或称“同种疗法”。

④ 摹仿性格的音乐可以影响人的性格，摹仿行动的音乐可以刺激人的行动，模仿宗教狂的音乐可以激发热情。

⑤ 使灵魂激动的音乐所采用的乐器包括双管，亚里士多德在《政治学》第八卷第八章（1341）说，这种乐器的声音最能激动人，宜于用来演奏起卡塔西斯作用的音乐。

⑥ 这段话也见于《诗学》残片第五段。译文中的重点符号是笔者加的。

亚里士多德在此处主要谈音乐的卡塔西斯作用。他认为使灵魂激动的宗教乐调可以医治宗教狂，使容易受宗教狂支配的人受到医疗或卡塔西斯作用。柏拉图也曾提到古希腊人用跳舞和音乐来医治酒神的女信徒的狂热病，柏拉图并且用这种疗法来比拟保姆用摇荡和催眠歌使婴儿安静下来[①]。

亚里士多德和柏拉图一样，把宗教狂作为一种病态。他们认为这种情感不能用压制方法使它减轻（因为越压越强），也不能放任不管（因为那样一来，患者会发狂）；不如索性用狂热的音乐来医治。这种医疗相当神秘，婴儿不安静，用摇荡和催眠歌来医治，可以解释为节奏在起作用。

持以毒攻毒说的人[②]却把这个理论原封不动地运用到悲剧上面，这是一个错误；因为亚里士多德只是说受怜悯和恐惧支配的人应当受到“类似的治疗”，可以受到“某种卡塔西斯作用”，也就是说，医治怜悯和恐惧的方法与医治宗教狂的方法只是相似而不是完全相同；受怜悯和恐惧支配的人所受的卡塔西斯作用与受宗教狂支配的人所受的卡塔西斯作用也只是相似，而不是完全相同。所以《政治学》中所说的音乐的卡塔西斯作用与《诗学》中所说的悲剧的卡塔西斯作用是两回事，不是一回事。所以持以毒攻毒说的人不能从《政治学》中找到根据。再则，亚里士多德只是把“宗教狂”作为一种病态，并没有把“怜悯”和“恐惧”也作为病态；恰恰相反，他是把它们作为对人有益的情感看待的。在亚里士多德看来，这两种情感虽然是痛苦的，却又是人们应当有的。他在《尼科马科斯伦理学》头几卷一再说明，人不可无所畏惧；有些事情聪明人应当畏惧。例如他在第二卷第二章说：“一个无所畏惧、敢于冒任何危险的人会成为一个鲁莽的人。”至于怜悯，无论如何也不能说是病态，理由甚为明显，不必解释。因此把怜悯和恐惧作为病态，在亚里士多德的著作中也是找不到根据的。但这一派可以这样回答，怜悯和恐惧过于强烈就成了病态，需要医治；这种过于强烈的情感可用同样强烈的情感来医治。但是古希腊悲剧所唤起的情感并不是过于强烈的情感；因为古希腊悲剧所表达和激发的情感是受到控制的，最显著的手法是采用比较宁静的收场，收场时的一段诗通常是由次要人物或歌队长朗诵的。至于过于激发情感的古希腊悲剧，例如欧里庇得斯的描写激情的《美狄亚》，是很少的。因此，如果要用十分强烈的情感来医治过于强烈的情感，古希腊悲剧是不大能奏效的。

这一派人把这两种过于强烈的情感当作“病毒”，把悲剧所引起的情感当作“药毒”。他们认为既然婴儿的不安静（“病毒”）可用摇荡（“药毒”）

---

① 见《法律篇》第七卷490。

② 特别是柏内斯。

来医治，发宗教狂（“病毒”）的人可用宗教音乐（“药毒”）来医治，那么观众的心理病，即过分强烈的怜悯之情与恐惧之情（“病毒”），可用悲剧的卡塔西斯作用来医治。但是观众看戏的时候并没有发病，也就是说没有发生过于强烈的怜悯之情与恐惧之情，因此药的作用就落空了。这就是这一派人的理论的弱点。

第三派认为人们有要求满足他们的强烈的怜悯与恐惧之情的欲望。人们在看悲剧时，这种欲望便得到满足，他们发生这两种情感，使它们得到发泄，在发泄的过程中感到愉快。① 这一派的说法和第二派的说法很相似，不同的是这一派认为强烈的怜悯之情与恐惧之情处于潜伏状态，但要求发泄。这一派把悲剧当作泄药，认为它可以把这两种情感排泄出去，满足人心理上的要求，使情感趋于平静。但是这样得来的平静是不能持久的。观众于散戏之后，在现实生活中遇见非常之事，又会大动怜悯与恐惧之情。这一派的错误是把怜悯与恐惧之情看作和受肉体影响而增强的食色之欲相同的情欲，以为这两种情感会越积越强，被压抑在心里。人们也许有哀怜癖，但谁有恐惧癖呢？

第四派②认为重复激发怜悯与恐惧之情，可以减轻这两种情感的力量，从而导致心理的平静。这一派的说法着眼在“激发”（不着眼在“医治”）。但重复激发为什么一定能够减轻？我们知道有些情感会越激越强。这一派并不把悲剧所激发的怜悯与恐惧之情作为药物去减轻人原来有的怜悯与恐惧之情。在这一点上，这一派已接近对卡塔西斯的正确理解。但由于这一派没有注意到应如何激发才能减轻这种情感的力量，因此功亏一篑。

除了上述两大类的七种说法以外，还有许多别的说法，此处不能一一叙述。

现在我们提出另一种解释。卡塔西斯作为医学术语，除了“宣泄”的意思外，还有“求平衡”的意思，即求生理上的平衡，例如求体温的平衡。据说古希腊医学著作中有此说法③，可是我们还没有掌握这种材料，只能利用上述的、《政治学》第八卷第七章中的一段话。亚里士多德在那段话里把“恢复正常状态”，即求情感的平衡，作为一种医疗作用。他所说的“医疗”包括“致病医病疗法”及其他疗法，这些疗法不是“宣泄法”，退一步说，不只是“宣泄法”。这些疗法用药力使体温降低，或提高，以求达到平衡（“宣泄法”

① 持此说最早的人是五世纪的普洛克罗斯（Proklos）。

② 以莱辛为代表。

③ 参看豪斯的《亚里士多德的诗学》第 106 页和马哥利乌斯（D. S. Margoliou：h）的《亚里士多德的诗学》第 57 页以次。

可以使体温降低，但不能使体温提高）。文学艺术的力量可以使情感降低，也可以使情感加强，以求达到平衡。亚里士多德在《政治学》第八卷第七章把使情感降低的医疗作用作为卡塔西斯作用；他在《尼科马科斯伦理学》第二卷第六章①提出一种使情感降低或加强的方法，那也是卡塔西斯作用。

亚里士多德的伦理学的中心思想是"中庸之道"。他认为美德须求适中，情感须求适度。他在《尼科马科斯伦理学》第二卷第六章说：

> 如果每一种技艺之所以能作好它的工作，乃是由于求适度，并以适度为标准来衡量它的作品（因此我们在谈论某些好作品的时候，常说它们是不能增减的，意思是说，过多和过少都有损于完美，而适度则可以保持完美）；如果，像我们所说的，优秀的艺术家在创作的时候总是求适度，如果美德比任何技艺更精确更好，正如自然比任何技艺更精确更好一样，那么美德也必善于求适中。我所指的是道德上的美德；因为这种美德与情感及行动有关，而情感有过强、过弱与适度之分。例如恐惧、勇敢、欲望、愤怒，怜悯以及快感、痛苦都有太强太弱之分，而太强太弱都不好；只有在适当的时候，对适当的事物、对适当的人、在适当的动机下、在适当的方式下所发生的情感，才是适度的最好的情感，这种情感即是美德。

这段话可以帮助我们正确地理解卡塔西斯作用。亚里士多德在这段话里指出恐惧与怜悯太强太弱都不好，须求其适度，而这两种情感正是悲剧所应当引起的。情感为什么有太强太弱与适度之分呢？亚里士多德认为情感的强弱不是天生的，而是由习惯养成的。他在《尼科马科斯伦理学》第二卷第一章说：

> 道德上的美德是由习惯养成的，"道德"一词源出"习惯"，只是字形稍有变化。因此，显而易见，道德上的美德没有一种是天生的；因为没有一种天性能被习惯所改变。

什么是"道德上的美德"呢？亚里士多德在《尼科马科斯伦理学》第二卷第六章说，"美德乃是善于求适中的中庸之道"。他在同一章把适度的情感作为一种美德。既然道德上的一切美德是由习惯养成的，那么作为美德之一的适度的情感也必然是由习惯养成的。既然适度的情感是由习惯养成的，那么过

---

① 参看第 175 页。

强与过弱的情感也必然是由习惯养成的。要改变一种旧的习惯，最好的方法是养成一种新的习惯。亚里士多德就是根据这一原理，提出使太强或太弱的情感转变的方法，即多次使人“在适当的时候、对适当的事物、对适当的人、在适当的动机下、在适当的方式下”发生适度的情感。观众刚入剧场时，他们的太强或太弱的情感尚处于潜伏状态中。但是随着剧情的发展，他们的情感就起了波动，他们对剧中人物正在遭受或即将遭受的苦难表示怜悯之情；因为他们是与观众近似的善良的人，他们遭受了不应遭受的苦难。然而这种怜悯之情不是一发不可收拾的，而是有一定限度的；因为剧中人物“之所以陷于厄运不是由于他为非作歹，而是由于他看事不明，犯了错误”①。英雄人物既由于见事不明，犯了错误，他们对于他们所受的苦难应负一部分责任。观众想起自身也可能遭受同样的苦难，因此发生恐惧之情，但这种情感也是有限度的，因为观众以为自己可以小心翼翼，把事情看清楚一些。至于那些过于幸福、无所畏惧而不易动怜悯之情的人和那些自以为受尽人间苦难而不再有所畏惧、不能动怜悯之情之人，看了悲剧，也会由于剧中的情节而感觉自己的幸福并不稳定，或者人间还有比自己更痛苦的人，因而发生一点怜悯之情，同时也就发生一点恐惧之情。以上这两种人所发生的怜悯与恐惧之情都是比较适度的。观众看一次悲剧，他们的情感受一次锻炼；经过了多次锻炼，即能养成一种新的习惯。每次看戏之后，他们的怜悯与恐惧之情恢复潜伏状态；等到他们在实际生活中看见别人遭受苦难或自身遭受苦难时，他们就能有很大的忍耐力，能控制自己的情感，使它们发生得恰如其分，或者能激发自己的情感，使它们达到应有的适当的强度。这就是卡塔西斯作用。悲剧使人养成适当的怜悯与恐惧之情，而不是把原有的不纯粹的或过于强烈的怜悯与恐惧之情加以净化或宣泄。

有人②认为古雅典人一年只在三个节日③里看悲剧，不能养成这种新的习惯。其实古雅典人看戏的机会并不少。在上面所说的三个节日里，他们能看

---

① 见《诗学》第13章。“由于他看事不明，犯了错误”原文作“由于某种哈马提亚”（hamartia）。“哈马提亚”的意思是“错误”。亚里士多德在《尼科马科斯伦理学》第五卷第八章把“哈马提亚”解释为“无心之过”。这个术语用在悲剧中，指看事不明所犯的错误。例如《俄狄浦斯王》剧中的俄狄浦斯受了神的警告，知道自己可能杀父娶母，但是当他同一个年纪比他大得多的客人（他父亲拉伊俄斯）因为争路而起口角时，他竟把那人打死了；他后来又娶了一个年纪比他大得多的妇人（他母亲伊俄卡斯武）为妻。他看事不明，没有想到那两个人可能是他的父母。许多人把“哈马提亚”解作道德上的缺点或性格上的缺点（如俄狄浦斯因为性情急躁，同客人争路吵架），这个解释不正确。

② 例如拜瓦特，参看他的《亚里士多德的诗与艺术的理论》第160到161页。

③ 即二、三月之间举行的勒奈亚节，三、四月之间举行的酒神大节和十二月、一月之间举行的乡村酒神节。

到十八出新的悲剧。[①] 雅典人还可以到萨拉米岛、厄琉西斯、奥林匹亚、德尔斐、厄庇道洛斯等处去看悲剧。此外还可以通过其他方式，例如阅读悲剧剧本，听音乐，看舞蹈[②]，使情感达到适当的强度。在亚里士多德心目中可能还有许多别的方式；因为他所列举的情感，除怜悯与恐惧外，还有勇敢、欲望、愤怒、愉快、痛苦，所有这一切情感（包括怜悯与恐惧）都须用种种方式使它们达到适当强度。由此可知，使怜悯与恐惧之情达到适当强度的机会是相当多的，因此是可能养成一种新的习惯的。

我们姑且把卡塔西斯译为“陶冶”，把悲剧定义中的“使这种情感得到卡塔西斯”改为“使这种情感得到陶冶”。但最好是不改，仍保存音译，因为意译没有相当的字眼。

亚里士多德认为悲剧既然能陶冶人的情感，使之合乎适当的强度，借此获得心理的健康，可见悲剧对社会道德有良好影响，而不是如柏拉图所说，悲剧摧残理性，挑动情感，助长“哀怜癖”，使人不能控制自己，以致影响世道人心。

至此，尚有一个问题需要讨论，即卡塔西斯与悲剧的快感的关系问题。先说明什么是悲剧的快感。亚里士多德认为悲剧只应给观众一种特殊的快感。他在《诗学》第十四章说：“我们不应要求悲剧给我们各种快感，只应要求它给我们一种它特别能给的快感。”他接着说：“既然这种快感是由悲剧引起我们的怜悯与恐惧之情，通过诗人的摹仿而产生的，那么显然应通过情节来产生这种效果。”从这段话里可以看出，观众要在发生怜悯与恐惧之情的时候才能感到这种快感；诗人要靠布局来唤起怜悯与恐惧之情，给人以快感。

但是怜悯与恐惧既是痛苦，人们为什么能在发生怜悯与恐惧之情的时候感到快感呢？这个问题早已由柏拉图回答了。柏拉图在《理想国篇》第十卷借苏格拉底的嘴说：

> 听到荷马或其他悲剧诗人摹仿一个英雄遇到灾祸：说出一大段伤心话，捶着胸膛痛哭，我们中间最好的人也会感到快感，忘乎所以地表同情，并且赞赏诗人有本领，能这样感动我们。……我们心里这样想：看

---

① 在勒奈亚节和酒神大节里各有三个悲剧诗人参加戏剧比赛，每人上演三出悲剧和一出“羊人剧”。乡村酒神节上演旧剧木。

② 《诗学》第六章说：“悲剧艺术的效力即使不依靠比赛或演员，也能产生。”第二十六章说：悲剧“只是读读，也可以看出它的性质。”音乐的卡塔西斯作用已如上述。亚里士多德认为舞蹈也可以摹仿性格、情感和行动，因此也有卡塔西斯作用。诗歌、音乐、舞蹈在古希腊人看来是三位一体的，都以节奏为媒介：此三者在古希腊戏剧里是合而为一的。

> 到的悲伤既不是自己的，那人本自命为好人，既这样过分悲伤，我们赞赏他，和他表同情，也不算什么可耻的事，而且这实在还有一点益处，它可以引起快感，我们又何必把那篇诗一笔抹煞，因而失去这种快感呢？①

柏拉图并且在《菲勒玻斯篇》中向苏格拉底问道："你还记得人们在悲哀和悼亡的时候，他们的痛苦之情和快感是交织在一起的吗？"柏拉图叫普洛塔科斯这样回答："我记得；它们之间有一种很自然的关系。"然后苏格拉底又问："你还记得人们看悲剧的时候，他们在悲伤之中感到一种快感吗？"亚里士多德是同意这个说法的。他认为诗人通过他的摹仿，借巧妙的布局所产生的艺术力量把观众吸引住，使他们怜悯英雄人物的遭遇，在怜悯之中感到一种快感，亚里士多德并且认为人们在发生恐惧之情的时候，也能感到一种快感。这两种快感与卡塔西斯作用没有直接的关系；因为有一些观众，他们的怜悯与恐惧之情的强度是适度的，悲剧对他们并不起卡塔西斯作用②，可是他们也能发生怜悯与恐惧之情，从而感到这两种快感。此外，亚里士多德还认为人们在受到卡塔西斯作用，求得情感的平衡时，也能感到一种快感；因为他在《政治学》第八卷第七章说："那种具有卡塔西斯作用的乐调也同样可以给人一种无害的快感。"③ 同理，具有卡塔西斯作用的悲剧也可以给人一种快感；但悲剧所能给的快感不限于这一种；否则悲剧就不能给那些不受卡塔西斯影响的人以快感了。

亚里士多德指出悲剧可以陶冶情感，对社会道德有良好影响。他用这学说来反对柏拉图所持的文艺挑动情感、影响世道人心的说法。他这样肯定了文艺的社会功用，是很有功劳的。但是我们不能同意他的学说。我们认为悲剧的作用不在于陶冶怜悯与恐惧之情，而在于给人以思想教育，加强人们的爱和憎的情感，使人们对英雄人物的不幸遭遇寄予莫大的同情，对摧毁英雄人物的恶势力表示强烈的憎恨。

（选自罗念生《论古希腊戏剧》，中国戏剧出版社，1985 年）

---

① 见《柏拉图文艺对话集》第 79 到 80 页。

② 亚里士多德认为"中庸之道"是可以实践的，怜悯与恐惧之情经过陶冶，是可以达到适度的强度的。至于情感的强弱的辩证关系，以及适度是暂时的，不适度是经常的这一辩证看法，恐怕都不是亚里士多德所能看出来的。

③ 见第 171 页。

【阅读思考】

1. 西方学者对“卡塔西斯”说的诠释经历了哪些阶段，提出了几种不同的看法？

2. 试比较罗念生与朱光潜对“卡塔西斯”说诠释的异同。

欧洲近代三大批评学者（一）
——圣伯夫

朱光潜

【引言】

这是一篇西方文论家研究的典范之作。20世纪中国学者关注西方文艺理论的最初动机，是为了引进西方的批评理论和批评方法，“改造我们的学术界”，改造传统的训诂式、评点式的批评方式。圣伯夫被誉为西方近代文学批评之祖，他的批评方法体现了现代科学精神，在法国及欧洲产生了广泛的影响。为此，圣伯夫也最早受到中国学者的关注，朱光潜之前已有郑振铎、俊仁等撰文介绍他的理论与著述。相比而言，朱光潜的这篇论文从批评史角度、在比较中介绍圣伯夫文学批评的方法论特点，有助于我们全面了解从亚里士多德到圣伯夫西方文学批评的演变过程，也有助于我们更深入地理解圣伯夫在近代批评史上的贡献和影响。

朱光潜的文章体现了一贯行文风格，亲切生动，清晰透彻。全文可分为三大部分。首先，简要介绍了圣伯夫的一生行迹，生动有趣，展现出圣伯夫复杂多样的个性特点。其次，在与传统的“判断的批评”的比较中，揭示了圣伯夫“诠释的批评”的特点和四大原则，指出文学作品的研究应解决相互关联的四个问题：（1）作者必有群性，他和时代环境的关系如何？（2）作者必有个性，他所得诸遗传的如何？得于习惯的又如何？（3）作者必表现其人格于其作品，从作品中所看出的作者个性如何？（4）作者的各种著作必为完整的有机体，参观互较之，其部分与全体的相互关系如何？最后，简要介绍了圣伯夫对西方近代文学研究的深刻影响。从阿诺德、泰纳到法朗士，近代西方的文学批评家和文学史家几乎无人不或直接或间接地受圣伯夫的影响。朱光潜最后写道：“说他是亚里士多德以后的最大批评者，该不算过誉吧。”其实这也是西方批评史家的一致评价。

朱光潜所介绍的“欧洲近代三大批评学者”，依次是圣伯夫、阿诺德和克罗齐。在朱光潜看来，这三位足以代表法、英、意三国文艺批评的中心潮流。

从今天看，阿诺德超越文学而走向文化批判，克罗齐则是现代欧洲美学界的泰斗，惟圣伯夫是一位最纯粹的文学批评家。

十九世纪的初叶，浪漫主义风行于全欧，文学风格遂因之大变。单就法国说，在这个新运动中建树最大：在诗为雨果（Victor Hugo），在小说为巴尔扎克（Balzac），在文学批评为圣伯夫（Sainte Beuve）。这三人在近代法国文学上所产生的影响都不相上下。但就今日说，浪漫主义已流为写实主义，雨果与巴尔扎克的努力可以说是过去了，而圣伯夫依然是欧洲批评界的泰斗。他是近代改进文学批评的始祖。从他起，文学批评才成为专门学问，才与创作并重；从他起，批评才脱离古典主义的羁罍，由评判的，主观的，讲义法的变而为历史的心理的欣赏的和表现的。我们可以说，文学批评在十九世纪以前是亚里士多德（Aristotle）与贺拉斯（Horace）的世界，在十九世纪以后，是柯尔律治（Coleridge）和圣伯夫一般人的世界。但是柯尔律治的《文学传记》（Biographia Literaria）还是偏于谈玄理，到圣伯夫才开始用历史的方法研究个别作品。亚里士多德的《诗学》（Poetics）以后，批评界最有影响的杰作大约要算是圣伯夫的《星期一谈话》了。

圣伯夫的批评著作有五十巨册之多，单是《星期一谈话》也有二十八册。他的位置既如此重要，而他的著作又如此其浩瀚，如今我来以小篇幅了解偌大一个作者，岂非难事？这却不难。别人对于文学都有门户，都有主义，你须得去理渊源，释同异，圣伯夫博大精深，任何主义他都了解，任何主义都没有使他为之所囿。他自己说过："我不让任何学派说我是他们中间的一个。"他所以异乎常人的只是他的训练，他的态度和他的方法。为明了这几点起见，我们须略知他的身世。

圣伯夫生于1804年。他的父亲颇好文学，在他出世先两月就去世了。他的外祖母是英国人。他早受母教，所以爱读英国抒情诗，对于柯珀（Cowper）和华兹华斯（Wordsworth）尤其景仰。他少年时最大的野心是成一个诗人。论天资兴趣，他都最近于文学。但是他知道想在文学方面有成就，科学训练亦断不可少。所以他费去五年的工夫去专门学医，并且在医院里实习过。后来他虽改业从事文学，而医学的训练仍给他不少帮助。他自己后来在议院里说过，他的哲学的精神，锱铢必较的心习，和推阐入微的方法，都是从医学方面得来的。

批评学在法国特别发达，固然由于法国民性锐于审美，而与新闻事业的特性也不无关系。世界各国报章杂志多偏重新闻，而法国报章杂志则特重视文艺。这种风气也从圣伯夫时代才开始。现代欧洲文学杂志推法国《两世界》(Deux Mondes) 为第一，圣伯夫就是《两世界》的一个创办人。他替这个杂志做了三十七年的文章。《两世界》所以驰名，就是他的力量。但是他的处女作是在《地球》(Le Globe) 发表的。创办《地球》杂志的杜鲍 (Dubois) 是他的先生。这个杂志本来赞助民主，提倡急进。1830 年革命结果，路易·菲利普登王位。保守派与激进派竞争激烈。杜鲍倾向保守，而圣伯夫主张急进。因政见不同，而多年恩爱的师生遂至持枪决斗。(这是中古时代传下来的习惯，意见不合的人诉之于械斗不诉之于法律。决斗时双方均守秘密。) 决斗之日适逢大雨。圣伯夫右手持枪，左手执伞。杜鲍反对他用伞，他说："死我不怕，可是我怕被雨打湿了。"一时传为美谈。

他在《地球》上发表的文章有一篇批评雨果的《诗歌集》(Hugo: Odes et Ballades) 当时古典主义还没有完全消灭，物议多以为雨果诗不典雅。圣伯夫则颇致推崇。雨果与圣伯夫在巴黎居寓仅隔数庐，而彼此却素不相识。圣伯夫的批评出现后，雨果从编辑室里查得他的住址，便登门致谢。适圣伯夫他出，隔几天回来了，便回访雨果。二人一见如故，此后过从甚密。这段文字因缘在圣伯夫的生平发生两大影响。第一个影响是好的。雨果是法国浪漫派的领袖。从结识他以后，圣伯夫遂暂时卷入浪漫的漩涡。浪漫主义鄙弃十八世纪的理智与假古典而回到中古世纪的奇诞想象。圣伯夫在这浪漫派影响之下，做了一部《十六世纪的法国诗》，就是想证明十九世纪的浪漫派作者和十六世纪作者的渊源。

第二个影响可就不幸了。圣伯夫少时行修颇不检点，学生时代所接触的妇女大半是巴黎拉丁区中人。自结识雨果后，他不幸垂涎禁脔，而钟爱于雨果夫人。雨果夫人待他虽甚殷渥，而他们夫妇恩爱究竟极浓厚，第三者参入，总不免酿成悲剧。圣伯夫乃不免侘傺无聊。在这个时期他著了一部诗叫做《约瑟多浪》(Joseph Delorme) 和一部小说叫做《淫逸》(Volupte)，这是借题发挥自己胸中的苦痛。本来在十九世纪的初叶，欧洲有一种所谓"时代病"(Malade du Ciécle)。描写这种时代病的在英有拜伦的《哈罗尔德游记》(Byron: Chide Harold)，在德有歌德的《少年维特之烦恼》(Goethe: Des Leiden des jungen Werther)，在法则圣伯夫的《淫逸》和夏多布里昂的《勒内》(Chateaubriand: René)，完成三鼎足。圣伯夫的诗和小说也颇不乏赞美者，但是摆在他的《星期一谈话》一块，就不免相形见绌了。

他同雨果夫妇的十年深交，因有三角纠葛，到 1837 年遂突然中断。圣伯夫固然是惭忿交加，雨果也怀了满腹醋意。雨果此时已经是法兰西学院

（French Academy）的四十不朽者之一，论资望，圣伯夫也应得占一席。但是他被举三次，都因为雨果反对，没有入选。后来他再登门谢罪，雨果才捐弃前嫌，让他进了法兰西学院。这是 1844 年的事。表面上，他们似已言归于好，可是伤裂的友谊从来是不容易弥补还原的。自离开雨果以后，圣伯夫对于浪漫派的因缘也就告一段落。他生性就不近于浪漫主义。不过他因为受了浪漫主义的熏染，后来虽然回头推尊古典，却不能为义法所囿。这是雨果的好影响，他究竟不应该忘记的。

圣伯夫幼时颇虔信天主教，成年时受教于著名的自然科学家拉马克（Lamarck），就变成一个自由思想者。后来他倾倒于雨果夫人，思想言语都无形地受她影响，她的宗教热诚最强烈，他也就变成一个虔诚的信徒。但是有雨果夫人，基督的势力大于拉马克，无雨果夫人，拉马克的势力大于基督；所以绝交以后，他又丢开宗教而信赖经验哲学了。愤激时，他发愿要去当僧侣。当时法国著名女小说家乔治桑（George Sand）对他说："你当了僧侣，我便可以向你忏悔，那再好不过了！"但是圣伯夫那里是一个当僧侣的人！

1837 年恰当圣伯夫有不愿逗留巴黎的苦衷的时候，瑞士洛桑（Lausanne）学院聘他去讲演，他便去当了一年教授。他的演题为《波罗尔（Port-Royal）教派》。这个演讲稿他以后费了二十年的工夫扩充成为一部《波尔·罗亚尔教派史》（Histoire de Port Royal）。波尔·罗亚尔教派发生于路易十四时代，其宗旨在改革天主教，赞助科学，提倡男女平权。最著名的《思想录》（Pensees）著者帕斯卡尔（Pascal）就是这派领袖。其他教友也大半是当时名宿。他们都住在近巴黎的波尔·罗亚尔寺，所以得名。后来这个教派因主张过新，被罗马教皇和法国政府解散了，圣伯夫在《波尔·罗亚尔教派史》里，不仅研究一种宗教的生灭，而且把十七世纪的文物政俗都尽量描绘出来了。史学家和批评家都推此书为杰作。

圣伯夫本一寒士，平时自奉极刻苦。居巴黎时，赁居楼顶小屋两间，每月租金八九元，而早饭尚包在内，独身无仆从，其清苦可想。1840 年，法政府任他为马萨林（Mazarin）图书馆馆员，他的生活才渐较舒适。而最使他称意的莫如饱览图书的机会。他特别请了一位教员习希腊文。后来他对于希腊名著都能从原文研究。他在学校时曾得拉丁文的大奖。英文是从幼就学好的。意大利文与法文相近，他所以也能读得很流畅。这种文字学的准备也是批评家所不可少的；而在圣伯夫时却非易事，比方一代人望的雨果就不能从原文研究莎士比亚，其他可想。

灾祸之来，常出意外。1848 年，路易菲力普政府倒，民主再出现。有人在前政府的度支簿上发见“支圣伯夫一百法郎”一项，仇家遂借此生谣，说他受前政府的贿。其实这只是政府拨给马萨林图书馆修烟突的一笔款。圣伯夫愤而辞图书馆职，应比利时政府的聘请，任李厄西（Leége）大学文学教授。他的演题为《夏多布里昂及其同派》（Chateaubriand et son Groupe）。时人多奉夏多布里昂如神明。圣伯夫早年想献殷勤于列卡米尔夫人（Madame Recamier），也曾作文赞赏夏多布里昂。此时他方从浪漫派的酣梦醒觉，用冷静的态度再去研究夏多布里昂，便不惜暴露其弱点了。

1849 年，法政局又变，路易拿破仑登帝位。当时法国文学家多厌恶帝国而赞助民主。圣伯夫本亦表同情于共和政治，因厌恶连年战争，民不聊生，所以赞助路易拿破仑政府。时人多议圣伯夫为失节，这时他开始在《宪报》（Constitutionnel）做文章。他每星期作文一篇，介绍古今名著，以星期一日出版，后来这些文章搜集成书，所以叫做《星期一谈话》（Causeries du Lundi）。在《宪报》作文三年后，他又改到政府机关报《导报》（Le Moniteur）投稿。1854 年他被任为法国大学（College de la France）文学教授。学生因为他是一个保皇党，上了两课，就把他驱出了。他不得已只好把演讲稿付印行世。演题为《罗马诗人维吉尔研究》（Etude Sur Virgile）。1862 年，他又回到《宪报》，以后所做的文章集成《新星期一谈话》（Nouveux Lundis）。1865 年，他被任为上议院议员。当时上议院议员大半依阿取容。圣伯夫独出力为人民争言论自由。议院中有人提议禁止公共图书馆购置伏尔泰（Voltaire）拉伯雷（Rabenais）诸人的著作，他们说这些书有伤风化。圣伯夫反对极力。他因不满意于政府，便不再替政府机关报作文。所做的文章都送到政府反对党的《时报》（Le Temps）发表。马达尔（Mathilde）公主平时同他交谊颇厚，劝他不要替反对党报纸作文，但是他终不为之屈。拿破仑著有《恺撒传》（Vie de César），政府党曾授意圣伯夫作文称赞，也被他拒绝了。这些地方都可以见得大批评家的独立不挠的精神。他晚年颇为士林所景仰。从前闹他的学生现在也举代表治筵宴他了。可是他的声誉一天大似一天，而他的健康也一天坏似一天。到 1869 年他就长辞人世了。

圣伯夫的一生行迹大要如此。现在说他在文学批评上所占的地位。批评有两难：第一难在了解作者，第二难在避开自己（有人称批评学为 self-cancelling business）。如果作者的思想风格都合你胃口，你自然不难了解他，但是你去批评他，你难免党同。反之，作者的思想风格都不合你的胃口，你就不免有些隔膜，你去批评他，就难免伐异。比方英国的约翰逊说：“如果蒲柏

(Pope) 做的不是诗，你还在那里去寻得诗?”这就犯了没有避开自己的毛病，他称赞蒲柏，只因为蒲柏和他自己都是假古典主义的拥护者。他又说格雷(Gray) 的诗不好，这就犯了没有懂得作者的毛病，格雷是浪漫派的先驱，他诗中赞赏自然的地方不是又近视又重听的约翰逊所能了解的。有了成见，便不易公平；没有成见，又难了解旁人的成见。理想的批评家是从前抱过种种成见而现都已丢开的。从前抱过种种成见，所以能了解某种作家的某种思想。现在这些成见都丢开了，所以不为成见所囿。这种条件在批评家中很少有人能满足，而圣伯夫却完全满足了。在文学方面，他时而皈依古典，时而受浪漫主义的熏染，上自荷马（Homer）维吉尔（Virgil）与但丁（Dante)，下至卢梭，歌德与福楼拜，他都是一样地嗜好。在政治方面，他时而醉心民主，时而接近圣西门（Saint-Simon）社会主义派，时而赞助帝政，时而替反对政府党报纸做文章。论信仰，他时而天主教徒，时而怀疑者，时而追慕波尔·罗亚尔教派。他好像蜜蜂，任何花卉的精髓他都采来了酝酿成他的满腹经纶。他这样多见多闻，所以能无偏无党。这要算是他第一条卓越常人的特点。

单是这渊博公允，已非一般人所能望尘；而圣伯夫又有阿诺德所称法国人的灵活（flexibility)。学问日日增进，则见解亦必日日变动。但是一般人守旧性太重，往往固执己见，不肯认错。你如果说：“今日之我可以与昨日之我宣战”，人就骂你没有节操。其实学问上的节操：在忠实，不在“一与之齐，终身不改”。圣伯夫的第二个特点就在不惮改。他带有女性的锐敏感觉，偶尔新有发见，便不惜把从前辛苦经营所成就的全盘抛弃。他的批评是不断的修改，不断的创造。他自己说过：“我没有执过任何文学意见，文学意见在我生平思想中所占的位置极其渺小。我所最关心的只是生命和生命的对象。我对于我所已有的判断常继续不断的置疑，假如我发见我的见解不确，我就立刻修改过来。”因此，他对于同一作者先后批评往往不一致。最显著的是他对于雨果和夏多布里昂的评语。好像做生意，他只零卖，不批发，对于同一作者，今天指一点给你看，明天又指一点给你看，但是永远不托出全形，不作最后的断案，有许多人（类如圣茨伯里 Saintsbury）说，这是圣伯夫的缺点。他们以为他太泛滥没有归宿。但是古今批评家下过许多断案，有几条能算是最后的不可移易的呢?

就这一点说，圣伯夫在文学批评上是一个革命者。从亚里士多德以后，欧洲文艺批评以判别好坏为唯一任务。本来“批评”一词在西文为 criticism 就只包含判别一个意义。从圣伯夫以后，学者虽仍沿用“批评”（criticism）一词，而其所指的实为“诠述”或“导解”，其义相当于西文 interpretation。

为清晰界限起见，学者新铸“判断的批评”（judicial criticism）和“诠述的批评”（interpretative criticism）两个名词。批评上有这种分别，就从圣伯夫起。这种分别究竟何在呢？第一，是态度的分别。判断的批评者好比法官（judge），作者须受他审问，受他评判曲直。诠述的批评者好比律师（advocate），代诉讼人陈述意见，并且含有辩护的口吻。第二，是目的的分别。判断的批评者用意在使读者明白文学上的是非。诠述的批评者用意在使读者彻底了解作者的思想性情和时代环境的关系。第三，是方法的分别。判断的批评者先假定一种标准，用这种标准去测量作品，看看它是长是短。诠述的批评者研究作品，好比自然科学者研究一种生物，用精细的观察与归纳，从遗传环境个性各方面搜罗因果关系，以构成一种生活史。

判断的批评在圣伯夫以前可算是正统派，不过这里又有古典派与浪漫派的分别。古典派和法国布瓦洛（Boileau）英国蒲柏都以古人义法（rules）为标准。他们所谓好不好，换言之，就是合于义法不合于义法。比方他们如果批评《哈姆雷特》（Hamlet），他们用一只眼睛看莎士比亚，另一只眼睛就注视希腊罗马的作者。如果索福克勒斯（Sophicles）的悲剧里没有夹杂喜剧的成分，他们便断定《哈姆雷特》里掘矿一段诙谐为违法，换句话说，莎士比亚便不算得一个大戏剧家。这种批评显然是武断的。古人所谓义法也不外根据古时作品推演出来的。先有作品而后有义法。文学是创造的，是生生不息的，我们如何能以死的义法测量一切创作？德莱顿（Dryden）说得好，如果亚里士多德读过近代文学，他的《诗学》一书也许做得另是一样。古典派想以古人之已然，责今人之必然，就不明白这个道理。浪漫派代兴以后，义法的观念虽取消，而批评家仍然没有放弃褒贬大权，不过想另求哲学的根据代义法做判断的标准罢了。比方德国莱辛，英国柯尔律治，就都想寻出一种哲学的根据——如快感想象等等——以为鉴定美恶的标准。这比古典派固较胜一筹，但是在批评方面，离开具体的作品，而空谈哲理，总不免易于误事。托尔斯泰因虔信宗教，便断定一切最上品文艺都要含有宗教的教训，把但丁和莎士比亚都一笔抹煞了，就是一个好例。

判断的批评既如此不可恃。圣伯夫所以极力打破前人窠臼，而另建设文学批评于科学的基础上。凡是文艺作品都是作者的人格的表现。要懂得作品，先要懂得作者的人格。这番话在今日已成老生常谈，但在圣伯夫时还是疑信参半。圣伯夫是第一个人说，你如果不懂得作者的心窍，你决不懂得他的著作；你还没有懂得他的著作，何以就能评判它的好坏？所以他的主张是：读书要从知人入手。他用什么方法去知人呢？他是拉马克的弟子，所以一方面习闻个人与环境关系密切，而另一方面又濡染了许多自然科学者的方法和精神。在批评方面，他的目的全在以自然科学方法研究作者的心理。他自己曾经说过："我是一个研究心灵的自然科学家。"（Je Suis un Naturaliste des Espirits）。他于所批评的作品大半从四方面研究：

（1）作者必有群性，他和时代环境的关系如何？

（2）作者必有个性，他所得诸遗传的如何？得于习惯的又如何？

（3）作者必表现其人格于其作品，从作品中所看出的作者个性如何？

（4）作者的各种著作必为完整的有机体，参观互较之，其部分与全体的相互关系如何？

这四个问题都解决了，批评者的责任便算了结。至于估定价值，判断美丑，则读者自有权衡，批评者不能以一个人的嗜好，做一切人的标准。他先自己多读，多了解，多欣赏，然后就自己所读的所欣赏的所了解的诠述出来，引诱旁人也去读，去了解，去欣赏。他不是一个审判官，没有权力说："作者应该如此如此"；他只是一个自然科学者，只能说："作者实在如此如此。"这种诠述的批评就是圣伯夫的不二法门。因为这种批评使用自然科学的归纳法，所以他有时又称为自然科学派批评（naturalistic），归纳的批评（inductive），或历史的批评（historical）。

圣伯夫的最大工作是《星期一谈话》。（前集十五册，后集十三册。）这些谈话因为要迁就报纸篇幅，都很简短，每篇平均不过七八千字。谈的材料大半是文学家、哲学家或政治家的事迹或著作。比方第一篇谈一本书札，第二篇就接着谈作者的家世或幼年的教育，第三篇又接着谈作者的交游。除《何谓古典》（Qúest qúun Critique，《星期一谈话》第三卷里）一篇外，他很少抽象的谈文学主义。从他所做的批评文章看，可以知道他的渊博。关于十六世纪，除着《十六世纪的法国诗》一书以外，他做了十九个人的评传，内含拉伯雷、蒙田（Montaigne）等等。关于十七世纪，除着《波尔·罗亚尔教派史》一书以外，他做了七十四个人的评传，内含帕斯卡尔，圣西门等等。关于十八世纪，他做了七十三个人的评传，内含伏尔泰，卢梭（Rousseau）罗兰夫人（Madame Roland）等等。关于十九世纪，他做了一百零五个人评传，内含拿破仑，夏多布里昂，福楼拜（Flaubert）等等。而希腊罗马的作者经过他的批评的尚不在此列。以一人的精力，成就偌大的工作，在批评史方面找不出第二个人了。不消说得，他是一个最用功的人；他自己说："我没有一天休假，只是在星期一晌午时，抬头呼吸一点钟左右。过后，门再闭起，我又在牢室里住上七天。"翻《星期一谈话》看，每年五十二个礼拜，就有五十二篇文章，简直没有间断。这种精神能不叫现在一般批评家愧死么？

法国人本擅长于散文，而圣伯夫的文章尤其流利生动。尼采说他女性太重，的确不错。他拈取一件琐事，便说得津津有味。他描写一个人，只略举几点细微故事，便叫他跃现目前。法国人本以客气著名。圣伯夫在批评文章里，从来不用谩骂讥嘲。但是仔细读之，他有时在轻言巧语里微露机锋，可就深刻隽永！你只把它当作一种消遣品读，也会不忍释手的。

近代批评学者几无人不受圣伯夫的影响。英国阿诺德（Matthew Arnold）就是私淑圣伯夫的。单讲法国，他的高足弟子为泰纳（Taine）。泰纳以为一切文学家都是种族（race），社会环境（milieu）和时代（moment）三个成分的产品。批评学和植物学相仿佛，只研究个体与种族环境时代的因果关系。他的名著《英国文学史》就用这种眼光著成的。导敦教授（E. Dowden：Studies ln Literature）说他太走极端，把作者的个性完全抹煞了。本来浪漫派重视主观抒情，浪漫派流为写实派，文学遂弃主观而偏重客观。泰纳是受这种潮流影响的。圣伯夫推翻持义法为判别好丑的标准的批评。这个消极态度后来衍为印象派批评（impressionistic criticism）。法朗士（A. France）就是这个批评学派的领袖。他以为批评家的任务只是写出自己读过某作品所得的印象。我们不能批评作品是好是丑，只能说我个人欢喜不欢喜这作品。法朗士的《文学生涯》（La Vie Littéraire）一书就是记他自己读书所得的印象。他的文章比《星期一谈话》更加简短，更加漂亮。可是他这种印象的批评颇有人以为过重私人主观，难得公允。布吕纳介（Brunetiére）为着这个问题和法朗士打过许久的笔墨官司。他劝法朗士最好去作系统的介绍，指示后学的途径。法朗士说，向来批评家好比食馆侍女，只托出美肴盛馔让旁人享受，于今他却不愿这样呆笨，他自己也要染指尝尝美味。他所谓印象的批评就是描写他自己所得的味道。赫道生（Hudson）说过，像法朗士那样博学，他的印象固然值得我们听听，可是多数人的好恶究竟不能为批评估价的标准。以记印象为尽批评的能事，也未免走入极端。

从泰纳、法朗士两派看，我们一方面可以见得圣伯夫的影响之大，一方面也可以见他的无偏无党，适得其平，为不可及。说他是亚里士多德以后的最大批评者，该不算过誉吧。

参考书籍

1. Causeries du Luudi，巴黎 Garnier Frères 出版，英译本有两种，一为 Trenchmann 译，伦敦 Geotge Routledge 出版，一为 Matthews 选译，芝加哥出版。此系研究圣伯夫及法国文学所必读的书。

2. Nouveux Lundis，巴黎 Calmann Lévy 出版，未见英译本。

3. Port-Royal，巴黎 Hachette 出版，未见英译本。

4. English Portraits，此书系选译《星期一谈话》关于英人者。有引论序圣伯夫的生平与著作，颇好。

5. Essays on Men & Women，W. Sharp 编并序。此书选重要批评文十余篇。如不能得《星期一谈话》全书者，可置此书（伦教 David Stott 出版），或上列之 English Portraits（伦敦 Daily Isbister 出版），或 Saints-bury 的选本（法文的，牛津大学出版）。

6. Michent：Sainte-Bouve Avant Les Lundis，这是最好的圣伯夫小传。巴黎出版。

7. G. M. Harpet：Sainte-Beuve，圣伯夫传英文中只见此一本。

8. Matthew Arnold 做了一篇短传，载在《大英百科全书》。

9. Saintbury：Histoty of Criticism，Vol. lll，里面有一章论圣伯夫的批评著作颇详。伦敦出版。

10. G. Brandes：Main Currents In 19th Century Literature，第五卷里有三章论圣伯夫，尚可读。（伦敦出版。）

（载《东方杂志》第 24 卷第 13 号，1927 年 7 月）

【阅读思考】

1. 圣伯夫的“诠述的批评”包括哪些原则？对现代的文学研究有何借鉴意义？

2. 本文生动地展现了圣伯夫的“精神肖像”，你认为这篇文章在写作上有何特点？

评威勒克和沃伦合著的《文学理论》

王春元

【引言】

这是一篇典范的西方文论名著的学术述评。全文按《文学理论》一书的内在结构和理论思路，客观、准确、全面地介绍了全书的理论要点和学术思想，同时又对书中的精辟见解和不足之处作了扼要的点评和辨析。

《文学理论》全书共分四部。第一部分“定义与区分”，阐述了文学与文学研究的涵意及区别，力图廓清文学研究的方法论上现存的各种问题，并分别从文学的性质、功用，文学理论、文学批评、文学史，以及总体文学、比较文学和民族文学等各个方面来划分文学研究的定义和范围。第二部分“初步工作”，以莎士比亚研究为中心，考察了文学研究初步阶段的资料准备工作诸问题，指出旨在提供一部精校本的“高级校勘”，只是文学研究的基础而不是目的。第三部分“文学的外部研究”，列述了文学种种外部研究的方法和原则，依次论证文学与传记、心理学、社会、哲学思想，以及文学与其他艺术的关系。第四部分“文学的内部研究”，这是作者构建自己理论旨趣所在的核心部分，着重剖析了文学作品的存在方式，诗的声律、格律、意象、隐喻、象征，神话、小说的性质和模式，文体和文体学，文学的类型，文学的评价，亦即进行所谓文学的本质研究，最后以“文学史”一章作全书之终篇。

本篇述评从第二部分开始，按《文学理论》一书的上述理路，依次介绍和评述了全书的理论内容，较为客观全面地为读者呈现出全书面貌；同时又对《文学理论》一书形式主义理论立场的利弊得失作了中肯的评价。一般读者即使不读原著，通过这篇文章也能把握到《文学理论》全书的理论精华和学术趋向。这应是学术名著评介的基本要求，也是一个不低的要求，它是以精读原著和准确理解原著为前提的。

一

雷·威勒克和奥·沃伦合著的《文学理论》一书，一九四二（编按：应为“一九四九”）年在美国首次问世，一九五六年再版，一九六二年又刊行第三版。自出版以来，大量发行，已先后有西班牙、意大利、日、德、俄、希伯来和印度等多种语言的译本，风行于世，广泛流传，是近三十余年来西方文艺学具有权威性的杰出著作，至今仍被世界许多大学采用作为文科教材。

威勒克祖籍捷克，1903年生于维也纳，1926年于布拉格的卡尔洛夫大学取得博士学位，其后陆续在普林斯顿、布拉格、伦敦、衣阿华等大学执教。1946年，任美国耶鲁大学比较文学教授。威勒克著作甚多，他自二十年代末开始发表作品以来，所著有《伊·康德在英国》、《英国文学溯源》、《文学的学问》（与福耳斯特合编）、《现代文学批评史》（五卷本，1750—1950年，已出四卷）、《批评的概念》、《捷克文学散论》等有关文学理论、文学批评和文学史研究的论著。本书的另一位作者沃伦，1899年生于美国麻省，1926年获普林斯顿大学博士学位。曾任衣阿华、密执安等大学文学史及比较文学教授。著有《批评家和人道主义者亚·蒲伯》、《论霍桑》、《老亨利·詹姆斯》以及《为秩序而不平》等专著。

本世纪四十年代初期，欧美文艺学的教学和研究领域形式主义流派盛行，在美国，“新批评”派是这一流派的代表。四十年代末问世的这本《文学理论》所持的基本观点，就方法论而言可以说是为“新批评”派研究方法作了一次很好的总结。

本书的两位作者十分强调艺术形式分析的重大审美意义和美学价值。全书共分四部、十九章。第一部分阐述了文学与文学研究的涵意及区别，力图廓清文学研究的方法论上现存的各种问题，并分别从文学的性质、功用，文学理论、文学批评、文学史，以及总体文学、比较文学和民族文学等各个方面来划分文学研究的定义和范围。第二部分考察了文学研究初步阶段的资料准备工作诸问题。按照本书的理论构架，作者在第三部分列述了文学种种外部关系的研究，依次论证文学与传记、心理学、社会、哲学思想，以及文学与其他艺术的关系。第四部分是作者构建自己理论旨趣所在的核心部分，着重剖析了文学作品的存在方式，诗的声律、格律、意象、隐喻、象征，神话、小说的性质和模式，文体和文体学，文学的类型，文学的评价，亦即进行所谓文学的本质研究，最后以“文学史”一章作全书之终篇。

作者通晓英、德、法、意及斯拉夫语系，涉猎欧美各国文学作品甚广，纵横古今，恣肆无涯，在显示其渊博学识的同时，简括地把现代文学研究诸流派的代表观点纳入自己带有明显倾向性的评述范围。钩玄提要，资料丰赡，在西方同类的专著中，堪称赅博精深的力作。

由于两位作者坚持文学研究形式主义方法的明确立场，在文学观的某些基本问题上，诸如文学的本源、文学与现实关系等，自然和我们的理解存在着根本的差别。特别是当问题涉及马克思主义文艺学的范畴时，作者不唯评价甚低，而且往往作出常识性的错误解释。但是无论如何，这本书对于我们准确了解现代西方学者的文学理论见解是大有裨益的。更何况，“他山之石，可以攻玉”，我们从中足资借鉴、得到启示的地方还是很丰富的哩。

二

作者在本书第一版序言中说，他们的这本书既不是一本向青年人传授文学鉴赏知识的教科书，也不是一本综述研究方法的书，而是力图把它写成一部包容诗学（文学理论）、文学批评原理、文学史的理论以及文学研究方法等范畴于一体的著作。换句话说，这主要是一部论述文艺学原理和文学研究方法的书。在本书的第一、二部里，作者主要是从语义学分析的角度来划分文学与非文学、文学研究与非文学研究的范围和内容，而侧重于文学研究方法论问题上的探讨的。

在驳斥了种种否定文学研究的论点之后，首先碰到的是怎样进行文学研究的问题。作者指出，存在着机械地搬用自然科学的研究方法，他批评了社会“起因研究法”和那种因袭生物学或病理学的概念来探讨文学问题的方法。作者虽然不否认文学研究和自然科学研究两者在方法论上有许多交叉和重叠的地方，诸如归纳、演绎、分析、综合和比较等基本方法，对两者都是适用的，但是，作为人文科学的文学研究和自然科学研究无论在许多具体方法上或是目的上都存在着差异。

如何弄清这种差异，却是一个复杂的问题。早在上世纪八十年代以来，就不断有人著书立说，力图辩明人文科学与自然科学之间的分野，自然科学方法与历史学方法之间的不同。众说纷纭，然而这些学者大多倾向于一种比较接近的见解，那就是认为自然科学家旨在建立普遍的法则，而人文科学、历史学方法研究的重心则在于试图把握具体的、个别的、甚至是独一无二的事物。一个文学研究者为什么要研究莎士比亚？使他最感兴趣的不是文艺复兴时期的剧作家有哪些共同之处，而是莎士比亚之所以成其为莎士比亚的独到之处。显然，这说明：文学研究者对自己的对象，感兴趣的只是它们有别于同类其它事物的个性以及它们的特异的面貌和性质——这就是文学研究的“个性说”。

坚持这种“个性说”的文学研究者相信，离开了艺术个性的独特理解，就说明不了创作过程任何实质性的东西。他们认为，物理学的最高成就可以见诸于一些普遍法则和公式的建立，“但没有任何的普遍法则可以用来达到文学研究的目的：越是普遍就越抽象，也就越显得大而无当，空空如也”。这样一来，他们就把“个性说”推向了极端——彻底否认文学研究具有建立普遍性法则的可能。

而这，也是本书作者所不能苟同的。

因此，作者在检视了上述两种截然相反的文学研究的方法之后，概括地说，“这样，我们所讨论的问题就有两个极端的解答方法”：其一，“将科学方法与历史学方法混为一谈，从而使文学研究仅限于搜集事实，或者只是热衷于建立高度概括的历史性‘法则’”。其二，“则是否认文学研究为一门科学，坚持文学的‘理解’带有个人性格的色彩，并强调每一文学作品的‘个性’，甚至认为它具有‘独一无二’的性质”。并严肃指出，这后一种方法趋向极端时便成为“反科学的方法”，因为它过分强调每部作品的“个性”，强调对文学作品理解的个人直觉性，而“个人的‘直觉’可能导致仅仅诉诸感情的‘鉴赏’（emotional“appreciation”），导致十足的主观性”。作者正确地断言，每一部文学作品都具备独有的特性，但它又与其它艺术有相通之处，“须知每一部文学作品都兼具一般性和特殊性”。认识到这一点，我们才有可能就所有的艺术作品和文学作品进行科学概括，寻找它们带规律性的东西。从而使文学研究可能超越个人鉴赏的狭隘的主观性、片面性，而可能成为科学，成为一个不断发展的知识和判断的体系。

进一步需要明确的问题是文学研究的内容和范围。而这个问题的解答，则直接关系着对文学的本质的理解。什么是文学的本质？这个看似简单实则难以有明晰答案的问题，作者采取了“庖丁解牛”的方式，层层剥离，块块分割，一步步向着文学本质核心的方向深入下去。

作者从语言着手，分析了作为文学材料的语言的特质，找出了文学语言与科学语言及日常语言之间的联系与差别，指出文学语言不同于一般艺术媒介物（例如石头之于雕刻等），它深深植根于自己的历史结构和特定的文化传统中；因而具有多歧义性、暗示性、富于高度的内涵和含蕴；它还强调文字符号本身的意义，强调语词的声音象征（如格律、韵脚、声音模式等），特别强调情感态度的表达。而科学语言总是尽可能消除这些因素。至于日常语言，它主要着意于达到某种实际目的，借以影响对方的行为和态度，因此在实用的意义上文学语言同日常语言有着极为明显的区别，诗的语言对人们的影响不是直接指示的，而是非常微妙的。其所以微妙，乃在于它的审美作用。

毫无疑问，文学语言是具有审美作用的。但也要看到，在各种应用文字和日常言辞领域，往往并不缺乏美感作用。对此，作者主张最好只把那些美感作用占主导地位的作品视为文学，同时也承认那些不以审美为目的的作品，如科学论文、政治小册子等也可以具有诸如文体风格、篇章结构、一般的表现力等美学因素。“但是”，作者强调说：“文学的本质最清楚地呈现于文学所涉猎的范畴中。文学艺术的中心显然是在抒情诗、史诗和戏剧等传统的文学类型上。它们处理的都是一个虚构的世界、想象的世界。小说、诗歌或戏剧中所陈述的，从字面上说都不是真实的；它们不是逻辑上的命题。……小说中的人物，不同于历史人物或现实生活中的人物。小说人物不过是由作者描写他的句子和让他发表的言辞所塑造的。他没有过去，没有将来，有时也没有生命的连续性。”又说：“即使看起来是最现实主义的一部小说，甚至就是自然主义人生的片段，都不过是根据某些艺术成规而虚构成的。”

从各个不同角度、侧面揭示文学的本质，事实上是这本著作所力图解决的一个美学中心问题。作者在这里虽然刚刚开始接触，但已经非常简明扼要地描述了自己对这个中心问题所守持的基本概念。我们完全同意“虚构性”、“想象性”或“创造性”是文学艺术的突出特征，也认为小说不是现实，不能把文学作品中的人物等同于历史或现实世界中的人物，这都是无可争议的。

但是，文学能不能真实地反映人类生活呢？文学作品中虚构的世界是不是现实世界某些方面审美反映的产物呢？作者回避了这些问题，从而也从根本上回避了文学的生活本源问题。作者说，小说中的人生都不过是根据某些“艺术成规”或“程式”虚构而成的。假定这个说法可以成立，那么我们还是要问，这些“艺术成规”或“程式”又是根据什么东西创造的呢？作者巧妙地避开了这些问题，而只是从语义分析的角度把问题引向文学作品本身。作者说“一部文学作品，不是一件简单的东西，而是交织着多层意义和关系的一个极其复杂的组合体。”有时作者还用更简练的语言把艺术品界定为“一个符号和意义的多层结构”。

作者认为，文学的本质与文学的作用相互关连着，诗的功用是由其本身的性质而定的，反之亦然。作者在简略地回顾了西方美学史有关问题之后，对贺拉斯（Horace）所说的诗是“甜美”（dulce）和“有用”（utile）的公式作了较为细致的考察。认为这两个相反相成的命题只可联系起来理解，孤立地强调一方，都会走向极端，所以，“我们在谈论艺术的作用时，必须同时尊重‘甜美’和‘有用’这两个方面的要求”。就是说，既要重视文学的严肃性和教育意义，又要看重文学愉悦功能（快感）的“无目的性”，因为当某一文学作品成功地发挥其作用时，快感和有用性是交汇在一起的。文学给人的快感，是一种无所希求的从沉思默想中取得的“高级快感”；而文学的有用性则是令人愉悦的严肃性，也可以称之为“审美的严肃性”。值得注意的是本书作者在批评那种只要求文学作品提供知识和道德教训的“教育主义”者的同时，还指责了“那些喜欢难懂的现代诗歌的相对主义者”，这类人“总是使他的欣赏趣味成为一种个人的嗜好，等同于填字游戏或下棋之类的爱好，从而置审美判断于不顾”。——这种对于西方现代诗歌某些不良现象的批评，对于我们也是有益的。

为了更有效地开展对文学作系统的、整体的研究，有必要在文学本体的研究范围内，对文学理论，文学批评和文学史三者加以区分，这是人所公认的。但是，作者认为以上三者的研究方式不能单独进行，因为它们完全是互相包容的。文学理论须植根于具体的文学作品的研究，否则，文学的准则、范畴、技巧都不能凭空产生；反之，没有一定的论点、一系列概念、一些抽象的概括，文学批评和文学史的编写也是不可能的。所以，作者正确地指出，三者之间相互区别又相互包容的过程是辩证的过程，“即理论与实践互相渗透，互相作用”的过程。

作者在论及文学史研究中某些存在的问题时，主张用一种称为“透视主义”（perspectivism）的观点取而代之，这种观点认为：作为体现种种价值的系统，一件艺术品有它独特的生命。它的全部意义，它的价值，是不能仅仅以其作者和作者的同时代人的看法来界定的。它是一个累积过程的结果，亦即历代的无数读者、批评家对此作品批评过程的结果。一般的文学批评家都要根据自己时代的文学和文学运动的需要，来重新估价过去的作品。我们研究某一艺术作品，就要能够指出该作品在它自己那个时代的和以后历代的价值，一件艺术品既是“永恒的”（即永久保有某种特质），又是“历史的”（即有其发展过程）。总之，“‘透视主义’的意思就是把诗，把其它类型的文学，看作一个整体。这个整体在不同时代都在发展着、变化着，可以互相比较，而且充满各种可能性”。这里，我们无意评论“透视主义”的全部意义，然而一般地说，至少就字面的意义来看，它的基本概念同我们关于文学史研究的美学的和历史的原则并不冲突。但作者偏偏在论述中毫无根据地把马克思主义放在“绝对主义”批评流派的行列，而和自己对立，这倒是令人费解的事情。

作者在论述整体文学、比较文学和民族文学三者研究的关系时，充分运用了西方学术界的和作者本人在大学执教时致力于比较语言学研究的经验，应该说，立论是公允的、合理的。

作者另辟《论据的编排与确定》专章，用以讨论文学研究所必备的基础知识、技巧和严肃认真的科学精神，具有教学和实用的意义。

三

前面所讨论的，是从方法学的角度来论证：只有把文学作为不同于人类其他活动和产物的一个独特的学科来研究，才是真正文学研究的坦途。同时，在初步揭示了文学的本质及其相应的功用问题之后，文学作品本身势必成为文学研究的焦点。但任何一部文学作品都是由它的作家在一定的环境下创造的，因此，研究文学作品也必然要涉及有关作家的个性、心理、创作过程以及作家所处社会环境等诸因素。本书作者把对文学作品本身结构的研究称为“内在的”或“文学的内部”研究，而把研究作品同作家的思想、社会环境诸方面的关系叫做“外在的”或“文学的外部”研究。

现在我们就来看看本书作者是怎样对“文学的外部关系”进行研究的。

作者认为流行的文学研究方法，主要都是文学外在因素的研究方法。这种方法根据产生文学作品的社会背景和它的前身去解释文学，在大多数情况下，这种研究就成了“因果式”的研究，它只是从作品产生的原因去评价和解释作品，此即所谓“起因谬说”，有时也称之为“起因解释法”。

作者把这种所谓“起因解释法”归结为四类：(1) 认为文学是创作者的个人产品，于是便断定文学研究必须从考察创作者的生平和创作心理着手；(2) 从人类生活的经济的、社会的和政治的条件中探求文学创作的决定性因素；(3) 从人类精神的集体创造活动如思想史、神学史和其它的艺术中，探索文学的起因；(4) 以“时代精神”，即一个时代的精神实质、舆论气氛以及其他艺术的特质中抽取出来的“一元性力量”来解释文学。

根据以上的分类，作者按顺序考察了文学与传记、心理学、社会、思想以及其他艺术之间的关系，并从“以文学为中心”的角度出发来评判这一系列“外在的”研究方法之得失。

本书作者首先考察了“传记式的文学研究法”。这是从作家生平经历、际遇和性格等方面来解释作品的一种古老的研究方法，它有助于阐释文学作品的实际产生过程。在探讨过程中，本书作者对这种流传很广的研究方法提出两点质疑。他说，“传记家以诗人的作品为根据来撰写传记，这里有多大程度的可靠性”此其一；其二，文学传记的成果对理解作品本身又有多大关系和重要性？

对于这两个问题，作者给予的回答是否定多于肯定。他们指出，文学作品是一个虚构的世界，我们不能根据某些虚构的叙述，作出有效的史实的推论，并据此编写作家本人的传记。作家不能成为他笔下的人物的思想、感情、观点、美德和罪恶的代理人。这一点，即使对于抒情诗中的那个‘我’来说也是正确的。作家的生活与作品的关系，不是一种简单的因果关系。即使文学作品可能具有某些因素确实与作家传记资料一致，这些因素也都是经过重新整理而化入作品结构之中的，它们已经失去了原来的个人意义，只作为某些人生素材成为艺术整体的一个组成部分。“那种认为艺术纯粹是自我表现，是个人感情和经验的再现的观点，显然是错误的。”上述种种批评对于那些单纯信赖“传记式的研究法”的人，无疑是正确的、有益的。但是如果我们摆脱掉“传记式研究法”的狭隘束缚，而从另一个角度，即从创作与作家生活体验的角度看问题，我们将会发现本书作者的论点中也存在着另一种偏颇之见。例如，他们说：“无论是一出戏剧，一部小说，或者是一首诗，其决定因素不是别的，而是文学的传统和惯例”。这话的意思和前文所说的文学“不过是根据某些艺术成规（或‘程式’）而虚构成的”的论断是一脉相承的。显然，这个偏颇之见仍然是由于本书作者对于艺术的生活本源问题的错误理解而造成的。所以，他们总是喜欢说：“我们还不要忘记艺术家借艺术‘体验’

的生活，与人们实际的生活经验有所不同：实际生活经验在作家心目究竟是什么样子，取决于它们在文学上的可取程度，由于受到艺术传统和先验观念的左右，它们都发生了局部的变形。”

讲到文学与心理学的关系这一课题，实际上指的是“文学心理学”的研究对象和范围的问题。本书在这部分所探究的，主要是对文学作品中所表现的心理学类型和法则的研究。这里关于弗洛伊德的艺术心理学及其学派的各种代表性观点所作的批判性的述评是很精彩的。本书作者在列举了弗洛伊德理论的一段引文之后，不无讥讽地写道：“这就是说，诗人是一个社会所认可的或推崇的白日梦者；他不必去改变自己耽于幻想的性格，而是要持续不断地幻想下去，并公开地发表自由的幻想。”并且把弗洛伊德学派的理论归结为“艺术即神经病的理论”。

但是本书作者并不忽视创作过程中作家心理活动的种种现象，他们在弗洛伊德学派的理论启发下，对作家形成“逼真意象”的幻觉能力（即作家有时能活生生看到和听到自己笔下人物的音容行动），把两种以上的感官的感觉和知觉联结在一起的通感（Synaesthesia）力量，潜意识、意识流和灵感的产生等等的创作心理现象，一一作了具有说服力的比较明晰的解释。对荣格（Jung）、克莱施玛（E. Kretachmer）、尼采、李博（Ribot）、T. 艾略特以及 L. 鲁苏诸家的心理类型学也都在评介中分别进行了比较和考察，论之甚详，但是，总的说来，这些问题的研究还处在假设的阶段。

关于文学与社会的关系，本书作者开门见山地指出，文学是一种社会性的实践。因而无论从哪个方面说，文学与社会机体是存在着广泛的联系的；而社会的各种因素包括经济因素，也都对文学的产生、存在和发展有着坚实的制约性。作者在这里综述了文学社会学的各种流派，指出它们的特征，比较并阐明了它们各自的优缺点。作者分别阐述了以下三个方面的问题，即：（1）作家的社会学；（2）作品本身的社会内容；（3）文学对社会的影响等（包括读者社会学）。

作者敏锐地指出，西方现代作家与读者观众是严重脱节的，这往往表现在“赶时髦”这一现代文学中的重要现象，“因为在一个竞争而不稳定的社会中，上层阶级的标准很快地就被模仿了去，因而需要不断更新。无疑，目前趣味的迅速改变似乎是前几十年社会的急速变革和艺术家与读者观众之间的关系普遍脱节的反映”。作者还进一步意识到，这种普遍脱节的现象，究其实质而言，不过是“现代作家与社会隔离的一种表现而已，表明艺术家与其所属的现代社会之间存在着无法克服的矛盾，艺术家十分憎恶他们的社会，而且对他们的社会表示绝望”。

作者为我们列举了历代大量作品的社会内容、社会意义、社会影响以及作为社会文献的认识作用，这本来是文学与社会关系的核心问题，作者虽然不否认事实的客观存在，然而却尽量贬低它们的价值和意义。他们说“倘若研究者只是想当然地把文学单纯当作生活的一面镜子，生活的一种翻版，或把文学当作一种社会文献，这类研究似乎就没有什么价值。”把文学的社会内容、社会意义同艺术表现上的美学特点或审美结构割裂开来是这本书的一个基本倾向。作者在这里还特别提到了马克思主义文艺学原理中的艺术与社会经济的关系问题，论述中显然失之于浮泛和不够准确。特别值得指出的，是作者对马克思主义的批评原则往往理解得简单、僵化，甚至有时同机械论、庸俗社会学混为一谈。

在评论文学和哲学思想的关系时，批评了那种陈旧的极端的理智主义迂腐的文学分析方法。这种方法把文学看作是一种哲学观点的图解，把艺术品贬低为一种哲理教条的表述，甚至把艺术品分割肢解，断章取义，硬塞给它一些与它无关的“思想”的、“哲学”的价值标准。

作者比较赞赏 R. 温格尔所持的精神历史学派的观点，这种观点反对极端理智主义的简单抽象的做法，它非常精细地对待文学作品所含思想观念的分析。他提出：文学不是把哲学知识转换一下形式塞进意象和诗行中，而是要表达一种对生活的一般态度。但是，本书作者对精神历史学派观点的支持，也只是在很有限的意义上的事情，因为，在他们看来，哲学也罢，思想观点也罢，在他们的理论体系中，并不是核心部分，只不过是“外在的”因素，说到底，他们始终坚持认为，思想哲理或哲理诗在文学中的地位并非举足轻重，“诗不是哲学的替代品；它有它自己的评判标准与宗旨。哲理诗像其它的诗一样，不是由它的材料的价值来评判，而是由它的完整程度与艺术水平的高低来评判的”。

文学和其它艺术的关系，是一个很有趣味的领域，过去我们在这方面研究还比较少，且不够系统化。作者对有关的各家论点作了批评性的考察，一一检视了音乐、美术同文学之间相互联系而又相互区别的种种现象。作者主张为了有效地考察文学和其它艺术的关系，就要在各种艺术（包括文学）之间进行比较的研究，而这种研究又要建立在分析实际艺术品的基础之上，也就是要建立在分析它们的层面结构的基础之上，因为，根据他们的看法，我们应该把人类文化活动的总和看作包含许多自我进化系列的完整体系，其中每一个系列，每一门艺术都有自己独特的进化历程，有自己不同的发展速度与包含各种不同因素的内在结构，并各有自己的一套标准，这套标准不必一定与相邻的系统相同。各种艺术之间是有着相互影响的关系的，但这关系并非这一个决定那一个的关系，而应该是一种具有辩证关系的复杂结构，这种结构通过一种艺术进入另一种艺术，反过来，又通过另一种艺术进入这种艺术，在进入某种艺术后可以发生完全的形变。

四

如前所述，本书作者断言他们所考察过的那些文学研究方法都过分致力于作家个性、社会环境、心理素质、时代精神、历史背景等等“因果性”的“外在因素”的研究，而这类研究方法没有一个能够恰当地分析、描述和评价一部文学作品。为此，他们认为必须代之以“文学的内部研究”的方法，使文学研究的出发点转向解释和分析文学作品本身，对经典的修辞、批评和韵律等方法必须以现代的术语加以重新认识和评价。

本书作者直言不讳地宣称，他们向俄国的形式主义者学习，特别反对“内容对形式”这一传统的二分法。这种划分法弊病很多，它把一件艺术品分割成两半：一边是抽象的粗糙的内容，一边是附加于其上的、纯粹的外部形式。然而，在实际的艺术品（文学作品）中，内容和形式两者的分野在哪里？例如，小说、戏剧中叙述的事件属于内容部分，而把这些事件精心安排组织成为“情节”的方式，则成为形式的部分；但是，离开作家的这种安排组织的方式，小说的事件介绍或演出说明书上的故事梗概，无论如何也不能产生整部作品所可能有的美学效果。可见，一部作品的美学效果并非存在于它的内容之中。同样，在一向被认作形式的语言因素中也可以分为两部分：一部分是单字、词汇因素，它们本身与美学效果无关；另一部分为着一定的审美目的，按照一定的方式组织而成的有声音与意义的语句，则是具有美学效果的形式。可见，传统的两分法是充满着矛盾和麻烦的。他们设想，如果把所有没有什么审美关系的因素（如尚未构成艺术品的素材）称为“材料”（material），而把一切已具美学效果的因素称为“结构”（structure），这样便沟通了它们之间的边界线，会有助于克服内容和形式两分离的老矛盾。这样，艺术品就被看成是一个为某种特别的审美目的服务的完整的符号体系或者符号结构，或者叫做“符号和意义的多层结构”。

那么，文学作品的符号结构是以怎样的方式存在的呢？这必须从分析一个单独的艺术品开始，我们将会发现，在两种或多种艺术品之间，存在着联系和相似之处，共同的成份或因素使得它们彼此接近。这样，就可能为从一件单独的艺术品的分析过渡到某一类型的艺术品的分析打开通道。例如，从一件艺术品过渡到古希腊悲剧，再到一般悲剧，然后到一般文学，最后到所有艺术品都具有的包括一切的某种结构。

这个“包括一切的某种结构”又是怎样存在的呢？根据对一件艺术品做较为仔细的分析表明，最好把它看成是由几个层面构成的体系，而每一个层面又隐含了它自己所属的组合。本书作者很推崇波兰哲学家英格丹（R. Ingarden）所采用的胡塞尔（E. Husserl）的“现象学”方法。这种方法对文学作品的那些多层面的结构作了明确的区分：

第一个层面是声音的层面：特别是抒情诗中，声音仍然是其总体结构中的一个重要因素，诸如格律、母音或子音连缀的形式、头韵、半谐音、脚韵等等“潜在的音响模式”。这一层面的模式是必不可少的，因为只有基于这一声音的层面才能产生第二个层面：即意义单元的组合层面。每一个单独的字都有它的意义，都能在上下文中组成单元，即组成句素或句型。在这种句法的结构上产生了第三层面：即作品要表现的事物，也就是小说家的“世界”、人物、背景这样一个层面。此外，英格丹从第三个层面还衍生出两个层面来：一个叫“观点”的层面，另一个叫“形而上的性质”的层面（诸如崇高的、悲剧性的、神圣的等），通过这一层面，艺术可以引人深思。但这后两个层面都不是必不可少的，都可以暗含在“世界”的层面中，亦即包括在第三个层面所要表现的事物的范畴内。然而它们特别在小说的分析中已经引起广泛的重视。

本书作者进一步发展了英格丹的研究法，设计了一套用以描述和分析艺术品层面结构的方法。这些层面是：（1）声音层面。包括谐音、节奏和格律；（2）意义单元。它决定文学作品形式上的语言结构、风格和文体的规则；（3）意象和隐喻，即所有文体风格中可表现诗的最核心的部分，需要特别探讨，因为它们还几乎难以觉察地转换成（4）存在于象征和象征系统中的诗的特殊“世界”，我们称这些象征和象征系统为诗的“神话”。由叙述性的小说投射出的世界所提出的（5）有关形式与技巧的特殊问题。在概述了分析个别艺术品的方法之后，我们将提出（6）文学类型的性质的问题，并讨论有关文学批评中的问题，即（7）文学作品的评价问题。最后，回到文学近代观念上，讨论（8）文学史的性质以及可否有一个作为艺术史的内在的文学史的可能性。

需要指明的是，作者正是运用这一套分析艺术品层面结构的方法，来系统地构建本书第四部，即“文学的内部研究”的全部理论框架的。作者的这个意图是很清楚的，我们只要对照着看一看从第十二章到第十九章的篇名和编排次序，便一目了然了。作者在这一部分通过自己的方法论的具体运用，专章讨论了对文学作品本身进行全面分析的原理，逐步对文学作品的各个层次进行深入研究。先是阐述文学作品的语言结构的声音层面诸要素，诸如谐音、节奏和格律以及声音的三个层次等；接着是语言修辞，文体、各种文体分析法与风格等；然后详细阐明诗的意象、隐喻、象征和神话的内涵、意义和转化运动；然后是叙述体小说的性质、结构和模式的研究；最后是文学类型，文学的评价和文学史研究的理论。这一部也和全书各部一样，最有趣味的是作者对大量的概念、术语、定义和范畴的概述，以及对各流派文艺学有关的理论观点进行比较研究和广泛的述评。总之，第四部是这本书理论结构的核心部分，内容丰富翔实，确是值得一读的。

最后，我们想借用本书的主要撰写者雷·威勒克在他的一篇论文《比较文学的危机》中关于他自己的理论立场所说的一段话，摘录如后，当作本文的一个小结：

> “我已说明认为把艺术品设想为一个符号和意义的多层结构，它完全不同于作者在写作时的大脑活动过程，因此也和可能作用于作者思想的影响截然不同。在作者心理与艺术品之间，在生活、社会与审美对象之间，人们正确地认为有所谓‘本体论的差距’（“ontological gap”）。我把艺术品的研究称为‘内在的’，而把研究它同作者的思维，同社会等等的关系称为‘外在的’。可是这个区别并不意味着应忽略甚至蔑视产生作品的诸关系，也不意味着内在的研究仅仅是形式主义或不适当的唯美主义。经过仔细考虑才形成的符号和意义分层结构的概念，正是要克服内容和形式分离这个老矛盾。艺术品中通常被称为‘内容’或‘思想’的东西，作为作品的形象化意义的世界的一部分，是融合在艺术品结构之中的……虽然我向俄国的形式主义者和德国的文体学家学习，但我却不愿把文学研究局限于声音、诗句、写作手法的研究，或局限在语言成份和句法结构方面；我也不愿把文学与语言等同起来。按照我的理解，可以说这些语言成份构成了两个底层层面：即声音层和意义单位层。但从这两者产生出情境、人物和事件的‘世界’，这个‘世界’绝不同于任何一个单一的语言成份，更不同于任何外部装饰形式的成份。在我看来，唯一正确的概念是一个断然‘整体论’的概念，它视艺术为一个多样统一的整体，一个符号结构，但却是一个有含义和价值，并且需要用

意义和价值去充实的结构。”

这段引文，虽然有一些自我辩白的意思，但应该说，威勒克还是颇为鲜明扼要地把自己和《文学理论》一书的基本的理论立场和方法论的概貌，大致勾勒出来。

1983 年 7 月

（选自《文学评论》1983 年第 5 期）

【阅读思考】

1. 细读全文后概括韦勒克《文学理论》全书框架，然后再与《文学理论》原书做一对照。

2. 试比较本文与朱光潜介绍圣伯夫一文在写作上的异同。

三、文献链接

（一）论　文

1. 罗念生：《卡塔西斯笺释——亚里士多德论悲剧的作用》，《论古希腊戏剧》，中国戏剧出版社，1985 年。

2. 朱光潜：《欧洲近代三大批评学者——圣伯夫、阿诺德、克罗齐》，《朱光潜全集》，第 8 卷，安徽教育出版社，1993 年。

3. 张闻天：《托尔斯泰的艺术观》，《中外文学关系史资料汇编》下册，广西师范大学出版社，2004 年。

4. 梁实秋：《白璧德及其人文主义》，《梁实秋文集》第 7 卷，鹭江出版社，2002 年。

5. 钱锺书：《读〈拉奥孔〉》，《文学评论》，1962 年第 5 期。

6. 杨绛：《斐尔丁的小说理论》，《杨绛作品集》（3），中国社会科学出版社，1993 年。

7. 钱中文：《“复调小说”及其理论问题》，《现实主义和现代主义》，人民文学出版社，1987 年。

8. 陈文忠：《论泰纳的艺术哲学》，《安徽师范大学学报》，1990 年第 4 期。

9. 程正民：《巴赫金的文化诗学研究》，《文学评论》，2001 年第 1 期。

10. 王柯平：《哲学与诗歌为何而争》，《哲学研究》，2004 年第 3 期。

11. 王一川：《外国文论在中国六十年（1949—2009）》，《当代文坛》，2009 年第 5 期。

(二) 论　著

1. 维姆萨特、布鲁克斯：《西洋文学批评史》，颜元叔译，中国人民大学出版社，1987 年。

2. 韦勒克：《近代文学批评史》（八卷本），上海译文出版社，1987—2006 年。

3. 缪朗山：《西方文艺理论史纲》，中国人民大学出版社，1985 年。

4. 伍蠡甫：《欧洲文论简史》，人民文学出版社，1985 年。

5. 特雷·伊格尔顿：《二十世纪西方文学理论》，伍晓明译，北京大学出版社，2007 年。

6. 张隆溪：《二十世纪西方文论述评》，生活·读书·新知三联书店，1986 年。

7. 赵一凡：《西方现代文论讲稿》及《续编》，生活·读书·新知三联书店，2007、2009 年。

8. 陈中梅：《柏拉图诗学和艺术思想研究》，商务印书馆，1999 年。

9. 苏文菁：《华兹华斯诗学》，社会科学文献出版社，2000 年。

10. 刘燕：《现代批评之始——T. S. 艾略特诗学研究》，广西师范大学出版社，2005 年。

11. 支宇：《批评的批评——韦勒克文学理论研究》，中国社会科学出版社，2004 年。

12. 代迅：《西方文论在中国的命运》，中华书局，2008 年。

四、选题示例

1. 柏拉图《理想国》与艺术价值论
2. 亚里士多德《诗学》与悲剧情节论
3. 莱辛《拉奥孔》与诗画异同论
4. 《歌德谈话录》与歌德的文艺思想
5. 华兹华斯《抒情歌谣集序言》与西方抒情诗学
6. 福斯特《小说面面观》与现代小说学
7. 热拉尔·热奈特《叙事话语》与现代叙事学
8. 丹纳《艺术哲学》与历史文化批评

9. 弗洛伊德《作家与白日梦》与精神分析批评
10. 韦勒克《文学理论》与英美新批评
11. 弗莱《批评的剖析》与原型批评
12. 尧斯《挑战的文学史》与接受史研究

第四章　美学基本原理研究

一、学科概述

研讨20世纪中国美学，必须紧扣如下学理背景：①美学是“西方舶来品”，中国美学始终有个“西学背景”的问题。②中国美学的学理展开与国家主流意识形态时有纠结，中国美学长期受“马列主义”尤其马克思的《1844年经济学哲学手稿》[①] 的支配和主导，美学形态服务于政治意识诉求；形成了“主流美学”的主导地位，而与之对应的“非主流美学”终究未得到相应的话语权。这与西方不同，西方美学理论的展开主要受自身内在理路尤其是哲学思想的制约，是自身矛盾运动的自觉展开。③与第二点相关、更与中国传统文化基本精神“实用理性”相合，即对美学社会功能的预先重视。④作为20世纪中国美学理论建构潜在力量的“中国古典美学传统”也一再呼唤、追求美学理论的“本土化”。这四个大背景相互牵制、此起彼伏，使得20世纪中国美学呈现出如下总体特点：积极的拿来主义、鲜明的时代特色、强烈的人文关怀和艰难的本土诉求。

本章旨在检讨20世纪中国学人有关美学基本原理的种种研究。“美学基本原理”，也叫“元美学”或美学“元理论”，是美学的立“学”之本。美学基本原理在历史上依次展开，便是美学史，运之于实践，便有了文艺美学、科学美学、生态美学、设计美学等实用性美学。构成美学基本原理的各要素正是美学从“知识”一变而为“学科”所应具备的基本条件：独特的研究对

---

① 19世纪40年代，26岁的马克思在流亡巴黎时写下了一些手稿，后人将这些残缺不全的手稿加以整理出版，取名为《1844年经济学哲学手稿》，通常也称之为“巴黎手稿”，简称“手稿”。它与20世纪中国美学尤其是新中国成立以来的美学，有着根本性的关联，可视为中国当代美学发展的一根“红线”。《手稿》的基本范畴和命题已融入到中国当代美学的理论建构中，成为一种重要的理论元话语，越来越受到研究者的重视，直接以此为题的博士论文就有两篇：山东大学周维山《马克思〈1844年经济学哲学手稿〉与中国当代美学》（2007）、四川大学杨庙平《〈巴黎手稿〉与当代中国美学理论形态建构》（2007）。

象、明确的核心议题、严密的逻辑体系和合理的研究方法。美学基本原理是一逻辑机体，各要素间应钩锁连环、完满自足，其中“研究对象”一端最为根本，“对象”不同才有立“学”之需，进而找到属于自己的议题、范畴、方法、性质和体系。

（一）学科性质

虽然人类的审美意识和观念自古有之，但从现代学科观念看，“美学”还年轻得很。一般都把德国启蒙哲学家鲍姆嘉通（Baumgarten，1714—1762）称为“美学之父”，这源于1750年他发表的巨著*Äesthetik*（第一卷），自此——尤其是随后康德《判断力批判》（1790）的发表，“美学”遂成为一门真正的学科，位列哲学之门。鲍姆嘉通之有此大著，源于他强烈而自觉的学科意识：自柏拉图始，就把人类心理活动分为知、情、意三方面，研究“知”即理性知识的有“逻辑学”，研究“意”即自由意志的有“伦理学”，唯独“情”一直没有一门相应的学科来研究，因此他建议，应设立一门专门研究“情”的新科学，即“Äesthetik”，我们移译为“美学”。

由此看来，鲍姆嘉通认定“美学”应当是“哲学的”，强调从“认识论”角度进行美学研究，并以此与逻辑学相对立。“哲学性”作为美学的学科性质，一直保持到号称“现代美学之父”的费希纳1876年在《美学导论》中提出，要把“自上而下的美学”（哲学美学）与“自下而上的美学”（经验美学）[①] 区别开来才有所松动。自费希纳后，随着西方心理学的日趋繁荣，以“直觉说”、“距离说”、“移情说”和“内模仿说”为代表的“审美心理学”这类“自下而上的美学”逐渐取代了“自上而下”的康德—黑格尔式的哲学美学，并不断向“自然科学”靠拢，终有托马斯·门罗的《走向科学的美学》[②]。然而，美学所研究的对象终究与自然科学有根本不同，美学的“自然主义”终究是个死胡同，即使后来有语言分析哲学和精神分析哲学的支援，也依然未能改变“科学主义美学”的式微之势。

20世纪西方美学的突出特点是“流派纷呈”。一种哲学体系的出现必然伴随一种相应美学体系的衍生，立场鲜明，结构完整，逻辑严密，美感经验

---

① 虽然费希纳在《美学导论》中并没有把“自上”与“自下”对立起来，更没有把“自下”看作是取代“自上”的惟一科学的方法，而主张各有其“特殊的优点、困难和危险”，应结合在一起。但后来的发展确实出乎费氏的预料和初衷，可以说是“历史的误读”。参阅蒋孔阳主编的《19世纪西方美学名著选（德国卷）》第417—421页，复旦大学出版社，1991年。

② 当然，门罗并没有完全抛弃哲学方法，他主张哲学思辨和经验描述应互补。参阅《走向科学的美学》第205页，中国文联出版社，1984年。

的哲学思辨和哲学的诗化分析齐头并进、互为参照。至此，美学的学科性质在西方从诞生起至今，大致经历了三个阶段：哲学美学→经验美学→文化美学。浓烈的西学背景使得20世纪中国学界对美学学科性质的理解也大致经历了这样的历程。

1. 世纪初的哲学美学

第一个真正把美学引入东土的是王国维。他把美学作为一门独立的学科予以引介和研究，认为美学应是哲学的一个分支，属“认识论”，美学之目的即在“定美之标准与文学上之原理”。这显然与其主要接受了康德、席勒、叔本华、尼采的美学思想直接相关。深受德国古典美学浸溉的蔡元培也持此看法。20世纪中国美学一诞生就秉有了形上品格，世纪初的这批美学引渡者和阐发者恰恰又是名副其实的思想家和智者，他们对美学形上品格的认同与对美学应具“救世济民”之社会功能的期许相得益彰，前者使后者更具思想的深度和人性的光辉，后者使前者得以具体化、人生化和现实化。可以说，世纪初的哲学美学是形上品格、文化底蕴、现代意味和现实关怀的有机融合。

2. 二三十年代的心理学美学（审美心理学）

二三十年代，随西方心理学美学的引介，美学遂被视为一种经验性学科。审美心理、美感研究成为美学的中心和主题，有关美学本体方面的研究暂时退居幕后，或被一带而过。宗白华、朱光潜（前期）、吕澂、范寿康、陈望道、李安宅等无不着力于审美或艺术活动中的心理问题。吕澂1923年出版的《美学浅说》和《美学概论》、范寿康1927年出版的《美学概论》均对“移情说”等西方早期审美态度理论“情有独钟”；张竞生于1925年出版的《美的人生观》就完全走上了经验实用的路子，朱光潜在他自己甚为看重的《文艺心理学》（1931）[①] 中，就直接在“美学”与“文艺心理学”间画上了等号，并认为以研究“在美感经验中我们的心理活动是怎样的”为主旨的文艺心理学取代以研究“什么样的事物才能算是美”为核心的哲学美学，是近代美学发展的必然趋势。宗白华在1921年发表的《看了罗丹雕刻之后》中也明确提出“美感即美”的观点[②]。二三十年代审美心理学的兴起，一方面是近代美学的大势所趋，同时也与这些美学先行者有莫大关系：深厚的中国古典文化修养加之“移情说”等西方审美心理学理论与中国传统艺术经验的相通互融，使那时的中国学人接受起它们来异常顺当。

---

① 《文艺心理学》的初稿在1931年左右完成，后在清华、北大做教材使用，1936年定稿，并于是年由开明书店出版。

② 宗白华：《宗白华全集》（第1卷），安徽教育出版社，1994年，第310页。

3. 五六十年代的认识论美学

新中国的成立，首先是一个新政权的实际确立，接着就必然是主流意识形态的最大化普及，这就决定了新中国的文化学术包括美学，在很大程度上必然以“马克思主义”作为自己话语建构、理论叙事的根本语境。美学作为哲学的分支对美学领域中的中国学人来说又是不言而喻的——即使是此前的审美心理学时代，美学的哲学性依然如一条潜流未绝于时代的美学大潮，而马、恩又把物质与精神、存在与意识的二元制衡关系视为哲学发展的轴心，这就使得这个时期的美学理论必然以“美的存在”与“美的意识”之间的“反映”关系即“反映论美学”或“认识论美学”为中轴。“美是精神的还是物质的、是主观的还是客观的”，正是其理论命脉所在。心理学美学在这一时期几近消歇。

美学从机械反映论到哲学本体论的进一步深化，是由五六十年代著名的“美学大讨论”（1956—1964）完成的。从任何外部语境看，“大讨论”都是一个“变数”、一个“奇迹”，但就参与其中的学者们的心态和当时的文化氛围看，又是相当自然而必然的。讨论的中心就是那个西方早在19世纪后半叶就已扬弃的“美的本质”问题，讨论的结果就是所谓的“一花四叶”①：高尔泰、吕荧的美在观念说，蔡仪的美在典型论，朱光潜的美在主客统一论，李泽厚的美在实践论，即所谓的“本质四派”。四派的分歧只在对马列主义基本原理（尤其是“手稿”中的三大理论：“劳动创造了美”、“自然人化”和“美的规律”）的不同理解上。此刻的学术研究最终都得归同于“唯物”二字！在美学领域，“唯物”对“唯心”的第一次宣战其实早在1937年周扬撰写的《我们需要新的美学》② 中就已开始，矛头直指朱光潜的“观念论美学”。周扬的这个批判大任后由“大讨论”中的蔡仪不遗余力地接手担当了。其实真正领会周扬意图的还是那个当年只有二十几岁的李泽厚，这匹“美学大讨论”中杀出的“黑马”最终勾画了80年代至今中国美学的大局。这一方面是因为他有康德批判哲学的学理支撑，更在其有一面堂而皇之的大纛——“自然人化”。李泽厚高举的这面哲学大旗既符合苏式马列主义的要求，又深契当代中国的主流意识，更兼具当时其他美学学人难有的哲学深度和创造力，

① “一花四叶”是张法教授的概括，“花”即“美学”。其实这“四叶”可归并为“三叶”：主观派、客观派和关系派。不论是从历史还是逻辑角度看，也就这三种路径。中国古典美学除《文心雕龙》外很少谈到艺术的哲学本体，因此，在某种意义上，我们可把五六十年代美学大讨论中对美本质的探讨，看成20世纪中国美学界补上的“西方古典美学”中“美本体”这一课。因为西方自古希腊至18世纪古典美学关于美本体的研讨也不外乎这三种路径，恰可与此对应。

② 参见《周扬文集》第1卷，人民文学出版社，1984年，第210—225页。

由之创生一套相当系统整饬且精悍的理论体系。李泽厚以其天才锐意既思辨又诗意地把唯物实践论发挥得淋漓尽致，大有人学合一、中西合璧的妙处！

"美学大讨论"持续了近8年，著文参论的近百人，连续揭载近四百篇美学论文①，重要的文字大都收集在作家出版社于1957—1964年出版的《美学问题讨论集》（1—6集）中。

4. 80年代后的实践美学和后实践美学

"文革"后，伴随"形象思维"、"手稿"、异化理论、人性论与人道主义、"共同美"、艺术本质与主体性的大讨论，"美学热"再度兴起。美学在中国空前的普及，国内大学也陆续开设了美学课，美学开始渗透于社会生活的各个领域，除哲学美学外，文艺美学、技术美学、环境生态美学、科学美学等实用性的美学研究也次第开花。此时李泽厚开创的实践美学已然成型，还执了中国美学界的牛耳。这个时期对美学学科性质的理解依然是哲学性的，但已由简单的认识论转变为灵活的实践论，且并未因此忽视对审美心理学（美感）的研究，比如李泽厚在诠释自己那被视为"理论秘密"的"积淀说"时，就主要借重了荣格的"集体无意识"理论和格式塔心理学的"异质同构"说。李泽厚对美学学科的哲学性和心理性的双重品格是有着清醒认识的。

90年代，由于西方生命哲学、现象学、存在主义和诠释学的全面涌入，出现了以告别实践美学为旨归的"后实践美学"，其主要代表就是生存美学和生命美学。这是对实践美学的继承、批判、扬弃和超越。后实践美学的关键词如"超越"、"生存"、"生命"、"感性"、"自由"、"精神"等，都昭示出这一时期对美学学科性质的理解较之此前有了更清晰的认识和概括：美学属于人文学科。

对美学人文精神的高扬，对美的本质与人的本质关系的理论自觉，都和中国学人对美学应具"社会功能"的期许有着根柢上的关联。李泽厚"人类学本体论"或"主体性实践哲学"的理论建构，"美的本质是人的本质最完满的展现，美的哲学是人的哲学的最高级的峰巅"（《康德哲学与建立主体性论纲》）的鲜明表述，正是美学学科的人文性得以凸现和彰明的理论背景。蒋培坤最早意识到了这一点，在《审美活动论纲》中，他呼吁建立"人类学本体论美学体系"，且这个体系应当是哲学人文科学。② 大学里通用的美学教材，南方高校以刘叔成、夏之放等编著的《美学基本原理》（1984）为主，北方高

① 关于"美学大讨论"的具体情况，请参阅钱念孙的《美学大讨论的缘起及朱光潜的学术贡献》，见《美学的双峰》，安徽教育出版社，1999年，第75—108页。

② 蒋培坤：《审美活动论纲》，中国人民大学出版社，1988年，第7—10页。

校以杨辛、甘霖编著的《美学原理》（1983）为主，这些80年代编写出版至今依然在用的美学原理教材，都把美学的学科性质界定为人文学科。90年代出版的两本颇具代表性的美学教材——朱立元主编的《美学》和张法所著的《美学导论》也概莫能外。“后实践美学”的代表学说如“生命美学”、“存在美学”、“超越美学”、“否定主义美学”、“怀疑论美学”和“价值论美学”，也都是哲学性的“人文美学”。美学的人文学科性质至此得以确定，之后再也没有受到质疑，只是学界对美学为什么是人文学科、它与其他人文学科如哲学、伦理学、心理学、教育学关系若何，尚有不同理解罢了。

（二）学科发展

1. 美学学科初创期

由于特殊的历史境遇，“美学”于世纪初引入中土之时，中国正处在古今转换的大变关头，“救亡图存”是第一要务，对“美学”这个舶来品的引介和接受也是审时度势式的，这也是梁启超、王国维、蔡元培等皆从“美育”一角借中国传统资源来读解西方美学理论的根源所在。这一时期的美学一方面是借鉴性的，另一方面是实用型的。此时正是中国美学学科的初创期，朱光潜1932年发表的《谈美》可作为该时期中国美学学科的代表。“人心太坏”是朱光潜那一代学者对中国社会病症的诊断，“要求人心净化，先要求人生美化”① 是《谈美》一书的初衷，“美育”（即后来的“人生艺术化”）也成了朱先生一辈子的美学情结。与此前的《文艺心理学》——多是对西方审美心理学理论的“补苴罅漏”、“张皇幽渺”——不同，《谈美》虽以之为理论骨架，内蕴血肉却尽是中国本土的，故其最能代表中国美学学科初创期的特点：借鉴性、实用性和本土化。二三十年代出版的美学原理教材还有：吕澂《美学概论》（1923，这是中国最早的美学原理教材）、宗白华《美学》（讲稿，1925—1928）、范寿康《美学概论》（1927）、陈望道《美学概论》（1927）、徐庆誉《美的哲学》（1928）、李安宅《美学》（1934）等。这些美学原理教材大多是综合介绍性的，审美心理学占据核心位置，中国元素相对较少，缺乏相应的理论构架和系统性。

2. 美学学科塑型期

二三十年代的中国美学大致是多元的，既有吕澂、范寿康、朱光潜的情感本体论，陈望道的社会功利本体论，又有宗白华的生命本体论。但有一股

① 朱光潜：《谈美·开场话》，开明出版社，1994年，第2页。

美学思想已有悄然渐强之势，那就是马克思主义美学，并随政治思潮而被大量译介，如陈望道译介马克思主义著作及其美学思想，形成了鲁迅的美学观。建国前期，马克思主义美学已有燎原之势，毛泽东、周扬、蔡仪、胡风等是其代表，蔡仪《新美学》（1947）是其学理呈现。《新美学》是我国较早的一部力图用唯物主义观点探讨美学问题的真正意义上的中国美学专著，也是中国真正运用马克思主义观点创立学派的开端，对后来两次美学大讨论及推动马克思主义美学的发展，起了十分关键的作用。

3. 美学学科定型期

建国后，美学作为一门学科开始受到学界和官方的重视。五六十年代的美学大讨论表面看来异彩纷呈、学家林立。实质上，争论的初衷和结果都不是追求多元化，而是美学学科哲学基础的马克思主义一元论，这个过程和马克思主义国家意识形态的确立是同步的。美学的意识形态化带有强烈的思想肃清意味，“实践论美学”的全线胜利是预料之事。80 年代出版的美学论著均为此一时期积累的学术成果，清一色马克思主义式的也是势所必然，其中关于“人的本质”与“美的本质”间的关系是核心议题，各种美学教材均以“美是人的本质力量的对象化”、“自然人化”等命题为中心展开理论讲述。

然而，整个 20 世纪的中国美学，能冠以“经典”并将成为“中国美学现代新传统”的，除王国维、宗白华、朱光潜所代表的美学理路外，李泽厚的实践论美学（即其“人类学本体论美学”）恐怕要算一个，这也是 20 世纪中国美学中，最能以清晰的学理方式呈现出来的“最中国”的一个美学理论体系。作为教材，王朝闻主编、人民出版社 1981 年出版的《美学概论》是“实践论美学”的先导，李泽厚于 1989 年结集出版的《美学四讲》算是集中表演。可用三句话来概括实践论美学的致思套路：用生产实践讲美的起源进而讲美的本质、用一般心理学讲审美心理学、用积淀说解释艺术。实践论美学并非没有理论弱点——如起源决定本质、实践活动等同于审美活动等，但它在把美学由静态引向动态从而大大推动了审美社会学的研究、把“实践”理念引入美学使之得以超离认识论并指向“人本身”且能以严密的内在逻辑卓越地把美、美感、艺术三大块统摄起来诸方面，依然居功甚伟。

4. 美学学科转型期

上世纪 80 年代左右，随着“文革”的结束，美学出现了第二次热潮，又称“第二次美学大讨论”。其后，随着全球化时代的到来和生活世界（大众文化和消费浪潮）不断地花样翻新及生存危机的步步紧逼，美学的话语背景日益复杂和吊诡，美学各部类迅速漫延，美学理论问题大量涌现，加之科学领域诸方法的交叉引入（如信息论、系统论和控制论“老三论”① 等）和西方美学名著的大量系统移译②，美学学科在深度和广度上都有了前所未有的开拓。原有的美学理论从观点到体系均遭到了不断的质疑和批判，突围求变的呼声分外响亮，“突围最明显地表现于：在建构新的系统的美学体系时，突破以美的本质问题为中心线索的构架方式，代之以可描述的、实证性的逻辑起点和中心线索，不仅有审美经验，还有审美活动、审美价值等”③。美学的中心问题开始转移，美学的理论形态也试图多样化，美学观念走向多元化，“超越实践美学”、“走向后实践美学”正是那个时代普遍的美学诉求。刘晓波对李泽厚不遗余力地批判及李的自我反思和思想转向，是“后实践美学”应运而生的直接契机。

“后实践美学”是20世纪90年代至今中国美学的主角，主要有潘知常的“生命美学”、杨春时的“生存论美学”、封孝伦的“生命系统美学”、吴炫的“否定主义美学”、颜翔林的“怀疑论美学”和王一川的“体验美学”等。“后实践美学”对李泽厚实践美学的群体本位、理性主义及远离审美个性、偷换审美本体等几方面的批判和反省是深刻到位的，但“后实践美学”的新秀们大都是在“实践美学”的启蒙和浸溉下成长起来的，二者在学理、观念、方法、范畴、立场上均有内在的精神脐带相连，根本说来并未能彻底实现“超越实践美学”、“走向后实践美学”的理论诉求。况且，“后实践美学”诸家自身理论建设工作尚未成熟，一些核心的命题和范畴如“超越”、“生命”、“生存”还需要进一步明确和论证，甚至在逻辑上还无法自圆其说或缺乏必要的诠释效力——真正美学新时代的到来尚有待时日。④

---

① 涂途（涂武生）在1990年编著出版了《信息论控制论系统论与美学》（世界知识出版社）一书。

② 如李泽厚主编的“美学译文丛书”（80年代共出版五十种书，几乎囊括、收录了所有20世纪西方有影响的美学流派的著作，如现象学美学、分析美学、符号学美学、存在主义美学、结构主义美学、弗洛尹德精神分析美学、解释学美学等等）、中国社科院哲学所美学研究室编译的“美学译文”、滕守尧主编的“美学·设计·艺术教育丛书”（至今已出版27册），此外，商务印书馆的“汉译名著”、生活·读书·新知三联书店的“现代西方学术文库”、上海译文出版社的“二十世纪西方哲学译丛”、四川人民出版社的“走向未来丛书”、华夏出版社的“二十世纪文库”、山东文艺出版社的《文化哲学丛书》等，都为20世纪最后十年中国美学的突围和转型起到了直接而关键的推动作用。

③ 参阅王旭晓：《中国美学的历程和转向》，《中国人民大学学报》2009年第5期，第96—97页。

④ 关于“后实践美学”的概况，请参阅薛富兴的《“后实践美学”略论》，《东方丛刊》2005年第1辑，第23—39页。

（三）研究对象和范围

自美学诞生之日起，否定美学存在之声就未绝于耳，其中最重要的一个理由就是：美学的研究对象始终不明。一套“知识”欲成为一门“学科”而没有自己独特的研究对象，那将是不可思议的。学者们不免感慨系之：“美学一向命运不佳，它作为逻辑学的小妹妹迟迟来到这个世界上，从开始之日起，便受轻视。说它是作为下里巴人的学说也好，是关于绝对存在的感官外表的一门学问也好，它总是处于从属和无关紧要的地位。也许就是这个缘故，或许是由于论题本身的含混，美学从来就不能主张一个疆界分明的领域或可靠的方法。”[①] 在西方，美学的研究对象大致有以下几种看法：美本体（柏拉图）、美的艺术（鲍姆嘉通、黑格尔）、审美心理（休谟、博克、康德）、审美关系（狄德罗）、审美活动（马克思、车尔尼雪夫斯基）。逻辑地看，西方美学分别从客体（美本体、美的艺术）、主体（审美心理）和关系（审美关系和审美活动）三个角度穷尽了美学所可能的研究对象，20 世纪中国美学对美学研究对象的看法也大致如此。

世纪初的王国维、宗白华等对美学的研究对象均未有明确的反思和追问，直接接受了西方美学家的既定看法。吕澂和范寿康较早对此作了比较分析，分别把美学的研究对象概括为“美的原理”和“美的法则”，但均显得大而无当，到朱光潜才把它落到了实处：“艺术”！原因在于：艺术的社会意义大于自然、艺术是美的最集中体现、以艺术为研究对象是历史的进步传统。60 年代李泽厚综上所论，概括出现实美、美感和艺术美为美学的研究对象。80 年代初，李泽厚又进一步将美学区分为美的哲学、审美心理学和艺术社会学三个部分。周来祥在此基础上作了“批判性的综合”，提出“美学是研究审美关系的科学”。美学对象是“审美关系”后来受到蒋培坤及后实践美学的批评。蒋培坤由之提出“审美关系”赖以生成的“审美活动”作为美学的逻辑起点和真正对象。后实践美学也力主“审美活动”说，认为此前的观点都仅着眼于“审美活动的若干方面”，“美不过是审美活动的外化，美感不过是审美活动的内化，审美关系不过是审美活动的凝固化，艺术不过是审美活动的二级转化”[②]。之后虽有人对“审美活动”说提出过异议，但终究还是得到了美学界的普遍认可。[③]

---

① 玛克斯·德索：《美学与艺术理论》，中国社会科学出版社，1987 年，第 1 页。

② 蒋培坤：《审美活动论纲》，中国人民大学出版社，1988 年，第 4—5 页。

③ 本段内容的撰写主要参考了阎国忠先生《美学建构中的尝试与问题》（安徽教育出版社，2001）第九章，见是书第 418—425 页。

这是因为，把美学研究对象规定为美，就忽视了审美主体，离开人美就没有任何意义；把美学研究对象规定为艺术或艺术理论，这显得太狭窄，因为美学不只研究艺术美，还有自然美和社会美，另外，美学也不会研究艺术的全部问题，这使它显得又太宽，把美学和艺术学混同起来了；仅仅以审美心理作为美学对象也有片面性，因为它无法深入思考诸如"美的本质是什么"这样的重大问题，美的本质主要是哲学问题，心理学无法单独作出回答。而"审美活动"论则能避免上述理论困境：既关注活动主体即审美主体和活动对象即审美对象（艺术、自然、生活），又关注了活动双方的关系（审美关系）和活动展开的情境（审美文化语境）。这样一来，既摆脱了审美主体与客体，美感与美孰先孰后这个本属虚幻问题的纠缠，把美学研究引向具体的审美现象本身，另外美学因此被推及人的一切审美领域，从而消除了由形而上与形而下的虚假对立所带来的困惑。[①] 然而，如何合理界定"审美活动"的内涵，美学界尚有分歧：蒋培坤《审美活动论纲》认为审美活动是一种"主体性"、"对象性"活动；潘知常《诗与思的对话》认为是"以实践活动为基础同时又超越于实践活动的超越性生命活动"；阎国忠《美学建构中的尝试与问题》认为是"植根于人们的物质实践活动"、"与整个生命活动融合在一起"、"具有绵延和伸展特性"的生命活动。[②] 现在看来，这些解释都还不能令人满意，"审美活动"在何种意义上才可称为美学独特的研究对象，仍然是一个繁难的美学问题。

关于美学研究的范围，可拿最能代表 20 世纪中国美学理论水平的六本典型的美学原理著作为例，加以概述。如上所述，20 世纪中国美学原理体系的建构和展开，大致可分为四个阶段：初创期、塑型期、定型期和转型期，每个阶段的代表性著作分别为：朱光潜《谈美》（1932）、蔡仪《新美学》（1947）、王朝闻（主编）《美学概论》（1961—1981）和李泽厚《美学四讲》（1989）、杨春时《美学》（2002）和张法《美学导论》（2004）。[③]

---

① 参阅阎国忠：《何谓美学？——100 年来中国学者的追问》，《郑州大学学报》2001 年第 6 期，第 63—69 页。

② 分别参看蒋培坤《审美活动论纲》（中国人民大学出版社，1988 年）第 3—5 页；潘知常《诗与思的对话》（上海三联书店，1997 年）第 42 页；阎国忠《美学建构中的尝试与问题》（安徽教育出版社，2001 年）第 467 页。

③ 很值得单独提出的是叶朗主编的一本很有中国传统美学特色的美学著作《现代美学体系》（北京大学出版社，1988 年），其实它才最有资格被称为中国美学原理，作者以"审美意象"为中心，建构起了"审美感兴、审美意象、审美体验三位一体"的现代美学体系。2009 年叶朗出版了自己的《美学原理》（北京大学出版社），对其近五十年的美学研究成果作了相当出色的概括和总结。是书继承北京大学蔡元培、朱光潜、宗白华的美学传统，立足中华文化，借张世英的"精神哲学"体系，以"意象"和"体验"为核心，力图融会中西美学菁华，最终归结于"人格境界"的提升。

朱光潜《谈美》是一个学步西方20世纪初心理学美学诸流派并尝试用中国审美经验加以综合、充实，以“美即美感”为宗旨，纳艺术、自然、人生于审美心理学之中，并以之构建的美学原理体系。研究的范围虽主要是审美心理，但其间亦包含艺术、人生、自然诸方面。

蔡仪《新美学》建构了我国较早的唯物主义美学体系，自成一家。全书共六章，其中第一章（“美学方法论”）第二节就是“美学的领域”：美的存在（客观现实美）、美的认识（美感）、美的创造（艺术）。美、美感、美的存在、艺术是蔡仪对美学研究范围的界定。

王朝闻（主编）《美学概论》和李泽厚《美学四讲》都属于马克思主义美学原理[①]。《概论》认为美学的研究范围就包括：一、客观方面的“美本质”、“美的诸形态”；二、主观方面的“审美意识”[②]；三、审美意识物态化的集中体现“艺术”。《四讲》在“美”、“美感”和“艺术”外，加了“美学”一项，专述美学的学科历史，以呼应西方一些否定美学存在的学者。

杨春时《美学》和张法《美学导论》是世纪之交颇具代表性且有自己特色的美学原理著作（教材）。在杨著中，“审美”代替了先前的“美”、“美感”——骨子里是用“主体间性”代替了实践论美学的“主体性”——成为美学的关键词。美学的研究范围除了“美”、“审美意识”和“艺术”外，前面有一个关于美学性质、历史、方法的“作为学科的美学”，后面以“美育”[③] 作结。张著虽从目录看与其他美学著作有些不同，但据他自己称也主要是四个方面：美学、美、美感、艺术。[④]

综上看来，美学研究的范围和领域应当包括：美学、美（美本质和美的存在）、美感、艺术、美育五大方面。与20世纪西方美学原理体系相比，美、美感、艺术是双方共同的，这说明美学研究的核心是明确的、公认的，但我们缺少西方美学原理所具有的“概念分析”和“审美惯例”两个方面。“概念分析”主要是分析哲学在美学领域的运用即分析美学：美学作为哲学的一支，不是对具体的美学事实作分析，而是要对人们谈论美学事实的方式进行反思，它要解决的是谈论得以可能的概念如美、艺术品、形式、直觉、表现、

---

① 需要说明的是，两者虽同属马克思主义美学原理体系，但王著主要是苏联模式，李著则主要是“西马”型的。

② 审美意识即广义的美感，狭义的美感又称审美感受。

③ 改革开放以来的美学原理著作，从杨辛、甘霖《美学原理》（1983）始，都倾向于纳“美育”于美学原理之中。

④ 关于20世纪中国美学原理的特点，最好与西方同期相比较。请参阅张法的论文《20世纪中西美学原理的几点差异》（《文艺研究》2008年第5期）或著作《20世纪中西美学原理体系比较研究》（安徽教育出版社，2007年）。

再现等到底有何意义的问题，其目的是通过概念分析来理解我们所在的世界——美学应当首先是一种分析科学。这一点恰恰是中国传统学术的短处，也是中国当代学术之所拙，众多的学术争鸣常常是各说各话，最后突然发现根本没有争鸣的前提和必要。21世纪中国美学要想真正有自己的创获，这方面的课必得补一补。[①]“审美惯例”是审美现象尤其是后现代艺术泛化后，如何定性审美和艺术的本质的解决方案之一，是我们在使用相关美学术语时，自觉或不自觉地遵循或建立某种未经言明而又约定俗成的规范。

（四）研究方法

学科方法不是一成不变的，它随我们对学科性质、研究对象的不同理解而更迭变化。美学学科的研究方法也是如此，20世纪中国美学经历了相连的四个时期（初创、塑型、定型、转型），相应就会有三次美学方法的大转变：世纪初至二三十年代，美学由哲学性的转变为心理学式的，美学方法就由“自上”转为“自下”，由哲学转变为心理学；五六十年代，由于认识论美学的一统天下，美学方法就由心理学转为马克思主义哲学和社会学；80年代后，随实践美学的确立及后实践美学的全面开花，一元的马克思主义哲学方法就被以哲学、心理学、社会学、自然科学、文化学为主的多元化方法所替代。[②]

整体来看，美学研究方法的多元化是必然趋势，美学研究者也应具有宽容的心态，随时准备迎接任何外来的、可能对美学有启导价值的各种新兴方法。但这并不是说，美学没有自己独特的、必须坚持和固守的基本研究方法。如上所述，20世纪中西美学原理虽在体系、观点和性质上有着巨大差异，但它们对美学核心议题的看法是相当一致的：美、美感和艺术。“美是什么”既是一个哲学问题，也是一个社会学问题。中国美学界多从前者出发，现代西方则多从后者入手，所以我们有“大讨论”中的“本质四派”，有情感本体论、实践本体论、生命本体论、意象本体论、存在本体论、体验本体论、反本体论[③]等美学体系，而西方得到的是美学共同体、审美惯例等社会学意义上

---

① 著名康德美学研究专家曹俊峰先生对此曾做过有益的探讨，但未能引起学界足够关注。见其所著《元美学导论》（上海人民出版社，2001年），这是一本以逻辑分析和语言批判的方法来处理传统美学的学术专著。

② 关于20世纪美学方法论问题，张涵、阎国忠都曾做过类似的概括，参见阎国忠《体验、反思、思辨——关于美学方法论问题》一文，载《北京大学学报》2000年第5期，第30—42页。

③ 这些本体论美学的代表人物分别是：情感本体论（梁启超、吕澂、范寿康、朱光潜）、生命本体论（王国维、张竞生、宗白华、潘知常、封孝伦）、实践本体论（王朝闻、李泽厚、刘纲纪、蒋孔阳）、意象本体论（叶朗、汪裕雄）、存在本体论（杨春时、朱立元）、体验本体论（王一川）、反本体论（赵汀阳、张法）。

的美学范畴。“美感”首先是心理学意义上、体验性的，其次是哲学意义上、思辨性的；美感若无前者是空的，若无后者则是盲的。因此，审美心理学必须“哲学–心理学”二者共举①。“艺术”一端，涉及甚广，较为复杂，但美学并不研究所有的艺术问题，只关注艺术基本理论，如艺术的本质、艺术品、艺术存在方式等最一般性的问题，所用研究法也多是哲学性的。

综合起来，我们就由美学的核心议题得出了美学研究方法的核心成员：哲学、心理学和社会学。哲学是思辨的，规定着美学研究的根本路向、深度和高度；心理学为美学研究提供最基础的感性体验和素材，其中对艺术的审美体验尤为重要；社会学则为美学提供了广阔的社会视野和深层的文化讯息。其中“哲学”一端尤为重要，可名之为“美学的心脏”，这一点既可征验之于西方美学史，亦可在20世纪至今的中国美学史中，找到有力的反证——至今我们还拿不出比较像样的美学理论能与西方学界展开真正有效的学理对话，症结即在自家哲学创造的匮乏。

二、论文精读

什么叫做美

朱光潜

【引言】

20世纪中国美学的星空，一个“双子星座”分外夺目，这就是朱光潜和宗白华。两位美学老人同庚同寿，都学贯中西，又同校同事，且半个同乡。对中国现当代美学的影响，宗先生多在方向与理念，而朱先生常在方法与理论。

朱光潜的一生是真诚而不倦地探索美学真谛的一生，虽亦受到批判与冲击，但他对20世纪中国美学的实际影响是无人能及的。朱先生一生的美学思想历程最能对当于一句套话：在坚持中发展，在发展中坚持！朱先生一生坚持的美学思想“硬核”，就体现在早年写就的《文艺心理学》（1931）里，且主要集中在这里选录的“什么叫做美”的文字中。文章从历史与逻辑两方面

① 关于审美心理学应坚持“哲学–心理学”研究法，知名美学家汪裕雄教授对此有着精深的论列，请参阅《审美意象学》（辽宁教育出版社，1993年）的第八章：“余论：审美心理研究的‘哲学–心理学’方法”。

分四个层次分析了“美是什么”这个“哲学家和艺术家们摸索了两三千年，到现在还没有寻到一个定论”的难题。朱先生首先区分了“花的红”与“花的美”之间的本质差异，进而抓住了问题的实质：“美的问题难点就在它一方面是主观的价值，一方面也有几分是客观的事实。”对美“主客二重性”的厚薄此彼就形成了由“美的条件”或“美的价值”寻求“美本质”的两条路径。朱先生分别批判了由此形成的“把美的本质问题改为美的条件问题”的“形式派美学”和“往往离开事实，架空立论”的“真善论美学”。在康德美学的基础上，朱先生提出了他一生的美学思想内核：“美不仅在物，亦不仅在心，它在心与物的关系上面”；在融合克罗齐“直觉说”的基础上，以“情趣”和“意象”为基元，融通了“创造”与“欣赏”，和解了“内容”与“形式”，提出“美在创造”、“自然无所谓美”、“美是艺术的特点”、“艺术内无丑”等理论创见。

朱先生的文字向以畅达洗练、逻辑严明著称，常常能把艰深的学术难题用平易浅近的语言表出，且大量引用中国古典艺术为例证，趣味性和学术性、普及性和思辨性并重，是美学爱好者入门的不二之选。

一

艺术的美丑既不是自然的美丑，它们究竟是什么呢？

有人问圣·奥古斯丁：“时间究竟是什么？”他回答说：“你不问我，我本来很清楚地知道它是什么；你问我，我倒觉得茫然了。”世间许多习见周知的东西都是如此，最显著的就是“美”。我们天天都应用这个字，本来不觉得它有什么难解，但是哲学家们和艺术家们摸索了两三千年，到现在还没有寻到一个定论。听他们的争辩，我们不免越弄越糊涂。我们现在研究这个似乎易懂的字何以实在那么难懂。

我们说花红、胭脂红、人面红、血红、火红、衣服红、珊瑚红等等，红是这些东西所共有的性质。这个共同性可以用光学分析出来，说它是光波的一定长度和速度刺激视官所生的色觉。同样地，我们说花美、人美、风景美、声音美、颜色美、图画美、文章美等等，美也应该是所形容的东西所共有的属性。这个共同性究竟是什么呢？美学却没有像光学分析红色那样，把它很清楚地分析出来。

美学何以没有做到光学所做到的呢？美和红有一个重要的分别。红可以说是物的属性，而美很难说完全是物的属性。比如一朵花本来是红的，除开色盲，人人都觉得它是红的。至如说这朵花美，各人的意见就难得一致。尤其是比较新比较难的艺术作品不容易得一致的赞美。假如你说它美，我说它不美，你用什么精确的客观的标准可以说服我呢？美与红不同，红是一种客观的事实，或者说，一种自然的现象，美却不是自然的，多少是人凭着主观所定的价值。“主观”是最纷歧、最渺茫的标准，所以向来对于美的审别，和对于美的本质的讨论，都非常纷歧。如果人们对于美的见解完全是纷歧的，美的审别完全是主观的，个别的，我们也就不把美的性质当作一个科学上的问题。因为科学目的在于杂多现象中寻求普遍原理，普遍原理都有几分客观性，美既然完全是主观的，没有普遍原理可以统辖它，它自然不能成为科学研究的对象了。但是事实又并不如此。关于美感，纷歧之中又有几分一致，一个东西如果是美的，虽然不能使一切人都觉得美，却能使多数人觉得美。所以美的审别究竟还有几分客观性。

研究任何问题，都须先明白它的难点所在，忽略难点或是回避难点，总难得到中肯的答案。美的问题难点就在它一方面是主观的价值，一方面也有几分是客观的事实。历来讨论这个问题的学者大半只顾到某一方面而忽略另一方面，所以寻来寻去，终于寻不出美的真面目。

大多数人以为美纯粹是物的一种属性，正犹如红是物的另一种属性。换句话说，美是物所固有的，犹如红是物所固有的，无论有人观赏或没有人观赏，它永远存在那里。凡美都是自然美。从这个观点研究美学者往往从物的本身寻求产生美感的条件。比如就简单的线形说，柏拉图以为最美的线形是圆和直线，画家霍加斯（Hogarth）以为它是波动的曲线，据德国美学家斐西洛（Fechner）的实验，它是一般画家所说的“黄金分割”（golden section）即宽与长成 1 与 1.618 之比的长方形。希腊哲学家毕达哥拉斯（Pythagoras）以为美的线形和一切其他美的形象都必显得“对称”（symmetry），至于对称则起于数学的关系，所以美是一种数学的特质。近代数学家莱布尼兹（Leibniz）也是这样想，比如我们在听音乐时都在潜意识中比较音调的数量的关系，和谐与不和谐的分别即起于数量的配合匀称与不匀称。画家达·芬奇（Leonardo da Vinci）以为最美的人颜面与身材的长度应成 1 与 10 之比。每种艺术都有无数的传统的秘诀和信条，我们只略翻阅讨论各种艺术技巧的书籍，就可以看出在物的本身寻求美的条件的实例多至不胜枚举。这些条件也有为某种艺术所特有的，如上述线形美诸例；也有为一切艺术所共有的，如“寓整齐于变化（unity in variety）、“全体一贯”（organic unity）、“入情入理”（verisimilitude）诸原则。一般人都以为一件事物如果使人觉得美时，它本身一定具有上述种种美的条件。

美的条件未尝与美无关，但是它本身不就是美，犹如空气含水分是雨的条件，但空气中的水分却不就是雨。其次，就上述线形美实验看，美的条件也言人人殊；就论各种艺术技巧的书籍看，美的条件是数不清的。把美的本质问题改为美的条件问题，不但是离开本题，而且愈难从纷乱的议论中寻出一个合理的结论。具有美的条件的事物仍然不能使一切人都觉得美。知道了什么是美的条件，创作家不就因而能使他的作品美，欣赏家也不就因而能领略一切作品的美。从此可知美不能完全当作一种客观的事实，主观的价值也是美的一个重要的成因。这就是说，艺术美不就是自然美，研究美不能像研究红色一样，专门在物本身着眼，同时还要着重观赏者在所观赏物中所见到的价值。我们只问“物本身如何才是美”还不够，另外还要问“物如何才能使人觉到美”或是“人在何种情形之下才估定一件事物为美”？

二

以上所说的在物本身寻求美的条件，是把艺术美和自然美混为一事，把美看成一种纯粹的客观的事实。此外有些哲学家专从价值着眼。所谓“价值”都是由于物对于人的关系所发生出来的。比如说“善”（good）是人从伦理学、经济学种种实用观点所定的价值，“真”（truth）是人从科学和哲学观点所定的价值。“美”本来是人从艺术观点所定的价值，但是美学家们往往因为不能寻出美的特殊价值所在，便把它和“善”或“真”混为一事。

“善”的最浅近的意义是“用”（useful）。凡是善，不是对于事物自身有实用，就是对于人生社会有实用。就广义说，美的嗜好是一种自然需要的满足，也还算是有用，也还是一种善。不过就狭义说，美并非实用生活所必需，与从实用观点所见到的“善”是两种不同的价值。许多人却把美看作一种从实用观点所见到的善。我们在第二章（指《文艺心理学》中的第二章“美感的经验分析［二］：心理的距离”——编者）里所说的海边农夫以为门前海景不如屋后一园菜美，是以有用为美的最好的实例。在色诺芬（Xenophon）的《席上谈》里有一段关于苏格拉底的趣事。有一次希腊举行美男子竞赛，当大家设筵庆贺胜利者时，苏格拉底站起来说最美的男子应该是他自己，因为他的眼睛像金鱼一样突出，最便于视；他的鼻孔阔大朝天，最便于嗅；他的嘴宽大，最便于饮食和接吻。这段故事对于美学有两重意义：第一，它显示一般人心中所以为美的大半是指有用的；第二，它也证明以实用标准定事物的美丑，实在不是一种精确的办法，苏格拉底所自夸的突眼、朝天鼻孔和大嘴虽然有用，仍然不能使他在美男子竞赛中得头等奖。

我们在讨论文艺与道德时（参看第七章——即《文艺心理学》第七章“文艺与道德［一］历史的回溯”——编者），也提到许多人想把“美的”和“道德的”混为一事，我们的结论是这两种属性虽有时相关而却不容相混。现在我们无须复述旧话，只作一句总结说：“美”和“有用的”、“道德的”各种“善”都有分别。

有一派哲学家把“美”和“真”混为一事。艺术作品本来脱离不去“真”，所谓“全体一贯”、“入情入理”诸原则都是“真”的别名。但是艺术的真理或“诗的真理”（poetic truth）和科学的真理究竟是两回事。比如但丁的《神曲》或曹雪芹的《红楼梦》所表现的世界都全是想象的，虚构的，从科学观点看，都是不真实的。但是在这虚构的世界中，一切人物情境仍是入情入理，使人看到不觉其为虚构，这就是“诗的真理”。凡是艺术作品大半是虚构（fiction），但同时也都是名学家所说的假然判断（hypothetical judgment）。例如“泰山为人”本不真实，但是“若泰山为人，则泰山有死”则有真实。艺术的虚构大半也是如此，都可以归纳成“若甲为乙，则甲为丙”的形式，我们不应该从科学观点讨论甲是否实为乙，只应问在“甲为乙”的假定之下，甲是否有为丙的可能。柏拉图和亚里士多德的争执即起于此种分别。柏拉图见到“甲为乙”是虚构，便说诗无真理；亚里士多德见到“若甲为乙，则甲为丙”在名学上仍可成立，所以主张诗自有“诗的真理”。我们承认一切艺术都有“诗的真理”，因为假然判断仍有必然性与普遍性；但是否认“诗的真理”就是科学的真理，因为假然判断的根据是虚构的。

我们所说的不分美与真的哲学家们所指的“真”，并非“诗的真理”而是科学或哲学的真理。多数唯心派哲学家都犯了这个毛病，尤其是黑格尔。据他说，“概念（idea）从感官所接触的事物中照耀出来，于是有美”，换句话说，美就是个别事物所现出的“永恒的理性”。美的特质为“无限”（infinitude）和“自由”（freedom）。自然是有限的，受必然律支配的，所以在美的等差中位置最低。同是自然事物所表现的“无限”和“自由”也有程度的差别，无生物不如生物，生物之中植物不如动物，而一般动物又不如人，美也随这个等差逐渐增高。最无限、最自由的莫如心灵，所以最高的美都是心灵的表现。模仿自然，决不能产生最高的美，只有艺术里面有最高的美，因为艺术纯是心灵的表现。艺术与自然相反，它的目的就在超脱自然的限制而表现心灵的自由。它的位置高低就看它是否完全达到这个目的。诗纯是心灵的表现，受自然的限制最少，所以在艺术中位置最高；建筑受自然的限制最多，所以位置最低。

英国学者司特斯（Stace）在他的《美的意义》里附和黑格尔的学说而加以发挥。在他看，美也是概念的具体化。概念有三种。一种是“先经验的”（a priori concepts），即康德所说的“范畴”，如时间、空间、因果、偏全、肯否等等，为一切知觉的基础，有它们才能有经验。一种是“后经验的知觉的概念”（empirical perceptual concepts），如人、马、黑、长等等。想到这种概念时，心里都要同时想到它们所代表的事物，所以不能脱离知觉。它们是知觉个别事物的基础，例如知觉马必用“马”的概念。另一种是“后经验的非知觉的概念”（empirical nonper-ceptual concepts），例如“自由”、“进化”、“文明”、“秩序”、“仁爱”、“和平”等等。我们想到这些概念时，心中不必同时想到它们所代表的事物，所以是“非知觉的”，游离不着实际的。这种“后经验的非知觉的概念”表现于可知觉的个别事物时，于是有美。无论是自然或是艺术，在可以拿“美”字来形容时，后面都写有一种理想。不过这种理想须与它的符号（即个别事物）融化成天衣无缝，不像在寓言中符号和意义可以分立。

哲学家讨论问题，往往离开事实，架空立论，使人如堕五里雾中。我们常人虽无方法辩驳他们，心里却很知道自己的实际经验，并不像他们所说的那么一回事。美感经验是最直接的，不假思索的。看罗丹的《思想者》雕像，听贝多芬的交响曲，或是读莎士比亚的悲剧，谁先想到“自由”、“无限”种种概念和理想，然后才觉得它美呢？“概念”、“理想”之类抽象的名词都是哲学家们的玩艺儿，艺术家们并不在这些上面劳心焦思。

三

统观以上种种关于美的见解，可以粗略地分为两类。一类是信任常识者所坚持的，着重客观的事实，以为美全是物的一种属性，艺术美也还是一种自然美，物自身本来就有美，人不过是被动的鉴赏者。一类是唯心派哲学家所主张的，着重主观的价值，以为美是一种概念或理想，物表现这种概念或理想，才能算是美，像休谟在他的《论文集》第二十二篇中所说的：“美并非事物本身的属性，它只存在观赏者的心里。”我们已经说过，这两说都很难成立。如果美全在物，则物之美者人人应觉其为美，艺术上的趣味不应有很大的分歧；如果美全在心，则美成为一种抽象的概念，它何必附丽于物，固是问题，而且在实际上，我们审美并不想到任何抽象的概念。

我们介绍唯心派哲学家对于美的见解时，没有谈到康德，康德是同时顾到美的客观性与主观性两方面的，他的学说可以用两条原则概括起来：

一、美感判断与名理判断不同，名理判断以普泛的概念为基础，美感判断以个人的目前感觉为基础，所以前者是客观的，后者是主观的。

二、一般主观的感觉完全是个别的，随人随时而异。美感判断虽然是主观的，同时却像名理判断有普遍性和必然性。这种普遍性和必然性纯赖感官，不借助于概念。物使我觉其美时，我的心理机能（如想象、知解等）和谐地活动，所以发生不沾实用的快感。一人觉得美的，大家都觉得美（即所谓美感判断的必然性和普遍性），因为人类心理机能大半相同。

康德超出一般美学家，因为他抓住问题的难点，知道美感是主观的，凭借感觉而不假概念的；同时却又不完全是主观的，仍有普遍性和必然性。依他看，美必须借心才能感觉到，但物亦必须具有适合心理机能一个条件，才能使心感觉到美。不过康德对于美感经验中的心与物的关系似仍不甚了解。据他的解释，一个形象适合心理机能，与一种颜色适合生理机能，并无分别；心对美的形象，和视官对美的颜色一样，只处于感受的地位。这种感受是直接的，所以康德走到极端的形式主义，以为只有音乐与无意义的图案画之类，纯以形式直接地打动感官的东西才能有“纯粹的美”，至于带有实用联想的自然物和模仿自然的艺术都只能具“有依赖的美”。因为它们不是纯粹由感官直接感受而要借助于概念的（参看第六章——即《文艺心理学》第六章“美感与联想”——编者）。这种学说把诗、图画、雕刻、建筑一切含有意义或实用联想的艺术以及大部分自然都摈诸“纯粹的美”范围之外，显然不甚圆满。他所以走到极端的形式主义者，由于把美感经验中的心看作被动的感受者。

美不仅在物，亦不仅在心，它在心与物的关系上面；但这种关系并不如康德和一般人所想象的，在物为刺激，在心为感受；它是心借物的形象来表现情趣。世间并没有天生自在、俯拾即是的美，凡是美都要经过心灵的创造。我们在第一章（指《文艺心理学》第一章“美感经验的分析［一］：形象的直觉”——编者）已详细分析过，在美感经验中，我们须见到一个意象或形象，这种“见”就是直觉或创造；所见到的意象须恰好传出一种特殊的情趣，这种“传”就是表现或象征；见出意象恰好表现情趣，就是审美或欣赏。创造是表现情趣于意象，可以说是情趣的意象化；欣赏是因意象而见情趣，可以说是意象的情趣化。美就是情趣意象化或意象情趣化时心中所觉到的“恰好”的快感。“美”是一个形容词，它所形容的对象不是生来就是名词的“心”或“物”，而是由动词变成名词的“表现”或“创造”，这番话较笼统，现在我们把它的涵义抽绎出来。

第一，我们这样地解释美的本质，不但可以打消美本在物及美全在心两个大误解，而且可以解决内容与形式的纠纷。从前学者有人主张美与内容有关，有人以为美全在形式，这问题闹得天昏地暗，到现在还是莫衷一是。“内容”、“形式”两词的意义根本就很混沌，如果它们在艺术上有任何精确的意义，内容应该是情趣，形式应该是意象：前者为“被表现者”，后者为“表现媒介”。“未表现的”情趣和“无所表现的”意象都不是艺术，都不能算是美，所以“美在内容抑在形式”根本不成为问题。美既不在内容，也不在形式，而在它们的关系——表现——上面。

其次，我们这种见解看重美是创造出来的，它是艺术的特质，自然中无所谓美（“自然美”一词另有意义，详见第九章——即《文艺心理学》第九章“自然美与自然丑”——编者）。在觉自然为美时，自然就已告成表现情趣的意象，就已经是艺术品。比如欣赏一棵古松，古松在成为欣赏对象时，决不是一堆无所表现的物质，它一定变成一种表现特殊情趣的意象或形象。这种形象并不是一件天生自在、一成不变的东西。如果它是这样，则无数欣赏者所见到的形象必定相同。但在实际上甲与乙同在欣赏古松，所见到的形象却甲是甲乙是乙，所以如果两个人同时把它画出，结果是两幅不同的图画。从此可知各人所欣赏到的古松的形象其实是各人所创造的艺术品。它有艺术品所常具的个性，因为它是各人临时临境的性格和情趣的表现。古松好比一部词典，各人在这部词典里选择一部分词出来，表现他所特有的情思，于是有诗，这诗就是各人所见的古松的形象。你和我都觉得这棵古松美，但是它何以美？你和我所见到的却各不相同。一切自然风景都可以作如是观。陶潜在“悠然见南山”时，杜甫在见到“造化钟神秀，阴阳割昏晓”时，李白在觉得“相看两不厌，惟有敬亭山”时，辛弃疾在想到“我见青山多妩媚，青山见我应如是”时，都觉得山美，但是山在他们心中所引起的意象和所表现的情趣都是特殊的。阿米儿（Amiel）说：“一片自然风景就是一种心境”，惟其如此，它也就是一件艺术品。

第三，离开传达问题（参看第十一章——即《文艺心理学》第十一章“克罗齐派美学批评”——编者）而专言美感经验，我们的学说否认创造和欣赏有根本上的差异。创造之中都寓有欣赏，欣赏之中也都寓有创造。比如陶潜在写“采菊东篱下，悠然见南山”那首诗时，先在环境中领略到一种特殊情趣，心里所感的情趣与眼中所见的意象猝然相遇，默然相契。这种契合就是直觉、表现或创造。他觉得这种契合有趣，就是欣赏。惟其觉得有趣，所以他借文字为符号把它留下印痕来，传达给别人看。这首诗印在纸上时只是一些符号。我如果不认识这些符号，它对于我就不是诗，我就不能觉得它美。印在纸上的或是听到耳里的诗还是生糙的自然，我如果要觉得它美，一定要认识这些符号，从符号中见出意象和情趣，换句话说，我要回到陶潜当初写这首诗时的地位，把这首诗重新在心中“再造”出来，才能够说欣赏。陶潜由情趣而意象而符号，我由符号而意象而情趣，这种进行次第先后容有不同，但是情趣意象先后之分究竟不甚重要，因为它们在分立时艺术都还没有成就，艺术的成就在情趣意象契合融化为一整体时。无论是创造者或是欣赏者都必须见到情趣意象混化的整体（创造），同时也都必觉得它混化得恰好（欣赏）。

最后，我们的学说肯定美是艺术的特点。这是一般常识所赞助的结论，我们所以特别提出者，因为从托尔斯泰以后，有一派学者以为艺术与美毫无关系。托尔斯泰把艺术看成一种语言，是传达情感的媒介。这种见解与现代克罗齐、理查兹诸人的学说颇有不谋而合处。就“什么叫做艺术”这个问题的答案说，托尔斯泰实在具有特见。他的错误在没有懂得“什么叫做美”，他归纳许多十九世纪哲学家所下的美的定义说：“美是一种特殊的快感”。他接受了这个错误的美的定义，看见它与“艺术是传达情感的媒介”这个定义不相容，便说艺术的目的不在美。近来美国学者杜卡斯（Ducasse）在他的《艺术哲学》里附和托尔斯泰，也陷于同样的错误。托尔斯泰和杜卡斯等人忘记情感是主观的，必客观化为意象，才可以传达出去。情趣和意象相契合混化，便是未传达以前的艺术，契合混化的恰当便是美。察觉到美寻常都伴着不沾实用的快感，但是这种快感是美的后效，并非美的本质。艺术的目的直接地在美，间接地在美所伴的快感。

四

如果“美”的性质不易明白，“丑”的定义更难下得精确。“美”字的相反字是“不美”，“不美”却不一定就是“丑”。许多事物不能引起我们的好恶，我们对于它们只是漠不关心，它们对于我们也只是不美不丑。所以在美学中，“丑”不完全是消极的，应该有一种积极的意义。它的积极的意义是什么呢？

一般人所说的丑大半不外指第九章所说的“自然丑”的两种意义。它或是使人生不快感，如无规律的线形和嘈杂的声音；或是事物的变态，如人的残缺和树的臃肿。我们已经见过，这两种意义的“丑”与“艺术丑”之“丑”应该有分别，因为这些自然丑都可以化为艺术美。

此外“丑”对于一般人也许还另有一个意义，就是难了解欣赏的美。一位英国老太婆看见埃及的金字塔，很失望地说：“我向来没有见过比它更丑拙的东西！”一般人的艺术趣味大半是传统的，因袭的，他们对于艺术作品的反应，通常都沿着习惯养成的抵抗力最小的途径走。如果有一种艺术作品和他们的传统观念和习惯反应格格不入，那对于他们就是丑的。凡是新兴的艺术风格在初出世时都不免使人觉得丑，假古典派对于“哥特式”（gothic）艺术的厌恶，以及许多其他史例，都是明证。但是这种意义的“丑”起于观赏者的弱点，并非艺术本身的“丑”。

我们所要明白的就是艺术本身的“丑”究竟是怎么一回事。这个问题为许多近代美学家所争辩过。据克罗齐说：美是“成功的表现”（successful expression），丑是“不成功的表现”（unsuccessful expression）。这两句结论中第一句是我们所承认的，但是第二句关于“丑”的话却有一个大难点。把“丑”和“美”都摆在美学范围里并论时，就是承认“丑”和“美”同样是一种美感的价值。但是“不成功的表现”就不算是艺术，就是美感经验以外的东西，那么，“丑”（美感经验以外的价值）就不能和“美”（美感经验以内的价值）并列在同一个范围里面了。换句话说，是艺术就必定是美的，艺术范围之内不能有所谓“丑”。“艺术丑”这个名词就不能成立。如果我们全部接受克罗齐的美学，势必走到这种困境，因为克罗齐把美看成绝对的价值，不容有程度上的比较。

英国美学家鲍申葵在他的《美学三讲》里把这个困难说得最清楚：

> 情感表现于形象，于是有美。一件事物与美相冲突，或产生一种影响与美的影响恰相反者——这就是我们所谓的丑——它自身不是有表现性的形象，就是没有表现性的形象。如果它是没有表现性的形象，那么，就美感说，它就没有什么意义。如果它是有表现性的形象，那么，它就寓有一种情感，就落到美的范围以内了。

依鲍申葵说，丑的形象须同时似有表现性而实无表现性。它好像是表现一种情感，但是实在没有把它表现出来。它把想象引到一个方向去，同时又把想象的去路打断，好比闪烁很快的光，刚引起视觉活动，马上就强迫它停住，所以引起失望与不快感。有心要露出有表现性的样子，而实在空洞无所表现，于是有丑，所以丑只可以在虚伪的矫揉造作、貌似神非的艺术里发现。自然中不能有这种意义的丑，因为自然不能像人一样，有意地作表现的尝试。

依我们看，鲍申葵虽然明白“丑”的问题难点，他的答案却仍不甚圆满，因为他没有见到似有表现性而实无表现性的东西究竟还不是“表现”或艺术。既不是表现或艺术，它就要落到以讨论表现或艺术为职务的美学范围以外了。

这种困难根本是从价值问题来的。如果承认美的价值是绝对的，那么，一个形象或有表现性，或无表现性。有表现性就是美，否则就只是“不美”，“丑”字在美学中便无地位。如果承认美的价值是有比较的，则表现在“恰到好处”这个理想之下可以有种种程度上的等差。愈离“恰到好处”的标准点愈远就愈近于丑。依这一说，“丑”、“美”一样是美感范围以内的价值，它们的不同只是程度的而不是绝对的。我们相信这个解释是美丑问题难关的唯一出路。

（选自《朱光潜全集》第1卷，安徽教育出版社，1987年，第339—352页）

【阅读思考】

1. 朱光潜是如何论述欣赏与创造的统一性的？

2. 朱光潜是如何论述“丑”的？

3. 如何理解朱光潜所谓“美不仅在物，亦不仅在心，它在心与物的关系上面”这一命题？

中国传统美学的现代转换
——宗白华美学思想评议

汪裕雄

【引言】

宗白华的一生是学者、书斋和教授的一生，淡定而又执着，他的淡定来自他的大智慧，他一生念兹在兹的是对“艺境”的求索与追思，至死不忘！从宗先生1920年3月发表的美学处女作《美学与艺术略谈》提出艺术的“境界”问题，至行将辞世的3个月前，即1986年9月为文集《艺境》所写“前言”之申明自己“终生情笃于艺境之追求”，历时68年。宗先生的美学，是一种境界美学。从百年中国美学史看，是宗先生的美学彰显并承接了中国古典美学源远流长的生命精神，着力阐发了中国艺术的“美丽精神”和文化理想；是宗先生以其深邃的文化哲学家的眼光，参比西方美学智慧，对中国古典美学做出了创造性的现代诠释，自成一统，既是一种富于民族个性的境界美学，又是一种饱含现代意识的生命美学。

宗先生艺境诠释的取向是哲学沉思的，他善于在哲学、艺术、文化的中介地带自由驰骋，博观约取：由艺境直探其文化哲学底蕴，由跨文化的比较与反思进入对传统文化的批判；由艺境探得艺术的基本特征，捉住情感与形式、空灵与充实，对艺术的创造与欣赏作系统的探讨；由艺境的审美理想推及中国传统美学以审美境界为人生最高境界的根本特点，复由审美态度推及人生态度，最终指向理想人格的建构。

宗白华对中国传统艺术境界论的创造性诠释，为中国传统美学的现代转换提供了范导性的尝试。他以西方近代美学为参照，深入揭示出中国艺术境界论的文化哲学底蕴，使其以现代理论形态呈现于世人面前。宗白华美学思想，至今仍不失其现代意义和典范价值。

这正是研究宗白华有年的汪裕雄教授对宗先生美学的大致评价。汪裕雄先生是我国知名美学家，致力于"审美意象"研究，几成一学派，有"意象三书"问世，除《审美意象学》和《意象探源》，就是这本研究宗白华的美学专著《艺境无涯——宗白华美学思想臆解》（本引言即以此著为据写就）。这里所录的文字，可以说就是这本专著的浓缩版，内蕴丰厚，逻辑井然，语言洗练，值得研习美学者、尤其是宗白华爱好者细心品读。

宗先生是诗人美学家，其美学亦是诗哲兼胜的美学。他表达思想，自求言简意赅，点到为止。诗性与求简，加之先生擅长的体悟，使得他近于庄子——初读之，如诗如画，待思之，无穷无尽！因此，读宗白华的最佳途径就是从那既能进入宗先生的文本深处又有相当会心且深入浅出的导读文字开始，汪裕雄先生的这篇文字可当之。

几乎从引进"美学"（Aesthetic）这一概念的那天起，中国学人就着手借西方美学之"石"，以攻本民族传统美学之"玉"，致力于传统美学的现代转换。在这些学人中，宗白华对传统美学的创造性诠释，可谓独树一帜。

宗先生有自己的诠释方式。他参照西方近现代美学，却不设想削足适履，将传统美学强行纳入西方框架，也不设想按西方的思辨模式去重建中国的传统理论，而是将自己的诠释，聚焦于这一理论的关键性范畴——"艺术境界"，直探它的文化哲学底蕴，作出富于现代意义的发挥。

独到的诠释成就了独到的贡献。由于有宗先生的独到诠释，中国传统的艺术境界论，更以别具一格的哲学内涵，另成一系的文化品貌，呈现于当代世界美学之林，不仅以明确的语言答复了西方某些学人关于中国有没有属于自己的美学理论这一大疑问，① 也为中国传统美学的现代转换，提供了范导性

---

① 如鲍山葵在 1892 年提出，不论在古代或在近代，东方与中国的审美意识都没有上升到思辨理论的水平，因而没有加以阐述的必要。见鲍山葵所著《美学史·前言》，北京：商务印书馆，1985 年，第 2 页。

的尝试。

一

艺术境界，又称艺术意境，简称艺境，是中国传统艺术和审美所归趋的理想，众多艺术门类的最高成就，也是艺术之所以成为艺术的根本特征。宗先生以此为诠释重心，他手自编定的美学文集题名《艺境》，都表明他的美学，完全有理由称之为“境界美学”。

那末，什么叫做“艺境”？

宗先生截断众流，居高临下，给出这样一个命题：

> 一个充满音乐情趣的宇宙（时空合一体）是中国画家、诗人的艺术境界。①

这是对中国艺术境界的本体论回答，包含着宗先生对传统美学的独到会心，独到发现。

中国艺术提供的是“意义丰满的小宇宙”②。它不但描摹大宇宙的群生万殊、生香活意，而且寄寓着艺术家的宇宙情怀和对宇宙人生的深切感悟，是大宇宙的生动意象与艺术心灵“两镜相入”、互摄互映的另一世界，如恽南田所说“皆灵想之所独辟，总非人间所有”的崭新宇宙！

中国艺术的根基在宇宙生命。照中国传统的生命哲学，整个宇宙，是大化流行，生生不已的创造历程。宗先生于此并不拘于儒道释的任何一种宇宙论解说，而是拔出《周易》的生命哲学作为“中国民族的基本哲学”，以之兼摄儒道释而超越儒道释。自老子始，“自然之道”的思想，便在中国古代文化中植下了深根。“道”是宇宙的本体，也是宇宙创生的动力，万物之生成变化，生长死灭，无不自然而然，自己而然。迨至战国，这一思想被《易传》所摄取，铸成“一阴一阳之谓道”的核心观念，并以之弥纶天、地、人，建构起宇宙生命图式。经秦汉以降历代的发挥，这个图式被整饬为井然有序的结构：道⇌阴阳⇌四时⇌五行（五方）⇌万物。从宇宙生成而言，这是由“道”派生万物的递降图式；从人把握宇宙而言，适成逆转，成为由万物观道、体道的递升图式。宇宙万物生成图式与把握宇宙全景的致思图式适成对

---

① 《宗白华全集》第2卷，合肥：安徽教育出版社，1994年，第434页。（下引宗先生全集不再详注，只注卷数与页数——编者）

② 《宗白华全集》第2卷，第99页。

应，秘密就在宇宙本体之“道”即是“阴阳互动”之“道”，它以气论为基础，为前提。中国人凭借气的感应，将本体与现象两界、形下与形上两域，完全贯通，得以从形而下的有形之物（器），体认其中形而上的无形之道。伏源于气论的“体用一如”、“道不离器”的致思方式，正是中国艺术境界之所以可能的根本依据。

围绕着这一基于气论的生命哲学，宗先生就宇宙生命和艺术生命两方面都作了精彩的发挥。

首先是解说宇宙生命。由于阴阳互动，生生不穷，宇宙万物皆“至动而有条理”，呈现为二气化生的生命律动——节奏。宗先生曾不止一次地引用戴震的名言：“举生生即该条理，举条理即该生生”（《孟子字义疏证·绪言》卷上），用来说明宇宙至动的生命本来就寓存于有条理（秩序、法则）的律动之中，“这生生的节奏是中国艺术境界的最后源泉”[①]。也正因此，中国的一切艺术才普遍趋向于音乐的状态，共同追求节奏的和谐，而万物“生生的节奏”，便具有了本体论的意义。

从空间与时间的相互关系来论证中国艺境普遍音乐化的必然性，是宗白华在美学上的一大功绩。空间与时间，即“宇”与“宙”（久），本是先秦诸子讨论已久的宇宙构成论的重要课题。[②] 在秦汉的宇宙构成模式中，四时统辖五方（五行），空间与时间的相互关系，被规定为“以时统空”。“时间的节奏（一岁，十二月，二十四节）率领着空间方位（东南西北等）以构成我们的宇宙。所以我们的空间感觉随着我们的时间感觉而节奏化了、音乐化了！”[③] 有见于此，被清人崔述称之为“附会”之言、“异端”之说的“律历哲学”，[④] 经宗先生化腐朽为神奇，成为解开中国人审美意识千古秘蕴的宝钥。中国历来有“律历迭相治”的传统（《大戴礼记·曾子天圆》语），《礼记》、《吕氏春秋》的“月令模式”，更将音乐里的五声，比配于五行（五方），将音律的十二律吕，比配于一岁的十二个月，认为音律与历法都体现着阴阳二气的消长升降，有着共同的数量关系，应和着同一的宇宙创化节奏，“故阴阳之施化，万物之始终，既类旅于律吕，又经历于日辰，而变化之情可见矣”。（《汉书·律历志》）按照这一律历哲学，时间作为生命之绵延，能示人以宇宙生

---

① 《宗白华全集》第 2 卷，第 368 页。

② 《墨子·经上》：“久，弥异时也；宇，弥异所也。”《尸子》卷下：“上下四方曰宇，往古来今曰宙。”

③ 《宗白华全集》第 2 卷，第 434 页。

④ 《崔东壁遗书》之《补上古考信录》卷上，“驳黄帝制十二律”条。

命的无声音乐；空间作为生命的定位，也因生命而与时间相沟通，于是空间得以“意象化，表情化，结构化，音乐化”。[①] 律历哲学的时空观，支持了宗先生一个精警的不刊之论：“中国生命哲学之真理惟以乐示之!”[②] 在中国，音乐足以通天地之和，绘画将“气韵生动”置于“六法”之首，艺术境界成为天地境界的象征，大源即在于此。

但艺术毕竟不是宇宙生命节奏的自身显现，而是宇宙生命节奏与艺术家心灵节奏的共鸣与交响。艺术所表现的，是“心灵所直接领悟的物态天趣，造化和心灵的凝合”。[③] 于是，宗先生便从心灵与宇宙万物的关系中，来探求艺境诞生的秘密。

中国人历来以为，“人者，天地之心”（《礼记·礼运》），“诗者，天地之心”（《诗纬·含神雾》）。这两句千古名言，几乎成了习文谈艺者的门面语、口头禅，而对“人”何以是“天地之心”，“诗”何以能“为天地立心”，却似乎少予探究。宗先生同样以自己对传统哲学思想材料的清理和诠释，揭出此中学理。

关键在中国传统哲学里，“出发于仰观天象、俯察地理之易传哲学与出发于心性命道之孟子哲学，可以通贯一气”。[④] 照《易》传，天、地、人三道均统摄于阴阳互动，生生不息的“易道”。生生为“天地之大德”，宇宙不断创化，是为了人；而人，也以自己自强不息的创造活动，参与天地创化的大历程。于是，道体与心性之体，可以相贯。宗先生引进西方哲学，把宇宙生命的“大化流行、生生不息”理解为一个伟大的创化进程，以此来诠解“天地之心”；又认定“画家诗人的心灵活跃，本身就是宇宙的创化”[⑤]，因而艺术的创造，便不止是艺术家以自己的心灵来映射宇宙的生命创化，也是以自身全部生命投入宇宙生命创化的过程。艺术家“为天地立心”，也为自己的生命获取了价值意义，使自己的生命得到安顿之所。

在“艺术心灵”与“天地之心”之间，宗白华发现了、探讨了“象”这个中间环节，成为他的艺境理论的一大创获。“象”作为文化符号的结构与功能，在《周易》始行定位。《周易》又称《易象》，可见在《周易》的整体符号系统（数、象、辞三者交互为用）中，地位非同凡响。这个“象”，原指

① 《宗白华全集》第1卷，第636页。
② 《宗白华全集》第1卷，第604页。
③ 《宗白华全集》第2卷，第372页。
④ 《宗白华全集》第1卷，第623页。
⑤ 《宗白华全集》第2卷，第363页。

卦象，原出仰观天象以“治历明时”的活动，它可类万物之情，可通神明之德，可尽圣人之意，贯通形上形下，贯通人情物理，规范人文秩序与人文制作，恰如宗先生所言，在古代中国，“宗教的，道德的，审美的，实用的溶于一象”①。如何从历代易学芜杂纷陈的歧说中，透过种种神秘莫测的玄妙之言，揭示“象”的本来面目，成为当代文化哲学一大难题。宗先生参照西方哲学，指明“象者，有层次，有等级，完形的，有机的，能尽意的创构”②，它本质上乃是“由仰观天象，反身而诚以得之生命范型”③。作为万物创造之原型，它和西方偏重空间的范型（柏拉图的“理式”，亚里士多德的“形式”，以几何学为其标志）不同，中国的“象”，是“以时统空”，以节奏完形（实为气的完形）为特征的“象”的范型，它来自仰观天象、反身而诚的创构，本身即是宇宙生生节奏与人的心灵节奏相应和的成果。这一“象”的范型，用于审美，即将空间时间化（音乐化），转为审美意象，从而将宇宙人情化，使人能从中重新体验宇宙人生的情感价值。中国艺境之追求“气足神完”，而不斤斤计较于形体的逼真、精确，就是因为有这一“象”的范型作其张本。关于“象”的结构及其向审美领域的转移，是需要专门探讨的问题，拙著《意象探源》曾初步涉及，本文于此不赘。

总之，宗先生关于艺境的宇宙论和本体论解说，凝聚了多向度、多层面的哲学沉思，自具其内在逻辑。虽不能说已尽艺境之秘，却至少揭开了艺境神秘帷幕之一角。

二

艺境既是道体与心性之体相互通贯的表征，艺境的创构，从主体（心性）方面说，便是以人的生命反观宇宙生命，以人的生气旋律推及宇宙万物，从而抒写艺术家生命体验、宇宙情怀的过程。

> 艺术意境不是一个单层的平面的自然的再现，而是一个境界层深的创构。从直观感相的模写，活跃生命的传达，到最高灵境的启示，可以有三层次。④

① 《宗白华全集》第1卷，第626页。
② 《宗白华全集》第1卷，第636页。
③ 《宗白华全集》第1卷，第643页。
④ 《宗白华全集》第2卷，第365页。

这三个层次，宗先生又称之为“写实（或写生）的境界、传神的境界和妙悟的境界”。[①] 三层次相互承接，逐一递进，活泼玲珑，渊然而深。中国传统的艺术理论并不很讲究写实主义、形式主义、理想主义种种区分，就因为它所追求的境界，不论在何种层面，都指向主客观的交融互渗，现实与理想的有机统一。

“‘静照’（contemplation）是一切艺术及审美生活的起点。”[②] 所谓“静照”，即“静观寂照”，指艺术家暂时摒绝一切俗念与俗务，以“虚静”的心胸，面对万物，以全整的生命与人格情趣赏玩具体事物的色相、秩序、节奏、和谐，借以窥见自我深心的反映，由此形成审美意象，此为第一层境。宇宙生命流变不居，“一切无常，一切无住，我们的心，我们的情，也息息生灭，逝同流水。向之所欣，俯仰之间，已成陈迹”[③]。单凭感官印象，无法把握瞬息万变的生命现象，惟有以虚静的心胸，清明的意志，于“静照”之中，方能发现其变中之常、动中之静（即古人所云“同动谓之静”），将其纳入“静的范型”——“象”。这样，纷杂的印象才化为有序的景观，支离的物象才化为整全的意象，宇宙生命才被赋予应有的形式。

然而，同为“静照”，中西艺术却因时空观念的差异而各具不同的观物方式。西方注目于抽去时间一维的几何空间，习惯于以固定视点视线观赏物的体积；中国则注目于时间化的空间，更侧重以往复流动的视点视线观赏物在运动中的生命节奏，感受它的生命情态，生机生气。宗先生标举“俯仰往还，远近取与”这八个字，颇得中国人观物方式的要义。

“静照”是艺境创构的起点，还不是它的全程。艺术家还必须“于静观寂照中，求返于自己深心的心灵节奏，以体合宇宙内部的生命节奏”。[④] 于是，写实之外，更有传神、妙语二层境。

传神，即活跃生命的传达，其实是意象返回于艺术家内心，使事物生命节奏与艺术家心灵节奏交相感应，景（意象）与情（心灵节奏）交融互渗在艺术上的表现。一层比一层更深的情，透入一层比一层更晶莹的景，“景中全是情，情具象为景”，于是有气足神完之境。

宗先生提出“求返于自己深心”这一点，确是中国艺术很可注意的特异处。照康德，空间是“外部经验”的直观形式，时间则是“内部经验”的直

① 《宗白华全集》第2卷，第385页。
② 《宗白华全集》第2卷，第277页。
③ 《宗白华全集》第2卷，第9页。
④ 《宗白华全集》第2卷，第109页。

观形式。杜诗所称："乾坤万里眼，时序百年心"，正谓万里空间得之于眼，百年时序验之于心。中国美学既持"以时统空"的时空观，景之观赏，必随之归返内心体验。时间的体验就是生命的体验。情景的交融互渗，便将艺术家的生命体验融会于意象。于是，意象便不止于描摹出事物的生命姿态，那只是写实；能进一步表现出艺术家的生命感，方谓之传神。

因而毫不奇怪，在审美的情景交融上，中国和西方会有着全然不同的解释。发源于泛神论的"移情"说，主张艺术家以天才的心灵将生命之气（"神灵的气息"）灌注于对象，使静照所得的意象拟人化，从而获得情感意义。这一"生气灌注"论，由赫尔德首先发轫，在康德、黑格尔美学中均有所承传，后经费肖尔父子发挥，至立普斯便总结为"移情"说，主张自我将情感投射于对象，使对象人格化，审美的欣赏遂成为对自我人格的欣赏。在西方美学中，对象物常常只充当接受自我情感投射的消极容器。

基于气论的中国美学对此有另一番解释。它确认万物与人同出自阴阳二气化生，各秉有自身生命，自身节奏。审美中心物之间的关系，不复是机械力的作用与反作用（刺激与反应），亦不复是心对物的单向投射（移情），而构成二者的双向交流，交互感应。《文心雕龙·物色》所谓"目既往还，心亦吐纳"，"情往似赠，兴来如答"，正是对此所作的绝好描述。作为双向交流的成果，从物的方面说，是"化景物为情思"，化实为虚，把意象化作主观的表现；就心的方面说，则可谓"化情思为景物"，抟虚为实，使主观情思得以客观化。在中国美学里，意象与情感、景物与情思，从来不断为两橛，于是，作为情思与景物结合体的意象，便生生不息而递升到更高层次，足以传神。

妙悟的境界，是无形无象，超越经验的形而上境界。它不能直接描述，却可借意象加以象征，加以暗示。这就是老子所谓"大象无形"的"大象"，中国美学习称的"象外之象"。宗白华先生认为，这一"大象"，乃中国生命范型的最高层次。在这个意义上，"象即中国形而上之道"①。这个"象"，实为天地境界的象征。

象征，是中西哲学、美学共用的术语。中国诗学倡言"比兴"，易学倡言"触类可为其象，合义可为其征"（王弼《周易略例·明象》），都承认形下之象，有喻示、暗指难言之情乃至玄秘之理的功能。这与西方美学所指的象征，功能仿佛。康德以为对美的事物、崇高事物的观赏，可以通过"类比"关系，唤起道德的自由感和对自身使命的崇敬感，所以"美是道德的象征"。

① 《宗白华全集》第1卷，第626页。

“如果特殊表现了一般，不是把它表现为梦或影子，而是把它表现为奥秘不可测的东西在一瞬间的生动的显现，那里就有了真正的象征。”① 歌德此语，指出了这个相似点。

虽然如此，中西美学的象征论，仍有所差别。一般说来，西方美学主张审美理想只由人所独占，“在植物和无生命的自然里就简直不存在”②。他们并不关心自然事物的生命和宇宙生命本体的关联，不承认自然景物的观赏可以不经人格化直接过渡到天地境界。即使像康德那样，承认自然界的崇高事物可以激发人的道德理性力量，但那也是通过“暗换”作用实即“移情”作用，才具备象征意义。就是说，对于自然事物，象征须以人格化为前提，这颇类似于中国先秦时期的“比德”观念。但魏晋之后，中国已形成自然美的“畅神”观，确认自然事物有自身的生命情态，毋须经过人格化而直接与人的生命体验沟通，自显其审美价值。艺术家面对茫茫宇宙，渺渺人生，“大以体天地之心，微以备草木之几”，自然万物，大到宏观宇宙，小到一花一叶，一虫一鱼，都可以跟艺术家至动而有韵律的心灵求得交感与共鸣。艺术家亦可从中发现生命运动的精微征兆，揭出各自的一段诗魂。当中国人从美的形式中悟出形而上的宇宙秩序（“生生而有条理”），感受到宇宙生命一如伟大的艺术作品，体悟到“天地与我并生，万物与我为一”，逍遥无系，从而体验到精神的大超越，大解脱，这便是妙悟之境。可见，中国美学的所谓象征，实是一种“证悟”或“证人”，即以艺术家的心灵节奏去“体合宇宙内部生命的节奏”，以有限证无限，以形下证形上，这显然是一种广义的象征。

以艺境层深创构论为制高点，反观中国固有艺术，其特殊审美风格立即显露于眉睫之前。宗先生正由此而发现中国山水花鸟画有特殊的心灵价值，可与希腊雕刻、德国音乐并立而无愧③。他通过中西绘画的对比，对中国山水画艺境展开解说，尤能呈示他的睿智与卓识。

西方绘画起源于建筑与雕塑，重视体积，以几何透视为构图法则，创造出“令人几欲走进”的三进向空间。中国画起于甲骨、青铜、砖石的镌刻，主张“舍形悦影”，“以线示体”，甚至主张“无线者非画”，线条成为绘画的基本手段；它“以大观小”，其透视法是：“提神太虚（宗先生释‘太虚’为

---

① 歌德：《关于艺术的格言和感想》，转引自《朱光潜全集》第7卷，安徽教育出版社，1991年，第69—70页。

② 莱辛：《关于〈拉奥孔〉的笔记》，《朱光潜全集》第17卷，安徽教育出版社，1997年，第210页。

③ 《宗白华全集》第2卷，第342页。

‘无尽空间’，与太空、无穷、无涯同义)，从世外鸟瞰的立场观照全整的律动的大自然，他的空间立场是在时间中徘徊移动，游目周览，集合数层或多方的视点谱成一幅超象虚灵的诗情画境。”① 其结果，不是如西方可以走进的实景，而是“灵的空间”，是节奏化、音乐化了的“时空合一体”。由此，宗先生确定了中国绘画的两大特点，一是引书法入画法，二是融诗意诗境于画，既阐明中国绘画趋近音乐舞蹈，通于书法，抒情写意的风格特殊性，又破斥了某些西方学者以中国绘画为“反透视”的妄断。

中西绘画都力求突破有限空间而向往无尽，但两者心态迥异。西方画家竭力向无穷空间奋勉，但往而不返，或偏于科学理智，或彷徨失据而茫然不宁，物我之间仍存某种对峙而不能相契相安。中国画家则以抚爱万物的情怀，目极无穷而又返回自我深心，俯仰往还，远近取与，由有限至无限，又复回归于有限，形成“无往不复”的回旋节奏。于是，宇宙生命节奏与自我深心节奏得以和谐共振，通过点线交错的自由挥洒，化为一种音乐的谱构。我们向往无穷的心由返归有限而得以安顿，我既“纵身大化，与物推移”，物亦自来亲人，深慰我心。宗先生提出中国山水画深潜的人与自然的亲和关系，解开了中国山水之美的发现、山水诗画兴起何以如此之早的难解之谜，也为我们理解这一艺术传统的现代意义，提供了有益的思路。

三

“艺术的境界主于美”，但艺术不只具有审美价值，而且有对人生的丰富意义，有对心灵深远的影响。尤其是妙悟的境界，更有着启示价值，能向人启示宇宙人生的最深层意义。艺术境界引人“由美入真”、“由幻入真”，这是一种非通常语言文字、科学公式所能表达的“真”，而是由艺术的“象征力”所能启示的真实。“这种‘真’的呈露，使我们鉴赏者，周历多层的人生境界，扩大心襟，以至与人类的心灵为一体，没有一丝的人生意味，不反射在自己的心里。”② 于是，宗先生将艺境的功能，归结为对宇宙人生的深层体验，对人生意义的价值追求，积极进取的人生态度，最终指向自由人格的建构。

早在“五四”期间，为着培育“少年中国精神”，宗先生便倡导一种“艺术式的人生”。期待当时的青年把自己的一生当作艺术品似的去创造，使

① 《宗白华全集》第2卷，第110页。
② 《宗白华全集》第2卷，第72页。

之如歌德一生那样，优美、丰富，有意义，有价值①。实现艺术式人生的有效途径是审美教育。照席勒，审美教育的宗旨便在教人“将生活变为艺术”。所以，从宗先生提出“艺术式的人生”之日起，就意味着他将以审美教育作为自己的人生选择。

通过审美和艺术，实现必然与自由、理性与感性的协调一致，进而培育自由意志，建构自由人格，是德国古典美学的主旨。不论是歌德、席勒或黑格尔，都十分珍视审美作为无功利、非逻辑的自由活动那种令人解放的性质，把它看成是道德自由的预演或象征。“人只有不考虑享受、不管自然界强加给他什么而仍然完全自由行动，才能赋予自己的存在作为一个人格的生存的绝对价值。”② 审美与艺术活动，正是进达这种道德自由境界的津梁。

宗白华深受德国古典美学的熏陶，认为培育健全的人格，需树立“超世入世”的人生态度。所谓“超世”，并非忘怀世事乃至不食人间烟火，而是不以个我荣辱得失萦怀的洒脱和旷达胸襟。以此胸襟做入世的事业，就不致被现实的利害关系网所系縻，而能放出高远的眼光，焕发坚韧的毅力而勇猛精进。宗先生曾这样赞许古来圣哲：“毅然奋身，慷慨救世，既已心超世外，我见都泯，自躬苦乐，渺不系怀，遂能竭尽身心，以为世用，困苦摧折，永不畏难。”③ 这其实是对审美功能的绝妙表述。“心超世外，我见都泯”，类似于审美的非功利非逻辑态度，这种态度可引人入于理想境界而焕发出宁静致远的精神力量，故能“竭尽身心，以为世用”。这种感发人心、涵养精神的过程具有潜移默化的长远效应。这和康德所向往的道德自由境界（“绝对的善”），别无二致。

和德国哲人侧重从艺术教育引向道德自由不同，宗白华更强调这种“超世入世”态度可同时在“大宇宙自然界中创造”。在他看来，中国人向往天地之“大美”，忘情于山光水色，虽为求心灵的安慰与寄托，却又不仅仅是安慰和寄托。如上文已述，中国人纵身大化，“上下与天地同流”，便能从宇宙生命的创化过程中汲取力量。使心胸如宇宙般宽广，意志如大自然一样清明，而创造，一如阴阳互动之道，生生而不息。因此，宗先生在艺术中特别推重山水诗画的艺境，充分肯定其启示人生的价值意义，涵养健全人格的普遍功能。这一艺境，作为宇宙节奏与心灵节奏的交响曲，既空灵而自然，又引人

① 《宗白华全集》第1卷，第194页。

② 康德：《判断力批判》上卷，转引自邓晓芒：《冥河的摆渡者——康德的〈判断力批判〉》，云南人民出版社，1997年，第141页。

③ 《宗白华全集》第1卷，第24页。

向往宇宙的无尽与永恒，探入宇宙生命节奏的核心，壮阔而幽深。“艺术的境界，既使心灵和宇宙净化，又使心灵和宇宙深化，使人在超脱的胸襟里体味到宇宙的深境。”① 艺境于心灵的影响，于人格建构的作用，至深至微，精妙难言，却得之于宗先生这寥寥数语。难道中国艺术家“洗尽尘滓，独存孤迥”的洒落心胸，不能启示我们挣脱个我得失荣辱的牵绊？难道他们出没太虚，与大化同流的悟悦，不能拓展我们的襟怀气魄？难道他们呼应着宇宙创化伟力而解衣般礴的自由挥洒，不能激发我们去奋发追求、不断创造？难道他们抚爱万物的深情，不能唤起我们对自然对人生的诚挚爱心？……这一切，尽可归结为心灵的净化与深化，足以为健全人格的建构，提供一个重要支点。

在宗先生心目中，他叹赏备至的“晋人的美”，正是中国古代艺术与人格交相辉映、两全其美的典范。晋人不仅创造了众多艺术的美——诗的美、画的美、书的美、乐的美，而且发现了自然山川之美，成就并高扬了人格之美。魏晋玄学，冲决了汉人乡愿主义和名教的樊篱，带来空前的精神解放，带来个体人格的觉醒，进而滋养了赏爱自然的敏感心灵。“晋人向外发现了自然，向内发现了自己的深情。”② 他们将自然山水虚灵化，情致化，中国山水画的意境，已得之于山水游赏。他们发现并肯定自身的个性价值，自由潇洒，任性不羁，涵养成一种“艺术心灵”。这心灵，意趣超越，活泼天真，具有“事外有远致”的力量，“扩而大之可以使人超然于生死祸福之外，发挥出一种镇定的大无畏的精神”③，一如谢安泛海的临危不乱，嵇康临刑的从容赴死。晋人既拥有这自由的精神人格，他们的艺术也便成了这一人格的表征。康人张怀瓘以十六字评王献之书法，叫做“情驰神纵，超逸优游，临事制宜，从意适便”。宗先生特意拈出，以为此语“不但传出行草艺术的真精神，且将晋人这自由潇洒的艺术人格形容尽致”④。晋人艺术与晋人人格关系如此，晋人艺术境界于后世人格建构的审美教育意义，也就不言而喻了。

中国艺术意境，流荡着勃郁沉潜的宇宙生命，跃动着超迈而莹透的文人心灵。宗先生诚然深知这已属于过去，属于传统，但他仍然那样为之心醉，为之沉迷，他为这一传统在中国近代的失落而深自痛惜，而愿时时反顾这“失去了的和谐，埋没了的节奏”，以“承继这心灵”为“深衷的喜悦”。

这又当如何评价呢？

---

① 《宗白华全集》第2卷，第376页。
② 《宗白华全集》第2卷，第275页。
③ 《宗白华全集》第2卷，第278页。
④ 《宗白华全集》第2卷，第273页。

宗先生决不是文化艺术上的狭隘的民族本位主义者或国粹主义者。回顾传统，探本穷源，决不教人去简单地回复那“失去了的和谐，埋没了的节奏”，退到古代，沉湎古代，而是为了从中汲取力量，以作“远征未来的准备”。从他立志建设“少年中国精神”之日起，“中国文化精神应往哪里去”、“西洋文化精神又要往哪里去”这两大问题，始终让他惆怅难安、沉思不已。正是在这两个问题的交叉点上，宗先生发现了中国传统的审美理想所保有的现代价值。

西方文化发现和掌握着科学权力的神秘，试图以科技统治自然，统治人类，不但带来全球性的两次战争灾难，也使人自己接受科技的奴役而面临机械化、无情化的危险；在近代中国，则因中国文化长期轻忽科学工艺的权力而自陷贫弱，以致频受他人的侵略与欺凌，自身“文化的美丽精神也不能长保”。那么怎么办？宗先生纵览东西文化史，寄希望于全人类的“文艺复兴”。他提出，自然与文化本是一个完整的宇宙生命的演进历程，“自然”是文化的基础。但在人类文化发展上往往表现为“进于礼乐”（孔子）和“返于自然”（老庄）的对立趋向。只有在那“健硕的向上的创造时代”，人们才致力于自然与文化的调和，使人类创造的过程符合于自然底创造过程，使人类文化成为人类的艺术（不仅是技术），因而在古希腊文化、中国古代的六艺文化以及德国古典时期的歌德、席勒为中心的文化运动中，“艺术”都占据了全部文化的中心。这是一种理想的文化类型。宗先生对重新追求自然与文化的和谐统一，在全人类复兴这一理想文化，充满着信心：“固然历史是不会重演的，而‘文艺复兴’在相当意义上，不是不可能的。”①

这是宗先生五十多年前的梦想，也是20世纪国内外许多有识之士的梦想。正是怀着这种梦想，宗先生断言中国美学的基本精神、中国艺术境界所指向的是文化与自然的调和，人与自然的和谐统一。于是，中国艺术遂成为“中国文化史上最中心最有世界贡献的一方面”②。

能说宗先生这个梦想是虚无缥缈的空中楼阁吗？能说它在世纪之交的今天已经无关紧要甚至过时了吗？不能。相反，日趋严重的全球生态危机和环境危机感，西方文化的生存危机感，都促使人们更为关切，更为向往文化与自然的调和。而在今日中国，虽然现代化事业还刚刚开头，但普遍的生态失衡和环境恶化已日益向我们迫近；在价值观念的转换途中，也出现了人文价值失落的问题。在日益更新的科技工艺文明条件下，自然和文化的关系如何

① 《宗白华全集》第2卷，第320页。
② 《宗白华全集》第2卷，第359页。

调整到协和一致，也依然值得密切关注。而只要这些问题还有待解决，只要我们还期望下个世纪出现“健硕的向上的创造时代”，那么，中国艺术和美学精神的意义就不会丧失，宗先生境界美学的生命力便会历久而弥新。

（选自《艺境无涯——宗白华美学思想臆解》“附录”，第 291—309 页；安徽教育出版社，2002）

【阅读思考】

1. 如何理解宗白华美学中“艺境”和“象”的关系？
2. 宗白华为什么说“中国生命哲学之真理惟以乐示之”？
3. 宗白华是如何论述中西“象征”之关系的？

论康德对美与美感关系的批判性阐释
——兼及其对 20 世纪西方美学的影响

张政文

【引言】

真正说来，作为“美学之父”的鲍姆嘉通只不过给了美学一个“肉体”罢了，真正给美学以“灵魂”的是康德。“给美学以灵魂”这个工作，康德是通过他的第三批判《判断力批判》、尤其是上卷“审美判断力批判”达成的。康德美学是其哲学体系“逼”出来的：他的“第一批判”探讨了人类的“知”即“认识如何可能”、“第二批判”研究了人类的“意”即“道德如何可能”；前者的对象是“自然”、服从“必然律”，后者的对象是“道德”、遵循“自由律”；这样一来，作为整体的人就势必被“必然”与“自由”分为两橛，“两橛”是不可能的，问题是如何“过渡”和“统一”？这就必须找一个既是自然的、感性的、物质的，又是自由的、理性的、精神的，且这两方面契合无间、互藏其宅的对象，基于人类情感的“审美”恰能担此大任。问题是，“审美”能否在“先验哲学”（即寻找先天原理的哲学）的意义上，完成此大任呢？因此，康德美学的核心议题是“审美如何可能”即审美的先天性何在？而“先天”都有“普遍性”、“必然性”，故康德美学命意的实质是：审美是主观的情感活动，如何又具有了客观性呢？从“主体性”中寻求“客观性”正是康德美学也是康德哲学的致思取向，审美的主体性即美感由此就成康德美学的重心，而美感的对象化即是美，这样康德就把美感视作美的存在根基，这与此前的美学传统截然相左。于是乎，康德重启了美与美感的关系问题并影响了后来的诸多美学理论。

张政文的《论康德对美与美感关系的批判性阐释》一文对此问题作了较为细致深入的研讨。文章认为，在西方，美决定了美感与美感生成了美成为两种美学传统和理论阵营的标志，并从柏拉图开始，一直争论到近现代。但康德则发现，美与美感在现实经验中不仅不表现为二元对立，而且也无线性因果关系。实际上，美与美感共生于既非纯主观意识，又非纯生理物质的主体鉴赏判断力。康德对美与美感本源问题的阐释拨开了笼罩在美与美感问题上的形而上迷雾，解构了经典美学的阿基米德支点，从而也为20世纪走向人本化、艺术化、日常化的西方当代美学建立了新的理论基点。表现主义美学、分析主义美学、存在主义美学、接受美学、现象学美学等所有在当代西方有重大影响的美学理论无一不是在康德这一理论语境中获得启示，展开自身的。文章思路开阔，史的眼光和理论剖析并重，且有着强烈的现实感，至于其中的理论观点则要由读者诸君自己批判了。

将美与美感的关系确认为美学的基本问题和逻辑起点始于柏拉图。20多个世纪以来，哲人文士们深沉地思考它、执着地解释它，直到本世纪80年代，中国学术界还为之热烈地争鸣。但是无论相信美是客观存在，美感是对美的特殊回应、观照，美产生了美感的人，还是否认美的客观自在性，视美为美感的投射、外化，认为美感创造了美的人，都没有对这个问题的二元对立、线性因果的性质提出怀疑。唯富有怀疑精神与挑战意识的康德问道：如果美与美感存在着二元对立、线性因果关系的话，那么我们何以能够产生美与美感？指出人们不可能在经验之外真正理解美与美感的关系。而在经验中，美与美感既非二元对立又无线性因果关系。美学史上这个被视为美学基本问题的命题实际上包含着一个巨大的谬误，是理论独断论的产物。实际上，现实的美与美感共生于既非纯主观意识，又非纯生理物质的主体鉴赏判断力。作为主体能力的现实和显现，美与美感不能用因果关系来理解，二元对立的主客观范畴对它也没有诠释的有效性。美与美感需要全新的阐释。这新的阐释使康德拨开了笼罩在美与美感上的形而上迷雾，解构了传统美学的阿基米德支点，为重建20世纪走向日常化、艺术化、人本化的美学做好了理论准备。同时，对美与美感关系的新阐释也对当代西方许多重要的美学观点、艺术思想产生了深远的理论影响和文化启示。

一、主体能力与当代美学的人本位移

美学离不开哲学，美学理论家大多具有哲学家的身份。在回答美与美感的关系问题时，美学家们也总是期盼着能达到哲学的高度。传统哲学的阐释依靠普遍性原则，哲学中存在与意识的关系问题最富普遍性。因此传统美学亦将美与美感的关系演绎为存在与意识的关系，通过预设美、美感之间的存在与意识的关系机制，对美与美感的关系做出因果律理解，最终获得某种普遍性的结论。这种结论实质上只是存在与意识的关系问题的另一种方式的解释，它导致美与美感关系问题的争论必然地带有明显的哲学基本态度的意味，出现了美学史上美决定美感的唯物主义和美感决定美的唯心主义两大传统。然而哲学至康德发生了哥白尼式的革命。对抽象的物质、意识的形而上陈述转向对具体的人的存在的本体关怀，人与世界的关系成为哲学研究的中心。康德也正是在人本主义的哲学阐释中发现了美与美感的真正秘密。

在解释人与世界的关系时康德遇到了一个无法回避的问题。其原有理论构成中人与世界的建构关系源于人所具有的既非纯物质存在，又非纯主观意识的知性能力和理性能力。知性能力使人成为认识主体，自然被设定为经验的客观对象，人与世界构成了认识关系；理性能力使人成为意志主体，人的社会活动被视为行为的客体，人与世界构成了实践关系。建构实践关系的理性能力的基本内核是自由意志。康德坚信自由意志是人的存在的终极本体。自由意志无法通过认识来把握，而只有在人的实践活动中实现。因而，人与世界的关系处于认识与实践这两个互不相关的领域中。但是人必须是完整的。人的存在的确有着不同的领域、不同的方式，不同领域、不同方式的存在又应该相互联系、互动互补。所以一定有着某种既不属于知性又不是理性，然而能够将这两种能力统一起来，使人类认识活动与实践活动、经验世界与本体世界发生联系的主体能力。康德把这种具有中介功能的主体能力界定为判断力（Judgment）。判断力具有知性能力和理性能力无法取代的功能。知性能力以一整套主体逻辑框架展开自身。杂多的经验进入知性时，知性能力的逻辑框架使杂多归于统一，建构出系统的认识结果——知识。知性能力用整体统摄个体、普遍包含特殊的方式把握对象。由知性能力构成的人类认识活动实际上是一个以逻辑为中介的分析综合过程，并被严格地限定在经验界。认识活动一旦超越经验界就会导致认识的二律背反，认识结果将失去真理性。理性能力为主体建立理念原则，提供的是以自由为底蕴的道德律令和伦理法则。理性能力和知性能力都不能在特殊中显现普遍，在现象中包孕本体。相反，介于知性能力和理性能力之间的判断力却可以做到这一点。“一般来说，判断力是包容在普遍之下的对特殊进行思维的能力”①。判断力不能像知性能力那样提供概念，也不能像理性能力那样生产理念，却能在特殊与普遍之中达成现象与本体、认识与实践的通联。判断力有二类。辨认某一特殊事物是否属于某一普遍规律的能力叫“决定判断力”。以特殊的事实去寻找普遍规则的能力则被称为“反思判断力”。值得注意的是，无论哪类判断力都不是纯粹的主观意识、观念，而是产生意识、建构意识对象的主客统一的主体能力。

反思判断力是产生美与美感的最初基源。它从个别现象中寻找普遍本体时首先面对的是经验现象。反思判断力必须通过对感性经验的建构，昭示理性的本体。所以，反思判断力一定先于经验而存在。先验并非超验，反思判断力只有回到经验中，通过对经验的判断，才能将认识与实践统一起来。同时这还意味着在反思判断力中，特殊与现象符合着普遍与本体的存在目的。反思判断力的这些特性都在一系列主体功能中介下成为美与美感的最基本的规定性。

康德视判断力为美与美感的本源就是将阐释美与美感关系的优先权赋予了现实人的主体能力，这是自古希腊以来至近代西方美学中人本主义最明晰的一次显示和确立。美学人本主义把现实的人作为美学研究的出发点、中心和归宿，通过对现实人的界定、阐释求得对美、美感、艺术等一系列美学问题的解答。这种美学精神和学术态度曾经是古希腊美学的传统，但自希腊时代以后的一千多年中，经院主义的研究方法和形而上的学术态度在美学中逐渐占了上风。尽管文艺复兴、启蒙运动使18世纪哲学、文学中的人本主义有所恢复，但美学中的人本主义却一直未有明显的复兴。当时有影响的美学家夏夫兹别里、哈奇生等还在通过设定神秘的、外在于人的原形式（form）或神奇的“第六感官”来解释美与美感的关系问题。而康德在解决美与美感关系问题时把人的主体能力作为理解美与美感的基点，并在论述美与美感何以能够产生这类重大理论问题中始终凸现人的存在和主体能力这个主题。更重要的是，康德执着地将对美与美感的关系问题的解答视为对人的生存、发展的现实问题的解决，把对美、美感本质的揭示看成是对人的自由本质和生存价值的昭示，这不只是美学的革命。这场革命的影响在19世纪还是潜移默化的，但20世纪之后，康德美学人本主义的影响已成燎原之势，促进了当代美学的复兴。表现主义美学、精神分析美学、现象学美学、存在主义美学、接

① 《判断力批判》英文版，牛津大学1952年版，第18页。（以下凡引此书均只于引文后注页码——编者。）

受美学、甚至西方马克思主义美学都在康德怀疑、批判、重释的学术精神感召下，在主体、人本的美学倾向影响下，对几乎所有的美学问题进行了天翻地覆的人本主义重构，使得当代美学完成了日常化、功能化、艺术化的人本历程。

20世纪的美学人本主义在接受康德影响时有两个重要特点。(1) 高举康德的人本大旗，批判黑格尔客观主义的感性论美学。黑格尔把美视为“理念的感性显现”，同时又把理念理解为远离人却又主宰人的客观绝对存在。在黑格尔美学中，美的本质（理念）是异化的，美的存在又是感性的。所以，连黑格尔本人也认为美是一种理念运动的低级形式。这是对康德建立的近代美学人本主义传统的背叛。当代美学纷纷返回康德的人本主义立场，通过批判黑格尔客观主义、继承和光大康德的人本主义来建立自己的美学体系。克罗齐、科林伍德把康德做为自己的理论先驱，把主体情感、想象、直觉看成产生美、美感的根源，从而建立了全力张扬现代主义艺术、在当代有着极大影响力的表现主义美学。胡塞尔、杜夫海纳则从康德的先验方法论中得到了启示，开创了追寻本体之本、思维之思的研究美与美感的现象学方法。而海德格尔则又将现象学方法和康德的先验方法再度综合，建立了存在主义美学研究方法，在萨特、加缪、雅斯贝尔斯等人的共同努力下，形成了执当代美学牛耳达40年之久的存在主义美学思潮。(2) 康德影响下的当代美学人本主义的一个整体性倾向是反理性主义。美学中的反理性主义是一次脱胎于康德而又不同于康德的人本主义位移。康德将美与美感的根源视为主体判断力，判断力的外化是可经验的现象，其本质则是人的自由。自由不可为感知所把握，这正是美作为一种自由形式的超越性之所在。当代人本主义美学却力图洞达、诠释这不可感知的美之本体。因而只能从意志、直觉、潜意识、存在之在等方面把握美之本体，构成了反理性主义性质。反理性主义实际表现出20世纪美学人本主义对美与美感的独特见解，对美与人的现实关系煞费苦心的关怀，在美学史上具有一种积极意义。

二、鉴赏判断力与当代美学的表现论、分析论

康德认为，当目的由主体来设定并仅仅为着主体时，合目的便是主体需要的满足。主体需要的满足引起主体的愉悦情感。这种愉悦情感含纳着情感判断的对象存在，又显现着情感主体的本体价值，完成了“从自然概念领域向自由概念领域的转化”（第17页）。康德将这种独特的反思判断力称之为鉴赏判断力（Judgment of taste）。主体的情感性质规定着对象合目的的程度，这

表明鉴赏判断力既是行使职责的规范者，又是与判断关联的意识状态的生产者。它“只将客体的表象与主体联系在一起，不让我们注意到对象的性质，而只让我们注意到那决定与对象有关的表象能力的合目的的形式”（第70页）。即在鉴赏判断力把握对象时，对象的内容与主体不发生意义联系，对象的形式则能向主体呈现价值意义，因为这形式契合着鉴赏判断力所具有的主体目的。

鉴赏判断力的核心是想象力。康德多次谈到想象力，他认为，想象力具有感性与知性之间的中介功能。在认识过程中，想象力将感性直观提供的杂多经验按知性的逻辑形式排列起来，使之具有获得规律的可能性。同时想象力又使知性的逻辑框架图式化。同样的想象力在鉴赏判断中却起着另一种作用。鉴赏判断力本是介于理性能力与知性能力之间的能力，想象力则具有知性能力与感性能力的中介功能。因而鉴赏判断力中的想象力与知性能力也就发生了某种关系。从这种关系引起的主体情感的愉悦可以断定，想象力与知性能力的关系就是这两种能力的和谐。和谐的外化即为对象的形式符合着主体的目的。正因此，鉴赏判断力在判定一对象美或不美时，“不是借助知性将它的表象与主体及客体相联系，而是借助想象力将它的表象与主体及主体的快感和不快感相联系”（第41页）。不仅如此，鉴赏判断力中的想象力还具有一种有效的综合功能。它将对象的形式与主体的情感创造性地组合着，既“从各种的或同一种的难以计数的对象中把对象的形象和形态再生产出来”（第79页），又将对象的形式“不作为思想，而作为心意的一个合目的状态的内在的情感传达着自己”（第154页）。可见，鉴赏判断力中的想象力功能是鉴赏判断力在实施判断过程中产生美与美感的重要因素。康德所以断言美与美感共生于鉴赏判断力之中，就是由于想象力具有这种既关涉对象形式又联系主体情感，并将两者创造性地综合起来的功能。

康德对鉴赏判断力的理解直接影响了当代表现主义美学和分析美学。可以说，表现主义美学就是以康德鉴赏判断力理论为依据，通过深入展开鉴赏判断力的直觉性和想象性，建构了其主要的理论观点。而当代分析美学则受康德通过分析主体价值意义来解释美与美感的关系问题的启发，进一步分析美与美感的语义，解构了美、美感这两个美学基本概念。

鉴赏判断力不同于知性能力的一个重要方面在于，它在下判断时不依靠概念运动、范畴演绎而借助想象力的中介功能突然快速地在对象形式与主体情感的和谐统一中实现其判断。毫无疑问，康德的鉴赏判断力中含有直觉的成分。表现主义美学鼻祖克罗齐则进一步将鉴赏判断力中的直觉视为人类主体活动的一种主要形式，对直觉的功能、价值、表现进行了深入地研究。他认为人类有四种基本主体活动：直觉活动、逻辑活动、经济活动、道德活动。就直觉活动而言，直觉产生于主体的想象力。直觉与世界发生联系时，建构的对象是独立自足的个体。直觉既不关心个体所包含的普遍共相，也不注意个体与个体之间的关系，因而直觉判断的结果也只能是感性的、形象化的主观意象。直觉的对象与其结果具有内在的价值统一性，正价值即为美与美感，负价值则是丑与丑感。克罗齐的传人、表现主义美学的主要理论家科林伍德更深入地研究了想象力。康德在分析想象力特质时已经看到了想象力与主体某种情感愉悦之间的关系。科林伍德在此基础上指出，想象力的运作过程就是艺术过程，它追求的理想是美，美就是想象力的完满表现。在科林伍德看来，想象力为主体既提供了想象的对象——艺术（美），又为主体产生了对艺术的反映——艺术享受（美感）。由此可见，艺术（美）并非客观物质存在。听音乐的确能够听到音响，但音响决不是音乐美，音乐美由主体想象力对各种音响进行想象而产生。

与表现主义正面发掘、拓展康德的美学思想不同，当代分析美学的分析立场则是康德在分析美与美感关系时使用的先验分析方法在语义分析方向上的反面延伸。分析美学认为，美与美感如果有存在意义的话，那么美与美感应是自足的实体。事实上，美与美感都不是实体，因而它们也就不具存在意义。美与美感不过是形而上的虚构。在摩尔看来，美与善同为单纯性概念，就像不能向一个并不懂得善的人说明善一样，美也不能言说。一个定义要陈述的必定是构成某个整体的各个部分。美是单纯性概念，所以美根本无法界定。分析美学之父维特根斯坦则坚持“意义即用法”的基本信念，认为审美活动是主客体相互作用而产生的复杂的动态活动，整个活动又都由主体的审美能力来决定。由于主体的审美能力不同，审美能力所建构的对象（美）和产生的建构效应（美感）也就完全不同。根本不存在传统美学中界定的有着共同性质和统一基础的美与美感。具体的美与美感并无统一性而只有相似性，就像各种游戏之间并无一致性而只有相似性一样。既然美与美感只有相似性而无逻辑的共同性，那么它们之间的关系就不具有真实的关系。美与美感的关系问题实际上只是一种虚幻和谬误。可见，分析美学把康德的先验分析方法在语义分析方向上用到了极致，彻底否定了美与美感的关系。尽管这未免过于极端，却为艺术成为当代美学的主角，为美学日常化、艺术化扫除了理论和方法上的许多障碍。

三、鉴赏过程与当代美学的主客观一体化

接受美学是本世纪60年代末出现在德国并对当今美学、文艺学产生深刻影响的美学思想。接受美学相信，在艺术过程中，读者的审美能力与作者的审美能力同样重要。从理论史上讲，接受美学强调在文本与阅读的一体化中把握艺术作品的思想和康德关于鉴赏过程中美与美感一体化的理论一脉相承。康德在《判断力批判·导论》中曾论述到：鉴赏判断力的实际运用使得它不再是纯然先验的主体能力而成为进入经验世界、具有特殊建构功能的动态的主体文化过程。这个主体文化过程独有的机制又使得这个过程建构的对象成为丰富多彩的自由形式，而在建构对象过程中同时产生的主体效应则为普泛深刻的主体情感愉悦。不难看出，被建构的自由形式正是美，而与之同时共生的主体效应则是美感。

康德为何认为鉴赏判断力的过程化能共生美与美感并使美与美感一体化呢？秘密正在《判断力批判》的“美的分析”中康德系统论述的判断力主体契机。主体契机既是对美的界定，也是对美感的界定。更准确地说，是对产生美与美感的鉴赏过程的界定。

鉴赏过程为鉴赏判断力实施其判断功能的过程。因而康德从鉴赏判断的质、量、关系和模态四个主体契机方面对鉴赏过程的运作机制进行了全面厘定。(1) 判断的质方面。鉴赏过程是一个主体的情感过程。但这个过程中的情感性质既不同于具体欲望满足所产生的纯感性愉快，也不同于道德行为引起的纯理性愉快。纯感性愉快和纯理性愉快都与对象的实存有关，关涉对象的具体内容。这两种愉快都在各自同化对象、使对象失去独立存在意义中实现。换个角度看，情感关涉内容必受到内容的限制，因而纯感性和纯理性的愉快都具有功利成分，也都是有限的、不自由的。而在鉴赏过程中，判断只涉及判断对象的形式，这形式又契合着判断的目的，所引起的情感愉悦始终观照着形式自身，对象形式在鉴赏过程中处于自足的位置上，拥有独立的价值。由于只涉及对象形式而远离内容，鉴赏过程中产生的情感自然不会受到实存的影响、内容的限定。所以这种情感是自由的。(2) 判断的量方面。鉴赏过程作为判断功能的实现，其判断是单称的。判断客体与判断主体的关联不以概念为中介却孕纳着普遍性。这是因为一般单称判断的对象是先于判断的实存，只有主体在同化它时引起主体反应后才能对它的性质下判断。显然在一般单称判断过程中，主体反应在前，判断在后。判断结果仅对判断个体有效。鉴赏过程则是先有了鉴赏判断，然后才在判断过程中生成了被判断的

对象——形式和主体反应——情感。鉴赏过程的判断在先、快感在后，对象与情感的单称性蕴寓着鉴赏判断的先验性，表达着鉴赏判断力在想象力作用下产生的形式符合由想象力与知性能力之间的和谐所建构的普遍性。（3）判断的关系方面。在一般的判断过程中，判断对主体的满足总具有直接而明确的目的。但鉴赏判断过程既与实用、欲望、伦理、实践无关，又无明晰的概念逻辑，从而也就与任何特定的目的无涉。仅仅是想象力与知性能力趋于一定的和谐自由才使鉴赏的判断过程具有了某种合目的性质。这种合目的性是"没有目的的目的性，只要我们并不把这个形式的原因归到意志，而只有通过溯源到意志，使它的可能性的解释对我们是可理解的，并且我们对于它的可能性并不总是要从理性的观点去认定它。我们至少可以依据形式，察觉到一种合目的性，而并不去把它归诸某种目的。"（第60页）（4）判断的模态方面。鉴赏的判断过程体现着合目的性，具有着普遍的有效性。所以这个判断过程不仅是感性现实的，也是本体必然的。

通过以上四个主体契机方面的考察厘定，康德确信：1. 鉴赏过程不涉及对象的内容并与功利性质无关。鉴赏过程不是实践活动。2. 鉴赏过程是单称判断过程，不涉及概念。鉴赏过程不是认识活动。3. 鉴赏过程不涉及明确概念和目的，却使对象的形式暗合着主体的心意活动。鉴赏过程是无目的而又合目的的活动。4. 鉴赏过程是一种具有合目的普遍性和传达有效性的观照活动。

对于当代表现主义美学而言，康德关于鉴赏过程的四大契机又成为其理论系统的支柱。克罗齐在被学术界视为表现主义圣经的《美学原理·美学纲要》一书中明确指出：艺术不是功利活动。真正的直觉和表现决不追求感性快乐和效用目的；艺术不是道德活动。直觉与主体实践活动无关，道德对直觉的表现——艺术不能判断，就像它无法判断三角形、正方形一样；艺术不是逻辑活动。直觉本身就不具有概念的性质，它的显现是表现而不是演绎。由此可见，克罗齐完全继承了康德的主体契机理论，只不过把这个理论搬置于文艺理论中，用来解释艺术问题。克罗齐对艺术的康德式阐释，为艺术的独立性、自足性提供了理论依据。西方现代艺术正是在表现主义指导、关怀和鼓励下发展起来的。艺术中的表现主义、未来主义、立体主义、行动主义等流派都可视为在不同层面和角度，用不同的方式对表现主义这一美学观点的阐释和确证。在这个意义上，康德应是现代主义艺术的普罗米修斯，他给现代主义艺术带来了最初的火种。

四、自由形式与当代艺术的美学重构

在人与世界的对象性关系中，被建构的客体大致有两类。一类被康德称之为逻辑重构。即在逻辑运作中描述出一个被描述对象。这个客体对象与主体能力并无同一性，而只在描述的逻辑意义上与主体能力保持着解释的统一性，如科学研究的对象。这类客体具有着分析现象学意义。另一类被康德称之为本体论重构。因为客体由建构过程中主体的外化而产生，鉴赏过程所产生的客体——美显然属于这一类。对美而言，“表象的主体方面不能作为一个认识功能，它只与主体的愉快或不愉快相关联，所以我们在表象的客体方面也认识不到什么。”（第29—30页）即美的存在性质纯粹与主体相关，是主体鉴赏判断力的外化，它与鉴赏主体存在着“显现”关系。美显现着鉴赏主体的全部底蕴，这底蕴即是人的自由。康德认为自由是人成为世界之主体的本质，它是非物质、反物质的。鉴赏判断力外化的美就是主体自由在客体形式上的创造性显现。

将美视为对本体存在的确证和本体意义的显现并非康德首创。柏拉图就把美看成世界本体的理念的“模仿的模仿”、亚里士多德则将美阐释为存在终极——形式因的感性显示。中世纪的神学家奥古斯丁、托马斯则将美释为造物主的恩施，是上帝存在的最好证明。但康德将美界定为本体的显现的主要意义在于：他所理解的本体再也不是神秘的理念、超自然的形式或异化的上帝，而是现实的人的自由。这一有极强烈的人道主义精神的美学本体不仅直接影响了黑格尔、马克思，而且也直接影响了当代存在主义美学。存在主义思想家海德格尔在谈及美时就极为肯定地认为美是对存在者的存在的去蔽，因为美昭示了存在者所以能够存在的普遍真理——此在（Dasein）。此在正是能够赋予物化世界以文化意义的现实个人，美即对此在的显现。另一位存在主义思想家萨特则认为美的本质不可能被知觉经验把握，其本性似乎在“世界之外”。只有通过想象性意识才能洞察美，美是人的本质的自我创造，它揭示了人的命运，表达了人的自由。

不过，当代存在主义思想家们在对待美和生存时，对人的生存状态更为关注。他们研究美是为了直悟以个体生存为核心的世界本体，从而消除这个世界的本体危机。所以存在主义对美本身顾及不多。然而康德采取了相反的态度。他不仅对美进行了分类而且对纯粹美、依存美、崇高三种美的形态进行了仔细的、多方面的分析，同时不厌其烦地强调美在最终形态上的自由形式特征。康德的做法又影响了英国当代美学理论家贝尔。贝尔接受了康德关于审美对象是自由的形式的思想，并将这一思想植入艺术领域以考察艺术的根本性质。贝尔发现，形式是特定方式建构的关系，形式是艺术的生命。艺术作为主体建构的特定关系，其背后积淀着主体的文化意蕴和审美情感。被积淀的主体文化意蕴和审美情感又在艺术的存在方式中显现出来，所以艺术是“有意味的形式”。对艺术而言，意味是形式化的，而形式则又意味化。脱离形式的意味将是神秘的、飘忽的个人意识，既无法理解和享受，也不需要别人的理解、享受。不具意味的形式则只能是无生命、非自由的纯物质关系。禀承康德精神的贝尔形式主义美学一度成为当代绘画艺术的理论纲领，成功地指导了现代主义视觉艺术的发展。

在康德那里，自由外化为自由形式——美的时候正是主体鉴赏判断力中想象力与知性能力自由和谐的时刻。这两种主体能力的和谐统一正是生命力的洋溢、精神的升华、情理统一、身心叠合的美感的现实生成与被主体享受。所以，美感即是对自由的拥抱，即是投入美之中去，而美亦为美感之外化、肯定和赞扬。主客二元合一，物与我相生于鉴赏判断力、共谐于鉴赏过程之中。康德对美感的解释实际否定了美与美感关系的二元性。在更深刻的方面表明，美与美感这类美学观念由于其逻辑的形而上学性质不再具有理论的效用，已经到了意义终结之境地。美学必须寻找新的意义视界。康德敏锐地意识到，如果美与美感根本上就是一体化的过程，那么这个过程只能是艺术。艺术过程完备地实现着美与美感的共生共谐。这是康德《判断力批判》在完成了“美的分析”之后详细论述被传统美学轻视的艺术问题的原因。

可以说，第一个使艺术成为美学的基本理论方向和研究领域的人是康德。这一做法在影响了黑格尔、马克思之后，又几乎影响了整个20世纪美学。当代美学从形而上走向形而下的一个全球性特征就是高度关注现实的艺术问题。许多当代有影响的美学思想都将艺术研究做为建立理论体系的大陆地。生命直觉主义美学、自然主义美学、表现主义美学围绕着艺术创作与艺术作品的关系研究，在直觉、想象、情感、快乐等概念范畴的建构下建立了各自的理论体系。精神分析美学、人类学美学则通过对艺术动机的解析建立了具有艺术心理学、艺术史学性质的理论框架。形式主义美学、分析美学、结构主义美学、解构主义美学则在对艺术的意义构成的研究过程中完成了理论建设。现象学美学、存在主义美学、西方马克思主义美学更多地关注艺术的功能，把昭示艺术的社会价值视为美学理论建设的核心。阐释学美学、接受美学等则在为世人提供解读艺术作品价值的方法中树立了自己的理论权威。总之，由于康德批判性地阐释了美与美感的关系，使艺术成为当代美学的中心，美学从此走向了日常化、艺术化、现实化、经验化，美学与艺术一起共同成为当代人类人文精神不可缺少的支柱。

（选自《学习与探索》（哈尔滨）1996 年第 3 期，第 75—81 页）

【阅读思考】

1. 康德为什么会有第三批判《判断力批判》？其理论命意何在？你如何看待？

2. 康德是如何分析鉴赏判断的？

3. 康德是如何论述美与美感之关系的？

4. 康德是如何影响西方现代美学的？

三、文献链接

（一）论　文

1. 王国维：《孔子之美育主义》，《王国维美论文选》，湖南人民出版社，1987 年。

2. 黄兴涛：《"美学"一词及西方美学在中国的最早传播》，《文史知识》，2000 年第 1 期。

3. 汤拥华：《"古雅"的美学难题：从王国维到宗白华、邓以蛰》，《浙江社会科学》，2008 年第 7 期。

4. 王旭晓：《中国美学的历程和转向》，《中国人民大学学报》，2009 年第 5 期。

5. 张法：《20 世纪中西美学原理的几点差异》，《文艺研究》，2008 年第 5 期。

6. 赵士林：《对"美学热"的重新审视》，《文艺争鸣》，2005 年第 6 期。

7. 阎国忠：《关于审美活动：评实践美学与生命美学的论争》，《文艺研究》，1997 年第 1 期。

8. 薛富兴：《后实践美学略论》，《东方丛刊》，2005 年第 1 期。

9. 胡家祥：《美形成于第二世界：兼评我国当代美学的有关论争》，《江西师范大学学报》，1998 年第 5 期。

10. 薛富兴：《中国美学深化的三个问题》，《贵州社会科学》，2008 年第

3 期。

（二）论　著

1. 马克思：《1844 年经济学哲学手稿》，人民出版社，2000 年。

2. 宗白华：《美学散步》，上海人民出版社，1981 年。

3. 朱光潜：《谈美》，开明出版社，1994 年。

4. 于民：《气化谐和——中国古典审美意识的独特发展》，东北师范大学出版社，1990 年。

5. 李泽厚：《美学三书》（尤其是《美学四讲》），安徽文艺出版社，1999 年。

6. 蒋培坤：《审美活动论纲》，中国人民大学出版社，1988 年。

7. 蒋孔阳：《美学新论》，人民文学出版社，1993 年。

8. 潘知常：《诗与思的对话》，上海三联书店，1997 年。

9. 叶朗：《美学原理》，北京大学出版社，2009 年。

10. 聂振斌：《中国近代美学思想史》，中国社会科学出版社，1991 年。

11. 阎国忠：《美学建构中的尝试与问题》，安徽教育出版社，2001 年。

12. 陈文忠：《美学领域中的中国学人》，安徽教育出版社，2001 年。

13. 汝信、王德胜主编：《美学的历史：20 世纪中国美学学术进程》，安徽教育出版社，2000 年。

四、选题示例

1. 蔡元培的“美育代宗教”说

2. 比较王国维“古雅”说与贝尔“有意味的形式”说

3. “境界说”与 20 世纪中国美学

　　——从文学境界到艺术境界和人生境界

4. 朱光潜的美学思想

　　——读《文艺心理学》

5. 宗白华的艺境理论

　　——读《美学散步》

6. 蔡仪的美学思想

　　——读《新美学》

7. 李泽厚的美学思想

——读《美学四讲》和《美的历程》

8. 叶朗的“意象本体论美学”

——读叶朗《美学原理》

9. 后实践美学与实践美学之关系

10. 美学与哲学之关系

第五章　中国古代美学思想研究

一、学科概述

（一）学科性质

中国古代美学思想，极其丰富又极其深刻，尽管多不成体系。集中考察和研究中国古代美学思想的基本观点、根本特征及其发展历程的学科，是“中国美学思想史”。我们之所以将这门学科命名为“中国美学思想史”，而非一般所谓的“中国美学史”者，是因为中国在近代以前的五千年文明史里，虽有悠久的审美意识史和丰富的美学思想，但并不存在科学的、严格意义上的“美学”，中国古代可谓有“美”而无“学”。对于“中国美学思想史”这门学科的一般了解，我们可以从以下三个方面入手。

1. 中国美学思想的发展历程

中国美学思想的历史分期，是众说纷纭的复杂问题。从不同的视角，按不同的标准，可以有不同的分期。如果着眼于中国美学思想自身的逻辑发展，我们不妨将近代以前的中国美学思想史分成四个时期：先秦两汉，为中国美学思想的萌芽奠基期；魏晋南北朝，为中国美学思想的自觉成熟期；唐宋金元，为中国美学思想的深化展开期；明清，中国美学思想的新变总结期。①

（1）中国美学思想的萌芽奠基期

先秦时期，“百家争鸣”中的儒家和道家，其哲学思想中蕴涵着丰富的美学思想。道家的老子和庄子，儒家的孔子、孟子、荀子以及《易传》，提出了“道”、“气”、“象”、“妙”、“味”、“美”、“大”、“神”、“兴”、“涤除玄鉴”、“心斋”、“坐忘”、“物化”、“象罔”、“观物取象”、“立象以尽意”、

---

① 此节关于中国美学思想史的分期及其概况的介绍，主要参考了刘纲纪《中国古代美学思想》（见刘纲纪《传统文化、哲学与美学》，广西师范大学出版社，1997 年，第 210—226 页）和叶朗《中国美学史大纲》（上海人民出版社，1985 年）。

"无伪则性不能自美"等范畴和命题，奠定了整个中国古典美学思想的根基。战国后期，随着南方楚国文艺的发展，还出现了以屈原为代表的楚骚美学思想，代表了先秦美学思想中的一种新倾向。两汉美学思想在一些重要问题上继承发展了先秦美学思想：《淮南子》的美学思想主要继承发展了先秦道家美学思想；《乐记》、董仲舒、《毛诗序》的美学思想主要继承发展了先秦儒家美学思想；司马迁的美学思想主要继承发展了楚骚美学思想。

（2）中国美学思想的自觉成熟期

宗白华指出："学习中国美学史，在方法上要掌握魏晋六朝这一中国美学思想大转折的关键。"① 魏晋南北朝是一个艺术的自觉的时代，也是一个美学的自觉的时代。这个时期产生了一批很有美学理论价值的著作，如：曹丕《典论·论文》，嵇康《声无哀乐论》，陆机《文赋》，顾恺之《论画》、《画云台山记》、《魏晋胜流画赞》，宗炳《画山水序》，王微《叙画》，谢赫《古画品录》，刘勰《文心雕龙》，钟嵘《诗品》，等等。魏晋南北朝美学思想家们在这些著述中，提出了一大批美学范畴与美学命题，如"虚静"、"意象"、"风骨"、"隐秀"、"神思"、"滋味"、"得意忘象"、"声无哀乐"、"传神写照"、"澄怀味象"、"气韵生动"，等等。这些美学理论著述、美学范畴和命题的出现，标志着中国美学思想的成熟。魏晋南北朝美学思想的自觉成熟，与玄学的探讨、人物的品藻、各门文艺理论批评的建立密切相关。

（3）中国美学思想的深化展开期

唐宋金元时期，中国美学思想在一些重要问题的认识上不断深化，诗歌、散文、书法、绘画、音乐等艺术美学思想全面展开，提出了一系列重要美学范畴和美学命题。代表性美学理论著作主要有孙过庭《书谱》、张怀瓘《书断》、张彦远《历代名画记》、司空图《二十四诗品》、荆浩《笔法记》、郭熙《林泉高致》、严羽《沧浪诗话》，以及苏轼的美学理论著述，等等。代表性的美学范畴与美学命题有"意境"、"韵味"、"兴趣"、"妙悟"、"平淡"、"远"、"逸"、"韵"、"境生于象外"、"同自然之妙有"、"度物象而取其真"、"外师造化，中得心源"、"身即山川而取之"、"成竹在胸"、"身与竹化"、"诗中有画，画中有诗"，等等。除了文学艺术美学思想的深化展开之外，此一时期还兴起了两种美学思潮，即禅宗美学思潮和理学美学思潮。

---

① 宗白华：《中国美学史中重要问题的初步探索》，见《宗白华全集》第3卷，安徽教育出版社，1994年，第448页。

（4）中国美学思想的新变总结期

受王阳明心学之影响，明代中叶以后，美学上形成了一股具有近代个性解放气息的思潮。这股新的美学思潮的突出特点是，把“情”提到一种新的水平和新的位置，主张在审美与艺术中无顾忌地、大胆地表现个人的真情实感，推尊自我。这股新的美学思潮的代表性观点有李贽的“童心”说，徐渭的“真我”说，汤显祖的“至情”说，袁宏道的“性灵”说。此外，明代重要的美学理论著述还有董其昌《画禅室随笔》、计成《园冶》、徐上瀛《溪山琴况》等。清代是中国古典美学思想的总结期，出现了一批总结性的美学理论著述，如王夫之《姜斋诗话》、叶燮《原诗》、石涛《苦瓜和尚画语录》、刘熙载《艺概》。另外，此一时期的小说美学思想和戏剧美学思想有了很大的发展，十分值得注意。如金圣叹的《水浒传》评点，李渔的《闲情偶寄》等。

2. 中国美学思想的基本特征

李泽厚在《关于中国美学史的几个问题》的讲演稿中，将中国美学概括为四个方面的特征：“第一个特征是乐为中心”，“第二个特征是线的艺术”，“第三个特征是情理交融”，“第四个特征是天人合一”。[①] 后来，李泽厚、刘纲纪又在《中国美学史》“绪论”中将“中国美学思想的基本特征”概括为六个方面：第一，高度强调美与善的统一；第二，强调情与理的统一；第三，强调认知与直觉的统一；第四，强调人与自然的统一；第五，富于古代人道主义的精神；第六，以审美境界为人生的最高境界。[②] 陈望衡在其《中国美学史》“绪论”中将古典形态的中国美学的体系概括为四个方面，即以“意象”为基本范畴的审美本体论系统，以“味”为核心范畴的审美体验论系统，以“妙”为主要范畴的审美品评论系统，真、善、美相统一的艺术创作论系统。[③]

那么，究竟该如何来把握中国美学思想的基本特征呢？我们认为，可以从三个方面去考察和概括。

其一，从思维方式看，中国美学思想重视意象思维、直觉思维，推崇“俯仰往还、远近取与”的流动观照方式。叶朗强调：“‘意象’是中国传统美学的一个核心概念。‘意象’这个词最早的源头可以追溯到《易传》……

---

① 李泽厚：《关于中国美学史的几个问题》，见《美学旧作集》，天津社会科学院出版社，2002年，第456—468页。

② 李泽厚、刘纲纪：《中国美学史》（先秦两汉编），安徽文艺出版社，1999年，第20—32页。

③ 陈望衡：《中国美学史》，人民出版社，2005年，第1—14页。

在中国传统美学看来，意象是美的本体，意象也是艺术的本体。”① 韩林德认为：“中国思想史上，儒家兼重认知与比类直觉、道家推重意会直觉以及禅宗标举顿悟直觉这一思维传统，深刻影响了中国古典美学的发展方向”；“华夏美学肯定认知与直觉的统一，但又偏重于直觉”。② 宗白华指出：“俯仰往还，远近取与，是中国哲人的观照法，也是诗人的观照法。”③

其二，从理论形态看，中国美学思想主要体现于一大批内涵丰富而深刻的独特范畴与命题，理论表述也别具风貌。叶朗认为：“中国古典美学并不是由陶器、青铜器、《诗经》、《离骚》、王羲之和王献之的书法、李白和杜甫的诗、吴道子的画……一直到《水浒传》、《红楼梦》等等艺术作品所构成的形象系列，而是表现于‘道’、‘气’、‘象’、‘意’、‘味’、‘妙’、‘神’、‘赋’、‘比’、‘兴’、‘有’与‘无’、‘虚’与‘实’、‘形’与‘神’、‘情’与‘景’、‘意象’、‘隐秀’、‘风骨’、‘气韵’、‘意境’、‘兴趣’、‘妙悟’、‘才’、‘胆’、‘识’、‘力’、‘趣’、‘理’、‘事’、‘情’等一系列的范畴，以及‘涤除玄鉴’、‘观物取象’、‘立象以尽意’、‘得意忘象’、‘声无哀乐’、‘传神写照’、‘澄怀味象’、‘气韵生动’等一系列命题，表现于这些范畴、命题之间的区别、关联和转化，表现于这些范畴、命题构成的思想体系。”④ 李泽厚、刘纲纪指出：“中国美学有其内在的理论结构，但在表述的方式上却相当素朴，缺乏近代科学的分析和规定。它常常是对日常审美活动和艺术创造的经验性的总结，这种总结虽然包含了具有普遍意义的深刻的美学思想，看到和说出了现象中许多规律性的东西，但对这些规律经常缺乏系统的理论阐述，停留在直观把握的水平之上。而且有关中国美学的材料，除一部分见于哲学家的著作之外，大部分散见于历代流传下来的文论、诗论、乐论、书论、画论，以及有关戏曲、舞蹈、园林、工艺等许多十分分散的著作之中。”⑤

其三，从审美理想看，中国美学思想崇尚“和”之美、“气韵生动”之美，追求“天人合一”的审美境界。李泽厚、刘纲纪指出：“‘和’在中国美学中是一个极为重要的范畴”；“中国古代美学对于‘和’的认识，除经历了

---

① 叶朗：《美学原理》，北京大学出版社，2009年，第55页。

② 韩林德：《境生象外——华夏审美与艺术特征考察》，生活·读书·新知三联书店，1995年，第103、107页。

③ 宗白华：《中国诗画中所表现的空间意识》，见《宗白华全集》第2卷，安徽教育出版社，1994年，第436页。

④ 叶朗：《中国美学史大纲》，上海人民出版社，1985年，第4页。

⑤ 李泽厚、刘纲纪：《中国美学史》（先秦两汉编），安徽文艺出版社，1999年，第12—13页。

从杂多的统一中去认识‘和’到从对立的统一中去认识‘和’这样一个过程之外，还经历了从自然中去认识‘和’到从社会中去认识‘和’这样一个过程”；“从中国历代审美意识的发展上看，以‘和’为美的理想最为典型地体现了中国‘古典美’的理想”。[①] 方东美指出：“中国艺术所关切的，主要是生命之美，及其气韵生动的充沛活力”；“在中国艺术品所表现的理想美，其内在深意，均在尽情宣畅生命劲气，不但真力贯注，而且弥漫天地”；“中国的艺术精神贵在勾深致远，气韵生动，尤贵透过神奇创意，而表现出一个光辉灿烂的雄伟新世界，这个世界绝不是一个干枯的世界，而是一切万物含生，浩荡不竭，全体神光焕发，耀露不已，形成交光相网、流衍互润的一个‘大生机’世界，所以尽可洗涤一切污浊，提升一切低俗，促使一切个体生命深契大化生命而浩然同流，共体至美，这实为人类哲学与诗境中最高的上胜义”。[②] 李泽厚、刘纲纪又指出：“天人合一的思想贯穿在整个中国美学之中，其意义和表现是多方面的。最为重要的是，它使中国美学在解决美与艺术、社会内容与艺术形式的各个重大问题时，避免了由于使人与自然相分裂而产生出来的各种错误，较牢固地抓住了自然及其合规律的运动与审美和艺术的不可分的联系，意识到了美和艺术既根源于自然，符合于自然，同时又超越了自然。这实际也就是人类在审美的王国中所追求着的自由的境界”；“中国美学要求美与善的统一，而所谓善的最高境界，儒道两家虽各有不同的说法，但归结到最后，都以‘天人合一’为最高境界”。[③]

3. 中国美学思想的研究意义

关于中国美学思想研究的意义与价值，叶朗曾作过全面的概括。他说：“不研究中国美学，就不可能深入了解和把握整个中国文化”；“不研究中国美学，就不可能深入了解和把握中国哲学”；“不研究中国美学，就很难真正把握中国艺术（含中国文学）的特点和精神，很难对中国艺术（包括对一个具体的作品）做出理论的阐释”；“不研究中国美学，就不可能建设一个真正现代形态的美学体系”；“研究中国传统美学，对于人类社会解决当代所面临的危机也可能提供某些重要的启示”。[④]

---

① 李泽厚、刘纲纪：《中国美学史》（先秦两汉编），安徽文艺出版社，1999 年，第 81、92、95 页。

② 方东美：《中国艺术的理想》，见《生生之美》，北京大学出版社，2009 年，第 298、303、302—303 页。

③ 李泽厚、刘纲纪：《中国美学史》（先秦两汉编），安徽文艺出版社，1999 年，第 30、31 页。

④ 叶朗：《中国传统美学研究的大发展》，见《欲罢不能》，黑龙江人民出版社，2004 年，第 101—104 页。

概而言之，研究中国古代美学思想，主要有如下三个方面的意义。

其一，学术意义。叶朗强调："中国传统美学中有很多富有现代意味的东西，和西方现当代美学中的一些思想有着相通的地方。把中国传统美学的这些思想发掘出来加以重新阐释，将会启示我们在美学理论上开辟出一个新的天地，进入一个新的境界"[①]；"系统研究中国美学史是建立现代美学体系的迫切需要"[②]。当然，研究中国美学，也有助于我们深入了解和把握中国哲学和中国艺术，因为中国哲学、中国美学、中国艺术这三者本来就是互相贯通的。"如果说，哲学代表着人类理性认识的最高形式，艺术代表着人类感性认识的最高形式，它们共同构成了人类精神王国的两座高峰，而哲学又通过美学这一中介对艺术产生巨大影响。那么，我们可以说，中国传统哲学与中国传统艺术正是一个最好的例证，中国传统哲学正是通过中国传统美学对中国传统艺术产生了巨大的影响"。[③]

其二，文化意义。方东美说："我们将中国文化与西洋近代文化相比，便可以看出西洋近代文化中科学精神渗透到文化之各方面，而在中国文化中则艺术精神弥漫于中国文化之各方面。"[④] 钱穆也曾指出："大概西方文化比较重要的是宗教与科学，而中国文化比较重要的是道德与艺术"；"最高的道德，就是最高的艺术。最高的艺术，亦即是最高的道德"，"中国人讲道德和讲艺术是一而二，二而一的"；"我们中国人的人生是一个艺术的人生"，"中国的艺术就是中国人的人生"；"中国的艺术传统便是一文化传统"。[⑤] 中国文化是一种诗性的文化、艺术的文化、审美的文化。因此，不研究中国美学，就很难把握中国文化的特性，特别是很难把握中国文化的内在精神。

其三，人生意义。叶朗说："审美活动对人生的意义最终归结起来是提升人的人生境界。"[⑥] 我们也可以说，中国美学思想之研究对人生的意义，最终归结起来也是提升人的人生境界。中国传统美学资源极为丰富，其中有很多思想充满东方人生智慧，对于我们摆脱面临的生存困境和精神危机，可能在某些方面提供十分宝贵的启示。叶朗指出：当今世界，"人类文明的危机越来

---

① 叶朗：《中国传统美学对现代美学的几点启示》，见《欲罢不能》，黑龙江人民出版社，2004年，第85页。

② 叶朗：《中国美学史大纲》，上海人民出版社，1985年，第1页。

③ 彭吉象主编：《中国艺术学》，高等教育出版社，1997年，第2页。

④ 方东美：《中国文化中之艺术精神》，见《生生之美》，北京大学出版社，2009年，第1页。

⑤ 钱穆：《中国人的文化结构》，见《从中国历史来看中国民族性及中国文化》，台北素书楼文教基金会、兰台出版社，2001年，第99—121页。

⑥ 叶朗：《美学原理》，北京大学出版社，2009年，第429页。

越严重。这种危机的一个突出的表现就是人的物质生活与精神生活失去平衡。物质的、技术的、功利的追求在社会生活中占据了压倒一切的统治的地位，而精神的活动和精神的追求则被忽视，被冷淡，被挤压，被驱赶。中国传统美学的最高层面是提升人的人生境界，它引导人们去寻找人生的意义和价值，去追求更高、更深、更远的东西，这对于当代人类社会从物质的、技术的、功利的统治下拯救精神，可以提供重要的启示”。①

（二）学科发展

“美学”在中国，其诞生主要是 19 世纪末 20 世纪初“西学东渐”的产物，其发展主要是中西学术文化与美学思想激情碰撞、初步交融的成果。从诞生到发展，“美学”在中国刚刚跨过了一个世纪的岁月。与此相应，“中国美学思想史”这门学科，也有了百年的成长历程。“中国美学思想史”学科的百年进程，大体可以分为四个时期：20 世纪初至 20 世纪 20 年代末，为“中国美学思想史”学科的萌芽期；20 世纪 30 年代至 60 年代中期，为“中国美学思想史”学科的奠基期；20 世纪 80 年代，为“中国美学思想史”学科的成熟期；20 世纪 90 年代至今，为“中国美学思想史”学科的拓展期。

1. “中国美学思想史”学科的萌芽期

20 世纪初至 20 世纪 20 年代末，是“美学”启蒙及其学科创建时期，也是“中国美学思想史”学科的萌芽时期。梁启超、王国维、蔡元培、鲁迅等人在介绍西方美学的同时，也尝试用西方美学的观点来研究中国古代美学思想和中国传统艺术，其中成就最大的是王国维。王国维的美学研究虽然只有短短的十年，并且经历了曲折的历程，但却取得了丰硕的成果。他不仅开启了“美学”学科进入中国的大门，也为“中国美学思想史”学科的萌芽作出了重要贡献。王国维尝试运用西方美学的理论与方法来解释中国艺术理论与实践的美学著述主要有《孔子之美育主义》、《〈红楼梦〉评论》、《文学小言》、《屈子文学之精神》、《人间词话》等。

2. “中国美学思想史”学科的奠基期

20 世纪 30 年代至 60 年代中期，邓以蛰对于中国绘画美学思想的研究（如《画理探微》、《六法通诠》等）、宗白华对于中国传统美学与中国传统艺术的精深微妙的阐发、方东美对于中国生命美学思想的揭示（如《生命情调与美感》，以及《中国人的人生观》中关于“艺术理想”的论述等）、徐复观

① 叶朗：《中国传统美学研究的大发展》，见《欲罢不能》，黑龙江人民出版社，2004 年，第 103—104 页。

对于中国艺术精神的论述（如《中国艺术精神》等）等，为“中国美学思想史”学科的奠基作出了重要贡献。其中成就最大的是宗白华。宗白华于20世纪三四十年代发表了一系列重要的美学论文，如《介绍两本关于中国画学的书并论中国的绘画》、《唐人诗歌中所表现的民族精神》、《论中西画法的渊源与基础》、《中西画法所表现的空间意识》、《论〈世说新语〉和晋人的美》、《中国艺术意境之诞生》、《论文艺的空灵与充实》、《中国艺术三境界》、《中国文化的美丽精神往哪里去?》、《艺术与中国社会》、《中国诗画中所表现的空间意识》，等等。宗白华于60年代初期，又将中国美学思想的研究从先前的诗画研究为主拓展到书法、音乐、舞蹈以及园林建筑等领域，并系统地梳理了中国古代美学思想史，留下了一系列的研究论文、讲义和笔记，主要有《建筑美学札记》、《中国艺术表现里的虚和实》、《中国书法里的美学思想》、《中国古代的音乐寓言与音乐思想》、《中国美学史中重要问题的初步探索》、《中国美学史专题研究：〈诗经〉与中国古代诗说简论》（初稿）、《中国美学思想专题研究笔记》等。

3. “中国美学思想史”学科的成熟期

在20世纪80年代的美学热潮中，中国美学研究出现了一个可喜的现象，那就是对中国美学史的关注和研究，并取得了丰硕的成果。1980年在昆明召开的第一次全国美学会议，就将中国美学史的研究列为会议重要议题。中华书局于1980、1981年出版了由北京大学哲学系美学教研室编选的《中国美学史资料选编》上、下册。在随后的1984—1987年的短短四年内，出版了三部富于创见、具有重要影响的中国美学史著作，即李泽厚、刘纲纪的《中国美学史》（第一、二卷），叶朗的《中国美学史大纲》和敏泽的《中国美学思想史》（第一、二、三卷）。此外，值得注意的是，李泽厚还出版了具有广泛而深远影响的中国美学史内、外篇，即1981年的《美的历程》（外篇）和1988年的《华夏美学》（内篇）：《美的历程》以文艺巡礼的方式对中国古代美学历程作了一次别开生面的描述，这是一部简要的、广义的美学史；《华夏美学》则是李泽厚对中国美学的一些更为成熟的思考，它从人类学本体论出发，将中国美学史视为文化心理结构的积淀过程，看成儒家美学、道家美学、屈骚美学和禅宗美学等四大美学思潮在不同历史时代的产生、变化和发展。这些著述的出版，标志着“中国美学思想史”学科已经迈入成熟阶段。

4. “中国美学思想史”学科的拓展期

20世纪90年代以来，“中国美学思想史”研究成果颇丰，体现了此一学科在多方面的拓展：其一，中国美学总论。如成复旺《中国古代的人学与美学》、韩林德《境生象外——华夏审美与艺术特征考察》、朱良志《中国艺术的生命精神》、《中国美学十五讲》等。其二，中国美学专论。如刘纲纪《〈周易〉美学》、吴功正《六朝美学史》、皮朝纲《禅宗美学史稿》、蔡锺翔、邓光东主编的《中国美学范畴丛书》等。其三，各文学艺术门类美学史研究。如陈方既《中国书法美学思想史》、蔡仲德《中国音乐美学史》、陈传席《中国绘画美学史》等。其四，审美文化史、审美风尚史研究。如陈炎主编的《中国审美文化史》、许明主编的《华夏审美风尚史》、周来祥主编的《中国审美文化通史》等。其四，教材类中国美学史著述。如张法《中国美学史》、王振复《中国美学史教程》、陈望衡《中国美学史》、于民《中国美学思想史》等。其五，中国美学资料整理。如叶朗总主编的《中国历代美学文库》（10卷19册1000万字）。

（三）研究范围

1. 中国美学思想史的研究对象

“中国美学思想史”学科的研究对象，顾名思义，当然应该是“美学思想”史。也就是说，“中国美学思想史”主要研究中国“美学思想”的基本观点、根本特征及其发展历程。关键是，“美学思想”的内涵与外延该如何界定。我们认为，“中国美学思想史”中的“美学思想”，是作为学科形态的“美学思想”，当是广义的“美学思想”，而非狭义的“美学思想”。狭义的“美学思想”，主要就是指理论形态的美学思想。而广义的“美学思想”，不仅包括理论形态的美学思想，还包括器物形态的审美意识和习俗形态的审美风尚等。

狭义的“美学思想”，是指美学思想家在其著述中对美、艺术或相关问题进行自觉的、有一定系统性的思考的成果，主要体现为范畴、命题等理论形态。“审美意识”，主要是指蕴涵在生活用品、艺术作品、出土文物等器物形态中的尚不自觉、不清晰、不成熟的审美观念、审美心理、审美趣味等。“审美风尚”，主要是指社会风俗、行为习惯中所体现出来的人们崇尚的具有共同倾向性的审美趣味、审美标准、审美理想，它体现了一个时代的审美理念。

李泽厚、刘纲纪曾指出，对于中国美学史的研究“可以有广义与狭义的不同”。所谓“广义的研究”，“就是不限于研究已经多少取得理论形态的美学思想，而是对表现在各个历史时代的文学、艺术以至社会风尚中的审美意识进行全面的考察，分析其中所包含的美学思想的实质，并对它的演变发展作出科学的说明”。所谓“狭义的研究”，“就是以哲学家、文艺家或文学理论批评家著作中已经多少形成的系统的美学理论或观点作为主要研究对象”。李泽厚、刘纲纪还明确指出了两种不同的研究各自的优点：“如果用广义的方式研究，既可以不受各个时代的美学理论的局限，对我们民族审美意识的孕育、产生、形成和发展的全貌加以具体详尽的阐述，又可以把那些尚未升华为美学理论的宝贵经验加以整理和总结。这是广义研究方式较之于狭义研究方式优越的地方。但是，从另一方面看，狭义的研究方式也自有其不可否认的价值。因为它能使我们更为集中地注意我们民族对美与艺术问题进行理论思考的成果和历程，以及这种思考所达到的深度和广度。……狭义的研究，对于深入理解中国美学理论的发展及其各种范畴、命题、原理的实质，从更为纯粹的思辨角度把握中国美学的精神和特色，具有重要的意义。”①

李泽厚、刘纲纪所谓的“广义的研究”与“狭义的研究”，大体相当于我们所说的广义的“美学思想”的研究和狭义的“美学思想”的研究。基于此，加上个人研究的时间和精力实际有限，我们认为，“中国美学思想史”的研究对象，应以狭义的理论形态的美学思想为主，而兼顾器物形态的审美意识和习俗形态的审美风尚等。

2. 中国美学思想史的研究任务

基于对研究对象的上述认识，我们认为，“中国美学思想史”学科的研究任务主要有以下几个方面：

其一，着重阐发中国美学理论著述中的基本美学范畴与美学命题。叶朗指出：“每个时代的审美意识，总是集中地表现在每个时代的一些大思想家的美学思想中。而这些大思想家的美学思想，又往往凝聚、结晶为若干美学范畴和美学命题。美学范畴和美学命题是一个时代的审美意识的理论结晶”；“一部美学史，主要就是美学范畴、美学命题的产生、发展、转化的历史。因此，我们写中国美学史，应该着重研究每个历史时期出现的美学范畴和美学命题。这样做，有助于我们把握中国古典美学的体系及其特点，有助于我们把握中国美学史的主要线索及其发展规律，从而使历史与逻辑统一起来”。②

其二，注意揭示器物形态的审美意识和习俗形态的审美风尚。研究中国传统美学，不能只研究理论形态的美学思想，还要研究器物形态的审美意识和习俗形态的审美风尚。因为，“理论形态的东西并不能很好地、完整地反映现实，也就不能全面地反映中国人审美意识的历史发展情况”③；“一个民族、一个时代的审美意识不可能只存在于美学家、思想家、文艺批评家的理论著

① 李泽厚、刘纲纪：《中国美学史》（先秦两汉编），安徽文艺出版社，1999年，第4—6页。

② 叶朗：《中国美学史大纲》，上海人民出版社，1985年，第4页。

③ 李泽厚：《关于中国美学史的几个问题》，见《美学旧作集》，天津社会科学院出版社，2002年，第452页。

作和观点中，它也存在于社会礼仪、风俗习惯、文化制度和文化心理中，存在于与这些风俗习惯、礼仪制度相关的艺术审美实践中”①。许明指出：“传统的美学史通常是美学思想史，是历代哲学家或文艺理论家的理论发展史；而与美学相关的艺术部分及日常生活中的审美现象，则不再研究范围内。显然，这是有缺憾的美学史表述”；“审美风尚是一个时代审美理念的‘风信标’，是一种‘总体趣味’，是‘大道无形’式的某种风格习俗。它既是可触摸的，又是无处不在的。因此，它可以，也应该成为美学学科描写、表述、研究的对象”。②

其三，准确把握中国美学思想的演进历程与发展线索。敏泽认为：“美学思想史研究的对象，最根本的一点，就是要研究我们这个伟大民族的审美意识、观念、审美活动的本质和特点发展的历史。”③ 李泽厚、刘纲纪强调：“研究中国美学，要设法找出它的发展线索，也就是理出它发展的内在必然过程”；“以一定时代、阶级的审美要求、审美理想的变化为中心，各个具有代表性的美学思潮或倾向在历史上产生、形成、发展、演变的过程，就自然地构成了中国美学发展的基本线索。这是由历史的发展本身所显示出来的线索。从历史与逻辑相统一的角度来看，它也就是中国美学对美的本质、审美意识的特征和规律的认识不断深化进展的线索。每一独具特色、具有重大影响的美学思潮或倾向在中国美学史上的兴起，相对于前代的思潮或倾向来说，其中经常包含着对美学中某一方面的重大问题的认识的深化和发展”。④

其四，深入探究中国美学思想发展演进的文化哲学背景。叶朗指出：“一部科学的中国美学史，不仅应阐明各个时代的美学状况，不仅应阐明美学思想前后的发展线索以及美学思想和整个社会文化思潮的联系，而且应该阐明美学思想的社会经济根源。”⑤ 李泽厚、刘纲纪也指出：“一般来说，任何美学都是以一定的哲学作为基础的。这在西方美学中表现得十分清楚，因为西方美学经常是依据一定的哲学体系导引出来的论断，它同哲学的联系十分明显。中国美学有所不同，它尚未明显地从哲学中分化出来，经常同某种哲学思想不可分地交融在一起。先秦诸家的美学是如此，特别是庄子学派的美学，

① 毛宣国：《中国美学史的研究对象与方法》，见《中国美学诗学研究》，湖南师范大学出版社，2003年，第10页。

② 许明：《华夏审美风尚史·总序》，见许明、苏志宏《腾龙起凤》（《华夏审美风尚史》序卷），河南人民出版社，2000年，第1、3页。

③ 敏泽：《中国美学思想史》（上卷），湖南教育出版社，2004年，第1页。

④ 李泽厚、刘纲纪：《中国美学史》（先秦两汉编），安徽文艺出版社，1999年，第17、18页。

⑤ 叶朗：《中国美学史大纲》，上海人民出版社，1985年，第662页。

更是同哲学浑然一体，很难分离。后世大量的文艺理论批评著作虽然很少讲到哲学，但其中又经常深刻地渗透着某种传统的哲学思想。”①

其五，充分挖掘中国传统美学思想的世界贡献与现代意义。李泽厚、刘纲纪强调：“中国美学不但有着丰富的内容，而且具有和西方美学很为不同的重要特点，在这些特点中就包含了中国美学对世界美学的独特贡献。但是，在外国学者所编写的美学史中，常常有意无意地忽略中国美学所应有的地位。即使有所论述，也常常是粗略、零碎和简单的，而且包含着不够准确甚至完全错误的东西。我们并不完全否认外国学者所写的有关中国美学的某些著作，其中也有能给我们以启发的许多东西。但尽可能系统地和科学地论述中国美学的发展，这一任务主要应由我们自己来完成”；“中国美学是世界美学的一个不可抹煞的重要组成部分，对它的深入研究，将会给解决当代世界所提出的重大美学问题，带来有益的启示”。② 叶朗强调：“中国传统美学极为丰富，其中有许多充满东方智慧的理论，有许多极深刻的理论，有许多富有民族个性的理论，至今仍然具有充分的价值。……中国传统美学中不仅有属于过去的东西，也有属于现在和将来的东西。中国传统美学的某些思想非常有现代意味。”③

（四）研究方法

根据“中国美学思想史”的学科性质、研究对象和研究任务，研治中国美学思想史，应注意运用如下研究方法。

1. 历史与逻辑结合，纵向与横向兼顾

研究中国古代美学思想，我们既要对其进行纵向的历史梳理，又要对其进行横向的逻辑概括；既要把握不同时代美学思想风貌之差异，又要探寻一个时代共同的审美风尚；既要理清中国美学思想的发展线索，又要阐发中国美学思想的关键范畴、命题。

李泽厚、刘纲纪在《中国美学史》“绪论”中就明确强调，“把历史的分析和逻辑的分析统一起来，从对中国美学的各个概念、范畴、规律的具体历史的考察中去揭示出它们实际具有的美学理论的含意，并作出相应的历史评价”。④ 值得我们注意的是，从历史与逻辑相统一的角度研究中国美学思想，李泽厚、

---

① 李泽厚、刘纲纪：《中国美学史》（先秦两汉编），安徽文艺出版社，1999 年，第 15 页。

② 李泽厚、刘纲纪：《中国美学史》（先秦两汉编），安徽文艺出版社，1999 年，第 8、9 页。

③ 叶朗：《中国传统美学的现代意味》，见《胸中之竹》，安徽教育出版社，1998 年，第 1 页。

④ 李泽厚、刘纲纪：《中国美学史》（先秦两汉编），安徽文艺出版社，1999 年，第 15 页。

刘纲纪尤其注重中国美学思想发展线索的把握，特别强调注意两个方面的问题：一是要注意中国美学的几大基本思潮在不同历史时代的演变及其相互的影响；二是要结合对具体历史情况的分析，找出不同历史时代侧重要解决的美学问题的某一方面。他们指出："中国美学虽然在表现形态上纷繁复杂，但基本上可以划分为四大思潮：儒家美学、道家美学、以屈原为代表的楚骚美学和禅宗美学"，"中国美学的发展，从根本上说，不外是这四大思潮在不同历史时代的产生、变化和发展，其间又存在着种种互相对立而又互相补充的复杂情况"；"美学问题包含着许多复杂的相互联系的方面，但不同历史时代的美学往往是侧重于解决其中某一方面的问题，把它提到了突出的地位。这又是由各种复杂的历史条件以及人类审美意识自身的发展规律所决定的"。①

叶朗在《中国美学史大纲》"后记"中强调，研究美学史要突出重点，"要注意处理好点和面、点和线的关系"，就属于我们所说的"纵向与横向兼顾"。叶朗说："所谓点和面的关系，就是一个时代的代表性人物（代表性著作）和这个时代的美学思潮的关系。所谓点和线的关系，就是各个时代代表人物的美学思想和美学史的发展线索、发展规律的关系。总起来，就是要通过对各个时代的重点人物、著作的介绍和分析，反映各个时代的美学思潮（这是从横的方面说），同时体现美学史发展的线索和规律（这是从纵的方面说）。"②

2. 思辨与实证互补，理性与感性渗透

陈炎在论及"中国审美文化史"的研究方法时，有言："'审美文化史'既不同于逻辑思辨的'审美思想史'，又不同于现象描述的'审美物态史'，而是以其特有的形态来弥补二者之间存在的裂痕：一方面用实证性的物态史来校正和印证思辨性的观念史，一方面用思辨性的观念史来概括和升华实证性的物态史"；"在操作上，'审美文化史'则要综合并超越'审美思想史'和'审美物态史'的方法：既不是一种单纯的思辨推理，也不是一种单纯的实证分析，而是一种建立在思辨成果和实证材料基础上的解释和描述"。③ 尽管我们所说的"中国美学思想史"不同于陈炎所谓的"中国审美文化史"，但由于我们所说的"中国美学思想史"的研究对象包括了理论形态的美学思想和器物形态的审美意识，这类似于陈炎所说的审美思想和审美物态，所以陈炎的这些话对于我们思考中国美学思想史的研究方法还是很有启示的。研

---

① 李泽厚、刘纲纪：《中国美学史》（先秦两汉编），安徽文艺出版社，1999 年，第 19 页。

② 叶朗：《中国美学史大纲》，上海人民出版社，1985 年，第 661—662 页。

③ 陈炎：《中国审美文化史·绪论》，见廖群《中国审美文化史·先秦卷》，山东画报出版社，2000 年，第 3 页。

究中国美学思想，要注意将思辨推理与实证分析，理性的哲学思考与感性的艺术体验密切结合起来。

宗白华曾明确指出："在中国，美学思想却更是总结了艺术实践，回过来又影响着艺术的发展"，"研究中国美学史的人应当打破过去的一些成见，而从中国极为丰富的艺术成就和艺人的艺术思想里，去考察中国美学思想的特点"①；要"把哲学、文学著作和工艺、美术品联系起来研究"②；"搞美学的尤其要重视实物研究，要有感性认识为基础。研究中国美学史如果同文物考古结合起来，往往会有意想不到的收获"③。李泽厚、刘纲纪也曾指出："由于中国美学和中国哲学经常是不可分地交融在一起的，因此，对中国美学的研究常常也就是对中国哲学的研究。只有比较透彻地了解了中国哲学，我们才有可能对包含在其中的美学思想作出科学的分析。我们对中国哲学了解的深度，从根本上决定着我们对中国美学了解的深度。"④ 叶朗特别强调，"要把中国传统的哲学、美学、艺术贯通起来研究"；"应该用中国的哲学和中国的美学来解释中国的艺术，反过来用中国的艺术来印证中国的哲学精神和美学精神"。⑤

3. 中国与西方参照，传统与现代贯通

研究中国美学思想，一方面要以中国传统美学为本根，另一方面也要以西方美学为参照。宗白华曾明确指出："在美学研究中，一方面要开发中国美学的特质，另一方面也要同西方美学思想进行比较研究，发现它们之间的联系和区别"⑥；"将来的世界美学自当不拘于一时一地的艺术表现，而综合全世界古今的艺术理想，融会贯通，求美学上最普遍的原理而不轻忽各个性的特殊风格。……中国的艺术与美学理论也自有它伟大独立的精神意义"⑦；"中国美学有悠久的历史，材料丰富，成就很高，要很好地进行研究。同时也

---

① 宗白华：《漫话中国美学》，见《宗白华全集》第 3 卷，安徽教育出版社，1994 年，第 392、393 页。

② 宗白华：《中国美学史中重要问题的初步探索》，见《宗白华全集》第 3 卷，安徽教育出版社，1994 年，第 449 页。

③ 宗白华：《漫谈中国美学史研究》，见《宗白华全集》第 3 卷，安徽教育出版社，1994 年，第 617 页。

④ 李泽厚、刘纲纪：《中国美学史》（先秦两汉编），安徽文艺出版社，1999 年，第 16 页。

⑤ 叶朗：《中国美学研究之现状及发展趋势》，见《胸中之竹》，安徽教育出版社，1998 年，第 251、252 页。

⑥ 宗白华：《漫谈中国美学史研究》，见《宗白华全集》第 3 卷，安徽教育出版社，1994 年，第 617 页。

⑦ 宗白华：《介绍两本关于中国画学的书并论中国的绘画》，见《宗白华全集》第 2 卷，安徽教育出版社，1994 年，第 43 页。

要了解西方的美学。要在比较中见出中国美学的特点"①。叶朗强调：研究中国美学，"中国学者应该有自己的立足点"②；"不能把中国美学看作是西方美学的一个分支，或一种点缀。更不能把中国美学看作是西方美学某个流派的一个例证，或一种注释。应该尊重中国美学的特殊性，对中国古典美学进行独立的系统的研究。只有这样，才能把中国美学的积极成果和西方美学的积极成果融合起来，把美学建设成为一门真正国际性的学科"③。

研究中国美学思想，不仅要中西参照，还要将古今贯通起来，找出传统美学和现代美学的契合点，发现传统美学的现代价值。叶朗明确提出，将"传统美学和当代美学的贯通"作为现代美学体系的建构原则之一，并强调说："当代美学在实际上并没有而且也不可能脱离传统美学。现在，当我们把建设一个现代形态的美学体系作为我们的目标的时候，除了要认清这个事实之外，还应该在理论上对传统美学的贡献以及传统美学和当代美学的关系有更透彻的认识。"④ 李泽厚、刘纲纪也曾指出："仅从思想史（美学史是各种思想史中的一种）的研究来说，任何真正有科学价值的研究，都要从现代科学发展的高度对古人的思想作出某种说明，指出它在某门科学发展史上的意义"；"任何美学史，都是从当代一定的美学理论出发，回过头去考察各种美学理论在历史上生成的过程"。⑤

二、论文精读

中国艺术意境之诞生

（增订稿）

宗白华

【引言】

"意境"（境界），是中国古典美学中的一个非常重要的范畴，受到20世纪中国美学界的广泛关注，相关研究论文不胜枚举。宗白华的《中国艺术意

① 宗白华：《关于美学研究的几点意见》，见《宗白华全集》第3卷，安徽教育出版社，1994年，第592页。

② 叶朗：《中国学者应该有自己的立足点》，见《欲罢不能》，黑龙江人民出版社，2004年，第165页。

③ 叶朗：《中国美学大纲》，上海人民出版社，1985年，第2页。

④ 叶朗主编：《现代美学体系》，北京大学出版社，1999年，第17页。

⑤ 李泽厚、刘纲纪：《中国美学史》（先秦两汉编），安徽文艺出版社，1999年，第13、14页。

境之诞生》（增订稿），就是其中最有代表性的一篇名作。在该文中，宗白华从哲学意涵和层深创构等方面对中国艺术意境（境界）作了精深微妙、匠心独具的阐发，从而也揭示了中国艺术意境理论所蕴涵的心灵与宇宙的融通、最富于节奏与和谐、充满音乐性的“中国文化的美丽精神”。

从文中不难看出，宗白华对中国艺术意境（境界）之求索，既与其生命美学观念紧密相关，也与其文化批判观念联成一体。正文有言：“生生的节奏是中国艺术境界的最后源泉。”“引言”又谓：“就中国艺术方面——这中国文化史上最中心最有世界贡献的一方面——研寻其意境的特构，以窥探中国心灵的幽情壮采，也是民族文化的自省工作。”

全文分为五个部分：第一部分，揭示艺术意境之内涵与意义，强调艺境不仅是主观情感与客观景象的有机融合，还是生命的折光，心灵的呈现；艺境不仅具有审美价值，还有对人生的丰富意义，对心灵的深远影响。第二部分，指出艺术意境之创构，是使客观景物作我主观情思的象征；而山水是中国艺术家抒写情思的重要媒介，中国艺术爱以山水境界做表现和吟咏的中心。第三部分，强调艺术境界的显现，绝不是纯客观地机械地描摹自然，而以“心匠自得为高”；微妙艺境之实现，端赖艺术家平素的人格涵养。第四部分，强调艺术意境不是一个单层的平面的自然的再现，而是一个境界层深的创构；最高的艺境与禅境相通，艺境可以表现禅境。第五部分，揭示中国艺术艺境结构的特点“道”、“舞”、“空白”，认为：与“道”体合无间的“艺”，其意境的根源在于对活泼飞跃的生命本体的体悟与展现，其意境的本质在于创造虚幻的境相以象征宇宙人生的真际，“道”是中国艺术意境中最深邃的蕴涵；“舞”是中国一切艺术境界的典型，“舞”不仅是一切艺术表现的究竟状态，而且是宇宙创化过程的象征；“于空寂处见流行，于流行处见空寂”，唯道集虚，体用不二，构成中国人的生命情调和艺术意境的实相，中国艺术家重视空中点染、抟虚成实的表现方法，要于虚空中创现生命的流行。

引　言

世界是无穷尽的，生命是无穷尽的，艺术的境界也是无穷尽的。“适我无非新”（王羲之诗句），是艺术家对世界的感受。“光景常新”，是一切伟大作品的烙印。“温故而知新”，却是艺术创造与艺术批评应有的态度。历史上向前一步的进展，往往是伴着向后一步的探本穷源。李、杜的天才，不忘转益多师。十六世纪的文艺复兴追摹着希腊，十九世纪的浪漫主义憧憬着中古。二十世纪的新派且溯源到原始艺术的浑朴天真。

现代的中国站在历史的转折点。新的局面必将展开。然而我们对旧文化的检讨，以同情的了解给予新的评价，也更显重要。就中国艺术方面——这中国文化史上最中心最有世界贡献的一方面——研寻其意境的特构，以窥探中国心灵的幽情壮采，也是民族文化的自省工作。希腊哲人对人生指示说："认识你自己！"近代哲人对我们说："改造这世界！"为了改造世界，我们先得认识。

一、意境的意义

龚定庵在北京，对戴醇士说："西山有时渺然隔云汉外，有时苍然堕几席前，不关风雨晴晦也！"西山的忽远忽近，不是物理学上的远近，乃是心中意境的远近。

方士庶在《天慵庵随笔》里说："山川草木，造化自然，此实境也。因心造境，以手运心，此虚境也。虚而为实，是在笔墨有无间，——故古人笔墨具此山苍树秀，水活石润，于天地之外，别构一种灵奇。或率意挥洒，亦皆炼金成液，弃滓存精，曲尽蹈虚揖影之妙。"中国绘画的整个精粹在这几句话里。本文的千言万语，也只是阐明此语。

恽南田《题洁庵图》说："谛视斯境，一草一树、一丘一壑，皆洁庵（指唐洁庵）灵想之所独辟，总非人间所有。其意象在六合之表，荣落在四时之外。将以尻轮神马，御泠风以游无穷。真所谓藐姑射之山，汾水之阳，尘垢秕糠，绰约冰雪。时俗龌龊，又何能知洁庵游心之所在哉！"

画家诗人"游心之所在"，就是他独辟的灵境，创造的意象，作为他艺术创作的中心之中心。

什么是意境？人与世界接触，因关系的层次不同，可有五种境界：（1）为满足生理的物质的需要，而有功利境界；（2）因人群共存互爱的关系，而有伦理境界；（3）因人群组合互制的关系，而有政治境界；（4）因穷研物理，追求智慧，而有学术境界；（5）因欲返本归真，冥合天人，而有宗教境界。功利境界主于利，伦理境界主于爱，政治境界主于权，学术境界主于真，宗教境界主于神。但介乎后二者的中间，以宇宙人生的具体为对象，赏玩它的色相、秩序、节奏、和谐，借以窥见自我的最深心灵的反映；化实景而为虚境，创形象以为象征，使人类最高的心灵具体化、肉身化，这就是"艺术境界"。艺术境界主于美。

所以一切美的光是来自心灵的源泉：没有心灵的映射，是无所谓美的。瑞士思想家阿米尔（Amiel）说：

一片自然风景是一个心灵的境界。

中国大画家石涛也说：

山川使予代山川而言也。……山川与予神遇而迹化也。

艺术家以心灵映射万象，代山川而立言，他所表现的是主观的生命情调与客观的自然景象交融互渗，成就一个鸢飞鱼跃，活泼玲珑，渊然而深的灵境；这灵境就是构成艺术之所以为艺术的“意境”。（但在音乐和建筑，这时间中纯形式与空间中纯形式的艺术，却以非模仿自然的境相来表现人心中最深的不可名的意境，而舞蹈则又为综合时空的纯形式艺术，所以能为一切艺术的根本型态，这事后面再说到。）

意境是“情”与“景”（意象）的结晶品。王安石有一首诗：

杨柳鸣蜩绿暗，荷花落日红酣。
三十六陂春水，白头相见江南。

前三句全是写景，江南的艳丽的阳春，但着了末一句，全部景象遂笼罩上，啊，渗透进，一层无边的惆怅，回忆的愁思，和重逢的欣慰，情景交织，成了一首绝美的“诗”。

元人马东篱有一首《天净沙》小令：

枯藤老树昏鸦，小桥流水人家，
古道西风瘦马，夕阳西下——
断肠人在天涯！

也是前四句完全写景，着了末一句写情，全篇点化成一片哀愁寂寞，宇宙荒寒，怅触无边的诗境。

艺术的意境，因人因地因情因景的不同，现出种种色相，如摩尼珠，幻出多样的美。同是一个星天月夜的景，影映出几层不同的诗境：

元人杨载《景阳宫望月》云：

大地山河微有影，九天风露浩无声。

明画家沈周《写怀寄僧》云：

明河有影微云外，清露无声万木中。

清人盛青嵝咏《白莲》云：

半江残月欲无影，一岸冷云何处香。

杨诗写函盖乾坤的封建的帝居气概，沈诗写迥绝世尘的幽人境界，盛诗写风流蕴藉，流连光景的诗人胸怀。一主气象，一主幽思（禅境），一主情致。至于唐人陆龟蒙咏白莲的名句："无情有恨何人见，月晓风清欲堕时。"却系为花传神，偏于赋体，诗境虽美，主于咏物。

在一个艺术表现里情和景交融互渗，因而发掘出最深的情，一层比一层更深的情，同时也透入了最深的景，一层比一层更晶莹的景；景中全是情，情具象而为景，因而涌现了一个独特的宇宙，崭新的意象，为人类增加了丰富的想象，替世界开辟了新境，正如恽南田所说"皆灵想之所独辟，总非人间所有！"这是我的所谓"意境"。"外师造化，中得心源"。唐代画家张璪这两句训示，是这意境创现的基本条件。

二、意境与山水

元人汤采真说："山水之为物，禀造化之秀，阴阳晦冥，晴雨寒暑，朝昏昼夜，随形改步，有无穷之趣，自非胸中丘壑，汪汪洋洋，如万顷波，未易摹写。"

艺术意境的创构，是使客观景物作我主观情思的象征。我人心中情思起伏，波澜变化，仪态万千，不是一个固定的物象轮廓能够如量表出，只有大自然的全幅生动的山川草木，云烟明晦，才足以表象我们胸襟里蓬勃无尽的灵感气韵。恽南田题画说："写此云山绵邈，代致相思，笔端丝纷，皆清泪也。"山水成了诗人画家抒写情思的媒介，所以中国画和诗，都爱以山水境界做表现和咏味的中心。和西洋自希腊以来拿人体做主要对象的艺术途径迥然不同。董其昌说得好："诗以山川为境，山川亦以诗为境。"艺术家禀赋的诗心，映射着天地的诗心。(《诗纬》云："诗者天地之心。"）山川大地是宇宙诗心的影现；画家诗人的心灵活跃，本身就是宇宙的创化，它的卷舒取舍，好似太虚片云，寒塘雁迹，空灵而自然！

三、意境创造与人格涵养

这种微妙境界的实现，端赖艺术家平素的精神涵养，天机的培植，在活泼泼的心灵飞跃而又凝神寂照的体验中突然地成就。元代大画家黄子久说："终日只在荒山乱石，丛木深筱中坐，意态忽忽，人不测其为何。又往泖中通海处看急流轰浪，虽风雨骤至，水怪悲诧而不顾。"宋画家米友仁说："画之老境，于世海中一毛发事泊然无着染。每静室僧趺，忘怀万虑，与碧虚寥廓同其流。"黄子久以狄阿理索斯（Dionysius）的热情深入宇宙的动象，米友仁却以阿波罗（Apollo）式的宁静涵映世界的广大精微，代表着艺术生活上两种最高精神形式。

在这种心境中完成的艺术境界自然能空灵动荡而又深沉幽渺。南唐董源说："写江南山，用笔甚草草，近视之几不类物象，远视之则景物灿然，幽情远思，如睹异境。"艺术家凭借他深静的心襟，发现宇宙间深沉的境地；他们在大自然里"偶遇枯槎顽石，勺水疏林，都能以深情冷眼，求其幽意所在"。黄子久每教人作深潭，以杂树滃之，其造境可想。

所以艺术境界的显现，绝不是纯客观地机械地描摹自然，而以"心匠自得为高"。（米芾语）尤其是山川景物，烟云变灭，不可临摹，须凭胸臆的创构，才能把握全景。宋画家宋迪论作山水画说：

> 先当求一败墙，张绢素讫，朝夕视之。既久，隔素见败墙之上，高下曲折，皆成山水之象，心存目想：高者为山，下者为水，坎者为谷，缺者为涧，显者为近，晦者为远。神领意造，恍然见人禽草木飞动往来之象，了然在目，则随意命笔，默以神会，自然景皆天就，不类人为，是谓活笔。

他这段话很可以说明中国画家所常说的"丘壑成于胸中，既寤发之于笔墨"，这和西洋印象派画家莫奈（Monet）早、午、晚三时临绘同一风景至于十余次，刻意写实的态度，迥不相同。

四、禅境的表现

中国艺术家何以不满于纯客观的机械式的模写？因为艺术意境不是一个单层的平面的自然的再现，而是一个境界层深的创构。从直观感相的模写，活跃生命的传达，到最高灵境的启示，可以有三层次。蔡小石在《拜石山房词序》里形容词里面的这三境层极为精妙：

> 夫意以曲而善托，调以杳而弥深。始读之则万萼春深，百色妖露，积雪缟地，余霞绮天，一境也。（这是直观感相的渲染）再读之则烟涛澒洞，霜飙飞摇，骏马下坡，泳鳞出水，又一境也。（这是活跃生命的传达）卒读之而皎皎明月，仙仙白云，鸿雁高翔，坠叶如雨，不知其何以冲然而澹，翛然而远也。（这是最高灵境的启示）

江顺诒评之曰："始境，情胜也。又境，气胜也。终境，格胜也。""情"是心灵对于印象的直接反映，"气"是"生气远出"的生命，"格"是映射着人格的高尚格调。西洋艺术里面的印象主义、写实主义，是相等于第一境层。浪漫主义倾向于生命音乐性的奔放表现，古典主义倾向于生命雕像式的清明启示，都相当于第二境层。至于象征主义、表现主义、后期印象派，它们的旨趣在于第三境层。

而中国自六朝以来，艺术的理想境界却是"澄怀观道"（晋宋画家宗炳语），在拈花微笑里领悟色相中微妙至深的禅境。如冠九在《都转心庵词序》中说得好：

> "明月几时有"，词而仙者也。"吹皱一池春水"，词而禅者也。仙不易学而禅可学。学矣而非栖神幽遐，涵趣寥旷，通拈花之妙悟，穷非树之奇想，则动而为沾滞之音矣。其何以澄观一心而腾踔万象。是故词之为境也，空潭印月，上下一澈，屏知识也。清馨出尘，妙香远闻，参净因也。鸟鸣珠箔，群花自落，超圆觉也。

澄观一心而腾踔万象，是意境创造的始基，鸟鸣珠箔，群花自落，是意境表现的圆成。

绘画里面也能见到这意境的层深。明画家李日华在《紫桃轩杂缀》里说：

> 凡画有三次第：一曰身之所容。凡置身处，非邃密，即旷朗，水边林下，多景所凑处是也。（按：此为身边近景）二曰目之所瞩。或奇胜，或渺迷，泉落云生，帆移鸟去是也。（按：此为眺瞩之景）三曰意之所游。目力虽穷，而情脉不断处是也。（按：此为无尽空间之远景）然又有意有所忽处，如写一树一石，必有草草点染取态处。（按：此为有限中见

取无限，传神写生之境）写长景必有意到笔不到，为神气所吞处，是非有心于忽，盖不得不忽也。（按：此为借有限以表现无限，造化与心源合一，一切形象都形成了象征境界）其于佛法相宗所云极迥色极略色之谓也。

于是绘画由丰满的色相达到最高心灵境界，所谓禅境的表现，种种境层，以此为归宿。戴醇士曾说："恽南田以'落叶聚还散，寒鸦栖复惊'（李白诗句）、品一峰（黄子久）笔，是所谓孤蓬自振，惊沙坐飞，画也而几乎禅矣！"禅是动中的极静，也是静中的极动，寂而常照，照而常寂，动静不二，直探生命的本原。禅是中国人接触佛教大乘义后体认到自己心灵的深处而灿烂地发挥到哲学境界与艺术境界。静穆的观照和飞跃的生命构成艺术的两元，也是构成"禅"的心灵状态。《雪堂和尚拾遗录》里说："舒州太平灯禅师颇习经论，傍教说禅。白云演和尚以偈寄之曰：'白云山头月，太平松下影，良夜无狂风，都成一片境。'灯得偈颂之，未久，于宗门方彻渊奥。"禅境借诗境表达出来。

所以中国艺术意境的创成，既须得屈原的缠绵悱恻，又须得庄子的超旷空灵。缠绵悱恻，才能一往情深，深入万物的核心，所谓"得其环中"。超旷空灵，才能如镜中花，水中月，羚羊挂角，无迹可寻，所谓"超以象外"。色即是空，空即是色，色不异空，空不异色，这不但是盛唐人的诗境，也是宋元人的画境。

五、道、舞、空白：中国艺术意境结构的特点

庄子是具有艺术天才的哲学家，对于艺术境界的阐发最为精妙。在他是"道"，这形而上原理，和"艺"，能够体合无间。"道"的生命进乎技，"技"的表现启示着"道"。在《养生主》里他有一段精彩的描写：

庖丁为文惠君解牛，手之所触，肩之所倚，足之所履，膝之所踦，砉然响然，奏刀騞然，莫不中音。合于桑林之舞，乃中经首（尧乐章）之会（节也）。文惠君曰："嘻，善哉！技盖至此乎?"庖丁释刀对曰："臣之所好者道也，进乎技矣。始臣之解牛之时，所见无非全牛者。三年之后，未尝见全牛也。方今之时，臣以神遇而不以目视，官知止而神欲行。依乎天理，批大郤，道大窾，因其固然，技经肯綮之未尝，而况大軱乎！良庖岁更刀，割也；族庖月更刀，折也。今臣之刀十九年矣，所

解数千牛矣，而刀刃若新发于硎。彼节者有间，而刀刃者无厚，以无厚入有间，恢恢乎其于游刃必有余地矣。是以十九年而刀刃若新发于硎。虽然，每至于族（交错聚结处），吾见其难为，怵然为戒，视为止，行为迟，动刀甚微，謋然已解，如土委地。提刀而立，为之四顾，为之踌躇满志，善刀而藏之。”文惠君曰：“善哉！吾闻庖丁之言，得养生焉。”

“道”的生命和“艺”的生命，游刃于虚，莫不中音，合于桑林之舞，乃中经首之会。音乐的节奏是它们的本体。所以儒家哲学也说：“大乐与天地同和，大礼与天地同节。”《易》云：“天地絪缊，万物化醇。”这生生的节奏是中国艺术境界的最后源泉。石涛题画云：“天地氤氲秀结，四时朝暮垂垂，透过鸿濛之理，堪留百代之奇。”艺术家要在作品里把握到天地境界！德国诗人诺瓦理斯（Novalis）说：“混沌的眼，透过秩序的网幕，闪闪地发光。”石涛也说：“在于墨海中立定精神，笔锋下决出生活，尺幅上换去毛骨，混沌里放出光明。”艺术要刊落一切表皮，呈显物的晶莹真境。

艺术家经过“写实”、“传神”到“妙悟”境内，由于妙悟，他们“透过鸿濛之理，堪留百代之奇”。这个使命是够伟大的！

那么艺术意境之表现于作品，就是要透过秩序的网幕，使鸿濛之理闪闪发光。这秩序的网幕是由各个艺术家的意匠组织线、点、光、色、形体、声音或文字成为有机谐和的艺术形式，以表出意境。

因为这意境是艺术家的独创，是从他最深的“心源”和“造化”接触时突然的领悟和震动中诞生的，它不是一味客观的描绘，像一照像机的摄影。所以艺术家要能拿特创的“秩序的网幕”来把住那真理的闪光。音乐和建筑的秩序结构，尤能直接地启示宇宙真体的内部和谐与节奏，所以一切艺术趋向音乐的状态、建筑的意匠。

然而，尤其是“舞”，这最高度的韵律、节奏、秩序、理性，同时是最高度的生命、旋动、力、热情，它不仅是一切艺术表现的究竟状态，且是宇宙创化过程的象征。艺术家在这时失落自己于造化的核心，沉冥入神，“穷元妙于意表，合神变乎天机”（唐代大批评家张彦远论画语）。“是有真宰，与之沉浮”（司空图《诗品》语），从深不可测的玄冥的体验中升化而出，行神如空，行气如虹。在这时只有“舞”，这最紧密的律法和最热烈的旋动，能使这深不可测的玄冥的境界具象化、肉身化。

在这舞中，严谨如建筑的秩序流动而为音乐，浩荡奔驰的生命收敛而为韵律。艺术表演着宇宙的创化。所以唐代大书家张旭见公孙大娘剑器舞而悟笔法，大画家吴道子请裴将军舞剑以助壮气说："庶因猛厉以通幽冥!"郭若虚的《图画见闻志》上说：

唐开元中，将军裴旻居丧，诣吴道子，请于东都天宫寺画神鬼数壁，以资冥助。道子答曰："吾画笔久废，若将军有意，为吾缠结，舞剑一曲，庶因猛厉以通幽冥!"旻于是脱去缞服，若常时装束，走马如飞，左旋右转，掷剑入云，高数十丈，若电光下射。旻引手执鞘承之，剑透室而入。观者数千人，无不惊栗。道子于是援毫图壁，飒然风起，为天下之壮观。道子平生绘事，得意无出于此。

诗人杜甫形容诗的最高境界说："精微穿溟涬，飞动摧霹雳。"(《夜听许十一诵诗爱而有作》)前句是写沉冥中的探索，透进造化的精微的机缄，后句是指着大气盘旋的创造，具象而成飞舞。深沉的静照是飞动的活力的源泉。反过来说，也只有活跃的具体的生命舞姿、音乐的韵律、艺术的形象，才能使静照中的"道"具象化、肉身化。德国诗人侯德林（Hölderlin）有两句诗含义极深：

谁沉冥到
那无边际的"深"，
将热爱着
这最生动的"生"。

他这话使我们突然省悟中国哲学境界和艺术境界的特点。中国哲学是就"生命本身"体悟"道"的节奏。"道"具象于生活、礼乐制度。道尤表象于"艺"。灿烂的"艺"赋予"道"以形象和生命，"道"给予"艺"以深度和灵魂。庄子《天地》篇有一段寓言说明只有艺"象罔"才能获得道真"玄珠"：

黄帝游乎赤水之北，登乎昆仑之丘而南望，还归，遗其玄珠。(司马彪云：玄珠，道真也）使知（理智）索之而不得，使离朱（色也，视觉也）索之而不得，使喫诟（言辩也）索之而不得也。乃使象罔，象罔得之。黄帝曰："异哉！象罔乃可以得之乎?"

吕惠卿注释得好："象则非无，罔则非有，不皦不昧，此玄珠之所以得也。"

非无非有，不皦不昧，这正是艺术形象的象征作用。“象”是境象，“罔”是虚幻，艺术家创造虚幻的境象以象征宇宙人生的真际。真理闪耀于艺术形象里，玄珠的皪于象罔里。歌德曾说：“真理和神性一样，是永不肯让我们直接识知的。我们只能在反光、譬喻、象征里面观照它。”又说：“在璀灿的反光里面我们把握到生命。”生命在他就是宇宙真际。他在《浮士德》里面的诗句：“一切消逝者，只是一象征”，更说明“道”、“真的生命”是寓在一切变灭的形象里。英国诗人勃莱克的一首诗说得好：

一花一世界，一沙一天国，
君掌盛无边，刹那含永劫。

这诗（田汉译）和中国宋僧道灿的重阳诗句：“天地一东篱，万古一重九”，都能喻无尽于有限，一切生灭者象征着永恒。

人类这种最高的精神活动，艺术境界与哲理境界，是诞生于一个最自由最充沛的深心的自我。这充沛的自我，真力弥满，万象在旁，掉臂游行，超脱自在，需要空间，供他活动。(参见拙作《中西画法所表现的空间意识》）于是“舞”是它最直接、最具体的自然流露。“舞”是中国一切艺术境界的典型。中国的书法、画法都趋向飞舞。庄严的建筑也有飞檐表现着舞姿。杜甫《观公孙大娘弟子舞剑器行》首段云：

昔有佳人公孙氏，一舞剑器动四方，
观者如山色沮丧，天地为之久低昂……

天地是舞，是诗（诗者天地之心），是音乐（大乐与天地同和）。中国绘画境界的特点建筑在这上面。画家解衣盘礴，面对着一张空白的纸（表象着舞的空间），用飞舞的草情篆意谱出宇宙万形里的音乐和诗境。照相机所摄万物形体的底层在纸上是构成一片黑影。物体轮廓线内的纹理形象模糊不清。山上草树崖石不能生动地表出它们的脉络姿态。只在大雪之后，崖石轮廓林木枝干才能显出它们各自的奕奕精神性格，恍如铺垫了一层空白纸，使万物以嵯峨突兀的线纹呈露它们的绘画状态。所以中国画家爱写雪景（王维），这里是天开图画。

中国画家面对这幅空白，不肯让物的底层黑影填实了物体的“面”，取消了空白，像西洋油画；所以直接地在这一片虚白上挥毫运墨，用各式皴文表出物的生命节奏。(石涛说："笔之于皴也，开生面也。") 同时借取书法中的草情篆意或隶体表达自己心中的韵律，所绘出的是心灵所直接领悟的物态天趣，造化和心灵的凝合。自由潇洒的笔墨，凭线纹的节奏，色彩的韵律，开径自行，养空而游，蹈光揖影，抟虚成实。(参看本文首段引方士庶语)

庄子说："虚室生白。"又说："唯道集虚。"中国诗词文章里都着重这空中点染，抟虚成实的表现方法，使诗境、词境里面有空间，有荡漾，和中国画面具同样的意境结构。

中国特有的艺术——书法，尤能传达这空灵动荡的意境。唐张怀瓘在他的《书议》里形容王羲之的用笔说："一点一画，意态纵横，偃亚中间，绰有余裕。然字峻秀，类于生动，幽若深远，焕若神明，以不测为量者，书之妙也。"在这里，我们见到书法的妙境通于绘画，虚空中传出动荡，神明里透出幽深，超以象外，得其环中，是中国艺术的一切造境。

王船山在《诗绎》里说："论画者曰，咫尺有万里之势，一势字宜着眼。若不论势，则缩万里于咫尺，直是《广舆记》前一天下图耳。五言绝句以此为落想时第一义。唯盛唐人能得其妙。如'君家住何处，妾住在横塘，停船暂借问，或恐是同乡'，墨气所射，四表无穷，无字处皆其意也!"高日甫论画歌曰："即其笔墨所未到，亦有灵气空中行。"笪重光说："虚实相生，无画处皆成妙境。"三人的话都是注意到艺术境界里的虚空要素。中国的诗词、绘画、书法里，表现着同样的意境结构，代表着中国人的宇宙意识。盛唐王、孟派的诗固多空花水月的禅境；北宋人词空中荡漾，绵渺无际；就是南宋词人姜白石的"二十四桥仍在，波心荡冷月无声"，周草窗的"看画船尽入西泠，闲却半湖春色"，也能以空虚衬托实景，墨气所射，四表无穷。但就它渲染的境象说，还是不及唐人绝句能"无字处皆其意"，更为高绝。中国人对"道"的体验，是"于空寂处见流行，于流行处见空寂"，唯道集虚，体用不二，这构成中国人的生命情调和艺术意境的实相。

王船山又说："工部（杜甫）之工在即物深致，无细不章。右丞（王维）之妙，在广摄四旁，圜中自显。"又说："右丞妙手能使在远者近，抟虚成实，则心自旁灵，形自当位。"这话极有意思。"心自旁灵"表现于"墨气所射，四表无穷"，"形自当位"，是"咫尺有万里之势"。"广摄四旁，圜中自显"，"使在远者近，抟虚成实"，这正是大画家大诗人王维创造意境的手法，代表着中国人于空虚中创现生命的流行，絪缊的气韵。

王船山论到诗中意境的创造，还有一段精深微妙的话，使我们领悟"中国艺术意境之诞生"的终极根据。他说："唯此窅窅摇摇之中，有一切真情在内，可兴可观，可群可怨，是以有取于诗。然因此而诗则又往往缘景缘事，缘以往缘未来，经年苦吟，而不能自道。以追光蹑影之笔，写通天尽人之怀，是诗家正法眼藏。”“以追光蹑影之笔，写通天尽人之怀”，这两句话表出中国艺术的最后的理想和最高的成就。唐、宋人诗词是这样，宋、元人的绘画也是这样。

尤其是在宋、元人的山水花鸟画里，我们具体地欣赏到这“追光蹑影之笔，写通天尽人之怀”。画家所写的自然生命，集中在一片无边的虚白上。空中荡漾着“视之不见、听之不闻、搏之不得”的“道”，老子名之为“夷”、“希”、“微”。在这一片虚白上幻现的一花一鸟、一树一石、一山一水，都负荷着无限的深意、无边的深情。（画家、诗人对万物一视同仁，往往很远的微小的一草一石，都用工笔画出，或在逸笔撇脱中表出微茫惨淡的意趣）万物浸在光被四表的神的爱中，宁静而深沉。深，像在一和平的梦中，给予观者的感受是一澈透灵魂的安慰和惺惺的微妙的领悟。

中国画的用笔，从空中直落，墨花飞舞，和画上虚白，溶成一片，画境恍如“一片云，因日成彩，光不在内，亦不在外，既无轮廓，亦无丝理，可以生无穷之情，而情了无寄”（借王船山评王俭《春诗》绝句语）。中国画的光是动荡着全幅画面的一种形而上的、非写实的宇宙灵气的流行，贯彻中边，往复上下。古绢的黯然而光尤能传达这种神秘的意味。西洋传统的油画填没画底，不留空白，画面上动荡的光和气氛仍是物理的目睹的实质，而中国画上画家用心所在，正在无笔墨处，无笔墨处却是飘渺天倪，化工的境界。（即其笔墨所未到，亦有灵气空中行）这种画面的构造是植根于中国心灵里葱茏絪缊，蓬勃生发的宇宙意识。王船山说得好：“两间之固有者，自然之华，因流动生变而成绮丽，心目之所及，文情赴之，貌其本荣，如所存而显之，即以华奕照耀，动人无际矣！”这不是唐诗宋画给予我们的印象吗？

中国人爱在山水中设置空亭一所。戴醇士说：“群山郁苍，群木荟蔚，空亭翼然，吐纳云气。”一座空亭竟成为山川灵气动荡吐纳的交点和山川精神聚积的处所。倪云林每画山水，多置空亭，他有“亭下不逢人，夕阳澹秋影”的名句。张宣题倪画《溪亭山色图》诗云：“石滑岩前雨，泉香树杪风，江山无限景，都聚一亭中。”苏东坡《涵虚亭》诗云：“惟有此亭无一物，坐观万景得天全。”唯道集虚，中国建筑也表现着中国人的宇宙意识。

空寂中生气流行，鸢飞鱼跃，是中国人艺术心灵与宇宙意象“两镜相入”互摄互映的华严境界。倪云林有一绝句，最能写出此境：

兰生幽谷中，倒影还自照。
无人作妍媛，春风发微笑。

希腊神话里水仙之神（Narcise）临水自鉴，眷恋着自己的仙姿，无限相思，憔悴以死。中国的兰生幽谷，倒影自照，孤芳自赏，虽感空寂，却有春风微笑相伴，一呼一吸，宇宙息息相关，悦怿风神，悠然自足。（中西精神的差别相）

艺术的境界，既使心灵和宇宙净化，又使心灵和宇宙深化，使人在超脱的胸襟里体味到宇宙的深境。

唐朝诗人常建的《江上琴兴》一诗最能写出艺术（琴声）这净化深化的作用：

江上调玉琴，一弦清一心。
泠泠七弦遍，万木澄幽阴。
能使江月白，又令江水深。
始知梧桐枝，可以徽黄金。

中国文艺里意境高超莹洁而具有壮阔幽深的宇宙意识生命情调的作品也不可多见。我们可以举出宋人张于湖的一首词来，他的《念奴娇·过洞庭》词云：

洞庭青草，近中秋，更无一点风色。玉界琼田三万顷，著我扁舟一叶。素月分辉，明河共影，表里俱澄澈。悠然心会，妙处难与君说。

应念岭表经年，孤光自照，肝胆皆冰雪。短发萧疏襟袖冷，稳泛沧溟空阔。尽吸西江，细斟北斗，万象为宾客。（对空间之超脱）叩舷独啸，不知今夕何夕！（对时间之超脱）

这真是“雪涤凡响，棣通太音，万尘息吹，一真孤露”。笔者自己也曾写过一首小诗，希望能传达中国心灵的宇宙情调，不揣陋劣，附在这里，借供参证：

飙风天际来，绿压群峰暝。
云罅漏夕晖，光写一川冷。
悠悠白鹭飞，淡淡孤霞迥。

系缆月华生，万象浴清影。

（《柏溪夏晚归棹》）

艺术的意境有它的深度、高度、阔度。杜甫诗的高、大、深，俱不可及。“吐弃到人所不能吐弃为高，含茹到人所不能含茹为大，曲折到人所不能曲折为深。”（刘熙载评杜甫诗语）叶梦得《石林诗话》里也说：“禅家有三种语，老杜诗亦然。如‘波漂菰米沉云黑，露冷莲房坠粉红’，为函盖乾坤语；‘落花游丝白日静，鸣鸠乳燕青春深’，为随波逐浪语；‘百年地僻柴门迥，五月江深草阁寒’，为截断众流语。”函盖乾坤是大，随波逐浪是深，截断众流是高。李太白的诗也具有这高、深、大。但太白的情调较偏向于宇宙境象的大和高。太白登华山落雁峰，说：“此山最高，呼吸之气，想通帝座，恨不携谢朓惊人句来，搔首问青天耳！”（唐语林）杜甫则“直取性情真”（杜甫诗句），他更能以深情掘发人性的深度，他具有但丁的沉着的热情和歌德的具体表现力。

李、杜境界的高、深、大，王维的静远空灵，都植根于一个活跃的、至动而有韵律的心灵。承继这心灵，是我们深衷的喜悦。

（原载《哲学评论》第8卷第5期，1944年1月）

【阅读思考】

1. 中国古典美学中的艺境创构理论。
2. 禅境与艺境之关联。

儒家美学对当代的启示

叶　朗

【引言】

中国传统美学资源极为丰富，其中有很多思想充满东方智慧，富于现代意味，对于我们摆脱面临的生存困境和精神危机，可能在某些方面提供十分宝贵的启示。叶朗的《儒家美学对当代的启示》，就是一篇掘发中国传统美学现代价值的典范性论文。该文指出，当今世界，人类面临三个严重问题，一是人的物质生活和精神生活的失衡，一是人的内心生活的失衡，一是人与自然关系的失衡，而儒家美学在这三个问题上为我们提供了有益的启示。

全文分为三个部分：第一部分，从当今世界的物质生活与精神生活的失衡看儒家美学对我们的启示。作者指出，人类生活面临着一种危机和隐患：物质的、技术的、功利的追求在社会生活中占据了压倒一切的统治的地位，而精神的活动和精神的追求则被忽视，被冷淡，被挤压，被驱赶。这样发展下去，人就有可能成为没有精神生活和情感生活的单纯的技术性的动物和功利性的动物。而儒家非常重视人文教养，人文教养的实质就是塑造人的精神，把人从动物的状态中提升出来。儒家哲学和美学的这种重视人文教养、追求理想人生境界的特点和传统，对我们今天从物质的、技术的、功利的统治下拯救精神，提供了重要的启示。

第二部分，从当今世界人的内心生活的失衡看儒家美学对我们的启示。作者指出，当今世界，人们在功利心、事业心的支配下，生活极度紧张，同时又异常单调、乏味，内心失去了平衡。而儒家认为一个人除了功利的活动，还应该有审美的活动。儒家主张“一张一弛，文武之道”，赞赏“知者乐水，仁者乐山”，肯定“闲心”、“闲情”对于人生的价值，又提出“君子必有游息之物”、“达士急于堂榭之胜”等命题。这样的人生哲学和美学，对于当代人从极度紧张而又极度单调、乏味的生活中解放出来，使自己保持一种宽快、和谐、悦乐的精神状态，有十分重要的意义。

第三部分，从当今世界人与自然的关系的失衡看儒家美学对我们的启示。作者指出，当今世界，人为了追求自己的功利目标和物质享受，利用高科技无限度地不顾一切地向自然榨取。结果是自然界固有的节奏开始混乱，生态平衡受到严重破坏，人与自然的分裂越来越严重，自然开始向人类进行报复。而儒家的“天人合一”的哲学思想和美学思想从来强调人与自然的和谐，提倡“体天之心以为心”，反对“屈物之性以适吾性”。人类若要避免毁灭自己，必须重建人与自然和谐的关系，儒家“民胞物与”、“仁者浑然与物同体”、“大乐与天地同和”的精神是值得大大发扬的。

一、从当今世界的物质生活与精神生活的失衡看儒家美学对我们的启示

当今世界的一个严重问题是人的物质生活与精神生活的失衡。在世界的各个地区，似乎都有一个共同的倾向：重物质，轻精神；重经济，轻文化。180 年前，黑格尔在海德堡大学开始他的哲学史讲演时，就对当时重视物质利益而轻视精神生活的社会风气感叹不已。黑格尔说：“时代的艰苦使人对于日常生活中平凡的琐屑兴趣予以太大的重视，现实上很高的利益和为了这些利

益而作的斗争，曾经大大地占据了精神上一切的能力和力量以及外在的手段，因而使得人们没有自由的心情去理会那较高的内心生活和较纯洁的精神活动，以致许多较优秀的人才都为这种艰苦环境所束缚，并且部分地被牺牲在里面。”黑格尔所描绘的19世纪初期的这种社会风气，在人类即将进人21世纪的时候，不仅重新出现了，而且显得更为严重了。发达国家已经实现了经济的现代化，人们的物质生活比较富裕，但是人们的精神生活却越来越空虚。与此相联系的社会问题，如吸毒、犯罪、艾滋病、环境污染等问题日益严重。发展中国家把现代化作为自己的目标，正在致力于科技振兴和经济振兴，人们重视技术、经济、贸易、利润、金钱，而不重视文化、道德、审美，不重视人的精神生活。总之，无论是发达国家或是发展中国家，都面临着一种危机和隐患：物质的、技术的、功利的追求在社会生活中占据了压倒一切的统治的地位，而精神的活动和精神的追求则被忽视，被冷淡，被挤压，被驱赶。这样发展下去，人就有可能成为马尔库塞所说的单面人，成为没有精神生活和情感生活的单纯的技术性的动物和功利性的动物。因此，从物质的、技术的、功利的统治下拯救精神，就成了时代的要求，时代的呼声。

在这个问题上，儒家哲学和儒家美学给了我们什么启示呢？

儒家文化乃至整个中国传统文化的一个重要特点，就是非常重视人自身的教化的塑造，也就是要使人不断从动物的状态中提升出来。儒家学者经常讨论的一个问题就是人和动物不同的地方（“人之所以异于禽兽者”）究竟在哪里。在儒家学者看来，人和动物最大的不同，就在于人有高级的、精神的需求，包括道德的需求，奉献的需求，审美的需求，等等。这种精神的需求不同于物质功利的需求，它是对于物质功利需求的超越，是对于个体生命的感性存在的超越。

人类要想求得自身的生存和发展，当然不能脱离物质性和功利性的活动。中国古代学者对这一点是有认识的。汉代大史学家司马迁在《史记》中就曾引了一句谚语：“天下熙熙，皆为利来；天下壤壤，皆为利往。”司马迁看到，人为了生存和发展，必有物质的需求（“被服饮食奉生送死之具”）。为了满足这种物质需求，人类就要有生产活动和流通活动，并在生产和流通活动中追求自身的物质利益。所以，司马迁认为，人们对于物质利益的追求，人类从事物质性和功利性的活动，是完全合乎规律的（“道之所符”、“自然之验”）。

但是，另一方面，人作为人，又不能只满足于物质利益和物质享受。除了物质的、功利的需求之外，人还有精神的需求。儒家学者所强调的就是这种精神的需求。

有人把儒家文化的这种特点概括为重视人文精神、重视人文教养的传统。人文精神也好，人文教养也好，其实质就是重视人的精神生活和精神需求。因为在儒家看来，这是人之所以为人的所在，也就是人之所以区别于动物的所在。

有人说，中国传统文化是伦理型的文化、道德型的文化。也有人说，中国传统文化是审美型的文化、艺术型的文化。这两种说法，一个强调“礼”，一个强调“乐”，其实可以统一起来。我们可以说，中国传统文化是一种以礼乐精神为核心的重视人文教养的文化。而这种人文教养的目标，则是高尚人格的塑造，是理想的人生境界的追求。

孔子说：“兴于诗，立于礼，成于乐。”（《论语·泰伯》）又说：“若臧武仲之知，公绰之不欲，卞庄子之勇，冉求之艺，文之以礼乐，亦可以成人矣。”（《论语·宪问》）这些话都是说要用诗、礼、乐来塑造一种高尚的人格。这种理想的人格，其本质就在于能够超越物质的、功利的需求，而突出一种高尚的精神的需求，即“仁”的需求（“亲仁”、“欲仁”、“为仁”）。

孔子有两句有名的话：“一箪食，一瓢饮，在陋巷，人不堪其忧，回也不改其乐，贤哉回也!”（《论语·雍也》）“饭疏食饮水，曲肱而枕之，乐亦在其中矣！不义而富且贵，于我如浮云。”（《论语·述而》）这些话都是强调人有精神的需求，这种精神的需求高于物质功利的需求。

孟子说：“人之所以异于禽兽者几希，庶民去之，君子存之。”（《离娄下》）又说：“理义之悦我心，犹刍豢之悦我口。”（《告子上》）孟子也认为，人不同于禽兽的地方，在于人有精神的需求、道德的需求，在于人有社会责任感。孟子有句名言：“生，亦我所欲也；义，亦我所欲也：二者不可得兼，舍生而取义者也。生亦我所欲，所欲有甚于生者，故不为苟得也；死亦我所恶，所恶有甚于死者，欲患有所不辟也。”（《告子上》）这就是说，人的精神需求，人的社会责任感，高于物质的、功利的需求，高于人的个体生存的欲望。

所以儒家学者十分重视人文教养。人文教养就是塑造人的精神，把人从动物的状态中提升出来，清代王夫之说：

> 能兴则谓之豪杰。兴者，性之生乎气者也。拖沓委顺，当世之然而然，不然而不然，终日劳而不能度越于禄位田宅妻子之中，数米计薪，日以挫其志气，仰视天而不知其高，俯视地而不知其厚，虽觉如梦，虽

视如盲，虽勤动其四体而心不灵，惟不兴故也。圣人以诗教荡涤其浊心，震其暮气，纳之于豪杰而后期之以圣贤，此救人道于乱世之大权也。（《俟解》）

王夫之的话表明，儒家强调的人文教养（诗教、礼教、乐教），就是为了净化人的灵魂，也就是对人的精神起一种感发、激励、升华的作用，使人从“禄位田宅”等功利的束缚中超越出来，摆脱昏庸猥琐的境地，变为一个有志气、有见识、有作为、朝气蓬勃的人，从而上升到豪杰、圣贤境界。

从王夫之的话中我们还可以看到，人文教养的目标，就在于追求一种理想的人生境界。

人生境界的理论是儒家学说中一个极其重要的理论。冯友兰先生对此曾有详细的解释和发挥。冯友兰先生说：“世界是同此世界，人生是同样底人生，但其对于各个人底意义，则可有不同。”（《新原人》）他又说，“人在生活中所遇见的各种事物的意义构成他的精神世界”，这种精神世界，就是人生的“境界”。（《三松堂自序》）他认为，“人的实际享受底一部分底世界有小大。其境界高者，其所实际享受底一部分底世界大。其境界低者，其所实际享受底一部分底世界小。公共世界，无限底大，其间底事物亦是无量无边地多。但一个人所能实际享受底，是他所能感觉或了解底一部分底世界。”对冯先生这段话的意思，我们可以借用美国哲学家和美学家斯蒂芬·C·佩珀在其《艺术欣赏的原则》一书中举出的一个例子来说明。有位企业家，一生劳碌，晚年在妻子的怂恿下，外出旅游一圈。回到公司以后，人问他有何感想，他回答说：“旅游最大的好处是让人倍觉办公室的可爱。”这位先生实际享受的世界只是办公室的一角这么小块地方。现代高科技的发展，使人们可以乘宇宙飞船到太空航行，似乎世界无限地扩大了，但人们实际享受的一部分世界却变得越来越窄小了。

人生的境界有高有低。在儒家看来，最高的一种精神境界，其内涵是“仁”，而其表现则是审美的悦乐。《论语·先进》篇记载了孔子和他的几位学生一场有名的对话。孔子要这几位学生谈谈自己的人生理想。子路等三人谈的都是自己治理国家的抱负，只有曾点的理想和他们不同。曾点说：“莫春者，春服既成，冠者五六人，童子六七人，浴乎沂，风乎舞雩，咏而归。”最后孔子肯定了曾点的理想，“吾与点也”。曾点的人生理想，是一种审美的境界。朱熹认为曾点的理想“不过即其所居之位，乐其日用之常”，“而其胸次悠然，直与天地万物上下同流”。（《论语集注》）曾点的胸次（精神世界）

十分宽广，所以在四个人中，他的境界最高。

宋明理学家也十分重视人生境界的追求。周敦颐喜欢“绿满窗前草不除”。别人问他为什么不除，他说：“与自己意思一般。”又说：“观天地生物气象。”周敦颐认为“天地”是有生命的，他从天地的生意中得到一种精神享受。因为天地的生意使他从自身有限的感性存在中解放出来而体验到“无限”和“永恒”。

儒家这种人生境界的理论，对于沉溺于功利世界而不能自拔的当代人来说，可以说是一剂精神的良药。

我认为，重视人文教养，追求理想的人生境界，这是儒家哲学和美学的一个最本质的特点。

今天，当人们对哲学和科学精神的兴趣日益淡薄，从而需要我们重新认识并重新阐明哲学的本质和社会作用时，儒家哲学和美学的这种特点对我们提供了重要的启示。

儒家哲学和美学的这种特点和传统，至少在德国哲学中得到了呼应。[①] 我们可以举出三位德国哲学家的话来作为例证。一位是沃尔夫。他认为哲学的灵魂就在于哲学的实践性或道德倾向。而他的论据就是孔子的学说。再一位是黑格尔。他认为，人之所以是人，就在于人能脱离直接性和本能性。因此人需要教化，教化的本质就是使个体的人提升为一个普遍性的精神存在。所以他说，哲学正是“在教化中获得了其存在的前提和条件”。第三位是当代的伽达默尔。他也认为精神科学是随着教化一起产生的，“因为精神的存在是与教化观念本质上联系在一起的”。[②]

如果我们承认，哲学的本质和社会功用的一个重要方面，乃是在于教化，在于人文教养，在于提高人的精神境界，那么，在今天整个社会的人文教养十分薄弱的情况下，哲学的社会功用就凸显出来了。

二、从当今世界人的内心生活的失衡看儒家美学对我们的启示

当今世界的一个严重问题是人的内心生活的失衡。自本世纪以来，科学技术的进步，给人类带来巨大的财富和利益，同时也给人类带来深刻的危机和隐患。一切都符号化、程序化了。人的全面发展受到肢解和扼制，个体和

① 参看洪汉鼎《试论德国哲学与中国哲学的本质同一性》，《中西哲学与文化》第二辑，1993 年 12 月。

② 黑格尔：《哲学纲要》第 41 节。《伽达默尔全集》第 1 卷第 17 页。转引自《中西哲学与文化》第二辑，第 9 页。

谐人格的发育成长受到严重的挑战。席勒当年察觉到的"感性冲动"与"理性冲动"的冲突，在当代要比以往任何一个时代都更为尖锐。与此同时，当代社会的生存竞争日趋激烈，人们一心追逐功利，功利性成为多数人生活的轴心。在功利心、事业心的支配下，每个人的生活极度紧张，同时又异常单调、乏味，人们整天忙忙碌碌，很少有空闲的时间，更没有"闲心"与"闲情"，生活失去了任何的诗意。这种生活使得人的内心生活失去平衡，很多人的内心充满了灾难感、恐怖感、梦魇感。卡夫卡的小说对此有极深刻的揭示。例如他的《变形记》这篇小说描写一位公司推销员在生活的重压下变成了一个大甲虫，他的《地洞》这篇小说则对于"我"内心的危机四伏的体验作了淋漓尽致的刻划。

在这个问题上，儒家美学给了我们什么启示呢？

儒家与道家不一样，道家是出世的，儒家是入世的。儒家要建功立业，治国平天下。所以儒家不排斥功利活动。但是儒家认为一个人除了功利的活动，还应该有审美的活动，儒家对于"忙"与"闲"、"张"与"弛"、"劳"与"逸"有一种辩证的看法。儒家认为一个人的精神应该保持一种宽快、和谐、悦乐的状态，而审美活动对于人的精神保持这种状态是十分必要的。孔子就说过"一张一弛，文武之道也"（《礼记·杂记下》）。孔子还说过"志于道，据于德，依于仁，游于艺"（《论语·述而》）。"游"是非功利的快乐。"艺"是指礼，乐，射，御，书，数。孔子认为人们从六艺中可以得到一种非功利的快乐。孔子又说过"知者乐水，仁者乐山"。知者、仁者要在自然山水中得到一种悦乐。人们往往有一种误解，以为只有道家才讲"闲心"、"闲情"。其实，儒家也十分强调"忙里偷闲"。"忙里偷闲"，也就是孔子讲的"一张一弛"。所谓"闲"，就是从直接的实用功利活动中暂时摆脱出来。宋代大儒程颢有名的诗："云淡风轻近午天，望花随柳过前川。旁人不识予心乐，将谓偷闲学少年。""闲来无事不从容，睡觉东窗日已红。万物静观皆自得，四时佳兴与人同。道通天地有形外，思入风云变态中。富贵不淫贫贱乐，男儿到此是豪雄。"程颢的诗也突出强调"闲"的重要。有了"闲心"，人才有可能从天地万物、风云变幻中获得一种精神享受，使自己超脱贫富贵贱等等实用功利的烦恼，达到"从容"、"自得"的境界。清代文学家张潮说：

> 人莫乐于闲，非无所事事之谓也。闲则能读书，闲则能游名山，闲则能交益友，闲则能饮酒，闲则能著书。天下之乐，孰大于是。（《幽梦影》）

张潮认为“闲”不是消极的（“非无所事事之谓也”），“闲”对于人生有积极的意义。这话说得很对。有了“闲”，才能思考生活，才能享受生活。有了“闲”，才能有审美的心胸，才能发现美，欣赏美，创造美。“生活”和“事业”并不是同一个概念。“生活”的意义和范围比“事业”大得多，广得多。功利心使一个人的心胸完全为利害得失所充塞，不空灵，不自由，不洒脱，患得患失，滞于一物，囿于一己。而审美心胸使人们在人生的波动中保持一点宁静，能静故能思，所谓“宁静以致远”，“静者有深致”。审美心胸又是自由空灵的，“空故纳万境”，无形拓宽了生命的空间。清代文学家金圣叹曾说过，一般人都是抱着“人生一世，贵是衣食丰盈”的观念，整天紧张忙碌，一无闲暇，二无闲心，因而不能发现和欣赏生活中的美。（《西厢记》评语）但是人作为人，不能只有丰富的物质生活，还应有精神生活，不能只是辛勤地创造生活，还应该充分地享有生活。这就不仅要“忙”，还要“忙”里偷“闲”，要有“闲暇”，要有“闲心”。有了“闲心”，有了审美的心胸和审美的眼光，那么你就能在很平常、很普通的生活中发现美，世界的一切就会变得那么有情味，有灵性，与你息息相通。清代大画家郑板桥有一段话：“十笏茅斋，一方天井，修竹数竿，石笋数尺，其地无多，其费亦无多也。而风中雨中有声，日中月中有影，诗中酒中有情，闲中闷中有伴。非唯我爱竹石，即竹石亦爱我也。”（《郑板桥集·题画》）竹子作为实用的、功利的物品，是单调的、乏味的。但在审美活动中，竹子与人结为一体，息息相通，充满了不可言说的诗意。

我们很容易看到，儒家这种“一张一弛，文武之道”、“知者乐水，仁者乐山”、“忙里偷闲”的人生哲学和美学，对于当代人从极度紧张而又极度单调、乏味的生活中解放出来，使自己保持一种宽快、和谐、悦乐的精神状态，有多么重要的意义。

我们前面说过，儒家是入世的，儒家并不排斥日常的功利的活动，追求建功立业乃是儒家的人生目标。那么功利活动和审美活动这两个方面如何统一呢？儒家的看法是，审美活动，“闲心”，“闲情”，不但不背离建功立业的人生目标，而且有助于实现这个目标。

唐代大思想家柳宗元对于这个问题论述得最为清楚。他在《零陵三亭记》中说：

> 邑之有观游，或者以为非政，是大不然。夫气烦则虑乱，视壅则志滞。君子必有游息之物，高明之具，使之清宁平夷，恒若有余，然后理

达而事成。

柳宗元在这里的着眼点是人的内心世界。在柳宗元看来，一个人有没有一个纯洁、宽快、悦适、平和的心胸，和这个人能不能成就一番大事业，有着十分紧密的联系。一个人如果心烦气乱，心胸褊狭，眼光短浅，那么他必定不能成为一个有见识、有志气、有作为的人，他必定不能在事业上有所成就，必定不能对国计民生作出贡献。而审美活动（例如游山玩水）看起来与国计民生无关，但它可以使人的血气平和，使人获得宽快、悦适的心胸和广阔的眼界，从而成为一个充满勃勃生机、明事理、有作为的人。

使我们感到兴趣的是，韩国李朝大哲学家李栗谷（李珥，1536—1584）也有和柳宗元相同的论述，很可能是受了柳宗元的影响。

李栗谷在《平远堂记》一文中说：

邑居有堂榭之胜，似无与于为政，而达士急焉，俗吏慢焉。盖心之本体，洞彻虚灵，而不能不为物所蔽。善养则通，不善养则窒。通则能物物而处当乎理，窒则物引物而处不当乎理。善养之法固在操存省察，而居处清旷亦助养之具也。昔者曾皙浴沂咏归而夫子深与焉。朱子遇一树稍清阴处必啸咏徘徊而不能去，此徒外境之为乐哉，将以外境助养吾心尔。政出于心，心得其养，然后政得其宜，达士急于堂榭之胜，其意可想矣。若夫俗吏，簿书期会为先务，拘拘焉苟逭罪责，夫孰知养心而发政乎。(《栗谷全书》卷十三)

这段话的意思和柳宗元完全相同。李栗谷的着眼点也是人的内心世界。他认为，人的内心世界必须洞彻虚灵，才能“物物而处当乎理”。所以要善于养心。堂榭之胜，外境之乐，都有助于养心。心得其养，然后政得其宜。

李栗谷又在《濯热亭记》一文中说：

山水能使人移情。登斯亭者，见山之高，见水之清，植本洗垢，仁可益厚，知可益周。(《栗谷全书》卷十三)

这段话是发挥孔子“知者乐水，仁者乐山”的意思。李栗谷认为，山高水清，可以植本洗垢，使仁者之仁益厚，知者之知益周。

从柳宗元和李栗谷提出的“君子必有游息之物”、“达士急于堂榭之胜”

等命题我们可以看到，在儒家那里，无目的、非功利的审美活动和为国为民建功立业的人生追求在同一个人的身上是可以统一起来的。换句话说，审美世界和功利世界，闲心（审美之心）和事业心、竞争心、功利心，在同一个人的身上是可以统一起来的。这种思想对于当代人也是很有启发的。

三、从当今世界人与自然的关系的失衡看儒家美学对我们的启示

当今世界的又一个严重问题是人与自然的关系的失衡。人为了追求自己的功利目标和物质享受，利用高科技无限度地向自然榨取，不顾一切，不计后果。这种做法，一方面和当今世界流行的价值观念有关，另一方面可能和西方文化的传统精神有关。西方传统观念认为，人是万物的尺度，人是自然界的主人，人有权支配、控制、利用自然万物。日本学者池田大作指出，对现代思潮影响很深的有两个思想："一个是认为自然界是与人类不同的另一个世界，他们忘记了自然也是保持一定规律的'生命的存在'。尽管与人类生命的形式不同，但在本质上是与人类生命相互关联的"；另一个是"犹太一神教认为人类是最接近神的存在的，所以理所当然地要征服其他生物和自然，使其为人类服务"。（《展望二十一世纪——汤因比与池田大作对话录》）结果是随着人类征服自然，进而不断破坏自然，自然界固有的节奏开始混乱。自然资源大量浪费。许多珍稀动物被滥捕滥杀而濒于灭绝的境地。大片森林被滥砍滥伐而变成沙漠。海水污染。气候反常。自然景观和生态平衡受到严重破坏。自然开始向人类进行报复。伦敦的烟雾，日本的水俣病，加拿大的酸雨，前苏联切尔诺贝利的核泄漏，莱茵河的化学污染，等等，人与自然的分裂越来越严重，已经发展到有可能从根本上危及人类生存的地步。

在这个问题上，儒家美学给了我们什么启示呢？

儒家的"天人合一"的哲学思想和美学思想从来强调人与自然的和谐（道家和释家也如此）。宋代大哲学家张载有两句很有名的话："民吾同胞，物吾与也。"（《正蒙·乾称篇》）就是说，世界上的民众都是我的亲兄弟，天地间的万物都是我的同伴、同类。宋代理学家程颢说："人与天地一物也。"（《河南程氏遗书》卷第十一）又说："仁者以天地万物为一体。""仁者浑然与物同体。"（《河南程氏遗书》卷第二上）在这些大儒看来，人与万物是同类、同伴，是平等的，应该建立一种和谐的关系。

清代大画家郑板桥有一封家书对于这个问题作了深刻的论述。这封家书在今天看来十分值得重视。郑板桥告诫他弟弟要注意培育子女的"忠厚悱恻"之情，驱逐"残忍之性"。他说：

> 平生最不喜笼中养鸟，我图娱悦，彼在囚牢，何情何理，而必屈物之性以适吾性乎！至于发系蜻蜓，线缚螃蟹，为小儿顽具，不过一时片刻便摺拉而死。夫天地生物，化育劬劳，一蚁一虫，皆本阴阳五行之气氤氲而出，上帝亦心心爱念。而万物之性人为贵，吾辈竟不能体天之心以为心，万物将何所托命乎？蛇蚖蜈蚣豺狼虎豹，虫之最毒者也，然天既生之，我何得而杀之？若必欲尽杀，天地又何必生？亦惟驱之使远，避之使不相害而已。蜘蛛结网，于人何罪，或谓其夜间咒月，令人墙倾壁倒，遂击杀无遗。此等说话，出于何经何典，而遂以此残物之命，可乎哉？可乎哉？（《郑板桥集·潍县署中与舍弟墨第二书》）

这一大段话在今天读起来多么富于现代感，和当今生态伦理学的观点多么吻合！郑板桥这段话的出发点，就是儒家的人与万物一体的传统思想。他肯定万物之中人为贵，但他认为，人之为贵，就在于人能“体天之心以为心”。天地生物，一蚁一虫，都心心爱念，这就是天之心。就是豺狼虎豹，人也没有权利杀戮。人与万物一体，因此人与万物是平等的，人不能把自己当作万物的主宰。所以他说他反对“笼中养鸟”。“我图娱悦，彼在囚牢，何情何理，而必屈物之性以适吾性乎！”这就是儒家伟大的仁爱观。儒家的仁爱，不仅爱人，而且爱物。郑板桥接下去还说了一段很有意思的话：

> 所云不得笼中养鸟，而予又未尝不爱鸟，但养之有道耳。欲养鸟莫如多种树，使绕屋数百株，扶疏茂密，为鸟国鸟家，将旦时，睡梦初醒，尚展转在被，听一片啁啾，如云门咸池之奏；及披衣而起，颒面漱口啜茗，见其扬翚振彩，倏往倏来，目不暇给，固非一笼一羽之乐而已。大率平生乐处，欲以天地为囿，江汉为池，各适其天，斯为大快，比之盆鱼笼鸟，其钜细仁忍何如也。(同上)

在这段话中郑板桥提出一个极重要的命题：“各适其天”。这可以说是对儒家以“仁”为核心的美学的一个解释。在儒家看来，如果万物都能够按照它们的自然本性获得生存，那么作为和万物同类的人也就能得到真正的快乐、真正的美感（“大快”）。这就是“各适其天”。这也就是古人说的“大乐与天地同和”（《乐记》）。

儒家的这种精神，在世界范围内来说，并不是孤立的。英国历史学家A. J. 汤因比在谈到人与自然的关系时曾提出两个人，一个是耶稣，另一个是十二世纪西欧的基督教圣人阿西基的佛兰西斯，这两个人都反对人类榨取人类以外的自然。“耶稣赞美小鸟和野花没有经济上的企求，要求他的作为人类的弟子也应当成这样做的典范。佛兰西斯知道人类和包括其他生物、无生物的自然界关系十分密切，并且从中发现了喜悦。”（《展望二十一世纪——汤因比与池田大作对话录》）

人类若要避免毁灭自己，必须重建人与自然和谐的关系。儒家“民胞物与”、“仁者浑然与物同体”、“大乐与天地同和”的精神是值得大大发扬的。

（原载《北京大学学报》（哲学社会科学版）1995 年第 1 期）

【阅读思考】

1. 中国传统美学的生存智慧。
2. 儒家美学与道家美学、禅宗美学的差异与联系。

关于大巧若拙美学观的若干思考

朱良志

【引言】

这是一篇研究中国古典美学命题的精彩之作。“大巧若拙”，由老子提出，为道禅哲学所推崇，是中国美学的重要命题。中国美学民族特点的形成与这一命题密切相关。朱良志的《关于大巧若拙美学观的若干思考》，通过对相关问题的讨论辨析，深入揭示了“大巧若拙”命题的哲学蕴涵和美学意义。该文指出，大巧若拙思想，去机心重偶然，去机巧重天然，去机锋重淡然，强调回复生命的本然境界，认为拙才是颐养生命之方，突显了中国哲学对人类“文明”反思的智慧，培养了中国人独特的艺术精神和审美趣味。

全文分为四个部分：第一部分，指出拙是超越机心，达到偶然的兴会；中国美学的相关说法，诸如“无营”、“不即”、“无心凑泊”、“生辣”等，其要旨都在反对机心，反对目的性，这是大巧若拙美学观的重要内涵。第二部分，指出拙是超越机巧，达到天然的契合；大巧若拙，排斥技术主义，反对人为世界立法，强调不依人理性的秩序去解释世界，而是以天地的秩序为秩序，体现出中国美学师造化、轻人工的理论倾向。第三部分，指出拙是对机锋的荡涤，推崇淡然的美感；中国艺术推重“老境”、“枯境”、“古境”，体现的是无争的境界、平和的美感，中国美学重视平淡天然的思想，在大巧若拙哲学中找到了思想根源。第四部分，指出拙是生命存养之方，强调回复生命的本然；拙意味着平淡、真实、自由、原初，中国美学以拙为至高的生命境界，大巧若拙思想的核心就是回到生命的原初境界，这是一种澄明的心灵本体。

大巧若拙是体现中国美学基本特点的理论命题之一。中国人重视“拙”的智慧，中国美学推重枯槁的美感。中国人对枯藤、残荷、老木、顽石等有一种特殊的情感，艺术家在深山古寺、枯木寒鸦、荒山瘦水中，追求生命的韵味，书画家喜欢在枯笔焦墨中追求“干裂秋风”式的境界，西方有些学者将中国园林假山称为“一些古怪的胡乱堆积起来的破石头”，中国人却认为其中包含着无限的美感。可以说，中国人发现了枯槁的美感，大巧若拙便是体现这一美学旨趣的简洁理论表达。

“大巧若拙”由老子提出。大巧，是最高的巧；拙，是不巧。最高的巧看起来像是不巧。大巧，或者说是拙，不是一般的巧，一般的巧是凭借人工可以达到的，而大巧作为最高的巧，是对一般巧的超越，它是绝对的巧。

这涉及老子关于自然和人工关系的思想。老子认为，最高的巧，可以称之为“天巧”，自然而然，不劳人为，拙就是夺天之巧。从人的技术性角度看，它是笨拙的，没有什么“技术含量”；但从天的角度看，它又蕴涵着无上的美感，它是道之巧，具纯全之美。在老子看来，一般意义上的技术之巧，其实是真正的拙劣，是小巧，是出自人机心的巧。机心即伪饰，伪饰即不能自然而然。如果说它有什么巧的话，它也是局部的巧、矫情的巧。这样的巧是对自然状态的破坏，也是对人和谐生命的破坏。老子执著于拙的本体，强调一种独立于人机心之外的自然本真状态，这是他自然无为哲学的组成部分。

道家大巧若拙的哲学表述，将人为与天工两种截然不同的创造状态呈现于人们面前，前者是机心的，后者是自然的；前者是知识的，后者是非知识的；前者是破坏生命的，后者是养生的；前者是造作的，后者是素朴的；前者以人为徒，后者以天为徒；前者是低俗的欲望呈露，后者是高逸的超越情怀。大巧若拙，就是选择天工，而超越人为。

大巧若拙为道禅哲学所推崇，儒家也在某种程度上接受这一观点。围绕大巧若拙这一命题，中国美学形成了丰富的理论，中国美学民族特点的形成也与这一命题密切相关。本文试图通过相关问题的辨析，揭示这一命题所蕴涵的重要理论意义。

一

拙是超越机心，达到偶然的兴会。

《庄子·天地》说，子贡南游楚国，返回晋国，过汉阴，见到一老翁浇菜园，抱着一个大瓮到井中灌水，吃力多而功效少。子贡说：你为什么不用水车呢，水车用力少而功效大。这老翁说了一段意味深长的话："有机械者必有机事，有机事者必有机心。机心存于胸中，则纯白不备；纯白不备，则神生不定；神生不定者，道之所不载也。吾非不知，羞而不为也。"故事核心在反对机心，因为用机械，就是一种机事，是机事，就会有机心，有了机心，就破坏心灵的"纯白"——纯而不杂、光明澄澈的心灵。超越机心，就是恢复一种从容自由的真实生命。

机心就是巧，而纯白的境界则是道之拙。在中国美学看来，机心意味着：(1) 它是一种目的性的活动。机心，就是有所期待。目的性的求取制约心灵的选择，它不是一种自由的创造境界。(2) 它是一种知识的活动，人的理智、经验等构成了机心的发动根源，从而形成对生命真性的遮蔽。(3) 它是一种依循法度而进行的活动，机心就意味"定法"，法定而澄明之心不存。

大巧若拙的美学观念强调对机心的超越：它反对目的性的求取，强调偶然性的兴会；反对知识的盘算，强调当下的超越，知识的参与实与审美的深入成反比；反对先行存在的秩序，强调法无定法，审美不是对先行存在的法度的实现，而是自在、自由、无所依循的创造活动。南朝张融说："不恨臣无二王法，恨二王无臣法"；唐李北海说："似我者俗，学我者死"；石涛说："法无定，定无法"，即在破法执。为艺者，不能做随波逐浪人。

中国美学强调，审美活动是一种无意乎相求、不期然相会的活动，审美超越在于"默会想像之表"，可遇而不可求。可求者，就是目的的活动。而遇，则是一种偶然的际遇。偶然性其实是对人原初生命动力的彰显。在偶然性的际遇中，去除一切遮蔽，放弃外在的理性努力，让生命本身自在澄明。这偶然性状态，就是拙——一种毫无牵系的心灵状态。

中国美学形成了一系列与此相关的美学问题。

中国美学提倡"无营"——一种没有心灵营算的无意识创造方式。董其昌说："古人神气，淋漓翰墨间，妙处在随意所如，自成体势。故为书者，字如算子，便不是书，谓说定法也。"① 所谓"算子"，就是事先盘算好，这

① 《画禅室随笔》卷一，《中国书画全书》本。

是刻意经营，刻意经营，便不是自然。北宋苏洵有关风水的比喻在美学史上很著名。他说："天下之无营而文生者，惟水与风而已。"① 风行水上，自然成文，是"无营"的，因为没有机心存在的地方，审美的超越仰赖于偶然的兴会。风行水上之喻，与《周易》涣卦有关。此卦下坎上巽，大象以"风行水上，涣"释此卦。风乍起，吹皱一池春水，无所知来，无所知去。虽不知，其形成的自然纹理，却具天下之至美。水上行风，涣然而合，涟漪为散，散中有文。一切都在无意中。此卦讲散的道理，散和聚是相对的，然散中有聚，形散而神不散，外散而内不散，表面上的不经意，却有大的创造。此卦六四爻辞说："涣其群，元吉。涣有丘，匪夷所思。"大水冲去，冲散了众人。水的冲击，居然聚集成山丘，真是难以想像，此之谓涣中有聚。这里的"匪夷所思"在中国美学中极受重视，真正的创造不是"思"而致，而是"遇"而得，艺术的超越在自然的兴会——"机遇"中。不在人心的揣度中，而在自然的因缘和合中。石涛将此称为"只在临时间定"，没有一个先行存在的控制创造主体的意识在。

唐张怀瓘《书议》说："云霞聚散，触遇成形。"此即为风行水上的美。陈师道曰："善为文者，因事以出奇。江河之行，顺下而已。至其触山赴谷，风搏物激，然后尽天下之变。"② 苏轼提出"随物赋形"的观点，他说："吾文如万斛泉源，不择地皆可出，在平地滔滔汩汩，虽一日千里无难。及其与山石曲折，随物赋形，而不可知也。所可知者，常行于所当行，常止于不可不止，如是而已矣。其他虽吾亦不能知也。"③ 行于所当行，止于所当止，所取乃在自然之势，而非人的机心所可逆料。④ 苏轼的随物赋形，所得即在"无营"之妙，是不"知"的境界，唯任其自然而已。风行水上，其实就是让心灵自由的"游戏"，在真实的境界"游戏"。南宋邓椿在谈到一位叫虚静（觉心）的僧人画家时说："虚静师所造者道也，放乎诗，游戏乎画，烟云水月，出没太虚，所谓风行水上，自成文理者也。"⑤ 说的就是这个道理。

中国美学有一种"不即"的观点，就是不追求，"不期然"，如"期然"，

---

① 《仲兄字文甫说》，见苏洵《嘉祐集》卷十五。

② 引见王世贞《艺苑卮言》卷一。

③ 《苏轼集》卷一百，《论文》（一作《自评文》）。

④ 他在著名的《与谢民师推官书》中说："所示书教及诗赋杂文，观之熟矣。大略如行云流水，初无定质，但常行于所当行，常止于不可不止，文理自然，姿态横生。"（《苏轼集》卷七十五）在评论孙位时说："唐广明中，处逸士孙位始出新意，画奔湍巨浪，与山石曲折，随物赋形，尽水之变，号称神逸。"（《书蒲永昇画后》，《苏轼集》卷九十三）

⑤ 《画继》，《画论丛刊》本。

则不必然。《二十四诗品·冲淡》云："素处以默，妙机其微。饮之太和，独鹤与飞。犹之惠风，荏苒在衣。阅音修篁，美曰载归。遇之匪深，即之愈希。脱有形似，握手已违。"不刻意求取，一刻意即落有为，一有为就破坏物我之间玲珑微妙的契会，破坏冲和淡雅的意致。放弃目的的、理智的、欲望的追求，也即放弃对"巧"的追求。诗人是以心去"遇"——无意乎相求，不期然相遇，而不是去"即"——孜孜以追求。因为一"即"就"希"，渺然而不可见；一"遇"即"深"，契合无间，意象融凝。

中国美学有"无心凑泊"的观点。所谓"凑泊"，即出自人机心的活动，它是有意的，有目的的，所以不自由。董其昌说，艺术的高妙之境，在"无心凑泊处"见分晓，强调微妙玲珑的兴会。明末画家恽香山是一位倪云林画风的继承者，他说，"云林之妙，在无心凑泊处"，如果有心去追之，则失云林，如果从形迹上求云林，终不得云林，云林之妙，由自由心性中流出。南宋严羽认为唐诗的境界在"不可凑泊"，如空中之音，相中之色，水中之月，镜中之象，言有尽而意无穷。唐诗之妙，不是"做"出的，"做"出的，便是出自机心，而是心灵中"流"出的。像刘昚虚"道由白云尽，春与青溪长。时有落花至，远随流水香"小诗，彰显的是人性灵的悠然、生命的超越，真不是"做"出的。

中国古代有一种"无心"美学观。云无心以出岫，鸟倦飞而知还。有心为之则不得，无心为之则触之。有心栽花花不发，无心插柳柳成荫。柳宗元诗云："回看天地下中流，岩上无心云相逐。"他说的就是无心的境界。石涛曾画过一幅意味深长的《睡牛图》，他在其上题有一跋："牛睡我不睡，我睡牛不睡。今日清吾身，如何睡牛背？牛不知我睡，我不知牛累。彼此却无心，不睡不梦寐。"牛无念，我无念，无念处大千，不睡不梦寐。我作画如牛儿吃草，自在运行，不秉一念，不受一拘。此之谓无心。

八大山人有"天心鸥兹"的图章。这出自古代中国的一个著名故事。《列子》中有一个故事：从前有一个住在海边的人，喜欢鸥鸟，每天早晨到海边，和鸥鸟玩乐，成百上千的鸥鸟落在他的身边，一点也不害怕。他父亲知道后，就对儿子说："为我抓一只来，让我玩玩。"第二天早晨，此人照例到海边，但鸥鸟在他的头上飞来飞去，不再落下。因为此人这时有了机心，有了贪欲，有了目的，而鸟儿是忘机的。八大山人要做一只"天心"鸥鸟，与世界自在游戏。在中国艺术中，"忘机"成为一种境界，像唐代画家、诗人张志和号称"忘机鸟"，他的"江上雪，浦边风，笑著荷衣不叹穷"的讴歌，他的"乐在风波不用仙"的境界，就是无心。苏轼词云："谁似东坡老，白首忘机。"这也在彰显一种无心的境界。在中国哲学中，道禅哲学都强调无心，老子的“天地不仁，以万物为刍狗。圣人不仁，以百姓为刍狗”，所谓“不仁”，是一种无心的境界，即庄子的纯白之境。庄子“泉涸，鱼相与处于陆，相呴以湿，相濡以沫，不如相忘于江湖”的著名寓言，所谓“相忘于江湖”，说的就是无心于万物的境界。禅宗的“三无”学说中，以无念为宗，无念，就是“于念而不念”，所谓一念心清净，处处莲花开。

中国美学在创造方式中的生熟问题，其妙意也在巧拙之间。生和熟是一对概念，书画需由生到熟，又由熟到生。开始的生，因为技法不熟悉，故需要基本的技法训练，但当艺术技法相对熟悉之时，最容易成为技法的奴隶，还应该回到生，这就是熟外之生。中国艺术厌恶熟，认为熟，就会俗、甜、腻，这样的艺术有谄媚之态。艺术太熟了，就会为成法所拘，一切似乎都在人定之中，天心则无从着地。郑板桥有诗道："三十年来画竹枝，日间挥洒夜间思。冗繁削尽留清瘦，画到生时是熟时。”熟外求生，不做秩序的奴隶。董其昌说："画须熟后生。”这一观点被有的论者说成是度人金针[①]。熟外之生，破的就是机巧。生境，就是拙境。中国艺术家说，生辣处见真心，这个生辣，就是对机心的超越，对法度的超越，以法无定法之心，应会自然。

无营、无凑泊、无心、不即、生辣等等表述，反对的是机心，推重的是拙意，彰显的是无意识的体验，反对的是目的性的求取。这样的思想，在中国美学中具有相当的普遍性，也是中国美学颇有特点的理论。

二

拙是超越机巧，达到天然的契合。

大巧若拙作为一个哲学命题，思考的中心问题是人工技巧和自然天全之间的关系，它是中国哲学中较早的对技术主义进行批判的代表性观点。

《庄子》中从超越机巧的角度，谈大巧若拙："擢乱六律，铄绝竽瑟，塞瞽旷之耳，而天下始人含其聪矣；灭文章，散五采，胶离朱之目，而天下始人含其明矣；毁绝钩绳而弃规矩，攦工倕之指，而天下始人有其巧矣。故曰大巧若拙。”[②] 技巧的发展，是文明进展的重要标志之一。在道家哲学看来，文明的发展，技术的进步，并不必然带来人的性灵解放。工具的发达，技巧的凝聚，技术方式的变革，由此基础上产生的对技术主义的迷恋，却构成了

① 清吴德旋："董思翁云，作字须求熟中生，此语度界金针矣。……赵松雪一味纯熟，遂成俗派。”（《初月楼论书随笔》，见《历代书法论文选》，上海书画出版社 1979 年。）

② 《庄子·胠箧》，郭庆藩《庄子集释》本。

对人自然真性的压抑。庄子认为，人类文明就是追求巧的过程，但在这一过程中，人常常会忘记，巧只是工具上的便利，并不能解决人心灵中根本的问题，物质的巧并不能代表生命的体验。就像在工具理性发达的今天，人们有一种“文明空荒感”一样。道家提倡大巧若拙哲学，就是将人从知识的跃跃欲试拉回到天全的懵懂，由欲望的追求返归性灵的恬淡，从外在感官的捕捉回到深心的体悟。

庄子曾就庖丁解牛的故事，提出技进乎道的观点。技是知识的，工巧的，而道是天成的，是生命的圆融境界。“技进乎道”的“进”，不是说道超过了技，而是说道是对技的超越、否弃和消解。道，就是拙。在著名的梓庆削鐻故事中，有一段关于“术”的对话，梓庆削木为鐻，有鬼神难测之妙，鲁侯就问他：“子何术以为焉?”他回答说：“臣工人，何术之有?”削木为鐻，当然是一种技术性的工作，但这位工匠却否认这一点。他有自己的解释：“臣将为鐻，未尝敢以耗气也，必斋以静心。斋三日，而不敢怀庆赏爵禄；斋五日，不敢怀非誉巧拙；斋七日，辄然忘吾有四枝形体也。当是时也，无公朝，其巧专而外骨消；然后入山林，观天性，形躯至矣，然后成见鐻，然后加手焉，不然则已。则以天合天，器之所以疑神者，其是与!”他所获得的神妙莫测能力，不在技术性，而在心灵的斋戒涤荡，最终达到“以天合天”的境界，这里没有人工之巧，只有天地之巧。得道的过程不是技术积累的过程，而是养生的过程，养成内在生命的和谐圆融。

大巧若拙反对技术至上的思想，其核心是反对人为世界立法。在人为世界立法的关系中，人是世界的中心，人握有世界的解释权，世界在人的知识谱系中存在，这是一种虚假的存在。大巧若拙哲学，是要还世界以真实意义——不是人所给予的意义。

大巧若拙，作为中国美学的独特秩序观，不是依人理性的秩序去解释世界，而是以天地的秩序为秩序。如中国造园艺术的最高原则是“巧夺天工”，世界具有最美妙的秩序，人的一切努力就是悉心体会这样的秩序，去除心灵的粘滞，去契合它。用明计成《园冶》的话说，就是“虽由人作，宛自天开”。园林创造“虽叨人力”，但“全由天工”。园林是人的创造，是人工的，但园林的人工，强调无人工刻画痕迹，做得就像自然固有的一样，做得就像没有做过一样，这就是天工。不是“人饰”，而是“天饰”，才是中国园林的立园之本。

西方传统园林有一个内隐的原则，就是人是自然的主人，重人工，重理性；中国园林强调人是自然的一部分，与自然的密合成为造园的根本原则。

西方传统的英式园林、法式园林，或是罗马式园林，都强调外在整饬的秩序，要求对称、整齐，符合其追求理性的趣味。但在中国则重视美丽的无秩序，力求体现大自然的内在节奏，表面上的无秩序隐藏着深层的秩序。铲平山丘，干涸湖泊，砍伐树木，把道路修成直线一条，把花卉种得成行成列，这是西方园林的创造方式。而中国园林强调的是“天然图画”。中国园林是造“曲”的艺术，多用曲线而少用直线，一湾流水，小亭翼然，小丘耸然，加之以灌木丛生，绿草满径，云墙，回廊，潺潺的小溪，体现出强调的野趣——自然本来的趣味。像江南园林的云墙，如绵延的长龙横卧于一片青山绿水之中，别具风致。

排斥技术主义的思想，在传统美学中是占主流的。中国艺术在魏晋南北朝时期，随着形神、气韵论为人所重视，重天然轻技巧的倾向就已初露面目。此时书论中提出天然、人工的分野，强调“天然”的颖悟，认为此一能力乃“神化之所为，非世人之所学”，即回到人的生命本源性的创造，对人工技巧之能力有所贬斥。唐张彦远论画提出五等说：“夫失于自然而后神，失于神而后妙，失于妙而后精，精之为病也而成谨细。自然者为上品之上，神者为上品之中，妙者为上品之下，精者为中品之上，谨而细者为中品之中。”技巧之工整，落于下品之中。而影响深广的逸神妙能四品论，更强化了张彦远的观点，据黄休复《益州名画录》的解说，四品之中，一种“拙规矩于方圆，鄙精研于彩绘，笔简形具，得之自然”的逸格高立众品之上，成为艺术创作的最高范式，这一范式，就是不遵法度的“拙”的精神。而沦为第四品的能品，虽有技巧的完善，但人工的成分浓厚，走的是技术主义的道路，是所谓得人工之巧，失天性之拙，所以受到贬抑。

在这其中，庄子的技进于道成为中国美学的重要创造原则。北宋末年鉴赏家董逌论李公麟的画时说：“初不计其妍媸得失，至其成功，则无毫发遗恨。此殆进技于道，而天机自张者耶。”① 又评李成绘画说：“方其时忽乎忘四肢形体，则举天机而见者皆山也，故能尽其道。”② 这里所说的“不计其妍媸得失”、“忽乎忘四肢形体”，都是对技的超越，而强调天机自放。在中国美学看来，艺术是心灵的游戏，而不是技术，技术乃艺术创造之手段，但创作者不能成为技术的奴隶，动辄操规矩，举绳墨，按形涂抹，倾心雕刻，计妍媸，较工拙，这样便会现笔墨之痕，难掩破碎之相，成为技巧的奴隶，法度的奴隶，传统的奴隶。中国美学强调“械用不存而神者受之”，不期于似而生

① 《书伯时县霤山图》，《广川画跋》卷四，《中国书画全书》本。
② 《书李成画后》，《广川画跋》卷四。

意发之，游戏于笔墨而法度忘之，无适不往而窒碍破之，无心于巧而大巧得之，笔迹天放而不入畛域，持造化炉锤，秉天地神功，任其天放，随物赋形，行其所当行，止其所当止。

明董其昌等论南北宗，认为南宗以拙为法，北宗以巧为法，二者一走“化工”的道路，一走技术主义的“画工”道路。清沈宗骞谈到“化工”时说：“当夫运思落笔时，觉心手间有勃勃欲发之势，便是机神初到之候，更能引机而导，愈引而愈长，心花怒放，笔态横生，出我腕下，恍若天工。”① 化工是无目的的，画工则有目的；化工是妙悟的，画工则没有放弃人工和知识；化工优游不迫，画工则伤于刻画；化工可冥然物化于对象之中，画工则是物我了不相类。他们又将工巧之类的艺术，加以“行家”的恶谥。将循拙法创作，称为“利家”之作。如董其昌认为仇英的画太用功，“刻画谨细，为造物拘”，这种全凭工力的画，被他归入“习者之流”。董其昌的拥护者、清人李修易说：“北宗一举手即有法律，稍觉疏忽，不免遗讥。故重南宗者，非轻北宗也，正畏其难耳。”② 沈宗骞还将重技巧之艺术称为有“作家气”，他说：“士夫与作家相去不可以道里计。”所谓“作家”之“作”乃造作之作，是有为，是机巧。而他们所提倡的创作方式是“不作”，“不作”而任由自然，由智慧去创造，而不是由机巧去创作。

中国美学中这绵长的反技巧传统，强化了美学中重体验的思想，但也造成了一些负面影响。如在绘画中，逸笔草草，不求形似，蔚成风气，高明者自臻高致，至其末流，则演变为胡乱涂鸦，以色貌色，以形写形之风全然抛弃，不从工夫中进入，而等待着一味妙悟，阻碍了绘画的正常发展。清笪重光《画筌》指出：“画工有其形而气韵不生，士夫得其意而位置不稳。前辈脱作家习，得意忘象；时流托士夫气，藏拙欺人。是以临写工多，本资难化；笔墨悟后，格制难成。”所谓藏拙欺人的方式，的确是存在的。

三

拙是对机锋的荡涤，推崇淡然的美感。

拙，不是笨拙，而是不争，淡尽一切欲望，荡尽人间风烟，去除知识的葛藤，扫除论辩的企望，在没有机心和机巧的心灵中，泊然自处，完然自足。

① 《芥舟学画编》卷二《山水·取势》，《画论丛刊》本。关于化工，多有是论，清恽南田在评一幅画时说：“全是化工神境，磅礴郁积，无笔墨痕，等令古人歌笑出地。”又说：“元人幽亭秀木，自在化工之外一种灵气。”

② 《小蓬莱阁画鉴》，《中国书画全书》本。

巧是分别境，拙是大全境。大全之境，无对待，无冲突，平淡天然，自在呈露。

唐代《赵州录》有这样的记载，有僧问："二龙相争时，如何?"赵州从谂大师回答说："老僧只管看!"这个"只管看"，不是做一个看客，而是去除一切争锋的欲望，平和自处，淡然天真，所谓"不忮不求，何用不臧"！这就像老子所说的："夫唯不争，故无尤。"老子认为，水具有最高的智慧，柔弱而天下莫能与之争美，水的智慧，是一种无争的智慧。在道禅哲学看来，天尊地卑之说起，而天地无安；君子小人之别出，而人无宁处。人有分别心，必引是非起，于是，人内在的平衡便被打破。道禅哲学提倡拙，在于回归内在生命的和谐，这样的和谐不是儒家温柔敦厚、过犹不及的协调，而是无冲突的和谐，其哲学的核心在于创造一种"天和"。

《庄子·达生》所记载的呆若木鸡的故事，表达的就是荡去机锋的思想："纪渻子为王养斗鸡。十日而问：'鸡可斗已乎?'曰：'未也，方虚憍而恃气。'十日又问，曰：'未也。犹应响景。'十日又问，曰：'未也。犹疾视而盛气。'十日又问，曰：'几矣。鸡虽有鸣者，已无变矣，望之似木鸡矣，其德全矣，异鸡无敢应者，见者反走矣。'"没有争斗的欲望，则得"德全"，在愚沌之中恢复到自然淳朴状态，善斗者不斗，淡去争斗之心，故能立于不败之地。庄子反对人世间无情的争夺，他认为，争执由知识起，争执起，而大全破。他说："名也者，相轧也；知也者，争之器也。二者凶器，非所以尽行也。"其哲学的最高境界是"和之以是非而休乎天钧"，没有是非之心，就没有争斗，与天地同在，在天和的境界"休"乎性灵。

禅宗发挥大乘佛学的平等觉慧，强调平常心即道。所谓平常心，就是没有争夺的无分别心。这和道家所谓拙的智慧颇契合。禅门以"有诤则生死，无诤则涅槃"为要道，强调大道无对，诸法平等。"世上峥嵘，竞争人我"，一切冲突便由争起，平常心，就是将人从内在幽暗的冲突中拯救出来。春有百花秋有月，夏有凉风冬有雪。若无闲事挂心头，便是人间好时节。此之谓拙境。

中国美学重视这荡尽风烟的拙境，对以下三种境界的推重，便是在这一思想影响下出现的。

（一）老境。中国艺术推崇老境，画家说："画中老境，最难其俦。"画以老境为至高境界。园林创作以老境为尚。清袁枚说，他的随园最得老趣。老境为书法之极境，南唐李后主是一位书法家，他说："老来书亦老，如诸葛亮董戎……以白羽麾军。不见其风骨，而毫素相适，笔无全锋。”[1] 老境将机锋荡尽，唯存平和，如诸葛亮用兵，不动声色。董其昌说，书法的极境是“渐老渐熟，乃造平淡”[2]。书法的老境，即平淡的拙境。韩愈《送高闲上人序》：“近闲师浮屠氏，一死生，解外胶，是其为心，必泊然无所起，其于世，必淡然无所嗜，……其于书得无象之然乎。”[3] 在韩愈看来，僧人书法家高闲的艺术，就得淡然天真的老境。

枯在润，老在嫩，在枯中追鲜活，在老中取韶秀。老境并不是对沉稳、博学的推崇，老境有天成之妙韵，具天籁之音声。老境意味着成熟和天全、绚烂与厚重、苍莽和古拙。在老境中，平淡，无色相，天真，淳朴，烂漫，衰朽中透出灿烂，平定中拥有智慧，去除规矩之后得到天和。看泰山石刻《金刚经》，感到的就是这样的老境。东坡论书法说：“天真烂漫是吾师。”董其昌以此为“一句丹髓”，所强调的正是平淡天然中的灿烂，“烂漫”乃于“天真”中得之。

孙过庭《书谱》提出学习书法的三阶段说：“至如初学分布，但求平正；既知平正，务追险绝；既能险绝，复归平正。初谓未及，中则过之，后乃通会。通会之际，人书俱老。”“人书俱老”成为中国书法追求的崇高境界。老境是“达夷险之情，体权变道”，是“思虑通审，志气和平，不激不厉，而风规自远”，在淡泊中有至味，在老境中神融笔畅，翰逸神飞。书法的老境如明潘之淙《书法离钩》所形容的：“神之所沐，气之所浴，是故点策蓄血气，顾盼含性情，无笔墨之迹，无机智之状，无刚柔之容，无驰骋之象。若黄帝之道熙熙然，君子之风穆穆然。”在老境中，没有了风烟。

（二）枯境。中国艺术重枯境，山水画的天地，以枯山瘦水为其主要面目。中国园林少雕塑，假山可以说就是中国园林的雕塑，这些表面上看起来毫无生机的石头，在中国人看来，却蕴涵着葱郁的生命。假山于瘦淡中追丰腴，在枯槁中有韶秀。书法家却喜欢追求万岁枯藤的境界。清吴历说：“画之游戏枯淡，乃士夫之脉，游戏者，不遗法度，枯淡者，一树一石，无不腴润。”在他看来，游戏枯淡，成为艺术家的追求，因为在枯淡中有丰腴的生命。

北宋文学家苏轼也是一位画家，他留存的画作很少，今藏北京故宫博物院的《枯木怪石图》，是一幅选材很怪的作品，他不去画茂密的树木，却画枯

---

① 引见明王绂《书画传习录》卷一，《中国书画全书》本。

② 《画禅室随笔》卷一。

③ 《韩愈集》卷二十一。

萎衰朽的对象；不去画玲珑剔透的石头，却画又丑又硬的怪石。苏轼于此表现的正是大巧若拙的智慧。

苏轼说：“外枯而中膏，似淡而实美”；“发纤秾于简古，寄至味于淡泊”。他以“绚烂之极，归于平淡”来概括这样的美学追求。从枯树来看，它本身并不具有美的形式，没有美的造型，没有活泼的枝叶，没有参天的伟岸和高大，此所谓“外枯”。但苏轼乃至中国许多艺术家都坚信，它具有“中膏”——丰富的内在含蕴。它的内在是丰满的，充实的，活泼的，甚至是葱郁的，亲切的。它通过自身的衰朽，隐含着活力；通过自己的枯萎，隐含着一种生机；通过自己的丑陋，隐含着无边的美貌；通过荒怪，隐含着一种亲切。它唤起人们对生命活力的向往，它在生命的最低点，开始了一段新生命的里程。因为在中国哲学看来，稚拙才是巧妙，巧妙反成稚拙；平淡才是真实，繁华反而不可信任；生命的低点孕育着希望，而生命的极点，就是真正衰落的开始。生命是一顿生顿灭的过程，灭即是生，寂即是活。苏轼此画的命意就在对活力的恢复。

大巧若拙的拙，并不意味枯寂、枯槁、寂灭，而是对活力的恢复。老子并不是一位怪异的哲学家，只对死亡、衰朽、枯槁感兴趣，老子认为，人被欲望、知识裹挟，已经失去看世界葱郁生命的灵觉。老子拙的境界，就是一任自然显现，如老子关于婴儿的论述，他具有一双鲜亮的眼睛，富有活力，纯真无邪，用这样的眼睛看世界，世界便会如其真，如其性，如其光明。在“小”中发现了广大，在“昧”中发现了鲜亮。就像庄子所说的，拙恢复了生命的活力，如初生牛犊之活泼，在拙中，恢复了光明，如朝阳初启，灵光绰绰。

（三）古境。中国艺术好古，如在艺术题跋中，经常使用古雅、苍古、浑古、醇古、古莽、荒古、古淡、古秀等来评价艺术作品，有的人说这是中国崇尚传统的文化风尚所使然，其实这是误解。这里所说的“古”，不是古代的“古”，崇尚“古”，不是为了复古，其中显示的是中国艺术的独特趣味。在世界艺术美学中，还没有哪个民族像中国这样对“古”（作为艺术境界）表现得如此神迷。它所追求的正是古淡的精神、超越的情怀。它也是大巧若拙的哲学体现。

中国艺术家真是常怀太古心。在中国画中，一枝一叶含古意，一丸一勺蕴苍奇，成了画家们的普遍趣尚。林木必求其苍古，山石必求其奇顽，山体必求其幽深古润，寺观必古，有苍松相伴，山径必曲，着苍苔点点。如在元代绘画中，苔石幽篁依古木，是云林的画境；云窗古苔枯槎外，是吴镇的笔意；冷光逸逸太古色，是子昂的世界。一位收藏家题元代画家方方壶的画说："有心怀太古。"① 有人说云林的画"淡泊中含太古意"。钱杜评王蒙"古拙之意可爱"。子昂自题竹画云："怪石太古色，丛篁苍玉枝。相看两不厌，自有岁寒期。"一个"古"字成了元代画人的至爱。而明清承继元人之遗意，多以好古相激赏，他们的画多是古干虬曲，古藤缠绕，古木参天，古意盎然，其中高人雅意，淡不可收，常常于古屋中，焚香读《易》，饶见风韵。在园林中，造园家普遍认为，园林之妙，在于苍古，没有古意，则无好园林。中国园林习见的是路回阜曲，泉绕古坡，孤亭兀然，境绝荒邃，曲径上偶见得苍苔碧藓，斑驳陆离，又有佛慧老树，法华古梅，虬松盘绕，古藤依偎。

古拙的境界是一种天真的境界（如书法中汉碑《石门颂》和《张迁碑》），超越规矩法度，达到从容自由的境界。在古拙中，有一种老辣的意味，于老辣处见苍莽淳朴。中国书法强调要有金石气，拓片的斑驳，历史的风蚀给文字带来的独特的美感，白字黑底，在沉寂中跳出，真可谓单纯的伟大，静穆的崇高，金石气就是一种古拙。

以上三境，体现的是无争的境界、平和的美感，中国美学重视平淡天然的思想，在大巧若拙哲学中找到了思想根源。

四

拙是生命存养之方，强调回复生命的本然。

中国美学重视内在生命的体验，审美活动就是超越有限人生，而达致生命的飞跃。中国美学并不重视用审美眼光去认识外在的美，而强调内在生命的和融，审美活动是由人的整体生命发出的，生命颐养之学成为中国美学的重要内容，这是中西美学的重要差异所在。拙是生命存养之方。

拙如果说是一种生命存在的技巧，这一技巧就是去除技巧，复归于浑然无为的世界。中国美学将其作为生命颐养之道。明代艺术家陈继儒曾经打过这样的比方："笔之用以月计，墨之用以岁计，砚之用以世计。笔最锐，墨次之，砚钝者也。岂非钝者寿，而锐者夭耶？笔最动，墨次之，砚者静也。岂非静者寿，而动者夭乎？于是得养生焉。以钝为体，以静为用，唯其然，是以能永年。"② 这一条用笔、墨、砚三者来比喻人生境界，以拙为生命存养之方。它不是简单的趋利避害，而是放弃一切分别，独归于渊默之自然。中国哲学强调，藏巧于拙，用晦而明；寓清于浊，以屈为伸。为人要有退步的智

---

① 袁铉题方方壶《碧水丹山图》语，《式古堂书画汇考·画卷》卷二十三。

② 《小窗幽记》卷一《集醒》。

慧，如老子所谓："明道若昧，进道若退，夷道若纇，上德若谷，大白若辱，广德若不足，建德若偷……"糊涂中有聪明，痴心中有智慧，拙是一种远离纷争之道，是一种生命颐养之方。唐代书法理论家张怀瓘《评书药石论》认为，书法艺术其实就是养生的艺术，首当以"大巧若拙，明道若昧"之心待之，心灵在混混穆穆中获得超越。

在庄子庖丁解牛的故事中，有这样的寓意，世界如一大屠宰场，人如何在这充满杀戮的世界中寻求生存的可能性，这才是养生达生之道的最后落实。护持生命不是延年益寿，而是自立于世界之中。保持自然之性，奉行无为之法，是避开机锋的根本途径。与欲望浮沉，最终必被欲望所害；处处藏有机心，最后反算了卿卿性命。在庖丁解牛这个故事中，一方面是处处暗含机关的世界，一方面是游刃有余、踌躇满志的心灵愉悦，形成了极大的反差，它突出了人生命超越的价值和意义。庄子说："吾闻庖丁之言，得养生焉。"进技于道的拙道，是一种养生之方。

庄子认为，重视知识、技巧不是养生、达生之途，而是一条戕害生命的路，《徐无鬼》中说了一个聪明猴子的故事："吴王浮于江，登乎狙之山。众狙见之，恂然弃而走，逃于深蓁。有一狙焉，委蛇攫抓，见巧乎王。王射之，敏给搏捷矢。王命相者趋射之，狙执死。"其他"笨"猴因笨而得逃，独这只灵敏逞能的猴子丢了命。《庄子·人间世》讲了一个"散木"的故事：有个石木匠到齐国去，经过曲辕，见一棵栎树生长在社庙旁边，被奉为社神，大得难以形容，围观的人多极了，石木匠连看都不看一眼，径直向前走。他的徒弟却为它神迷，看后跑着追上师傅，道："自跟随师傅以来，从没见过这样好的大树，而您却看都不看，这是为什么?"石木匠说："这是没用的散木，因为无用，所以它才能有这么长的寿命。"这种"散木"的智慧，在中国美学中深有影响，苏轼说他画的枯木怪石，所表现的就是散木的智慧。他有题画诗道："散木支离得自全，交柯蚴蟉欲相缠。不须更说能鸣雁，要以空中得尽年。"他的怪木，就是支离得自全的散木。

拙是一种恢复生命本明的活动，恢复生命的"美丽精神"。这一理论之所以有持续的影响力，与中国文化的发展特点有关。中国历史从一定程度上说，是战争的历史。战争，培养了特有的生活方式，也出现了特别的智慧。战争促进了武器的发展，也刺激了战争式的智慧产生，中国历史上计谋的高度发达，其实大多是在战争直接刺激下产生的。孙子兵法、三十六计、司马法、诸葛亮十六法等等，这样的计谋之书充斥于社会。兵不厌诈，兵以诈立，欺骗的手法，在兵家是常事。孙子提出的以利诱敌深入，声东而击西，明明要打却表现出不打，明明不打却又像马上出征的样子，等等，都可以说是诈术。计谋当然为用兵之不可或缺，但老谋深算到阴鸷的地步，就损害了人的精神。历史上，老子哲学由本来的清静无为在汉代以后变成一种权谋的武器，就说明中国文化浸润于机心的程度。机心、权谋、厚黑、潜规则的流行，损伤了中国文化“年轻的心”，或者如宗白华所说，损坏了中国文化的“美丽精神”。宋苏辙认为，拙就是摆脱心灵的困境，赢得心灵的清明，告别腐朽和谋算，独存纯粹与天真。他说：“古语有之曰：大辩若讷，大巧若拙。何者？惧天下之以吾辩而以辩乘我，以吾巧而以巧困我。故以拙养巧，以讷养辩，此又非独善保身也，亦将以使天下之不吾忌，而其道可长久也。”① 巧是困我之术，拙有助我之功，唯守拙方有长久之道，方能养得心中一团和气，方能从重重罗网中突围。

在中国美学中，拙还被当作提升生命境界的重要方式。中国美学以拙为至高的生命境界，拙意味着平淡、真实、自由、原初。故陶渊明诗云：“少无适俗韵，性本爱丘山。误落尘网中，一去三十年。羁鸟恋旧林，池鱼思故渊。开荒南野际，守拙归园田。”归去的是他生命的园田，他的“拙”的世界。并不是农耕牧歌更适合他，而是自然率真的境界更适合他的生命栖居。在这里，他感到倚南窗以寄傲、审容膝之易安的愉悦，领略木欣欣以向荣、泉涓涓而始流的光华。杜甫有诗云：“杜陵有布衣，老大意转拙”，又说：“养拙江湖外，朝廷记忆疏”，“用拙存吾道，幽居近物情”。拙就是他的大道，他的生命栖息之所。孟浩然有诗云：“运筹将入幕，养拙就闲居。”他在闲适的境界中，颐养心性。明谢榛有《自拙叹》诗道：“千拙养气根，一巧丧心萌。巢由亦偶尔，焉知身后名？不尽太古色，天末青山横。”在拙的境界中，把玩青山白云的意味。

中国美学归复于拙，其核心在建立生命的本然真实，以这一本然的真实去印认世界，而不是以知识去分别世界。正像《庄子·达生》中关于吕梁丈夫蹈水的故事所说的，吕梁丈夫之所以蹈激流而无险，在于故、性和命。这位神奇的人说：“吾生于陵而安于陵，故也；长于水而安于水，性也；不知吾所以然而然，命也。”故、性、命，说的都是人的本然。故，强调原来所具有，庄子认为，“生者，德之光”，每个人生命都有这光芒，只是我们常常被欲望和知识遮蔽。性，强调本然真实。而命，如林希逸《庄子口义》所说的，强调的是自然之理，天的秩序。三者一，而侧重点有所不同。大巧若拙思想

① 《栾城集》卷二十二。

的核心就是回到生命的原初境界，这是一种澄明的心灵本体。

大巧若拙哲学，破机心、技巧、机锋，强调回复生命的本然拙态，认为拙才是颐养生命之方，突出显现了中国哲学对人类“文明”反思的智慧。此一思想培养了中国人独特的艺术精神和审美趣味。但这一理论也有其局限性。重拙道、轻知识的思想，已经在中国文化历史发展中造成其负面影响。知识和智慧，并非完全对立，转知为智，当为正途；对技术主义的排除，也在一定程度上助长了艺术创造中藏拙欺人的风气；一味提倡守拙的境界，弱化了生命的张扬和外在的进取。

（原载《北京大学学报》（哲学社会科学版）2006 年第 3 期）

【阅读思考】

1. 大巧若拙思想的局限性。

2. 道家思想与中国艺术精神。

三、文献链接

（一）论　文

1. 方东美：《生命情调与美感》，《中央大学文艺丛刊》第 1 卷第 1 期，1931 年。

2. 冯友兰：《论风流》，《哲学评论》第 9 卷第 3 期，1944 年。

3. 邓以蛰：《画理探微》，《哲学评论》第 10 卷第 2 期，1946 年。

4. 宗白华：《中国美学史中重要问题的初步探索》，《文艺论丛》第 6 辑，上海文艺出版社，1979 年。

5. 蒋孔阳：《阴阳五行与春秋时的音乐美学思想》，《社会科学战线》，1979 年第 3、4 期。

6. 李泽厚：《关于中国美学史的几个问题》，《美学与艺术演讲录》，上海人民出版社，1983 年。

7. 刘纲纪：《中国古典美学概观》，《美学与哲学》，湖北人民出版社，1986 年。

8. 朱良志：《象——中国艺术论的基元》，《文艺研究》，1988 年第 6 期。

9. 叶朗：《从朱光潜“接着讲”——纪念朱光潜、宗白华诞辰一百周年》，《北京大学学报》，1997年第5期。

10. 聂振斌、王向峰：《中国百年美学发生发展的轨迹》，《沈阳工程学院学报》，2006年第2期。

（二）论　著

1. 宗白华：《美学散步》，上海人民出版社，1981年。

2. 李泽厚：《美的历程》，文物出版社，1981年。

3. 叶朗：《中国美学史大纲》，上海人民出版社，1985年。

4. 李泽厚、刘纲纪：《中国美学史》（第一、二卷），中国社会科学出版社，1984、1987年。

5. 李泽厚：《华夏美学》，香港三联书店，1988年。

6. 敏泽：《中国美学思想史》（第一、二、三卷），齐鲁书社，1987、1989、1989年。

7. 徐复观：《中国艺术精神》，春风文艺出版社，1987年。

8. 聂振斌：《中国近代美学思想史》，中国社会科学出版社，1991年。

9. 朱良志：《中国美学十五讲》，北京大学出版社，2006年。

10. 于民：《中国美学思想史》，复旦大学出版社，2010年。

四、选题示例

1. 《周易》美学范畴论
2. 诗乐意象与楚骚意象比较研究
3. 庄禅美学思想比较研究
4. 从《世说新语》看晋人的审美趣尚
5. 《二十四诗品》美学思想研究
6. 宋代“韵”论研究
7. 阳明心学的美学蕴涵
8. 刘熙载美学思想研究
9. “气韵生动”阐释史研究
10. 20世纪中国美学史研究的回顾与反思

第六章　西方美学思想研究

一、学科概述

（一）学科性质

1. 基本涵义

所谓“西方美学”，是指以古希腊、古希伯来审美文化为共同历史源头和精神结构的美学形态，自古希腊开始，中经古罗马、中世纪、文艺复兴、古典时期、启蒙运动直到近现代乃至当代，起承转合，历时两千余年，呈现出与东方美学迥相异趣的特征与过程。它是西方哲学和西方文化的重要组成部分，从一个侧面反映了西方人的精神品格及其文明与智慧。在“西方美学”这一总的美学形态中，又可分为古希腊美学、古罗马美学、中世纪美学等阶段性美学形态以及德国美学、英国美学、法国美学、俄罗斯美学等区域性美学形态。而所谓“西方美学思想研究”，是指历代西方美学家基于西方审美文化土壤所阐发的美学理论、美学思想以及中国本土美学研究者对西方美学理论和美学思想的研究、阐释与接受。

2. 理论形态

西方美学就其理论形态来说，在不同历史时期有着不同的表现，整体上大致经历了四个阶段，即本体论阶段、认识论阶段、语言论阶段和文化论阶段，现将这些不同阶段的主要理论形态介绍如下。①

第一阶段为本体论美学阶段。从古希腊罗马至16世纪，在哲学和美学上着重对本体论中的“是”或“存在”进行探究，从而建构了本体论哲学和美学。所谓本体论（Ontology）是指（西方）哲学中关于“是”或“存在”（being）的学说，即“是”论或“存在”论，它是用概念的逻辑推演建构起

---

①　此节主要参考朱光潜《西方美学史》、朱立元《现代西方美学史》、《试论西方美学发展的三个阶段》、吴琼《西方美学史》、牛宏宝《现代西方美学》等论著。

来的、追求普遍性、必然性的纯粹原理。如柏拉图哲学的基础是“理念论”，他认为，“理念”是与个别相对立的一般，与殊相相对立的共相，也就是一般“存在”。在《斐多篇》中，柏拉图区分了理念的一般存在和与之同名的具体事物的感性存在，由于理念的一般存在是独立于具体事物的，所以从一般存在过渡到感性（事物）的存在是有困难的。于是柏拉图又提出了“分有”说，即只有当感性事物的存在分有了理念的一般存在本身，才会具有一般存在的特性。他的美论正是按此思路展开的：他首先假定有美本身、善本身等理念的一般存在，并以此为出发点，然后推出具体美的、善的事物因为“分有”了美、善自身而成其为美、善。因此，美的理念（存在）是美的具体事物（感性存在）所以美的惟一和根本的原因。在其美学名作《大希庇阿斯篇》中，他对当时流行的各种美学见解提出了异议，辨析了“什么是美”和“什么东西是美的”这两个不同性质的命题。他强调，回答“什么是美”，就是要找出“美本身”具有的特点，把握美的本质或普遍规律，即美的理念。

与柏拉图相似，亚里士多德的美论亦是其哲学本体论的重要组成部分，但与乃师具体观点不同，在《形而上学》中，亚里士多德认为本体不可与其具体的感性存在相异或相分离，美的本体或美自身与它的感性存在应该是统一的。美作为一种本体性存在，成为许多具体事物的“极因”，也即“本原”，而美作为一种原始本体的外在形式，又主要呈现为秩序、匀称和明确。亚里士多德还肯定了现实生活中美的客观存在，肯定了艺术美对生活的依存关系，肯定了艺术作品中塑造的人物可以而且应该“比原来的人更美”。

希腊化时期与古罗马时代的美学，无论是斯多亚派、伊壁鸠鲁派，还是怀疑派等美学思想，虽然具体观点与古希腊美学大不一样，但从根本上说，并未超越哲学本体论的基本思路与格局。而作为古罗马美学殿军的普洛丁美学，则是典型的柏拉图理念本体论美学的翻版。中世纪的美学是与哲学上的神学本体论相一致的神学本体论美学，其代表人物有圣奥古斯丁和托马斯·阿奎那等，他们有关上帝之美的论证可视为古希腊本体论美学的变种。

第二阶段为认识论美学阶段。从17—19世纪，由于文艺复兴以来对中世纪神学的长期斗争，以及自然科学的迅速发展，西方社会逐渐步入近代时期，人性、人道主义等得到了大力复苏和张扬，人的理性也获得极大的解放。由此，哲学和美学也逐渐从关注作为世界总体的存在，转向关注人获取真理的途径、过程和方法，也即人本身如何实现对世界的认识。哲学和美学的重心也就从本体论转向了认识论。这一转向从法国哲学家笛卡尔开始，由大陆理性主义与英国经验主义共同发展，最终由德国古典美学完成。

就大陆理性主义来说，笛卡尔力求从知识的可靠性、清晰性和明确性出发，寻求哲学、美学通向真理的途径。他与古代偏重于从存在论角度讨论美学问题不同，而主要从主客体的认识关系中来把握美，他明确指出："所谓美和愉快的都不过是我们的判断和对象之间的一种关系。"① 而他所阐发的审美判断的标准和尺度也都暗含着某种理性主义精神。法国的布瓦洛则结合文艺创作实践来论述其美学主张，他的《诗的艺术》强调文艺创作应以理性为最高准绳，在他看来，艺术模仿自然，实际应模仿理性，因为只有符合理性，才符合真，也才能达到美。德国的莱布尼茨从宇宙"前定和谐"论出发，反对洛克的经验主义"白板"论，认为人的心灵具有先天理性和天赋观念，人的认识并非仅从感觉和经验而来，由此否定了感觉经验的普遍性与可靠性。他把艺术和审美活动定位于含感性因素的理性认识阶段，从而揭示了审美活动兼具感性直观与理性认识的双重特点。此后，法国启蒙主义美学家伏尔泰、卢梭、狄德罗等，总体上保持了理性主义认识论方向，德国启蒙主义美学家高特雪特、温克尔曼、鲍姆嘉通、莱辛、赫尔德等，同样延续了这一方向。其中较典型的是"美学之父"鲍姆嘉通。

鲍姆嘉通继承了莱布尼茨等人的理性主义认识论，但对他们轻视感性认识的偏向有所纠正。鲍姆嘉通认为，人的认识、心理活动包括知、情、意三个方面，相应地应由三门学科来加以研究。过去的哲学只包括逻辑学和伦理学，其中逻辑学是研究"知"的学科，伦理学是研究"意"的学科，独缺研究"情"这一感性心理机制的学科。因此他特别提出要建立一门专门研究"情"的学科，并创造了"Äesthetik"（即"感性学"或"美学"）一词为这门新学科命名。1750年，鲍姆嘉通的名著《美学》出版，标志着美学学科的正式诞生，美学成了一门有别于哲学、逻辑学、伦理学、艺术学等的独立的学科。

英国经验主义美学的奠基者是弗朗西斯·培根。他认为人的认识或知识的真理性来源于实在的真实性，而认识和真理的获得，是从对个别事实的感性经验上升到理性的科学知识的渐进过程。他谈美不似柏拉图、普洛丁那样借抽象玄思寻求美的本体、理念，而是关注、研究现实生活中各种美的形态，如相貌、色泽、动作等的美。他还对想象活动作了初步的研究，开创了把艺术、审美活动与想象这种人的特殊心理机制联系起来的新思路。霍布斯继承了培根的经验主义哲学，认为感觉经验是认识的开端和知识的源泉，然后通

① 《西方美学家论美和美感》，商务印书馆，1980年，第29页。

过理智的"推理"作用，对感觉经验材料加以分析和综合，才能获得真理性认识。他以善为美的核心，以美为善的形式，从感性经验层面，列举出姣美、美丽、壮美、漂亮、体面、清秀、可爱等美的形态。洛克则批判了理性主义的"天赋观念"说，提出一切知识和观念都来自感觉经验，人的心灵不过是一块接受感觉经验反射的"白板"。他把从感官经验获得的观念分为简单与复杂两种，认为美属于感官经验中的复杂观念，并进而论及审美的直觉性问题。博克则从论趣味的共同性入手，认为人的美感或趣味有其共同的标准，人的审美趣味均由感觉、想象力和判断力组成，其中感觉是基础，有创造性的想象力是关键，与推理相关的判断力也不可缺少，这种注重感觉与判断力统一的审美趣味观，使经验主义美学达到了较高水平。博克还在西方美学史上首先区分了崇高与美两个重要范畴，并用归纳法从感性经验角度细致地分析了崇高和美的观念的起源，以及崇高感和美感的主要心理特征。

要言之，英国经验主义美学的基本特点是：以感觉经验为基础和出发点，在认识论的框架下探讨美学问题，大都采用经验归纳而非理性演绎的方法，其研究重点放在主体心理结构特别是感觉和想象力等感性心理机能的研究上，借此来揭示美、崇高等审美现象的特性。此后，经过康德、黑格尔等德国古典美学家的努力，美学研究又逐步走向深入，使这门学科获得了更为严密而牢固的理论形态。

康德和黑格尔等都在鲍姆嘉通所倡导的"感性学"基础上，致力于解决感性与理性如何和谐统一的问题。康德的《纯粹理性批判》专门探讨人的理性（理论理性）认识发生机制问题，《实践理性批判》着重探讨人的伦理意志（实践理性）问题，《判断力批判》则主要关注美学问题。康德把对情感方面的认知能力称为反思判断力，其美学着重研究个别情感现象如何通过判断力上升为具有普遍性、必然性的美感心理功能与机制问题。他用审美判断力作为沟通理论理性与实践理性、现象界与物自体、必然和自由的桥梁，进而作为其沟通前两大批判即认识论与伦理学的桥梁。黑格尔的哲学与美学基本是本体论、认识论和方法论的统一。其"美是理念的感性显现"这一著名论断既指出了艺术和美是绝对理念（真理）通过感性形式表现出来，又表明了艺术和美是用感性形式对理念和真理的认识和表现，或曰绝对精神对自己本质的观照。这种观照主要表现为三种形式，第一种是直接的也即感性的认识，第二种是想象（或表象）的意识，第三种是绝对心灵的自由思考，这三种认识形式对应的领域则分别是艺术、宗教、哲学。① 由此，黑格尔建构了自己严整而宏大的美学体系。

① 黑格尔：《美学》第1卷，商务印书馆，1979年，第129页。

经过康德、黑格尔以及席勒、歌德、谢林、费希特等人的不懈努力，德国古典美学将认识论美学推向了高峰。此后的19世纪美学大体上仍在认识论美学范围内，主要对审美认识作更细致、深入的心理学探讨，从而使认识论美学趋于成熟和完善。

第三阶段是语言论美学阶段。19世纪末20世纪初以来，西方人文社科领域发生了由知识和理性向语言转变的潮流，原先从属于知识和理性、仅仅充当工具的语言迅速崛起，逐渐取代前者而占据了哲学的中心地位。正是伴随着这种语言学转向，语言论美学也成为美学研究的主要形态。其主要特征为：语言与意义的关系取代形式和内容的关系成为美学的中心问题；摒弃美的本质及其他本质问题，注重用语言学模式分析审美现象；放弃美学的系统化和体系化追求，认可具体问题的文本阐释。这种语言论美学经过语言分析哲学、现象学、存在主义、现代解释学、解构主义等的倡扬，一直延伸到当代前沿思潮中。

维特根斯坦是语言分析哲学的主要代表。他认为要考察认识问题，首先要批判认识的前提——语言。他提出了图式说、意义理论、证实原则、真理论等一系列语言哲学主张，对传统的形而上哲学进行语言批判，揭露其语言逻辑的混乱和错误，以期取消形而上学，把哲学的使命归结为语言的分析和批判活动。他认为美不可表述，故讨论美的本质无意义，传统美学极力寻求对美的本质的阐释是陷入了语言的误区。而韦兹、肯尼克等分析美学家也基本采取这样一种美学取消主义姿态。后期分析美学对此态度有所修正，对其他流派的美学观点也有所吸纳，但仍然秉持语言分析和批判的基本立场。现象学和存在主义的主要代表海德格尔始终关注语言问题，尤其重视语言与存在的关系问题。在《存在与时间》中，海德格尔是在分析“此在”在世的生存论建构时论及语言问题的。他认为，艺术的本质要借助语言的本质来确定，而语言是存在之家，与存在一体。诗（艺术）乃是本真性的语言，是存在借语词（言说）确立自身、彰显自身的方式。在海德格尔等人思想的基础上，伽达默尔建构起现代解释学哲学和美学。他把理解作为解释学的出发点和基础，强调理解是此在的存在方式，确立了理解在本体论上的优先地位。他关于审美理解的对话模式理论、视界交融理论、效果历史原则等的探讨，都是在这样一种语言本体论背景下展开的。

在这一“语言学转向”中，以索绪尔为代表的现代语言学起了相当大的推助作用。俄国形式主义和稍后的布拉格学派的诗学和美学在研究思路和方法上都直接受到索绪尔的启示，如他们对语言中的诗歌语言与实用语言作了区分，在二元对立中突出诗歌语言，以此来为诗（文学）定性；又如他们在对文学作品的形式与内容的二元区分中突出形式的主导作用，认为文学作品的特性在语言的组织、修辞的安排和技巧的运用等方面，因而文学批评亦应运用现代语言学方法对作品的形式结构加以考察和把握；他们还吸收了索绪尔对横向组合与纵向组合加以区分的思想，结合传统修辞学、诗学理论，把隐喻和转喻两种修辞手法提升、扩大为一切修辞格的普遍模式，并推广到诗学、美学研究中去。这一经验后来被解构主义等借鉴和使用。

第四阶段是文化论美学阶段。这是指西方 20 世纪 80 年代以来兴起的以文化问题为中心的美学形态，包括后现代主义、后殖民主义、女性主义和文化研究等美学和文化分析流派。文化论美学把“文化”视为人类的符号表意行为，强调运用跨学科手段去综合分析多方面的文化现象，消解文化的精英色彩而揭示其日常性，从大众传媒和大众文化的角度对审美问题作新的研究和阐释。在文化论美学的问题框架中，艺术的文化性成为关注的重点。文化论美学主张艺术是一种文化形态，而不是独立的语言作品或审美对象，艺术的成功与否取决于多种文化力量的交互运用，艺术作品的语言是特定社会文化语境下复杂作用的产物，艺术欣赏则是特定文化语境中的公众阅读行为等。目前，文化论美学尚处于发展深化过程中。

从理论渊源看，西方美学除了上述四种主要的形态外，还应包括拥有鲜明个性化特征的马克思主义美学。如我们所知，马克思主义的许多基本原理，诸如关于社会实践的观点，关于思维与存在、生产力与生产关系、经济基础与上层建筑、物质生活与精神生活等等辩证关系的学说，对于科学地进行美学研究都有着重要的指导意义。在《1844 年经济学哲学手稿》中，马克思提出了“自然的人化”、“人的本质力量对象化”、“劳动创造了美”、“人也按照美的规律来建造”等一系列重要命题，蕴涵着极其丰富的美学思想。而其《政治经济学批判》“序言”和“导言”、《德意志意识形态》以及有关文艺问题的书信等，对美、美感、美的规律等基本理论问题，亦作了极为精辟的论述，为马克思主义美学理论的建构奠定了坚实的基础。此后如列宁、拉法格、梅林、普列汉诺夫、高尔基、卢卡契等，也都坚持以马克思主义为指导研究美学和艺术问题，使得马克思主义美学不断发展壮大，蔚然成为具有国际性影响的美学形态。

3. 研究意义

中国学人研究西方美学，是百年中国美学发展的历史规律和现实要求使然。毋庸讳言，作为独立学科的美学在中国的形成和发展，一直是在西方美学的巨大影响下进行的。中国传统文化中虽含有丰富的美学思想和审美实践内容，但终究未能形成具有明确的研究对象、范畴体系、研究方法以及学科规范的独立的美学学科。美学作为学科的概念，是王国维等人在 20 世纪初从西方引进的，而在此后百年中国美学发展史上，几乎每一步都烙下了西方美学的深深印痕。可以说，百年中国美学史是西方美学（含马克思主义美学）与中国本土审美文化资源长期交流碰撞、对接对话的历史。如果没有西方美学持久而深入的刺激和影响，中国美学也许仍处于"有美而无学"的状态下，就不会获得如此快速的发展和如此巨大的成就。西方美学对中国美学的影响，不仅是给予一个学科的名称，而且涉及该学科得以成立的各个方面，如基本对象、基本理论、基本方法、范畴体系、学理规范等。

正是由于中国百年美学的发展是在西方美学的巨大影响下进行的，而且这种影响已构成了中国美学发展的内在动力，陶塑了中国美学发展的特殊肌理与结构。因此，要科学地把握中国当代美学的内在理路、本质特征和发展规律，就必须深入地研究西方美学，洞悉其优势与不足，在此基础上取其精华，弃其糟粕，从而在中西对流和中西对照中推进中国美学和中国文化的繁荣发展。当此 21 世纪初期，中国美学建设正面临着迎头赶超的历史性机遇。中国美学要获得重大的突破性发展，实现创新性建设目标，研究和借鉴西方美学的丰富历史经验与当代最新成果，仍然是极其重要的途径和方式。

（二）学科发展

西方美学学科发展源远流长，西方学者对西方美学的研究也出现了不少成果。就西方美学史研究来说，重要的论著有鲍桑葵的《美学史》（1892）、克罗齐的《作为表现的科学和一般语言学的美学的历史》（1910）、李斯托威尔的《近代美学史评述》(1933)、吉尔伯特与库恩合著的《美学史》（1939）、塔塔尔凯维奇三卷本的《美学史》（1962—1967）、《西方六大美学观念史》（1980）以及前苏联的《世界美学史》（未完稿）等。

中国学者对于西方美学的研究，始于 20 世纪初西学东渐之际，迄今约有百年左右历史。清代末年，随着民族危机的加剧和资产阶级改良主义的出现，一些有识之士如王国维、梁启超、蔡元培等，在深具中国传统美学修养的基础上，广泛吸纳近代西方的哲学美学成果，开始用一种新的审美眼光和研究手段探讨审美本质和艺术特性等问题。至 20 世纪二三十年代及稍后，朱光潜、宗白华、邓以蛰、蔡仪等学人对西方美学（含马克思主义美学）也进行了不同程度的介绍和研究，努力将西方美学引入中国，为中国学者的西方美学研究奠定了扎实的基础。而西方美学真正大量地传入中国并为国人所重视，则是在新中国成立之后、尤其是 20 世纪 80 年代之后。这一时期，随着我国逐渐实行改革开放和中西文化交流的扩大与发展，西方近现代美学的著作和流派被大量译介过来，许多以翻译为主的丛书、丛刊纷纷涌现，一批断代的或专题的西方美学史著作先后问世，大大促进了我国的西方美学研究，从而在量和质两方面都有了飞跃性的发展。

概而言之，中国学者对于西方美学的研究大致呈现为如下四个阶段。

第一阶段：1900—1919 年。这一阶段是中国学者研究和接受西方美学的初始阶段，他们主要注重对西方近代以来美学的引进和借用，但一般不论列其具体的历史文化背景和完整的知识体系，而是根据自身的学养和学术需要，作局部的理论探讨和借鉴，当时的学者们还无暇顾及美学的系统建设。但这一阶段却可谓筚路蓝缕，从此开启了西方美学东渐的大门。

从时间和效果来看，清末的王国维可说是引介西方美学理论的第一人。他“首先揭开了 20 世纪中西美学关系史的序幕，最先输入了美学学科的系列概念，更重要的还在于王国维是世纪初自觉运用西方美学改造中国传统美学的第一人，也是以西方美学研究文艺现象，并完整地表达了自己美学思想的第一人。”[①] 他通过《叔本华之哲学及其教育学说》、《〈红楼梦〉评论》，《论文学家及美学家之天职》等著作，较广泛地介绍了康德、叔本华、尼采、歌德、席勒以及英国的博克、洛克、休谟等人的哲学和美学理论。他还努力借鉴西方的美学理论、概念和范畴来阐释中国的审美文艺，改造中国传统的直觉感悟式美学诠释模式，从而为西方美学的“中国化”打下了初步的基础。

随后，蔡元培对西方美学的介绍和研究达到了一定的理论高度。在《美学的进化》中，他根据西方美学的发展历程和特点，将其划分为古代美学、哲学美学和科学美学三个阶段，其中从古希腊到鲍姆嘉通之前，属古代美学期，其代表人物有柏拉图、亚里士多德、布瓦洛等，他们的共同特点是美学理论附属于哲学或美术，没有美学的专名和专著；从鲍姆嘉通出版《美学》一书到哈特曼为止，属于哲学美学时期，其代表人物有鲍姆嘉通、康德、谢林、黑格尔、叔本华、哈特曼等，他们的共同特点是用演绎法来研究美学；从费希纳出版《实验美学》（1871）和《美学导论》（1876）开始，为科学美学的阶段，即用心理实验的方法“自下而上”地研究美学，从而开启了以归纳法治美学的先河。蔡元培努力通过对西方美学的考察，为中国美学建设提

① 陈文忠：《美学领域中的中国学人》，安徽教育出版社，2001 年，第 21 页。

供有效的资源和方法。尽管他比较偏爱实验美学，但从思想启蒙的要求出发，他更多继承了康德的美学思想，把美学看作是沟通现实与理想的桥梁，认为人通过审美可以去掉利害得失之心，增强人性中固有的善良情感，使精神进达高尚境界。与康德把美分为“纯粹美”和“依存美”类似，蔡元培将美分为“纯粹美”和“复杂美”，其中“复杂美”是美与道德的统一。同样受康德的影响，他将美分为优雅之美与崇高之美，优雅之美从容恬淡，超越了利害计较，达到了无目的的合目的性；崇高之美有至大、至刚两种，它是美与善的复杂相，优雅之美与崇高之美都能使人超出官觉世界上升到超官觉世界，即道德世界。正是在深入研究和反思西方美学精神的基础上，蔡元培提出了“以美育代宗教”的主张。在他看来，审美教育既是改造旧文化的有效手段，又是进行思想启蒙的得力工具。

此阶段还有梁启超、鲁迅、李大钊等人，在引介西方美学方面也作出了各自的贡献。

第二阶段：1919—1949 年。这一阶段，经过“五四”新文化运动的洗礼，文化学术重建逐渐成为学人们的自觉追求，对于西方美学的介绍和研究也更加学理化和体系化。1923 年吕澂出版了《美学概论》，1927 年范寿康的《美学概论》在商务印书馆出版，陈望道的《美学概论》也于同年由上海民智书局推出。此后，又有徐庆誉的《美的哲学》（1928）、吕澂的《现代美学思潮》、《美学浅说》（1931 年）、朱光潜的《谈美》（1932）、《文艺心理学》（1936）、蔡仪的《新美学》（1947）等论著陆续问世。这些论著的主体内容大多是对西方美学的介绍和阐发。

这一阶段，朱光潜先生的西方美学研究具有学科领先的地位。他通过《悲剧心理学》、《文艺心理学》、《谈美》、《诗论》等系列美学（文艺学）论著，对西方近现代美学尤其是审美心理学诸流派展开了系统而深入的介绍和研究，先后梳理了从康德到克罗齐一线相传的心理学美学理论，包括克罗齐的直觉说、布洛的距离说、立普斯的移情说、谷鲁斯的内模仿说等等，并对这些学说进行批判综合、“补苴罅漏”，同时以中国传统美学为内在参照系，通过中西美学思想的相互阐释与融通，建构起自己独特的美感理论。

宗白华先生的西方美学研究可谓别具一格。从 20 年代到 40 年代，他在东南大学、中央大学任教期间，曾先后开设过有关康德、歌德、叔本华、尼采、倭铿、斯宾格勒等人的哲学和美学思想课程，并著有《论中西画法的渊源与基础》、《中西画法所表现的空间意识》、《论中西艺术的写实、传神与造境》等。宗白华通过对中西美学（艺术学）的多方比较，认为西洋美学从古希腊以降，基本上是一个理性主义传统，故西方美学大多是哲学思想体系中的一部分，属于哲学史的内容；而中国美学思想却更多地与审美和艺术相联系，更多地渗透在日常生活和艺术实践之中。宗白华还对西方的文化批判理论情有独钟，如狄尔泰的历史理性批判理论、斯宾格勒的文化历史哲学、卡西尔的符号论文化哲学等，对宗白华都深具影响。正是站在文化批判的立场上，宗白华主张在“东西对流”和“东西融合”的基础上重建中国新文化。他一方面强调中国文化的发展应极力发扬中国民族文化的个性，不随西方亦步亦趋；另一方面又倡导借助和发挥西方文化的“动的本能”，以维持我们民族的存在，重建我们文化的基础。这是宗白华基于对中西文化精神差异的深刻领会而提出的洞见。

蔡仪先生则选择了西方哲学中极具生命活力的马克思主义作为理论基础，尝试运用马克思主义的唯物辩证法认识和剖析美学中的各种复杂问题。蔡仪的美学代表作为《新美学》，1944 年完成，1947 年由上海群益出版社印行。在该书中，作者自觉运用马克思主义理论和方法，努力建构唯物主义美学体系。关于美的本质问题，蔡仪借鉴恩格斯的现实主义典型理论，提出“美是典型”的鲜明论断。这一论断的确立，促使人们不再把美学研究的视野局限于主观意识和审美心理上，而把眼光投向客观对象，这对于纠正各种唯心主义美学的偏颇，具有积极意义。蔡仪还在深研西方美学的基础上，首次明确提出“自然美”、“社会美”等理论范畴，拓宽了中国美学研究的疆域。

总的来看，这一阶段的美学家们研究、阐释、接受西方美学，大致表现为如下几种情况：①以西方已有的美学理论作为摹本，对中国艺术和审美现象作相对系统的解说，思辨地构造一个具有西方学术特性的现代中国美学形态。如朱光潜先生的《悲剧心理学》、《诗论》等，就是此类范例性成果；②以中国文化精神和审美理想为学术基点，有选择地参照西方学术理论和审美艺术实践，在阐释中国美学和艺术问题时，努力打通中西理论和实践的隔膜，确立美学的“中国身份”。如宗白华等人的美学便为我们具体塑造了这种独特的姿态；③在对马克思主义学术的理解与接受基础上，有意识地根据意识形态的时代要求来张扬马克思主义对中国美学学术建构的基础性意义，从而使得马克思主义美学“中国化”过程初步显现了它超学科的社会文化意义。蔡仪等人的美学即属于此类研究的典型。

第三阶段：1949—1979 年。这一阶段前期（文革前），尽管一定程度上受到当时激进的意识形态的干扰，但在美学大讨论浪潮的推动下，对西方美学研究还是做了不少的工作，并取得了一定的成果。其中朱光潜的《西方美学史》和汝信的《西方美学史论丛》等堪称这一时期的代表作。文革发生后，西方美学研究则基本处于停滞状态。

朱光潜的《西方美学史》于1963年出版，此后又不断再版和重印，这是我国学者撰写的第一部西方美学史著作。该书以历史为线索，以人物为纲要，全面梳理西方美学中的经典、人物、概念、范畴及其发展演进脉络。全书共由序论和三大部分组成：第一部分，古希腊罗马到文艺复兴；第二部分，十七八世纪和启蒙运动；第三部分，18世纪末到20世纪初。书中所涉美学家和美学派别纷繁复杂，但整体上条理明晰，详略得当。该书在结语中，还对美的本质、形象思维、典型人物、浪漫主义和现实主义等四个关键性问题作了历史性总结。可以说，该书在第一手资料的翔实占有、历史叙述的清晰准确、理论阐述的全面深刻及史与论的有机结合等方面，均达到了很高的水准，迄今仍为中国学人研究西方美学的典范性著作，从而为其它各种西方美学史写作提供了重要的参照系。

此期间，青年李泽厚发表了诸如《论美、美感和艺术》、《美的客观性和社会性》、《美学三题议》等系列厚重文章，在美学大讨论中脱颖而出。他以马克思主义实践观为依托，通过批判改造车尔尼雪夫斯基的“美是生活”说和黑格尔的“理念”说，创立了美是“客观性与社会性统一”的崭新命题；通过批判当时的主观唯心主义并吸收普列汉诺夫、康德有关美感的直觉性和非功利性等美学思想，提出了“美感二重性”等重要观点。正是以马克思主义实践论为基点，李泽厚在很大程度上突破了传统美学主客对立的二元结构，克服了一般机械唯物论和主观唯心论美学的局限，实现了主观与客观、感性与理性等对立因素的统一。这为西方美学（马克思主义美学）的“中国化”起到了很好的示范作用。

第四阶段：1979年至今。这一阶段，是我国西方美学研究繁荣发展的时期。我国美学界开始大量引进西方现当代美学理论，自觉寻求研究方法和观念的更新。如何在引进过程中合理地读解、消化和吸收，并在此基础上不断开拓西方美学研究的深度和广度，成为众多美学学人努力的目标。其突出成就表现在涌现了一批西方美学通史、断代史、专题史和专人研究著作，其中如李泽厚所撰《批判哲学的批判》（1979）、蒋孔阳所撰《德国古典美学》（1980）、朱立元主编《现代西方美学史》（1993）以及蒋孔阳主编《西方美学通史》（1999）等，堪称这一努力的代表性成果。

在《批判哲学的批判》一书中，李泽厚创造性地运用了马克思主义的实践观点和辩证唯物论观点，对康德的三大《批判》所含哲学、美学思想展开全面的分析和评判，触及认识论（真）、伦理学（善）和目的论（美）三大领域中的诸多论题，深入揭示了康德先验论在哲学史和美学史上的枢纽意义。他以“人类如何可能”回答康德的“认识如何可能”的著名课题，强调使用和制造工具的实践活动是人类社会的根基，审美则是实践基础上的感性与理性的统一。他将康德“自然向人生成”的命题与马克思“人依照美的尺度来生产”这一观点衔接起来，凸显了西方哲学和美学中的康德—席勒—马克思一脉，从而站在马克思主义立场上清晰剥离出康德美学思想的合理内核，并将其创造性地融合在自己的美学思想中，发展、完善了自己的主体性实践哲学和美学。可以说，《批判哲学的批判》一书是中国学人研究西方哲学、美学专人专题的标志性著作，具有重大的开创意义。

蒋孔阳的《德国古典美学》是我国第一部运用马克思主义的观点和方法来研究西方美学断代史的力作。作者全面而又系统地论述了德国古典美学的产生、形成和发展，着重介绍了康德、费希特、谢林、歌德、席勒、黑格尔的生平、著作和美学思想，并兼及叔本华、克罗齐、费尔巴哈、车尔尼雪夫斯基以及马克思主义经典作家对德国古典美学的批判和继承。作者努力对每个美学家的思想体系实现历史性还原，对不同美学家的美学思想之内在联系作比较研究，并指出各自的历史地位和局限，在不少美学理论问题上都有所创获和突破。该书以其丰富的原始材料、平实公允的立论以及深入浅出的文风，填补了我国西方美学断代史研究的一个空白。

朱立元主编的《现代西方美学史》则立意为朱光潜的《西方美学史》“续貂”。如前所述，朱光潜所撰《西方美学史》学术水准甚高，但它只写到19世纪，且19世纪最重要、又开20世纪西方美学之先河的两位美学家叔本华和尼采未曾提及。故《现代西方美学史》从叔本华、尼采写起，随后以人本主义和科学主义两大美学主潮的流变更迭为轴心，宏阔地展示了20世纪西方美学从萌芽酝酿、形成初创、多元展开到后现代这四个时期的历史图景。该著除《导论》外，共4编30章，介绍和讨论了近30个美学流派上百名美学家的美学观点和思想，立足于西方技术文明与精神危机两极分化的社会历史文化背景，深入揭橥了人本主义与科学主义两大美学主潮、非理性主义与理性主义两大理论倾向间的冲突与交融。该书对20世纪西方美学发展历程的宏观追踪和微观透视，条理清晰、论述精当，显现了一种厚重的历史感和沉稳的学术个性。

为了进一步夯实中国美学学科建设的历史根基，促进中国美学在21世纪的繁荣发展，全面梳理总结西方美学的历史经验与教训无疑是十分重要的一环。由蒋孔阳主编的《西方美学通史》便是这一学术努力的又一重大成果。该书共7卷，计300余万字，由上海文艺出版社1999年推出。该书对从古希腊至20世纪90年代的西方美学发展演进历程作了详细的历史描述，并总结出各个时期的美学基本特征与演进轨迹。该书把美学的历史放在整个西方社会政治、经济发展的宏观文化背景下加以把握，力求客观、准确地揭示西方美学思想历史演变的内在规律与发展趋势。该书无论在规模的宏大、史料的全面、理论阐释的深度与广度等方面，都有较大的突破，从而把我国西方美学研究整体推进到一个新的阶段。

此外，如汝信主编的《西方美学史》、《西方美学史论丛续编》、朱立元主编的《西方美学范畴史》、《西方美学思想史》、杨恩寰著《西方美学思想史》、阎国忠著《古希腊罗马美学》、朱狄著《当代西方美学》、周宪著《20世纪西方美学》、张法著《20世纪西方美学史》、吴琼著《西方美学史》、牛宏宝著《西方现代美学》等，都是我国学者在近期西方美学研究方面所取得的重要成果。

值得一提的是，在百年西方美学研究历程中，中国美学学人还努力从浩如烟海的西方美学著作中精选富有思想和学术价值的名著译介给国人，从而催生了一批高质量的西方美学名著中译本。如专题研究类译著有柏拉图的《文艺对话集》、亚里士多德的《诗学》、莱辛的《拉奥孔》、康德的《判断力批判》、黑格尔的《美学》、丹纳的《艺术哲学》、帕克的《美学原理》、克罗齐的《美学原理》、维柯的《新科学》等等。西方美学史类译著有英国美学家鲍桑葵的《美学史》、美国美学家吉尔伯特、库恩合著的《美学史》、前苏联学者舍斯塔科夫的《美学史纲》、波兰美学家塔塔尔凯维奇的《美学史》和《西方六大美学观念史》等等。1980年代后，还陆续涌现出一批丛书类译著，如李泽厚主编的"美学译文丛书"，前后共出版美学译著50种左右，对我国当代美学的建设和发展产生了深远影响。又如陆梅林等主编的"外国文艺理论研究资料丛书"（1987年始）、吕艺生等主编的"艺术哲学丛书"（1988年始）、周宪主编的"艺术沉思录译丛"（1991年始）等等，皆推出了一批数量可观的西方美学（文艺学）中译本著作，从而为我国学者进一步打开了眼界和思路，激发出更为宏富的自由创造精神。

总之，我国几代美学学人对于西方美学思想的不懈介绍和研究，极大地丰富了我国美学研究的理论园地，也拓展了西方美学研究的问题空间和学科口径，从而为我国美学乃至世界美学的发展和转型奠定了扎实的基础。

（三）研究范围

在近代以前，西方美学研究大致由三大主题构成：①美的本质（体）问题。自古希腊柏拉图提出“美的本质是什么”这一难题后，无数西方学人沿着柏拉图所指的方向艰难跋涉，力图解开这一“斯芬克斯之谜”，美的本质（体）问题成为西方古典美学研究的最基本问题。②审美心理问题。西方哲学传统把人的心理活动分为知、情、意三个方面。“知”由逻辑学来研究，“意”由伦理学来研究，而“情”则由美学来研究。探究以“情”为核心的审美心理问题成了西方古典美学的第二大主题。如鲍姆嘉通的《美学》、康德的《判断力批判》以及诸家审美心理学派都侧重于这一方面的探讨。③艺术规律问题。这是从艺术理论、艺术批评和艺术史等方面来考察人类的审美活动和审美现象，以寻求某种具有普遍性的艺术规律和审美法则的研究。如亚里士多德的《诗学》、贺拉斯的《诗艺》、莱辛的《拉奥孔》、黑格尔的《美学》、丹纳的《艺术哲学》等皆属此类研究。①

到了近现代，美的本质问题遭到不少西方美学家和美学派别的质疑和挑战，西方美学主潮逐渐嬗变和更新，其研究范围可大致归纳为与上述主潮稍有差异的四大领域：①哲学主题研究，如叔本华的生命意志论美学、克罗齐的直觉主义美学、胡塞尔、杜弗莱纳的现象学美学、维特根斯坦的语义分析美学等属于此类；②审美心理学主题研究，如费希纳的实验美学、立普斯的移情说、谷鲁斯的内模仿说、布洛的心理距离说、弗洛伊德的精神分析美学、荣格的原型学说、阿恩海姆等人的格式塔心理学美学等可归于此类；③艺术社会学主题研究，如格罗塞、丹纳、罗斯金等人的艺术学美学、卡西尔、苏珊·朗格等人的符号论美学、姚斯等人的接受美学、卡冈等人的系统论美学等即如此；④审美文化学主题研究，如后现代主义、后殖民主义、女性主义和文化研究等美学和文化分析流派等属于此类，此类研究目前在西方和中国都还方兴未艾。整体上说，随着现代自然科学和人文科学的发展，西方美学研究的对象和范围在继承传统的基础上不断拓展，研究方法也日趋多样化，从而呈现出异彩纷呈、学派林立的多元化景观。

就我国的西方美学研究状况而言，经过几代学人的不懈努力，逐步由表层走向深层，迄今已形成一定的气候和规模，但从长远的视角来看，我国的西方美学研究还处于起步阶段，待发掘的空间还很大，西方美学中仍有诸多

① 参牛宏宝等著：《汉语语境中的西方美学》，安徽教育出版社，2001年，第64—65页。

未知的领域和论题有待于我国学者去进一步探索、开发。就当前来说，我们当然可以在西方美学研究已呈现的几大主题领域继续耕耘，但我们更应以反思和批判的态度超出此一限阈，站在更高的平台对其作“研究的研究”。对于中国学人来说，这也许是更有价值的“西方美学研究”。具体地说，我们在如下一些方面可多做一些工作。

（1）西方美学史研究。此类研究尤其是断代史研究中的薄弱环节，如西方中世纪美学、文艺复兴时期美学、启蒙主义美学、美国经验派美学、德国理性派美学和浪漫派美学，以及某些未能及时译介的现代、后现代美学派别等，都值得我们予以更多的关注和深入的研究。

（2）西方美学范畴与范畴史研究。这一研究可说是对一般西方美学史研究在理论和逻辑上的进一步提升，又是对西方美学史研究的推进和深化。我国对西方美学范畴的专题研究虽有一些论著，但还不够系统和深入，故需要加强这方面的研究。

（3）西方美学审美文化史研究。西方美学（史）研究可以提升到审美意识和审美文化史层次来进行，即把特定时代以理论形态呈现的美学思想，与那个时代以具体审美意识、观念、趣味、风尚、艺术创作等体现的审美实践活动和原生态的审美文化生活紧密结合起来，使美学理论与审美实践紧密结合，相互阐发而相得益彰。

（4）马克思主义经典美学及其承传文脉研究。在我国，对马克思《巴黎手稿》等著作的研究已相当深入，但还远远不够。我们应超出对《巴黎手稿》等著作的注经式读解，而以现代眼光从现代性和马克思的历史超越性入手，从德国古典美学向现代美学转型的历史脉络上，从马克思对20世纪西方马克思主义和其他美学流派的巨大影响中，进一步系统、深入地研究马克思的美学思想。这不仅对西方美学尤其是当代西方美学的研究大有裨益，也有助于当代中国美学的理论建设和创新。①

（四）研究方法

一般说来，研究方法服务于研究对象，就西方美学研究来说，常见且有效的方法主要有如下几种。

1. 译介法

主要以文字翻译为主，在翻译的同时对译介对象作一定的分析和评价，

---

① 参朱立元：《西方美学研究之展望》，http：//www. jxgzsz. com/jyz/zz/.

并在此基础上提出自己的美学观点，这是20世纪中国学者研究西方美学常用的一种方法。如朱光潜的《西方美学史》、滕守尧的《审美心理描述》、刘东的《西方的丑学》、刘小枫的《诗化哲学》等，都是既译介西方美学又阐发自己的美学观点的代表性成果。“译介法”不仅是两种文字的沟通，同时也包含了对译介对象价值的评判和取舍，从而为中国现当代美学的建设发展提供了大量的理论资料和构架模式，为中国美学的繁荣提供了新的参照视角。

2. 演绎法

根据某个众所周知的大前提，再借助某个现成的小前提，推导出一个结论，并可就此作进一步推演生发。如柏拉图对理念说的论证，黑格尔对绝对精神的演绎，即属此类典型例证。而中国实践派美学家从马克思关于人的本质是实践的定义出发，演绎出了“人的本质力量对象化”、“自由的形式”等重要美学观点；后实践美学代表者由“生命”、“生存”、“存在”等基本概念，阐发出生命美学、超越美学、存在论美学等，亦大多离不开这一研究方法。

3. 归纳法

对某些既有理论观点、经验教训、文献资料等加以梳理总结，探寻其内在理路和规律，最终得出自己的观点和结论的一种方法。这种方法在西方美学研究中运用得较为普遍。如西方的经验主义美学、格式塔心理学美学、精神分析学美学等，都大量使用归纳法。这种方法在中国学者有关西方美学史、艺术史的研究中，亦多有表现。

4. 比较法

在美学研究中，为主要研究对象找到一个相似、相近或相反的参照系，在比较中发现它的特点、识别它的价值、确定它在整个理论框架或逻辑演变中的位置。如朱光潜在《西方美学史》中对柏拉图与亚里士多德之文艺功能观的比较，对浮龙·李与谷鲁斯之移情观的比较，对英国经验主义美学与大陆理性主义美学之异同比较等，就熟练地运用了这一研究方法。又如宗白华的《美学散步》、蒋孔阳的《美学新论》、周来祥的《论中国古典美学》、徐复观的《中国美学精神》、阎国忠的《近代中西美学比较》等论著，都深入地运用了比较研究的方法，从而使各自的观点、结论显得更鲜明深刻。

5. 史论结合、历史与逻辑统一的方法

所谓史论结合，即一方面要求“细读”原典，做到历史优先、资料优先，实证性地揭示西方美学产生、发展、演变的真实历程；另一方面将史的研究作为论的研究的基础，论的研究作为史的研究的主导，力求史料梳理与理论概括、理论建构相结合。如朱光潜在写作《西方美学史》时，就努力从大量的原始文献资料入手，仔细梳理西方美学发展的基本线索，在深入理解第一手资料的基础上再提炼出对西方美学的观感和结论，体现了史论结合的典型特征，增强了理论的说服力。

所谓历史与逻辑统一，即一方面要求理论推演不能架空，必须符合西方美学历史发展的真实情况，尽管理论推演可以忽略历史发展中的某些偶然性因素而凸显必然性因素，但总体上不能违背历史真实；另一方面强调从运动、变化、系统的观点来分析评价研究对象，关注事物与事物之间的联系，如对立统一、质量互变、否定之否定等辩证发展的特性。这种历史与逻辑相统一的方法在朱光潜、蒋孔阳、朱立元等人的西方美学史研究中，在李泽厚、周来祥等人对美学理论的考察辨析中，都有其明显的功效。

二、论文精读

克罗齐派美学的批评
——传达与价值问题

朱光潜

【引言】

本文是朱光潜先生的名著《文艺心理学》中的一章，因其独立自足，自成系统，亦可作为一篇结构完整的单篇论文来对待。

本文主要从“五个肯定”和“五个否定”方面梳理和概括克罗齐派美学思想的主体内容。“五个肯定”即：一、直觉就是抒情的表现；二、直觉即艺术；三、直觉与艺术的统一是创造与欣赏的统一；四、直觉即表现，美即成功的表现；五、语言与艺术同为表现，语言即艺术。“五个否定”即：一、艺术不是物理的事实；二、艺术不是功利的活动；三、艺术不是道德的活动；四、艺术不是概念的和逻辑的活动；五、艺术不可分类。在此基础上，作者又从三个方面对克罗齐的美学思想进行了综合性分析和批判：一是其机械观，克罗齐单以“美感形式”论“艺术活动”，使“美感的人”、“科学的人”和“实用的人”处于分裂状态，失之片面和狭窄；二是其艺术“传达”观，克罗齐否认传达本身是创造，或是艺术的活动，有违审美艺术活动的基本事实；三是其艺术价值观，克罗齐否认作品本身为艺术，使价值评判失去了具体对象，他只承认艺术与非艺术的分别，而不能承认艺术内部的分别以及美与丑的分别，从而抹煞了美的等差与价值的等差，陷于绝对价值论。

本文是中国学人较早且较全面地介绍和评判克罗齐派美学思想的论文，全文思路清晰，结构严谨，论证翔实，文风朴实而富有思辨色彩，是当时难得的有较高水准的美学专题论文，为中国学者研究西方美学尤其是审美心理学提供了一个良好的参照系，迄今仍不失其典范意义。

一

近代美学派别甚多，几乎每个重要的美学家都有独到的见解，自成一派。所以美学研究是一件极难的事，如果依附某一家，就不免走上极偏的路，愈走离真理愈远；如果兼搜并包，取诸家学说作综合比较的研究，则彼此意见相差太远，对于同一问题的答案太多，又不免头绪纷繁，无从清理。不过近代许多美学派别中有一个最主要的，就是十九世纪德国唯心哲学所酝酿成的一个派别。这派的开山始祖是康德，他的重要的门徒有席勒、黑格尔、叔本华、尼采诸人。这些人的意见固然仍是彼此纷歧，却现出一个共同的基本的倾向。我们通常把这个倾向叫做唯心主义或是形式主义。意大利美学家克罗齐最后起，他可以说是唯心派或形式派美学的集大成者。在现代一般美学家中没有一个人比得上他重要，无论是就影响或是就实际贡献说。我们在本书里大致是采取他的看法，不过我们和他意见不同的地方也甚多。在以上各章中我们已零星错乱地指出我们所不敢掠美的和我们不赞成他的地方。因为这一层有关本书的基本态度，我们不嫌略有重复，再把它单提出来作一个有条理的总结。

我们先把克罗齐所肯定的原则很简赅地介绍出来。

克罗齐的全部美学都是从“艺术即直觉”这个定义推演出来的。直觉是最单纯的，是在知觉和概念之前的知的活动。它的对象只是单纯的未经肯否的意象。如果我们对于这种单纯意象加以肯否，如判断它是某某，直觉便进化为知觉，意象便进化为知识了。

艺术活动只是直觉，艺术作品只是意象。不过这并非说一切意象都可以算是艺术作品。比如作梦，看电影，读冒险小说，或是随时抬头一看自然景物，闭目一思以往经验，我们心中都有许多单纯意象流转承续，但是这些来去飘忽的意象决非艺术作品。因此，艺术的意象和非艺术的意象应该有一个分别，克罗齐以为这种分别在有无整一性（unity）。非艺术的意象没有经过美感的心灵综合作用（aesthetic spiritual synthesis），所以零落错乱，来去无定，这就是通常所谓“幻想”（fancy）。艺术的意象经过美感的心灵综合作用，把原来纷乱的意象剪裁融会成为有生命的有机体，所以杂多之中有整一，这就是通常所谓“想象”（imagination）。非艺术的意象无形式（formless），艺术的意象有形式（form）。这种形式是心以物为凭借而创造出来的。

使本来错乱无形式的意象变为有整一形式的意象，要有一种原动力，这种原动力就是情感。生糙的情感不表现于具体的意象，非艺术；无所表现的意象也非艺术。艺术就是情感表现于意象。情感与意象相遇，一方面它自己得表现，一方面也赋予生命和形式给意象，于是情趣、意象融化为一体。这种融化就是所谓“心灵综合”。直觉、想象、表现、创造、艺术以及美都是一件事，都是这种心灵综合作用的别名，它们中间并无若何分别。因此，克罗齐把“艺术即直觉”这个定义引申为“艺术即抒情的直觉”。

这种学说的要点在直觉与表现的同一。一般人都把直觉和表现看成两件事，所以说“意在言先”，“意内而言外”，直觉是意，表现是言。依这一说，“表现”是把在内的不具体的情趣和意象表现为在外的具体的文字、声音、颜色、形体等等。克罗齐问道：直觉和表现既一在内，一在外，绝不相同，谁是第三者来造桥沟通它们呢？无文字的诗，无声音的乐，无形色的画，其物如何，我们能想象么？世间没有无意之言，也没有无言之意。意何时发生，言就何时发生。比如你在未动笔之先，已成竹在胸，你所谓“成竹”，并非一种无形无色的竹（这是不可思议的）。既有形有色，便是已经“表现”了的竹。当你直觉或想象到某形某色的竹时，你同时便已把它表现了。你的意中之竹便是你的画中之竹。画中之竹只是使已表现的意中之竹留痕迹，并非表现意中之竹。这就是说，直觉就是表现。如果用流行语言说，内容（直觉）就是形式（表现）。因此，向来所争的“艺术重内容抑重形式”这个问题根本没有意义。

艺术的活动即美感的活动，美感的活动即直觉的活动。它的要点是：在心中猛然见到一个情趣饱和的意象而为它所吸引住。创造如此，欣赏也还是如此，所以创造和欣赏没有重要的分别。凡是艺术作品都有物质的精神的两方面。物质的方面如文学所用的语言文字，图画雕刻所用的形色，音乐所用的音调以及一般有形迹可求的东西。精神的方面就是情趣和意象融化而成的整个境界。物质的方面是死的，得精神贯注，才现出生气，才算是艺术。如果你没有见出精神而只见到形迹（即所谓“作品”），则形迹对于你仍是死的，仍然不是艺术。比如说一首诗，并不像一缸酒，酿成了之后，人人都可以享受。它是有生命的。各个人尽管看得见它的形迹，但是不一定都能领会到它的精神，而且各人所领会到的精神也不必一致。它好比一幅自然风景，对于不同的现象可以起不同的情趣和意象。每人所能领略到的境界都是他自己所创造的境界，是他的性格和经验的返照。性格和经验是人人不同的。不但如此，同是一首诗，同是一个人去读，今天所领略到的和明天所领略到的也不会完全相同，因为性格和经验是生生不息的。欣赏一首诗就是再造一首诗，每次所再造的都是一首新鲜的诗。创造和欣赏永远不会是复演，真正的艺术的境界永远是个别的，新鲜的，永远是每个人凭着自己的当时当地的性格和经验所创造出来的。无创造即无艺术。但是创造不是号称“艺术家”的人们的专利品。每个人都能有直觉活动，即每个人都有几分是艺术家。艺术的活动并不限于号称“艺术家”的人们在“创作”时才进行，每个人在日常生活中都多少有审美活动，这就是艺术的活动。

这是克罗齐美学中的几个重要的肯定。他所否定的比他所肯定的较多。不过明白他所否定的，可以对于他所肯定的了解得更清楚。

一、艺术不是物理的事实（physical fact）。所谓“物理的事实”就是文字、声音、颜色、形体等等传达的媒介。克罗齐所谓“创造”、“表现”、“艺术”，和一般人所说的意义不同，所以往往引起误会。一般人所谓“创造”包含想象和传达两种活动。“想象”是心中酝酿出一个具体的情境，就是直觉到一种情趣饱和的意象。想象所得的是一种“腹稿”，即苏东坡所说的“成竹在胸”，我们在上文所说的艺术的精神方面。“传达”是选择一种媒介或符号，把心中的意象翻译出来，留一个固定的具体的痕迹，可以传给别人看，或是留给自己后来看，例如把诗写在纸上，把图画在壁上，把音乐谱成曲子，这就是我们在上文所说的艺术的物质方面。一般人都把这第二步看作表现，把传达出来的看作艺术。如果只是一个存在心里的意象，还没有表现出来成为作品，就还不能算是艺术。克罗齐则以为艺术创造在第一步——想象——就已经完成了。艺术的活动完全是心里的活动。心里直觉到一个形象，就是创造，就是表现。这形象本身就是艺术作品。至于传达不过是把已在心里酝酿成的艺术用物理的符号留下痕迹来，犹如把歌曲灌到唱片上去，只是一种“物理的事实”，不能算是艺术的活动。

因为有表现然后有美，而表现不是“物理的事实”，所以克罗齐联带地否认“自然美”的存在。自然无所谓美不美。你觉得他美，因为它在你的心中现出一个情趣饱和的意象，这就是说，它已经变为艺术。“拿自然比艺术，便觉自然呆板。如果人不叫自然说话，它只是一个哑子。”

二、艺术不是“功利的活动”（utilitarian act）。功利的活动目的都在寻求快感而避免不快感。艺术固然可以生快感，但此种快感与实用需要满足的快感不同。所以快感之外必另有一种元素可以区别艺术的快感与寻常快感。快感之外既另有一种元素为艺术所特有，则艺术的定义即应着重此另一元素，“艺术是一种快感”的定义便不精当。

三、艺术不是“道德的活动”（moral act）。道德的活动出于意志。艺术是直觉，不涉意志，所以无关道德。这并非说艺术是不道德的。它既不是“道德的”，也不是“不道德的”，只是“无关道德的”（non-moral）。一般人都说艺术能陶冶性情，改良风化，激扬民气。克罗齐说：“艺术不能做这些工作，犹如几何学不能做这些工作，但是它的重要并不因此减少。”艺术和道德的标准不同，“美感的人格”（aesthetic personality）和“伦理的人格”也不一致。偏重历史的批评家如圣伯夫等以为只要从作者身世中窥出他的人格，懂透他的心理，便能了解他的艺术。克罗齐颇反对这种“传记的研究”，因为从实用生活所窥见的人格只是“伦理的人格”，而了解艺术的要务则在窥出作者的“美感的人格”，这与“伦理的人格”并无必然的关系，它必须求之于作品本身，不能求之于琐闻轶事。所以克罗齐所著的《但丁》、《莎士比亚》、《歌德》诸书，力避传记研究的方式，专以作品为根据，去把作者的“美感的人格”重新建造出来。

四、艺术不是“科学的活动”（scientific act），因为直觉不带概念思考。艺术的对象是个别的具体的意象，科学的对象是普遍的抽象的公理。因此，批评的态度和艺术的活动不相容。批评不能离判断和思考，既用判断和思考，则直觉便已消灭，单纯的意象便变为寻常的名理的知识。所以克罗齐说：“诗人死在批评家里面。”

五、艺术不可分类。西方思想素重系统分析。批评家研究艺术，几如自然科学家研究动植矿，分门别类，井井有条。艺术分为文学、音乐、图画、雕刻等等，文学又分为抒情诗、叙事诗、喜剧、悲剧、小说、散文等等。每门每类又各定出规律，作鉴别作品的标准。但是种类尽管分得密，规律尽管定得严，批评家和创作家总难互相就范。创作家出一种新作品，批评家寻不出“类”来收纳它，总是拿规律来排斥它，骂它不合体裁。后来这种新作品逐渐占势力了，批评家只好别立一新类来收纳它，以它为根据，抽绎新规律出来。比如批评家最初骂“悲喜杂剧”，后来没法子想，只得把它另设一类，对于“自由诗”也是如此。克罗齐最反对这种“排鸽窠”式的分类。他以为凡是艺术都各表现一种新鲜的个别的心灵状况，所以每种作品都是新创，都自成一格，自有原则，不能拿同“类”作品的规律来范围它。批评家遇到一种新作品，只应问它本身是否有生命，不应问它合不合某“类”的体裁和规律。

因为上述理由，克罗齐否认诗与散文的分别。一般人以有音律者为诗，无音律者为散文，其实医方脉诀有音律不为诗，《新旧约》、柏拉图对话集之类作品无音律亦不失其为诗。从美学观点看，文学只有“诗与非诗”的分别。凡是纯文学都应该属于诗。

二

克罗齐的美学大纲如上所述。读者一看就可以知道，我们把美感经验解释为“形象的直觉”，否认美感只是快感，排斥狭义的“为道德而文艺”的主张，肯定美不在物亦不在心而在表现，都是跟着克罗齐走。同时，我们否认艺术的活动可以挤入美感经验的窄狭范围里去。承认艺术与知觉联想仍有相当的关系，反对把“美感的人”和“伦理的人”与“科学的人”分割开来，主张艺术的“独立自主”是有限制的，这都是与克罗齐背道而驰的。近代美学家可以粗略地分为“克罗齐派”与“非克罗齐派”。我们相信克罗齐派在大体上较近于真理，不过我们也很明白他们的缺点。在我们看，克罗齐美学有三个大毛病，第一是他的机械观，第二是他的关于“传达”的解释，第三是他的价值观。现在分别条陈我们的意见。

先说克罗齐美学所根据的机械观。

19 世纪和 20 世纪的哲学和科学思潮有一个重要的分别，就是十九世纪的学者都偏重机械观，20 世纪的学者都偏重有机观。机械观是把一切物理现象和生物现象看成由无数极简单的原子所构造成的。持机械观的学者的唯一的武器是分析法，遇着一个混整的东西，把它分析成一些最简单的元素，指出每元素的特性和诸元素的分别，便算尽了学问的能事。例如十九世纪所最流行的心理学都从“构造主义”出发，把心理看成物理的混合物，像剥茧抽丝似的，逐渐分析下去，到最后所得的是单纯的感觉（sensation）和单纯的反射动作（reflex）。一切心理活动都被看成这些单纯的感觉和反射动作所构造成的。这种机械观在现代已为一般学者所摈弃。现代学者所采取的是有机观，着重事物的有机性或完整性，所研究的对象不是单纯的元素，而是综合诸元素成为整体的关系。依这种看法，我们不能借分析元素去明白完整的物理和生理现象，犹如不能借分析砖土泥瓦去明白一座房屋。机械观以为求得部分之和便可以知道全体，有机观以为要明白全体，必须研究全体所特有的属性，所以机械观所借重的分析法不可靠。例如现代最占势力的心理学是完形派心理学（Gestalt-psychology）。它反对旧心理学的机械观和分析法，否认意识由单纯的感觉所组成，行为由单纯的反射动作所组成。依这一说，单纯的感觉和反射动作都是构造派心理学家所伪造的，实际上并不存在；实际上存在的只是“完形”、“整体”，或不可分析的应付整个环境的整个心理机能。

详论机械观与有机观的长短，不是本篇范围以内的事。我们可以概括地说，现代学者多数都承认无论在物理方面或心理方面，有机观都较近于真理。形式派美学的弱点就在信任过去的机械观和分析法。它把整个的人分析为科学的、实用的（伦理的在内）和美感的三大成分，单提“美感的人”出来讨论。它忘记“美感的人”同时也还是“科学的人”和“实用的人”。科学的、实用的和美感的三种活动在理论上虽有分别，在实际人生中并不能分割开来。“美感的人”是抽象的，在实际上并不独立存在。形式派美学把美感经验从整个有机的生命中分割出来，加以谨严的分析，发现就观赏的“我”说，只有单纯的直觉，没有意志和思考；就所观赏的“物”说，只有单纯的形象，没有实质、成因、效用种种意义，照这种分析看，文艺自然与抽象思想和实用生活无关。我们如果承认美感经验可以由整个有机的生命中分割出来加以分析，便须否认美感与抽象思想和实际生活的关系。但是这种分割与“人生为有机体”这个大前提根本相冲突。形式派美学的错误不在它分析所得的结果，而在它用分析法所假定的机械观；不在它对于美感经验以内所肯定的，而在它对于美感经验以外所否定的。它的错误和十九世纪机械观的心理学一样，专分析部分而忘去全体所特有的属性。单纯的直觉和单纯的感觉一样地渺茫，在实际经验中决不能独立自主。

一切现象都有前因后果，美感经验决不是例外。美感经验只能算是艺术活动中的一部分。形式派美学把“美感经验”和“艺术活动”看成同义，于是拿全副精神注在美感经验本身，既不问它如何可以成立（因），又不问它的影响如何（果）。它否认艺术有关名理的思考和知识，作者在行文运思、修改锤炼时所用的活动是否为艺术的呢？它否认艺术有关联想，想象和了解离开联想如何进行呢？它否认艺术有关意志，大艺术家艰苦卓绝、百折不挠地效忠于艺术，是凭借何种心理活动呢？它否认艺术有关道德和实际生活，大艺术家的平生遭际和他们对于人生的了解和信仰是否能影响他们的作品呢？它否认艺术有关物理的事实，媒介的不同是否能影响到作品？油画和水彩画、石雕和象牙雕是否无分别呢？这些问题都是克罗齐和一般形式派美学家所忽视的。任何艺术和人生绝缘，都不免由缺乏营养而枯死腐朽；任何美学把艺术看成和人生绝缘的，都不免像老鼠钻牛角，没有出路。克罗齐和一般形式派美学家都是以名学家出身。名学家研究艺术，都难免有些隔靴搔痒，亚里士多德是最好的先例。

三

克罗齐要着重艺术是心的活动这层道理，所以把翻译在内的意象为在外的作品（即传达）这件事实看得太轻。在他看，心里直觉到一种形象或是想见一个意象，就算尽了艺术的能事。真正艺术家都是自言自语者，没有心思要旁人也看见他所见到的意象。如果他有意要把这个意象描绘出来成为作品，目的是在为自己备忘，或是传达给别人，他便已变为实用人了。克罗齐并不否认传达这件工作也很重要，但是他否认传达本身是创造，或是艺术的活动。

这种见解显然是太偏激一点。第一，每个人都能用直觉，都能在心中想见种种意象，但是每个人不都是艺术家。为什么呢？艺术家除着能"想象"（这是他与一般人相同的）以外，还要能把所想的"象"表现在作品里（这是他所独有的本领）。艺术家决不能没有艺术作品。我胸中尽管可以想象出许多很美的"成竹"，但是到我蘸墨挥毫时，我的心里意象不能支配我的筋肉活动，手不从心，无论如何出力，也不能把它画在纸上，我所画出来的和我心里所想象出来的完全是两回事。这就因为我不是画家，没有传达的技巧。因为没有传达的技巧，所以我不能把心里所想象出来的外射于作品。从此可知传达对于艺术是一种很重要的活动。

替克罗齐辩护的人们也许说：这番话虽有道理，可是并不能推翻"创造是直觉的在内的，传达是实用的在外的"这个根本的分别。但是克罗齐的学说还有一个更大的毛病，就是他没有顾到艺术家在心里酝酿意象时，常不能离开他所常用的特殊媒介或符号。比如说所想到的意象是一棵竹子，这个意象可写为诗，可写为画，可雕为像，甚至于可表为音乐和跳舞的节奏。从表面看，我们说意象是同一的，因为所用的媒介或符号不同，所以产生出不同的作品。其实不同的作品所表现传达的意象并不能同一，画家想象竹子时，要连着线条、颜色、阴影一起想，诗人想象竹子时，要连着字的声音和意义一起想，音乐家想象竹子时，要连着声调、节奏一起想，其余类推。这就是说，克罗齐所谓直觉或创造，和他所谓传达或"物理的事实"，在实际上是不能分开的。由创造到传达，并非是由甲阶段走到一个与甲完全不同的而且不相干的乙阶段。创造一个意象时，对于如何将该意象传达出去，心里已经多少有些眉目了。这个道理在做诗文时更容易见出。做诗文所用的媒介或符号是语言文字。做诗文的人们很少有（也许绝对没有）离开语言文字而运思的。创造与传达所用的媒介物常相依为命。我们只稍留心艺术发达史，就知道这个道理。古希腊的建筑用长石条，以柱为重，古罗马的建筑兼用泥石混合物，以墙及顶为重，中世纪“哥特式”轻墙重窗及顶，须以柱斜支高顶的重量，结果造成三种不同的艺术风格。这三种风格固然与时代背景有关系，但是也有一部分因为媒介的不同。不必远说，我们只看到文言作诗文和用白话作诗文的分别，就可以知道传达所用的媒介往往可以支配未传达以前的“意匠经营”。

由想象常受媒介影响这个事实看，传达虽大体是“物理的事实”而实不全是“物理的事实”。还有一层，创造意象受传达的影响，还不仅在媒介，最重要的还在心理的背景。想出意象来预备传达出去，和想出意象不预备传达出去，心理的背景大不相同。一个受社会影响支配，一个不受社会影响支配。照克罗齐说，艺术家都有自言自语者，没有把自己的意境传达给别人的念头，因为同情、名利等等都是艺术以外的东西。这固然是一部分的真理，但却不是全部真理。艺术家同时也是一种社会的动物，他有意无意之间总不免受社会环境影响。艺术的动机自然须从内心出发，但是外力可以刺激它，鼓励它，也可以箝制它，压抑它。风气的势力之大实非我们意料所及。如果英国伊丽莎白后时代，戏剧不是最流行的娱乐，莎士比亚也许不会写出他的许多杰作，如果拜伦生在十八世纪初叶，他也许和蒲柏做同样的假古典派的诗。每时代的文学风格都与当时社会背景有关，我们只稍研究文学史就可以知道。人是社会的动物，到能看出自我和社会的分别和关联时，总想把自我的活动扩张为社会的活动，使社会与自我同情。同情心最原始的表现是语言，艺术本来也是语言的一种，没有社会就没有语言，也就没有艺术。有一派心理学家（如包尔温［Baldwin］）以为艺术起于“自衒的本能”，固然太过重艺术的社会性，其实也不无真理。艺术家有时虽看轻社会，鄙视它没有能力欣赏较高的艺术，但是心中仍不免悬有一种未来的理想的同情者。钟子期死后，伯牙就不再鼓琴，这真是艺术家的坦白。有些人知道“千秋万岁名，寂寞身后事”，所以把作品“藏之名山，传之其人”。这种同情心的需要并不减低艺术的身份，而且艺术可珍贵的地方也就在此。几千年前或几万里外的一个人的心里的灵光一闪烁，还能在我们心里引起共鸣反应，这种“不朽”是多么伟大！克罗齐派学者把艺术完全看成个人的，否认传达与艺术有密切关系，就没有见出这种伟大。

四

英国心理学派批评家理查兹说过：“批评学说所必依靠的台柱有两个，一个是价值的讨论，一个是传达的讨论。”关于传达的讨论，克罗齐的学说不甚圆满，已如上所述。现在我们来看他对于价值的讨论结果如何。所谓价值就是好坏美丑的问题。比如看到一件艺术作品，我们可以说，这是丑的或是美的么？我们能够比较两个作品，说这个比那个更美么？如果能够，这美丑的标准是如何定出来的呢？

严格地说，克罗齐的美学中不能有价值问题。因为批评价值时，被评判的对象一定是人人看得见、觉得着的。在艺术方面，这种被批评的对象通常是作品。克罗齐否认传达为艺术的活动，否认传达出来的东西为艺术，他所谓艺术完全是含蓄在心里的意象，那是除自己以外没有旁人能看得见的，所以旁人无法可以评判它的好坏美丑。就这一层说，我们可以见出克罗齐抹煞传达的另一个毛病，就是抹煞传达，势不能不同时抹煞价值。他着重创造和欣赏的同一，忘记创造者和欣赏者有一个重要的分别。创造者直觉形象时，所凭借的是自己的切身经验，欣赏者将原形象再造出来时，所凭借的第一是创造者所传达出来的作品。就创造者说，美丑固可在形象本身见出，而就欣赏者说，形象的美丑必须于作品的美丑见出。普通所谓“批评”不仅批评意象本身（内容）的价值，尤其要批评该意象的传达或表现（形式）是否恰到好处。这就是说，批评的对象不仅在意象本身，而尤在意象的传达方式。克罗齐否认作品为艺术，而欣赏者就失去被评判的对象了。

再近一层说，单论未传达出来的形象或意象，它能否有美丑的分别呢？克罗齐也承认艺术的特殊价值是美，犹如善是伦理的特殊价值，真是科学的特殊价值。在他看，“美就是成功的表现，说得更干脆一点，就是表现，因为没有成功的表现并非表现。”丑则为“没有成功的表现。”美是绝对的，没有程度的分别。凡是直觉都是表现，都是艺术，凡是艺术都是美的。大艺术家的直觉和一般人的直觉只在分量上有分别，在性质上并无分别。我们不能说这个艺术作品比那个更美。如果莎士比亚的《李尔王》悲剧是完美的表现，如果他的某一首十四行诗也是完美的表现，那么，我们就不能说那部悲剧比那首十四行诗更美更伟大。这种说法在事实上固不能使人满意，在名理方面也有很多毛病。克罗齐的美学可以用下列方程式总结起来：

直觉=表现=创造=欣赏=艺术=美。

这个等式表面虽承认美的实在，实际上则根本推翻美丑的分别。凡是艺术都必为成功的表现，都必定美，没有成功的表现就不是艺术，那么，丑（没有成功的表现）就须落在艺术范围之外，既是艺术就不能拿“丑”字去形容了。克罗齐如果彻底，就只能承认艺术与非艺术的分别，而在艺术范围之内，不能承认美与丑的分别。这样一来，艺术范围之内，美成为绝对价值，无比较可言了。绝对价值论其实根本否认价值的存在，因为价值是长短高低善恶美丑等等程度上的估计，必定有比较才能见出。我们在第十章里承认“美”是形容“表现”的，却同时承认“表现”在“恰到好处”这个标准点以下有很多程度上的分别，所以艺术范围之内不但有美丑的分别，而美的本身也有等差。

“表现”有程度上的分别，是一切文艺批评的基本信条。我们说这一部书比那一部书写得好，或是这一个艺术家比那一个艺术家伟大，都默认这个信条。艺术的最高理想自然是情（即情趣或内容）见（即表现）于词（即意象或形式），恰到好处。但是实际上有情溢于词的，也有词富于情的。这两种虽非完善的艺术，究仍不失其为艺术。黑格尔分艺术为三种，物质超于精神（即词富于情）者为象征艺术，古埃及和印度艺术为代表；精神恰好混化于物质（即情见于词）者为古典艺术，古希腊艺术为代表；精神超于物质（即情溢于词）者为浪漫艺术，近代欧洲艺术为代表。如依克罗齐的见解，则只有黑格尔所解释的古典艺术才真是艺术（他固然没有这样说，但这是他的表现说所应有的结论）。他自己也承认古典艺术和浪漫艺术对于意象和情趣各有偏重，同时却肯定一切艺术必同时为古典的与浪漫的，离不开意象也离不开情趣。但这只是理想，实际上艺术有偏于古典的亦有偏于浪漫的，克罗齐却没有在他的美的定义里留位置给这两种艺术。他以为寓言不是艺术，因为在寓言里情趣与意象可分立。但是他如果严格地说话，中世纪的宗教艺术以及但丁的《神曲》都应该不是艺术了。如果依我们的比较价值论，寓言，偏于古典的和偏于浪漫的作品在艺术上仍有位置，虽然都不是理想的。

（选自朱光潜《文艺心理学》，载《朱光潜全集》第1册，安徽教育出版社，1987年）

【阅读思考】

1. 如何看待克罗齐美学的艺术传达观？
2. 什么是价值观，如何评价克罗齐的审美价值观？

论中西画法的渊源与基础

宗白华

【引言】

宗白华先生对中国古典美学有着精深的研究，同时对西方美学也有深入的了解，他自觉借鉴西方美学这一“他山之石”以攻中国美学之玉，通过对中西美学的现代性省察、反思和阐释，在中西比较和对照中求取中国美学的重建之路，由此形成了独特的以艺境求索为核心的现代美学体系，这对于西方美学研究的“中国化”和中国现代美学的民族化建构均具有重要意义。《论中西画法的渊源与基础》一文便是宗先生此类研究的典范。

此文原载《文艺丛刊》1936年第1辑，主要从美术创作之形式功能入手，对中西画法之渊源与基础作了多维而深入的比较，认为西洋绘画主要渊源于古希腊、古埃及的雕刻与建筑艺术，故重视透视法、解剖学、光影凸凹的晕染，以模仿自然的实相并表达出和谐、比例、平衡、整齐的形式为艺术创作和美的理想；而中国绘画却渊源于商周钟鼎彝器、盘鉴、汉代壁画及古代生机哲学，其要义不在机械地模仿写实，不重具体物象的刻画，而倾向于运用笔法、墨法以取物象的骨气，借抽象的笔墨表达一种心情、人格和意境等。

此文写作深入浅出，娓娓道来，不刻意为文而文理井然，不刻意谈艺而深契艺旨，其见解如灵光烛照，其文风亦灵动自然，体现了作者“散步美学”的一贯风格。直至今天，此文仍堪称中西比较美学（艺术学）的经典之作。

人类在生活中所体验的境界与意义，有用逻辑的体系范围之、条理之，以表出来的，这是科学与哲学。有在人生的实践行为或人格心灵的态度里表达出来的，这是道德与宗教。但也还有那在实践生活中体味万物的形象，天机活泼，深入“生命节奏的核心”，以自由谐和的形式，表达出人生最深的意趣，这就是“美”与“美术”。

所以美与美术的特点是在“形式”、在“节奏”，而它所表现的是生命的内核，是生命内部最深的动，是至动而有条理的生命情调。“一切的艺术都是趋向音乐的状态。”这是派脱（W. Pater）最堪玩味的名言。

美术中所谓形式，如数量的比例、形线的排列（建筑）、色彩的和谐（绘画）、音律的节奏，都是抽象的点、线、面、体或声音的交织结构。为了集中地提高地和深入地反映现实的形相及心情诸感，使人在摇曳荡漾的律动与谐和中窥见真理，引人发无穷的意趣，绵渺的思想。

所以形式的作用可以别为三项：

（一）美的形式的组织，使一片自然或人生的内容自成一独立的有机体的形象，引动我们对它能有集中的注意、深入的体验。“间隔化”是“形式”的消极的功用。美的对象之第一步需要间隔。图画的框、雕像的石座、堂宇的栏干台阶、剧台的帘幕（新式的配光法及观众坐黑暗中）、从窗眼窥青山一角、登高俯瞰黑夜幕罩的灯火街市，这些美的境界都是由各种间隔作用造成。

（二）美的形式之积极的作用是组织、集合、配置。一言蔽之，是构图。使片景孤境能织成一内在自足的境界，无待于外而自成一意义丰满的小宇宙，启示着宇宙人生的更深一层的真实。

希腊大建筑家以极简单朴质的形体线条构造典雅庙堂，使人千载之下瞻赏之犹有无穷高远圣美的意境，令人不能忘怀。

（三）形式之最后与最深的作用，就是它不只是化实相为空灵，引人精神飞越，超入美境；而尤在它能进一步引人“由美入真”，探入生命节奏的核心。世界上唯有最生动的艺术形式……如音乐、舞蹈姿态、建筑、书法、中国戏面谱、钟鼎彝器的形态与花纹……乃最能表达人类不可言、不可状之心灵姿式与生命的律动。

每一个伟大时代，伟大的文化，都欲在实用生活之余裕，或在社会的重要典礼，以庄严的建筑、崇高的音乐、闳丽的舞蹈，表达这生命的高潮、一代精神的最深节奏。（北平天坛及祈年殿是象征中国古代宇宙观最伟大的建筑）建筑形体的抽象结构、音乐的节律与和谐、舞蹈的线纹姿式，乃最能表现吾人深心的情调与律动。

吾人借此返于“失去了的和谐，埋没了的节奏”，重新获得生命的中心，乃得真自由、真生命。美术对于人生的意义与价值在此。

中国的瓦木建筑易于毁灭，圆雕艺术不及希腊发达，古代封建礼乐生活之形式美也早已破灭。民族的天才乃借笔墨的飞舞，写胸中的逸气（逸气即是自由的超脱的心灵节奏）。所以中国画法不重具体物象的刻画，而倾向抽象的笔墨表达人格心情与意境。中国画是一种建筑的形线美、音乐的节奏美、舞蹈的姿态美。其要素不在机械的写实，而在创造意象，虽然它的出发点也极重写实，如花鸟画写生的精妙，为世界第一。

中国画真像一种舞蹈，画家解衣盘礴，任意挥洒。他的精神与着重点在全幅的节奏生命而不沾滞于个体形相的刻画。画家用笔墨的浓淡，点线的交错，明暗虚实的互映，形体气势的开合，谱成一幅如音乐如舞蹈的图案。物体形象固宛然在目，然而飞动摇曳，似真似幻，完全溶解浑化在笔墨点线的互流交错之中！

西洋自埃及、希腊以来传统的画风，是在一幅幻现立体空间的画境中描出圆雕式的物体。特重透视法、解剖学、光影凸凹的晕染。画境似可走进，似可手摩，它们的渊源与背景是埃及、希腊的雕刻艺术与建筑空间。

在中国则人体圆雕远不及希腊发达，亦未臻最高的纯雕刻风味的境界。晋、唐以来塑像反受画境影响，具有画风。杨惠之的雕塑是和吴道子的绘画相通。不似希腊的立体雕刻成为西洋后来画家的范本。而商、周钟鼎敦尊等彝器则形态沉重浑穆、典雅和美，其表现中国宇宙情绪可与希腊神像雕刻相当。中国的画境、画风与画法的特点当在此种钟鼎彝器盘鉴的花纹图案及汉代壁画中求之。

在这些花纹中人物、禽兽、虫鱼、龙凤等飞动的形相，跳跃宛转，活泼异常。但它们完全溶化浑合于全幅图案的流动花纹线条里面。物象融于花纹，花纹亦即原本于物象形线的蜕化、僵化。每一个动物形象是一组飞动线纹之节奏的交织，而融合在全幅花纹的交响曲中。它们个个生动，而个个抽象化，不雕凿凹凸立体的形似，而注重飞动姿态之节奏和韵律的表现。这内部的运动，用线纹表达出来的，就是物的“骨气”（张彦远《历代名画记》云：古之画或遗其形似而尚其骨气）。骨是主持“动”的肢体，写骨气即是写着动的核心。中国绘画六法中之“骨法用笔”，即系运用笔法把捉物的骨气以表现生命动象。所谓“气韵生动”是骨法用笔的目标与结果。

在这种点线交流的律动的形相里面，立体的、静的空间失去意义，它不复是位置物体的间架。画幅中飞动的物象与“空白”处处交融，结成全幅流动的虚灵的节奏。空白在中国画里不复是包举万象位置万物的轮廓，而是溶入万物内部，参加万象之动的虚灵的“道”。画幅中虚实明暗交融互映，构成飘渺浮动的细缊气韵，真如我们目睹的山川真景。此中有明暗、有凹凸、有宇宙空间的深远，但却没有立体的刻画痕；亦不似西洋油画如可走进的实景，乃是一片神游的意境。因为中国画法以抽象的笔墨把捉物象骨气，写出物的内部生命，则“立体体积”的“深度”之感也自然产生，正不必刻画雕凿，渲染凹凸，反失真态，流于板滞。

然而中国画既超脱了刻板的立体空间、凹凸实体及光线阴影；于是它的画法乃能笔笔灵虚，不滞于物，而又笔笔写实，为物传神。唐志契的《绘事微言》中有句云：“墨沈留川影，笔花传石神。”笔既不滞于物，笔乃留有余地，抒写作家自己胸中浩荡之思、奇逸之趣。而引书法入画乃成中国画第一特点。董其昌云：“以草隶奇字之法为之，树如屈铁，山如画沙，绝去甜俗蹊径，乃为士气。”中国特有的艺术“书法”实为中国绘画的骨干，各种点线皴法溶解万象超入灵虚妙境，而融诗心、诗境于画景，亦成为中国画第二特色。中国乐教失传，诗人不能弦歌，乃将心灵的情韵表现于书法、画法。书法尤为代替音乐的抽象艺术。在画幅上题诗写字，借书法以点醒画中的笔法，借诗句以衬出画中意境，而并不觉其破坏画景（在西洋油画上题句即破坏其写实幻境），这又是中国画可注意的特色，因中、西画法所表现的“境界层”根本不同：一为写实的，一为虚灵的；一为物我对立的，一为物我浑融的。中国画以书法为骨干，以诗境为灵魂，诗、书、画同属于一境层。西画以建筑空间为间架，以雕塑人体为对象，建筑、雕刻、油画同属于一境层。中国画运用笔勾的线纹及墨色的浓淡直接表达生命情调，透入物象的核心，其精神简淡幽微，“洗尽尘滓，独存孤迥”。唐代大批评家张彦远说：“得其形似，则无其气韵。具其彩色，则失其笔法。”遗形似而尚骨气，薄彩色以重笔法。“超以象外，得其环中”，这是中国画宋元以后的趋向。然而形似逼真与色彩浓丽，却正是西洋油画的特色。中西绘画的趋向不同如此。

商、周的钟鼎彝器及盘鉴上图案花纹进展而为汉代壁画，人物、禽兽已渐从花纹图案的包围中解放，然在汉画中还常看到花纹遗迹环绕起伏于人兽飞动的姿态中间，以联系呼应全幅的节奏。东晋顾恺之的画全从汉画脱胎，以线纹流动之美（如春蚕吐丝）组织人物衣褶，构成全幅生动的画面。而中国人物画之发展乃与西洋大异其趣。西洋人物画脱胎于希腊的雕刻，以全身肢体之立体的描模为主要。中国人物画则一方着重眸子的传神，另一方则在衣褶的飘洒流动中，以各式线纹的描法表现各种性格与生命姿态。南北朝时印度传来西方晕染凹凸阴影之法，虽一时有人模仿，（张僧繇曾于一乘寺门上画凹凸花，远望眼晕如真）然终为中国画风所排斥放弃，不合中国心理。中国画自有它独特的宇宙观点与生命情调，一贯相承，至宋元山水画、花鸟画发达，它的特殊画风更为显著。以各式抽象的点、线渲皴擦摄取万物的骨相与气韵，其妙处尤在点画离披，时见缺落，逸笔撇脱，若断若续，而一点一拂，具含气韵。以丰富的暗示力与象征力代形相的实写，超脱而浑厚。大痴山人画山水，苍苍莽莽，浑化无迹，而气韵蓬松，得山川的元气；其最不似处、最荒率处，最为得神。似真似梦的境界涵浑在一无形无迹，而又无往不在的虚空中：“色即是空，空即是色”，气韵流动，是诗、是音乐、是舞蹈，不是立体的雕刻！

中国画既以“气韵生动”即“生命的律动”为终始的对象，而以笔法取物之骨气，所谓“骨法用笔”为绘画的手段，于是晋谢赫的六法以“应物象形”“随类赋彩”之模仿自然，及“经营位置”之研究和谐、秩序、比例、匀称等问题列在三四等地位。然而这“模仿自然”及“形式美”，（即和谐、比例等）却系占据西洋美学思想发展之中心的二大中心问题。希腊艺术理论尤不能越此范围。（参看拙文《哲学与艺术——希腊大哲学家的艺术理论》）

惟逮至近代西洋人“浮士德精神”的发展，美学与艺术理论中乃产生“生命表现”及“情感移入”等问题。而西洋艺术亦自廿世纪起乃思超脱这传统的观点，辟新宇宙观，于是有立体主义、表现主义等对传统的反动，然终系西洋绘画中所产生的纠纷，与中国绘画的作风立场究竟不相同。

西洋文化的主要基础在希腊，西洋绘画的基础也就在希腊的艺术。希腊民族是艺术与哲学的民族，而它在艺术上最高的表现是建筑与雕刻。希腊的庙堂圣殿是希腊文化生活的中心。它们清丽高雅、庄严朴质，尽量表现“和谐、匀称、整齐、凝重、静穆”的形式美。远眺雅典圣殿的柱廊，真如一曲凝住了的音乐。哲学家毕达哥拉斯视宇宙的基本结构，是在数量的比例中表示着音乐式的和谐。希腊的建筑确象征了这种形式严整的宇宙观。柏拉图所称为宇宙本体的“理念”，也是一种合于数学形体的理想图形。亚里士多德也以“形式”与“质料”为宇宙构造的原理。当时以“和谐、秩序、比例、平衡”为美的最高标准与理想，几乎是一班希腊哲学家与艺术家共同的论调，而这些也是希腊艺术美的特殊征象。

然而希腊艺术除建筑外，尤重雕刻。雕刻则系模范人体，取象“自然”。当时艺术家竞以写幻逼真为贵。于是“模仿自然”也几乎成为希腊哲学家、艺术家共同的艺术理论。柏拉图因艺术是模仿自然而轻视它的价值。亚里士多德也以模仿自然说明艺术。这种艺术见解与主张系由于观察当时盛行的雕刻艺术而发生，是无可怀疑的。雕刻的对象“人体”是宇宙间具体而微，近而静的对象。进一步研究透视术与解剖学自是当然之事。中国绘画的渊源基础却系在商周钟鼎镜盘上所雕绘大自然深山大泽的龙蛇虎豹、星云鸟兽的飞动形态，而以卐字纹回纹等连成各式模样以为底，借以象征宇宙生命的节奏。它的境界是一全幅的天地，不是单个的人体。它的笔法是流动有律的线纹，不是静止立体的形相。当时人尚系在山泽原野中与天地的大气流衍及自然界奇禽异兽的活泼生命相接触，且对之有神魔的感觉。（楚辞中所表现的境界）他们从深心里感觉万物有神魔的生命与力量。所以他们雕绘的生物也琦玮诡谲，呈现异样的生气魔力。（近代人视宇宙为平凡，绘出来的境界也就平凡。所写的虎豹是动物园铁栏里的虎豹，自缺少深山大泽的气象）希腊人住在文明整洁的城市中，地中海日光朗丽，一切物象轮廓清楚。思想亦游泳于清明的逻辑与几何学中。神秘奇诡的幻感渐失，神们也失去深沉的神秘性，只是一种在高明愉快境域里的人生。人体的美，是他们的渴念。在人体美中发现宇宙的秩序、和谐、比例、平衡，即是发现“神”，因为这些即是宇宙结构的原理，神的象征。人体雕刻与神殿建筑是希腊艺术的极峰，它们也确实表现了希腊人的“神的境界”与“理想的美”。

西洋绘画的发展也就以这两种伟大艺术为背景、为基础，而决定了它特殊的路线与境界。

希腊的画，如庞贝古城遗迹所见的壁画，可以说是移雕像于画面，远看直如立体雕刻的摄影。立体的圆雕式的人体静坐或站立在透视的建筑空间里。后来西洋画法所用油色与毛刷尤适合于这种雕塑的描形。以这种画与中国古代花纹图案画或汉代南阳及四川壁画相对照，其动静之殊令人惊异。一为飞动的线纹，一为沉重的雕像。谢赫的六法以气韵生动为首目，确系说明中国画的特点，而中国哲学如《易经》以“动”说明宇宙人生（天行健、君子以自强不息），正与中国艺术精神相表里。

希腊艺术理论既因建筑与雕刻两大美术的暗示，以“形式美”（即基于建筑美的和谐、比例、对称平衡等）及“自然模仿”（即雕刻艺术的特性）为最高原理，于是理想的艺术创作即系在模仿自然的实相中同时表达出和谐、比例、平衡、整齐的形式美。一座人体雕像须成为一“型范的”，即具体形相溶合于标准形式，实现理想的人相，所谓柏拉图的“理念”。希腊伟大的雕刻确系表现那柏拉图哲学所发挥的理念世界。它们的人体雕像是人类永久的理想型范，是人世间的神境。这位轻视当时艺术的哲学家，不料他的“理念论”反成希腊艺术适合的注释，且成为后来千百年西洋美学与艺术理论的中心概念与问题。

西洋中古时的艺术文化因基督教的禁欲思想，不能有希腊的茂盛，号称黑暗时期。然而哥特式（gothic）的大教堂高耸入云，表现强烈的出世精神，其雕刻神像也全受宗教热情的支配，富于表现的能力，实灌输一种新境界、新技术给与西洋艺术。然而须近代西洋人始能重新了解它的意义与价值。（前之如歌德，近之如法国罗丹及德国的艺术学者。而近代浪漫主义、表现主义的艺术运动，也于此寻找他们的精神渊源）。

十五六世纪“文艺复兴”的艺术运动则远承希腊的立场而更渗入近代崇拜自然、陶醉现实的精神。这时的艺术有两大目标：即“真”与“美”。所谓真，即系模范自然，刻意写实。当时大天才（画家、雕刻家、科学家）达·芬奇（L. da Vinci）在他著名的《画论》中说：“最可夸奖的绘画是最能形似的绘画。”他们所描摹的自然以人体为中心，人体的造像又以希腊的雕刻为范本。所以达文西又说：“圆描（即立体的雕塑式的描绘法）是绘画的主体与灵魂”。（白华按：中国的人物画系一组流动线纹之节律的组合，其每一线有独立的意义与表现，以参加全体点线音乐的交响曲。西画线条乃为描画形体轮廓或皴擦光影明暗的一分子，其结果是隐没在立体的境相里，不见其痕迹，真可谓隐迹立形。中国画则正在独立的点线皴擦中表现境界与风格。然而亦由于中、西绘画工具之不同。中国的墨色若一刻画，即失去光彩气韵。西洋油色的描绘不惟幻出立体，且有明暗闪耀烘托无限情韵，可称“色彩的诗”。而轮廓及衣褶线纹亦有其来自希腊雕刻的高贵的美。）达·芬奇这句话道出了西洋画的特点。移雕刻入画面是西洋画传统的立场。因着重极端的求“真”，艺术家从事人体的解剖，以祈认识内部构造的真相。尸体难得且犯禁，艺术家往往黑夜赴坟地盗尸，斗室中灯光下秘密肢解，若有无穷意味。达·芬奇也曾亲手解剖男女尸体三十余，雕刻家唐迪（Donti）自夸曾手剖八十三尸体之多。这是西洋艺术家的科学精神及西洋艺术的科学基础。还有一种科学也是西洋艺术的特殊观点所产生，这就是极为重要的透视学。绘画既重视自然对象之立体的描摹，而立体对象是位置在三进向的空间，于是极重要的透视术乃被建筑家卜鲁勒莱西（Brunelleci）于十五世纪初期发现，建筑家阿柏蒂（Alberti）第一次写成书。透视学与解剖学为西洋画家所必修，就同书法与诗为中国画家所必涵养一样。而阐发这两种与西洋油画有如此重要关系之学术者为大雕刻家与建筑家，也就同阐发中国画理论及提高中国画地位者为诗人、书家一样。

求真的精神既如上述，求真之外则求“美”，为文艺复兴时画家之热烈的憧憬。真理披着美丽的外衣，寄“自然模仿”于“和谐形式”之中，是当时艺术家的一致的企图。而和谐的形式美则又以希腊的建筑为最高的型范。希腊建筑如巴泰龙（Parthenon）的万神殿表象着宇宙永久秩序；庄严整齐，不愧神灵的居宅。大建筑学家阿柏蒂在他的名著《建筑论》中说：“美即是各部分之谐合，不能增一分，不能减一分。”又说：“美是一种协调，一种和声。各部会归于全体，依据数量关系与秩序，适如最圆满之自然律‘和谐’所要求。”于此可见文艺复兴所追求的美仍是踵步希腊，以亚里士多德所谓“复杂中之统一”（形式和谐）为美的准则。

“模仿自然”与“和谐的形式”为西洋传统艺术（所谓古典艺术）的中心观念已如上述。模仿自然是艺术的“内容”，形式和谐是艺术的“外形”，形式与内容乃成西洋美学史的中心问题。在中国画学的六法中则“应物象形”（即模仿自然）与“经营位置”（即形式和谐）列在第三第四的地位。中、西趋向之不同，于此可见。然则西洋绘画不讲求气韵生动与骨法用笔么？似又不然！

西洋画因脱胎于希腊雕刻，重视立体的描摹；而雕刻形体之凹凸的显露实又凭借光线与阴影。画家用油色烘染出立体的凹凸，同时一种光影的明暗闪动跳跃于全幅画面，使画境空灵生动，自生气韵。故西洋油画表现气韵生动，实较中国色彩为易。而中国画则因工具写光困难，乃另辟蹊径，不在刻画凸凹的写实上求生活，而舍具体、趋抽象，于笔墨点线皴擦的表现力上见本领。其结果则笔情墨韵中点线交织，成一音乐性的“谱构”。其气韵生动为幽淡的、微妙的、静寂的、洒落的，没有彩色的喧哗炫耀，而富于心灵的幽深淡远。

中国画运用笔法墨气以外取物的骨相神态，内表人格心灵。不敷彩色而神韵骨气已足。西洋画则各人有各人的“色调”以表现各个性所见色相世界及自心的情韵。色彩的音乐与点线的音乐各有所长。中国画以墨调色，其浓淡明晦，映发光彩，相等于油画之光。清人沈宗骞在《芥舟学画篇》里论人物画法说：“盖画以骨格为主。骨干只须以笔墨写出，笔墨有神，则未设色之前，天然有一种应得之色，隐现于衣裳环佩之间，因而附之，自然深浅得宜，神彩焕发。”在这几句话里又看出中国画的笔墨骨法与西洋画雕塑式的圆描法根本取象不同，又看出彩色在中国画上的地位，系附于笔墨骨法之下，宜于简淡，不似在西洋油画中处于主体地位。虽然“一切的艺术都是趋向音乐”，而华堂弦响与明月箫声，其韵调自别。

西洋文艺复兴时代的艺术虽根基于希腊的立场，着重自然模仿与形式美，然而一种近代人生的新精神，已潜伏滋生。“积极活动的生命”和“企向无限的憧憬”，是这新精神的内容。热爱大自然，陶醉于现世的美丽；眷念于光、色、空气。绘画上的彩色主义替代了希腊云石雕像的净素妍雅。所谓“绘画的风俗”继古典主义之“雕刻的风格”而兴起。于是古典主义与浪漫主义，印象主义、写实主义与表现主义、立体主义的争执支配了近代的画坛。然而西洋油画中所谓“绘画的风格”，重明暗光影的韵调，仍系来源于立体雕刻上的阴影及其光的氛围。罗丹的雕刻就是一种“绘画风格”的雕刻。西洋油画境界是光影的气韵包围着立体雕像的核心。其“境界层”与中国画的抽象笔墨之超实相的结构终不相同。就是近代的印象主义，也不外乎是极端的描摹目睹的印象。(渊源于模仿自然）所谓立体主义，也渊源于古代几何形式的构图，其远祖在埃及的浮雕画及希腊艺术史中“几何主义”的作风。后期印象派重视线条的构图，颇有中国画的意味，然他们线条画的运笔法终不及中国的流动变化、意义丰富，而他们所表达的宇宙观点仍是西洋的立场，与中国根本不同。中画、西画各有传统的宇宙观点，造成中、西两大独立的绘画系统。

现在将这两方不同的观点与表现法再综述一下，以结束这篇短论：

（一）中国画所表现的境界特征，可以说是根基于中国民族的基本哲学，即《易经》的宇宙观：阴阳二气化生万物，万物皆禀天地之气以生，一切物体可以说是一种“气积”。（庄子：天，积气也）这生生不已的阴阳二气织成一种有节奏的生命。中国画的主题“气韵生动”，就是“生命的节奏”或“有节奏的生命”。伏羲画八卦，即是以最简单的线条结构表示宇宙万相的变化节奏。后来成为中国山水花鸟画的基本境界的老、庄思想及禅宗思想也不外乎于静观寂照中，求返于自己深心的心灵节奏，以体合宇宙内部的生命节奏。中国画自伏羲八卦、商周钟鼎图花纹、汉代壁画、顾恺之以后历唐、宋、元、明，皆是运用笔法、墨法以取物象的骨气，物象外表的凹凸阴影终不愿刻画，以免笔滞于物。所以虽在六朝时受外来印度影响，输入晕染法，然而中国人则终不愿描写从“一个光泉”所看见的光线及阴影，如目睹的立体真景。而将全幅意境谱入一明暗虚实的节奏中，“神光离合，乍阴乍阳”（《洛神赋》语）。以表现全宇宙的气韵生命，笔墨的点线皴擦既从刻画实体中解放出来，乃更能自由表达作者自心意匠的构图。画幅中每一丛林、一堆石，皆成一意匠的结构，神韵意趣超妙，如音乐的一节。气韵生动，由此产生。书法与诗和中国画的关系也由此建立。

（二）西洋绘画的境界，其渊源基础在于希腊的雕刻与建筑。（其远祖尤在埃及浮雕及容貌画）以目睹的具体实相融合于和谐整齐的形式，是他们的理想。（希腊几何学研究具体物形中之普遍形相，西洋科学研究具体之物质运动，符合抽象的数理公式，盖有同样的精神）雕刻形体上的光影凹凸利用油色晕染移入画面，其光彩明暗及颜色的鲜艳流丽构成画境之气韵生动。近代绘风更由古典主义的雕刻风格进展为色彩主义的绘画风格，虽象征了古典精神向近代精神的转变，然而它们的宇宙观点仍是一贯的，即“人”与“物”，“心”与“境”的对立相视。不过希腊的古典的境界是有限的具体宇宙包涵在和谐宁静的秩序中，近代的世界观是一无穷的力的系统在无尽的交流的关系中。而人与这世界对立，或欲以小己体合于宇宙，或思戡天役物，申张人类的权力意志，其主客观对立的态度则为一致（心、物及主观、客观问题始终支配了西洋哲学思想）。

而这物、我对立的观点，亦表现于西洋画的透视法。西画的景物与空间是画家立在地上平视的对象，由一固定的主观立场所看见的客观境界，貌似客观实颇主观（写实主义的极点就成了印象主义）。就是近代画风爱写无边天际的风光，仍是目睹具体的有限境界，不似中国画所写近景一树一石也是虚灵的、表象的。中国画的透视法是提神太虚，从世外鸟瞰的立场观照全整的律动的大自然，他的空间立场是在时间中徘徊移动，游目周览，集合数层与多方的视点谱成一幅超象虚灵的诗情画境（产生了中国特有的手卷画）。所以它的境界偏向远景。“高远、深远、平远”，是构成中国透视法的“三远”。在这远景里看不见刻画显露的凹凸及光线阴影。浓丽的色彩也隐没于轻烟淡霭。一片明暗的节奏表象着全幅宇宙的絪缊的气韵，正符合中国心灵蓬松潇洒的意境。故中国画的境界似乎主观而实为一片客观的全整宇宙，和中国哲学及其他精神方面一样。“荒寒”、“洒落”是心襟超脱的中国画家所认为最高的境界（元代大画家多为山林隐逸，画境最富于荒寒之趣），其体悟自然生命之深透，可称空前绝后，有如希腊人之启示人体的神境。

中国画因系鸟瞰的远景，其仰眺俯视与物象之距离相等，故多爱写长方立轴以揽自上至下的全景。数层的明暗虚实构成全幅的气韵与节奏。西洋画因系对立的平视，故多用近立方形的横幅以幻现自近至远的真景。而光与阴影的互映构成全幅的气韵流动。

中国画的作者因远超画境，俯瞰自然，在画境里不易寻得作家的立场，一片荒凉，似是无人自足的境界。（一幅西洋油画则须寻找得作家自己的立脚观点以鉴赏之）然而中国作家的人格个性反因此完全融化潜隐在全画的意境里，尤表现在笔墨点线的姿态意趣里面。

还有一件可注意的事，就是我们东方另一大文化区印度绘画的观点，却系与西洋希腊精神相近，虽然它在色彩的幻美方面也表现了丰富的东方情调。印度绘法有所谓“六分”，梵云“萨邓迦”，相传在西历第三世纪始见纪载，大约也系综括前人的意见，如中国谢赫的六法，其内容如下：

（1）形相之知识；（2）量及质之正确感受；（3）对于形体之情感；（4）典雅及美之表示；（5）逼似真象；（6）笔及色之美术的用法。（见吕凤子：中国画与佛教之关系，载金陵学报）

综观六分，颇乏系统次序。其（1）（2）（3）（5）条不外乎模仿自然，注重描写形相质量的实际。其（4）条则为形式方面的和谐美。其（6）条属于技术方面。全部思想与希腊艺术论之特重“自然模仿”与“和谐的形式”洽相吻合。希腊人、印度人同为阿利安人种，其哲学思想与宇宙观念颇多相通的地方。艺术立场的相近也不足异了。魏晋六朝间，印度画法输入中国，不啻即是西洋画法开始影响中国，然而中国吸取它的晕染法而变化之，以表现自己的气韵生动与明暗节奏，却不袭取它凹凸阴影的刻画，仍不损害中国特殊的观点与作风。

然而中国画趋向抽象的笔墨，轻烟淡彩，虚灵如梦，洗净铅华，超脱暄丽耀彩的色相，却违背了“画是眼睛的艺术”之原始意义。“色彩的音乐”在中国画久已衰落。(近见唐代式壁画，敷色浓丽，线条劲秀，使人联想文艺复兴初期画家薄蒂采丽的油画）幸宋、元大画家皆时时不忘以“自然”为师，于造化絪缊的气韵中求笔墨的真实基础。近代画家如石涛，亦游遍山川奇境，运奇姿纵横的笔墨，写神会目睹的妙景，真气远出，妙造自然。画家任伯年则更能于花卉翎毛表现精深华妙的色彩新境，为近代稀有的色彩画家，令人反省绘画原来的使命。然而此外则颇多一味模仿传统的形式，外失自然真感，内乏性灵生气，目无真景，手无笔法。既缺绚丽灿烂的光色以与西画争胜，又遗失了古人雄浑流丽的笔墨能力。艺术本当与文化生命同向前进；中国画此后的道路，不但须恢复我国传统运笔线纹之美及其伟大的表现力，尤当倾心注目于彩色流韵的真景，创造浓丽清新的色相世界。更须在现实生活的体验中表达出时代的精神节奏。因为一切艺术虽是趋向音乐，止于至美，然而它最深最后的基础仍是在“真”与“诚”。

(选自宗白华《美学散步》，上海人民出版社，1981 年)

【阅读思考】

1. 中西绘画各自有哪些典型特征，有何异同？
2. 如何看待宗白华所提出的中西绘画的渊源及其影响？

美英现代美学述略①

李泽厚

【引言】

李泽厚此文主要介绍和论述了美英两国 19 世纪末以来的主流美学思潮，揭明其承续 18 世纪英国经验主义传统，长于对审美、艺术作实证性阐释，短于抽象思辨和体系建构。

这里所节选的是该文第一部分“19 世纪末以来美英资产阶级美学简述”，主要论及五类代表性人物及其观点：一、斯宾塞的游戏冲动说和格兰·阿伦、马歇尔的快乐说，这一学说与当时的唯美主义文学、印象派艺术等感觉主义

① 本文写于 1964 年，原载《美学》1979 年第 1 辑。文中材料以当时所见到的为限。

思潮相呼应，抹杀了审美的社会性；二、承传克罗齐美学衣钵的以鲍桑葵、科林伍德、开瑞特等为代表的表现说，重视感情表现在艺术中的绝对地位，否认美是艺术的本质；三、以克乃夫·贝尔和洛帮·佛莱等为代表的形式主义美学，针对造型艺术提出了“有意味的形式”说，后流于循环论证或神秘主义；四、以杜威和芮恰兹等为代表的重审美的现实功能一派，或从哲学出发，或从文学批评出发，都趋向于反理性主义；五、以桑塔耶拿为代表的“快乐的对象化”说，从自然主义哲学立场出发，认为美是一种内在的积极价值，在知觉中将主观愉快对象化就是美。该观点虽陈旧，但胜于生理的快乐说。如上归纳为后文详论二战后美英现代美学提供了较清楚的理论背景。

全文写作夹叙夹议，视野开阔，条理清晰，材料丰富，论证翔实，语言表达亦富于学理性，体现了史与论相结合，历史与逻辑相统一的典型风格，不失为西方美学专题史研究方面的一篇力作。

自鲍谟加同给美学命名和康德写了《判断力批判》以来，近代资产阶级美学一直以德国为故乡。车尔尼雪夫斯基曾说，“只有德国的美学才配称作美学”。[①] 近代资产阶级各派主要的美学理论和论著大半出于德国学者之手。康德之后有席勒、谢林、黑格尔，黑格尔之后有他的一大批门徒如费歇尔（Vinscher），罗森克朗兹（Rosenkraz）等人，此外还有形式派的哈尔巴特（Herbart）、齐麦尔曼（Zimmermann），创实验美学的费希纳（Fechner），以及叔本华、立普斯、哈特曼（Hartmann）等人。他们大都以卷帙浩繁的著作、包罗万象的体系和某些独创的看法，在美学领域中起了广泛影响。在第二次世界大战前，由得索尔（M. Dessoir）主编达三十年的《美学和一般艺术学》杂志，还一直是资产阶级所公认的国际性的美学权威。当时象得索尔（1867—1947）、尤提兹（E. Utize，1883—1956）、柴格尔（Moritz Geiger，1880—1938）、沃开特（Volkelt，1869—1930）、穆勒尔佛雷弗斯（R. Müller-Frerenflls，1882—1949）等人都是很有名的人物。美英与之比较是要逊色的。但就在这一时期（19 世纪末至第二次大战前），美英资产阶级美学也仍有其自己的传统和特色。它们上承 18 世纪英国美学的经验主义传统，比较着重于对审美感受作各种生理、心理的解释，同时受实证主义的强烈影响，多从艺术鉴赏、批评以及与生活经验的关系中提出某些美学观点，较少进行抽象的思辨和建造庞大的体系。迄至第二次大战，它们的主要代表人物和理论，有

① 《美学论文选》，第 25 页，人民文学出版社 1957 年版。

斯宾塞（Spencer）的游戏说，格兰·阿伦（Grant Allen）、马歇尔（Marshall）等人的快乐说，布洛（Bullough）提出的距离说，鲍桑葵（Bosanquet）、科林伍德（Collingwood）的表现说，贝尔（Clive Bell）与佛莱（Roger Fry）的形式说（以上英国）。在美国，除了爱默生（Emerson，1803—1882）较早外，主要有桑塔耶拿（Santayana）的自然主义与杜威的实用主义理论。下面对它们作些最简略的叙述。第二次大战以来英美的主要人物如托马士·门罗（Thomas Munro）、苏珊·朗格（Susanne langer）、赫伯特·里德（Herbert Read）、赫罗特·奥斯本（Herold Osborne）等人。这在下面几节中作较详细的述评。

斯宾塞（1820—1903）的美学思想主要在其《心理学原理》二卷九章中，他以生物学的"进化"理论来解释席勒从哲学上提出的游戏冲动问题，认为高等动物，特别是人类，由于营养丰富，除了进行保持生命的活动之外还有"过剩而无用的精力"，这种精力的无目的发泄游戏就产生审美愉快，所以美就是无目的无利害的一种过剩精力的活动。"不断增长的精力过剩将按比例带来不断增长的审美活动和愉快"。[①] 在斯宾塞的影响下，阿伦（1848—1899）用实验方法探求人的苦乐感受的神经生理原因，认为美的特点在于它"不直接与维持生命的功能联系起来"，因而"能给予我们神经系统以更大的刺激而只有最小的消耗"。例如视、听所以能成为高级的审美器官，就在于它们与保持生命无直接联系，并"能在刺激后迅速恢复"。其后，马歇尔也用生理学来解释审美现象，强调"持久性"是美感区别于其他快感的特色，其他快感持久即变为痛苦，"美是相对说来更持久的、真正的愉快"。[②] 快乐说是上世纪末比较风行的理论，它们大都把美当作与人的感觉、情感有关的愉快感受，强调它无关实用的非功利性，着重从主观心理方面来探讨研究。但这种过剩精力说和快乐说有一个理论上的明显谬误，这就是它抹杀审美的社会性，把它当作生物学、生理学的东西，把美感与快感混淆等同起来，看作只有量的差异（如"持久性"、"感官不易疲劳"等等），没有质的不同，从而也就把具有深刻社会和历史内容的审美和艺术问题，加以庸俗化和简单化了。人们经常把斯宾塞的游戏说与席勒联系起来，并称为"席勒—斯宾塞的游戏说"，其实二者有重大区别（卡西尔［E. Cassirer］也指出了这一点）。作为上升时

---

① 引自开瑞特（E. F. Carritt）编《美的哲学》（《The philosophies of Beauty》），第184页，1931年牛津版。

② 以上引文均见利斯脱威尔（Listowel）著：《近代美学批评史》（《A critical history of modern aesthetics》），伦敦1933年版。

期资产阶级的思想代表，席勒有关艺术的游戏性质的观点，具有比较深刻的哲学意义，接触到了某些重要的本质问题，斯宾塞的游戏说却完全是庸俗的生理学的实证假说，它与快乐派一起，反映了资产阶级在科学理论和艺术实践各领域中日益追求表面的实证论证和形式的刻意雕琢。快乐派的美学理论就正是当时王尔德（Wilde）等的唯美主义文学以及印象派艺术的感觉主义等文艺思潮相呼应的。它们共同是 19 世纪七十年代后的时代、社会的特定产物，也正因为如此，随着美英资产阶级在 20 世纪初进入帝国主义阶段，这种理论便不符合它们的需要了。现代派艺术由讲求形式走到从根本上破坏形式，由讲求形式美的审美愉快到根本否定这种愉快，20 世纪现代艺术已很少给人以纯粹的愉快，或形式的美感，倒更多是夹杂着痛苦、烦恼、不安等多种因素的复杂感受，或形式的不和谐与丑陋，这就不是单纯着重感官愉快的快乐派等理论所能适应，从而快乐派理论反而成为现代各派美学的一个攻击对象了。① 就是精力过剩的游戏说，在现代人类学关于原始艺术研究的冲击下，也较少能有人坚持。但是游戏说和快乐说却正是资产阶级美学由古典进入现代，由哲学体系进入实证理论的早期阶段，以后就沿着这条线下来。这是本文要从这里开始论述的原因。

比快乐说稍后而更有影响的是从本世纪初兴起的克罗齐美学，克罗齐本人是标榜黑格尔的。英国著名的新黑格尔主义者鲍桑葵（1848—1923）和著名的历史学家、批评家科林伍德（1889—1943），受克罗齐的强烈影响，在美学上都是表现说的主张者。与当时布腊得雷兄弟一样，鲍桑葵在黑格尔主义的影响下，企图将古代着重客观物质形式的美学观与近代着重主观精神内容的美学观折衷调和起来，他说："古代关于美的基本理论总是与韵律、对称、和谐等等，总之一句话是与变化统一的原理相联系，现代则更着重于意义、表现、生活的彻底表达，总之一句话是与特征（或性格 Character）的概念相联系。如果将这两个因素结合起来，便可得一美的定义了，这就是对想象与感官有个性特征的表现，而同时又受其手段的一般或抽象的表现条件所制约"。② 他在这里要"补正"克罗齐不讲物质体现的"谬误"，认为"审美态度的核心在于心物合一，这里，心灵是情感，物是它的表现"；"因为美在心

① 例如它一方面遭到朗格（S. Langer）等人的攻击，另一方面又遭到奥斯本等人的非难。奥斯本（Osborne）便认为愉快既非美的充分条件，又非它的必要条件，这实际上便是完全否定美与愉快的联系了，见奥斯本：《美学与批评》。

② 鲍桑葵：《美学史》，第 5 页，伦敦 1934 年版。

而认为外在体现不重要或偶然，在我看来便是谬误”。[①] 鲍桑葵并不懂得古代、近代这两种不同的审美观念的真正深刻的社会和阶级根源，他的这种调和主张只使他获得一个美学中的折中主义者的称号。[②] 鲍桑葵毕竟是本世纪初的人物，他不了解克罗齐的表现说不但如巴比特（Babbitt）所说的那样，[③] 是上世纪以来浪漫主义文艺思潮在美学理论中的最终表现，而且正是现代艺术日益要求彻底否定美的突出表现。这一点本世纪以来的资产阶级艺术已充分暴露出来了。在艺术实践是如此，在理论上，就认为艺术的本质特征并不在美。“美”这个词，从古代希腊起，一般常含有形式上的和谐、合式的意思，在现代资产阶级看来，便太典雅、太狭隘而不合胃口。“这些年来，‘美’、‘美的’这词已不受欢迎了……这个概念已不再在美学中占据中心和主要地位……它很少出现，出现也常用在一种嘲笑的方式上……美以及几个传统的所谓‘美学范畴’——崇高、秀雅完全不适用了”，[④] 而主张用“表现”、“表现力”以及“审美价值”（Esfthetic Value）、“审美性质”（Esthetic quality）等词来换取或代替“美”这个概念。例如比鲍桑葵稍后的科林伍德便认为“艺术不是美”，美包括“各种可敬可赞的爱的对象”，艺术则以审美为特征。艺术的审美价值不一定是美，而美也不一定就是艺术的审美价值，而美学主要是研究艺术，从而美也就不成为美学的对象了。那么什么是艺术的审美价值或审美性质呢？科林伍德特别将艺术与娱乐、技艺、模拟、宣传等一一区别开来，认为艺术本质只是感情表现。他所谓感情表现并不是描述感情，也不是发泄感情或激起观众的感情，而只是在想象中意识到自己的情感。他说：“首先，他意识到有种感情，但他还不意识到这是种什么感情。他只觉得他内中骚乱激动，但不知其实质。这时他只能说：‘我觉得……但我不知道我到底觉得了什么’。通过某种活动他才能从这种境地中解脱出来，我们这才称他表现了自己”，[⑤] 伴随着这种表现后的轻快之感就是审美感情，所以审美不是静观，不是感官愉快，而是想象，亦即是表现或语言：“审美活动是思想在意识形式中将感觉经验转化为想象的活动”。[⑥] 这样，他便极端地发挥了克罗齐的唯心主义的表现理论，在英语国家里，被称为“克罗齐—科林伍德的表现

① 鲍桑葵：《美学三讲》（《Three Lectures on Aesthetics》）1915年伦敦版，第68、69页。

② 如利斯脱威尔便把他与亚历山大（S. Alexander）同放在折中派之内。

③ 参见巴比特《新拉奥孔》（《The new Laocoon》）第二部分。

④ 门罗：《走向科学的美学》，第262页。

⑤ 科林伍德：《艺术原理》（《The priciples of art》），第109页，1937年牛津版。

⑥ 同上书。按：科林伍德将思想（thought）分为理智（in tellect）与意识（Conseiousness）两种，前者用于科学，他对“想象”也有自己独特的解释和用法，此处均略。

说”。与克罗齐不同的便是科林伍德比较着重意识、思想在审美中的活动（未强调直觉）；既然艺术家表现的感情是经由意识了解的社会性的感情，从而科林伍德就更注意强调艺术家是观众心灵的代言人和预言家，注意作家与观众的合作等等，不赞成浪漫派一味的“自我表现”，而认为观众也是在自己的想象——表现中欣赏艺术，具有更多的自由主义色彩。① 但在这里，科林伍德实际上已陷于自相矛盾，因为他一方面主张表现只在艺术家的心中，艺术作品只是艺术家的情感的想象，而根本否认体现，轻视技艺、技术因素；而另一方面却又强调与观众的“合作”，这就理论本身的逻辑说，是很难自圆其说的。② 也有人从“表现”作为创作过程、作为传达、作为艺术作品的性质三方面证明克罗齐—科林伍德的学说不能成立，并提出“为什么只有情感表现才是艺术？其他的东西如思想是否是表现”等等问题，指出并非所有的表现都一定是成功的艺术品，不能以创作过程来评定作品的价值；在创作中也常有冷静的谋划和不动感情的许多实例，如著名现代诗人艾略特所主张的“感情的逃避”；同时作者所表现的情感，也未必就是观众所恰好感受到的等等③理由来批驳“表现说”。但尽管如此，尽管所谓“表现”是经不起推敲的含混词汇，“表现说”本身也是破绽百出的理论，但由于它适应了现代艺术的总思潮，所以它始终很有势力。科林伍德至今仍有影响。当代英国著名美学家、曾任英国美学协会副主席的开瑞特（E. F. Carritt）在其流传甚广的《美的理论》、《美是什么》等著作中极力宣传了克罗齐的表现理论。“表现说”成了现代美英美学的正宗主流。关于克罗齐的理论，国内已有过一些介绍和批判，本文就不详论了。

“表现说”的倡导者、宣传者如开瑞特等人都不是与文艺实践领域有直接联系的人物。“表现说”基本上是从哲学角度提出来的理论，有人曾认为克罗齐不过是为了建造其整个哲学才提出其美学理论。因此像“表现即直觉”（克罗齐）、“表现即想象”（科林伍德），“美是能在其中发现情感表现的东西”④（开瑞特）等等，总不免空疏笼统。资产阶级现代艺术需要更具体的理论论证。这样，与表现理论并行，出现了迄今还很有影响的克乃夫·贝尔（Clive Bell 1881—）与洛絮·佛莱（Roger Fry1866—1934）的形式主义美学，他两

① 参看前书的最后几章。

② 朗格：《情感与形式》，纽约 1959 年版，第 382、383 页。

③ 浩斯帕斯（Hospers）：《艺术表现的概念》（《The concept of artistic Expression》），见韦兹（Morriss weitz）编：《美学问题》（《Problems in aesthetics》），193—217 页，纽约 1959 年版。

④ 开瑞特：《美是什么?》（《What is Beauty?》），第 87 页，1932 年伦敦版。

人都是造型艺术的鉴赏家和批评家，主要在后期印象派的创作实践的影响下，提出了所谓“有意味的形式”（或“有意义的形式”“Significant form”）这一说法。贝尔说：“线条、色彩在特殊方式下组成某种形式或形式的关系，激起我们的审美感情，这种线、色的关系和组合，这些审美地感人的形式，我称之为‘有意味的形式’”，[①] “艺术作品中的再现因素……总是不合适的。因为欣赏艺术，并不需要从生活中携带什么，并不需要有关生活的观念、事物的知识……不需要熟悉生活中的各种情感……”“欣赏艺术，我们不需要任何别的，只需要对于形状、色彩的感觉和三度空间的知识……这正是伟大艺术之所以普遍与永恒的标记所在”。[②] 佛莱说，“审美感情只是一种关于形式的感情，由于形式的某种关系可引起特定的深刻的感情”。[③] “我们对艺术作品的反应是对于关系的反应，而不是对于感觉对象、人物或事件的反应”。[④] 总之，他们强调艺术有一种特殊的审美性质，它不是艺术作品的理智、情感、情节、故事等再现内容，再现这个方面这是“钓饵”，勾引人们去接近它（作品），但时过境迁，便不再能引起人们的情感。具有永恒性的则是线条、色彩、明暗本身的某种纯形式的关系，对这一方面的感受和想象比上一方面要远为持久，它排斥了有关现实的种种考虑、联想与行动。而集中注意于感受和想象这种形式（如线的韵律），使它们对情感保持一种有目的的“秩序”与“变化”的关系，这才是真正的审美态度和艺术本质。这种作品就正是“有意味的形式”。很清楚，这是非常明确的形式主义。它不同于侯巴特、齐麦尔曼的形式主义。齐麦尔曼等人只讲自然物质的外在机械形式，贝尔—佛莱所谓“有意味的形式”是讲“表现”的，不只是指对象本身的某种客观的形式规律。但是，究竟什么是“有意味”，它包含些什么内容，贝尔等人却始终没有讲清楚，甚至还承认讲不清楚，这样，就不能不使它带有一种神秘的性质。形式主义必然会用神秘主义来做补充。“有意味的形式”被认为乃是世界本质之所在，是“事物中的上帝，特殊中的普遍，无所不在的韵律”。所以，它以自身为目的，才比作为与人们实际生活相关的目的要令人感动。这不很有神秘主义的味道么？这派理论与由后期印象派以及塞尚开其端、毕加索集其成的立体主义等艺术派别相呼应、拍合，直接为这种艺术实践服务。（塞尚便多次有过类似的言论，如“绘画不在奴隶般地去抄录题材，而在于无

① 贝尔：《艺术》（《Art》），第 8 页，1913 年纽约版。
② 同上书，第 25、27—36 页。
③ 《视象与构图》（《Vision and Design》），引自韦兹：《美学问题》，第 49—61 页。
④ 《转换》（《Transfor mation》），引自开瑞特：《美的哲学》，第 267 页。

数关系中去寻找和谐”,[①] 但佛莱并不承认这种完全非再现的艺术。）正因为如此，这派理论才特别受到重视，“有意味的形式”成为美学中的流行的口头禅，并被人评为“在许多方面，从逻辑上说，这大概是现代艺术理论中最令人满意的”。[②] 实际情况却并不如此，从逻辑上来说，这一理论很贫乏，甚至在形式逻辑上陷入循环论证（审美感情是由“有意味的形式”所激起，而“有意味的形式”又被规定为特定的形、色组合引起审美感情[③]），但由于这派理论以其直接对造型艺术的比较敏锐深入的分析评论，具体地强调了审美的非功利性、宣传艺术与生活相隔开的要求，它就像本来极为含糊笼统的布洛的“距离说”一样，成为资产阶级现代美学的宠儿了，[④] 它构成当代资产阶级美学的一个重要流派和倾向。

英美资产阶级现代美学除了像贝尔—佛莱、象布洛这种强调审美与生活的分别，强调审美的非功利性倾向和派别以外，还有一些与之恰好相反的、非常强调审美和生活的联系，强调审美的现实功能的派别与主张。早在19世纪下半叶，英国的威廉·莫利斯（William Morris，1839—1896年）与罗斯铿（John Ruskin，1819—1900年）曾分别从空想社会主义与宗教伦理的不同立场，强调过艺术的社会作用，在艺术创作中（如绘画中的前拉斐尔派）也产生过一定影响。但他们的这些主张或只具有空想的性质或具有明显的向后看倾向，没有在美学中获得进一步的发展。20世纪以来的一些强调审美与生活经验相联系的美英资产阶级的理论，以杜威（1859—1952年）和英国著名的文学批评家芮恰兹（S. A. Richards，1893—）作为这种倾向的主要代表，与它们已大不相同了。贝尔等人主张，有一种特殊的审美感情，芮恰兹认为根本没有什么特殊的审美感情；所谓审美感情，实质上只是许多实际生活中各种经验、情绪的心理冲动的平衡、中和而已。这种种经验、冲动愈丰富愈复杂

---

① 引自文丢里（Lionello Venturi）：《走向现代艺术的四步》（《Four steps Toward Modern Art》），第74页，纽约1957英文版。

② 奥斯本（Osborne）：《美学与批评》（《Esthetics and criticism》），伦敦1955年版，第131页。

③ 参见《英国美学杂志》1963年10月号，第291—292页。

④ 布洛（Bullough，1880—1934年）的距离说，认为人对艺术的审美态度的基本原则和特征便是适当的心理距离，距离是通过把对象及其所生的感受与一个人的自我分离开而得到的，是通过把对象放到实用的需要的目的的考虑之外而得到的，如果距离太近（这多半是欣赏者的缺点），则引起实际生活态度的反应，而失去审美态度；艺术家比常人要“高明”，就在于他能更超然于生活。另一方面，如果距离太远（这常是艺术品的缺点），则使人漠然无动于中，也不产生审美态度。现实生活经常需要通过一定的时、空距离才能进入艺术，但如这距离太大太远便也不能产生艺术的审美作用。布洛以这样一个非常简单的原则阐释许多审美经验和艺术现象，尽管非常含糊笼统，却受到了相当广泛的欢迎，被划入古典理论之列，至今仍很受重视，由于国内对此说已有一些评介，本文从略。

而又愈能组织统一在一起，就愈能引起审美愉快。芮恰兹说："当我们看一幅画或读一首诗或听音乐，我们并没有做什么不同于去展览会或早上穿衣的活动，但引起经验的样式是不同的。一般说来，这经验是更为复杂的，如果我们成功的话，也是更为统一的。但我们的活动根本上却并无种类的不同"，[①]"所谓'形式'的神秘不过是因为我们对它（人的心理—神经系统）的作用的细节还茫然无知罢了"。[②] 与贝尔—佛莱主要以现代造型艺术为基地，芮恰兹的理论则以表现出种种复杂感受和感情的资产阶级现代文学为其经验基础，他的理论成为美英现代派诗歌的美学依据。

与芮恰兹类似，杜威从其实用主义工具论哲学基础出发，在人的生理与环境不断冲突和平衡的相互适应中来探求美感根源。他认为完全变动、骚乱或完全静止、完整的世界没有美感经验的可能，"生命在环境中进行，不仅在其中而已，而还是由于它和通过相互作用于它而进行的"，"正由于我们所居住的现实世界是运动与终结的结合，破裂与重新统一的结合，生物的经验才可能有审美性质。生命与环境不断地失去平衡而又重建起平衡，由骚乱走入和谐的时刻是生命最强烈的一刻"。[③] 杜威强调艺术来自日常生活中美感经验的提炼，认为美感经验与一般经验并无根本差别，强调过去的艺术理论从脱离了生活的艺术出发，现在则应从日常的普通经验出发。他说："一件首要的工作摆在从事艺术哲学的人面前。这件工作就是去恢复作为艺术作品的精炼强烈的经验形式与一般认为是构成经验的日常事件、行为等之间的承续关系"。[④]"艺术在人们经验中的源泉可以从打球者的姿态优雅如何影响观众，可以从家庭主妇栽花的愉快，可以从她丈夫在屋前耕种的强烈兴趣，可以从观赏者对拨炉火和注视火焰飞扬的高兴中看出来"，[⑤] 等等。

芮恰兹利用语词在文学作品的丰富复杂的含义所引起的各种感受的交错作用，即各种感受、情绪的中和统一形成审美感受来加以夸张，以之作为艺术本质。实践他的理论的现代派诗歌正是以支离破碎的词句、扑朔迷离的意象、晦涩含混的象征和以对古典形式的彻底破坏，传达出那种种疯狂、颓废、神秘等等反理性的复杂感受。与芮恰兹从文学批评出发相仿佛，杜威从哲学出发提出类似的所谓经验的均衡、中和的观点，是以生物性的个体对环境的

---

① 芮恰兹：《文学批评原理》（《The principles of Literary Criticism》），第16—17页。
② 同上书，第172页。
③ 杜威：《艺术即经验》（《Art as Experience》），第13页、17页，1958年纽约版。
④ 同上书，第3页。
⑤ 同上书，第5页。

适应来解说美的感受，把艺术看作是趋向所谓“完善”的一般日常经验，实际是某种神秘的主观境界的把握和个体性的某种经验的满足，同样充满着反理性主义的特征，杜威反对用理论和思辨去论证这种所谓审美经验的“圆满境界”，主体与客体、感性与理性、知觉与对象在他那里完全混成一堆，不可分析，不可言说。就连他自己的理论，也是一片模糊笼统，有人就讥之为轮廓模糊之浪漫派的绘画。但这样一种反理论的理论，在美国颇有影响，不断被人提及，表现了它符合现代资产阶级的社会需要。关于杜威，国内已有过批判，他的美学是值得专门评述的，这里暂先简单提一下。

除了杜威，在资产阶级美学领域内享有“世界声誉”的美国美学家还有桑塔耶拿（1863—1952年）。因为他的有名的美的定义即“快乐的对象化”，一般都把他归于前述的快乐派，但他的快乐说不是从生理学的观点，而是从其所谓自然主义的哲学立场来加以论证的。桑塔耶拿很早分出质料美、形式美与表现美三种。他认为审美特征不在于非功利性，因为任何一种注意或满意都专注于对象而不及其他；另一方面如果我们对美没兴趣（interest 即利害），则根本无审美之可言。审美特征也不在如康德所讲的那种普遍必然性，因为所谓“普遍性”不过是由于人们机体环境的相近所使然而已。桑认为，美是一种内在的积极价值，它建立在娱乐的感知中，其他快乐与美的知觉之不同，在于后者能对象化（或客观化）。他说：“美是一种价值，它不能被认为是一种能影响我们感知的独立的存在。它存在于知觉之中，而不能存在于别处。不能知觉的美正如不能感受的愉快一样，是自相矛盾的”，“美是一种价值，这就是说，它不是事物或关系的知觉，而是一种情感……一个对象如果不能给人以愉快便不是美的。说有任何人对之均漠然无关的美，是一种自相矛盾”。“美只存在于知觉中，却好象是客观事物的一种性质，美通过快乐的对象化而建立起来”，“当知觉过程本身是愉快的，当理智操作（通过它，诸感觉因素都联结和筹划出来，事物的形式与实质的概念也产生出来）自然地愉快时，我们便有一种与对象紧密联结着的愉快，它与对象的特征和结构不可分割。这些结构、特征在我们中的位置也就是知觉的位置。在这种情况下，我们自然就很难区分愉快与其对象化的感受。与它们一样，它聚成了对象的一种性质……我们给予它以‘美’这个名称”。① 简言之，即在知觉中将主观愉快对象化，这就是美。桑塔耶拿的美学虽然比较陈旧，但它远比生理学的快乐说要受今天美学家的推崇，后面专门讲的门罗，便正是打出所谓自

① 转引自韦兹《美学问题》，第641、644、643页。

然主义的旗帜的。后面专门讲的朗格也受他一定影响。

以上列举了上世纪末叶到第二次大战美英资产阶级美学界一些主要人物和理论，当然这远不是一个完备的名单，例如，像英国的培恩（Bain）、亚历山大（S. Alexander）、彼得（W. Pater）、苏利（J. Sully）、浮龙李（Vernon-lee）、美国的巴比特（Babbitt）、杜卡斯（Duccese）等人，都是有名的心理学家、哲学家、文艺批评家，也是美学中的重要人物。同时美英美学与欧洲大陆的联系也是千丝万缕不可分割的。例如，不但斯宾塞有游戏说，德国的谷鲁士（Gross）也倡此说，浮龙李的移情说与李普斯的关系也很密切。实际上，现代美英各派美学理论大都可以溯源于德国，这种情况不详述了。

如本文开头所说明，这一时期美英学界比欧洲大陆，特别是比德国，是要逊色一筹的。这种情况直到二次大战时方有所改变。由于纳粹的迫害，德国及欧洲许多学者迁居美国，在美国进行研究和担任教学工作，用英语出版著作，再加上美国未受战争灾害，在出版、集会、研究等条件方面的相对优越，美国美学界在战时和战后，比其他资本主义国家就表现得相对地活跃，于一九四一年创办了《美学与艺术批评》杂志，一九四二年组织了美国美学协会，杂志成为协会的机关刊物，一九四二年至今由托马士·门罗（Thomas Munro 1897—）主编，刊登有关美学和艺术理论、艺术史等各方面的论文，有较大的国际性的影响。许多人推崇这一杂志是继由德国得索尔之后的“国际美学界的领导”。一些人说美学“中心”已转到“盎格鲁—撒克逊语言的国家”。门罗自己也说：“在美学中，德国过去的领导曾经是出色的，……自从大战以来，领导权却要让给法国和美国了”，[①]“自第二次世界大战结束后，美学又重新成为国际性的课题，重要著作在各地都可以见到，国际会议又重新举行了。美国新一代的学者在世界范围内复兴美学起了主动的作用”，[②]甚至在美学史的研究方面，也都表现出反对过去鲍桑葵等人专门推崇德国美学的情况……[③]但是，在今日欧洲大陆，特别是法国，各种美学思潮如托马士主义（马利坦［Maritian］可为代表，但此人已留居美国）、现象学派、存在主

① 法贝尔（Martin Faber）编：《法国和美国的哲学思想》（《Philosophic thoughts in France and the united states》），第656页，1950年纽约版。

② 门罗：《走向科学性的美学》（《Toward Science in Aesthetics》），第96—97页，1956年纽约版。

③ 斯托利兹（J. Stonitz）在许多美学史的论著中强调近代美学的几个基本观点（如非功利性）并非创自德国，而均来源于英国十八世纪的美学家（如艾狄生等人）。此外，最近还有人著文论近代美学是由三个来源所形成的，即十八世纪的德国的哲学，英国的心理学和法国的文艺批评（此文见《英国美学杂志》1964年1月号）。

义以及苏里欧（E. Sourion）等人仍很活跃。总的说来，美英与欧陆基本情况差不多，当代西方美学并没有太多新东西，它们依然是继承上述的一些理论演变发展而来。如果说，上世纪末的快乐说是美英资产阶级美学的新阶段的开始，那么今天的种种理论则是它的发展和完成。一般来说，它们大都是克罗齐表现说的进一步的引申和变形。其中，也可以说有两派，一派着重所谓经验内容，一派着重表现形式。（这种区分偏重，在欧陆本自黑格尔以后便已开始，如侯巴特的形式派美学与移情说等内容派美学）。在英美，前一派如贝尔—佛莱较重形式，在当代则有朗格等人予以继承发展；后一派如芮恰兹、杜威等人，着重所谓经验本身的内容关系，门罗等人可说循此方向，甚至在心理学的美学中，格式塔派与弗洛伊德派也可说是以不同的面貌表现了这两种不同倾向。它们又日益在符号美学的名目下接近和合流。现代美英美学与其哲学一样，从本世纪三十年代中起便以符号主义最为时髦，各个不同的派别各从其不同的哲学立场对艺术、美学诸问题作种种符号论的解释，下面对这些主要派别和人物作些介绍和说明。①

（选自李泽厚《美学论集》，上海文艺出版社，1980 年）

【阅读思考】

1. 试论美英现代美学的理论渊源。
2. 如何看待美英现代美学的历史地位与影响？

三、文献链接

（一）论　文

1. 柏拉图：《大希庇阿斯篇》，载《文艺对话集》，朱光潜译，人民文学出版社，1963 年。

2. 狄德罗：《论美》，载《狄德罗美学论文选》，人民文学出版社，1984 年。

3. 立普斯：《论移情作用》，朱光潜译，载《古典文艺理论译丛》第八册，人民文学出版社，1964 年。

4. 休谟：《论趣味的标准》，吴兴华译，载《古典文艺理论译丛》第五

① 【编者按】下文分别介绍了“分析哲学的‘美学观’”、“苏珊·朗格的符号论”、“托马士·门罗的新自然主义”、“心理学的美学”诸家学说，从略。

册，人民文学出版社，1963 年。

5. 布洛：《作为艺术因素与审美原则的“心理距离说”》，载《美学译文》(2)，中国社会科学出版社，1982 年。

6. 朱立元：《论西方美学发展的两条主线》，《文艺理论研究》，1999 年第 3 期。

7. 彭立勋：《西方美学史学科建设的若干问题》，《哲学研究》，2000 年第 8 期。

8. 张法：《20 世纪西方美学三题》，《三峡大学学报》（人文社科版），2002 年第 5 期。

9. 章启群：《西方美学中美的本体之流变》，《北京大学学报》，1990 年第 2 期。

10. 王杰：《马克思主义对现代西方美学思潮的影响》，《文艺研究》，1990 年第 2 期。

(二) 论　著

1. 柏拉图：《文艺对话集》，朱光潜译，人民文学出版社，1963 年。

2. 亚里斯多德：《诗学》，陈中梅译注，商务印书馆，1996 年。

3. 康德：《判断力批判》，宗白华、韦卓民译，商务印书馆，1964 年。

4. 黑格尔：《美学》，朱光潜译，商务印书馆，1981 年。

5. 马克思：《1844 年经济学哲学手稿》，刘丕坤译，人民出版社，1979 年。

6. 海德格尔：《存在与时间》，陈嘉映、王庆节译，生活・读书・新知三联书店，2006 年。

7. 朱光潜：《西方美学史》，人民文学出版社，1979 年。

8. 李泽厚：《批判哲学的批判——康德述评》，人民出版社，1984 年。

9. 蒋孔阳：《德国古典美学》，商务印书馆，1980 年。

10. 朱立元：《现代西方美学史》，上海文艺出版社，1996 年。

四、选题示例

1. 柏拉图与西方本体论美学的发端
　　——读柏拉图的《文艺对话集》

2. 亚里士多德对柏拉图美学的承传与扬弃
　　——以审美功能论和悲剧论为中心的考察

3. 康德美感四契机说及其美学意义

——读康德的《判断力批判》

4. 黑格尔美学的人本主义精神

——以黑格尔“人物性格”论为中心的探讨

5. 马克思《巴黎手稿》的美学现代性蕴涵

6. 叔本华与尼采：唯意志论美学的一个比较

——读《作为意志与表象的世界》和《悲剧的诞生》

7. 海德格尔与西方美学的转型

——读海德格尔的《艺术作品的本源》

8. 伽达默尔与现代解释学美学

——读伽达默尔的《真理与方法》

9. 姚斯的接受美学与效果史观

——读姚斯的《走向接受美学》

10. 解构主义美学研究的方法论意义

——读德里达的《论文字学》和《论撒播》

第七章　中西文艺学美学比较研究

一、学科概述

（一）学科性质

所谓“中西文艺学美学比较研究”，实质是作为比较文学分支之一的“比较诗学”。“比较诗学”这一概念，最早是由法国比较文学家艾田伯提出来的。1963 年，艾田伯发表了著名的长篇论战性论文《比较不是理由：比较文学的危机》，文章批评了把“事实联系”作为比较文学的根据的实证主义观点，认为比较文学必须摆脱实证主义造成的“危机”，阐述了拓展比较文学研究领域的多种途径。艾田伯指出：从“比较文学到比较诗学”，是拓展比较文学领域的途径之一：

> 历史的探寻和批判的或美学的沉思，这两种方法以为它们自己是势不两立的对头，而事实上，它们必须互相补充；如果能将两者结合起来，比较文学便会不可违拗地被导向比较诗学。这种美学不再是从形而上的原理中演绎出来，而将从具体文学的细致研究中归纳出来，要么是研究文学类型的历史演进，要么是研究不同的文化中创造出来的与文学类型相当的每一种形式的性质和结构；因此，与一切教条主义水火不容，它能成为真正具有实用价值的美学。①

这段话包含丰富的内涵，不仅提出了“比较诗学”的概念，而且阐述了比较诗学的研究方法和理论意义。在他看来，通过具体作家作品的比较研究从而得出某些系统的、规律性的东西，应是比较诗学的重要内容；而且，这种在

---

① 干永昌等编：《比较文学研究译文集》，上海译文出版社，1985 年，第 116 页；参阅《比较文学之道：艾田伯文论选集》，三联书店，2006 年，第 42 页。

比较中从具体的作家作品中归纳出来的理论原则，可能成为真正具有实际指导价值的美学。

必须指出，“比较诗学”中的“诗学”一词是现代运用，与古代原初的涵义有所不同。古代狭义的“诗学”，在中国主要是指以诗歌为主要对象，探讨诗歌的创作、欣赏、批评以及由此引发的一系列文论、美学和思想文化问题；在西方主要是指以古希腊悲剧为主要对象，并包括当时主要文类如喜剧、史诗和抒情诗等，探讨诗的起源、诗的特征、诗的创作和诗的功能等问题，阐述古代西方人的文学观念的学问。现代广义的“诗学”，则扩展为对文艺美学问题的理论阐释，或者说从理论上对文艺和审美现象进行系统研究的学问。与之相联系，所谓“比较诗学”，就是从理论上对文艺和审美现象进行跨国界、跨文化比较研究的学问，或者说是从国际学术视野对文艺问题进行跨文化研究。20 世纪以来，我国比较诗学研究的重心基本上就集中在“中国古代文论与西方文学理论的比较研究”和“中国古代美学与西方美学的比较研究”两大方面。

从比较研究的文化背景看，比较文学可以分为跨国界的比较文学研究和跨文化的比较文学研究两个层次；同样，比较诗学也可以分为跨国界的比较诗学研究和跨文化的比较诗学研究两类。欧美各国的比较研究，属于跨国界的比较文学和比较诗学研究；中国与西方各国的比较研究，则属于跨文化的比较研文学和比较诗学研究。

欧美文化的国家当然具有其独特的民族性和地方色彩，当然在文化气质上互有突出之处；但往深处看，在很多根源的地方，是完全出于同一个文化体系的，即同出于希腊罗马文化体系。只要你专攻欧洲体系中任何一个重要国家的文学和诗学，你都无法不读一些希腊和罗马的文学和诗学，因为该国文学里的观点、结构、修辞、技巧、文类、题材以及诗学里的范畴、概念、命题、观念，都经常要溯源到古希腊文化中哲学美学的假定里，或中世纪修辞学的一些理论，才可以明白透彻。总之，欧美系统中的比较文学是单一文化体系中的比较研究，在思想、感情、意象和范畴、概念、命题上，都有意无意地渊源于同一个文化传统。

中西文学和诗学之间跨文化比较研究，与欧美单一文化系统中的跨国比较研究，是大不相同的。中国的文学和诗学渊源于另一个文化系统，渊源于以儒、道、禅为核心的中国传统文化。中国文学里的观点、结构、修辞、技巧、文类、题材以及诗学里的范畴、概念、命题、观念，都经常要溯源到中国传统文化中哲学美学的假定和理论，才可以明白透彻。因此，中西文学和诗学的比较研究，不仅是跨国界的比较，而且是跨文化的比较，从深层看，这是西方的“两希”文化与中国的儒道文化两大文化体系之间的比较研究。如果说存在比较文学的中国学派，那么“跨文化”比较，应当说是中国学派的特色之一。充分认识这一特点，对中国学者进行比较文学和比较诗学的研究是极为重要的。

（二）学科发展

在世界范围内，比较诗学作为20世纪文学研究的学术现象，已有近一个世纪的历史。以法国比较文学家艾田伯于1963年提出“比较诗学”的命题为界，可以把迄今比较诗学的发展分为两个阶段：即非学科化发展时期和学科化建设时期。中国的比较诗学研究肇始于20世纪初的五四前后，作为学科的形成同样是20世纪60年代以后的事。①

其一，中国比较诗学的非学科化时期：从20世纪初到1949年之前。中国比较诗学的诞生是以中西文艺学和美学的相遇为前提的，具体地说它产生于20世纪初。通过对自20世纪初至1949年以前近300余种比较文学论著和论文的分类统计，其中可以列入比较诗学范畴的占有四分之一左右。王国维、鲁迅、朱光潜和钱锺书是这一时期比较文学研究的代表人物，他们的比较文学研究论著大都以比较诗学和比较美学为主。从比较诗学在这一阶段的发展看，王国维和鲁迅可谓最初的前驱者，朱光潜和钱锺书则是第一批作出实绩者。

王国维是中国现代学术的奠基者，也是中国比较诗学研究的第一人。1904年3月发表的《孔子之美育主义》，是王国维第一篇比较诗学论文，也是中国比较诗学研究的开篇之作。文章指出，西方自亚里士多德以后，包括英国的夏夫兹博理、德国的康德、席勒、叔本华等，“皆以美育为德育之助”；与之比较，“转而观我孔子之学说，其审美上之理论，虽不可得而知，然其教人也，则始于美育，终于美育”。王国维通过中西美学的相互观照，发现了孔子“诗教”的“美育”本质，阐明了中国传统“诗教”观与西方近代美育思想的相通性，并进而指出“孔子美育之说”与“世之贱儒”否定艺术和审美的“玩物丧志”说的根本区别，力图揭示原始儒家美学思想的真精神。此后，1904年7月的《红楼梦评论》、1905年的《论新学语之输入》、1908年的

---

① 参阅陈跃红《比较诗学导论》（北京大学出版社，2005年）第二章“中西比较诗学的历史与现状”及乐黛云、王向远《比较文学研究》（福建人民出版社，2006年）第四章第九节“比较诗学与比较文论的繁荣”。

《人间词话》，都渗透了跨文化的比较诗学的思想和方法。在《论新学语之输入》一文中，王国维比较了中西哲学思维和学术语言的差异，指出："抑我国人之特质，实际的也，通俗的也；西洋人特质，思辨的也，科学的也，长于抽象而精于分类，对世界一切有形无形之事物，无往而不用综括（Generalization）及分析（Specification）之二法，故言语之多，自然之理也。吾国人之所长，宁在于实施之方面，而于理论之方面则以具体的知识为满足。至分类之事，除迫于实际之需要外，殆不欲穷究之也。"① 严格地说，这种去枝留干式的区分比较不免笼统，但作为跨文化研究的开端，不乏启示意义。它有助于认识中西诗学体系差异性的思维根源，对于此后比较诗学的研究也具有方法论指导意义。

青年鲁迅的跨文化比较研究广泛涉及宗教学、政治学、文艺美学等多个领域；其中1908年发表的《文化偏至论》、《摩罗诗力说》和《破恶声论》，是这一时期最重要的论著。《摩罗诗力说》是我国第一篇集中评述欧洲浪漫主义诗人的专著，也是一篇充满跨文化比较意识的诗学论文。鲁迅首先阐明了跨文化比较对于发扬"国民精神"和开阔"世界识见"的意义："意者欲扬宗邦之真大，首在审己，亦必知人，比较既周，爰生自觉。自觉之声发，每响必中于人心，清晰昭明，不同凡响。……故曰国民精神之发扬，与世界识见之广博有所属。"②

随后在对尼采、拜伦、雪莱、普希金、莱蒙托夫等人的评述中，往往从中国诗学美学的立场出发，引证诸如《诗经》、《庄子》、《文心雕龙》的论述加以比较，互相阐释，互为照明。早在1911年，鲁迅就曾向许寿裳推荐日译本的洛里哀的《比较文学史》一书；1932年，鲁迅在给一个青年学者的诗学论著写的"题记"中又将《诗学》与《文心雕龙》联类对举。他指出，随着文学创作的发展，"篇章既富，评骘遂生，东则有刘彦和之《文心》，西则有亚里士多德之《诗学》，解析神质，包举洪纤，开源发流，为世楷式。"③ 这都表明，鲁迅虽不以比较诗学研究名家，但跨文化比较的意识渗透并贯串其整个学术历程。

进入30年代以后，中国比较诗学的研究出现新的特点。当时具备中西兼通能力的学者，普遍以跨文化视野力图超越单一文论体系，有意识地寻找中西诗学之间交流和沟通的可能性。他们大都具有留学经历，具备较全面的中

① 刘刚强编：《王国维美论文选》，湖南人民出版社，1987年，第78页。
② 《鲁迅全集》第1卷，人民文学出版社，2005年，第67页。
③ 《鲁迅全集》第8卷，人民文学出版社，2005年，第371页。

西语言和文化素养，又以诗学和美学为主攻方向，比较诗学研究在系统性和学术深度上达到一个新的高度。朱光潜和钱锺书均学贯中西，前者的《文艺心理学》和《诗论》与后者的《谈艺录》，是这一时期比较诗学的代表作。

意大利学者沙巴蒂尼认为，朱光潜《文艺心理学》采用了"移西方美学思想之花接中国文艺思想传统之木"的方法。这种相互阐释、相互照明的"移花接木"之法，正是朱光潜比较诗学和比较美学研究的特色之所在。1934年，朱光潜先后发表了《中西诗在情趣上的比较》和《长篇诗在中国何以不发达》二文，迄今这两篇文章依然是中国比较诗学的名作。此后，《文艺心理学》（1936）和《诗论》（1942）相继出版，前者是中国现代美学的奠基之作，后者是中国现代诗学的奠基之作。尽管这两部著作并未标上"比较"的字眼，但全书渗透了跨文化比较的自觉意识，不少章节更是纯粹的比较研究，显眼的如《文艺心理学》中的"刚性美与柔性美"、《诗论》中的"诗的境界——情趣与意象"、"诗与画——评莱辛的诗画异质说"等等。朱光潜在《诗论》的"抗战版序"中写道："一切价值都由比较得来，不比较无由见长短优劣。现在西方诗作品与诗理论开始流传到中国来，我们的比较材料比从前丰富得多，我们应该利用这个机会，研究我们以往在诗创作与理论两方面的长短究竟何在，西方人的成就究竟可否借鉴"；进而指出，当前有两大问题须特别研究："一是固有的传统究竟有几分可以沿袭，一是外来的影响究竟有几分可以接受"。[①] 这段话不仅表明了朱光潜的研究宗旨，对今天中国的比较诗学研究也仍有指导意义。

如果说"移花接木"是朱光潜比较诗学的特色，那么"打通"则是钱锺书比较研究的原则。《谈艺录·序》曰："东海西海，心理攸同；南学北学，道术未裂。虽宣尼书不过拔提河，每同《七音略序》所慨；而西来意即名'东土法'，堪譬《借根方说》之言。非作调人，稍通骑驿。"[②] 这段名言可视为钱锺书的文化哲学，也是其跨文化研究和晚年"打通"说的方法论基础。1937年发表的《中国固有的文学批评的一个特点》，是钱锺书第一篇重要的跨文化比较研究的诗学论文，文章以西方美学中的"移情说"解释中国传统文评的特色，指出"把文章通盘的人化或生命化"的"人化批评"，是"中国固有的文学批评"重要特点的著名观点。《谈艺录》是由91篇札记组成的诗评著作，其中既有诗歌赏析，也有诗学探讨，跨文化的比较阐释则贯串全书。"诗分唐宋"、"模写自然与润饰自然"、"文如其人"、"随园论诗中理

---

① 《朱光潜全集》第3卷，安徽教育出版社，1987年，第4页。

② 钱锺书：《谈艺录》，中华书局，1984，第1页。

语”、“白瑞蒙论诗与严沧浪诗话”等等，可以说是极为精彩的比较诗学专论。20世纪70年代末，钱锺书出版了学术巨著《管锥编》，这部著作在写作上延续了《谈艺录》的札记方式，而在跨文化比较研究方面，则达到新的文化广度和学术深度，这里既有比较诗学和比较美学的内容，更有比较哲学、比较宗教学、比较伦理学和比较文化人类学的内容。钱锺书是一位“现代智者”，钱锺书的智慧正来自于跨文化的互相“打通”和互相“照明”。

此外，这一时期在比较艺术学方面，宗白华、邓以蛰、滕固和伍蠡甫等的研究成果颇为丰硕；而郭绍虞、罗根泽的“中国文学批评史”研究，明显借鉴了西方批评史家的学术思路，并直接和间接地运用了比较诗学的方法。罗根泽的《中国文学批评史》“绪言”一章，不啻是一部中西融合的“文学批评原理”，而对“中国文学批评的特点”的揭示，正来自于他对中西批评史的比较：“西洋的文学批评偏于文学裁判及批评理论，中国的文学批评偏于文学理论。所以他们以原训‘文学裁判’的 Literary Criticism 统括批评理论及文学理论，我们的文学批评，则以鄙见，应名为‘文学评论’。”①

其二，中国比较诗学的学科化时期：从20世纪60年代至今。中国比较诗学的学科化构建始于20世纪60年代以后，它与西方比较诗学的学科化自觉基本上是同步的。具体地说，它可以分为三个阶段：60年代起海外华人的推动；80年代起大陆的复兴；90年代以来的多元发展。

海外学界比较诗学的兴起，与比较文学学科在台港的发展是同步的。它有两方面原因：一是直接继承了五四以来中国学人的研究传统。海外比较文学家叶维廉说得好：“五四本身就是一个比较文学的课题。五四时期的当事人和研究五四以来文学的学者，多多少少都要在两个文化之间的运思方法、表达程序、呈现对象的取舍等，作某个程度的参证与协商。”② 叶维廉就像他的同代人一样，就是承继着五四运动而来的创作者和比较文学研究者。二是直接感受国际比较文学潮流的影响和刺激，并在欧美大学接受比较文学研究的系统训练。他们既有五四的精神成果可以借鉴，又有新的理论作为研究工具，这种双重的学养背景，为他们的跨文化比较提供了得天独厚的条件。

从比较诗学研究的特点看，海外学者优先处理的课题，大都是属于中西诗学的宏观问题和系统性的比较研究。刘若愚的《中国文学理论》（1975）和叶维廉的《比较诗学》（1983）是这方面的代表。刘若愚《中国文学理论》的特点是借用西方的理论模式来处理中国的传统文论。他以艾布拉姆斯《镜

① 罗根泽：《中国文学批评史》，上海古籍出版社，1984年，第13页。

② 叶维廉：《〈比较诗学·序〉》，《叶维廉文集》第1卷，安徽教育出版社，2002年，第20页。

与灯》提出的艺术四要素及其关系为理论参照，将中国传统批评分为六种文学理论，分别称为形上论、决定论、表现论、技巧论、审美论和实用论。刘若愚的研究具有自觉的学术意识和明确的学术目的，其“终极的目的”就“在于提出渊源悠久而大体上独立发展的中国批评思想传统的各种文学理论，使它们能够与来自其他传统的理论比较，从而有助于达到一个最后的世界性的文学理论。”①《比较诗学》的学术思路与《中国文学理论》有所不同。叶维廉明确意识到，中西诗学渊源于两种不同的文化体系，单向套用西方理论来处理中国文论，将很可能以西方的理论观念遮蔽中国文论的本来面目；而两种诗学“互照互对互比互识”的目的，“是要西方读者了解到世界上有很多作品的成形，可以完全不从柏拉图和亚里士多德的美学假定出发，而另有一套文学假定去支持它们；是要中国读者了解到儒、道、佛的构架之外，还有与它们完全不同的观物感物程式及价值的判断”；因此他在《比较诗学》中呼吁：“要寻求‘共相’，我们必须放弃死守一个‘模子’的固执，我们必须要从两个‘模子’同时进行，而且必须寻根探固，必须从其本身的文化立场去看，然后加以比较对比，始可得到两者的面貌。”② 刘若愚的《中国文学理论》和叶维廉的《比较诗学》，代表了当时海外学界比较诗学研究的两种思路，也显示了由“单向借用”到“双边对话”的发展。

比较诗学在中国内地的复兴和学科化建设，是80年代以后的事情。最初，继钱锺书《管锥编》出版之后，老一辈学者包含比较诗学和比较美学内容的学术著作相继问世，如王元化的《文心雕龙创作论》（1979）、宗白华的《美学散步》（1981）、杨周翰的《攻玉集》（1983）等。与此同时，周来祥发表的《东方与西方古典美学理论的比较》（1981）一文，从宏观上对中西古典美学理论作了比较，提出“西方偏重于再现，东方偏重于表现”的观点；接着，蒋孔阳发表了《中国古代美学思想与西方美学思想的一些比较研究》（1982），对中西美学思想的比较研究应注意的问题和遵循的原则提出了自己的看法。到了80年代中后期，比较诗学的研究日益兴盛，新一代学者的比较诗学和比较美学专著陆续出版。1988年，曹顺庆的《中西比较诗学》和刘小枫的《拯救与逍遥——中西诗人对世界的不同态度》相继出版，由此在大陆兴起了比较诗学研究的热潮，也是标志大陆比较诗学学科建设的正式开始。

80年代大陆比较诗学的迅速发展，既有外因也有内因。从外因看，新一代学者比较诗学的研究，明显受到来自三个方面的启发和影响：一是五四以

---

① 刘若愚：《中国文学理论》，江苏教育出版社，2006年，第3页。

② 叶维廉：《比较诗学》，《叶维廉文集》第1卷，安徽教育出版社，2002年，第7页。

来前辈学者的经验和成就；二是海外华人学界的学科知识和成果；三是内地文学和文艺学研究领域兴起的新理论和方法热潮。从内因看，中西比较诗学研究之所以迅速成为重要学科现象，与现代文艺学领域以下三重学术焦虑密切相关：一是近代以来中国诗学和文论传统在世界性文艺研究格局中被矮化和被忽视；二是20世纪以来西方文艺理论在中国文艺研究领域不可阻挡的话语霸权趋势；三是现代中国文艺研究努力追求自我突破和现代性发展的策略选择。

90年代以来，随着比较文学研究的学科化和规范化进程的加快，比较诗学的学科发展和学科建设也得到了更大发展。一是新的学术成果不断涌现，学术专著相继出版。据不完全统计，自曹顺庆《中西比较诗学》出版以来，国内出版的以“比较诗学”和“比较美学”命名的学术专著和学术文集超过六十部。二是不少大学的比较文学博士点专设“比较诗学”、“比较文论”或“比较美学”的研究方向。如北京大学比较文学博士点首先确认的培养方向就是“比较诗学”；暨南大学的博士点确认的是“比较文艺学”方向；四川大学的博士点选择的是以古典文论为主的“比较文论”方向。三是比较诗学研究领域出现了各具特色的研究群体。如以北大为主的华北地区的学者群体，比较重视西方诗学理论的引进、译介和诠释，重视基本诗学概念、范畴和研究范式的跨文化探讨；以四川大学为主的西南地区学者群，似乎以主攻文论总体规律和中国传统文论名著的现代性阐释为特色，进而不断提出一些热点问题引发学界的思考；以暨南大学为中心的华南地区学者群，更注重从哲学、宗教、语言和美学层面去追问和辨析诗学问题。比较诗学研究的多元化发展，正是学科成熟和繁荣的重要标志。

比较诗学的学科自觉虽晚于一般的比较文学，但不少有识之士日益认识到这种研究的重要性，认识到以理论问题作为比较研究的基础，其学术天地更为广阔，学术意义也更为深远，预示着比较文学未来发展的新方向。艾田伯所谓“比较文学必然走向比较诗学”。著名比较文学学者克劳多·纪廉（Claudio Guillen）在《比较文学的挑战》一书中也提出，以理论问题作为基础的比较将会成为比较文学未来发展也许是最重要的方面，而对这种理论的比较或者说比较诗学，纪廉认为“今日的东西方研究可以提供特别有价值和希望的机会。”① 对于中国学者来说，比较诗学超越东西方文化的界限，研究东方和西方共同或类似的批评概念和理论问题，这样的研究如果能够避免过

---

① 转引自张隆溪：《道与逻各斯》，四川人民出版社，1998年，第5页。

度狭隘和抽象，同时注意同中之异，异中求同，就可能比传统的影响研究取得更有价值的成果。

（三）研究范围

关于比较诗学的研究范围，为理解和操作的方便，似可细分为研究对象、研究领域和研究课题三个层次。所谓研究对象，是指比较诗学不同于比较文学领域其他学科分支的独特的研究对象，从这个意义上说，它是“诗学”研究而不是“诗歌”研究，是“文艺理论”研究而不是“文艺作品”研究，是“美学理论”研究而不是“审美现象”研究；所谓研究领域，是指研究对象所包含的具体领域，从比较诗学在中国的发展看，可以细分为三个领域，即比较文论、比较美学和比较艺术学；所谓研究课题，是指研究者在一部著作或一篇论文中，从上述对象和范围中选择的特定的研究论题，从这个意义上说，研究课题因人而异也因时而异，从而显示出不同的学术个性和不同的阶段特点。

中国比较诗学研究领域是随着学科的发展不断拓展的。直至 1982 年，蒋孔阳在《中国古代美学思想与西方美学思想的一些比较研究》一文中仍表示：“比较文学、比较文化学、比较语言学、比较法学等等，都已经成为独立的科学。比较美学，虽然迄今还未成为独立的科学，但把各国的美学思想，特别是中国古代的美学思想拿来和西方的美学思想进行比较的研究，却事实上早已存在了。”① 确实，最初的研究者并无比较诗学、比较文论、比较美学或比较艺术学的明确区分，他们大都从自己的学养和兴趣出发，发现问题，自发研究。王国维的《孔子之美育主义》（1904）、梁启超的《中国韵文里头所表现的情感》（1922）、宗白华的《论中西画法的渊源与基础》（1936），从今天看，它们分别都是比较美学、比较诗学和比较艺术学的经典性论文，但研究者当时绝无这样的自觉意识。20 世纪 80 年代以来，中国比较诗学研究的对象范围，基本集中在比较文论和比较美学两大方面，比较艺术学的理论成果相对较少。从曹顺庆的《中西比较诗学》（1988）、到余虹的《中国文论与西方诗学》（1999）、再到最近史忠义的《中西比较诗学新探》（2008），都是对中西比较诗学或比较文论的研究；从周来祥与陈炎的《中西比较美学大纲》（1992）、到张法的《中西美学与文化精神》（1994）、再到邓晓芒和易中天的《黄与蓝的交响——中西美学比较》（1999），则是中西比较美学研究的专著。

① 蒋孔阳：《美学与文艺评论集》，上海文艺出版社，1986 年，第 1 页。

至于中西比较艺术学的研究大多集中于一些专题问题，诸如中西诗画异同论、中西绘画透视法、西方的绘画科学和中国的绘画六法等等，系统的比较艺术学专著并不多见，宗白华和伍蠡甫的系列论文依然是这一领域最有价值的著述。

关于中西比较诗学的研究课题，钱锺书发表过这样的看法："文艺理论的比较研究即所谓比较诗学（comparative poetics）是一个重要而且大有作为的研究领域。如何把中国传统文论中的术语和西方的术语加以比较和互相阐发，是比较诗学的重要任务之一"，而比较诗学的"最终目的"，就"在于帮助我们认识总体文学（litterature generale）乃至人类文化的基本规律"。[①] 在这里，钱锺书特别把"中西文论术语"的比较阐发，作为比较诗学的重要任务。

从钱锺书的研究成果和近三十年中国比较诗学研究现状看，中西比较诗学的研究课题基本上集中在三大方面：一是中西文论术语的比较阐发；二是中西文论家思想的比较阐发；三是中西文评观念的比较研究。

钱锺书《谈艺录》中论"神韵"、"说圆"、"文如其人"、"理趣"，《七缀集》中论"通感"、"诗可以怨"等等，都是中西文论术语和范畴比较阐发的精彩篇章。曹顺庆的《中西比较诗学》和张法的《中西美学与文化精神》，也是由系列中西文论术语和范畴的比较构成的。以前者为例，该书按流行文艺理论教材框架分五大部分，即艺术本质论、艺术起源论、艺术思维论、艺术风格论和艺术鉴赏论。每一章均选择中西文论中相关论题的两三组概念范畴作比较研究。"艺术本质论"选择"意境与典型"、"和谐与文采"、"美本身与大音希声"三组；"艺术起源论"选择"物感与模仿"、"文道与理念"两组；"艺术思维论"选择"神思与想象"、"迷狂与妙悟"两组；"艺术风格论"选择"风格与文气"、"风骨与崇高"两组；"艺术鉴赏论"选择"滋味与美感"、"移情、距离与出入"两组。文论术语和范畴的比较有两点必须注意：一是必须遵循可比性原则，寻找到各自的异同之点；二是既要进行二者的横向比较，又要考虑到各自的范畴史。如何把两个横剖面和各自范畴史结合起来，是术语和范畴的比较研究中十分困难的事，也是必须遵循的原则。

王国维的《孔子之美育主义》和钱锺书《谈艺录》中的"白瑞蒙论诗与严沧浪诗话"一节，就是中西美学家、文论家思想比较研究的著名篇章。史忠义《比较诗学新探》一书"功能篇"中的几篇论文，也是中西思想家文艺美学思想的比较研究。如"柏拉图与墨子、商鞅、韩非'非诗'思想的比

① 张隆溪：《钱锺书谈比较文学与"文学比较"》，《读书》，1981年第10期，第135页。

较”、“孔子的‘诗教’说与亚里士多德的‘Catharsis’说”的比较、“席勒的‘审美教育’功能说、曹丕与车尔尼雪夫斯基和狄尔泰的本体论功用思想”的比较等等。中西思想家和文论家文艺美学思想的比较研究，可以分为两个层次，即全面比较与局部比较。王攸欣的《选择·接受与疏理——王国维接受叔本华、朱光潜接受克罗齐美学比较研究》属于全面的比较研究；史忠义的上述三篇文章属于局部的比较研究，即着眼于“艺术功能”这一核心论题。

钱锺书《谈艺录》中“诗无达诂”与接受美学的比较，《管锥编》中“‘道’与‘名’”的阐释，属于中西文评观念的比较研究。叶维廉《比较诗学》中“东西比较文学中模子的应用”、“批评理论架构的再思”和《中国诗学》中“中国文学批评方法略论”，张隆溪的专著《道与逻各斯》，同样是中西文评观念的比较研究。在我看来，张隆溪的英文著作《道与逻各斯——东西方比较的文学阐释学》，实质是此前《诗无达诂》一文的扩展版。在“中译本序”中，张隆溪明确表示：“在各类文学批评理论中，我仍然对阐释学最有兴趣，觉得它最能为中西文学和文化的比较研究提供一个学理基础”[①]；而这本书的意图，就在于从中西比较的角度来研究文学阐释学，以此证明人类阐释经验和阐释理论的普遍性和共同性。

（四）研究方法

比较诗学作为比较文学的分支，自然以“比较”为基本的研究方法。但是，从中国比较诗学走过的百年历史看，“中西比较诗学”又有自己的特点。

首先，在比较文学的三大学派中，“中西比较诗学”的基本方法不是“影响研究”，也不是单纯的“平行研究”或“阐发研究”，而是“平行阐释”研究。论及比较文化的研究方法，金克木曾说：“作比较文化研究大致有三方面：一是寻轨迹，究因果。二是查中介（冲突焦点或传播途径），析成败。三是列平行，判同异。”[②] 所谓“平行阐释”，就是金克木所说的“列平行，判同异”，即选择中西文艺学和美学中“没有影响而有相似性”的术语、概念、范畴、命题和观念方法等问题，通过同异阐释，既揭示中西之间的差异性，又能发现人类的相通性。因为“比较”不是目的而是手段，比较的最终目的是“文化照明”和“文化互补”。

其次，中西比较诗学中的“平行阐释”，从中国比较诗学的研究历程和不同学者的思维个性看，又大致可以分为三个阶段、三种模式和三种境界：即

---

① 张隆溪：《道与逻各斯》，四川人民出版社，1998年，第2页。

② 金克木：《文化卮言》，中国人民大学出版社，2006年，第39页。

互用、互明、互补。最初是创作相似而术语互为借用；继而是概念相近而理论互为照明；再而是理论貌同心异而体系逻辑互补。

其一，互用：创作相似，互为借用。

阐释是比较文学的灵魂，也是比较诗学的灵魂。阐释有不同的思路和不同的深度。中国比较诗学起始阶段，研究者大都借用西方文论的术语概念来阐释中国的文学创作。写实派与理想派、现实主义和浪漫主义，可能是最早被用来阐释中国文学创作的两个概念。1902年，梁启超在《论小说与群治之关系》中认为，小说对人生的表现有两种不同的特点：一种是“常导人游于他境界，而变换其常触常受之空气者”；一种是能将常人“行之不知，习矣不察”的人生经历和喜怒哀乐“和盘托出，彻底而发露之”。进而他指出：“由前之说，则理想派小说尚焉；由后之说，则写实派小说尚焉。小说种目虽多，未有能出此两派范围外者也。”梁启超不仅用这对概念阐释中国小说，也用以阐释中国诗歌。1922年，在《中国韵文里头所表现的情感》中分析古典诗歌的表情方法时，梁启超区分出“象征派的表情法”、“浪漫派的表情法”和“写实派的表情法”三种类型，并对浪漫派和写实派作了具体的论述。他写道：“欧洲近代文坛，浪漫派和写实派迭相雄长。我国古代，将这两派划然分出门庭的可以说没有；但各大家作品中，路数不同，很有些分带两派倾向的。”在梁启超看来，三百篇可以说代表诸夏民族平实的性质，凡涉及空想的一切没有。我们文学含有浪漫性的自楚辞始。接着，他分别评述了楚辞之后浪漫派文学在中国文学史上的发展和三百篇之后写实派文学在中国文学史的发展。20世纪的文学史家，有的把中国文学史描述为现实主义与浪漫主义两种思潮的彼此消长，有的认为是“现实主义与反现实主义的斗争”等等，可以说，梁启超是这种阐释思路的始作俑者。

随着西方文论和美学在中国的不断传播，“新学语”的输入越来越多，借用西方术语概念阐释中国文艺也越来越普遍。除写实、浪漫、象征外，诸如悲剧与喜剧、崇高与优美、典型与类型、审美与美育等等，成为新批评家最常用、最喜欢的阐释工具，也成为新方法、新思维、新潮流的标志。中国现代的“文学原理”和“美学原理”，正是在大量输入的西方术语概念不断条理化和系统化的基础上建构起来的。

借用西方文论的术语概念来阐释中国的文学创作，其优势是极为明显的。西方人长于抽象而精于分类，每个术语都经过严格的界定，具有明确的内涵，并做出清晰的表述；绝不像传统诗学“只知高唱其玄妙的神韵气味，而不知此神韵气味之由来”。研究者借用西方文论的术语概念和观念来阐释相似的创作现象，遵循“始、叙、证、辩、结”的逻辑程序，可以把问题表述得清楚明白，阐释得条理分明，给人以豁然开朗之感。但是，如果只是刻板搬用，单向阐释，其弊端也是不容忽视的。以西方的抽象概念遮蔽或裁剪中国的鲜活历史，是最突出的问题。关于“中国没有悲剧”的论断，就是简单化地借用西方术语阐释中国历史得出的肤浅武断的结论之一。

普遍性是理论的基本品格，真正的文学理论同样也应当是超越民族和语言界限的，应当为我们解读不同民族、不同语言的文学作品提供一个普遍的学理基础。同时，任何理论又都是从具体的文化、历史和社会语境中产生出来的，都带有特定的文化、历史和社会语境的色彩，因此在理论的普遍性与文化和历史的具体性之间必然存在一定的差异和矛盾。如果直接将西方理论的概念、术语和方法应用于非西方作品的阅读阐释，必然会造成抽象概念遮蔽鲜活历史的弊端。正因为如此，直接借用的单向阐释，只能是中西比较诗学的初级境界，应当被更成熟的思路、更开放的视野所超越。

其二，互明：概念相近，互为照明。

如果说，“互用”是初期的直接借用、以西释中的单向阐释，那么“互明”则是高一阶段的中西双向的互相阐释、互为照明。西方文论术语概念的大量输入和中国传统文评研究的不断深入，为中西诗学的互相阐释、互为照明提供了条件；而寻求中西文论超越民族和语言的人类共通性与不同民族理论传统的文化特殊性，则成为中西诗学互相阐释、互为照明的内在动力。与此相联系，中西诗学的互为照明也有两种不同的致思趋向：一种是通过互为阐释而异中见同，一种是通过互为阐释而同中见异。

钱锺书的中西比较诗学研究，侧重通过于互照互明而“异中见同”。钱锺书对那些热衷于谈论“东西文化特征”和“中西本位文化”的人特别反感。他曾指出：“我们常说，某东西代表地道的东方化，某东西代表真正的西方化；其实那个东西，往往名符其实，亦东亦西。”① 他始终认为，任何文化不可能完全相同，也不可能完全不同。所谓“东海西海，心理攸同；南学北学，道术未裂”；所谓“心之同然，本乎理之当然，而理之当然，本乎物之必然，亦即合乎物之本然也”。因此，在研究西方的文学和文论时，经常会有“似曾相识的惊喜”，发现极为“有趣的类似”。他的“打通”说，主要就是通过“打通”以见到中西文学和文论的“相通”和“共通”，通过“互证”以见到中西文学文论的“相似”和“相当”。

---

① 《钱锺书集》第12册，生活·读书·新知三联书店，2001年，第62页。

仅举一例。钱锺书说，在文学上，“我们旧文学里有一种比兴体的‘香草美人’诗，把男女恋爱来象征君臣间的纲常，精通西学而又风流绮腻的师友们，认为这种杀风景的文艺观，道地是中国旧文化的特殊产物，但是在西洋宗教诗里，我们偏找得出同样的体制，只是把神和人的关系来代替君臣了”①；而在诗学上，西方的“寓托”和中国的“比兴”，正可以互为阐释，互为照明。钱锺书《谈艺录》写道：中国诗学有阐“意内言外”之旨，推“文微事著”之原，比傅景物，推求寄托的“比兴”之说；“西方文学有‘寓托’（Allegory）之体，与此略同。希腊斯多葛学派已开比拟附会之风，但丁本当时读《圣经》引申商度之法，推而至于谈艺，绝似子夏叔师辈手眼。所异者：吾国以物喻事，以男女喻君臣之谊，喻实而所喻亦实；但丁以事喻道，以男女喻天人之际，喻实而所喻则虚。一诗而事，一诗而玄。故二者均非文章之极致也。”② 在这里，钱锺书通过中国的“比兴”与西方的“寓托”之间双向的阐释与照明，使我们对这对范畴既即异而见同，又因同而见异，消除了二元对立的偏执之见，获得了中西相通的圆融之识。

与钱锺书有所不同，叶维廉的中西比较诗学研究，似乎更侧重于通过互照互明而“同中见异”。叶维廉把比较诗学分为中西的“跨文化”比较与欧美的“跨国度”比较两种，认为二者在性质上“是大相径庭的”。欧美文化的国家虽然各具独特的民族性和地方色彩，但从深层的文化根源看，是完全同出于一个文化系统，即同出于希罗文化体系。因此在欧美文化系统里所进行的“跨国度”的比较研究，比较容易寻出“共同的文学规律”和“共同的美学据点”。中国的文学艺术属于不同于希罗文化体系的另一个文化系统，即以儒道释为中心的东方文化系统，它的“文学规律”和“美学据点”渊源于自己的文化传统，带有自身的鲜明的文化特色。因此，中西“跨文化”的研究，应当避免“垄断的原则”，避免“用甲文化批评的模子来评价乙文化的文学”；而在于通过“互照互对互比互识”，“要西方读者了解到世界上很多作品的成形，可以完全不从柏拉图和亚里士多德的美学假定出发，而另有一套文学假定去支持它们；是要中国读者了解到儒、道、佛的架构之外，还有与它们完全不同的观物感物程式及价值的判断。”③

从上述原则出发，叶维廉强调，“模子”或“理论模式”文化差异的自觉，在东西比较文学的实践上是非常迫切需要的，尤其是在两方的文化未曾

① 《钱锺书集》第12册，生活·读书·新知三联书店，2001年，第62页。

② 钱锺书：《谈艺录》，中华书局，1984年，第231页。

③ 叶维廉：《比较诗学》，《叶维廉文集》第1卷，安徽教育出版社，2002年，第5—6页。

扩展至融合对方的结构之前；否则就可能导致对一种文学的误解和曲解。例如，我们经常看见如下的尝试：《浪漫主义者李白》《从西方浪漫主义的传统看屈原》等等。其实，西方的浪漫主义运动和范畴有其自身的文化根源和文化内涵，中国古典文学中没有相同于西方浪漫主义的运动。因此，当我们用浪漫主义的范畴来讨论李白和屈原时，我们不能说因为屈原是个“悲剧人物，一个被放逐者，无法在俗世上完成他的欲望，所以在梦中、幻景中、独游中找寻安慰”，他便是一个道道地地的浪漫主义者。如果把西方的理论模式不加修正直接用于中国文学的阐释，这种做法就是只知其一不知其二，把表面的相似看作本质的相似，把部分的相似看作另一个系统的全部。同理，西方文论中的范畴系统，“譬如文学运动、流派的研究（例：超现实主义、江西诗派……），譬如文学分期（例如：文艺复兴、浪漫主义时期、晚唐……），譬如文类（例如：悲剧、史诗、山水诗……），譬如诗学史，譬如修辞学史（例如：中世纪修辞学、六朝修辞学……），譬如文学批评史（例如：古典主义、拟古典主义……），譬如比较风格学、譬如神化研究，譬如主题学，譬如翻译理论，譬如影响研究，譬如文学社会学，譬如文学与其他艺术的关系等等，无一可以用西方或中国既定模子，无需调整修改而直贯另一个文学的。”①

其三，互补：貌同心异，学理互补。

互明是互补的前提，互补是互明的升华。中西诗学理论的互为照明，或是互为阐释而异中见同，或是互为阐释而同中见异；在互明的基础上再进一步，就是对“貌同心异”或“心同貌异”的理论进行学理互补，以建设普遍性的文艺美学理论。而比较诗学的最终日的，就是认识人类文学的共同规律，建构“总体文艺学”，尽管这是一个遥远的目标。

从对比较诗学的认识和比较诗学的研究成果看，中西理论的学理互补似可以分为两个层次，即文化体系层面的精神互补和文论范畴层面的逻辑互补。就前者而言，这是比较诗学的发展方向和终极目标。正如叶维廉所说：为了寻求建立可行的共同文学规律的基础，首要的，是要认识到：如果我们只局限于一种文化的模子中，是绝对无法达到共同基础的。以为一个文化系统里的美学假定可以放诸四海而皆准，可以不分皂白地应用到别的文化和文学里去，这种想法是大可怀疑的。② 事实上，只有当两大文化系统的文学互相认识、互相观照，人类文学中一般理论的大争端方可以全面处理。就后者而言，

① 叶维廉：《比较诗学》，《叶维廉文集》第1卷，安徽教育出版社，2002年，第6—7页。

② 叶维廉：《比较诗学》，《叶维廉文集》第1卷，安徽教育出版社，2002年，第49页。

即某些文论范畴的逻辑互补是可以先行开始的，也不乏研究成果。朱光潜《文艺心理学》对许多文艺美学问题的阐释，就是较为成功的范例。

朱光潜的美学研究有自己的独特方法，他在《悲剧心理学》中曾表示："我们的方法将是批判的综合的，说坏一点，就是'折衷的'。"[①] 所谓"批判的综合的"或"折衷的"，从比较诗学的角度看，就是在"互相照明"基础上的"互为补充"。这种"批评的综合的"方法是朱光潜美学研究或比较美学研究的一贯方法。在《文艺心理学》中，朱光潜对"美感经验"的分析和"文艺与道德"关系的阐释，最为成功也最具有启示意义。

朱光潜的美感论实质包含了双重的理论内涵：从基本概念看，它以克罗齐的"形象的直觉"为起点，融入布洛的"距离说"以强调自觉的审美态度，融入立普斯的"移情说"和谷鲁斯的"内模仿说"以展开物我之间的交感共鸣，从而把美感经验描述为一个有机动态的心理过程；然而在对这一理论进行阐释时，朱光潜又以中国美学为参照系，"移花接木"，融入了中国古代美学中的意象论、虚静说和物感说等观念，从而使这一美感学说成为具有跨国度和跨文化的双重互补性的理论结构。因此，尽管朱光潜的美感论以西方美学为主要内容，但并非以西方概念为垄断，基本做到了中西融通、中西互补，是中西美学家美感经验观成功的"批判的综合"。

如果说美感经验论的中西互补基本上是逻辑层面的，那么文艺与道德论的中西互补，则既是逻辑的又是历史的。首先，朱光潜对中西文论史上文艺与道德关系的观念史作了"寻根探固"的分析；然后，对两种文化传统和文化体系中的观念史作抽象概括和逻辑互补，提出了具有普遍意义的理论命题，并以中西观念史和审美实践为基础作具体的形态分析。如前所说，叶维廉认为，要寻求"共相"，我们必须放弃死守一个"模子"的固执，我们必须要从两个"模子"同时进行，而且必须寻根探固，必须从其本身的文化立场去看，然后加以比较对比，始可得到两者的面貌。朱光潜的抽象概括和逻辑互补，正是基于两个"模子"同时进行的"寻根探固"，所以他所提出的"没有道德目的而有道德影响"的命题具有跨文化的普遍意义，也是一条跨中西文化的共同的审美规律。

人们对事物的认识是逐步提高逐步深化的，不同文化体系的人对同一事物的认识，又有不同的角度和不同的取向。因此，只有在互照互明的基础上，对"貌同心异"或"心同貌异"的理论进行逻辑互补，才能真正建构具有普遍意义的文艺学体系。

---

① 朱光潜：《悲剧心理学》，人民文学出版社，1983年，第11页。

互用、互明、互补，是中西比较诗学的三个阶段、三条途径、三种境界；它们虽有高下之分，并非截然对立。研究者根据不同的研究对象和研究目的，在方法的选择上必然有所侧重，但应当有机结合，尽量避免简单“移用”出现的误读误解；而在“互明”基础上的“互补”，是中西比较诗学研究的方向，也是走向“总体文艺学”的必由之路。

二、论文精读

孔子之美育主义

王国维

【引言】

1904年3月发表的《孔子之美育主义》，是王国维第一篇比较美学论文，也是中国比较美学研究的开篇之作。王国维认为，西方自亚里士多德以后，包括英国的夏夫兹博理、德国的康德、席勒、叔本华等，“皆以美育为德育之助”；与之比较，孔子的美学理论虽不可得而知，然其教人，“则始于美育，终于美育”。王国维通过中西美学的互照互明，揭示了孔子“诗教”的“美育”本质，阐明了中国传统“诗教”观与西方近代美育思想的相通性，并进而指出“孔子美育之说”与“世之贱儒”否定艺术和审美的“玩物丧志”说的根本区别，恢复原始儒家美学思想的真精神。论文标题“孔子之美育主义”，具有明确的跨文化比较意识，并预示了以西释中、中西互明的论述思路。全文五段，可分四个层次：第一段为第一层次，从叔本华哲学美学出发，肯定“美”是解脱“人心之苦痛”的重要途径；第二、三段为第二层次，以康德的审美非功利性为立论基础，评述了西方近代美学家的美学观，尤其是席勒的审美教育观，强调美善统一与“美育与德育之不可离”；第四段为第三层次，通过孔子“诗教”与席勒“美育”的比较阐释，指出“始于美育，终于美育”是孔子诗教的实质；第五段为第四层次，认为不顾审美的实用主义和功利主义违背了原始儒学的真谛，“世之言教育者”应当回归和发扬“孔子美育之说”。全文不足2500言，论题新颖，思路明晰，说理透彻，是一篇具有现代学术品格的比较美学论文。

关于美育的过程和途径，孔子和席勒曾说过两段极为相似的话。孔子说：“兴于诗，立于礼，成于乐。”席勒说：“为了极为安全地加强由我们动摇不定的道德保证得太虚弱的人类之善，我们还要有两个可靠的锚——宗教和审美趣味。”孔子认为，全面人格的形成要经历“兴于诗”→“立于礼”→“成于乐”的过程；席勒则认为，“人类之善”的保证需要“审美”→“道德”→“宗教”三管齐下。王国维虽然没有比较二位的论述，但他所提出的“始于美育，终于美育”，可以说是对东西两种美育观的相似性的精辟概括。

诗云：“世短意常多，斯人乐久生。”[①] 岂不悲哉！人之所以朝夕营营者，安归乎？归于一己之利害而已。人有生矣，则不能无欲；有欲矣，则不能无求；有求矣，不能无生得失；得则淫，失则戚，此人之所同也。世之所谓道德者，有不为此嗜欲之羽翼者乎？所谓聪明者，有不为嗜欲之耳目者乎？避苦而就乐，喜得而恶丧，怯让而勇争，此又人之所同也。于是内之发于人心也，则为苦痛；外之见于社会也，则为罪恶。然世终无可以除此利害之念，而泯人己之别者欤？将社会之罪恶固不可以稍减，而人心之苦痛遂长此终古欤？曰：有！所谓美者是已。

美之为物，不关于吾人之利害者也。吾人观美时，亦不知有一己之利害。德意志之大哲人汗德（康德）以美之快乐为不关利害之快乐（Disinterested Pleasure）。至叔本华而分析观美之状态为二原质：（1）被观之对象非特别之物，而此物之种类之形式；（2）观者之意识，非特别之我，而纯粹无欲之我也（《意志及观念之世界》第1册253页）。何则？由叔氏之说，人之根本在生活之欲，而欲常起于空泛。既偿此欲，则此欲以终；然欲之被偿者一，而不偿者什佰。一欲既终，他欲随之；故究竟之慰藉终不可得。苟吾人之意识而充以嗜欲乎？吾人而为嗜欲之我乎？则亦长此辗转于空乏、希望与恐怖之中而已。欲求福祉与宁静，岂可得哉！然吾人一旦因他故而脱此嗜欲之网，则吾人之知识已不为嗜欲之奴隶，于是得所谓无欲之我。无欲故无空泛，无希望，无恐怖。其视外物也，不以为与我有利害之关系，而但视为纯粹之外物。此境界唯观美时有之。苏子瞻所谓“寓意于物”（《宝绘堂记》）。邵子曰：“圣人所以能一万物之情者，谓其能反观者也；所以谓之反观者，不以我观物也；不以我观物者，以物观物之谓也。既能以物观物，又安有有我于其间哉？”（《皇极经世·观物》）此之谓也。其咏之于诗者，则如陶渊明云：“采菊东篱下，悠然见南山。山气日夕佳，飞鸟相与还。此中有真意，欲辨已忘言。”谢灵运云：“昏旦变气候，山水含清晖；清晖能娱人，游子憺忘归。”或如白伊龙（英国诗人拜伦）云：

---

① 陶渊明：《九日闲居》。

"I live not in myself, but I become//Portion of that around me; and to me//High mountains are a feeling."
(按："我不是生活于我自身，而我成为围绕着我的一切中的一份，对于我高高的山峰乃是一种感情。")

皆善咏此者也。

夫岂独天然之美而已，人工之美亦有之。宫观之瑰杰，雕刻之优美雄丽，图画之简淡冲远，诗歌音乐之直诉人之肺腑，皆使人达于无欲之境界。故泰西自雅里大德勒（亚里士多德）以后，皆以美育为德育之助。至近世谑夫志培利赫（夏夫兹伯里，英国美学家）、赫启孙（哈奇生，英国美学家）等皆从之。及德意志之大诗人希尔列尔（席勒）出，而大成其说。谓人日与美相接，则其感情日益高，而暴慢鄙俗之心日益远。故美术者，科学与道德之生产地也。又谓审美之境界乃不关利害之境界，故气质之欲灭，而道德之欲得由之以生。故审美之境界乃物质之境界与道德之境界之津梁也。于物质之境界中，人受制于天然之势力；于审美之境界，则远离之；于道德之境界，则统御之（希氏《论人类美育之书简》）。由上所说，则审美之位置犹居于道德之次。然希氏后日更进而说美之无上之价值，曰："如人必以道德之欲克制气质之欲，则人性之两部犹未能调和也。于物质之境界及道德之境界中，人性之一部，必克制之以扩充其他部。然人之所以为人，在息此内界之争斗，而使卑劣之感跻于高尚之感觉。如汗德之严肃论中气质与义务对立，犹非道德上最高之理想也。最高之理想存于美丽之心（Beautiful Soul）。其为性质也，高尚纯洁，不知有内界之争斗，而唯乐于守道德之法则。此性质唯可有美育得之。"（芬特尔朋《哲学史》第600页）此希氏最后之说也。（按：实指《审美教育书简》最后一封书简）顾无论美之与善，其位置孰为高下，而美育与德育之不可离，昭昭然矣。

今转而观我孔子之学说，其审美学上之理论虽不可得而知，然其教人也，则始于美育，终于美育。《论语》曰："小子何莫学夫诗。诗可以兴，可以观，可以群，可以怨。迩之事父，远之事君。多识于鸟兽草木之名。"又曰："兴于诗，立于礼，成于乐。"其在古昔，则胄子之教，典于后夔；大学之事，董于乐正（《周礼·大司乐》、《礼记·王制》）。然则以音乐为教育之一科，不自孔子始矣。荀子说其效曰："乐者，圣人之所乐也，而可以善民心。其感人深，其移风易俗。……故乐行而志清，礼修而行成，耳聪目明，血气和平，移风易俗，天下皆宁。"（《乐论》）此之谓也。故"子在齐闻《韶》"，则

“三月不知肉味”。而《韶》乐之作，虽挈壶之童子，其视精，其行端。音乐之感人，其效有如此者。

且孔子之教人，于诗乐外，犹使人玩天然之美。故习礼于树下，言志于农山，游于舞雩，叹于川上，使门第子言志，独与曾点。点之言曰：“暮春者，春服既成，冠者五六人，童子六七人，浴乎沂，风乎舞雩，咏而归。”由此观之，则平日所以涵养其审美之情者可知矣。之人也，之境也，固将磅礴万物以为一，我即宇宙，宇宙即我也。光风霁月不足以喻其明，泰山华岳不足以语其高，南溟渤澥不足以比其大。邵子所谓“反观”者非欤？叔本华所谓“无我之欲”、希尔列尔所谓“美丽之心”者非欤？此时之境界，无希望，无恐怖，无内界之争斗，无利无害，无人物我，不随绳墨而自合于道德之法则。一人如此，则优入圣域；社会如此，则成华胥之国。孔子所谓“安而言之”，与希尔列尔所谓“乐于守道德之法则”者，舍美育无由矣。

呜呼！我中国非美术之国也。一切学业，以利用之大宗旨贯注之。治一学，必质其有用与否；为一事，必问其有益与否。美之为物，为世人所不顾久矣！故我国建筑、雕刻之术，无可言者。至图画一技，宋元以后，生面特开，其淡远幽雅实有非西人所能梦见者。诗词亦代有作者。而世之贱儒辄援“玩物丧志”之说相诋。故一切美术皆不能达完全之域。美之为物，为世人所不顾久矣！庸讵知无用之用有胜于有用之用乎？以我国人审美之趣味之缺乏如此，则其朝夕营营，逐一己之利害而不知返者，安足怪哉！安足怪哉！庸讵知吾国所尊为“大圣”者，其教育固异于彼贱儒之所为乎？故备举孔子美育之说，且诠其所以然之理。世之言教育者，可以观焉。

（原载1904年2月《教育世界》69号）

【阅读思考】

1. 孔子重“诗教”，有“小子何莫学夫诗”、“不学诗，无以言”、“兴于诗，立于礼，成于乐”诸说。试问：王国维为何不以“孔子之诗教主义”为题？

2. 王国维是如何用西方的“美育”思想来诠释传统的“诗教”观念的？

李渔论戏剧结构

杨　绛

【引言】

《李渔论戏剧结构》是一篇中西比较戏剧学的经典论文。本文通过中西戏剧理论和戏剧作品的双重比较，揭示了中西戏剧结构“在理论上相似而实践上大不相同”的复杂现象，进而引申出了中西比较诗学应遵循的原则。论文采取由点及面的思路，以李渔的《闲情偶寄》和亚里士多德的《诗学》为主要比较对象，延伸到整个中西戏剧史。首先比较了二者关于戏剧结构原则的论述，发现李渔对于戏剧结构的要求，跟《诗学》所论悲剧结构的整一性几乎相同：即一个剧只演一个人的一桩事，不是一个人一生的事；这一桩故事像一个完整的有机体，各部分有当然或必然的关系，是“具五官百骸”的全形。然而从中西戏剧传统看，“表面上看似相同的理论，所讲的却是性质不同的两种结构”：即从希腊悲剧、莎士比亚戏剧到易卜生戏剧，西方戏剧的结构是以“三整一律”为基础、以故事焦点为中心、强调紧凑集中的“戏剧的结构”；而从元杂剧、明传奇到李渔自己的作品，中国传统戏剧的结构则是地点流动、叙事多面、故事没有长度规定的“史诗的结构”。若再深入一层，中西戏剧结构形态的差异基于不同的美学观念：西方的“三整一律”式的结构，追求的是舞台表演的真实性；中国的“史诗式结构”，遵循的是舞台表演的虚拟性。结构原则的相似性与结构形态的差异性的复杂现象提示我们，在进行中西比较研究时应当遵循“双重观照”的原则，即既要看双方的理论，又要看双方的作品；“如果脱离了具体作品而孤立地单看理论，就容易迷误混淆”。这也给比较诗学研究者提出来双重要求，既要研究中西文论史，也要研究中西文学史。最后，中西戏剧结构的不同形态并无高下之分，现代欧洲提倡的“史诗剧”，就深受中国传统的“小说式的戏剧”的影响。

我国古代论戏曲的著作，往往着重“曲”而忽略“戏”。曲是“词余”，词是“诗余”，换句话说，曲是诗的子孙。论曲还是把它当诗歌看，讲究词采音律，而对于曲里的“戏”，除了片言只语，很少探讨。清代李渔《闲情偶寄》的“词曲部”和“演习部”，才是有系统地从“戏”的角度来讨论编写和排演的技巧。他注重故事的结构，提倡宾白的功用，也谈到人物的个性。他把词采贬到次要地位，并且不是讲究雕章琢句，而要求叙出故事①，描出人物②，并且著重要使观众了解③。因此他这部书和以前的曲话等大不相同，代表我国戏曲理论史上的一个新发展。

---

① 中国戏曲研究院编《中国古典戏曲论著集成》第7册，第24—25页。

② 同上书，第26—27页。

③ 同上书，第28页。

李渔的戏剧理论里，许多地方跟西方的戏剧理论相似。例如关于故事真实性的问题，李渔说：

> 传奇无实，大半皆寓言耳。欲劝人为孝，则举一孝子出名，但有一行可纪，则不必尽其事，凡事孝亲所应有者，悉取而加之。亦犹纣之不善不如是之甚也。一居下流，天下之恶皆归焉。（重点是引者加的。）①

“所应有者”就是亚里士多德所谓“当然或必然”的事。亚里士多德说，“诗人的职责，不是描写曾经发生的事，而是写当然或必然会发生的事”②。又如李渔谈到人物，不仅指出“生旦有生旦之体，净丑有净丑之腔”③，还说：

> 言者，心之声也，欲代此一人立言，先宜代此一人立心。若非梦往神游，何谓设身处地。无论立心端正者，我当设身处地，代生端正之想，即遇立心邪辟者，我亦当舍经从权，暂为邪辟之思。务使心曲隐微，随口唾出，说一人肖一人，勿使雷同，弗使浮泛。④

这是说，对话表达人物个性。作者先得创造人物，然后设身处地，代他道出心中的话来，什么样的人说什么样的话，要口角毕肖，把细微曲折的心思都很自然的表达出来。这就是亚里士多德论描摹人物性格当切合身份之说（appropriateness）⑤，也就是法国17世纪古典派文艺理论家所谓“贴切”（Iesbienseances）⑥。又如李渔要故事新奇⑦，又要不涉荒唐⑧，正也就是古典派理论家所讲究的“神奇”（le merveilleux）而“似真”（la vraisemblance）⑨。

---

① 同上书，第20页。

② 《诗学》9，1451b根据拜沃特（Ingram Bywater）译注本。

③ 中国戏曲研究院编《中国古典戏曲论著集成》第7册，第26页。李渔以前的戏剧论著里，关于人物讨论，一般只讲到生旦净丑等角色。王世贞《曲藻》里有几句可算是论到人物。他称赞高则诚的《琵琶记》，“不唯其琢句之工、使事之美而已，其体贴人情，委曲必尽；描写物态，仿佛如生；问答之际，了不见扭造。”（《中国古典戏曲论著集成》第4册，第33页。）这就是说，能把角色描写得熨贴生动，对话也活泼自然，但只寥寥数语，不成理论。

④ 中国戏曲研究院编《中国古典戏曲论著集成》第7册，第54页。

⑤ 《诗学》15，1454a。

⑥ 布雷（Rene Bray）《法国古典主义的形成》（La Formation de la Doctrineclassique en France），第215—230页。

⑦ 《中国古典戏曲论著集成》第7册，第15—16页。

⑧ 同上书，第18—20页。

⑨ 《法国古典主义的形成》，第233页。

李渔的理论和西方戏剧理论相似或相同的地方，不必一一列举。我们从这些例子，无非看到在若干一般适用的文艺原则上，我国和西方理论家所见略同。本文不想探讨那些东西，而想指出我国和西方在理论上很相似而实践上大不相同的一点——戏剧结构。

论戏曲讲究结构，并不从李渔开始。像凌蒙初的《谭曲杂札》曾提到结构：

戏曲搭架。亦是要事，不妥则全传可憎矣。①

王骥德在《曲律》里讲得更详细，他说：

作曲，犹造宫室者然。工师之作室也，必先定规式……而后可施斤斫。作曲者，亦必先分段数，以何意起，何意接，何意作中段敷衍，何意作后段收煞，整整在目，而后可施结撰。此法，从古之为文、为辞赋、为诗歌者皆然；于曲，则在剧戏，其事头原有步骤。②

又说，作套数曲，应当：

有起有止，有开有阖。须先定下间架，立下主意，排下曲调，然后遣句，然后成章。切忌凑插，切忌将就。务如常山之蛇，首尾相应，又如鲛人之锦，不着一丝纰纇；……增减一调不得，颠倒一调不得。③

毋令一人无着落，毋令一折不照应。④

李渔论戏剧结构，和《曲律》所论略有相同之处。他说：

至于"结构"二字，则在引商刻羽之先，拈韵抽毫之始，如造物之赋形，当其精血初凝，胞胎未就，先为制定全形，使点血而具五官百骸之势。倘先无成局，而由顶及踵，逐段滋生，则人之一身，当有无数断

① 《中国古典戏曲论著集成》第 4 册，第 258 页。
② 同上书，第 123 页。
③ 同上书，第 132 页。
④ 同上书，第 137 页。

> 续之痕，而血气为之中阻矣。工师之建宅亦然，基址初平，间架未立，先筹何处建厅，何方开户，栋需何木，梁用何材，必俟成局了然，始可挥斤运斧。①

但《曲律》所论侧重形式，以为"修辞当自炼格始"②，目的在于修辞。李渔却是侧重内容，以为"有奇事方有奇文"③，所以他接着就仔细讨论戏文里所表演的故事。

他以为一本戏应该表演一个人的一桩事，所谓"立主脑"：

> 一本戏中，有无数人名，究竟俱属陪宾；原其初心，止为一人而设。即此一人之身，自始至终，离、合、悲、欢，中具无限情由，无穷关目，究竟俱属衍文；原其初心，又止为一事而设。此一人一事，即作传奇之主脑也。……后人作传奇，但知为一人而作，不知为一事而作，仅此一人所行之事，逐节铺陈，有如散金碎玉。以作零出则可，谓之全本，则为断线之珠，无梁之屋……④

又说，"头绪繁多，传奇之大病也"。他称赞有些剧本"一线到底，并无旁见、侧出之情"，"始终无二事，贯串只一人"⑤。

这一件事又必须前后贯串：

> 每编一折，必须前顾数折，后顾数折。顾前者，欲其照应；顾后者，便于埋伏。照应、埋伏，不止照应一人，埋伏一事，凡是此剧中有名之人，关涉之事，与前次、后此所说之话，节节俱要想到。⑥

各部分不能有"断续痕"：

> 所谓无断续痕者，非止一出接一出，一人顶一人，务使承上接下，血脉相连，即于情事截然绝不相关之处，亦有连环细笋，伏于其中，看到后来方知其妙，如藕于未切之时，先长暗丝以待，丝于络成之后，才

① 同上书，第7册，第10页。
② 同上书，第4册，第123页。
③ 同上书，第7册，第10页。
④ 《中国古典戏曲论著集成》第7册，第14页。
⑤ 同上书，第18页。
⑥ 同上书，第16页。

知作茧之精。①

到收煞时，又不可有“包括之痕”。全剧收场，剧中人物“会合之故”——

> 须要自然而然。水到渠成，非由车戽。最忌无因而至，突如其来，与夫勉强生情，拉成一处，令观者识其有心如此，与恕其无可奈何者，皆非此道中绝技，因有包括之痕也。②

总括李渔以上的话，他对结构完好的戏剧有以下两点要求：（1）一本戏只演一个人的一桩事，不是一个人的一生的事；（2）这一桩故事像一个完整的有机体，是“具五官百骸”的全形，通体“承上接下，血脉相连”，全剧的结局是前面各情节的后果，“自然而然，水到渠成”，没有一点牵强凑合。

这套理论跟亚里士多德《诗学》所论悲剧的“故事的整一性”（unity of action）非常接近。亚里士多德认为悲剧最要紧的是结构。悲剧摹拟一桩完整而具有相当广度的事件——

> 一件完整的事有开头，有中段，有结尾。开头不必承接别的事，但当然引起后面的事；结尾当然是在一些事情的后面，是这些事情必然的、或惯常的结果；中段当然是承前启后。所以一个完好的结构不能随意在某处起某处结，它的开头和结尾必须按照上面的方式。③

> 有人以为只要主人公是一个，结构就有“整一性”，其实不然。一个人可以遭遇无数的事，有些是不能归并在一桩事件里的。同样情形，一个人生平所做的事，有许多是不能合成一桩事件的。④
>
> 诗和其他摹拟的艺术一样，一件作品只摹拟一个对象。诗既是摹拟事情，诗的故事就应该是一桩事件，一桩完整的事件，里面的情节应该有紧密的关系，颠倒或去除任何部分都会使整体散乱脱节。如果一部分的存在与否并不引起显著的变化，那就不是整体中的有机部分。⑤

① 同上书，第24—25页。
② 同上书，第69页。
③ 《诗学》7.1451a。
④ 《诗学》8.1451a。
⑤ 《诗学》1451a。

> 最糟是支支节节的结构。所谓支支节节，指情节的连续没有当然或必然的关系。①

悲剧结尾，主角从顺境转入逆境，隐情一一暴露——

> 这些都应该从故事的内部发生，这样才能成为以前种种情节的必然或当然的结果。②

亚里士多德也是说：悲剧演一个人的一桩事，不是演一个人一生的事；这桩事件像完整的有机体，开头、中段和结尾前后承接，各部分有当然或必然的关系，结局是以前种种情节造成的后果。李渔对于戏剧结构的要求，跟《诗学》所论悲剧结构的整一性几乎相同，只是没有提到《诗学》所说的广度。《诗学》说，戏剧所演的一桩事件需有相当广度。“只要显然是一个整体，故事就越长越美。一般说来，故事只要容许主角按当然或必然的程序，由逆境转入顺境，或从顺境转入逆境，就是长短合度”③。不过李渔虽然没有提到这一点，他的理论和这点并无抵触。因为按他的主张，决不容许故事在半途收场，也不会要求一个戏由悲而欢、由离而合之后，再来一番离合悲欢。他主张一本戏演一个故事，不是半个故事或两个故事。所以单从理论的表面看来，李渔论戏剧结构时提出的各点，正就是亚里士多德论戏剧结构时所提出的故事整一性。

可是实际上李渔讲究的戏剧结构的整一，并不是亚里士多德《诗学》讲究的戏剧结构的整一。一个是根据我国的戏剧传统总结经验，一个是根据古希腊的戏剧传统总结经验。表面上看似相同的理论，所讲的却是性质不同的两种结构。

希腊悲剧不分幕，悲剧里的合唱队从戏开场到收场一直站在戏台上。因此，戏里的地点就是不变的，戏里所表示的时间也不宜太长，而一个戏台所代表的地域也不能太广。希腊悲剧除了个别例外，一般说来，地点都不变，时间都很短。亚里士多德在区分史诗和悲剧时指出，悲剧的时间只在一天以内④。时间和地点的集中，把故事约束得非常紧凑。戏台上表演的只是一桩事

---

① 同上书，9. 1451b。
② 同上书，10。
③ 同上书，7，1451a。
④ 同上书，5. 1449b。

件的一个方面——就是在戏台所代表的那一个地点上所发生的事情。至于这件事情的其他方面，就好比一幅画的背面，不能反过来看。那些方面，只好由剧中人（包括合唱队）对话里叙述。例如《普罗米修斯被囚缚》一剧，台上演出的是普罗米修斯被钉在石壁上受罪，至于天上的宙斯怎么和他作对，都是叙述，不是排演出来的。又例如以结构完美著称的《俄狄普斯王》一剧，戏台上表演的只是宫殿门前发生的事，宫殿里面的事以及使者在别处干的事，都是叙述出来的。

希腊悲剧的故事又限于短短的一段时间以内。故事的焦点就是悲剧的结局；悲剧的开始紧挨着这个焦点。例如在《普罗米修斯被囚缚》剧中，普罗米修斯怎样帮助宙斯争夺权位，怎样违反了宙斯的意旨去帮助人类，以致获罪等等，都是以往之事，只在剧中人对话里追叙。戏开场就是普罗米修斯被雷神钉上石壁。他不肯屈服，结果被宙斯摔入地狱——这就是故事的焦点。又如在《俄狄普斯王》剧中，俄狄普斯怎样误杀父亲，怎样制服狮身人首的怪物，怎样继承父亲的王位，娶了母亲，生了孩子等等，都是剧中人追叙的往事。戏开始，俄狄普斯在追究杀死前王的凶手，于是发觉自己的罪孽，结果剜掉自己双目，流亡出国——这就是故事的焦点。悲剧故事既然集中在一个焦点上，结构就非常紧密，戏里一个个情节都因果相关，导致末尾的结局，好比一浪推一浪，把故事推到最高潮。这样一个紧凑而集中的故事，如果把地点分散，时间延长，就会影响它的整一性。亚里士多德尽管没有制定规律，把一个悲剧的时间限于一天，地点限于一处，他只是要求一个悲剧演一个完整而统一的故事，可是由于希腊悲剧的紧凑和集中，他所谓故事的整一，基本上包含了时间和地点的限制。

只要看亚里士多德在区分戏剧和史诗的时候，就指出了戏剧所以不同于史诗的地方。按《诗学》，史诗的结构和悲剧相同①，不过有以下的差别：

> 史诗的故事没有时间的限制，悲剧故事却尽可能限于太阳运行一周以内，或大约如此。②
>
> 史诗特别便于增加它的广度，也常利用这点便利。悲剧不能把一桩事件同时发生的许多方面都表演出来，只能表演戏台上演出的一面，而且只限于关涉到台上角色的事。史诗采用叙述体，可以把同时发生的许

① 《诗学》23，1459a。

② 同上书，5，1449b。

多情节一一描叙。假如这些情节和主题相属，就可以增加它的长度。这是史诗的方便，可以使内容丰富，花样繁多，并且有余地加入各种穿插。情节单调容易使人厌倦，演出悲剧往往因此失败。①

戏剧里穿插的情节很短，史诗里可用穿插的情节增广篇幅。②

诗人应当记住上面屡次提到的一点：不要把一部史诗里的情节——指包括许多故事的史诗——写成一个悲剧，例如把《伊利亚特》整个故事编成一个戏。史诗由于它的规模，每部分可有适当长度。可是同样的故事如编成悲剧，结果就很令人失望。③

悲剧能在较短的时间内达到模仿的目的，这是个很大的优点。因为效果集中，愈多快感；时间拉得长，快感就会冲淡。④

史诗的整一性较差。只要看，任何一部史诗可供几个悲剧的材料。因此，史诗如果采用严格整一的故事作为题材，叙述得简略就好像是截断了的，拉到史诗的长度又好像冲淡了。我说史诗的整一性较差，我的意思说，一部史诗包含许多事情，例如《伊利亚特》和《奥德赛》包括许多事，每件事都相当长。可是这两部史诗的结构却是不能再求完美，所模仿的故事也不能再求整一。⑤

从上面所引几节，可见戏剧集中在较短的时间，较小的地域，穿插的情节短，整个的故事约束得很紧密。如果故事没有时间和地域的限制，穿插的情节长，结构不那么紧密，那就不是戏剧的结构，而是史诗的结构；在史诗里这种结构可称完美，在戏剧里就比较差一些了。

十六、十七世纪，意大利和法国文艺理论家根据亚里士多德所提出的故事整一性，以及“悲剧的时间不超过一天”那句话，生发出时间限于一天的规律，又从而生发出地点限于一个场面的规律，形成所谓“三一律”⑥。遵循“三一律”的剧作家多少继承了希腊悲剧的传统，例如十七、十八世纪意大利

① 同上书，24，1459b。
② 同上书，17，1455b。
③ 同上书，18，1456a。
④ 同上书，26，1462b。
⑤ 《诗学》，26，1462b。
⑥ 《法国古典主义的形成》，第253—285页。

和法国的多数作家。直到十九世纪像小仲马，像讲究结构的斯克利布（Scribe），像易卜生，都还属于这个传统，所谓结构紧密的一派（Close Theatre）。[①] 反对“三一律”的剧作家，对亚里士多德所说故事应该有整一性这一点，向例并无异议[②]，并且也承认戏剧的时间和地点应该集中。例如西班牙的洛贝·台·维加公然不遵守“三一律”，可是他说，戏里的时间应该尽量约束[③]。又如英国的德莱登（Dryden）反对“三一律”，可是认为戏里的时间和地点该尽量集中[④]。歌德把“三一律”称为“最愚笨的规律”[⑤]。可是在区分史诗和戏剧时也说，史诗的天地宽阔，戏剧作家却局限在一点上[⑥]。莎士比亚是一般公认为不守规律的典范，他和追随他不守规律的作家如歌德，如雨果，都是所谓结构宽阔的一派（open theatre）[⑦]。莎士比亚的戏里，换幕之间，地点也换，时间也换。例如在《冬天的故事》里，一换幕跳过十六年之久；《麦克贝斯》剧里的景，一会儿在英国，一会儿又在苏格兰。可是就像莎士比亚的戏那么不合规律，还比我国的传统戏剧拘束一些，因为莎士比亚的戏，至少在一个景里，地点限于一处，时间限于一段。我国传统的戏剧是完全不受这种限制的。

在我国传统的戏剧里，地点是流动的，像电影里的景。例如《西厢记》第一卷第一折，夫人、莺莺等上场时，戏台上是普救寺西厢的宅子。夫人等下场，生上场，台上是将近京师的半途；说话之间，又变了城中状元坊客店。生下场，法聪上场，台上又变了普救寺方丈。生上场和法聪说着话，台上是上方佛殿，又是下方僧院，又是厨房，又是西法堂，又是钟鼓楼，又是洞房，又是宝塔，又是回廊，又是罗汉堂。只在一折之内，观众随着演员的唱词遍历这许多地方。又例如《琵琶记》第十七出，戏台上先是义仓，一会儿又是赵五娘回家的半途，一会儿又是她家里。又如《窦娥冤》第一折，台上先是城外赛卢医的药铺，又变为野外无人处，又变为蔡婆家里。李渔的戏里也是一样，戏里的角色只在台上迈几步，就走过许多地方[⑧]。这种例子，举不

---

① 般特立（Eric Bentley）《剧作家兼思想家》（Playwright as Thinker）——子午线（Meridian）丛书本，第213页。

② 《法国古典主义的形成》，第245页。

③ 《编剧的新艺术》十八节，根据克拉克（B. H. Claek）编选《欧洲戏剧理论集》，第91页。

④ 《德莱登戏剧论文集》（人人丛书版），第73—75页。

⑤ 《歌德谈话录》1825年2月24日，根据《欧洲戏剧理论集》，第328页。

⑥ 《论史诗和戏剧》，《欧洲戏剧理论集》，第338页。

⑦ 般特立《剧作家兼思想家》，第213页。

⑧ 例如《比目鱼》第二出，又《蜃中楼》第二出。

胜举。

因为没有地点的限制，一桩事件同时发生的许多方面，都可以在台上表演出来，不必借助于剧中人的叙述。雨果说，由于地点的规律，剧作家“把叙述替代了戏里的情景，把形容替代了动人的场面。我们在戏中间夹进了一些严肃的角色，他们像古代的合唱队一般，告诉我们神庙里、宫殿里、公共场所发生了什么事情，使我们一再忍不住要叫喊说：‘是啊！那么带我们到那儿去呀！那儿一定很有趣、很好看啊！’”① 我国传统的戏剧却是让观众各处瞧到。它不像图画那样只有一个正面，以致背面的情景只好向观众描述；它像一个转动的立体，每一面都可以转向观众。尽管一会儿天上玉皇殿，一会儿水底龙王宫，只要故事里涉及，都可以在同一本戏里随着故事进展一一成为戏台上的场面。史诗只可以把一桩事件同时发生的许多情节一一描叙，我国的传统戏剧却能把这许多情节一一表演。例如《琵琶记》里，一方面赵五娘在家受苦，一方面蔡伯喈在京城享福，故事的两面对照着在戏台上表演，全不用叙述。

我国传统戏剧里的叙述，不是向观众叙述戏台以外所发生的事，而是剧中人向其他不知情的角色叙述台上已经演过的事。例如《西厢记》卷五第三折红娘对郑恒叙张生下书解围的事；《琵琶记》三十八出张公向李旺叙赵五娘吃糠、剪发、筑坟的事；《窦娥冤》第四折窦娥的鬼魂向窦天章叙她受屈的始末。莎士比亚《汉姆莱特》剧中鬼魂向汉姆莱特叙述的，是戏开场以前的往事，窦娥叙述的却是第一、二、三折的全部情节。假如仿照希腊悲剧的结构，这许多重复叙述的情节也许都该划在整一的故事之外，成为追叙的往事。可是在我国传统的戏剧里，并没有必要把戏的起点挨近结局，因而把许多情节挤到戏剧故事以外，成为叙述的部分。我国传统戏剧里时间的长短，只凭故事需要，并没有规定的限度。例如《西厢记》的时间比较紧凑。张生和莺莺从相遇到幽会，不过三四天的事。张生中举荣归和莺莺成婚，也不过是半年以后的事。《琵琶记》的时间就宽绰得多。戏开场时蔡伯喈还在家乡，不肯应举。他进京赴试，中状元，做官六七载，才和赵五娘重逢。然后又庐墓三年，到合家旌表后才收场。又如《窦娥冤》只是短短四折杂剧，在楔子里窦娥才七岁，戏到窦娥死后四年才结束。因为没有时间的限制，故事不必挤在一个点上，幅度不妨宽阔，步骤就从容不迫，绰有余地穿插一些较长的情节。

---

① 《〈克朗威尔〉序言》（La Preface de Cromwell），苏里奥（Maurice Souriau）编注本，第233页。

李渔说，“戏之好者必长”[①]，又怕贵人没闲暇从开场看到终场，就想出个“缩长为短”的办法，去掉几折，上下加几语叙述[②]。按亚里士多德的理论，这些可去的情节就不是整体中的有机部分；结构整一的戏剧里容纳不下这些无关紧要的情节。我们现在又往往提出一折作为“折子戏”，可见这些情节有相当的长度。有相当长度的情节，《诗学》所讲究的戏剧结构里也是容纳不下的。

法国古典派理论家在解释《诗学》所论戏剧故事的整一性时指出，故事到收场，就不容穿插任何情节。因为观者很着急，凡是不直接关涉主题的事都无暇留连。这是古典派理论家一致承认的规则[③]。可是在我国传统的戏剧里，故事收场时并不急转直下，还有余闲添些转折，李渔所谓求“团圆之趣”该有“临去秋波那一转”：

> 水穷山尽之处，偏宜突起波澜，或先惊而后喜，或始疑而终信，或喜极、信极反致惊疑，务使一折之中，七情具备……
>
> 收场一出，即勾魂、摄魄之具，使人看过数日而犹觉声音在耳、情形在目者，全亏此出撒娇，作临去秋波那一转也。[④]

《西厢记》结尾，张生报捷，莺莺寄汗衫，两人马上就要团圆，可是第五卷的第三折还来个郑恒求配的转折。《琵琶记》结尾蔡伯喈和两个妻子已经团聚，第三十九出牛丞相还要阻挠女儿随婿还乡。李渔所著十种曲，每本收场都有一番波折。例如《巧团圆》第三十二出一家骨肉已经团聚，第三十四出又来个义父、亲父抢夺儿子。《慎鸾交》结局时有情人将成眷属，第三十四出还要来一番定计试探。《怜香伴》第三十五出一男二女已奉旨完婚，可是第三十六出还要来个丈人作梗。这类穿插，西洋史诗的结构可以容许，西洋戏剧的结构就容纳不下。

以上种种，都证明我国传统戏剧结构，不符合亚里士多德所谓戏剧的结构，而接近于他所谓史诗的结构。李渔关于戏剧结构的理论，表面上、或脱离了他自己的戏剧实践看来，尽管和《诗学》所说相似相同，实质上他所讲的戏剧结构，不同于西洋传统的戏剧结构，而是史诗的结构——所谓比较差

① 《中国古典戏曲论著集成》第7册，第77页。

② 《中国古典戏曲论著集成》第7册，第77页。

③ 《法国古典主义的形成》，第250页。

④ 《中国古典戏曲论著集成》第7册，第69页。

的结构。他这套理论适合用于我国传统戏剧，如果全部移用于承袭西方传统的话剧，就有问题，因为史诗结构不是戏剧结构，一部史诗不能改编为一个悲剧，一本我国传统的戏也不能不经裁剪而改编为一个话剧。由此也可见，如果脱离了具体作品而孤立地单看理论，就容易迷误混淆。

西洋小说往往采用戏剧式的紧密结构，把故事尽量集中在较小的地域，较短的时间。例如奥斯汀（Jane Austen）的小说就称为“戏剧式的小说”（Dramatie novel）①。我国的传统戏剧却采用了幅度广而密度松的史诗结构。希莱格尔（Friedrich Schlegel）说：“但丁的《神曲》是一部小说”，“莎士比亚的悲剧是古典悲剧和小说的混合物”② 那么，我国的传统戏剧可称为“小说式的戏剧”。现代欧洲提倡的“史诗剧”（epictheatre）尽管和我国的传统戏剧并非一回事，可是提倡者布莱希特（Brecht）显然深受中国传统戏剧的影响。他赞扬“史诗剧”，也因为它有松懈的结构，可以反映宽阔的社会背景。他说：“现在对一个人应该从他整个社会关系来掌握他。戏剧家唯有用史诗的形式，方才能够反映世界全貌”③。

戏剧的结构和史诗的结构虽然都须有整一性，但整一性在程度上的差异造成性质上的不同。戏剧理论家为了打破“三一律”的束缚，反对时间和地点的规律，往往说，亚里士多德《诗学》只提出故事整一的要求，并未有时间和地点的规定。可是，他们如果把时间和地点的约束全盘否定，那么，亚里士多德所论的戏剧结构就同于李渔所论的戏剧结构——也就是说，不成为戏剧结构，而成了诗史结构。

（原载《文学研究集刊》第 1 册，1964 年）

【阅读思考】

1. 中国传统戏剧是否都是“史诗性结构”？元代杂剧与明清传奇的结构有无本质的区别？

2. 杨绛本文采用的“双重比较法”即“中西戏剧理论和戏剧作品的双重比较”，对中西比较诗学的研究有无普遍的方法论意义？

---

① 缪尔（Edwin Muir）《小说的结构》（The Structure of the Novel），第 42—47、第 58—59 页。

② 《文学笔记》（Literary Notebooks），艾希纳（Hans Eichner）编注本，第 76 则、第 86 则。据说这是浪漫主义文评的常谈。

③ 转引自般特立《剧作家兼小说家》，第 218 页。

诗无达诂

张隆溪

【引言】

这是一篇中西文学阐释学比较研究的名文。文章首先指出，文学的产生和接受可以理解为由作者、作品和读者这样三个环节构成的信息传递过程。实证主义批评完全围绕着作者，新批评则只顾作品，德国的接受美学和美国的读者反映批评则把读者推到前台；而接受美学和读者反映批评所揭示的理解的历史性和个体差异性，与中国传统文评的“诗无达诂”说是不谋而合的。同时，中西文评又一致认识到，作品意义理解的差异性和“诗无达诂”，是与“言不尽意”的语言局限性以及由此采用的“以不言言之”的诸种艺术手法密切相关的，如空白、沉默、含蓄、暗示等等。最后文章指出，承认作品是开放性结构，就必须承认阐释的自由；而阐释的自由正是以阐释的局限为前提的，并不是说任何人可以不受限制、随心所欲地作出自己别出心裁的解释。论题的敏锐和材料的丰赡是本文的两大特点。当时接受美学和读者反应批评刚传入我国，本文作者敏锐地将其与传统诗学中的“诗无达诂”说互相照明，印证了钱锺书的“心之作用，或待某宗而明，必不待某宗而后起”（《谈艺录》）之说；其次，文章围绕“诗无达诂”这一中心，征引了中西诗学中关于“言不尽意”和“以不言言之”的大量论述，尤其是西方现代文评中的第一手材料，在当时给人耳目一亮之感。作者对比较诗学有自己的理解，他说：“比较诗学不应该仅限于把西方概念和西方方法运用到非西方的本文上去，而应该以融汇了东方与西方的批判性眼光去审视和考虑理论问题。”（《道与逻各斯·序》）本文正是作者这一观念的成功尝试。

据柏拉图记载，苏格拉底曾挑出诗人们著作中一些精彩片断，问他们这些诗的意义是什么，却发现“当时在场者几乎无一不能比诗人们更好地谈论他们的诗”①。苏格拉底（或者说柏拉图）相信诗人们在神灵附体、陷入迷狂时才能歌唱，所以他们并没有自觉的创作意图，也不理解自己作品的意义。新批评派把注意力集中到作品本身，感到作者意图在诠释过程中总有点碍手碍脚的时候，难怪会征引柏拉图这段话来支持他们有名的“意图迷误”说了。他们褫夺了作者权威之后，并没有把它交给别人，而是留给了批评家们自己。文萨特（W. K. Wimsatt）和比尔兹利（M. Beardsley）不仅用“意图迷误”砍断把作品系在作者身上的绳索，又用“感受迷误”砍断了作品与读者的联系。

---

① 柏拉图（Plato），《申辩篇》，乔哀特（Brnjamin Jowett）英译。

“感受迷误”否定了一切从读者所受影响的角度来评论一首诗的做法。新批评家说作品的意义是独立存在的，实际上他们对于文学作品有如中世纪教会对于《圣经》，拥有唯一的阐释权利。

当代更新的批评并不否定“意图迷误”，却打破客观本文的局限，猛烈抨击“感受迷误”，而在读者反应中界定文学作品的意义。德国阐释学权威伽达默就说，作品意义并不局限于作者原意，因为“它总是有解释者的历史环境乃至全部客观的历史进程共同决定的”①。所谓接受美学（Rezeptionsasthetik）正是在研究各种理解之间的阐释差距的基础上建立起来的。文学的产生和接受可以理解为有作者、作品和读者这样三个环节构成的信息传递过程。实证主义批评完全围绕着作者，新批评则只顾作品，当前的接受美学和读者反应批评又似乎把读者推到前台。这种情形用法国文论家罗兰·巴尔特戏剧性的语言来说就是：“为了给写作以未来，就必须推翻那神话：读者的诞生必须以作者的死亡为代价”。②

伽达默在说明阐释何以不能以作者原意为准时说，“语言表达无论如何都不仅不够准确，需要再推敲，而且必然地总不能充分表情达意”③。作者原意既然不能借语言充分表达，从有限的语言中去重现作者原意也是不可能的。这不能不使我们想起中国古人类似的意见。《周易·系辞上》：“书不尽言，言不尽意”，就指出了语言达意能力的局限。欧阳修认为这种说法不够准确，因为古来圣贤之意毕竟有赖于书和言才保存下来，传于后世。因此他作了一点小小的修正，指出“书不尽言之烦而尽其要，言不尽意之委屈而尽其理”（《欧阳文忠公文集》卷一百三十《系辞说》）。这正符合庄子的意见：“可以言论者，物之粗也，可以意致者，物之精也”（《秋水》）；“意之所随者，不可以言传也”（《天道》）。然而文学所要表现和描绘的不是粗略抽象的“理”，恰恰是具体事物的“委曲”精微，所以对于它的目的说来，文学语言似乎尤其有严重的局限性。陆机《文赋》说：“恒患意不称物，文不逮意，盖非知之难，能之难也”；刘勰《文心雕龙·神思》也说：“意翻空而易奇，言征实而难巧”；都是就文学创作的方面，浩叹抒情表意的艰难。事实上不独文学的抒情表意，就是哲学的传道明理，也往往如此。哲学家们常常说，最高

---

① 伽达默（H. G. Gadamer），《真理与方法》杜宾根1960年版，第280页。

② 罗兰·巴尔特（R. Barthes），“作者之死”，见《形象—音乐—本文》希思（S. Heath）英译，纽约1977年版，第148页。

③ 伽达默，“语义学与阐释学”（Semantics and Hermeneutics），见《哲学阐释学》，林格（D. E. Linge）英译，柏克利1976年版，第88页。

的理是无法用语言达出的，即《老子》开宗明义所谓“道可道，非常道。名可名，非常名”。钱锺书先生在评论老子这一命题时，征引了许多哲人诗家慨叹和责难语言局限的话，指出这样一个常见的矛盾：“立言之人句斟字酌、慎择精研，而受言之人往往不获尽解，且易曲解而滋误解。‘常恨言语浅，不如人意深’（刘禹锡《视刀环歌》），岂独男女之情而已哉？”[①]

这也正是阐释学力求解决的矛盾。由于作者和读者存在于不同的时间空间里，他们之间的时空距离从本体论角度说来是不可克服的，所以尽合作者原意的理解在本质上也就难以达到，而曲解和误解倒会自然地产生。以施莱尔马赫（Schleiermacher）和狄尔泰（Dilthey）为代表的传统阐释学企图排除理解当中属于解释者自己历史环境的成分，即主观成见，最终达到作者原意的重建。但海德格尔把存在定义为在世界中的存在，定义为定在（Dasein），即总是限定在历史性中的存在，这种历史性也决定着存在者对世界的理解，于是德国阐释学思想便发生了激烈的变化。自海德格尔强调了存在与时间的密切关系之后，新的阐释学就不再寻求超越历史环境的“透明的”理解，却倾向于承认主观成分的积极价值。正像伽达默所说，在海德格尔赋予理解以存在的意义之后，“就可以认为时间距离在阐释上能产生积极结果”[②]。伽达默甚至宣称：“成见是理解的前提”[③]；大卫·布莱奇则把一切批评都称为主观批评，因为“主观性是每一个人认识事物的条件”[④]。由于语言的局限性和人的存在的历史性，于是“人凡有理解，就总是不同”[⑤]。

另一方面，当我们说文学语言对于它的目的说来似乎尤其有严重局限性时，我们的用意不仅仅是这句话字面上的意思。因为文学语言的有趣正在其基本的反讽：诗人正是在慨叹找不到适当语言表达的同时，找到了比直说更适当的语言表达。因此，诗人们写到高潮时，往往放弃一切铺叙形容，留下一片空白，而在读者的想象中，这片空白却比任何具体描写更富刺激，正所谓“此时无声胜有声”。李清照《凤凰台上忆吹箫》：“生怕离怀别苦，多少事、欲说还休”，勾画出一位多情女子的无限愁苦。辛弃疾《采桑子》词写一个少年不懂的忧愁而“强说愁”，老来饱经忧患，反而“欲说还休，欲说还休，却道‘天凉好个秋’”。在莎士比亚的名剧里，哈姆莱特临终最后的一句

① 钱锺书：《管锥编》第2册，第406页。
② 伽达默（H. G. Gadamer），《真理与方法》杜宾根1960年版，第281页。
③ 伽达默（H. G. Gadamer），《真理与方法》杜宾根1960年版，第261页及以下各页。
④ 大卫·布莱奇（D. Bleich），《主观批评》，巴尔的摩1978年版，第264页。
⑤ 伽达默（H. G. Gadamer），《真理与方法》杜宾根1960年版，第280页。

话："此外唯余沉默"①，也为我们提供了一个好例证——在惊心动魄的悲剧场面那特定的语言环境里，这沉默显然比任何雄辩更能打动我们的心。法国诗人维尼的名句："唯沉默伟大；其余都是贫弱"②，虽非为写诗而发，却未尝不可借以说明写诗的道理。卡莱尔引德语古谚，"言语的白银不如沉默的黄金"，更进一步改为："语言不过一时，沉默属于永恒"③。这样一来，本是无可奈何消极的沉默一变而为意味深永积极的沉默，本来由于语言的局限性，至理和深情都说不出来，但作家诗人们发现了语言的暗示性，许多东西就故意不说出来。实际上，语言的局限性和暗示性并不互相矛盾，反而互为依存。文字作为象征符号总有其两面性，如保罗·里科所说："掩饰与展示，藏与露，这两种功能不再是互为外在的了，它们代表着同一种象征功能的两个方面"④。

希腊文学里最有名的美女海伦，在荷马的《伊里亚特》里很少具体描写。《伊里亚特》第三卷写海伦登上城墙观战，没有一个字描写她的容貌仪态，只从特洛伊王侯们轻声的赞叹中，侧面写出她的美。汉乐府《陌上桑》描写美女罗敷最精彩的句子，也不是直陈，而是反衬："行者见罗敷，下担捋髭须。少年见罗敷，脱帽著帩头。耕者忘其犁，锄者忘其锄。来归相怨怒，但坐观罗敷。"这样写都是为读者的想象留出充分余地，司空图所谓"不著一字，尽得风流"（《诗品·含蓄》）。如果较早期的诗人抱怨自己没有足够的语言来抒写胸臆，这种语言的不足现在却成为打开诗意之谜的钥匙。姜夔说："语贵含蓄"（《白石道人诗说》）；严羽《沧浪诗话》说："语忌直，意忌浅，脉忌露，味忌短"（《诗法》）；诗应如"空中之音，相中之色，水中之月，镜中之象，言有尽而意无穷"（《诗辩》）；都强调诗歌语言的暗示性和言外之意，要求诗达于一种空灵的境界。汤显祖认为诗"以若有若无为美"（《玉茗堂文之四·如兰一集序》），便是把含蓄朦胧作为诗的最高品格了。这种主张和西方象征派以来的一些批评理论颇为切合。法国诗人魏尔仑似乎有很接近中国古人的文心，在被誉为象征派宣言的《诗艺》（Art poétique）一诗里，他宣称："最可贵的是那灰色的歌，其中朦胧与晴朗浑然莫辨"（Rien de plus cher que la chanson grise/Où l'indécis au précis sejoint）。在同一题目的一首诗（Ars

---

① 莎士比亚，《哈姆莱特》，第五幕第二场第358行。

② 维尼（A. Vigny），《狼之死》。

③ 卡莱尔（T. Carlyle），《成衣匠的改制》，第二部第三章。

④ 保罗·里科（Paul Ricoour），"阐释学：象征研究"（Hermeneutics：Approaches to Symbol），见格拉斯（V. W. Gras）编《欧洲文论及其实践：从存在论现象学到结构主义》，纽约1973年版，第90页。

poetica）里，美国诗人麦克利希（Archibld MacLeish）故作惊人之谈，说诗当“无声”（mute）、喑哑（Dumb）、沉默（Silent），“诗当无言，如众鸟翩翩”（A poem should be wordless/As the flight of birds），甚至说：“诗当无意义，只须存在”（A poem should not mean/But be）。这种种说法都不外追求刘勰所谓“文外之重旨”、“复意”（《文心雕龙·隐秀》），都努力想“以不画出、不说出示画不出、说不出”①。

不仅讲以禅入诗的神韵派强调语言的含蓄，就是主张“诗言志”、“文以载道”的儒家正统派，也讲究《春秋》笔法，微言大义。孟子说：“言近而指远者，善言也”（《尽心章句下》）；《周易》说：“夫《易》……其称名也小，其取类也大；其旨远，其辞文；其言屈而中”（《系辞下》）；即便强调的是意“旨”，但也主张不应直说而须“曲”致。董仲舒由此总结出“《诗》无达诂，《易》无达占，《春秋》无达辞”（《春秋繁露·精华》），更是有影响的提法。“诗无达诂”云云，诚然是汉儒解经制造的理论根据，目的完全在于便利他们断章取义，给古代诗篇以符合儒家正统的解释。“诗无达诂”只是诗的语言不能照字面直解，而绝不是承认理解的历史性和多种解释的合理合法。事实上，正是汉代的经学家们给《诗经》的每一句都作出功利主义和道德主义的解释，乃至“诗的地位逐渐崇高了，诗的真义逐渐汨没了”②。因此，汉儒承认诗无达诂至多不过类似新批评派承认诗的含混和反讽，至于诗的内容或意义，他们都有相当明确而固定的解释。可是，一旦承认诗的语言不能照字面直解，也就不可避免地为各种解释打开了缺口。清代的沈德潜似乎意识到这一点，他说：“读诗者心平气和，涵泳浸渍，则意味自出，不宜自立意见，勉强求合也。况古人之言包含无尽，后人读之，随其性情浅深高下，各有会心。如好《晨风》而慈父感悟，讲《鹿鸣》而兄弟同食，斯为得之。董子云：‘诗无达诂’，此物此志也”（《唐诗别裁·范例》）。要是董仲舒能听到这样的话，他会作何感想呢？

在中国传统文论里，固然是文以载道、知人论世的儒家观念占据主导，但自古以来对文学语言的复杂性和阐释差距的可能性，也有充分的认识。《周易·系辞上》：“仁者见之谓之仁，智者见之谓之知”，大概是最早肯定理解和认识之相对性的说法。具有反传统思想的王充、葛洪反对一切都以古人为准，要求有更大的学术自由。王充说：“百夫之子，不同父母，殊类而生，不必相似，各以所禀，自为佳好”（《论衡·自纪》），主张作文不必合于前人。葛

① 钱锺书，《管锥编》第4册，第1359页，参见《谈艺录》第321—321页。

② 罗根泽，《中国文学批评史》第1册，中华书局，1962年，第71页。

洪认为德行粗而易见，文章则精而难识，“夫唯粗也，故铨衡有定焉；夫唯精也，故品藻难一焉”（《抱朴子·尚博》），则是从鉴赏品评的角度要求一定程度的灵活性。对诗歌语言的两面性深有体会的，要数晋代大诗人陶渊明。他的诗里有这样的句子：“此中有真意，欲辨已忘言”（《饮酒》之五），而在他的文里则有“好读书，不求甚解”（《五柳先生传》）这样的名句。欲辨忘言是从写的角度讲，不求甚解是由读的方面看，前者是意识到语言的局限性，后者则认识到语言的暗示性。不求甚解并非不能解或不愿解，而是明白言与意的复杂关系而不拘泥于唯一的解。谢榛《四溟诗话》说得很清楚：“诗有可解、不可解、不必解，若水月镜花，勿泥其迹可也”（卷一·四）。为什么诗有不可解呢？薛雪《一瓢诗话》有一段话好像在回答这个有趣的问题，而且明显地模仿《周易》里的句式。他认为：杜甫诗“解之者不下数百余家，总无全璧”，原因在于它内涵丰富，从不同角度看可以见出不同的意义，“兵家读之为兵，道家读之为道，治天下国家者读之为政，无往不可”。金圣叹评《西厢记》，也说它“断断不是淫书，断断是妙文。……文者见之谓之文，淫者见之谓之淫耳”（《读第六才子书西厢记法之二》）。王夫之《薑斋诗话》更明确指出读者的作用：“作者用一致之思，读者各以其情而自得。……人情之游也无涯，而各以其情遇，斯所贵于有诗”（卷一·诗绎）。这些例子都说明，中国传统文评已经认识到文学作品的意义与读者体会之间密切的关系，而这一点也正是西方现代文评十分关注的。由庄子关于言意粗精的分辨到苏轼关于诗语空静的要求，直到李渔关于作诗作文的意见：“大约即不如离，近不如远，和盘托出，不若使人想象于无穷”（《笠翁文集·答同席诸子》），中国古代的批评家实际上已意识到文学作品应有许多空白点，即罗曼·英伽顿（R. lngarden）和伊塞尔（W. lser）等人所谓“未定点”（die Unbestimmtheitsstelle）。读者在阅读过程中发挥自己的理解力和想象力，填补这些空白，各自在心目中见到作品的种种面貌。这就是说，中国传统文评里所理解的作品已经类似于伊塞尔所谓“呼唤结构”（die Appellstruktur）或意大利批评家厄科（U. Eco）所谓“开放作品”（opera operta），它在读者心中的具体化或最后实现在颇大程度上取决于读者本人的性情、修养和经验。不仅如此，中国批评家还认识到一篇作品里的虚要以实作铺垫，未定点要以相对稳定的结构作基础。刘熙载说：“诗中固然须得微妙语，然语语微妙，便不微妙。须是一路坦易中，忽然触着，乃足令人神远”（《艺概卷二·诗概》）。罗兰·巴尔特在讨论作品中的空白点时用了一个也许是典型法国式的比喻，他说：“肉体最具挑逗性的部位不正是衣服稍微露开的那种地方吗？……恰如精神分析所证明的，正是这种间歇处最具刺激性”①。这里一位是清代的中国批评家，另一位是现代的法国批评家，他们的话说得很不相同，但他们讲的道理不是很有些相通么？伽达默认为文学作品总的意义“总是超出字面所表达的意义”，艺术语言“意味无穷”，就因为有“意义的过量”②；这和司空图所谓“韵外之致”、“味外之旨”（《与李生论诗书》），不是也很相象么？李渔论戏剧的“小收煞”，认为“只是使人想不到、猜不着，便是好戏法、好戏文”（《闲情偶寄·词曲部·小收煞》）；接受美学认为好的文学作品应不断打破读者的“期待水平”（Erwartungshorizont），和李渔的说法不是有异曲同工之妙么？如果说诗无达诂导致承认作品结构的开放性，见仁见智最终承认读者对作品意义的创造作用，那么，认为接受美学和读者反应批评的基本原理在中国传统文评里已能窥见一点眉目，也许并非牵强附会的无稽之谈。当然，中国古人的意见往往不成系统，只是在批评的灵感突然彻悟的时刻讲出来的片语只语，然而这些精辟见解往往义蕴深厚，并不因为零碎而减少其理论价值。我们作出这样的比较，并不是说中国古人早已提出了现代西方的理论，只是指出两者之间十分相近。然而相近并不是相等，在仔细审视之下，两者的差异更会明显而不容忽视。但是，正像海德格尔、伽达默和雅克·德里达（J. Derrida）等人所强调的那样，差异正是事物显出特性和意义的前提。在这里我们可以说，差异正是比较的理由。

从上面的讨论可以看出，承认作品是开放性结构，就必然承认阐释的自由。自古以来，从功利和道德的观点看待文学，对文学作品的意义和价值就总是提出唯一的解释和唯一的标准。承认阐释自由使我们能够摆脱这种狭隘观念，充分认识到鉴赏和批评是一个百花盛开的园地，那儿艳丽缤纷的色彩都各有价值和理由。葛洪说得好：“文贵丰赡，何必称善如一口乎？”（《抱朴子·辞义》），海德格尔所折服的诗人荷尔德林（Holderlin）也问道：“只能有唯一的一，这种怪念头从何而来？何必一切须统于一？”③ 文学的创作是广阔的领域，文学的阐释又何必局限于唯一的权威？承认阐释自由正是由于任何个人的理解和认识都受到这个人历史存在的限制，都不具有绝对的真理性。换言之，阐释自由正是以阐释的局限为前提，而不是意味着任何人可以不受

① 罗兰·巴尔特，《作品的快乐》，巴黎1973年版，第19页。

② 伽达默，“美学与阐释学”（Aesthetics and Hermeneutics），见前引林格编译《哲学阐释学》第101、102页。

③ 转引自海德格尔（M. Heidegger），《诗、语言、思维》，霍夫斯塔特尔（A. Hofstadter）英译，纽约1971年版，第219页。

限制、随心所欲地作出自己别出心裁的解释。因此，当斯坦利·费希认为“作品本文的客观性只是一个幻想”时①，他显然把话说过了头。没有可读可解的作品，也就不可能有阅读和理解，摆脱本文客观性的阅读本身正是一个幻想。作品虽然是开放的，有许多空白，但它的基本结构却把读者的反应引向一定的渠道，暗示出填补那些空白的一定方式。由此可知，在阐释活动中和在一般哲学认识论中一样，我们所谓自由并非必然的否定，而是必然的认识。

（原载《文艺研究》1983 年第 4 期）

【阅读思考】

1. 从本文看，“诗无达诂”的根源何在？根源于“诗”？还是根源于“诂”？

2. 从《诗无达诂》到《道与逻各斯》，张隆溪对文学阐释学的研究有哪些拓展？

中国文学批评方法略论

叶维廉

【引言】

这是一篇较早从跨文化比较的角度研究中西文学批评特点的名文。文章通过“寻根”的研究和实例的分析，认为自亚理士多德以来的西方文评多采用逻辑分析的方法，依循严谨的“始、叙、证、辨、结”的修辞法则，把具体的经验解释为抽象的意念；中国传统文评以美学上的考虑为中心，采用“点、悟”式的方法，用“言简而意繁”及“点到即止”去重造诗的视镜，以激起读者意识中诗的活动。不管采用“点、悟”的方式还是辩证的程序，一个完美的批评家必须对作品的艺术性有“明澈的识见”。中国传统“点、悟”式的批评有赖于“机遇”而暗藏危机，但比之西方人为性的“言繁而意简”的逻辑分析，更有助于意境重造和唤起读者诗的活动。五四以后，“实证实悟的科学精神和理性主义”大行其道，西方批评中的“始、叙、证、辨、结”全线登陆，但大多数批评“徒具辩证的程序”而甚少触及作品艺术结构

① 斯坦利·费希（S. E. Fish），“读者心中的文学：感受派文体学”（Literature in the Reader：Afrctive Sstylistics），见汤普金斯（J. P. Tompkins）编《读者反应批评》，巴尔的摩 1980 年版，第 82 页。

的核心，这种矫枉过正的做法是需要反思的。王国维比较中西思维方式的差异，有明显的扬西抑中、重逻辑轻感悟的倾向。叶维廉则不然，他认为我们进行中西比较的目的，是希望西方人“更能把握住我们传统理论中更深层的含义；即是，我们另辟的境域只是异于西方，而不是弱于西方”。(《〈比较文学丛书〉总序》) 本文对中西批评方法的比较研究即是佳例，也标志了中西比较诗学研究由“扬西抑中”到“平等互视”的发展。

或许是由于中国传统的美感视镜一开始就是超脱分析性、演绎性的缘故(见拙文《从比较的方法论中国诗的视镜》)①，或许是因为是一个抒情诗(lyric) 传统的而非史诗或叙事诗的传统的缘故，我们最早的美学提供者主张“知者不言，言者不知”(老子)，主张未封前的境界（庄子)，而要求“不着一字，尽得风流”(司空图)，认为诗“不涉理路”(严羽)，而不同于亚理士多德以后的西洋文学批评那样认为文学有一个有迹可循的逻辑的结构，而开出了非常之诡辩的以因果律为据，以“陈述——证明”为干的批评；在一般的西方批评中，不管它采取哪一个角度，都起码有下列的要求：

一、由阅读至认定作者的用意或要旨。

二、抽出例证加以组织然后阐明。

三、延伸及加深所得结论。

他们依循颇为严谨的修辞的法则，exordium，narratio argumentatio 或 probatio rebutatio，Peroration 或 epilogue（始、叙、证、辨、结）不管用的是归纳还是演绎——而两者都是分析的，都是要把具体的经验解释为抽象的意念的程序。

这种程序与方法在中国传统批评文学中极为少见，就是偶有这样的例子，也是片断的，而非洋洋万言娓娓分析证明的巨幅；如果我们以西方的批评为准则，则我们的传统批评泰半未成格，但反过来看，我们的批评家才真正了解一首诗的“机心”，不要以好胜的人为来破坏诗给我们的美感经验，他们怕“封（分辨、分析）始则道亡”，所以中国的传统批评中几乎没有娓娓万言的实用批评，我们的批评（或只应说理论）只提供一些美学上（或由创作上反映出来的美学）的态度与观点，而在文学鉴赏时，只求“点到即止”。前者可以司空图的论诗的艺术的《二十四品》为例，现举一品（《自然》)：

① 编者按：《从比较的方法论中国诗的视镜》一文收入《叶维廉文集》第1卷，安徽教育出版社，2002年。

俯拾即是
不取诸邻
俱道适往
著手成春
如逢花开
如瞻岁新
真与不夺
强得易贫
幽人空山
过雨采苹
薄言情悟
悠悠天钧

首先，这篇论诗的艺术（ars poetica）的文字，如陆机创作的哲学的《文赋》是用诗写的，但西方霍莱斯（Horace，公元前65—公元前8）所写的《诗的艺术》（也称为用诗写的！）相比之下，虽然两者都提到一些诗的理想，譬如自然这观念，但在司空氏的文字里没有多少演绎性的说明，相反的霍氏的却是名副其实的押了韵的散文，而且是分析性（而非抒情性）的散文；在司空氏的文字里，一如陆机的《文赋》，我们有诗的活动，包括用意象及律动来迹近王维、孟浩然那类超乎名义的境界；我说去“迹”近，去“逗”王、孟那类诗的意旨，而非“说明”其机心；去“迹”近，去“逗”何尝不是一种方法，何尝不可以使读者跃入诗中，其异于亚理士多德者，其一要求“聆听雅教”，其二邀请“参与创造”。

“点到为止”的批评常见于《诗话》，《诗话》中的批评是片断式的，在组织上就是非亚理士多德型的，其中既无“始、叙、证、辨、结”，更无累积详举的方法，它只求“画龙点睛”的（一如诗中的求“眼”）批评，且举一例：

郑谷咏落叶未尝及凋零飘坠之意，人一见之自然之为落叶。诗曰：返蚁难寻穴，归禽易见窠，满廊僧不厌，一个俗嫌多。

——冷斋

这是“批评”的全部，只点出诗中一特色，使人感着，至于作者利用了什么的安排使这种特色“有效地”使我们感到，文字造诣如何，静态动态问题（气氛及律动的快慢），对比的问题，一概未论及；它只如火光一闪，使你瞥见“境界”之门，你还需跨过门槛去领会。

这种“言简而意繁”的方法，一反西洋批评中“言繁而意简”的倾向，是近似诗的表达形态（当是比较而言），因为它在读者意识里激起诗的活动诗的再造；即就较为有系统有计划的理论如《文心雕龙》及《沧浪诗话》，在方法上仍是“言简而意繁”，而且常用“境界重造”的方法（利用有诗的活动的意象使境界再现），如文心里的“原道”：

> 心生而言立，立言而文（纹）明，自然之道也。傍及万品，动植皆文：龙凤以绘藻呈瑞，虎豹以炳蔚凝姿；云霞雕色，有逾画工之妙；草木贲华，无待锦匠之奇；夫岂外饰，盖自然耳。至于林籁结响，调如竽瑟；泉石激韵，和若球鍠……

这里的文字比陆机、司空氏的文字有较多的演绎意味，虽则如此，他仍用了许多感觉的意象来唤起所谓自然之道的境界。而沧浪中的“空中之音、相中之色、水中之月、镜中之象”亦是用感觉意象来印证其“无迹可求”之境界。

但这种批评不是没有缺点的，第一，我们要问：是不是每一个读者都有诗的慧眼可以一击而悟？第二，假如批评家本身不具有诗人的才能（我们可以假定他的感受力是很足够的，否则他不会去批评和鉴赏诗）他就无法唤起诗的活动，如此他的批评就容易流于随意（任意的）印象批评，动辄说此诗“气韵高超”，他既没有说明（他既用传统的方法，他自然不说明了）气韵如何的高超，而又没有“重造”高超的境界。（要“重造”。一定不能拾人牙慧，抄别人的意象，所以虽然有人设法“重造”，其仍流于任意的印象批评就是没有独见的诗的活动的缘故。）这个坏影响在中国相当的严重，不信？看看许多大教授们的所谓“批评”吧！所以，如果我们相信批评家的一部分责任是应该对读者负责的，如果我们肯现实地承认不是全部的批评家有“重造诗境”的才具的，我们必须相信，就批评的发展而言，某一个程度的说明是很有效的；所以在传统的中国批评里还有一种不至于太破坏诗中的机枢的解说性批评，相当于西洋的 explication de texte（本文的阐说）的批评，其收效有时及于前些年来英美甚流行的“形态主义”的批评（formalism 译为“形态主义”的批评，只求异于一般“形式主义”的含义，现在所提到的相近处，只就其着重美感经验的机枢的分析而言，而不指其整套看法，中国诗因视境与西洋诗大异，故最终的目的又大大不同，因不属本文范围，从略。）现连举三例，有片断的讨论到全诗组织的迹写：

> 古人为诗，贵于意在言外，使人（即读者）思而得之……近世诗人惟杜子美最得诗人之体，如国破山河在，城春草木深，感时花溅泪，恨别鸟惊心。山河在，明无余物矣，草木深，明无人矣，花鸟，平时可娱之物，见之而泣，闻之而悲，则时可知矣，他皆类比，不可偏举。
>
> ——迂叟

批评者把在读者的“思而得之”的缘由说明，而使读者的感受加深；读者所“思”的，在杜甫这首诗中，当不只批评者所指出的一面而已，但批评者所指出的却是最显著的一面，使读者很实在地取得作者当时的情景之气氛，而可以展开其他的美感活动。但这一个例子仍属“点到为止”的批评，虽然它已经开始分句述意。它仍是片断式的批评，没有对每句中多重的含义及其多重含义如何互为扶持作任何详尽的说明。下面第二个例子，虽然只讨论一句诗，比起前例就诡奇得多了：

> 如玄元皇帝庙（按：杜甫诗）作“碧瓦初寒外”句，逐字论之。言乎外，与内为界也。初寒何物，可以内外界乎？将碧瓦之外，无初寒乎？寒者，天地之气也，是气也，尽宇宙之内，无处不充塞，而碧瓦独居其外，寒气独盘踞于碧瓦之内乎？寒而曰初，将严寒或不如是乎？初寒无象无形，碧瓦有物有质，合虚实而分内外，吾不知其写碧瓦乎？写初寒乎？写近乎？写远乎？使必以理而实诸事以解之，虽稷下谈天之辨，恐至此亦穷矣。然设身而处当时之境会，觉此五子之情景，恍如天造地设，呈于象，感于目，会于心。意中之言，而口不能言，口能言之，而意又不可解，划然示我以默会相象之表，竟若有内有外，有寒有初寒，特借碧瓦一实相发之。有中间，有边际，虚实相成，有无互立，取之当前而自得，其理昭然，其事的然也。
>
> ——叶燮

叶燮说“呈于象，感于目，会于心”这种美感经验过程是直觉的，非演绎的；他又说：“意中之言，而口不能言，口能言之，而意又不可解”，显示他正是“知者不言，言者不知”的信徒，不相信诗有“逻辑的结构”（这是他——和其他中国批评家一样——所不同于美国批评家所构成的“形态主义”的地方）；但毕竟他说话了，他用疑问句的方式这句诗在我们直觉里所发射出来的多义性的层次，而使我们（读者）的直觉得来的浑然的灵感经验有了眉目更清的印证；但我们并未由具体的经验逃出而落入抽象思维囚牢中，我们还是握着“当时之境会”。疑问句的分析方法，与凶巴巴而来的权威性的肯定句的分析是不同的；疑问句有待读者的点头，叶燮把心感活动非常技巧地还给读者；在后者的情况下，一切要听批评家的。但我们不得不承认，叶燮给了我们非常有效的说明性的批评而无碍于美感经验呈示之完整，这正是由于他了解到诗的“机心”，“使必以理而实诸事以解之，虽稷下谈天之辨，恐至此亦穷矣。”而缺乏了这种基本的顾虑的批评家，必将诗分割到无可辨认而后已。

我的第三个例子是吴淇《六朝选诗定论》卷十一中论到陶潜饮酒诗第五首的文字，这篇文字里可以说具有叶燮之长，而又有进者，分析及于单字的多义性，且贯及全诗前后的呼应，实在是“形态批评”最上乘之作，由于本文太长，且录一段见其经纬：

……庐之结此，原因南山之佳，太远则喧，若竟在南山深处，又与人境绝。结庐之妙，正在不远不近，可望而见之间，所谓“在人境”也。若不从南山说起，何异阛阓？然直从南山说起，又少含蕴，故不曰“望”，而曰“见”。“望”有意，“见”无意。山且无意而见，菊且有意而来……乃自得之谓也。

批评（在此尤指鉴赏方面的批评）往往是一种回顾的行为，是在诗的美感活动在我们意识里发生了作用以后，对当时的直觉经验的分析。吴淇的批评正是对这种美感经验的分析，在上录的片断中，他仔细地推敲构成其阅读时直觉到的“自然”、“自得”、“天趣”的手段；他的考虑仍是美学上的考虑——同时我们注意到，其间还是含有判值性的因素，下意识里，他是被传统认“自然”为诗的最高理想这一说法（皎然、司空图、苏轼、严羽）所支配着。

至此，我们不妨对以上的理论（或批评）的一些特色加以扼要的复述：

一、中国的传统理论，除了泛言文学的道德性及文学的社会功能等外在论外，以美学上的考虑为中心。

二、中国传统的批评是属于“点、悟”式的批评，以不破坏诗的“机心”为理想，在结构上，用“言简而意繁”及“点到即止”去激起读者意识中诗的活动，使诗的意境重现，是一种近乎诗的结构。

三、即就利用了分析、解说的批评来看，它们仍是只提供与诗“本身”的“艺术”，与其“内在机枢”有所了悟的文字，是属于美学的批评，直接与创作的经营及其达成的趣味有关，不是浪费笔墨在“东家一笔大胆假设、西家一笔小心求证”的累积详举，那是种虽由作品出发而结果离作品本身的艺术性相去十万八千里的辩证批评；它不依循（至少不硬性依循）“始、叙、证、辨、结”那种辩证修辞的程序——我们都知道，西洋批评中这些程序，完全是一种人为的需要，大部分可以割去而未损其最终的所悟；中国的利用了分析、解说的批评，多半是属于切去了外加的修辞的枝桠的批评（或应说：未强加修辞的枝桠的批评）。他们用分析、解说仍尽可能点到为止，而不喧宾夺主——不如近代西洋批评那样欲取代作品而称霸那种咄咄逼人的作风。

在我们回顾传统批评的特色时，我们虽然觉得中国批评的方式（当指其成功者）比西洋的辩证的批评着实的多，但我不能忽略其缺点，即是我上面所提到的：“点、悟”式的批评有赖于“机遇”，一如禅宗里的公案的禅机：

问：如何是佛法大意？
答：春来草自青。

这是诗的传达，确乎比演绎、辩证的传达丰富得多。但批评家要有禅师这种非凡的机锋始可如此做，就是有了禅师的机锋，我们仍要依赖小和尚（读者）的悟性；“春来草自青”之对“如何是佛法大意”，在禅宗的看法，是“直指”，是“单刀直入”，但不见得所有的小和尚都完全了悟其间的机遇，这是“点、悟”批评所暗藏的危机；但最大的问题是，有“独具只眼”的“禅机”的批评家到底不多，于是我们就有了很多“半桶水”的“点、悟”式批评家：

问：如何是佛法大意？
答：妙不可言。

于是我们所得的不是“唤起诗的活动”，“意境重造”的批评，而是任意的，不负责任的印象批评。

由是我们可以了解为什么胡先生在“德”先生的旗帜下可以这么凶，不把这些“顺口开河”的批评一扫而清誓不为胡适之。于是前推后拥，泰西批评中的“始、叙、证、辨、结”全线登陆，这因为是“矫枉”，所以大得人心，而把是否“过正”的问题完全抛诸九霄云外，这，在当时确是很需要的；唯有实证实悟才能发挥批评的功能。

新文化新文学运动从最开始的时候便强调批评的精神，虽然当时的作者，因处于新旧交替，还没有提供出完善的方法和客观的态度。五四运动原是一种文化觉醒的运动，百多年来外侮之辱，至此无以复加，当时的中国正面临灭亡的恐惧。所谓文化觉醒，便是要雪耻辱，重建民族的信心，要除恐惧，推动新的科技文化以充实国势。要救国，必须要传播新的思想，所以必须要推动口语，作为传播的媒介，使新文化的意识与意义得以普及大众。要他们觉醒到国家的危机，必需对旧文化的弊病作全面的攻击，在当时，新思想者不假思索的揭传统文化的疮疤，呈露着一种战斗意识的批判精神，当时的凶猛程度，我们看来是，相当情绪化的，对于传统文化中一些对新文化新社会仍具启发意识的美学内容及形式甚至生活、伦理的观念，对于它们的正面作用完全一笔抹煞者，大有人在。在当时的激流中，要停下来不分新旧只辨好坏完全客观而深思熟虑地去处理文学者实在不多，而且亦非当时的主流。五四时期强烈的战斗的批判精神亦反映于当时的创作里，譬如批判的写实主义（critical realism），反传统社会的戏剧与小说，为当时最具代表性而贡献也最突出的文学创作，即就诗歌来说，当时所继承的便是西方浪漫主义中革命性的一面，由语言的形态（弃传统不涉理路的语态而袭用说理演绎的语法，强调“我”的重要性，由“我”向“你们”申说当前要义到题旨），无不具有批评的精神，甚至有时会沉入过度感伤主义的新月诗人，都可以说是在一种对过去制度批判下的精神进行，如徐志摩认为爱情至高至大可以克服万难改变世界等等，固然可以视作缺乏理智平衡的一种宣泄，但这种推崇爱情的态度，后面仍是对传统儒家克制爱欲的批评。

五四的精神之一，便是实证实悟的科学精神和理性主义，但开始阶段的作品，常呈现过度情绪化的发挥，这是一种矛盾的现象，但这种矛盾的现象，是任何剧变中常见的历史现象。对五四时期的思想形态的回顾，以李长之的《迎中国文艺复兴》（1942）所提出的几点最值得我们参考，兹列举数则于后。

一、五四运动并非“文艺复兴”……所谓文艺复兴的意义是：一个古代文化的再生，尤其是古代的思想方式、人生方式、艺术方式的再生……可是中国的五四呢？试问复兴了什么？不但对中国自己的古典文化没有了解，对于西洋的古典文化也没有认识。

二、五四运动乃是一种启蒙运动，启蒙运动乃是在一切人生问题和思想问题上要求明白清楚的一种精神运动，凡是不对的概念和看法，都要用对的概念和看法取而代之。在这种意义下，势必第一步是消极的，对一切权威、感官的欺骗，来证实的设想，都拟一抛而廓清之……所以这种启蒙的体系太重理智的意义与目的的实效，于是实用价值是有了，而学术的价值却失了……和理智不解缘的，是唯物思想及功利主义。

三、五四是一个移植的文化运动，扬西抑东……移植的文化，像插在瓶里的花一样，是折来的，而不是根深蒂固地自本土的丰富的营养的。

四、五四运动在文化上是一个未得自然发育的民族主义运动……因为那时并没有民族的自信，只觉得西方文明入侵，于是把自己的东西怀疑吧，毁掉吧。

五、五四运动主张明白清楚，是一种好处，但就另一方面来说，明白清楚就是缺少深度，水至清则无鱼，生命的幽深处，自然有烟有雾……五四是一种反“深奥”及“玄学”的态度。

六、五四在表现方法论上，也是清浅的，很少人谈到体系和原则，触及根本概念的范畴……国人对浪漫主义的误解，以为披发行吟为浪漫，以为酗酒妇人为浪漫，以为不贞为浪漫……

七、五四缺乏自觉自信，样样通的人太多，窄而深的人太少。①

五四给我们的贡献最大者莫过于怀疑精神，反对人云亦云的批评态度，对传统的批评方法有极大的修正作用，怀疑精神所引发的必要是寻根的认识，在五四时期，由于对于西洋思想方式及内容过度一厢情愿地重视，而不能对传统文化作寻根的认识到其正面价值的再肯定。譬如当时过度重视功利主义——影响至今——便是一例。为什么五四以后并没有引发到对传统及西洋的寻根的认识呢，我想一方面是传统惰性的阻力仍大，最重要的还是开放性思想的受挫。五四反对了传统的定型思想以后，作家们受着当时政治潮流的影响，再落入新的定型思想的枷锁中，尤其三四十年代的左派作家。每每被困在源出西方马列主义的模子中，当时的胡风，因为紧握着五四给他的一点开放精神的种子，欲挣脱思想的枷锁，而终于被围剿整肃到无法生存。

但我们并不是说五四到四十年代间没有冷静、客观、深思熟虑、对中西文化作寻根的认识的批评家，有，但不多。朱自清的《新诗杂谈》及其对传

① 编者按：参阅李长之《五四运动之文化的意义及其评价》，载《李长之文集》第1卷，第18—26页，河北教育出版社，2006年。

统文学（如诗经）的探讨，朱光潜中西美学的比较、李广田的《诗的艺术》，钱锺书的《谈艺录》及美学论文，刘西渭（李健吾）的论诗与小说的文字……在过度情绪化的批评激流中它们是难得的论著。但当时大多数的批评，如果不落入某种定型思想的枷锁，便是用了辩证方法而徒具辩证的程序的文字，它们甚少触及文学作品中艺术结构的核心。

一个完美的批评家（或理论家）必须要对一个作品的艺术性，对诗人由感悟到表达之间所牵涉的许多美学上的问题有明澈的识见和掌握，不管你用的是"点、悟"的方式还是辩证的程序。所谓明澈的识见当不指死学而来的"抛书包"，而是活学而得的对美感视境的诸貌、风格的蜕变之历史识见。死学而来的"抛书包"虽号称读遍四书五经，甚至凡诗皆可顺口背出，而结果是大堆头的未经思考的猛录前人所言，尽"屡积详举、言繁意简（而瘦而假）"之能事，对一首诗的机心，对一篇小说的结构与风格毫无认识；活学而得的识见的批评家，可能也曾读遍四书五经以后的重要文献，但不同的是，学养不露形迹，绝不繁复乱录，化学问为识见是也。批评家的先决条件也是要有"洞澈之悟"的，对作品中的艺术性（一首诗的机心）有了明澈的识见，也就不在乎他用的是"点、悟"的方式（有禅机的批评家用了这种方法而不见碍），还是用逻辑化的辩证的程序（他自然会避免不必要的修辞枝桠），而都可以做到"言简而意繁"的有效的批评。

（选自叶维廉《中国诗学》，生活·读书·新知三联书店，1992年）

【阅读思考】

1. 在叶维廉看来，中国传统文评"言简而意繁"及"点到即止"方法，缺陷何在？长处何在？

2. 在比较诗学和比较文学研究中，如何做到"平等互视"而避免"扬西抑中"？

三、文献链接

（一）论　文

1. 王国维：《孔子之美育主义》，《王国维美论文选》，湖南人民出版社，1987年。

2. 闻一多：《文学的历史动向》，《闻一多全集》第10卷，湖北人民出版社，1994年。

3. 梁宗岱：《象征主义》，《梁宗岱文集》第2卷，中央编译出版社，2003年。

4. 朱光潜：《中西诗在情趣上的比较》，《朱光潜全集》第2卷，安徽教育出版社，1982年。

5. 宗白华：《论中西画法的渊源与基础》，《艺境》，北京大学出版社，1987年。

6. 钱锺书：《中国固有的文学批评的一个特点》，《钱锺书集》第12册，生活·读书·新知三联书店，2001年。

7. 王元化：《刘勰的譬喻说与歌德的意蕴说》，《文心雕龙创作论》，上海古籍出版社，1979年。

8. 刘梦溪：《〈红楼梦〉第一回和〈堂吉诃德〉的前言》，《传统的误读》，河北教育出版社，1996年。

9. 余宝琳：《中国诗论与象征主义》，《中外比较文学的里程碑》，人民文学出版社，1997年。

10. 叶奚密：《中西诗学中的"比"与"隐喻"》，《中外比较文学的里程碑》，人民文学出版社，1997年。

11. 王向远：《比较诗学与比较文论的繁荣》，乐黛云、王向远《比较文学研究》，福建人民出版社，2005年。

（二）论　著

1. 陈跃红：《比较诗学导论》，北京大学出版社，2005年。

2. 厄尔·迈纳：《比较诗学》，中央编译出版社，1998年。

3. 朱光潜：《诗论》，《朱光潜全集》第2卷，安徽教育出版社，1987年。

4. 钱锺书：《七缀集》，上海古籍出版社，1985。

5. 叶维廉：《比较诗学》，台湾东大图书公司，1983年。

6. 曹顺庆：《中西比较诗学》（修订版），中国人民大学出版社，2010年。

7. 黄药眠、童庆炳主编：《中西比较诗学体系》，人民文学出版社，1991年。

8. 张法：《中西美学与文化精神》，北京大学出版社，1994年。

9. 张隆溪：《道与逻各斯——东西方文学阐释学》，四川人民出版社，1998年。

10. 余虹：《中国文论与西方诗学》，生活·读书·新知三联书店，1999年。

11. 史忠义：《中西比较诗学新探》，河南大学出版社，2008 年。
12. 曹顺庆主编：《中西比较诗学史》，巴蜀书社，2008 年。

四、选题示例

1. 柏拉图的“逐诗人”与孔子的“放郑声”
2. 亚里士多德《诗学》与李渔《闲情偶寄》之比较
3. 西方“演说学”与中国“文章学”之比较
4. 陆机《文赋》与贺拉斯《诗艺》之比较研究
5. 刘勰《风骨》与布丰《论风格》之比较
6. 西方的“崇高美”与中国的“阳刚美”之比较
7. 神韵派与象征主义诗论之比较
8. 王国维“意境”说与苏珊·朗格“情感形式”说之比较
9. 达·芬奇的“绘画科学”与谢赫的“绘画六法”之比较
10. 西方的“诗为隐喻说”与中国“诗为比兴说”之比较
11. “诗无达诂”与“理解的历史性”之异同